深圳新文学大系

「打工文学」卷 Migrant Worker Literature

李杨｜主编

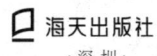
海天出版社
·深圳·

图书在版编目（CIP）数据

深圳新文学大系．"打工文学"卷 / 李杨主编．—
深圳：海天出版社，2020.8
ISBN 978-7-5507-2924-7

Ⅰ．①深… Ⅱ．①李… Ⅲ．①中国文学－当代文学－
作品综合集－深圳 Ⅳ．① I218.653

中国版本图书馆 CIP 数据核字（2020）第 096960 号

深 圳 新 文 学 大 系： "打 工 文 学" 卷
SHENZHEN XINWENXUE DAXI: "DAGONG WENXUE" JUAN

出 品 人：聂雄前
策划编辑：魏甫华
特约编辑：刘秋香
责任编辑：刘 婷 张 梅
责任校对：万妮霞
责任技编：梁立新
封面设计：思 绪

出版发行：海天出版社
地　　址：深圳市彩田南路海天综合大厦（518033）
网　　址：www.htph.com.cn
订购电话：0755-83460239（邮购、团购）
排版制作：深圳市书都出版有限公司
印　　刷：深圳市希望印务有限公司
开　　本：787mm×1092mm　1/16
印　　张：30.5
字　　数：559 千
版　　次：2020 年 8 月第 1 版
印　　次：2020 年 8 月第 1 次
定　　价：78.00 元

目 录
contents

上编："打工文学"

作品

评论与报道

下编："后打工文学"

作品

评论与报道

附录

"打工"如何"文学"?"文学"怎样"打工"?
——"打工文学"的知识谱系学

李杨

　　2017 年 4 月,一位来自湖北襄阳的四十四岁的北京打工嫂所写的自传体散文《我是范雨素》在国内各大社交媒体上快速走红,刷爆了微信朋友圈。"吃瓜群众"通过不停地转发文章,或表达震惊,或表达钦佩,或将其理解为一个励志神话,或看到了"底层生活的诗意",或在久未关注的社会底层的心酸体验面前表达一种中产阶级的愧疚:原来一个普通打工者可以这样质朴幽默,文笔可以这么好,故事可以写得这么感人! ——这可是一个打工者,一个农村妇女哇! 真酷! 范雨素居住的北京皮村成了"打工文学"的圣地与旅游景点,记者与出版商蜂拥而至。与此同时,"范雨素热"很快变成了失语多时的文学界以及公共知识分子的热门话题。海内外"诗人、学生和高校界人士"频频发声,或讨论《我是范雨素》的文学性,如"有质感的文学语言和鲜明的人物塑造",等等,由此引发对"打工文学"的关注并展开对中国文学现状的批评和反思;或由《我是范雨素》看到"底层"乃至"女性"的生活艰辛,看到教育不公、征地补偿、城中村暴富以及渐次清晰的社会分层、阶层隔膜等,由此上升到对这一群体的文化政治权利的呐喊和呼吁……人们惊讶和激动地发现了都市"打工族"这个人群的存在——正如一位批评者所指出的:仿佛发现了一群外星人。

　　当然也不乏对范雨素的作品乃至"范雨素热"的批评。有批评指出《我是范雨素》是被编辑过的文字,并非本人原汁原味的东西,文章走红的背后,有着国内知名的非虚构写作团队"正午"的影子;还有批评指出,如果从文学价值上看,《我是范雨素》没有超过高中作文的水平,文中打动人心的第一句话——"我的生命是一本不忍卒读的书,命运把我装订得极为拙劣"其实是对席慕蓉的一首名为《青春》的诗的化用。席慕蓉的原诗为"而你微笑的面容极浅极淡 / 逐渐隐没在日落后的群岚 / 遂翻开那发黄的扉页 / 命运将它装订得极为拙劣 / 含着泪 我一读再读 / 却不得不承认 / 青春是一本太仓促的书";更有人直指,媒体与"公知"们对"范雨素现象"的过度阐释实际上是一种对苦难奇观的"风景化"消费，是失语多年的人文知识分子以现实关怀为名的一次徒劳的自我救赎……

在众多的批评文字中，网文《假如范雨素在深圳她火不了》[1]值得特别关注。该文作者"我是甄牛叉"表达了自己作为一个"深圳人"对始于北京的这场媒体狂欢的不屑与不满：

范雨素的文字不过是打工文学的一部分。在深圳这已经流行了三十多年。她最喜欢的北京皮村，也早就是北京打工文学的兴趣圈子。她所描绘的一切都没有超出中国打工文学曾经达到的观察高度。

可重要的是，全体北京人到三十多年后的今天才知道有一个育儿嫂可以写出文学。范雨素有多火，就说明北京人对自己身边的外来打工者有多陌生，有多么伪道德！

范雨素自己没有问题，有问题的是，好像第一天才发现农村文学女中年有这种能力的北京围观者。他们和北京媒体像发现新大陆一样，将范雨素抬上神坛，吓得她抑郁躲进古庙。

这是不正常的。

因为对于深圳人来说，最早的"范雨素"在1984年就已经存在了。而到了今天，北京人才恍然大悟。这是对中国两亿三千万外来打工人群的刺骨冷漠。

…………

1984年，《特区文学》就刊发了打工者林坚的《深夜，海边有一个人》。1988年，深圳的范雨素们就创立了《大鹏湾》杂志，发表"我们的命运与遭际"。

而深圳这么多年来，也出现了诸多在文学造诣上远超范雨素的人物。王十月是鲁迅文学奖得主，郑小琼还是人民文学奖得主。他们的文字甚至早已超脱了底层的卑微描述，与任何高深的纯文学相比也不遑多让。

而打工文学也正是从深圳出发，一路从改革开放的前沿广东辐射到北京。在范雨素的文字里，我读到了太多深圳打工文学初期的文笔路数。

郑小琼说："打工者 是我 他 你或者应该如被本地人 / 唤作捞仔捞妹一样 带着梦境和眺望 / 在海洋里捞来捞去 捞到的是几张薄薄的钞票 / 和日渐褪去的青春……"

罗德远说："南方出租屋 / 蚊子是先我而至的住客 / 黑暗中 / 让我的血液再

---

① 我是甄牛叉：《假如范雨素在深圳她火不了》，http://www.360doc.com/content/17/04 29/00/3769395_649483094.shtml。

次鲜活……与我同室而居的蚊子 / 温暖了我寂寞的心灵。"

范雨素笔下给她涵养的北京皮村，好像是一座忽然被北京人发现的文学世外桃源。

…………

让我恶心的就是"底层的诗意"这一句。仿佛底层不可以有诗意，或者范雨素是中国底层里不可多得的诗意一样。

不要侮辱底层，这样的诗意已经在深圳在中国流淌了三十多年了！怎么着，被居高临下的北京人忽然提点后，终于要成为一种全国性的美了吗？

打工文学在中国这么久了，今天才由一个文学素养谈不上多好的范雨素来代言，本就是极大的悲哀。

…………

在深圳，两千万人里，有一千万人都是范雨素。不信？北京，你看。

这封深圳来信中的不少观点有待商榷，但它讲述的"打工文学"的历史却无法被人拒绝和遗忘。无论是从文学的现实表现力还是从写作主体的自我意识角度来说，三十多年前诞生于深圳并一直延续至今的"打工文学"的成就都不在范雨素之下，但为什么一个放在深圳"打工文学"中如此普通的范雨素却能引发全社会的关注，好像有着三十多年历史的"打工文学"从来没有发生过一样？！难道就因为范雨素的故事发生在中国的政治中心——北京，而不是在南方边陲的深圳吗？！

对于一直将"打工文学"视为自己的文化符号的深圳人来说，完全有理由为主流文化的盲视与傲慢感到不平。与此同时，讲述"打工文学"与深圳这座中国最早和最大的"打工城市"的关系，理应成为文学史家的责任和使命。

一、杨宏海与"打工文学"的"生产"

从一个离香港不远的珠江三角洲上沉睡的小渔村发展成中国一线城市"北上广深"中的一员，从三万居民发展到居住人口超千万的国际大都市，深圳只用了四十年的时间。举世瞩目的"深圳速度"源于 1980 年代中国的改革开放政策。广东作为改革开放的前沿，迅速崛起了大批"三资"企业和"三来一补"企业，吸引了一批批到广东闯世界的外乡年轻人，逐渐形成了一个庞大的"打工阶层"。珠江三角洲由此成为中国经济奇迹中最耀眼的区域。深圳及其周边地区快速成为全球制造业最重要的中心之一。直到今天，在"北上广深"这四个中国一线城市中，深圳仍是唯一的流动人口远超户籍人口的城市——中国没有哪个城市会比深圳更适合被称为"打工城市"！

　　"我们要进城 / 我们进城干什么 / 进了城再说……"①后来被命名为"打工文学"的作品，就是这批中国最早的"打工族"城市历险的记录与呈现。林坚、张伟明、安子、周崇贤、黎志扬、黄秀萍、谭伟文、郭海鸿、海珠、罗迪等打工仔打工妹用自己稚嫩的笔触，记录下繁重的劳作、紧张而枯燥的流水线、森严的厂规、拥挤的宿舍、逼仄的生存空间以及青春的梦想与骚动、情感纠葛、身体的迷失、老板的性骚扰、金钱的诱惑还有前途的渺茫——打工族以深圳为对象的城市生活书写中除了对城市生活的期待、想象以及不适、困惑与不安，还有对无法真正成为城市人的焦虑所导致的对城市生活的爱恨交织、五味杂陈……

　　打工生活的表达与再现引发了成千上万的打工者的共鸣。1980 年代末到 1990年代中期，以打工族为服务对象的地方杂志《佛山文艺》发行量曾高达数十万份，据称创下了全国期刊发行量之最。在深圳打工族最集中的地区宝安，由宝安县文化局在 1988 年创办的面向打工族的内部文学杂志《大鹏湾》的发行量也稳居十万份以上。在深圳和珠江三角洲所有的报纸上，几乎都辟有"打工世界"一类的栏目。

　　但"打工文学"的命名乃至成为全国知名的文学现象与文化政治征候，却与一位身兼文化官员和文学批评家双重身份的深圳人有关。这个人就是被评论家与打工作家亲切地称为"打工文学之父"的杨宏海。尽管早在 1985 年杨宏海由内地高校调入深圳工作之前，打工仔林坚就在 1984 年的《特区文学》上发表了"打工小说"《深夜，海边有一个人》，而且杨宏海也不一定真如学界所言是"打工文学"一词的缔造者（打工作家张伟明在一次访谈中就指出自己才是这一概念的发明者②），但杨宏海作为"打工文学"最重要的代言人的地位仍不可动摇。先后担任深圳市文化局调研处副处长、深圳市特区文化研究中心主任、深圳市文联副主席等职务的杨宏海，一直致力于"打工文学"的阐释、扶植、倡导、组织、推广和宣传。他先后发表《"打工文学"纵横谈》《打工世界与打工文学》《面对精彩的打工世界——"打工文学系列丛书"序》等文章，为"打工文学"摇旗呐喊。杨宏海还身体力行，发掘并推出了"打工文学"第一代代表作家——被称为"五个火枪手"的林坚、张伟明、安子、黎志扬、周崇贤。更年轻的一代打工作家如王十月、谢湘南、戴斌等人的成长也与他的关注有关。杨宏海充分利用自

深圳新文学大系

---

① 谢湘南：《在对列车漫长等待中听到的一支歌》，载秦晓宇选编《我的诗篇：当代工人诗典》，作家出版社 2015 年版，第 229 页。
② 此说法参见周航《打工文学研究》一文，暨南大学硕士学位论文 2006 年。

己的资源，先后主编出版了"打工文学系列丛书"、《打工世界：青春的涌动》（作品评论集）、"打工文学作品精选集"系列、《打工文学纵横谈》《打工文学备忘录》等书，筹划并主持了首届至第六届全国打工文学论坛以及2000年在深圳宝安举行的"大写的二十年·打工文学研讨会"，2008年在现代文学馆举行的"全国打工文学论坛"……经过杨宏海的不懈努力，"打工文学"逐渐走出深圳，并走出广东，成为《人民日报》《光明日报》《中国青年报》《读书》《人民文学》等全国性媒体的话题，成为一场打造"地方文化符号""文学史概念"并服务于"政治认同"的具有多重功能的话语实践。

就"打工文学"的多重功能而言，它首先是一个"地方文化符号"。深圳的经济发展是一个奇迹，对于一个如海市蜃楼般突然出现的"国际大都市"而言，最大的焦虑来自文化与历史的匮乏。因此，创建文化符号来回应"深圳是文化沙漠"的批评与质疑，也就自然成为杨宏海这样的深圳文化工作者所面临的挑战。从某种意义上来说，"打工文学"的命名与推广，与这种文化焦虑不无关联。作为一张城市文化的名片，"打工文学"这个含义模糊的称谓，既切合了深圳独特的城市身份，也为各种文化诉求的表达留下了足够的空间，可以说它已成为深圳文化人筚路蓝缕的文化实践中最成功的案例之一。

《中国文化报》记者在报道杨宏海等人组织的首届"全国打工文学论坛"时，即以《打造"打工文学"品牌，促进社会和谐进步》[1]为题，直接揭示了"打工文学"概念的文化政治诉求。任职于深圳市社会科学院的本地学者王为理更明确地将"打工文学"视为深圳的一张"城市名片"：

打工文学滥觞于深圳，影响全国，是深圳对全国的一份文化贡献。从深圳自身来说，打工文学打造了一张城市名片，铸造了一个城市文化符码，激起的是心灵的震撼，提高的是文化的辐射力和影响力。一个能够孕育打工文学的城市，一个能够张扬打工文学的城市，是一个将自己的命运与千千万万用心血和汗水创造着这座城市的底层大众牵连在一起的城市。打工文学丰富了深圳城市文化的混杂性，放大了深圳城市文化的包容性，养成了深圳城市文化亲近大众、贴近民生、关爱底层的亲民特征。[2]

「打工文学」卷·导言

---

① 邓少林、易贞、范明整理：《打造"打工文学"品牌，促进社会和谐进步——首届"全国打工文学论坛"纪要》，《中国文化报》2005年12月12日。
② 王为理：《打工文学的文化意义与视角调适》，载杨宏海主编《打工文学纵横谈》，社会科学文献出版社2009年版，第67页。

杨宏海本人也曾多次在接受记者采访或者在自己的文章中对"打工文学"的文化政治功能有过明确的表达。在 2005 年接受《文艺报》记者采访时，杨宏海这样描述"打工文学"的意义：

　　迄今为止，我国的进城农民工已达一亿三千万人，对于这么一个庞大的社会群体，打工文学身负重任。事实上，通过打工文学消除文化饥渴，愉悦他们的身心，宣泄他们的苦难，促进他们对城市的认同，对于构建和谐社会的作用是显而易见的。①

　　在同年发表于《文艺报》的另一篇理论文章中，杨宏海更为详细地表达了"打工文学"的政治意义：

　　如果整个社会不关心外来工的精神生态和文化生活，不关心他们人生意义的重建，他们在传统伦理委顿，现代价值观又无法及时建立起来的情况下，就难免会被各种其他力量所吸引，尤其是各式邪恶力量。另一方面，当外来工整体的人生价值观和道德伦理观不能确定时，整个社会的价值观就会陷入全面混乱无序，其真空单纯用法律是不可能予以填补的……新生代外来工的社会认同趋向不明确和不稳定，他们既不能融入城市社会，又难以回归农村社会的状态，只能长期处于不稳定的流动状态。在这种情况下，他们的社会认同就趋向游民化，一旦形成"游民化"的社会认同，就意味着他们意识到自己被主流社会排斥在外，产生边缘化感觉和意识，反过来就会成为蕴藏极大社会破坏力的因素。一旦他们不能重新回归主流社会，那么，所谓和谐社会也就成为空中楼阁了。在这个意义上，打工文化肩负促进外来工文化认同和社会认同的重任，其对于构建和谐社会的重要作用，是怎样强调都不为过的。②

　　非常明显，尽管杨宏海提出的口号是"打工群体与文化权益"，但他的真正目的与其说是站在打工群体一边，为他们发声和争取权益，不如说是在陈述不赋予打工者文化政治权利将给政府的社会管控带来危机。这种立场，显然是由杨宏海本人的职业身份所决定的。有批评者指出，杨宏海对"打工文学"的研究"可明显看出他为迎合地方与主流意识形态并力主推出地方文化品牌的良

----

① 石一宁：《"关注'打工文学'是批评家的职责"——评论家杨宏海呼吁关注底层写作》，《文艺报》2005 年 4 月 21 日。
② 杨宏海：《打工群体与文化权益》，《文艺报》2005 年 11 月 3 日。

苦用心"①。这种分析虽切中肯綮，但"迎合"一词却属诛心之论。谈"迎合"则意味着杨宏海是在"地方与主流意识形态"之外，而杨宏海曾任深圳市特区文化研究中心主任，本身就在体制之内，其职责就是表达"地方与主流意识形态"和打造深圳"地方文化品牌"。杨宏海的身份决定了他的研究的政治性，与此同时，杨宏海对"打工文学"的文化政治理解完全可能源于他内心的责任感。

但杨宏海并非纯粹的政府官员，他同时具有另一重身份——文学评论家。他的另一个工作目标是将深圳文化符号"打工文学"提升到一个文学史范畴，使之成为中国当代文学史不可或缺的一部分。杨宏海曾这样表述"打工文学"的文学史意义：

> 比较"打工文学"和"知青文学"的异同，有助于扩展"打工文学"研究的视野。我认为，"打工文学"的内涵比"知青文学"更为深广，知青下乡带来都市文化对乡村文化的辐射，而打工者进城则标志着农业文明接受工业文明的洗礼。"知青文学"更多地反映往昔岁月里"心灵的伤痕"，而"打工文学"却突出地表现现实生活中"沉重的潇洒"。②

杨宏海的抱负，得到了不少广东学者的呼应。比如蒋述卓就将"打工文学"与中国当代文学史的重要文学思潮"伤痕文学""大墙文学"做比较。③钟晓毅认为："作为一种悄悄崛起的文学现象，打工文学是继南国'知青文学''都市文学''军旅文学'之后，更具南方特色、影响更广、规模更大的新的文学景观。"④谭运长更是言之凿凿地指出："我认为'打工文学'终将堂而皇之地进入文学史。"⑤杨宏海当然知道"打工文学"进入文学史并不容易。在如下的陈述中，他表达了对现存的"文学史权力"的不满和"重写文学史"的愿望：

> 同样在相近时间内兴起的文学形态，八十年代发轫的先锋文学逐渐跻身文学主流，而打工文学却始终被打入另册。造成这种鲜明对比状况的原因，当然绝不仅仅是所谓的文学价值的高下，而是长久以来把持着文学创作和评价的话

---

① 周航：《"打工文学"：一种尴尬的文学命名与研究——就"打工文学"研究与杨宏海先生商榷》，《理论界》2008 年第 12 期。
② 杨宏海整理：《"打工文学"纵横谈》，《深圳作家报》1991 年第 2 期。
③ 蒋述卓：《现实关怀、底层意识与新人文精神——关于"打工文学现象"》，载杨宏海主编《打工文学备忘录》，社会科学文献出版社 2007 年版，第 28 页。
④ 钟晓毅：《青春驿站》，载《在南方的阅读：粤小说论稿（1978—1996）》，广东人民出版社 1998 年版，第 165 页。
⑤ 谭运长：《打工文学与文学史》，《羊城晚报》1998 年 12 月 1 日。

语权力。因此，保持对文学史叙述的清醒的质疑，充分关注文学史中的另类写作，揭示那些被权力话语掩盖的声音，这正是文学史研究者的任务所在，也是我们今天研究打工文学的目的所在。①

　　近年来，随着包括"新历史主义"在内的批判理论的兴起，文学史写作的意识形态性已成为研究者的共识。在这一视阈中，文学史不再是对已经发生的文学事实的客观记载，而是文学史家依据自己的文学史观对文学历史的剪裁、组织、编织、规训乃至"发明"。"文学史的权力"成为知识谱系学探讨的对象。当杨宏海试图将"打工文学"写入文学史时，他能做的就是，在这些纪实性与自传性的近似"涂鸦"的写作——所谓表现打工生活的"原生态"的书写中发现、发掘其"文学"潜能，将其纳入一个历史悠久的文学史知识谱系之中，完成其文学史意义的建构。说到底，所谓的文学史其实是文学观念的历史。以杨宏海为代表的"打工文学"评论家呈现的就是他们自身的文学史观念——尽管他们并未对自身的意识形态性形成自觉。

　　打工作家的差异不大。他们书写城市的立场和角度并不稳定，不仅一部作品与另一部作品不同，即使在同一部作品中，也会出现前后矛盾的看法。这种极难定义、分类和归纳的看法，反而表现出打工一族面对城市生活的真实的复杂面向。有时候他们表现出"批判现实主义"的情绪，有时又有"左翼思想"冒头，但同时又会鼓吹与此抵触的"个人奋斗"。

　　杨宏海曾归纳和总结出"打工文学"的三种向度：一是用"乡村美、都市恶"的心态观照城市，以农业文明来反衬工业文明的异化，并对之持一种批判态度，张伟明的小说比较典型。二是对城市采取迎合静观的态度，认为尽管城市在道德上有堕落的一面，但相对于沉滞而贫穷的内地农村来说，仍然具有不可抵抗的吸引力，林坚的小说是其代表。三是以"微笑看世界"的视角，对城市采取完全认同的态度，如安子的《青春驿站——深圳打工妹写真》，展现了其在"都市寻梦"中实现自我价值的喜悦。②杨宏海对"打工文学"的理解其实杂糅了包括"批判现实主义""左翼文学"以及"启蒙主义"在内的多种文学史观。但问题在于，如此混杂地使用这些文学史观，我们将不得不面对这些文学史观之间的结构性冲突。

　　林坚发表在1984年第3期《特区文学》上的短篇小说《深夜，海边有一个

①杨宏海主编：《打工世界：青春的涌动》，花城出版社2000年版，前言第20页。
②杨宏海：《文化视野中的广东打工文学》，《深圳文化研究》2000年第2期。

人》一直被杨宏海定义为"打工文学"的开山之作。小说的主人公打工仔陈可化因为传统古板被工友们戏称为"陈不化"。工厂发生的两件事让他心绪不宁。一件事是工友范海因为不遵守劳动纪律任意旷工被厂长开除；另一件事是名叫司徒辉的工友因为发现了生产漏洞并且坚持原则而被工厂提升为质量检查员。司徒辉还坚持不懈地自修英语，连厂长也对他另眼相看。当工厂决定对陈可化委以重任，让他接替香港领班的工作时，陈可化因为对自己的能力信心不足而犹疑不决，深夜在海边徘徊，甚至一度产生了辞职回乡的念头。但在美丽的深圳夜景的感召下，陈可化最终放下了犹疑和恐惧，勇敢投入新生活，"终于抬起头朝着万家灯火处奔去了"。

林坚的这篇小说，讲述农村青年在城市改变自己，从过去走向未来，告别"传统"走向"现代"。这种对改革和未来充满乐观的"现代化"叙事，在1980年代中期曾以"改革文学"之名风行中国文坛。但钟晓毅对这部作品的解读却是"作品不乏诗意的描写，但已让人初步看到了从小农经济到大工业文明的转变中所带出的生存竞争的严酷现实"①。在一部正面表现城市生活并表达作者"走向未来"的乐观情绪的小说中读出"严酷"，显然出于批评家的主题先行，源于已成为批评家无意识的"批判现实主义"文学观。"批判现实主义"文学产生于19世纪的欧洲，是资本主义制度确立和发展的产物。"批判现实主义"作家对腐败的制度和利己主义泛滥的社会风气进行无情的暴露。作家们敢于正视社会现实，勇于探索罪恶的根由，大胆揭露丑恶的社会现象，为人们认识资本主义社会提供了形象的材料，打破了人们面对资本主义的乐观情绪。乡村与城市的冲突历来是"批判现实主义"文学的一个母题，常常表现为农村青年刚刚遭遇城市生活时的紧张、疑惧与不安。杨宏海认为"打工文学""流露出身处城市的异化感和幻灭感"，这种"身份焦虑"成了杨宏海以及相关批评家所定义的"打工文学"的一个重要特征并被不断加以论述。

对当代中国的文学史书写而言，比"批判现实主义"更有影响力的范式当然是混合了"民族国家认同"与"阶级认同"的"左翼文学观"。杨宏海等人对"打工文学"的评论，再现了这一传统的无远弗届。由"左翼文学"的"劳工神圣"到"民族国家寓言"乃至"第三世界寓言"，这些跨世纪的幽灵轮番显影。"打工文学"表现的劳资矛盾常常发生在内地的打工仔打工妹与香港老板之间。在张伟明的《下一站》中，当"香港婆"杜丽珠以"马仔"的称呼呵斥打工仔吹

「打工文学」卷·导言

---

① 钟晓毅：《青春驿站》，载《在南方的阅读：粤小说论稿（1978—1996）》，广东人民出版社1998年版，第169页。

雨时，吹雨不惧怕扣除工资的要挟，把手指戳在正恼羞成怒的杜丽珠的鼻子上，一字一顿地说："告诉你，本少爷不叫马仔，本少爷叫一九九七！"对这一回应，杨宏海给予了极高的评价："在这里，劳资矛盾演化为政治冲突，后发达民族面对发达文明的难以名状的体验，在打工仔的民族自尊中得到表现。"[①]在黎志扬的小说《打工妹在"夜巴黎"》中，当秃头香港佬对打工妹容妮进行性骚扰时，容妮"霍地立起，双手抓住秃头的双肩，扬起脚就是那么一踹"。在港商"捂着裤裆，落荒而逃"时，容妮却昂然走过繁华的街头。对此杨宏海也给予了类似的评价："作者通过艺术想象，将普通的打工妹戏剧化为第三世界的英雄，而相反地，作为经济压迫者或性虐待者的港商，却被漫画为一个秃头的'寻芳客'。在这里，劳资矛盾演化为政治冲突，后发达族群面对发达文明的难以名状的复杂感情，在打工者的自尊中得以表现。"[②]

深圳新文学大系

问题是，这个"通过艺术想象，将普通的打工妹戏剧化为第三世界的英雄"的人，与其说是打工作家黎志扬，不如说是评论家杨宏海。而打工仔吹雨以"一九九七"回击"香港婆"，既可能是一种杨宏海所激赏的"政治自觉"，更可能只是一个噱头，一个空洞的能指——这是一种经常出现在香港小说或电影里的桥段，香港的无厘头电影常常借用这种戏拟手法，通过对宏大叙事的"戏仿"与"挪用"，转移生活中无法摆脱的愤怒与绝望。很难说打工作家不是从他们熟悉的香港电影中学会了这种桥段，或者是他们无师自通地产生了这种底层群众常有的解脱困厄的阿Q精神。

"打工文学"能被纳入"左翼文学"框架中讲述的桥段并不太多。与《下一站》齐名的张伟明另一部代表作《我们INT》就反转了这种昙花一现的政治自觉。与《下一站》中面对的"香港婆"杜丽珠一样，《我们INT》中的矛盾冲突也发生在血气方刚的男性打工仔"我"与香港总管孙小姐之间。作为打工者的"我"无法在现实中反抗资方的压迫，只能在梦境里以对这位女总管实现性占有的方式，发泄弱者的怨恨，挽回弱者的自尊，这种描写暴露出打工作家的贞操观念和男权思想。作为弱者的被雇佣者只能通过想象的性暴力来挽回失去的尊严这一事实，一方面凸显现实权力格局的不可动摇，另一方面，虚幻的自慰将进一步削弱打工者直面自我、与现实并进而寻求变革的勇气和能力。"打工文学"提供的这种理解和解决阶级冲突的方式显然背离了经典"左翼文学"的原则。

在"打工文学"的代表作家"五个火枪手"中，最得杨宏海青睐的是安子。安

---

① 杨宏海主编：《打工世界：青春的涌动》，花城出版社2000年版，前言第19页。
② 杨宏海：《文化视野中的打工文学》，载《打工文学备忘录》，社会科学文献出版社2007年版，第9页。

子原名安丽娇，初中毕业便到深圳打工，先后当过电子厂流水线工人、酒店服务员、公司秘书、印刷厂女工，她坚持业余学习，通过读夜校获得大专文凭，不断"超越自我、超越平凡"，不仅找到了大学毕业、有深圳户口、在政府机关工作的如意郎君，而且由开设家政公司起家，逐渐成为一位拥有四间公司、上万名员工的老板，还提出"用五年时间成为全球华人家务第一品牌"的雄壮口号。安子的成功，使她成为个人奋斗的神话，也成为千千万万打工者心目中的偶像。

　　安子先后创作了《青春驿站——深圳打工妹写真》《安子的天空》《青春絮语——打工仔打工妹情简》《人性的超越——100万临工大扫描》等作品。这些作品，无论纪实还是虚构，都以个人奋斗改变命运为主题。安子经常通过信件为打工者解开思想上的疙瘩，其中不少箴言警句都曾广为流传。诸如"深圳是一个让你可以拼搏的世界，只要你能把握自己""深圳不相信眼泪""每个人都有做太阳的机会""风筝会飞是因为逆风，人会成长是因为逆境""不管遇到什么挫折，我们的心中都要永存希望，只要不放弃执着的追求和坚定的信念，我们一定会寻找到属于我们的天空；生命总要呈现灰色，永远新鲜的是岁月的河"，等等。安子为这些信件取的名字也大多诸如《自强者强》《公道自在人心》《有路善走，无路善开》《人生从来无坦途，羌笛何须怨杨柳》之类，都是不折不扣的心灵鸡汤。安子四处演讲，被打工同胞呼为"激励女王"，她还在深圳广播电台独立主持"安子信箱"长达三年，对打工仔和打工妹言传身教，以自己的成功激励打工者发奋努力、争取上进。安子由此成为打工妹乃至"打工文学"的典型。她先后成为中国作家协会广东分会会员、"深圳十大杰出青年"、团中央十三大代表等，还曾入选中央电视台拍摄的总结中国改革开放历程的专题片《二十年·二十人》，而二十人中仅有两位女性。安子被称为"深圳最著名的打工妹，都市寻梦人的知音和代言人"。

　　在"安子神话"的建构过程中，杨宏海无疑是最重要的推手。他这样论及安子的意义：

　　深圳是一个创造奇迹的城市，安子的道路也可视为深圳所走过的历程的一个缩影。安子的作品以其"微笑看世界"的独特视角，表现了一种"挑战生活、实现自我"的理想主义色彩，让百万打工者有满足心理诉求的渠道，在劳累的工作环境中得到心理平衡和精神慰藉。尽管现实生活远非如此简单，但只要生活有"梦"，就有希望。①

————————————

① 杨宏海：《文化视野中的广东打工文学》，《深圳文化研究》2000年第2期。

杨宏海认为不少"打工文学"作品着意描写工业文明对打工者心灵的扭曲，满足于表现一种孤独、破碎的感觉，或者体现盲目的自信和狭隘的自尊，对这种创作倾向应予引导。①而安子却具有"造梦"的功能。尽管杨宏海认为安子的《青春驿站——深圳打工妹写真》作为纪实文学还存在不足，但他仍然把安子的作品视为最能体现"打工文学"魅力的作品："安子具有女性作家细腻敏感的艺术感觉，她总是以'微笑看世界'的态度来观察和反映生活。毋庸讳言，打工生活漂泊、艰苦，绝大部分打工妹在深圳仅是一段青春之旅，她们面临的生活是严峻而紧张的。但安子笔下的打工妹，大都是成功人物，表现出一种'挑战生活、实现自我'的理想主义色彩，但又不失其'源于生活，高于生活'的艺术真实。"②

　　"安子神话"与杨宏海在林坚、张伟明等人的作品中挖掘出的意义相互抵触。或者说，他们无法在同一个框架中进行讲述。以"安子神话"来诠释"打工文学"的意义，需要采用与讲述林坚、张伟明时完全不同的知识。若以"批判现实主义"的观点来看待"安子神话"，安子以自己偶然性的成功遮蔽了绝大多数打工者的必然失败——在深圳，一个普通的打工妹变成"安子"的概率不会高于在中国股市上赚钱或是买彩票中奖的概率。《青春驿站——深圳打工妹写真》选取的事例过于戏剧化，选取的人物大多数是成功人物——马兰英、艾静雯、夏雪娥、郑毓秀、阿华、康珍，等等。这种虚假的故事粉饰现实，让人们看不到生存的真相，让人们看不到横亘在乡村与城市、穷人与富人、中国与西方之间的无法跨越的结构性不平等。质言之，这类作品的最大功用，就是安抚和慰藉打工者，让他们一边遭受榨取，一边通过做白日梦来释放自己的绝望与焦虑、失落与愤懑，"安子神话"在调和根本无法调和的社会矛盾。与此同时，不同于"左翼文学"强调的阶级意识及其对抗，安子讲述的故事是人人想成为CEO，而且人人可以成为CEO——安子讲述的这个"个人奋斗"的神话，已经完全不同于1950—1970年代"社会主义现实主义"所建构的工人阶级的主体认同。当一个人将做老板、CEO当作自己为之奋斗的"理想"的时候，其实这个"理想"不过是一个"个人主义"的生活目标。

　　杨宏海之所以激赏安子的故事，并不断推崇将其塑造成神话，显然是因为安子的作品以及安子本人富有说服力的现身说法，能对鼓励打工青年奋斗，缓解劳资矛盾，稳定底层社会起到不可替代的作用。因此他需要始终把握"打工

---

① 杨宏海整理：《"打工文学"纵横谈》，《深圳作家报》1991年第2期。
② 司徒海文整理：《打工文学的一朵报春花》，《深圳特区报》1992年7月26日。

文学"的"主旋律"，针对"不少打工作者的作品对现实生活的'原生态'描写真切，而对正在进行的对外开放与'四化'建设欠缺理解，缺乏积极进取的人生态度，作品充满了破碎感与压抑感，这就提出了文学如何更准确地反映打工生活的问题"①，需要将"打工文学"的现实批判与1930年代的《包身工》这样的作品区分开来，强调"我国创办经济特区，引进外资，建设现代化，与西方工业文明有明显的区别"②。但杨宏海作为政府文化官员的身份自觉，又不可避免地与他"重写文学史"的诉求，与他无意识中的"文学"知识——"批判现实主义"的知识、"左翼文学"的知识形成冲突。在后一层面，批评家杨宏海不得不进入已成为中国现当代文学史写作基本框架的"批判现实主义"乃至"左翼文学"的内部，不得不借用这些文学史的视阈与知识。

"打工文学"之所以面目不清，正是源于这种概念兼具"政治"与"文学"功能所导致的内在紧张。一方面，杨宏海强调"打工文学"的文化政治意义，由此抱怨文学界的轻视，强调"打工文学"的价值并不在文学之内：

在中国当代文学中，打工文学始终没有得到应有的重视。造成这种惊人的漠视的借口之一，是打工文学的文学价值不高。应该承认，打工文学在文学技巧和手法乃至语言上确实还比较粗糙，和占据主流的纯文学流派相比，确实有相当的差距。但是我们看到，在市场经济条件下，一些精英阶层面对大众文化的发展处于自我封闭的状态，对来自劳工大众的新的文化景观视而不见。

对打工文学现象的漠视，与其说是精英阶层对大众文化的拒斥，不如说是其对市场经济下的劳工大众的隔膜与无知。③

另一方面，杨宏海又几乎完全认同评论家关于"打工作家"艺术准备不足、"打工文学"艺术水准不高的共识。他明确表示，作为一种新的文学现象，"打工文学"还很稚嫩，许多作者虽然拥有丰富的生活，却缺乏创作的准备，受制于艺术功力的粗浅。许多作品大都停留在仅仅揭示打工生活这一层面上，自觉不自觉地满足于"题材新"而欠缺不同视角不同层面的开拓。④显然，在这里，杨宏海又回到了他批评过的"精英"的立场，"文学"的立场。

这并非仅仅是杨宏海的矛盾。以纯文学的标准看"打工文学"，"打工文学"

---

①② 杨宏海：《打工世界与打工文学》，《当代文坛报》1991年第4期。
③ 杨宏海：《文化视野中的广东打工文学》，《深圳文化研究》2000年第2期。
④ 杨宏海：《打工世界与打工文学》，《当代文坛报》1991年第4期。

大都是纪实性作品，"习惯于书写自身经验，较多地简单复制工厂的生活场景，作品有鲜明的自传色彩，不能将个人经验很好地转换为文学经验、审美经验在作品中加以阐发，更不能将一己体验上升到社会层面和时代精神的高度来观照。究其原因在于创作主体没有对素材的文学意义和社会价值进行深挖，艺术修养和文学品位的限制导致他们的创作较多地停留于对表层生活的描摹，而缺少对生活真相的反省，缺少对人性内涵的揭示，缺少对打工生活的独特发现，造成打工文学'样品多精品少'的尴尬现状"①。

来自北京的评论家何西来也表达了类似的看法：

文学创作，从来都是对生活本身的审美的和艺术的提升，提炼出生活中本来就存在的诗与美，打工文学作者，无论是写外部的人与事，还是写自己的体验和心理，都不可能是诸种事件、诸多表象的照录，而是有所选择，有所取舍，并从中升华出许多新的东西，从而把粗糙的、原始状态的生活，提升到美的境界。②

批评家如此循循善诱，显然是因为"打工文学"未能将"粗糙的、原始状态的生活"提升到"美的境界"。2000年《南方文学》开始了关于"打工文学到底怎么了"的大讨论，争论焦点集中在老问题上："写什么"和"怎么写"。多数观点认为打工文学不能再去描写工厂流水线上的生活，在"怎么写"上，多数人也认为打工文学的文学品质粗糙，要让打工文学"纯"起来的呼声也很高。这成为打工作家亟待解决的问题。③

问题在于，如果"打工文学"真正具有了更高的文学品质，甚至变成了"纯文学"，"打工文学"是否仍然存在呢？在某种意义上，"打工文学"的价值，到底取决于其政治性，其对现实的再现，还是取决于其具有的"文学"潜能呢？

后期"打工文学"——或曰"后打工文学"的走向为上述问题提供了答案。

---

① 黄玉蓉：《打工文学的文化建构》，载杨宏海主编《打工文学纵横谈》，社会科学文献出版社2009年版，第130页。
② 何西来：《我看"打工文学"的价值与意义》，载杨宏海主编《打工文学备忘录》，社会科学文献出版社2007年版，第24—25页。
③ 任志茜：《打工文学：是否代表民工话语权》，《中国图书商报》2005年7月1日。

二、"后打工文学":"打工诗歌"的"苦难"叙事与"文学"情怀

　　"打工文学"并未沿着杨宏海等人设定的方向成长。1990 年代中期以后,第一代打工作家中的张伟明、林坚都因写作被政府文化部门"招安",先后停止了"打工文学"的创作;安子做了老板;周崇贤的作品也开始失去早期作品中张扬的疼痛感,渐渐远离真正的打工者,走上了传奇的路子;黎志扬也成为成功的商人……广东省的一些纯文学刊物对"打工文学"的热情也在慢慢降温,依靠"打工文学"起家的《佛山文艺》减少了"打工文学"作品的发表量,仅保留一个"打工 OK"的栏目。《大鹏湾》这样的专为"打工文学"而创办的文学杂志,则因市场的冲击而停办。

　　1999 年,在为收录了"打工文学"主要代表作品,因而具有总结意义的《打工世界:青春的涌动》一书所写的前言中,杨宏海也不得不承认:"文学流派的演进往往有其阶段性。时至今日,兴起于八十年代、成熟于九十年代的打工文学也在逐步走向它的尾声。"①作为"打工文学"的重要倡导者与组织者,杨宏海的失落与不解可见一斑。有开明政府强有力的支持——最典型的一个例子是,《星星》诗刊与深圳市劳动和社会保障局举办的"'辉煌三十年'全国大型农民工诗歌征文大奖赛",其所设立的奖项,不仅有高达两万元的奖金,还有三十个落户深圳的名额;更有无数高屋建瓴的文学批评家为"打工文学"指明方向,但具有无限潜能的"打工文学"不但没有走向更大的辉煌,反而逐渐衰落,黯然退场。

　　所谓的"退场",并不是指"打工作家"都停止了创作,而是指从 1990 年代末期开始,"打工文学"呈现出的生存状态——无论是日渐"下流"的"市场化"还是日趋纯粹的"文学化",都与杨宏海曾经了解和定义的"打工文学"渐行渐远。换言之,"走向尾声"的并不是"打工文学",而是杨宏海们的"打工文学"。

　　"市场化"是 1995 年以后"打工文学"的一个重要趋势。书商们嗅到了"打工文学"这块"肥肉"带来的商机,很多打着"打工文学"之名的报刊、图书纷纷出笼,讲述色情与暴力。这些故事多发生在发廊、出租屋、歌舞厅,内容多为三角恋、偷情、当"二奶"、做"三陪"、"当鸡做鸭",或是暴力、凶杀、抢劫、潜逃……"打工文学"在沦为地摊文学之后,彻底脱下了"文学"的外衣。尹昌龙曾以《大鹏湾》为例,为"打工文学"的色情化与欲望书写征候分析:《大鹏湾》本来是一本定位于打工文学的纯文学刊物,但是在市场的压迫与诱

---

① 杨宏海主编:《打工世界:青春的涌动》,花城出版社 2000 年版,前言第 20 页。

感下，它从文学期刊逐渐被改造为一本大众读物。无论是刊物的封面还是内文，都更多地选择以"女性"作为表现的主角，这样一本创刊于 1980 年代中后期、号称中国最早的打工文学刊物，封面由早期的打工生活场景或纯粹本色的打工妹，逐渐变为时尚的"摩登女郎"，杂志封面暗示或改写着打工妹的形象，疲惫、拘谨的打工妹经过"改写"，一跃而成为活泼的、灵动的甚至是性感的青春少女、城市女郎。在作者、读者和编者之间，也逐渐建立起一种大众文化产品生产营销的协作模式。①

与日渐通俗化、市场化的趋势相向而行的，则是"打工文学"逐渐走向纯文学，向主流文学靠拢。在"打工文学"向"纯文学"转化的过程中，出现了以王十月为代表的新一代打工作家。王十月（即王世孝）的小说《出租屋里的磨刀声》已经是一部标准的"批判现实主义"作品。当打工仔天右最终洞悉了出租屋内磨刀声的真相之后，他从最初的疑惧不安到自己也拿起了刀。出租屋内"霍霍"的磨刀声的交响，表达出打工一族对社会不公的强烈抗议。《国家订单》不再在资本家的道德上着眼，转而思考社会经济的结构问题，发表后好评如潮，几乎所有国内选载性的杂志都加以转载，也为王十月带来非常大的声誉，获得包括第五届鲁迅文学奖在内的多个奖项。虽然王十月的"成功"被解读为"打工文学"的胜利，但无论是在题材、主题还是在表现手法上，王十月的这些小说都与"打工文学"渐行渐远。王十月自己解读这些引发主流文学界激赏的作品时说："我关注的是人的命运问题。"他甚至说自己四百万字的创作只有两个主题——"一个是恐惧，一个是救赎。"②显然，王十月的小说读者不再是打工者和普通的"人民大众"，而是被历史记忆塑造的"文学界"与"知识分子"。王十月也由此彻底摆脱了"打工仔"的称号，成功晋级到"文学界"，变成"知识分子"中的一员。

在"打工文学"由"前文学"向"纯文学"转化的过程中，王十月等人的小说创作只是一个插曲，更具普遍意义的转换是由更具"文学性"的体裁——诗歌完成的。诗歌历来被视为"文学"中的"文学"，是文学皇冠上那颗最亮的明珠。在"打工小说"逐渐衰落的同时，"打工诗歌"开始崛起，并快速取代"打工小说"，成为"打工文学"的基本形式。以谢湘南、郑小琼、郭金牛、许立志等为代表的一大批蜚声中外文坛的"打工诗人"浮出历史地表，成为"中国文坛"一道亮丽的风景线。尽管以上提到的这些诗人均与深圳相关，但以"打

---

① 参见尹昌龙：《〈大鹏湾〉的文学生产》，《深圳文化研究》2000 年第 2 期。
② 熊奇侠：《"我关注的是人的命运问题"——深圳"打工文学"代表王十月回深演讲》，《晶报》2016 年 6 月 23 日。

工诗歌"为标志的"打工文学"已经不再仅仅是深圳的文学与文化符号。不仅仅因为"打工诗歌"逐渐从深圳拓展到东莞、惠州乃至整个珠江三角洲地区，甚至开始辐射全国，更重要的原因还在于，"打工诗歌"的意义已经远远超出了杨宏海对"打工文学"的命名与界定。

2007年5月由珠海出版社出版的《中国打工诗歌精选（1985—2005）》，可以帮助我们了解"打工诗歌"的面貌及功能。这部诗集由打工诗人们自己筹集资金出版，由打工诗人许强、罗德远、陈忠村共同主编，厚达五百多页，收录了1985—2005年全国各地一百位打工作者最优秀的"打工诗歌"作品。但这部号称"几乎囊括1985—2005年近二十年间涌现的'打工诗歌'佳作"的诗集并未真正呈现编选者所号称的代表性。虽然该诗集收录的诗歌来自全国各地的一百位诗人，但诗歌的主题却惊人地一致，那就是陈述打工生活的苦难。诗集所收录的诗歌中反复出现的主题词诸如"孤独""迷茫""流浪""徘徊""挣扎""绝望""煎熬""鲜血""泪水""失眠""屈辱""盲目""伤口""伤痛""失意""无助""茫然""痛苦""糜烂""堕落""不幸""死亡""毁灭""悲悯"以及"殷红的鲜血""撕心的疼痛""叹息和疼痛""狗一样的生活""民工用鲜血浇注的灵魂／在自己修筑的天堂里／却无处安身""我们这一代人的苦难史"，等等，而最具冲击力的"断指"与"坠楼"成为被反复吟咏的意象，如"断指之痛""四万根断指""一个农民工的意外死亡"，等等。出于这一原因，我们在其他选本中见到的一些重要的打工诗人的作品如薛广明的《邮寄春天》、李西乡的《从少年到青春》与邬霞的《打工妹》等都因不符合这种"政治正确"而被排斥在外。在"打工诗歌"所表现的充盈着巨大悲伤的"苦难"面前，我们熟知的第一代打工作家对现实的理解显得如此肤浅，而安子式的"白日梦"更显得造作和虚假。

《中国打工诗歌精选（1985—2005）》所表现的这种对"苦难"的迷恋并非孤例，用一位研究者的话来说："打工诗歌如果只能找一个关键词的话，'苦难'可能是最好的选择。"[1]当"苦难叙事"变成"打工诗歌"的基本主题之后，接踵而至的就必然是对现实政治的批判与拒绝。比如苏琦的这首题为《断指之痛》的作品所表现的，就是如此决绝的情怀：

将断指的手举起来
去吧，去那条大街，那条大街上

---

[1] 郭芳丽：《打工诗歌局限分析》，《十堰职业技术学院学报》2011年第3期。

汇聚着你的同命运的人，

⋯⋯⋯⋯⋯

将断指的手举起来吧——

走过他们，走过那些从

我们的喉头里挤下超过

他们的羞耻的那些我们的血汗；

走过他们，走过那些挂满堂皇的

匾额的大厦，那些"公仆们"，走过他们。

⋯⋯⋯⋯⋯

现在，我们凝视着他们，

将那个压抑着我们的问题

吐出来：为什么？⋯⋯①

在评价"打工文学"的"批判现实主义"潜能时，曾经有评论家担心"打工作家"们对社会现实的批评会混淆两种不同的社会矛盾：一是把今天特区打工者和1930年代的"包身工"类比，二是把西方社会把人异化为机器的病态与我们的国情和民情简单类比。②这一担心在"打工诗歌"中变成了现实。

王为理曾这样表述过对"打工文学"的期待："对于打工这种时代的集体记忆，打工文学有必要关注社会转型中打工者的悲剧命运，体现底层文学的悲剧精神，表现投奔、惶恐、艰辛、被拒、迷惘、堕落、抗争等悲情；但同样必须看到，打工也是一曲从乡村走向城市、从边缘走向中心、从地方走向全球的欢歌，幸福与欢愉也同样是与打工者密切相关的历史经验。"③而在倡导"中国梦"的批评家张颐武眼中，"梦想"才是"打工文学"的灵魂：

这些打工文学作品当然也深入地写到了打工生活的苦和累，写到了生存的不易和对社会存在的不公正现象的抨击。但这些作品却也有最为强烈的渴望和最为实在的梦想。这些打工者并不认为自己的处境无法忍受，相反，他们仍然对生活怀有信念，对世界有一份坚定和乐观的抱负。他们相信凭自己艰苦的劳作和机敏

①苏琦：《断指之痛》，载许强、罗德远、陈忠村主编《中国打工诗歌精选（1985—2005）》，珠海出版社2007年版，第241页。
②钟晓毅：《青春驿站》，载《在南方的阅读：粤小说论稿（1978——1996）》，广东人民出版社1998年版，第170页。
③王为理：《打工文学的文化意义与视角调适》，载杨宏海主编《打工文学纵横谈》，社会科学文献出版社2009年版，第68页。

的争取，完全有可能为自己开创一个美丽的未来。他们并不想绝望地走向社会的反面，也并不激烈地抨击当下的生活，而是在困难中互相慰勉，在挑战中从容面对。在打工小说、诗歌和散文中，我们看到的最为常用的词就是——梦想。

在我看来，打工文学凸现了我们在思考"底层"或弱势群体的问题时的一个关键盲点。我们常常忽视，二十年来中国发展的基本动力正是一个依靠自己改变命运追求美好生活的梦想。这个新的"中国梦"是一个成功的梦，一个凭自己的勇气、智慧、创造精神争取美好生活的梦，一个充满希望的梦想。这是一个强者的梦想，一个个人冲向未来的梦想。这正是中国社会尽管面临巨大挑战却仍然能够凝结成一个社群，而没有分崩离析的基本前提。①

十分明显，"打工诗歌"已经完全脱离了杨宏海、张颐武等人对"打工文学"的论述。它不再"既看到了苦难，也看到了希望；既描写了血泪人生，也表现了人间温暖"②，更无意致力于"对打工者心灵的净化、道德的提升，体现了打工文学所坚守的道德理想和价值尺度"，"打工诗歌"变成单纯的苦难叙事，并表现出强烈的怨憎情绪——"打工诗歌"通过拥抱建基于人道主义的"批判现实主义"与建基于阶级批判的"左翼文学"，完成了对"文学"的"进化"抑或"回归"，也因此将"打工文学"变成了"后打工文学"。

《中国打工诗歌精选（1985—2005）》一书的编选者在该书的序言《写在前面的话：关于"打工诗歌"》中曾这样概括"打工诗歌"的意义：

上个世纪80年代伊始，随着改革开放的深入，中国南方掀起了波澜壮阔的打工潮，后来的北漂、沪上漂泊、西部开发等，导致上亿人的流动，波及千家万户，成为一个时代浩浩的人文景观。发轫于珠江三角洲的"打工文学"因此历经20余年不衰，并逐渐扩散至长三角直至全国。"打工诗歌"作为"打工文学"最为活跃的部分，业已在民间产生深远影响，并开始引起主流文坛的关注。③

在"打工诗人"的自我认知中，"打工诗人"虽仍将自己视为"打工文学"的一部分，但他们更愿意强调自己与"打工文学"的不同，那就是"打工诗歌"

---

①张颐武：《在"中国梦"的面前回应挑战——"底层文学"和"打工文学"的再思考》，《中关村》2006年第8期。
②杨宏海：《打工群体与文化权益》，《文艺报》2005年11月3日。
③许强、罗德远、陈忠村主编：《中国打工诗歌精选（1985—2005）》，珠海出版社2007年版，第1页。

将"打工文学"提升到了一个前所未有的高度，不仅仅在民间产生深远影响，更重要的是它已"开始引起主流文坛的关注"。也就是说，先前以其社会身份——"打工者"获得广泛关注的写作实践者，现在似乎更在意自己的文学身份——"被主流文坛关注"。这一自我定位明显与第一代"打工作家"不同。

有评论盛赞《中国打工诗歌精选（1985—2005）》"是一本囊括了二十年来来自底层催人泪下的呐喊，寄托着无数人用文字照亮现实的梦想的诗集"①。其实，这本诗集本身就是用文字"照亮"的"现实"。诗集中每位作者的自我介绍基本由三部分组成：一是对自己的打工经历的描述；二是对各自创作成就的罗列，几乎所有人都开列了数量惊人的发表过自己诗作的全国各地刊物和选本的名单，以及各种各样的"文学"成就，譬如"出版著作多种""多次获全国性文学奖""诗作入选《2003：文学中国》等权威选本"或"在海内外近两百种刊物发表过诗歌、散文、小说、报告文学、文学评论等作品，部分被转载获奖，翻译成外文，被收入百余种大型选集及辞典"，等等；三是对作者现在的工作岗位或头衔的介绍，如企业管理人员、创作总监、网站与论坛的创办者，等等，其中绝大多数是文艺刊物的从业人员，如记者、编辑，有不少甚至担任了编辑部主任或总编或论坛的主持人，或成为"XX文学院院长"这样的文化名人。

尽管名字不同，性别各异，但《中国打工诗歌精选（1985—2005）》对所有入选者的描述却是一个极为近似的人生故事：一位曾经的打工者，在发表了大量诗歌，向主流文学界证明了自己的写作才能之后，最终摆脱了"打工者"的身份，成为拥有文化资本与权力的文化人——这本诗集由此成了一部"成功学"的著作，与其说在展示"苦难"，不如说在形象展示一条通过展示苦难而获得"文学"成功，并由此摆脱"打工者"身份的终南捷径。

对"打工诗歌"的作者而言，如果要取得文学上的"成功"——"引起主流文坛的关注"，就必须符合——准确地说是"迎合"主要体现中国中产阶级趣味的"文学界"对"底层生活"的想象以及被幽灵化的民粹主义激情，满足他们对苦难的消费，使他们在"反映"与"代言"的幻觉中重新找回失落的自我——"文学界"从来只能看见自己想看见的东西。《中国打工诗歌精选（1985—2005）》形象地再现了"文学"规训"打工"的过程。"打工诗人"并不抗拒用"打工"包装"文学"，相反，如果"苦难"是"文学"市场上最受欢迎的消费品，那么，"后打工文学"就只能将自己变成一条条生产"苦难"的流水线，"打工诗人"就是这条流水线上的工人。

---

① 郭珊：《"我们并不沉默，只是没有人倾听"》，《南方日报》2007年6月17日。

郑小琼就是从这条流水线走出的优秀"打工诗人"。她在 2007 年获得文学权威性奖项——人民文学奖"新浪潮"散文奖，被视为"打工文学"获得主流文坛认可的标志。"打工文学历经二十余载的跋涉，最终以她走向领奖台的微弱身姿，第一次敲开了精英文学的大门。"[①]在这之前，郑小琼的作品就已经获得过全国诗歌散文大赛一等奖等多个奖项。在东莞政府和作协的扶持下，她出版了两本诗集，还开过作品讨论会。但此次获得人民文学奖，才真正被评论界视为"打工文学受主流认可的最高荣誉"。

许多报刊都记录了郑小琼在中国"主流文坛"的精彩出场：2007 年 5 月 21 日，在《人民文学》"新浪潮"散文奖的颁奖台上，这位"身高不足一米六的二十七岁女子，嘴角刚能够着麦克风，操着半生的普通话，一紧张，就回到了四川方言"。如果不是站在人民文学奖的领奖台上，这个二十七岁的四川打工妹，穿着半旧碎花短袖衣，料子长裤，黑布鞋，看起来"和北京家政市场上的小保姆没区别"。但郑小琼的讲话却在所有的获奖者中赢得了最多掌声。郑小琼这样叙说自己的获奖作品《铁·塑料厂》的创作动机："珠江三角洲有四万根以上断指，我常想，如果把它们都摆成一条直线会有多长，而我笔下瘦弱的文字却不能将任何一根断指接起来……"[②]

郑小琼的讲话不断被掌声打断，出现在文学舞台上的瘦小纤弱的"打工妹"郑小琼，是一个在五金厂被机器切去了拇指的打工妹，但让人震撼的并不只是她自己的手指，而是她代表的"四万根断指"——准确地说，是对"四万根断指"的想象带来的疼痛体验和召唤出来的悲悯、自疚和自惭。"四万根断指"构成的血腥的苦难意象经由"文学"舞台的升华，创造出经久不息的美学震颤。郑小琼的风头之健，大约是在许多年后脑瘫诗人余秀华和北京育儿嫂范雨素的登场才被盖过。

范雨素接受"北京时间"采访时就曾经回忆过郑小琼对自己的影响："我买过郑小琼的诗集。那本诗集里有一首诗叫《田建英》，田建英是一个从四川来的捡瓶子的中年妇女，她有好几个孩子，孩子的命运基本上都特别悲惨。我看的时候哭了，有共鸣。"[③]

打工生活的苦难是郑小琼文学创作的基本主题。"流水线"是"打工诗人"笔下表现得最多的意象。郑小琼的《流水线》写的就是这种现代工厂制度对人的戕害。工人在流水线上变成了"流动的人"，他们像犯人一样没有自己的名字，

---

① 陈竞：《打工文学：疼痛与梦想》，《文学报》2007 年 6 月 28 日。
② 成希、潘晓凌：《郑小琼：在诗人与打工妹之间》，《南方周末》2007 年 6 月 7 日。
③ 参见"北京时间"于 2017 年 4 月 26 日对范雨素的媒体采访。

只有一个工位号码。如"流水的响声中，从此她们更为孤单地活着／她们，或者他们，相互流动，却彼此陌生／在水中，她们的生活不断呛水，剩下手中的螺丝，塑胶片／铁钉，胶水，咳嗽的肺，染上职业病的躯体，在打工的河流中／流动"。工人们是高度流动的、原子化的个人，工业生产随时污染、伤害着他们的身体。

纤弱的郑小琼让我们"看见"了"苦难"，她作为底层苦难的亲历者、见证者与记录者的自我定位使她获得了成功。但这一定位却是被规训的结果。据《南方周末》的文章介绍，郑小琼最初的写作与第一代"打工文学"作品并无不同，多写乡愁别韵。2002 年，经最初的赏识者、《打工诗人》主编许强的推荐，郑小琼认识了民间刊物《独立》的编者发星和"民间文学批评家"海上。"发星连续六年给她寄书，从文艺复兴时期的作品到国内外先锋诗人的诗集。扎实的阅读量使她的视野超越了一般打工诗人。"①在两位启蒙老师的引导下，郑小琼的诗风陡变，一改前期风格，抨击社会阴暗面，嘲讽世态人心，在网络引起轰动。海上赞其作品为"近年中国诗坛的旷世杰作"。而时任广东省作家协会副秘书长杨克则认为，郑小琼太偏激，感情停留在愤怒层面上，作品粗粝。已经形成文学——政治自觉的郑小琼对此进行了大胆的反驳，她否认自己偏激："我不知道什么叫光明或阴暗，我只看见事实。我的诗歌灰，因为我的世界是灰的。"②

郑小琼还遭遇了另一种指责：部分读者认为其作品实验性太强，太晦涩，让人"看不懂"，有"脱离群众"的倾向。但这些指责已经没有意义了。因为与所有"打工诗人"的诗歌一样，郑小琼的写作已经不再以农民工兄弟作为预设的读者，而是以主流文学批评家乃至文学史家作为倾诉、吁求与对话的对象。尽管郑小琼获奖后曾一度拒绝专职写作的机会，打算继续做打工妹，因为她觉得"还需要保持这种在场感，一种底层打工者在这个城市的耻辱感，这种耻辱感让我不会麻木"③。但她很快放弃了这种无谓的坚持，变成了著名文学杂志的编辑，现在已是副社长。因为从她登上《人民文学》领奖台的那一刻起，她就属于"文学"，而不再属于"打工"。

但被主流文学接纳，却不意味着被"官方"接纳。2007 年 6 月初，时任《人民文学》副主编的文学批评家李敬泽在点评东莞市首个纯文学奖"荷花文学奖"获奖作品时，对方兴未艾的"后打工文学"给予了极高的评价："他们已经远非传统'打工文学'的范畴，他们能够与全国主流文学、纯文学圈对话，并占

---

①② 成希、潘晓凌：《郑小琼：在诗人与打工妹之间》，《南方周末》2007 年 6 月 7 日。
③ 郭珊：《"我们并不沉默，只是没有人倾听"》，《南方日报》2007 年 6 月 17 日。

有一席之地！"①但问题在于，究竟何谓"主流文学"？"主流文学"是否就是"官方文学"？《人民文学》杂志是否真正代表"主流文学"？"主流文学"是否就一定表达"主流政治"？这些问题，尤其是当代中国"文学"与"政治"的关系，其实远远不是我们表面上看到的那么简单——以"打工文学"和"后打工文学"为例，究竟是郑小琼的表达强烈怨憎情感的批判现实主义写作还是安子立志"分享艰难"的励志写作更符合"主流文学"的标准，抑或"主流政治"的标准呢？！

从 2005 年开始，共青团中央专门为"打工文学"改了名，叫"进城务工文学"，并设立了专门针对进城务工青年的全国性的"鲲鹏文学奖"。刊登在 2015 年《中国青年报》上的《第 16 届深圳读书月"鲲鹏文学奖——全国打工青年诗文大赛"征稿启事》这样定义"鲲鹏文学奖"：

> 进城务工青年是我国工业化进程中一个数量庞大的群体，正逐步成为所在城市的"新市民"。如何丰富进城务工青年的精神文化生活，已经上升为国家层面的发展战略。打工青年的文化建设对于我国经济发展建设、社会和谐稳定至关重要。在第 16 届深圳读书月期间，由中国青年报社、深圳读书月组委会、中共深圳市宝安区委宣传部联合举办"'宝安杯'鲲鹏文学奖——全国打工青年诗文大赛"。
>
> 活动旨在为进城务工青年提供一个展示文学才华的舞台，搭建一个精神擂台，提振打工青年的精气神，引导打工青年树立正确的人生观，激发打工青年积极向上、追求梦想、感恩社会的正能量。荟萃草根之声，成就草根之梦。②

"主流政治"与"主流文学"对"打工文学"的不同理解，体现出对中国社会性质的不同认知。"打工文学"在更名为"进城务工文学"之后，继而又被共青团中央更名为"劳动者文学"，因为"劳动者"是一种历史主体，在为自己劳动的同时，更是在为实现"中国梦"添砖加瓦。而"打工"则意味着"为老板工作"或者"出卖劳动"，意味着以劳动换取工资的资本主义商品交换关系。早年杨宏海所定义和调和的"打工文学"在这里出现了分野。"后打工文学"凸显了当代中国文化政治的一个重要征候：一方面，它让我们意识到这两种现代性装置之间的矛盾与冲突。人们常常忘记的一个事实是，"后文革时期"的中国文学，

---

① 郭珊：《"我们并不沉默，只是没有人倾听"》，《南方日报》2007 年 6 月 17 日。
② 《第 16 届深圳读书月"鲲鹏文学奖——全国打工青年诗文大赛"征稿启事》，《中国青年报》2015 年 11 月 18 日。

就是以"政治"为"他者"确立自己的主体性的。尽管"新时期文学"与政治曾经有过一段蜜月期，"新时期文学"以"去政治的政治"投身于新时期政治，但即使在这一难得的蜜月期，看似合二为一的"文学"与"政治"仍然以此起彼伏的抵牾与冲突再现了二者的貌合神离与同床异梦。另一方面，之所以需要为"主流文学"及至"官方文学"打上引号，是因为"后文革时期"的中国"政治"与"文学"并非一成不变，它们始终处于变动不居和不断建构之中。正确理解它们的唯一有效方式，只能是运用杰姆逊的方式，通过将它们不断"历史化"来完成。

"后打工文学"的走向凸显出"打工文学"本身的内在困境。"打工"与"文学"、"打工族"与"作家"，这两个概念和两种身份其实蕴含着一种结构性的内在紧张——当"后打工文学"变身为"文学"之后，"打工"还有什么意义吗？因为在"文学"的视阈中，"打工"只能算是一种"文学题材"。与此同时，"打工作家"创作的"打工文学"作品越成功，摆脱"打工"身份就越迅速。如果"打工文学"的写作只是"打工作家"们摆脱"打工"身份的一种途径，那么，"打工文学"成功之日也是其失败之时。

谢湘南就是这群面目不清的"打工诗人"中的一个代表。1993年，十九岁的谢湘南离开湖南农村赴深圳打工并开始了诗歌创作。他的创作才华很快引起了文学界的关注。1997年他受邀参加《诗刊》主办的第十四届"青春诗会"，2000年出版了第一本个人诗集《零点的搬运工》。著名诗评家杨匡满为其作序《打工仔文学的亮丽风景》，称谢湘南"这个名字的出现意味着真正意义上的打工仔文学的确立和成熟。《零点的搬运工》是我至今读到最好的打工仔文学"①。2003年，谢湘南告别打工仔身份，成为南方一家著名日报的记者。他继续写诗。2014年，他在自己历年创作的八百余首诗作中选取了一百七十余首，编选出一本总结性的《谢湘南诗选》，其中只从《零点的搬运工》中选了三首，"算是一种回望"②。谢湘南似乎一直在躲避"打工诗人"或"打工文学"的标签。谢湘南的友人、诗人余丛曾说：

> 与湘南的交往中，我曾无数次地反对过社会强加给他的一个头衔——打工诗人。但是，他从不辩驳，他轻蔑的笑容里却传递出一丝无可奈何。直到有一天，他在一篇文章里写道："我认为任何'标签'或'头衔'的强调与昭示都是一

---

① 杨匡满：《打工仔文学的亮丽风景》，载谢湘南著《零点的搬运工》，华夏出版社2000年版，序言第2页。
② 谢湘南：《那些无从分享的生活，就是我想要努力记取的》，载《谢湘南诗选》，长江文艺出版社2014年版，后记第324页。

种可笑的行为。写作从自我生活出发，从自我情感和生存体验去挖掘，这是一条基本的常识。是谁给你那么多命名的权力与智慧呢？"①

尽管官方与主流文学界青睐有加，但许多热爱写作的打工仔和打工妹并不愿意被称为"打工作家"或被纳入"打工文学"范畴加以定位，因"打工文学"创作引起关注的宝安三十一区作家们曾明确表示不愿意被纳入"打工文学"框架进行论述。其中的原因，既如有的评论家所称是出于自尊，尤其是那些最终摆脱打工仔身份而成为文化人的"前打工作家"，"好像进了这个圈子，就代表品位不高，或者就表示作家出身低微"②。亦有人觉得在"作家"之前加上前缀"打工"本身就是一种歧视。"打工作家"的称谓如同余秀华"脑瘫诗人"的标签，余秀华有理由要做"诗人余秀华"，而不是"脑瘫诗人余秀华"，"脑瘫"标签是对诗人的贬低。"打工作家"同样有理由要做"作家"，而不是"打工作家"。除此之外，还有人一开始就不认可"打工作家"或"打工文学"这种标签的有效性。以谢湘南为例，他的诗歌中，能够让读者辨别其打工仔身份的作品并不多。他的大部分诗歌都是对个人生活及其感受的观照与呈现，他不断在咀嚼自己的内心，始终在静观、反讽、自嘲、喃喃自语。即使是在使他成为"打工诗人"代表作家的成名作《零点的搬运工》中，纯粹意义上的"打工诗歌"所占的比重也不高，他所写的打工题材的诗歌，虽然也涉及诸如试用期、车间、老板、啤机甚至"断指"等这些在"打工诗歌"中经常出现的意象，但它们并不通向苦难，他的情感表达十分节制。比如以下这首以打工生活为题材的诗作《呼吸》：

风扇静止

毛巾静止

口杯和牙刷静止

邻床正演绎着张学友

旅行袋静止

横七竖八的衣和裤静止

绿色的拖鞋和红色的橡胶桶静止

我想写诗却点燃一支烟

---

① 转引自刘嘉：《一个异乡人的精神之旅——读谢湘南的诗》，《诗刊》2009 年第 3 期。
② 黄玉蓉：《打工文学的文化建构》，载杨宏海主编《打工文学纵横谈》，社会科学文献出版社 2009 年版，第 132 页。

墙壁上有微笑和透明的女人

有嚼过的口香糖

还有被屠宰的蚊子的血

这是五金厂 106 室男工宿舍

这是距春节还有十八天的

　　不冷不热的冬季

　这是一个星期天的晚上的

　　九点半

第一个铺位的人去买面条了

第二个铺位的人给人修表去了

第三个铺位的人去"拍拖"了

第四个铺位的人在大门口"守着"电视

第五个铺位的人正被香烟点燃眼泪

第六个铺位的人仍然醉着张学友

第七个铺位的人和老乡聊着陕西

第八个铺位　没人

居住　还有三位先生

　　　不　知　去　向①

谢湘南的友人安石榴曾这样评价这首诗歌："诗人通过对室内平淡无奇的陈设的勾勒，营造出了一个静止甚至是凝滞的场景，而这流水账一般的罗列背后则藏匿着诗人因百无聊赖而四下观望的目光，以及目光中隐约透出的寂寞心绪。"②诗人将打工者的日常生活场景进行筛选和加工，在呈现打工者工作之辛劳、内心之丰富的同时，于人们习以为常的琐碎细节中呈现出带有烟火气的、"原生态"的诗意。谢湘南诗歌的创生之境与其置身的打工生活世界有关联、耦合，但他没有在"打工"的社会学意义上徘徊，也拒绝了主观情感的介入，而是以"零度写作"的方式，被动地接受、记录感官的、心理的和物质的现实。谢湘南无疑是在写"打工"，但又不仅仅在写"打工"。诗人在诗中表现出的"生活的

① 谢湘南：《零点的搬运工》，华夏出版社 2000 年版，第 4—5 页。
② 安石榴、谢湘南：《谢湘南诗歌两首点评》，《诗探索》2002 年第 1 期。

无奈、异乡的寂寞与生命的空虚"等情感，显然并非都市打工者所独有。正是基于这一点，有评论者甚至认为讨论谢湘南创作的最有效的场域其实是"都市文学"或"新都市文学"。谢湘南创作的意义在于对深圳都市生活的征候性呈现："一方面是消费主义笼罩和主宰下的物质繁盛和都市繁华，是大酒店、高级住宅区、各式小汽车，是享受夜生活的都市精灵；另一方面，则是'五金厂106室男工宿舍'这些都市的边缘群体的都市漂流、都市生存、都市伤感和都市怀乡。"①谢湘南当然可以被放置在"新都市文学"的命题下讨论，但他那木然、呆滞和冷漠的机械反应还可以在本雅明、齐美尔的义脉里引申，也可以在"异化"的名目下做文章。

谢湘南对"打工作家"身份的拒绝，源于他对询唤与规训的自觉，不管这种询唤与规训来自"政治"，抑或来自"文学"。在《谢湘南诗选》的后记中，他如此表述自己的诗歌理念："我记录下来的多数是这样的'无从分享的生活'。这在一个人人乐于谈分享的年代，在一个发达的自媒体将人的表演性展现到极致的时代，我的写作，多少表现出几分与世无争的反动。"②"与世无争"即英文中的 indifferent，其实可以理解成"反动"或是"反抗"，只是在谢湘南那里，这种"反抗"与"反动"是通过诗的形式，尤其是诗的修辞来完成的。

谢湘南身上凸显的这种"打工"与"文学"之间的紧张，并非仅仅属于谢湘南个人。当代文坛每一位现象级的"打工诗人"的出现，都无一例外地重复着这种紧张。

2014 年 9 月 30 日，深圳富士康的"打工诗人"许立志跳楼身亡，结束了自己二十四岁的生命。许立志之死比先前自杀的富士康工友们引起了更大的震撼，因为他不仅仅是一名流水线工人，还是一位才华横溢的青年诗人——尽管与他的诗歌先辈海子一样，许立志横溢的"诗歌才华"也要等到自杀之后才可能被"看见"。许立志死后，收录了他近两百首作品的诗集《新的一天》通过众筹的方式得以出版，在引起了中国诗歌界持续关注的同时，还引起了海内外众多媒体的关注。评论者对许立志之死的关注，亦主要围绕"政治"与"文学"两个层面展开。一方面，"打工仔许立志之死"让我们"看见"中国"底层"的悲剧命运："这种 21 世纪'世界工厂'里的中国工人所遭受的生存境遇成为祖国的耻辱。"③另一方面，"诗人许立志之死"则让我们"看见"了"诗歌"乃至"文学"在我们这个时代的"生与死"。

评论家秦晓宇是许立志诗集《新的一天》的编者，也是"许立志故事"的

---

① 谢晓霞：《都市的震颤与疼痛：论谢湘南的都市诗》，《名作欣赏》2013 年第 6 期。
② 谢湘南：《那些无从分享的生活，就是我想要努力记取的》，载《谢湘南诗选》，长江文艺出版社 2014 年版，后记第 324—325 页。
③ 张慧瑜：《工人诗歌的"当代性"与工业经验的表达》，《滇池》2017 年第 5 期。

主要讲述者。在为《新的一天》题写的序言《"一颗螺丝掉在地上"》中，秦晓宇做了一个基础性工作，就是尝试将"打工仔之死"与"诗人之死"纳入同一个故事当中去讲述，使许立志的诗歌在社会历史批判和文学性这两个维度同时得到肯定。

秦晓宇的序言讲述的第一个故事，是"打工仔许立志"之死的意义。他首先通过展示许立志的哥哥捧着他的骨灰走向大海的场景，凸显出底层打工者的孤立无助。接下来，秦晓宇进入到对许立志作品的分析。他选择许立志直接书写打工生活苦难的诗歌如《流水线上的雕塑》《流水线上的兵马俑》《发展与死亡》《车间，我的青春在此搁浅》以及展示打工生活对于许立志身心的摧残的作品如《苍老的哭泣》《梦回故乡》《杀死单于》等展开自己的论述。在秦晓宇的描述中，许立志的生命之路次第展开：这个出生于农村但对城市充满向往的新时代青年，因为贫寒的家庭无力支撑他的梦想，他选择进城打工，希望开拓属于自己的未来。但富士康这样的代工厂的非人性的工作模式，碾压着他疲惫的身心。在日复一日的流水线作业中，许立志的希望被消磨殆尽，最终选择以极端暴烈的方式结束了自己的生命。用秦晓宇在"编后记"中的话来说，就是对许立志诗歌历程的追踪，将"有助于我们了解他渐趋绝望的生活轨迹"。

将许立志的自杀解读为一个怀揣着理想的底层青年梦碎后的绝望之举，不仅是秦晓宇的个人化解释，也是众多媒介讲述许立志的主要方式。将许立志的自杀汇入富士康的"十连跳"，让人看见现代工厂制度、资本逻辑对工人的压榨剥削，让人产生对底层打工者的同情与悲悯——许立志之死注定成为一个时代的寓言。在这个寓言中，许立志是"打工诗人"的代表，他为这个看不见的群体发声和代言——"许立志等于用他身体的绝望，来对抗整个劳动商品市场对流水线工人的剥削。"①

但这并非许立志的全部故事。秦晓宇的序言的第二部分还讲述了另一个故事，那就是"诗人许立志"的"生"与"死"。这一部分文字聚焦于许立志的诗歌创作生涯，强调许立志的诗歌并不只是"运用平实的语言、经验主义的方式来直抒胸臆"，同时还"因地制宜，铤而走险，将现实生活的能量转化为文学创造力"。秦晓宇以许立志的《进城务工者》《一颗花生的死亡报告》《一个人的手机史》等诗歌为例证，认为它们虽然描写的是有关打工生活的内容，但是写法颇为独特高妙。在秦晓宇看来，许立志的许多诗歌已经超出了"打工诗歌"的范畴，极富幽默感，善于运用反讽的语言，如《一位老干部退休后的

---

① 钟乔：《〈我的诗篇〉：纪录电影与诗歌的对话》，《读书》2016 年第 5 期。

诗意生活》《狂人日记两首》《请给我一巴掌》等。同时许立志拥有"奇诡的想象力"，能够"自由穿梭于虚实之间"，《局外人》《悬疑小说》《入殓师》等作品体现了这一色彩。在驾轻就熟的论述中，秦晓宇似乎完全忘掉了他对"打工仔许立志"的分析，他甚至表达出对"打工诗歌"乃至"打工文学"这一称谓的怀疑。因为在他看来，"一个真正的诗人，与职业身份无关，通过它们，甚至可以更好地去认识他的写作才能、文学资源、风格意识与诗歌个性"。在这一问题意识的主宰下，秦晓宇最终以贯穿于许立志诗歌始末的"死亡意识"作为解读许立志的基点，强调许立志的自杀是典型的"诗人之死"。秦晓宇列举出许立志的诗歌中不断出现的自杀、坟墓、火葬场等意象，分析其诗歌一以贯之的晦涩、黑暗的背景的成因。秦晓宇一再谈到许立志一直在学习海子的诗歌，早年诗歌中带有强烈的模仿海子诗歌的印迹。"许立志最喜爱的两位中国当代诗人是海子和顾城，这从他对他们诗歌的借鉴与化用可以看出。"秦晓宇这样总结道：

不难发现，在许立志包含了不同题材、风格、主题、形式的诗歌创作中，有个极具统摄性的第一主题，那就是死亡。他是那么钟情于这个主题，或者说被这个主题死死抓住，在一种"先行至死"的写作状态中，一遍遍地体验和追摹它那噬人的魅力。他惨烈的坠楼之举也提醒我们，他并非只是写写而已。这使得他那些死亡之诗在修辞之外，获得了某种摄人心魄的力量。①

"死亡意识"这一高度抽象的概念被秦晓宇不断用来解读许立志的诗歌，譬如对许立志自杀前不久写就的一首《老蝉》，秦晓宇如此解读：

诗人将死亡置于一种舒适悠闲的日常氛围中，而非某些痛苦、激烈的情景下，凸显了日常之无常，读来更令人动容。现在的问题是，"秋风夏凉""一袭长发"的"她"会是谁呢？我认为，这个充满魅力的神秘女子，就是死神。而"她"种下的那座"深深的庭院"，便是诗人内心根深蒂固的死亡意识。②

秦晓宇的这种解读方式亦非孤例，一篇题为《诗人之死与艺术的重生——"打

---

① 秦晓宇：《"一颗螺丝掉在地上"》，载许立志著《新的一天》，作家出版社 2015 年版，序言第 21 页。
② 秦晓宇：《"一颗螺丝掉在地上"》，载许立志著《新的一天》，作家出版社 2015 年版，序言第 23 页。

工诗人"许立志诗歌论》的评论文章当可视为秦晓宇的同调。这篇文章完全剥离了许立志打工者的身份,用一种阅读谶语的方式去解读许立志与死亡有关的诗歌,为其赋予了神秘性和悲剧性双重色彩。在作者看来,类似许立志这样的"诗人之死",并非源于生活的逼迫,更大程度上源于诗人的主动选择:"一个人看待自己的人生,评价自己存在的意义与价值,说到底只与自己有关。更何况,在诗歌的国度里,信念是比死亡更重大的命题。"①为了论证自己的观点,作者对许立志描写打工生活的诗歌视而不见,仅以许立志的超现实写作为讨论对象,最终建构了一个死于形而上学的诗歌烈士。作者最后总结道:"死亡来源于生存,死亡造就了艺术,而许立志以自身的死亡完成了其诗歌的涅槃。诗人之死,也是艺术的重生。"②

吊诡的是,许立志写诗多年,并未从"文学"中获得拯救,最后选择"跳楼"这一既通俗又别开生面的形式来完成自己的表达。但一直拒绝接纳他的"主流文学"却从他的跳楼中获得了"重生"!问题在于,如果许立志是最终死于这种与生俱来的死亡意识,或是源于他对自己的诗歌偶像海子和顾城的模仿与学习——因此是一种纯粹的"诗人之死",那么,许立志之死与他的打工生涯,与富士康又有什么关系呢?在"打工"与"诗歌"之间,到底哪种原因是构成许立志自杀的真正原因呢?

秦晓宇似乎并未发现他讲述的两个故事之间的矛盾。《新的一天》书封这样推介许立志其人其诗:"……他的诗朴素斩截而又强烈,兼具抒情性与批判性,常以荒诞或令人震惊的笔触书写悲辛的底层生活与幽深的死亡诗意,以此来为两亿多名命运的同路人立言,为底层的生存作证。"

诗评家的自相矛盾在于,一方面他充分肯定"打工文学"对现实的真实表达,"农民工诗人的创作有着极其重大而特殊的意义,哪怕只是描述了自己的日常生活,他们也是在为两亿多名命运的同路人立言,为底层的生存作证"。另一方面,他又高张"文学性"这面同样陈旧的旗帜,希望以许立志之死为"文学"招魂。因此,他对许立志死亡的论述就始终处于一种自我缠绕和自我解构之中:

所以许立志的死是典型的诗人之死,他也的确秉持着这样一个顽念:"无论以哪种方式 / 走向死亡 / 作为一名合格的诗人 / 你都将死于 / 自杀"(《诗人之死》)。但另一方面,他的死绝不仅仅是诗人之死,更是一名底层打工青年

①② 何雪峰、白杨:《诗人之死与艺术的重生——"打工诗人"许立志诗歌论》,《广播电视大学学报》(哲学社会科学版)2015年第4期。

的绝望之举，有着深刻的社会环境层面的因由。①

在该文的另一处，秦晓宇总结道："诗人之死与底层打工者绝望的自戕，许立志就处于这两者的交汇处。"

秦晓宇们或许没有想到，在人类所有的经验中，唯有死亡是不能言说的。因为"生"与"死"从来不可能同在。没有人真正经历过死亡。由此，人们对死亡的讨论无一不基于虚构与想象。事实上，任何对许立志自杀原因的分析都是无法验证的，无论是出于对打工生活的想象，还是出于对诗歌与文学的想象。作为一个诗歌爱好者与写作者，许立志的确不能抗拒"打工诗歌"的影响，他的不少诗歌表现了鲜明的"打工诗歌"风格。另一方面，许立志一直在学习和模仿海子与顾城，不断表现出对死亡的迷恋，但这远非许立志的全部。在号称收录了许立志全部诗歌作品的《新的一天》中，其实有不少被批评家忽略的诗——这些诗既不在"打工"的视野中，又不在"文学"的视线之内，但这些诗反倒有着不容忽视的意义。比如以下这首《赠林志玲》，是羞涩内向的许立志给自己心中的女神林志玲悄悄写就的一首爱情诗：

你的容貌打败了很多女人
你的身高打败了很多男人
不过对我来说这些都不重要
重要的是
你的眼神打败了我的眼睛
你的声音打败了我的耳朵
你的呼吸打败了我的
最后一道防线
今夜我纵然是拿破仑
也要遭遇你的滑铁卢
今夜能败在你手下是光荣的
今夜能跪在你脚下是幸福的
今夜我不是高高在上的王
今夜我不是道貌岸然的人

① 秦晓宇：《"一颗螺丝掉在地上"》，载许立志著《新的一天》，作家出版社2015年版，序言第23页。

今夜，我心甘情愿

做你的俘虏

　　许立志的这首诗，仍让人想起海子的诗歌《姐姐，今夜我在德令哈》中的名句："今夜我不关心人类，我只想你"。但这个惊呼"今夜能败在你手下是光荣的／今夜能跪在你脚下是幸福的／今夜我不是高高在上的王／今夜我不是道貌岸然的人／今夜，我心甘情愿／做你的俘虏"的许立志，既不是苦大仇深的打工仔，也不是高贵的"诗歌王子"——这个时候的许立志，是一个淳朴而平凡的邻家男孩，像这个年纪的所有男孩子一样，期待和想象爱情，毫无抵抗地沉溺和臣服于一个被称为"万人迷"的明星，向往和膜拜"志玲姐姐"所代表的日常生活。这个时候的许立志是千千万万的普通打工仔中的一员。这种令"诗歌烈士"蒙尘的作品，其实在许立志的诗歌中为数不少，这是另一个许立志——一个既不能用被本质化的底层身份，也无法用"诗人"身份，更无法以"打工诗人"这一可疑的符号加以界定的许立志——在某种意义上，这或许才是一种更为真切的打工仔生活场景的表达。只是问题在于，像马克思在《路易·波拿巴的雾月十八日》和萨义德在《东方学》中曾经一再追问的："底层"能说话吗？

　　秦晓宇亦曾在序言中慨叹："'底层如何发声'的命题事关社会正义与历史真相。但这发声何其艰难？"但他或许根本没有意识到，他和相关评论家有关许立志的评论并没有使得打工青年的发声变得更加顺畅。相反，如果许立志死后有灵，当他看到自己被评论家与媒体如此"大卸八块"，然后又徒劳地试图将其硬生生拼接到一起，许立志一定觉得自己又经历了一次新的死亡。事实上，许立志在写于2013年的诗歌《他们要将我大卸八块》中已经预见了这次"杀戮"：

陌生人啊请听我说

他们要将我大卸八块

他们正磨刀霍霍

陌生人啊你们停一停且听我说

他们要将我大卸八块

他们就要来了

他们要将我大卸八块

　　在写出以上这首诗一个多月后，许立志写过一首更精彩的诗。题目是《请给我一巴掌》：

请给我一巴掌

作为诗人我怕死

我活到今天还没自杀也没打算自杀

我愧对媒体愧对大众

我愧对诗评家愧对诗歌史

请给我一巴掌

对上面这首诗，秦晓宇的解释是"他（许立志）的幽默就是抽向这社会的一巴掌"，却没有看到——或不愿承认这首诗对包括秦晓宇在内的诗评家、这样将其解读为"诗人之死"的评论者的嘲讽——正是因为许立志最后还是选择了死亡，他才终于成全了秦晓宇这样的诗评家对"诗歌"与"死亡"的总结与评价。如果许立志不死，诗评家们讲不出这个故事，或者至少无法讲述得如此精彩——"文学"无法获得"重生"。在这一意义上，许立志如果不死，就会永远生活在面对诗评家的"愧疚"中，因此生不如死——因此，对这首诗更准确的解读方法，或许是"他（许立志）的幽默就是抽向这诗评家的一巴掌"。

大器晚成的郭金牛是"打工诗歌"的另一个传奇。1966 年郭金牛生于湖北省黄冈市浠水县，1993 年开始在深圳、东莞一带打工，直到 2012 年，年满四十六岁的郭金牛才开始正式写诗。但他运气不错，上网时偶然进入北京文艺网国际华文诗歌奖论坛，用网名"冲动的钻石"在上边贴了一组诗《虚构中的许》，没想到引发了不少人的关注和评论，其中包括国际诗人杨炼。杨炼在帖子下边做了认真的回应和点评，这让郭金牛非常激动。慢慢地，他发现论坛上有很多自己喜欢的诗人，于是"越写越来劲"。2013 年 6 月，杨炼与秦晓宇将郭金牛的诗作《纸上还乡》推荐参加了有"世界三大文学盛会"之一与"头号国际诗歌节"之美誉的鹿特丹国际诗歌节。郭金牛的《纸上还乡》与李白的《静夜思》、杜甫的《月夜》同时被译成英文贴在户外供现场朗诵。随后，《纸上还乡》被翻译成捷克语参加捷克国际书展，杨炼当场朗诵了这首诗，引起与会诗人们的极大关注。瑞士苏黎世大学传媒系教授卢卡·谢德勒在 2014 年专程来到深圳龙华，为"打工诗人"郭金牛拍摄纪录片，记录这个中国底层诗人的生活状态。2015 年，郭金牛应邀参加第四十六届鹿特丹国际诗歌节，并作为"当代中国工人诗人代表"在诗歌节上作主题演讲。在这次诗歌节上，四次获得诺贝尔文学奖提名的叙利亚著名诗人阿多尼斯朗诵了郭金牛的打工诗歌《纸上还乡》。郭金牛在国际诗坛的爆红迅速传导至国内，开始了"出口转内销"。《纸上还乡》获得国际华文诗歌奖"第一部诗集奖"，组诗《罗祖村往事》获首届中国金迪诗歌奖。郭金牛成为媒体竞相追逐的对象，CCTV、凤凰卫视、新华社、北京卫视、澳亚卫视、台湾东森电视、德国《南德意志报》、瑞士《新苏黎世报》等近三十家海内外媒体对其进行采访和报道。2014 年 8 月，收录了郭金牛主要作品的诗集《纸上还乡》由华东师范大学出版社出版，获首届广东省"桂城杯"诗歌奖金奖。郭金牛传奇的缔造者杨炼为《纸上还乡》作序《乡关何处》。

　　杨炼是郭金牛传奇最重要的推手，他最先发现了郭金牛，将其直接推举到"国际诗坛"。谈到这一点，郭金牛深怀感激："我的诗歌，最终形成诗集《纸上还乡》，得之于国际知名的华语诗人杨炼先生的鼓励提携。"①那么，杨炼到底从郭金牛的诗歌中看到了什么呢？在为郭金牛的诗集《纸上还乡》撰写的序言《乡关何处》中，一开篇，杨炼就直奔主题：

　　"农民工"的造词者，虽然语法观念淡薄，却显然直觉敏锐。这个词，如此简洁而直接地，一把抓住了中国过去三十多年的变迁。"农民"——"工"，一个词，一部浓缩的历史。它包含了凋敝在身后的乡村，冷硬陌生的城市，低廉得令人咋舌的工资，千万颗盲目茫然流亡的内心。对亲历者，甚至"历史"一词都太轻飘飘了，它必须换成血泪、生死、沧桑，才能接近于传达那内涵。②

　　杨炼对郭金牛诗歌的分析，围绕"农民工"的城市际遇展开。对《庞大的单数》的赞美，完全是因为这部作品表现了"一种沦落到底的耻辱，借一张薄薄的暂住证，就能压碎一个生命"；而《罗租村往事》之所以精彩，在于"好一个'经'字！经历的经？经常的经？或干脆，《诗经》的经？渺远的和贴近的，抽象的和切实的，典籍的和活生生的，千古传诵的和当下呻吟的——命运，已'经'凝在一起，如血泊，如噩梦"；杨炼甚至在郭金牛的诗集《纸上还乡》的核心词"乡"及其表达的"无家可归"中读出了自己"环球漂泊"的际遇……在杨炼看来，有着数十年历史的当代中文诗之所以质量不高，原因很简单，就是因为"诗人欠缺真经验，诗作欠缺真语言"，郭金牛通过《纸上还乡》提出的问题，"令这部诗集的思想意义，远超出今日中国，而标志了当代世界的困境：当人类只剩下金钱这唯一的意识形态，自私这唯一的人生哲学，玩世这唯一的

---

① 郭金牛：《外省、工业、乡愁与疾病的隐喻》，载《纸上还乡》，华东师范大学出版社 2014 年版，后记第 97 页。
② 杨炼：《乡关何处》，载郭金牛著《纸上还乡》，华东师范大学出版社 2014 年版，序言第 1 页。

处世态度，我们都在徘徊，既流离失所，更走投无路"①!

非常明显，郭金牛的诗歌之所以被杨炼看中，最核心的要素是郭金牛的"农民工"身份以及郭金牛对中国底层社会的表现。至于其"艺术性"，虽然杨炼也曾注意到了郭金牛诗歌穿行于"轻与重"之间的独特节奏感以及在语言和句式上对传统文学之美的继承和呈现，但杨炼更关注的仍然是郭金牛诗歌所表现的中国打工者苦难的"重"。因为在他看来，"诗不描述现实，而是打开它，让我们看见一个原本隐藏着的世界，一种我们没发现的深层自我。由是，只谈技巧、风格，离诗还远"。杨炼离开祖国多年，他的经历与视野决定了他的诗歌观。与立意将"思想"与"艺术"强扭到一起的秦晓宇不同，杨炼的诗歌观决定了他对郭金牛的理解。但如果读者不愿在杨炼的指引下展开对郭金牛的阅读，或是展开杨炼的序言与《纸上还乡》的"对读"，其实很容易发现具有杨炼定义的"思想性"的诗歌在郭金牛的诗歌中占的比重并不大。虽然郭金牛的一些诗歌像我们惯常见到的"打工诗"一样，出现了"跳楼""暂住证"等标志性的元素，但郭金牛写得更多的诗却是对打工生活的白描，最常出现的是男性打工者对于爱情与情欲的绮梦、喟叹与伤感，对打工仔生活场景以及打工者平静的心绪的呈现。前者如《想起一段旧木》《许·白纻裙》《木工部的性叙事》等，后者如《一个湖北人的快乐和忧伤》。这些作品既无深仇大恨，也没有对诗与死的沉思，艺术上也看不出多少现代诗的影响，相反，郭金牛在写作中频频使用对中国传统诗歌经典的借用或戏拟。

有趣的是，郭金牛本人似乎并未意识到自己为何一夜成名。在接受记者访谈时，他对自己的"打工诗人"标签不以为然，反而更愿意讨论自己在"文学"上的成就：

"我并不介意'打工诗人'这个标签，将诗人或诗歌分类不是我思考的问题，因为这对于我的写作没有意义。诗人唯一的身份识别是你的诗歌作品本身，而不是贴在身上的标签。所谓打工文学，只不过是对某种文学现象的描述，和作品本身的关系并不大。"在郭金牛看来，当人们将"打工文学"挂在嘴边时，往往被"打工"这个词引导去了另一个方向，偏离了文学本身的道路。为什么不能跳出"打工"二字的局限来谈论文学性呢？"如果文学落脚到对生命和人性的洞察上，外国文学与中国文学有没有区别？古代文学与现代文学有区别吗？很简单，没有。"②

---

① 杨炼：《乡关何处》，载郭金牛著《纸上还乡》，华东师范大学出版社2014年版，序言第7页。
② 何晶：《郭金牛：从居无定所到走上国际诗坛》，《羊城晚报》2014年12月14日。

记者在对郭金牛的采访中发现，郭金牛谈得最多的词是"文学性"。在郭金牛看来，主流文学界对"打工文学"的评判是否公允，是否重视，其实根本不是问题。真正杰出的作家不会在意这些，作家真正的出路在于写出足够分量的作品，其余的并不重要。"如果不能抛开打工文学的命名从深层去解读作品的文学性，所谓的探讨也是没有意义的。"①谈及"打工文学"与"底层叙事"的关系，郭金牛认为，难道打工者的困境仅仅是生存的困境吗？如果我们不钻透打工的另一个困境，也就是人的精神困境，文学就将流于祥林嫂式的"苦难和伤痛的诉说"。在他看来，底层叙事是基于生存与精神双重困境之下的修建，是一座不断向下修建的"塔"。

郭金牛的这种自我认知与杨炼对他的解读显然出现了错位。郭金牛似乎并不知道他之所以引起国际诗人乃至国际诗坛的关注，并不是——或主要不是因为他诗歌具有的"文学性"——并非因为他写得比别人好，而是因为他是一个典型的"中国打工诗人"，他的诗歌是一个由"打工"与"诗人"混合而成的"东方"——"中国"奇观。不论郭金牛如何创作，他的形象将永远定格于以"中国打工诗人"的身份出现在第四十六届鹿特丹国际诗歌节上的那一刻，永远无法拒绝自己作为"第三世界国家的寓言"的身份。失去了这一身份，他将一无所有，一事无成。因此，尽管他对评论界赋予他的"底层千百万'打工者'的代言人"②（唐晓渡语）这一身份心存疑虑，但"跟着杨炼走"是他唯一的选择。"杨炼不仅是我的伯乐，更是我诗歌写作上的导师，这对一个诗歌初级练习者来说，很重要。最初他给了我非常大的鼓励，后来慢慢进入了另一个层次，他让我对诗歌有了更深层的思考，写诗并不仅仅是文学爱好，最终它会指向你的生命。"③杨炼的询唤，使郭金牛最终摆脱了自己有关"文学性"的"失语"，回到了正途。在《纸上还乡》的后记中，郭金牛对表达自己青春感伤的大部分诗歌视而不见，而是接续着杨炼在序言中的话题，从"暂住证""收容所"谈到著名的"十三次跳楼事件"，继而做出了如下表述：

我愿意相信，这些《大悲咒》为他乡的抑郁寡欢而亡的兄弟送来一座天梯，他们正从这座天梯上秘密地成功脱逃；我也愿意相信，另外一些工友在教堂的夜晚，诵唱着《马太福音》，他们为他乡迷途的姐妹们搬来了一座神秘天堂。

---

① ③ 何晶：《郭金牛：从居无定所到走上国际诗坛》，《羊城晚报》2014 年 12 月 14 日。

② 魏沛娜、韩墨：《诗人现场"为你读诗"》，《深圳商报》2015 年 7 月 1 日。

纸上还乡。他们或她们。①

　　顺着杨炼的思路，郭金牛确立了《纸上还乡》的主题，也因此确立了自己今后创作的方向。他只有一条路，那就是"写出传世性的打工诗歌"②——不管他自己是不是愿意，或是不是具备这一能力。郭金牛必须继续做一个政治性的诗人。好在与许立志不同，郭金牛开始创作的时候就已经不再年轻，那种似有似无的个人忧伤会因为衰老而消逝，留下来的唯有政治性，以及杨炼说的"思想"。

　　国际诗坛与中国诗坛对于中国"打工诗歌"的询唤与规训是如此近似，不仅仅说明中国参与全球化的程度之深，更再现了全球知识分子面对"历史终结"所产生的共同焦虑。问题是，被这种普遍性的知识所创造的有关"打工诗歌"与"打工文学"的话语实践，究竟是在舒缓这种焦虑，还是在加剧这种焦虑呢？

　　2003 年，深圳诗人刘虹写过一首题为《打工的名字》的诗歌，为"打工"一族修撰了三世谱牒，综汇了各色名号：

本名 民工
小名 打工仔/妹
学名 进城务工者
别名 三无人员
曾用名 盲流

尊称 城市建设者
昵称 农民兄弟
俗称 乡巴佬
绰号 游民

爷名 无产阶级同盟军
父名 人民民主专政基石之一
临时户口名 社会不稳定因素
永久宪法名 公民
家族封号 主人

---

① 郭金牛：《外省、工业、乡愁与疾病的隐喻》，载《纸上还乡》，华东师范大学出版社 2014 年版，后记第 96 页。
② 罗执廷：《追求"独特表达方式"的打工诗歌》，《作品》2015 年第 1 期。

时髦称呼 弱势群体①

　　《打工的名字》是一首极具洞见的诗歌。它向我们形象地展示了"打工族"在不同场域中不同的文化政治功能。作为一种"话语实践","打工族"被不同的权力赋形、询唤和辖制。用福柯的话来说,就是"人们规避不了权力,它一直存在着,构成人们企图用来反对它的东西"②,"权力无所不在:这不是因为它有把一切都整合到自己万能的统一体之中的特权,而是因为它在每一个时刻,在一切地点,或者在不同的地点的相互关系之中,都会生产出来"③。

① 刘虹:《打工的名字》,《绿风》2003年第5期。
② [法]米歇尔·福柯:《性经验史》,佘碧平译,上海人民出版社2005年版,第53页。
③ [法]米歇尔·福柯:《性经验史》,佘碧平译,上海人民出版社2005年版,第60页。

上编："打工文学"

作品

深夜，海边有一个人

林坚

沙滩上，深深地印下了一串长长的、零乱的足迹。

他的脚步是那样的沉重、拖沓。炽白的路灯照着他五官端正的脸，海风吹拂着他紊乱的乌发。

他叫陈可化。

不过，他的工友都叫他陈不化，倘若刨根问底，追其原委的话，罪当归咎于司徒辉。不是吗？前年初夏，二十多个工友去爬笔架山，那天，陈可化破天荒在打扮上下了功夫，穿上了新买的深蓝色的中山装，而他的伙伴们不约而同地穿上了运动服、牛仔裤和T恤，相比之下，陈可化显得格外突出和严谨。

"嗨，陈可化。你改叫陈不化吧！"司徒辉笑嘻嘻地说，这绝没鄙视的意思。

"哈——"工友们开怀大笑了。

"陈者，旧也。化者，开化也。你爬山也好像赴国宴一般，一身国服，这个时代，你才二十岁，就这样不开通，叫陈不化算了！"司徒辉瞟了陈可化一眼，一本正经地说。

陈可化理直气壮地说："我不喜欢穿牛仔裤！"

"可是，阿化，你穿起来好看！"

工友们也七嘴八舌地嚷起来，说陈可化穿牛仔裤好看。

真的好看吗？陈可化真有些迷糊了。

"阿化，你别这样陈不化了，你别以为衣服代表了人的一切，西装革履干坏事的多的是，世界上穿牛仔裤的百分之八十是劳动人民。"

"开通点吧，别不化了……"伙伴们又七嘴八舌了……

"我真的是不化吗？"可化在心里反反复复地问自己。

海风强劲地吹，海水无休无止地哀诉。此刻，陈可化呆呆地站着，凝视着夜色笼罩着的大海，心底蓦地觉得自己和大海颇为同病相怜。他的眼立时潮湿了，他蹲下来，用手掬了一捧海水送入口里，海水咸得苦涩。海哟，您能理解我吗！不，您是不可能的，岸上的人都不能理解我，而您……他将海水吐了出来，口腔依然是苦涩的。

他坐在沙滩上，今天的事又像电影那样一个镜头、一个片断地出现——

他在装修写字楼，突然发现一个香港领班带着脸色发白、垂头丧气的范海走了进来。

"什么事，嗯？"厂长问。

"厂长，如果你不把范海炒掉，我回香港算了！"怒气冲冲的领班一开口就没有了商量的余地。"今日上午，去二楼搬成品，他连问也不问一声，居然跑出去逛商店，出去了两个多钟头。回来问他，他不承认，还诸多狡辩，倒打一耙。平时得过且过，没有一次能完成任务的。我已警告过他多次的了，他只作耳边风。我真不明白，他是来搵钱的，还是来玩的？"

厂长轻咳一声，法官断案似的说道："这样怎么行呢，嗯！本公司的规则，难道你还不知道？在我独资厂打工，不像内地的工厂那样自由、懒散。你另谋高就吧。"

"厂长……"

"算了，我们不兴这一套。你现在就到会计室去算一算工资，可以走了。"

五分钟，前后还不到五分钟啊！就这样轻而易举地解雇了一个工人，这委实太无情了。这是为什么呀？为什么要这样去对待一个工人？！陈可化目瞪口呆，脑袋嗡嗡作响，手一松，当的一声，工具掉在地上。

"陈仔，干吗这样看着厂长？"

他惊醒过来，即刻掉转头："哦，没什么，余师傅。"

"昨天跟你说的事，想过了吧，怎样？"

余师傅是从香港来的领班，一个干瘦的小老头，年纪六十多岁了，但骨架还硬，身体还壮健。他看上了陈可化，因为他聪明，做每一件工作都是话头醒尾，灵活多变。当然，他也看得出来，陈仔在工作上还不曾用尽全身解数呢，只是不优不劣，无可指摘。不过他以为倘若陈仔尽心尽力地工作下去，前途无限，他的意思是叫陈仔做领班代替自己，因为他要回香港了。

"余师傅，我想过了，我做不了，真的。"

"嗨，傻仔，我是看得起你。做了领班，工资增加二十元，好处不说你也知了，你别傻啦。"

"谢谢你，不过我不想做。"

"人是要搏杀的！"

"我……"

"唉，你真是笨蛋。"

"我不想当领班！我不想管人。"

"唉……你为什么不想上进呢？难道你愿意当一辈子的工人？当了领班，以后可以当主管，再就是助理经理，以后或者就能管理全厂了。"

"怎能有这样的野心呢？"

"嗨，你真是不化！"

陈可化着实震惊了一下，连余师傅也说自己不化了。

"你看人家司徒辉！"余师傅拍了拍陈可化的肩膀。

司徒辉过去是压炼部的工人。有一次，玩具壳出问题了：只要拧上螺丝，玩具壳就会爆裂。

香港主管认为是工人操作技术不过关。

司徒辉却认为是塑料胶粒（原料的称号）不纯净。

主管一听就光火了："放屁！原料是从日本进口的，你懂什么，有什么凭据！"

司徒辉收住笑容："我凭自己两年的操作经验，不可能每一个工人都做错，为什么过去的几十批货也是我们这些人做，却没有发生爆裂呢？"

主管鼻腔里一阵冷笑，离去了。

司徒辉却写了一份报告书给厂长……

事实证明，司徒辉是对的。

公司向日本方面索取了掺假原料的赔款。香港主管回香港了。

司徒辉被提升当了质量检查员，而且获得奖励一百元人民币。

"余师傅，我哪有司徒辉的本事呢？"陈可化自卑地叹着气。

"你不是没本事，你没有尽心罢了。"

"我不是司徒辉……"

"难道你是范海吗？"余师傅笑了。

陈可化的心突然痛苦地抽了一下，他难言地低下了头。

"阿化，这个世界上，人人都要搏杀才能有出路，我不知道你们内地怎样讲，对，是讲有上进心，难道你一点上进心也没有吗？"

"余师傅，你放心……我也不会像范海那样的。"说完，陈可化低下头沉默了许久。

"你想什么？"余师傅又说话了。

"我真想回家了，我自己走，不用'炒鱿鱼'！"陈可化突然冒出一句。

"你发昏了，没见过像你这样不化的人！怪不得你们内地人要吃大锅饭！"余师傅说完就背向陈可化，黑着脸不说话了。

就这样，一向和气的师徒变得陌生和淡漠了。

直至下班的那一刻，余师傅的脸色才温和了："你还是想想吧，当不当领班，明天再答复我！如果你愿意当，你是一定会当好领班的。"

陈可化的心像被浇了一瓢温开水，有些热了。

下班了。陈可化跑着回到宿舍，看着在墙角边边哭边收拾行李的范海。

他的心也酸了。范海哟范海，你都快二十岁了，落到这种地步，怪谁呢？如果你工作勤快些，没在工作时间内去玩，遵守严格的厂规，就不会被"炒鱿鱼"了。你也实在是……如今落到这个田地了，怎教人不心酸？待了很长的一段时间，陈可化才缓步走进去。

"范海……"

"我……"范海抽噎着，说不下去了。

"我，我知道了。"

沉默，长时间的沉默，仿佛谁都不忍心挑开这张无言的轻纱。

"我没有……没有……怨言，我只有无尽的悔……悔恨，我终于明……明白了……我不该……"

两行热泪流过陈可化的面颊，他在心里问：范海明白了什么呢？

"你准备怎么样？"陈可化问。

"我，我准备去看看招工广告……总之，见过鬼怕黑，我不会像过去那样了……"范海看见陈可化落泪，反而变得硬朗了。

海水打湿了他的脚，陈可化从记忆中醒了过来。他卷了一支喇叭烟，深深地吸了几口。他从来都是抽生切烟丝的，并不是说那些过滤嘴纸烟不够味，而是这些生切烟丝是家乡的特产，饱含着家乡土地的气味儿。抽起它，就犹如漂洋过海的人临行时包上一包井底泥一样有着丰富的意义。

范海被解雇了。而司徒辉呢，他如今是厂里的质量检查员了，又正不懈地自修英语，厂长也对他另眼相看。是的，他所取得的一切全是靠他的能耐博取回来的。司徒辉真是一个谜啊！

"回家去吧，像过去一样……"陈可化自言自语后，突然又无限留恋眼前的一切了。离开这里吗？来的时候，上千名的报考者中才挑了近百名，自己是其中的一名，快两年了，这里的变化多大啊！过去的这个荒凉的海滩！

陈可化离开黑沉沉的大海，沿着洁白的石板桥，走上了微波站的小山丘，举目远眺，一幅美丽的图画陡然在眼前铺开，仿佛星星都汇集在这里，成为万家灯火；打桩机的汽锤一上一下有节奏地升降着，激动的白气在嚷叫着……一切都显示着这几年的成果。

陈可化也流过血汗的。这万家灯火里也有自己的那扇小窗户，自己真的要离开伙伴们吗？要离开眼前的一切吗？陈可化突然又犹豫了。

他沿着小路又回到大海边，默默地思索。他感到黑暗中有一双眼睛在看自己，抬起头一看，什么也没有。

"为什么要逃避生活呢？"这是司徒辉经常说的话，今天，陈可化突然自言自语地复述了一遍。

司徒辉没有逃避生活，他敢于正视香港主管的错误。连范海也没有逃避生活，他错了一次，立刻想到再报考，接受新考验。自己却想逃得远远的。

朦胧中，一声洪亮而又冗长的汽笛声惊醒了陈可化。他抬起头，看着黑沉沉大海中的一点光亮，那是一艘乘风破浪的巨轮吧！

陈可化立在岸边没有动。浪花被巨轮驱赶着，拍打着岸边的海沙，陈可化的两腿也被浪花打湿了。他愣愣地看着巨轮的灯火，那像一双明亮的眼睛的灯火。

这严厉的眼光又化作了司徒辉的，余师傅的……

"不回家吧！"陈可化这样决定了。

陈可化的心轻松了一阵后又沉重了，明天要答复余师傅了。陈可化的脑子里有两个陈可化了。

"当不当领班呢？"一个陈可化说。

"试试吧！"另一个说。

"不，不行，我没当过。"

"那司徒辉也没当过质检员……"

怎么办呢？陈可化又沿着黑沉沉的海滩徘徊了许久，许久……他终于抬起头朝着万家灯火处奔去了。

原载《特区文学》1984 年第 3 期

别人的城市

林坚

1

我离开皇都丝绸时装公司，一骨碌投身进了一达公司，纯粹是机缘巧合的结果。那时，我们四个年轻小伙子，整日整夜在几百台电动缝纫机间出没。女工们笑嘻嘻地管我们叫师傅，因为她们的血汗超产奖全操控在我们手上。那天，领班吩咐吴良去领工具，他回来的时候，领班一看就骂他少领了一把钳子。我说我去吧。问题就要命地出在这里。

工具室的门当然是关着的，却很大意地没锁上。我没敲门，就一下将门拧开了。工具室不大，工具、零件都摆在墙边的铁架子上，中间是两张并排的铁皮桌子。在桌边的全塑椅子上，车间主管和一个女工，正在这个早晨的最佳精神状态里，轻呼小叫地坐着做爱。听见我进来，主管的反应犹如荒地上的野狗，头马上向后侧，目光斜射过来。我的反应奇快，立马抽身而退，关上门后才感觉到心跳得慌乱。毫无疑问，他们对时间、地方的选择可谓别有心思。本来工具零件什么的，昨晚早就该备好了的，即使没有备好，今早一上班也都领齐了。偏偏吴良少领了一把钳子，而我偏偏主动代劳——事情就这么巧合。其实在厂里，诸如此类的欢情故事，对我来说已经不觉得大惊小怪了，我心里也没想着对外大肆宣扬一番。只是在我闷闷不乐的时候，有时却会不自觉地回想一下那一幕情景，追想一下那个女工是谁，长什么模样，仅此而已。

主管先生倒是万分紧张，从此见到我便格外地友善起来，时时对我莫名其妙地笑脸相向，跟着递上一根特长万宝路，活生生将我们的位置颠倒了。这弄得吴良他们大惑不解。领班也突然敏感起来，以为我虎视眈眈着他的位置呢，于是对我一改常态，步步设防。一个月以后的一个傍晚，主管热情洋溢地拉着我走进新世界娱乐中心的水晶宫大酒楼。这是我第一次身临装潢如此豪华、格调如此高雅的酒楼。看见身边的那些食客们自然从容的样子，看见服务员小姐古典而华贵的旗袍，我顿时感到目眩和不安。

"这里跟香港的酒楼差不多。"主管端起杯子喝一口啤酒，说，"来，尝尝这石斑鱼，澳洲进口的。"

主管是服装设计师，从他的衣着就可以看出他的与众不同，让人看上去舒服顺眼。他的皮肤如女性一般白而细嫩，这令我颇感惊讶。我在夹菜和喝酒的间隙，忍不住数次偷窥他的嘴唇，心里暗想着这两片薄唇，究竟触碰过多少女工？每一次当他的嘴唇与那些青春的红唇紧贴，在他的身体里激发出什么样的火焰？主管的吃相既斯文又优雅，咀嚼的时候，嘴唇纹丝不动，静静地横放在那张清瘦的长脸上。

"洗过桑拿浴吗？"主管问。

"没有。"我说。

"吃完饭，带你去。洗了桑拿浴，再按摩一番，双重享受。"

"这怎么好意思？让你花钱。"

"别说这话。你挺够朋友的。"

我定神看着他，他的微笑，使两片嘴唇更加薄。我收回目光，将半杯啤酒喝了。啤酒冰镇得够冻，喝下去里外清凉，手臂上不禁浮起一层鸡皮疙瘩。我伸手去斟酒。

"这个月的奖金多了三百，该是你请客才对。"主管说。

啤酒斟得太急，泡沫涌出来流在桌上。服务员忙走上前，用毛巾抹。

"行，我请。"我说。

"看你，跟你开玩笑呢。"

"不，还是我请你！要三百块吗？"

"用不着，不过也差不多。来，吃吧。"主管说。

"我去一下洗手间。"我说。

"在那边。"

主管朝右边伸一伸手，指示方向。

在洗手间里，我将裤袋里的钱全掏出来，清点一番。镜子里映出我通红的脸，像一张面谱毫不经意地挂在墙上，面谱的制作手艺糟糕透顶，平平凡凡，地阁不算方圆，天庭不算饱满，鼻不直口不方，眼睛还算是黑白分明，反正大众化极了。在任何一个时候，你只要往街头一站，就可以令你看得头昏，令你对所谓的人这种动物又疑惑又绝望。我就是你看到的芸芸众生中的一个。

我走到收银台，双脚站在猩红的地毯上，顿时生出从未有过的踏实感觉。当我将三百块钱放在台面上，含笑看着收银员的时候，心里又轻松又透明。

"如果三百块不够，你们去剥他的裤子。"

我恶毒地说，回过头看一眼主管先生。他坐在那里，正在点烟，举手投足的确高雅不俗，坐姿也是一派绅士模样。

半个月后，我辞职了。

我在皇都公司三年多的日子里，记忆中，车缝工场里时时刻刻都弥漫着女性的体味和丝绸味。这种混合的气味深入我的肌肤，使我的朋友们一下子就能闻得出来。工场里的日光管没日没夜地亮着，几百名女工在苍白的光线下，默默地听着缝纫机的声音，眼睛布满血丝，泪水盈盈，目光聚焦在那根快得像一条线的车针上。在女儿国里，她们全没了矜持和羞涩。在缺少异性的环境里，她们真实、坦荡、无所顾忌。我们几个男师傅，常常免不了成为她们的开心果。最令人尴尬和心跳加速的是在夏天，她们都穿上裙子，我们去修衣车时，一双双玉腿令我们目光迷乱。如果碰上那些开放型女工，简直让你目瞪口呆手足无措。她们不穿内裤，你的目光就禁不住像一匹脱缰的野马，在她白净细嫩的大腿上"嘚嘚嘚"地狂乱地往里奔突。而她们心知肚明，却不喜不怒，突然地用力一拍你的肩头，或一脚踢向你的面门或胸脯，笑骂道："看什么你，要看今晚让你看个够。"

我们四个人中，吴良脸皮最薄，在女工面前总是羞羞答答的。但当我们躲在小房子里，天昏地黑地评头品足外面工场的女工的时候，吴良就劲头十足，言语大胆，机智幽默。他这个人心细，有时还很尖刻。有一次，他说，十四号机位那个女工又肥又有狐臭，他去修机时，她的狐臭竟然熏得他患上了感冒。而事实上，那天吴良的确不停地擤鼻涕。自此之后，十四号机坏了，就有人叫："谁愿意感冒去？"当然没有人愿意去病一场，于是，我们就抽签或者猜拳决定谁去。

吴良单相思王至美，只有我知道。为了知道她的芳名，吴良强拉着我提早上班，站在打钟卡的过道旁耐心守候。看她打完钟卡，便瞅准插卡的地方，然后若无其事走过去。

王至美走路的姿势，跟古装戏里的千金小姐大同小异，手上常常执着一条花手帕，身子软软地左摇右摆。女孩子们都喜欢结伴同行，王至美却常是独自一人，没见过她跟谁说过话。然而，王至美朱唇微启，就叫吴良一败涂地了。她说："师傅仔，你几多钱一个月啊？"吴良为此请我喝了一夜酒，听他长嗟短叹，看他泪水闪闪。

那时候，我还不知道，齐欢就在这个工场里。

　　我活了足足二十五个年头，破天荒坐上警车，是在齐欢突然死去的第三天的深夜。当晚吴良请我吃饭。自从他忽然发财之后，身体与日俱增地膨胀。几个月前我见他时，他就对自己即使不吃饭，只喝一杯美国新奇士橙汁却仍无法阻止发胖而忧心忡忡，对我能天天穿上牛仔裤表示莫大的神往。现在，在饭桌上，吴良又念念不忘地提起胖和牛仔裤了。

　　吴良将杯里的啤酒喝光，伸手揩去沾在嘴边的泡沫，又满满地斟了一杯。

　　"啤酒喝多了，肚子会更大。"我说。

　　"这不能吃，那不能喝，多了几个钱，反而觉得什么都不是我的了。"

　　"要多运动才行，瞧，快变成直径一米五八的圆球了。"

　　"告诉你，我又出来打工啦。"吴良说。

　　"出来打工？玩呀？"

　　"不打工，就觉得日子难过。"

　　"吴良，你骨子里就是个贱种。"我说。

　　"嘿嘿。"吴良快乐地笑两声，说："我的工资在银行里，从没提过。有时想想，我真像你说的——贱种。"

　　"请我吃饭，就为了告诉我，你出来打工了？"

　　"好久没见，就想跟你聊聊天。你越讥讽我，我就越觉得痛快。"

　　我大笑。

　　"在一达混得怎么样？"吴良问。

　　"从女儿国到男儿国，还会怎么样？我那车间，最适合你去了，没一天不流汗的。"我说。

　　"还要来点什么？"

　　"再要罐啤酒吧。"

　　吴良手一扬。服务员走过来。

　　"来罐啤酒。"

　　"好的。还要什么吗？"

　　吴良夹着烟的手轻轻一摆，像打发一个街上流动的热情小贩。那次主管请我吃饭的桌子，就在旁边。现在坐着一对男女，情状甚是亲密。那女的坐在我坐过的位置上，目光含情，笑靥如花，神态透出一种花街柳巷的风情。她的一条腿搭在另一条腿上，黑色的丝袜是蟒蛇一样的花纹图案，给人一种强烈的恶毒和阴险的感觉。那男的年纪至少比她大十几岁，虽然身上穿的衣服都是国外名牌，但还是让人感到他土气得露骨。

"出来打工，不会长吧？"我没话找话说。

"看心情啦。"吴良说。

"我羡慕死你了。"我说。

吴良先富起来，始终是一个谜。他对此一贯守口如瓶。我总觉得王至美功不可没，对此他一言不发，只狡猾地微微一笑。他在海边的黄金地段买了一层楼。这片公寓区，在我初来南山工业区的时候，还是个腥臭无比的烂海滩。初来乍到的那个晚上，有人说，看见许多游移飘忽的鬼影，三三两两结队走过这片海滩，然后一个个往海里跳。后来听当地的渔民说，那是淹死的逃港者的鬼魂。女孩子们听此一说，闭起眼尖叫，再也不敢晚上去海边了。现在，这鬼地方变成世界上美丽的一角，可望而不可即。

吴良看看我，说："也没什么值得你羡慕的，你也可以做得到。"

"我哪行啊。"我说。

"你这家伙也真是的！有时候真不明白你。现在谁像你呀，女朋友也不多一个。哦，对了，在我家认识的齐小姐怎样？还可以吧？"

我想，我的脸肯定是乌云密布了。吴良没看出，还嫌不够似的又补上一句："还未玩腻啊？"

"吴良，我问你，你是不是搞过齐欢？"我问。

"你别这样好不好，知道吗，你一本正经的样子我真看不惯，特逗人笑。"

"有没有？告诉我！"我问。

"有。"

"干吗玩人家？"

"难道要我娶她做老婆不成？她本来就不是什么好货，容易上手得很。"

"你玩别人我不管，玩她，你……"

"你是教训我还是怎么着？这关你什么事了？"吴良瞪着我。

"这太关我的事了。"

"嗬，我跟人家上上床，都关你事？什么道理。"

"埋单吧！我们出去。"

我们站在草坪上。我说："你和齐欢是什么时候开始的？"

"那时你还未认识她呢。"

"你应该娶她。"

"我干吗要娶她？她不外乎是看上我的钱罢了，这我知道。"

"你们都是混蛋。"

我突然挥出一拳。吴良狼狈地倒退几步，伸手抚着下巴。我转身扬长而去。半路上，吴良开着摩托车从我身边擦过，回过头狠狠地瞪我一眼，然后加大油门，开得飞快。

我回到宿舍，没洗澡，衣服也没脱，一头倒在床上。他们围坐在一起，大着嗓门闹闹嚷嚷地"锄大D"，赌两毛钱一张牌，这是惯例了，不多也不少。"锄大D"是扑克牌的最新玩法，它由公司里的香港师傅引进，我们像接受"炒鱿鱼"接受加班接受为老板打工接受上下班打钟卡一样很快地全盘接受了这种游戏。我躺在床上，听了一会儿他们的战况，就不知不觉地睡着了。那个梦在这个晚上又再度出现。半夜里，我被人推醒，时间正好是我在梦里两膝跪在山坡上，迎着呼呼的山风痛哭。我睁开惺忪的睡眼，发现他们从蚊帐里探出脑袋，满脸的好奇和吃惊。我在床上生气地问了一句："什么事？"

"起来，跟我们走一趟。"

我跳下床，弯身穿起鞋。门边站着的那个穿制服的青年就往外走，叫我起来的中年人轻推了我一下。在宿舍楼的门口，他们推我上车，然后"嘭"的一声关上门，"嗒"的一声上了锁。我站着，双手抓紧铁门上端的一尺见方的网眼。网眼的铁枝上的白漆大部分已经剥落，生出斑斑锈迹，手抓上去感到粗糙而坚实。车厢的篷顶有一个小灯泡，冷冷地吐出淡黄的光线。我的目光穿过网眼，散落在夜半寂静的街上。我想，这肯定是个天大的误会。我发现这条长街的两旁，那些门面装修得如此现代摩登，竟觉恍如隔世。我转过身，背贴着车门，静静地看着篷顶上的孤灯。

我被带进一间房子里。那个中年人客气地叫我坐下，掏出烟，问我抽不抽，好像我是他的一个不算太熟络的客人。我说不抽，谢谢。他身材高瘦，黑脸，笑起来眼睛眯成一条线，有几分天真的模样，眼角于是便显现出几条皱纹来。那个青年人一副凛然的表情，高大健壮的身材仿佛是一堵墙，脸是一块告示牌，上面明明白白地告诉你：别在他面前耍什么花招，坦白从宽，抗拒从严。坦白才是你的唯一出路。他盯视我一会儿，坐下来，摊开笔记本，从衣袋里拔出笔，在本子上随便画几下，试一试有没有墨水。

"你叫段志？"中年人问。

"是。"我说。

"在哪一间公司打工？"

"一达。"

"今年多大啦？"

"二十五岁。我1982年初来工业区，曾经在皇都公司干了三年。"

中年人拿着烟的手向我摇摇，顺便将一截烟灰弹下来，微微一笑，说："你这人挺爽快的。"

"还很有经验。"青年人插嘴说。

中年人抽出一根烟，用前一根的烟蒂点着，问："你认识齐欢？"

"认识。"

"什么时候认识的？"

"去年圣诞节。"

"据我所知，她也在皇都公司干了几年。"

"是的。"

"你刚才说，是去年认识她，没错吧？"

"在皇都时，我真不认识她，我们常加班，又是两班倒，下了班回宿舍，就想睡觉。而且也没机会交往。"

"你跟她是什么关系？"

"……"

"你说。"青年人朝我扬一扬下巴。

"怎么说呢？我说不准。"我说。

"据她的朋友反映，你和她在谈恋爱嘛，怎么说不准？"中年人温和地说。

"也许是吧。"

"你认识新世界娱乐中心的王铭总经理吗？"

"不认识。"

"不会吧？"

"我知道他是著名的企业家。"

"哦，你怎么知道呢？"

"道听途说呗。"

"你对他有什么看法？"

"我没接触过他，没什么看法。"

"你前天晚上见过齐欢，还和她去过一个房间，对不对？"

"是。"我说。

"什么时间？"

"大约是八点到九点这段时间。"

他们不动声色地对望一眼。问话到这里停了下来。中年人默默地抽烟，身子向后靠紧椅背，伸出手活动了几下，眼睛却始终盯着我，一刻也没离开过。我的心开始发慌，有一股东西在慢慢塌方和瓦解。我想我肯定犯了什么事了。

中年人突然神情大变，他用力地一拍桌子，站起来，走到我身边，双手叉开按在桌面上。

"抬起头。"他说，"别浪费时间了。现在人证物证俱在，你还有什么话说，交代吧。"

"要我交代什么呀？"我声音颤抖。

"你太不老实了。好。第一，房间的茶杯上有你的指纹；第二，你从公司偷出的电线，虽然削了皮，但仍可鉴定出来；第三，从晚上八点至九点三十分这段时间，也就是说，他们被杀的这段时间，只有你一个人进过房间。据我们所知，你自己也承认，你曾经和女死者谈过恋爱。你杀人的动机就是报复，是不是？你比法西斯还要残忍，先将男的用水果刀捅死在浴缸里，再用削了皮的电线捆起女的活活电死。那晚你请假，没加班，是不是？"

我目瞪口呆。

3

我走出钢筋水泥结构的小屋，再也闻不到霉烂味和尿臊味的时候，正是黄昏。走过一块空地，我站在大门口的铁门边上，就看见了齐乐。最后的一抹夕阳，随意地涂抹在路边的梧桐树树顶上，远远看去又红又绿，微弱地闪动着一片破碎的光芒。马路上，有许多和我一样年轻的男女，骑着车一条龙地向前游动。人们和我一样疲惫一样没有笑容。我看着他们的身影，眼睛顿时涌满泪水，突然感到茫茫然走投无路，人生咣当一声到了尽头。一辆警车威风八面地从我身边直驶而过。

我犹如一个无主孤魂，跟着齐乐跳上一辆中巴。我们在新世界娱乐中心下了车，沿着海边的花园小径，走进公寓区——那个"鬼地方"。齐乐从皮包里拿出锁匙开门。我看了一眼墙上的金漆招牌，上面清楚地告诉我，这里是巴昂公司驻南山工业区的总代理处。于是我知道，齐乐又换了公司。

"先洗澡，然后去吃饭。你浑身都是臭味。"齐乐说。

我放满水，在浴缸里泡了一会，才想起我已一个月没换过衣服了。我大声叫："喂，齐乐，麻烦你去帮我买套衣服，钱以后还你。"

"多长多大裤头？"

"二八加三〇。还要买条内裤。"

我第一次见到齐乐，是一年前在她姐姐齐欢的宿舍里。当时，我和齐欢相对无言，半个世纪没说上两句话。宿舍里的灯时不时又熄又亮，惹得楼上楼下一片尖声叫骂。身边的几个女孩子也情绪低落，看着墙边的电饭煲无可奈何。齐乐一跨进门，就好像灯立时亮了，光灿灿直刺得人眼花。

　　站在阳台的假小子阿彩一摔勺子，咚咚咚大步踏进来，气恼地吼道："要死不活的搞什么鬼。"

　　阿彩挨着齐欢坐下来，温柔地伸出手，将齐欢垂下的一束秀发轻巧地拢向背后，用一个发夹夹好，轻声细气地问："饿了吧？"

　　对面床上，一个女孩子的目光斜过来，嘴角一歪，带着几分鄙视。她发现我望着她，忙不迭装出若无其事的样子，转过身去，顺手抄起床头上一本香港娱乐杂志，一边翻看一边说道："秀萌，美国有许多人搞同性恋呢，你说，这怎么恋呀？"

　　叫秀萌的女孩子正坐在床上，腿上放着一个纸箱，箱面垫一块木块，在认真写信。她听见这一问，抬起头看一眼那个女孩子，嘴咬着圆珠笔，像在思考这个问题，两边嘴角却不经意地露出会心的笑意。

　　"阿彩姐，还没吃饭哪？"齐乐问。

　　"停电呢。"齐欢说，匆匆瞟我一眼。

　　我说："其实，在公司饭堂吃……"

　　"饭堂的鬼东西，也是人吃的？看见就作呕。净说屁话！"

　　阿彩冲着我说，直直地射来两束目光，充满怨恨。齐乐侧过头来，朝我耸一耸肩，表示同情，后来，又好像气不过似的，说："阿彩姐好厉害喔。"

　　"我才不厉害呢。死皮赖脸地追女孩子，那才叫厉害哪。欢欢哦？"

　　"齐欢，我走啦。"我说。

　　"没人留你呀。要是我早走了，还等到现在？"阿彩说。

　　我愤愤地站起来，一头撞在上铺的铁架上，痛得我泪水满眶。

　　"阿彩姐，你这次出语伤人了。"齐乐说着，咯咯大笑，旁若无人。

　　"瞎冲瞎撞。活该。"阿彩说完，大踏步走去阳台。

　　在走廊上，齐欢说："段志，你别介意。"

　　"不会。"我说。

　　"你快走吧，乌天黑地的，看样子是要下雨了。"

　　"想出去玩吗？"

　　"不想。提不起劲。"齐欢说。

　　"你又怎么啦？"

"再说吧，拜拜。"

天下着毛毛细雨，如粉般飘飘扬扬。我扭头看一眼背后的宿舍楼，见许多女孩子挨着走廊的矮墙，有的端着碗吃饭，有的举头看茫茫夜空，或将目光投落在长长的马路上。三楼走廊的矮墙上，放着几个花盆，却没见着有花，只有几株衰败了的花枝东倒西歪。我没走几步，肩背给人轻拍一掌，未及转身，齐乐已站在面前，笑吟吟地朝我"嗨——"了一声。

我朝她点一点头。

"你和我姐的关系不太妙噢。"

"有什么办法吗？"我说。

"很简单，合得来就谈下去，合不来嘛，拜拜。节约时间呀。"

齐乐咯咯大笑，尽情，毫不掩饰，引得我也笑起来。

"我可没你洒脱。"我说。

"那你活得一定很痛苦。"

齐乐双手插在裤袋里，面对着我，一步步往后退着走。她穿一件黑色无袖T恤，着一条白色短西裤，一双大眼睛炯炯有神，头发剪得很短，撒娇似的梳向一边，盖住了大半个额头，只露出饱满的一角，耳垂贴着两块粉红色的圆形饰物。我这时才发现，她的样貌不像齐欢，竟没半点相似之处。这令我好生奇怪。

"还未请教大名呢。"齐乐说。

"段志。"我说。

"断志？怎么起了这么个名字呀？"

"我老爹顾尾不顾头的结果——段，一段两段的段。"

齐乐又是一阵大笑："我叫齐乐。"

"这可不容易。"

"什么？哦——喂，我发现你像我姐呢。"

我吃一惊："哪会呢？"

"我突然感觉到的。"

我笑笑，说："你这么个走法，小心摔了。"

齐乐突然跳到路中央，扬起手。一辆红色的摩托车从我背后驶过来，稳稳地停在她身边。车上的小伙子除下头盔，满脸的讨好笑容。

"认出你的车了。送我一程，谢谢啦。"

齐乐说着跨上车。车飞快地开出去。齐乐侧过半身，向后仰着，高高地举起手挥动，微雨中传来她的声音："段志，拜拜。"

我赤着脚走进宽敞而气派的客厅,闻到一股茉莉花的清香,空调机的冷风无声地吹得落地窗帘轻抖。齐乐整个身子陷入黑色的真皮沙发里,正笑说着通电话。我坐下来,随便将茶几上一个像古董的木盒打开,奇怪地发现里面装满了香烟。我拿起一根。齐乐指着茶几上的"外星人"——儿童卡通片里的玩意儿。我会意,拿起"外星人"请它点着烟,然后耐心地等着吃齐乐的晚餐。

齐乐放下话筒,打量着我,说:"款式不错吧,喜不喜欢这种颜色?"

我说:"挺好。多少钱?"

"整三百港币,好贵,可这是今年最流行的。"

"谢啦,有钱之后还你。你住哪?"

齐乐往后一指:"最后的一间。"

"就你一个人吗?"

"还有一个,香港过来的。不过下个月他就走人啦,代理处由我包办。"

"嗬,越活越带劲了啊。"我说。

"就是。"

齐乐双手一拍,双脚抬起来,身子一挺就站起身。

"哎,你怎么知道我今天出来的?"我问。

"为了你,我不知跑多少趟了。他们这样干,不合法律程序。你现在出名啦。"

我不解地看着她。

"我找了个记者朋友为你写了报道,就在上个星期。采取舆论攻势呀。不说这些,你不饿我可饿了。吃饭去。"

我们走下楼。路灯全亮了。四周是方块草坪,翠绿平整,与白色的楼两相映衬,和谐悦目。几株挺秀的棕榈,长长的尖叶子在海风吹拂下轻轻摇动,教人凭空想起热带的海滨风光。住在一楼的人家,小花园里种上了簕杜鹃,那血红的花一团团一束束,灿烂如火。天还未完全黑下来,橙黄色的一轮月亮,已在海的那一边的天上挂起来了。

晚餐吃得并不愉快,很不是滋味。齐乐喝了半碗罗宋汤。我本想要向这一个月的饥苦报复,结果只吃了一块火腿三明治。

齐乐说,她妈妈当时哭得死去活来,她爸爸将齐欢的物品扎成两捆,两老第二天一早就走了。齐乐面对着我,两眼泪光闪闪。她又说,火葬的事儿全由她一手办了。上个星期,她才把齐欢送回家,因为她实在太忙,没时间。齐乐的泪水止不住涌起来,滴落在那碗汤里。我扯下一瓣桌上的玫瑰,放在手心上慢慢揉碎。我说不出一句话。齐乐朝我掀一下嘴角,想笑却没笑出来。

"我们不说这些,还是说说你吧。"她说。

"还有什么好说的呢，突然不返一个月工，哪一个老板都会炒我鱿鱼啦。"我说。

"重新找一份工吧，要不，我那三百块叫谁还哪？"

"我觉得腻透了。想回家。"我说。

"当真？"

"齐欢说得对，这里是别人的城市，我们只是客人。客人总得要回家的。"

齐乐沉默好一会儿，说："你们真是一对儿呢。段志，回去了，你会有另一种不适应的，信不信？"

"也许吧。"

"说真的，我姐她是错了。我想，你了解她。"

"不。我现在发觉我并不了解她。"

"唉，人都去了，说什么理解不理解呀。"

"是啊，我们不要说这些。"

"说实际的吧。我想，你不如先在我这里干着，反正，我这里缺一个抄抄写写的人。你不妨考虑一下。"齐乐说。

"好的。"我说。

4

吴良给了我认识齐欢的机会。

那天黄昏，公司突然不用加班，我跑回宿舍清洗上个星期换下来的衣服。在阳台晾衣服时，看见吴良牵着那只长毛杂种狗，悠悠然地走在楼下的甬道上。瞧那模样，仿佛狗是主人，吴良倒是个仆从。我朝他打个招呼。晾完衣服，吴良就进来了。我走上前去，抚摸着小狗的栗色长毛，打趣说："至美，你吴哥哥有没有抱着你睡觉呀？"

小狗抬起头，冷冷地看着我，汪汪地吠，声音清脆又娇气十足。吴良骄傲地为它哈哈大笑。我抡起拳头，吓唬道："狗仗人势，我打死你，炖了吃。"

吴良递过来一根烟，将小狗抱在腿上，爱抚着它的小脑袋。它半闭着一双狗眼，竟是十分惬意的样子。

我点上烟，抽了一口，说："你早两年发达，王至美可能就不会出口到美国了。"

吴良给小狗起了"至美"的名字，大概是寄托着他对初恋的一份怀念吧。

我有时想想，也不禁佩服他几分。

吴良听我这样说，便笑起来，说："我认识的女孩子不少，有多少是真的啊？"

"是你不真，还是人家不真呀？"

"反正一切向钱看。老实说，王至美大老远地嫁去美国，也不能怪她。"

"此情绵绵成追忆喽，哈哈。"

"过两天是圣诞节，准备搞个派对，到时你来呀。"

"信基督了？"

"No，只不过是想热闹热闹，大家高兴高兴。"吴良说。

"哦，变着法儿寻乐呢。"我说。

"我是真的闷得慌。告诉你，我准备出去打工。"

"开什么玩笑。"我当他是胡扯，不信。

"等着瞧吧。喂，后天来帮忙啦，布置一下。"

"不知公司放不放假。"

"反正有空就来吧，不过，平安夜你一定要来，记住了。到时介绍个靓女给你。"吴良说。

平安夜那晚我去得晚，差不多十一点了。客厅里响着舞曲，只开了两盏壁灯，光线昏暗柔和，几对男女在悠然跳舞。厅中央的圣诞树上闪烁着彩灯，披在树枝上的棉花看上去还真像雪。我走到小酒吧台边，自己动手斟了一杯酒。眼前的男女，我没一个认识，心里有种走错地方入错门的感觉。吴良满面笑容走过来，说："可要罚你啊。"

我举一举杯，将酒干了，说："看这场面，你可以解闷啦。"

这时，舞曲停了，掌声响起。吴良走前一步，扬起手欢叫："别停别停，继续玩！"

一呼百应，掌声夹杂着笑声。

"你不是说要介绍个靓女给我吗？人呢？"我说。

突然，一个女孩子尖叫起来，声音如发情的夜猫。她从沙发扶手上跌坐在地上。大家纵情大笑，有人还在鼓掌。一个小伙子过去抱起她，却不放，直抱到圣诞树旁，然后两人共舞起来。他们跳了一圈，她突然手脚并用，一把将他推倒在地上，怪腔怪调地大叫着说："他有口臭。"

于是大家开怀大笑个不停，而她却已经和另一个女孩子抱拥着起舞了，动作格外亲昵。

"她叫什么？"我好奇地问吴良。

"齐欢。我想介绍的就是她，没想到你自己先看上了。"

"说不准是你的二手货呢，我可不做替死鬼。"

吴良嘻嘻笑两声，说："其实你该认识她的，以前你们曾在一个工场里干活。"

"没印象。"我说。

"介绍你认识？"

"小看我了吧。不用，我的招数高着呢。"我说。

这时，她们退下来，坐在沙发上。我放下酒杯，漫不经心地走过去，像一只狡猾的黄鼠狼，我太清楚我心里想的是什么了。我的手肘支着沙发靠背，头伸过去，与她的侧脸保持在她眼睛的余光可以感触到的距离，一言不发，静静地等待着在她回头的刹那，给她一个友好的、善意的微笑。果然她蓦地侧过头来，微笑的脸上略带一点惊讶。她身边那个女孩子则穷凶极恶，朝我瞪了一眼。

我绕过沙发，一屁股坐下来，手搭在沙发的靠背上。齐欢坐直身子，微微侧向我。我们还未说上话，吴良端来了一杯酒，放在我前面的茶几上，像个酒吧侍应似的朝我笑一笑。齐欢看他一眼，一只手就亲热地按在我的腿上。

"吴良想你出洋相呢。"齐欢说。

"不怕，喝不醉我的。"我说。

"真的？"齐欢说。

"还行吧。"

"那我们喝。"

齐欢端起我的酒，喝了一口。她身边那个女孩子猛地站起来，又瞪我一眼，走了。齐欢试图叫住她，伸出手去又缩回了。

"她叫什么？"我问。

"阿彩。这酒好辣，不过辣得有意思。"

"你看，一下子就入门了。"

我说着，搭在靠背的手滑落在齐欢的肩上。齐欢毫无反应，一双眼睛看着我，并没有对我的轻佻表示出愤怒的意思，目光平静得如一泓湖水。这倒令我顿时心虚起来，手触电似的缩了回去。齐欢朝我微微一笑，仰面将那杯酒喝了。

"公司放假吗？"我问。

"放两天。你呢？"

"一样。我们的老板都是基督徒。"

"但没基督仁爱。"齐欢说。

"吴良说你在皇都公司，是吧？"

"嗯。你们是好朋友？"

"也说不上特别好。有钱人总有很多朋友的。"

齐欢笑，忽然问："这家伙跟你说了什么？"

"没说什么呀，他只是说，那个最漂亮的女孩子，名字叫齐欢。"

"吴良不是个东西。段师傅，你最清楚。"

听她这么叫我，我就相信她真在皇都公司打工了。我说："你真在皇都公司？"

"他没骗你。"

"我怎么不认得你呢？"我说。

"这有什么奇怪的呀，工场里那么多女工。"

我们天南地北地聊起来，竟然有说不出的投机和亲切。面对齐欢，我暗暗为我先前内心那点龌龊想法感到羞愧。

"这里好闷。"齐欢说。

"是啊，我们走吧。"我说。

"去哪？"齐欢问。

"随便哪个地方也比这里好。"

"没错。"

我们同时伸出手一拍，随即站起身。

我和齐欢出门的时候，吴良悄悄拧了一下我的手臂。我们走出这片公寓区，一直在海边的小径上、沙滩上流连。我和齐欢仿佛一见如故，为此我们都感到意外和高兴。今晚是平安夜，沙滩上，有许多香港游客大惊小怪地在燃放烟花，清朗的天空上，艳丽的火花此起彼落。我们也在附近的店铺里买了几扎烟花燃放，之后，我们离开这群快乐无比的游客，走到海湾的尽头。这里的海滩比较脏，沙滩上满是蚝壳。一条独木桥直伸往海里，尽头处搭起了一个简陋的遮篷，前面高高地悬起一张巨大的渔网。

我说："齐欢，我带你抓鱼去。"

齐欢说："哪里有鱼抓呀？"

我说："你跟我来。"

我牵着齐欢的手，一步一步走过独木桥。一路上，齐欢且惊且喜，大叫着："好刺激啊。"我们在那个遮篷下找到了放落渔网的机关。原来，渔网是用脚踩动着两块木板徐徐放落的，就像踩自行车一般。我们一人踩一块踏板，将渔网放落在海里。

"齐欢，那个阿彩好像不太对劲哩。"

"是有点不对劲。她常喜欢搂我的腰，有一次她还吻我哪，当时我刚刚醒过来。"

"既然是这样，你小心点，免得惹出什么麻烦。"

"嗯。我看过一本书，是讲监狱里的犯人生活的。在那样的环境里，男女犯人有很多有这种爱好和倾向。"

"哦。"

"说真的，这不怪她。"

"也是。其实我们都一样可怜。"

"这就是生活吧。"

齐欢认真地盯着渔网落下去的海面，手臂环抱着双膝，下巴顶在膝盖上。月光下，她的侧脸和脖子呈现出一种忧伤的美艳，令我内心深处为之一震。海风并不大却有力，吹得遮篷上的什么东西叭叭直响，我脱下风衣，披在她身上。

我们默默无言地坐着，看着月光下的海面。不知过了多久，齐欢说："起网喽。"

我们将网踩起来。月光下的网里一条鱼也没有。

凌晨四点钟的时候，海堤上的灯突然熄了。东方的天边逐渐变得清明。沙滩上没有一个人影。我送齐欢回宿舍。在楼下路边的树影里，我伸出手搂住齐欢，她没推拒，让我轻轻地吻了一下她的脸。

我说："等会再见。"

"我在梦里见的肯定不是你。"齐欢说。

"我会努力让你见到我。"

"努力也没用的。"

我做了一个梦，梦见我和齐欢骑着马，奔跑在山间的驿道上。山里的风疾劲无声，山头是光秃秃的，全是峥嵘的岩石和干燥的黄土。突然，齐欢连人带马一声惨叫掉进了万丈深谷，而惊恐绝望的我却在一张渔网里，发现了她和马的尸首。我醒过来，已是中午时分。

从此以后，这个梦常在我的睡眠里出现。

5

在之后的三个月里，我在齐乐手下抄写文件，有时闲得无聊，有时连夜赶工至深夜。工作环境当然比皇都比一达好，可是心里却莫名其妙地有种说不出的滋味。

这个代理处，全盘负责着南山工业区五家丝绸时装公司的出口业务，主要的市场是在欧洲。五家公司的经理我都见过，年纪最小的也比齐乐大十几岁，他们总是满脸堆笑，口口声声称齐乐为大老板。起初我听了，忍不住替他们尴尬。

"你可别难过，我现在也是你的老板呢。"齐乐又说，"他们叫我老板，其实很讽刺。中国的产品要打入国际市场，实在太难了。现在的状况，就好像内地的大龄青年的婚配，中间需要个红娘。问题是这个红娘却是个狼外婆，钱都让她赚去了一半。巴昂公司的这个代理处，就是这个角色。"

"你是帮着人家赚自己人的钱。"我说。

齐乐默默地看着我，说："你来了这么多年，观念还这么落后，难怪你活得一塌糊涂。"

我无言以对。

齐乐曾对我说过她的一件趣事。她刚来南山工业区时，在三星电子公司做秘书，那时，她连电话也不会接。第一次接听电话，对方说要找经理，她礼貌地叫人家稍候，却将电话挂上了。经理走过来一看，哭笑不得，低声骂了一句："蠢材。"这出笑剧在公司写字楼里足足传了一个星期。齐乐说，当时她以为电话通了就该挂上。

这个故事笑得我喘不过气，至今，我还怀疑这是齐乐的杜撰。毫无疑问，齐乐给了我一种全新的感觉。她聪明、漂亮、能干，也没少圆滑和心计，有时还展露一下女性的娇嗲。面对这个社会，齐乐像庖丁解牛一样游刃自如，和她在一起，我常常感到懊丧。

我之所以决定留下来，是因为齐欢。

那个梦已经不再出现，我睡得很好。这一天我醒过来，感到精神饱满，坐在床上点了一根烟，听见海面上传来一声汽笛声，汽笛声过后，便听见了对面楼的一户人家的那只画眉鸟愉快的歌声。我走出阳台，看见草坪上，一个园丁拉着长长的水管浇水。早晨的海风带着新鲜的腥味和寒意徐徐吹来，我的手臂密密麻麻起了一层鸡皮疙瘩。我伸出手去搓，一边搓一边转回房间。齐欢的死已过去三个月零十天了，我突然想到，明天是她的百日忌辰，因为其中的一个月是二十九天。

齐乐刚跑步锻炼回来，她见我怔怔地站在挂历前面，感到奇怪："少有啊，起得这么早。"

"明天是她的百日忌辰。"我说。

齐乐看着我，一言不发，目光略带讶异。她蹲下去解开运动鞋，然后提着鞋子进房间。过了一会儿，她走出来，手上拿着要换的裙子。她对我说："段志，你过分沉迷在这份伤感里了。"

"我没办法摆脱她的影子。齐欢走了，跟谁都有关系。"我说。

"可是，可是你得要忘记啊，生活还在继续呀，不是吗？"

"我能忘记吗？"我自言自语。

"可以，你一定可以。"

齐乐说完，走进洗澡间。我坐在客厅里，清晰地听见沙沙沙欢快的水声。我想，我可以吗？

下午的时候，我拨了一个电话去新世界总经理室。电话通了，传过米一阵轻快的音乐，我立即用毛巾盖住话筒。

"你好，总经理办公室。"

"我是公安局的。麻烦你找一下王铭总经理的秘书。"

"我就是，请问有什么事吗？"

"我要了解一下关于王铭的一些情况，希望你合作。"

"三个月前，你们不是来了解过了吗？"

"请问你贵姓？"

"我姓周。"

"哦啊，周小姐，老实说，我不是公安局的，对不起，我……"

"你是记者？这已经没新闻价值了。"

"不，不是。我刚才撒谎了，请别介意。我是她，就是和王经理一起，一起……那个的男朋友，你听见我说话吗？"

"我在听。你是齐欢的男朋友？"

"是的。她死的那晚，我还见过她。"

"我希望你别再撒谎了，我也没空听你胡扯。"

"哎哎，周小姐，请你别收线。我说的都是真的。因为他们，公安局收审了我一个月。这件事已过去三个多月了，明天是她的百日忌辰。周小姐，我打电话给你，只有一个目的，是想要了解一下王铭，他到底是个什么样的人？"

"有这个必要吗？"

"请你帮我这个忙，行吗？"

"请问你贵姓？"

"我姓段。"

"听你这样说，你们的关系很复杂？"

"怎么说呢？好像很复杂，又好像很简单。周小姐，你能出来跟我聊聊吗？"

"可以。"

“谢谢，谢谢你。明天上午，我去找你，行不行？”

“段先生，对不起，上午我要开会，下午吧。”

“好的，一言为定。谢谢。”

我放下话筒，去斟了一杯水。

“什么事呀？一言为定，好像很神秘喔。”

齐乐将电话放在腿上，一边按号码一边问我。我刚要向她说个谎，她已“喂”起来了。

“请找龚经理。”

“……”

“龚经理你好，秘书又换了不是？声音又娇又脆，挺可爱的。嘻嘻嘻。跟你说正经事呢，那批货可能要稍稍往后推一推。你没看新闻吗？限制纺织品入口，这肯定会受到影响啦。这几天，香港的制衣业已开始在闹了。对，是的，贸易保护主义。龚经理，你就将速度放缓，工人老是加班加点挺苦的。是吗？我当然有人情味啦。请我吃饭？行啊，看是在什么地方啦。你别跟我开玩笑了，你身边的靓女多着哪。拜拜。”

齐乐打完电话，将一个文件夹递给我，说：“里面的表你填一下，把我昨天给你的那份资料照搬过去就是了。有没有电话来？”

“没有。”我说。

“你呀，‘煲电话粥’的时间不要太长了。”

“打个电话都不行？什么规矩？”

“我并没有禁止你打电话，如果有要事的话。”

“小姐，打个电话，很平常呀。”

“不过要有分寸，对不对？如果刚好这个时候有电话来，却老是占线，那不是影响工作了？”

代理处的电话，我从来不接，除非齐乐不在。齐乐说过，我不懂英语，若遇上个“鬼佬”什么的，我招架不住。当时我真气坏了，可是齐乐说得也在理，我只好忍着。

齐乐突然笑起来，说：“生我气了吧？”

“没有。”

“没有？脸都白了呀。你瞒不过我的。”

我笑一下，说：“总之，教训人是件开心的事。”

“你冤枉我。我什么时候教训你了？”

“刚才不是？”

我们相视大笑。

"你明天要出去？什么要紧的事吗？"

"也没什么要紧的事。"我说。

"能不能往后推一推？我想和你去一趟华辉公司。"

"什么事嘛？"

"就为那批睡衣的事，今日是二十五号了，我担心到时交不了货。"

"你急什么，这个月多出一天。"

"前天我去看了，好像不太妙。华辉公司太抠了，工人都不愿意加班。硬性要工人加班，当然做得不好。"齐乐说。

"你以为加班加点好舒服？"

"那我不管。"

"明天你自己去吧，我请假。"我说。

"不准假。"

"那就炒我鱿鱼好了，反正我也是个临时工。"

"我不炒你，不过，要罚你现在去买盒饭。"

6

我不知道你有没有注意到这个现象：许多公司经理的秘书都是如花似玉或风骚性感的小姐。经理这等人物身处生意场上，事务繁忙，即使有空坐下来，也是人闲心不闲，有个漂亮的女秘书在眼前晃悠，起码可以缓冲一下紧绷的琴弦似的神经。我的一个朋友称这种现象为"意淫行为"。我觉得说得有道理。

所以，当周小姐推开那扇柚木门，直挺挺地站在我面前，热情地向我微笑，而那三颗门牙骄傲地在两片红唇的呵护下露出半截，并且硬生生地拉住了我的视线的时候，我实在是大感迷惑和惊讶。周小姐仿佛看透了我的心思，却故意逗我："我不是冒名顶替的哟。"

"我相信。"我赶紧说，并认真地点一下头。

周小姐笑。她并不像其他有此缺陷的女孩子那样，举起手徒劳地遮挡。

"我们到外面去谈，或许好一些。"她说。

"不影响你吗？"

"不影响。"

新世界旁边的海滨花园不算大，花草树木被人工修剪成不同的形状和图案，一些热带鱼和贝壳的雕塑点缀其中。花园右侧的海湾，正在兴建一个海滨浴场。黄色的大卡车来来往往，运来一车车石头，倒卸的时候，传来隆隆的响声。那张巨大的悬起的渔网，那座独木桥，不知什么时候已经被拆了。我们找了一个地方坐下，面对着十步开外的大海。阳光洒在海面上，折射出炫目的光芒，没见到拉起风帆的渔船。这海我看了几年，总觉得它是个湖，一个很大的湖。

"段先生，你们的故事真像一篇小说呢。"

"叫我段志吧。叫先生我不舒服。"我说。

"我倒习惯了人家叫我小姐，因为这使我感到自己还年轻。"

"你本来就不老啊。"

"就是样子差点，是吧？"

我唯有报以一笑。

"王总他可不注重这些，所以我敬重他。当初我大学毕业，充满自信，闯进他的办公室。后来他对我说，他就是看中了我这份自信心。算起来，我做他的秘书三年多了，如果我没记错的话，是从第二年开始吧，我就开始代他寄钱回家。每个月发了工资，他就给我两百块。他一向信任我。"

"他家不在这里吗？"我问。

"他和妻子大概是属于那种没有爱情的婚姻，这在中国有很多，不是吗？他'上山下乡'差不多十年，好不容易回城，在一个街道小工厂里工作。那时他已快三十岁了，于是便糊里糊涂结了婚，想着这一生也就这么过了。然而，他是个有志向的人，心总是躁动不安。他对我说过，他的青春是浪费了，这不是他的错。而他还未老，还不能算是完了，现在不珍惜，就是自己的错了。他去上电大，读函授，花了几年时间，竟拿了三个文凭。三个文凭哪。他说是揣着这三个文凭独自闯来深圳的。我特别佩服他，他的确是个人物。我不是故意在你面前美化他。当然啦，他也有他的局限性，也有缺点。"

周小姐伸出手去抓身边的一丛米兰，用力一拉，米兰沙沙地晃动，她的眼泪就扑簌簌滚落下来。我傻乎乎地坐着，一时手足无措。

齐欢来找我的时候，我正在街边的大排档和几个人吃火锅喝酒。回到宿舍，他们说，有一个靓女来找我，穿着一件黑色的中楼。我知道她是齐欢。

冬日的晚上，街上空空荡荡了无人影。我骑着车去找她。宿舍楼的门卫不见踪影，值班室里却亮着灯，门口那块写着"女工宿舍，男性不得随便乱进"的告示牌，黑色的字体油光发亮。我迟疑了一下，便放轻脚步跑上二楼。我轻轻敲一下门，齐欢侧身钻出来。

"知道是你。"她说。

"找我什么事？"

"我还未问你呢，喝酒去啦？"

我点点头。

"满嘴酒气。哎，跟你说，我今天在路上碰见个人。你看他的名片。"

齐欢宿舍的隔壁有人愤愤地说："都什么时候啦，也不看看是什么地方。"

我匆匆看一眼名片，没记住上面的名字。

天太冷了，风呼呼地号叫。实在没什么地方可去，于是我们走出宿舍楼，在一幢大楼的背风处挨着墙坐下来。

"他问我愿不愿意去新世界，如果有这个意思，可以去找他。他是总经理。"

"去干什么嘛？"我问。

"什么解说员吧，我没听清。"

"新世界有什么地方用得着解说员？又不是展览馆博物馆。"

"有。那里不是有个民族风情馆什么的吗？你没看过吗？那里就有解说员呀。"

"他不是骗你的吧？"

"我看他不是这种人。你说该怎么办？"齐欢问。

"关键是你怎么想，你不是一直想跳槽吗？"

"试试看啦。不过，我还未真下决心。"

"那不妨试试吧。"

我送齐欢到宿舍楼下，从车棚里推出自行车。阿彩突然从马路对面的树影里闪出来，像一只愤怒的狼跑近我身边。我还来不及作出反应，她就热辣辣地打了我一个耳光，然后飞快地跑上楼去。

周小姐揩干眼泪，对我歉然一笑，说："请不要介意。"

"不好意思。"我说。

我们沉默了一会，周小姐说："我认识齐小姐，但不太熟。她乍一看不算漂亮，而多看几眼就会发现，她其实很美。齐小姐耐看。"

我笑笑。周小姐眼光准，齐欢就是这样子的。

"我能记住她，还因为她的名字。齐欢——这多好啊，包含着美好善良的愿望。王总他算是信得过我了，然而，他们的事我压根儿就不知道。"

"我也不知道。"

"有句话，我说了，也许会惹你生气。"

"你说。"

"我敢肯定他们是真的相爱过的。"

"谁知道呢。"我低声说。

"我想，对他来说，离婚不是件容易的事，这其中要承受的压力太大了，他未必真能如此放得开。就我对他的了解，他做不到的，就算他是多么地爱她。"

"你的意思是……他们是为情自杀？"

"这倒不一定。现在已无从考证，变成一个谜了。到底谁是自杀者？还是两个人都是自杀者？为什么要自杀？只有他们自己知道。"

"是的，只有他们自己知道。"

"死者已矣。段志，现在很少像你这样的人了。"

"我和齐欢其实没什么，没什么……"

"你是说——"

"我对她只是一厢情愿罢了。"

齐欢出事后，在被拘留的那一个月里，我才发现，其实齐欢始终都没有爱过我。而我至今仍然深爱着她。

周小姐扭过头来，审视我片刻。

我说："真的，我没骗你。"

"段志，可以说说齐欢吗？我也想知道她多一点。"

"怎么说呢，齐欢太复杂了。这几个月来，我在想，我到底了解齐欢多少呢？说不清，或者很少，或者根本谈不上了解。但有时又觉得，我很了解她。我们在一起是我们最快乐的时候，她也这么说。"

"了解一个人，就像认识自己一样，是件很难的事。"周小姐说。

"我知道她也和我一样，只要俩人在一起就好，就有说不出的快乐，哪怕一句话都不说。我们都是那么孤独，好像大家在一起就不再孤独似的。齐欢曾跟我说起过她妈妈。有一晚，她来找我，神情很沮丧。她有时就是那样神经质，不过我倒习惯了。我们在一家咖啡馆里坐了几个小时，没说上几句话。这种情形你试过吗？不说话，两人坐几个小时。深夜十二点一过，她就说，今天是她妈妈的生日。说完，她就哭了。齐欢的妈妈原本是个华侨，那时大概是个热血青年吧，二十世纪五十年代时，像许多华侨那样，满腔热血跑回祖国参加建设。齐欢三岁的时候，'文革'开始了。她妈妈被当作特务关了起来，后来便疯了。之后怎么样，齐欢说，她不知道，她父亲也不知道。"

"昨天，你在电话里说，齐欢死前，你见过她。"

"是的。不过我不想说了，对不起。"

7

我最后一次见到齐欢，是在她自杀的当天晚上。

那天上午，她来一达公司找我，门卫当然不会通报，她清楚这个规矩，所以她留下了一封信。我吃完午饭，走出公司大门时，门卫将信给我了。

整个下午，我心神恍惚，竟然对塑胶味敏感起来。当我掀开浇模盘的盖子，拿起尖嘴钳的时候，那股温热的气味就直钻进我的鼻子，令我接连不断地打喷嚏。领班阿龙也感到奇怪，走过来问："段志，你感冒了还是怎么啦？"

"没有。没事。"我说。

"那怎么老打喷嚏？全车间都听到了。"

"也许生病了。我今晚请假不加班。"

"现在赶着出货呢，主管在这，我不好抓主意。"

"我去问他。"

因为要急着去见齐欢，我死乞白赖跟"OK"主管磨嘴皮。他除下那副金边老花眼镜，验尸医生一般盯着我看了好一会儿，又侧过头去看看灯火通明的车间，然后亲切地拍拍我的肩膀，人情味十足地说："你退一步，我退一步，OK？加到七点。公司急着赶货，OK？多谢合作。"

我如蒙皇恩，连连表示感谢，转身去干活。

晚上准七点，我熄灯停机，悄悄溜进电工房，找一个哥们儿拿了大约三米电线，他教我撩开外衣将电线绕在腰间。这个哥们儿打量着我，抿着嘴笑，说："门卫如果看得出来，他就应该去公安局干了。"

"了得，你倒是有经验。"我说。

在门口打了钟卡，提心吊胆走出公司大门。在美娜咖啡廊对面的马路树底下，我将电线解下来，绕成一小捆，看看表，已经是七点半了。

这个时候，咖啡廊的顾客稀少。我踏进门，就看见了齐欢。她坐在靠窗的厢位里，穿着一套黑色的连衣裙，头侧向着窗外。大概她等得心急了，右手的食指和中指轻敲着桌面，尾指弯弯地翘起来。我撇下侍应的热情，走过去说了声对不起。齐欢惊愕地回过头，舒了一口气，说："坐啊。"

侍应走过来。

"一杯柠檬水。"齐欢说。

她没忘记我喜欢喝柠檬水。我将电线递过去。她接着很快地塞进手袋里，拉链没拉拢。

"让我来吧。"我说。

"不用。"

她将手袋放在椅面上，用力压了几下，才吃力地将拉链拉上。

"看你，慌慌张张的，好像我们在做走私货交易似的。"我说。

"什么交易？"

这时，侍应送来柠檬水。齐欢拿起椅上的手袋放在大腿上，还用一只手按着，仿佛怕侍应抢了去。我更觉得可笑，心想，齐欢是怎么啦？举止神态都不对劲呢。

"哎，不要冻的。"齐欢说。

"你刚才没说。"

"拿去换一杯，麻烦你。他不能喝冻的。"

侍应为难地朝我看一眼。我说："算了，不用换了。"

"你真是的，换一换又不费事，别又胃痛了啊，可没人管你。我想管也管不了啦。"

"你要电线干吗？"我问。

齐欢没答我。她端起杯子，送到唇边，没喝，又放下。杯子将碟子上的小钢勺碰落在地上。

我弯身捡起来，说："齐乐挺有意思的，前两天，我在街上碰见她，聊了一会儿。她还开我们玩笑呢。"

"我这个妹妹呀，本事大着哪。不仅你们男人喜欢她，连女孩子也喜欢她。在这个地方，她如鱼得水。我呢？只是个客人，生活在别人的城市里。"齐欢说。

"你怎么啦？脸色这么苍白。"

"妆化的。"

天下起夜雨，雨声哗哗啦啦，在柔和的音乐里跳跃。齐欢将窗推开一条缝，雨水欢快地跳进来。她的手臂上沾满点点滴滴的雨珠。桌面的一角，很快就积满了一摊水，在摇曳的烛光下，闪动着微弱的光。

齐欢低下头，说："段志，你打我一个耳光吧。"

"我干吗要打你啊。"我笑起来。

"我是该打，该让你打。"

齐欢抬起头，抓起我的手，拉过去，说："你打，段志，你打啊。"

"齐欢，你别这样。"我急了。

"你不打，我帮你打。"

齐欢抓着我的手就往自己的脸上打去。我急忙用力抽回。我的手还是轻轻碰着了她的脸。齐欢松开手，眼泪唰地直流过面颊。她举起双手捂着脸轻轻哭泣，我伸出手为她抹抹泪，低声劝她。后来我只好默默看着她，而她在轻轻地哭。不知过了多久，她抬脸看着我，嘴角忽然挂着一丝若隐若现的笑意。我放心地朝她笑笑。

当我们走出咖啡廊的时候，齐欢说："去我那里拿把伞吧。天下雨，人也没办法呀。"

我们快步走过马路。走进新世界酒店大堂时，浑身已淋得半湿了。我们沿着楼梯，走上二楼。我跟着齐欢走过长长的廊道，进了最后的一个房间。这是个客房，里面的陈设可以证明这一点。齐欢为我倒了一杯开水，还从冰箱里拿出一块冰放进去。我听见了冰块在水里哗叭的响声。

"你怎么住这？"我问。

齐欢正拿着一条毛巾，在仔细擦头发，听见我问她，动作就停下来，犹豫了一下，说："有时候是在这过夜。"

齐欢说完，坐下来，面对着墙上的大镜，若无其事地化妆。

齐欢这么说是什么意思？！我拉开门走出去。廊道上铺着猩红的地毯，我仿佛是走在血泊里。半路上，我忍不住又折回去。我打开门，发现齐欢仍坐在那里，对着镜子发呆。我没进去，站在门外看着她。齐欢侧过头来，却没看我，目光斜斜地落在壁柜上。她的妆化得很美，眼睛却好像失去了生命光彩，仿佛是两颗玻璃弹子，给人随意镶在这张美丽动人的脸上。我顿时感到吃惊和畏惧。

"我真不该带你来拿伞。"齐欢说。

我没带上门，转身就走了，脚步有点踉跄。雨很大，落在路面上溅起一片水花。一辆货车在我背后按响喇叭，索命一般震天响。我回过头，车灯直射得我变成一个透明的光体。我向路边走去，车马上擦身而过。车尾灯像一双血红的眼睛，死死盯着我不放。我干脆坐在马路边上，听着令人心碎的雨声。

8

我下定决心回家去，是在代理处两周年志庆酒会的晚上。

酒会设在代理处楼下的草坪上，这是齐乐的别出心裁。酒会不算盛大热闹，宾客都是与代理处有商务来往的。主客双方都郑重其事，绝不马虎。新世界水晶宫大酒楼送来了精美的食品，一家酒吧送来了各种名酒和饮料，存真冲印公司派来了一个旗杆一样高瘦的摄影师。摄影师头上戴着一顶脏得发黑的白布帽，在宾客间时隐时现，那一双眼睛看起人来，就好像欣赏斗鸡似的快活无比。服务员穿着制服，头戴白帽，双手放在背后，面带微笑，毕恭毕敬地站在长桌边。

长桌上铺着雪白的台布，上面早已摆上了许多食品和鲜花。放着酒和饮料的一边，三个服务员越来越忙了。巴昂公司的总裁是个"鬼佬"，身材粗壮高大，满腮的黄色胡子，手上也长满了金色的细毛。总裁挺直身子顶天立地地站在人群前面，像一头百兽之王。他作了简短的讲话。齐乐站在他身边翻译："各位来宾，感谢您能参加今晚的酒会，希望您太太不会因这个美好的晚上您不在她身边而不快。过去的两年里，上帝作证，我们彼此合作得很愉快，在此我深表谢意。中国现在流行一句话叫'少说多干'，我们现在要干的就是美美地吃。"

宾客们报以热烈的掌声，然后向长桌那边散去。服务员忙碌起来。这个晚上，齐乐刻意修饰了一番，脖子上前所未有地戴上了一条珍珠项链。她端着酒杯，俨然一个女主人，神采飞扬地在人群里穿梭，所到之处，总惹出一阵笑声。我独自站在长桌边上，端着纸碟使劲儿吃。来宾们可不像我饿鬼投胎一般，他们三五成群聚在一块儿，手上端着的杯子或者端着的碟子，看起来只不过是他们谈笑风生的点缀。我吃饱喝足后就后悔了。我不该吃得这么快，酒会还未结束呢，如果吃慢一些，剩下的时间还好打发呀。现在吃是绝对吃不下了，如何是好？

一个宾客走过来，夹了一块蛋糕，十分友好地对我说："你们的蛋糕好极了。"

"谢谢。"我说。

他竟然有眼无珠地将我当作服务员了，也不看看我连白帽都没一顶呢。我有点生自己的气，于是拿了一杯酒，可是还未喝，服务员就说了："你这个喝法，非醉不可。"

听，这是什么意思？什么态度？我一口就将酒干了。我放下酒杯时，愤怒地瞪了他一眼。我走到一株棕榈树树底坐下。这个晚上，没人理我，也没人注意我，我是隐形人，我是个跟着大人赴宴的孩子。

月亮从天边升起，酒会才告圆满结束。面包车、豪华小车早停在路边静候，宾客们一个个坐进自己的车里。最后，齐乐和"百兽之王"也坐上了一辆车，绝尘而去。服务员默默无语手脚勤快，将剩下的东西和用具一一搬上车。他们走的时候，我听见有一个人说："喂，他是不是喝醉了？我看他整个晚上不是吃就是喝。""管他呢。看他那模样，大概是什么人带来白吃的呗。不吃白不吃。"另一个人说。

月光洒在草坪上，我躺下来，头枕着双手，凝望着天上的月亮。天空明朗，一片青蓝，月亮一动不动，很圆。

我想，我要回家去。

真正属于我的东西很少，全让我塞在旅行袋里。第二天一大早，我提着它走了。出门时，我给齐乐写了几句话。我说我决定回家去，这个月的工资不要了，就算是还给你的三百块钱。

半路上，忽然大雨倾盆，车窗玻璃上形成一层薄雾，外面的景物变得朦胧不清。我伸出手指，在玻璃上面画了一个圆圈，又画了一个圆圈。

9

我家的房子原本是木板搭的，1980年初，我妈狠下心来，将它拆了。现在的房子全是红砖砌墙。这个壮举和胜利，我妈常常为此感到无比自豪，为她的远见而深感庆幸。因为她才花了不到两千块。要是现在，哼，花五千块也下不来呢！我妈经常这样进行对比。大哥他早就图谋这间房子，那年我招工去南山，他兴高采烈，比谁都更殷勤地为我打点行装。大哥他准认为他的小弟，会在那个地方落地生根，开花结果。哪想到我却是个劣种，无法移植，又转回来了。

我回来的那天晚上，我妈就说，姐过两个月就要出嫁了。大哥早已分家另立门户，我回来足足一个月，他才来看过我一次，开着一辆本田摩托车意气高扬。他抽完一根烟之后，对我表示莫大的失望。我妈常唠叨说，大哥太怕老婆，像怕老虎似的，白养大了他！而且，他真不争气，竟然生了一个女孩。我回来，大家都没责怪什么，妈欢天喜地地说，卖成衣赚的钱还多呢，在那个地方山高水远，要去看你穿州过府也不容易。老爹一言不发，斜着眼恶毒地哼了一声，令我的心一阵摇晃。

现在夜已深，我坐在我的屋子里，赤着上身独自抽烟。屋子里堆满了纸箱，里面上面全是一沓沓成衣。我在家不在家，这间屋子都理所当然地是个仓库。妈和姐干这买卖有好几年，大概钱也赚得不少。老爹退休了整日游手好闲，在家里，仍然一如既往摆着厂长派头，这个芝麻绿豆官深刻在他的骨子里。早中晚无论刮风下雨他总忘不了上茶馆喝茶，与几个同道高谈阔论。老爹的这个习惯，已有二十多年的历史，而且像钟一样准时，一样有规律。"文革"闹得最凶的那几年，曾不得不中断过。我妈说，我爷爷入棺的那天中午，老爹却失踪了。人们找遍了木屋，仍没找见他。在这个悲痛的时刻，他去喝茶了。老爹睡觉的呼噜声震天动地，伴着我妈数年，我妈仍深爱着他，令我费解。

我穿上衬衣，悄悄溜出家门。

这座历史悠久的古城，现在正睡得不省人事，大街小巷沉寂无声。我孤独地走在肮脏乌黑的马路上，在我的左边，是伤痕累累的古城墙，另一边，是粗壮的凤凰树。正是凤凰花开的季节，夜风吹过，不时有花瓣落在我的身上。月色朗朗中，还见着一抹鲜艳。凤凰城，这个名字的来历，想是来自这众多凤凰树的启示吧？然而，凤凰花勾起的回忆和情感，竟然和我像相隔如海的两岸。我在这生活的十八年，竟然是莽莽苍苍一片空白。我惊骇地发现，我已无法寻见重新焊接的缝口了。

我转回家的时候，天已蒙蒙亮。在巷口碰见了老爹。他一路哼着粤曲小调，心情愉快，悠然自得，当见到我时便住了口，目光很可笑地流露出几分吃惊。父子两人都没说话，犹如陌路人。我进了家门，洗洗脸，躲进我的小屋。脑袋昏昏沉沉，可怎么也睡不着。

这一个多月来，我从没实实在在香喷喷睡过一觉。上半夜，老爹的呼噜声逗引得我精神亢奋，那急促而有力的节奏，把我懒洋洋的睡意驱赶得无影无踪。我无法想象，在过去十八年里的每一个晚上，我居然能在他的呼噜声中睡去，有时还做着美梦。当我迷迷糊糊快要睡着的时候，已是凌晨五点了。这个时分，那个穿街过巷收集夜尿的勤劳妇女开始吆喝，底气充足的吆喝声，仿佛就是从我床底下发出的。我常因她的女高音惊坐起来，恍如被她盖脸倒了一桶夜尿，再也不能睡着了。

我躺在床上，悲哀地想，我要是长此下去，肯定有一天会患上要命的神经衰弱症。姐走进来，抿起嘴朝我笑。我说："姐，你坐。"

我朝里挪一挪身子，姐走过来坐在床沿上。二十多年来，姐乖乖地被我妈培养出来了。她符合传统审美尺度，谁娶了她，是谁的福气。然而，姐和南山的那些小姐们，仿佛生活在两个迥然不同的年代里，这使我一见到她或者想起她，就暗暗为她叹息不已。

"还不起床哪？都什么时候了。"姐说。

"你别吵，我正要睡呢。"

"小弟，你怎么瘦成这个样子？"

"什么样子？"

"脸上没半斤肉，整个人也没一点精神，你照照镜子看看。"

"我睡不着。"

"睡不着？怎么会睡不着呢，小弟，你别糊弄姐。"

"他的呼噜声，吵死人了。"我说。

"以前不吵人啦？你不照样睡得香。"

我打了一个呵欠，牙骨酸痛。

"姐，你真要嫁人啦？"我说。

"这样的大事，还会骗你吗？"

"他人怎么样？好吧？"

"嗯。你呢？有没有朋友？你的年纪也不小了，我猜呀，妈准会托人介绍对象给你呢。"

我听了纵声大笑。

"是真的，姐不骗你。小弟，这不是很好吗，娶了媳妇，家里的服装生意你接过来，日子过得有味哪。"

我坐起来，用枕头顶着肚子，笑个不停，眼泪却忍不住直流下来。一个多月来的压抑、苦闷、迷惘……统统化作了一颗颗泪水。

姐走出我的屋子。我听到她对妈说："小弟不大对劲。"

"……"

"他说他睡不着。"

"有吃有住的，哪会睡不着？废话。"

"小弟回来后古里古怪的，妈没看出来？不会是有病了吧。"

"他会有什么病？有病就是神经病。天天躲在屋里，没病也闷出病了。"老爹说。

他的声音像他一样粗壮，成心是要让我听见。既然老爹大人生气了，她们也就不再多言，踩动着缝纫机，那一串串的声音，让我感到亲切和遥远。

我爷爷留下的大挂钟，当当当地敲响十二下，声音雄亮悲壮，在我的小屋的四壁，来回奔突碰撞。这又是造成我失眠的另一个原因。这个黑色的挂钟，连我老爹也说不清它的历史有多久。据说是我爷爷的父亲留下的，而且，还可以追溯得更远一些。它一直挂在厅的西墙上。我爹每听到钟声，就会陡然对人生发出感慨，并且觉得活着是一件幸事。现在，他踏着钟声的最后一响，走出家门去喝他的午茶了。

我妈站在门口，说："发什么呆！吃饭。"

我走出厅，妈和姐已坐在桌边。我说："我要出去。"

"去哪？急着投胎也要吃饭呀。"妈说。

"我去看医生。"

妈和姐对望一眼，紧张起来。"真病了？发烧还是感冒？"妈问。

"我睡不着。"

"今晚我替你拜神，烧几炷香，很快就没事了。睡不着哪是病呢。"妈说。

我笑一笑，走出了门。

我在街边的摊档里买了一包烟，一边抽着一边闲荡。街上，人们慢悠悠地走，不紧不慢，仿佛人人就是为了逛街而逛街。我时不时与他们摩肩接踵，十分舒服。汽车在街心不停地响喇叭，人们不当一回事，等车贴近了屁股，便惊慌失措地跳开几步，站稳了，回头就破口大骂，卷起衣袖，拉开架势。我在这个小城里转了一圈，在一间号称什么酒家的大排档里，吃了一碗烧鹅饭，喝了一瓶啤酒。收钱时，老板以为我是外地人，认真地多收了我一块。我没表示什么，走了。

我来到小城里最大的医院。诊室里的两个医生，在热烈地谈论着一件本城自新中国成立以来破获的最大的聚赌案件。此案情节曲折惊险，其中还涉及用老婆作赌注等。我站在门口，听完了他们的故事和评论。

医生对我这个病人表现出极大的热情和良好的服务态度。

"来旅游？这个城市虽然小，但历史悠久，是座古城啊。古迹很多的，值得看看。"

医生一下子变成个导游，使我感到歉意，为了不令他失望，我附和了一句："是的，这小城挺美。"

"这里的特产特别多，要买也买不完，而且特别便宜。你感到哪里不妥？出门旅游，一般都是肠胃有问题。"

"睡不着。失眠。"我说。

"你这是富贵病呀。"

"医生，别开我玩笑了。"

"生活上温饱无忧，自然多思，多思导致精神亢奋，结果就是失眠。你说是不是富贵病？不过，旅游倒是个治好失眠的良方。"

"那不是无药可救了？"

"我开几片镇静片给你吧。"

我回到家，已是下午三点半。老爹一见我，就冲我妈说："看，你的好儿子回来了。"

"阿志，你看你无精打采的，死去哪啦？饭都不吃。"妈说。

"在深圳那个花花世界五六年，就学会好吃懒做。你有鬼用你。"老爹恶狠狠地说。

"明天帮我卖成衣去。"妈说。

我默不作声进了小屋。姐跟了进来，关切地看着我，眼睛潮湿，快要流泪了。

"小弟，还是回深圳去。这个地方你待不住的，哪过得惯呀。"

"我也这么想，姐。"

"这里地方小，一辈子也没出息的，别害了自己。姐疼你哪。"

"姐……"

我哭了，说不出话。姐走过来搂着我也在哭。姐弟俩哭了一会，揩干眼泪，又笑了。

"哎，小弟，深圳人结婚，是不是跟我们这里不一样？"

"我又没结过婚，不知道。"

姐打一下我的头，嗔怒地"哼"了一声。

"他们不摆酒。"我说。

"人生大事哪，不摆酒？"

"不骗你。"

"小弟，你想什么时候走？"

"喝了你的喜酒，我就走。"我说。

"真是我的好小弟，我还担心你明天就走呢。"

"姐的喜酒，我无论如何也要喝。"

"就你嘴甜。"

"姐夫的嘴不甜吗？"

"去你的，要打？"姐说。

一个月后的一个晴朗日，我在我姐的喜宴上大醉。当晚我睡得又沉又香，第二天的中午，我拎着旅行袋，离开了这座古城。走出家门的时候，我妈老泪纵横，哭得一塌糊涂。我想，我以后有个儿子，他要是出门远去的话，我会放声大笑为他送行。

原载《花城》1990 年第 1 期

我们 INT

张伟明

这小子才十九岁，竟板着很多皱纹的脸跟我说话。

他向厂里请了半个月的假，说是他外婆病故。孙小姐那双怀疑的眼睛盯了他老半天，直到他从眼里挤出三四滴眼泪后，才在请假单上签字。

想不到他带着刚发下来的工资，买回来一把崭新的吉他。回来后把自己关在房里半个月，把吉他弹得像撕破布般令满屋的人神经错乱，然后摇晃着双膀，"砰"地把门踢开，来到我跟前，很文雅地要我借给他两天的饭票。

我问他："你不是请了丧假吗？怎么竟跑到广州去了？"他说他写了请假单后才想起他外婆刚生下他母亲便死了。

我对他说："我不会借饭票给你的。"

飞来的一只小虫突然被他抓到手中，他张开嘴想把小虫投到嘴里，被我一掌打下去。他伏在栏杆上："外婆，我对不起您！"接着他双膀竟抽搐起来。我赶忙把饭票塞到他鼻子底下，他抓过饭票，抬起头向我鞠了一躬，脸上竟挂着一串泪水。他一把夺过一个工友的饭盆，朝饭堂跑去。看着地板上那只痉挛着的小虫，这小子看来是"饿令智昏"了。

李树这小子，真不该来吃打工这碗饭。

这条去上班的路很亮堂地在我们面前伸展着，显示着它的阔气。两旁的红泥巴像谁的大腿被掀起的两堆肉，在阳光的照射下，令人很不舒服地晒在路两边。左边的黄泥地上高高地飘着建筑公司的白色旗帜，这白旗在蓝天下使人心旷神怡。

李树走在路上的样子使人看了很不舒服，身材不高，屁股却扭得很女人。为这些就不该借饭票给他，省得他神气起来令人倒胃口。后面一群五颜六色的女工叽叽喳喳地说着，走路像抽筋。李树小子的屁股或许是扭给她们看的。

那座五层楼的厂房，在红色泥土的包围中给人以沉重的感觉，像梦中的庞然大物在向你走来。每次去上班，我都有一种要去医院拔牙的感觉。

"吉他是不易学。"李树把身子倒退着在跟我说话。看他的情形一定又要跟我借什么。

"我说，吉他是不易学。"他重复着。

"我听见了，有什么屁你就放。"我对他说。

"那好，"他转过身来，"再借两天的饭票。"

我没有猜错。我问他："昨天下午借去的饭票呢？"

他说："到早晨就没了。"

"没了？都吃光了？"

"没了。"

"没了明天再说。"

"可我中午就没饭吃了。"

我看了一眼那使人缺氧的楼房，说道："没了找你爹要去！"

他又在寻找着飞虫，他又想使出上次的那种伎俩。我打定主意，就是他吞下十只屎壳郎我也决不再理睬他。

两天的饭票，没两顿就把它吃得一干二净，还谎称你那早死了五十年的外婆刚刚死了，请了半个月的假来练吉他，真有你的。

总算被他抓到了一只小飞虫，这回他没往嘴里投，而是把小虫的腿一条一条地拔去，然后恶狠狠地对我说："你到底借不借！"

在跨入厂门的一刹那，我很明确地对他吼道："喝西北风去吧！"

李树和我同属检验科。

香港人称检验为"QC"，把"QC"检验过的产品再检验称为"QA"。我胸前的厂牌很别致地写着"QA"字样，比李树的"QC"高一档次。李树为此曾阴阳怪气地对我说，是检验科的那个孙小姐看上了我。而这小子就不想想我为了这个"A"差点落下个严重神经衰弱症，至今还经常做那种让人在冬天里都浑身冒汗的噩梦。

坐在我前面的李树，把检验着的收录机弄得砰砰作响。而这声音不是从喇叭里发出的，是从机壳里发出来的。不一会他身边就堆起了小山般高的坏机，急得他身后的修理工脸色发青。这小子把"喝西北风"的气出到这里来了。我发现他那埋着头弓着腰紧张而又飞快地舞动着双臂的背影很是滑稽，很像科教片中穿山甲掘土时的情景。

那脖子上有块疤的像蜈蚣趴在那里的修理工，愤怒地把话筒伸到李树的鼻子底下说："请问，你一下子堆起这么多的坏机，想叫我修到什么时候？"

李树回过头来，对着话筒大吼一声："摩登时代！"

他们的举动刚好被从他们身边走过的组长罗文岗看见，结果他们这个月的勤力奖比别人少了五十元。

我抽空来到李树那堆小山般高的坏机前，这堆黑疙瘩除了贴有说明"其他部件不良"的字样外，都千篇一律地贴有"INT"（接触不良）的字样。我看一眼其他检验员，客家妹的红筒裙很刺眼。这些检验员无一例外地紧绷着蜡黄的脸，都目不斜视地飞快地舞动着双臂，都有李树那种穿山甲的特征。

我回到我的座位，看着那些源源不断地流下来的产品，就感到好像是医生的钳子在向我嘴巴伸来，像要拔我的牙齿。

我抓住每一个向我流下的黑疙瘩，这些黑疙瘩在我的掌下砰砰作响。我不愿承认我们又回到了卓别林的《摩登时代》！

不一会儿我身边也堆起了小山般高的坏机，坏机身上无一例外地也贴着"INT"字样！妈的，这样干下去我们每个人迟早也会 INT。

客家妹检验着的收录机突然"砰"地冒出了火烟，吓得她尖叫一声想抓扑到谁的怀抱里。后面的修理工张开双臂，结果李树在他头上重重地击了一布锤。当发工资时，李树的勤力奖比别人少了整整八十元。

下班走在这条水泥路上时，好像比上班时亮堂许多，这无疑是在厂房待得太久的缘故，眼睛还一时适应不了这强烈的光线。

建筑工地的旗帜依然很白，我张开双臂想做一种飘扬状，刚把双臂张开，才发现我完全没有这种兴致。

我头脑里还摆脱不了那些穿山甲的形象。

李树这小子还是很女人味地扭着屁股。从他那扭着的屁股来看，你会觉得他兜里一定揣着够吃半年的饭票。

我把路旁一个光耀刺眼的空罐头踢得哐当哐当作响，这空罐头好像专门等待我这一脚似的，很引人注目地响亮着跳过去。在离前面姑娘们几步远时，我以为它会停下来，想不到它竟情绪昂扬地蹦到客家妹那红筒裙下面。

李树这小子兴致勃勃地跟上去又补了一脚。那空罐头越发放肆地蹦跳着接连碰了几个姑娘的脚跟，末了却惹来那些姑娘用十几种方言汇集起来的一顿咒骂。随着这一顿咒骂，李树的脸红一阵白一阵地变换着。李树懊丧地把那个惹是生非的空罐头掷在路旁的黄泥堆上，黄泥堆散发出来的泥腥味并不难闻。

李树的背后不知贴着什么，我认真一看，突然哈哈大笑起来。我不明白我为什么会突然哈哈大笑，要是以前遇到再好笑的事情我也不会在他人面前这样哈哈大笑的，何况面前还有一群五颜六色的姑娘。总之，在李树茫然地看着我，待我把贴在他身后的那张小方纸揭给他看后，我仍然在哈哈大笑着，止也止不住。待他看清楚那是写着"INT"的小方纸后，突然也跟着我哈哈大笑起来，比我笑得更洪亮，更有气派，而且边哈哈大笑边把那张写有"INT"的小方纸贴在脑门上。周围那些原来惊奇地看着我们的修理工也被我们感染得断断续续地一个跟着一个哈哈大笑起来，不一会儿整条水泥路都喧嚣起"哈哈"的声音。我发现那个脖子上趴着一块疤的修理工笑得很难看，这使我很恼火。我使劲让自己不再笑，而嘴巴却不听使唤地依旧哈哈不停。我看见李树用手顶住嘴巴，他也不想让自己再笑下去，但嘴巴同样不听使唤地哈哈大笑着。我还发现工友们的嘴巴也在不听使唤地哈哈大笑着。我觉得这样笑很苦，五脏六腑都挺难受。

前面的那群姑娘，早被我们那像被惊动了的鹅一样伸长脖颈向天空发出声音的荒唐举动吓得消失了踪影。

李树笑起来远比他们有气派。这小子竟然愿陪着我笑，与我分担这笑的痛苦，而且笑得比我更无厘头、更嘹亮。我一下子发现他是个很有侠义心肠的男子汉，很有哥们儿的那种意思。我突然发现我不愿借饭票给他是一个不可饶恕的错误！在我们都哈哈大笑之时，我把我那半个月的饭票全都塞进了他的兜里。

我看一眼那飘扬的旗帜，那旗帜有些发黑，只是从它上面飞过的一只鸟儿还很白很白。

我躺在床上看罗文岗在阳台上练拉力器。随着拉力器的一张一合，他的臂膀便会爬出许多大大小小的"乌龟"来。他搬来和我们同住时，他的拉力器才两根弹簧，现在多出了三根，但他拉起来仍从容得像在搭积木。

罗文岗是A线的组长，听说他有一张什么文凭才聘用他的。除了港方厂长外，全厂就他敢不戴厂牌。不知何故，李树把罗文岗看成是他的敌人，是不是因为罗文岗能不动声色地拉动有五根弹簧的拉力器，不时会说出"世界是幻觉""人是一种符号"之类的使人不知所以然的话语，所以他自惭形秽？他原来对罗文岗的敌意是形之于色的，自罗文岗的拉力器多出三根弹簧后，他那明显的敌意便转为地下了。

罗文岗已把他的拉力器拉到了第三百四十五次，但他仍然在拉。我知道李树这小子此刻正躲在蚊帐里面紧张地数着罗文岗拉动的次数。

夕阳把阳台和罗文岗抹得金黄。和房间里那苍白的光线对比起来，罗文岗好像站在另一个世界里。

我朝躺在我上层的李树的床板踢了一脚："该吃饭了。"

上面没有动静。我又朝上更响地踢了一脚。

"够了！"李树不知是对我还是对罗文岗说。他正伸出脚往下爬，边爬边沙哑地唱着："现在心中只有灰色。"当唱到"今夜你在谁的怀抱里"时，他"叭"地从床上摔到地上，又从地上爬起，若无其事地对着罗文岗"啪啪"拍了两下屁股，抓过我和他的饭盆，把"灰色"的歌一直唱到饭堂。

饭堂门口有几个人围着在看一张贴在墙上的海报，我和李树也挤了进去。

"为了活跃员工们的周末生活，厂部决定今晚举行歌舞晚会，届时欢迎大家踊跃参加。特别欢迎有一技之长的员工前来献艺。五月五日厂部启。"

李树的脸色又在红一阵白一阵地变幻着，声音很激动地重复着最后一句话："特别欢迎有一技之长的员工前来献艺。"突然，他把饭盆塞到我手里说："请帮我把饭打回来，我先回宿舍。"

我一把抓住他的手："你这是干吗？"

"回去练吉他。"

"你想参加晚会表演？"

"想！"

"用你的吉他？"

"是！"

我把饭盆摔到他手里说："你别丢人现眼！"

他的脸红一阵白一阵地倒过来变换着："你对我的吉他就那么没信心？"

"绝对没有。"

他寻找起小飞虫来。很快被他抓到了一只，小飞虫又要成为他施刑的牺牲品了。想不到他竟"叭"地把小飞虫吞进了肚里，说："好！公子瞧不起我，你也瞧不起我。"公子是指罗文岗。他拿过我手中的饭盆哐当一声摔在地上，头也不回地走向宿舍。

"混账！"我对他的背影吼了一声。

吃过饭后我向宿舍走去。夕阳已被海水浸化了一半，那溶化了的夕阳把海水染红了一大片。

房间里只有罗文岗躺在床上看书，李树那放下的蚊帐里没有一点动静。

这小子跑到哪里去练吉他了？我不能让他在我饭盆底下留一块疤而不受任何惩罚。

罗文岗爬起来用枕头靠在被子上，看了我一眼说："跟谁打架了？"

我问他："有没有看见李树？"

他摇了摇头："没有看见。"

我走到阳台上，今晚是周末，整幢宿舍静悄悄的。夕阳已被海水溶化得无影无踪。我回头看了一眼罗文岗，罗文岗又把脸埋进了书本里。罗文岗那目空一切的神态有时挺招人恨的，我现在才明白李树对他的敌意是有理由的。

这静静的楼房使我感到很孤独、很恐怖，这种孤独感和恐怖感像蜈蚣在黑夜中沙沙地爬行。从黑夜中吹来的风夹着一阵美妙的吉他声，我赶忙向那吉他声跑去。来到建筑工地，那吉他声消失了。工地里一片漆黑，我找不到那些白色旗帜。我好像听到几声呜咽。这哭声是从那凸起的黑影里传来的。我又感到一种恐怖，又听到蜈蚣的沙沙声。不管那黑影是人是鬼，我向它走去，我害怕那些向我爬来的蜈蚣。我对黑影说："我能和你说说话吗？"

黑影开了口："我不用你管！"

我倒抽了口气，原来李树这小子躲到这里来了。我惊喜地把手搭在他肩膀上，我已忘了那摔饭盆的事，我问他："你干吗要来这种地方？"

李树不说话，拼命地抽泣着。

"啊？你说话呀！"

他挥开我的手，沙哑着声音："你为什么对我的吉他绝望！"

原来是为了这个。我来气了，我又想起了我那饭盆，想到了罗文岗的神态，想到了蜈蚣，想到了穿山甲。我将他一把提起，我把我所知道的古今中外许多艺术家们奋斗的艰难历史对他咆哮了一个多小时，当中不乏添油加醋，而且把我外公为了学二胡而导致家业破产的那段历史也加了进去。

当我把他的腰杆咆哮得越来越直时，我发现周围再也听不到蜈蚣的沙沙声了，我问他："现在敢不敢去参加晚会？"

他愣了一下，然后用衣袖把鼻涕一抹："敢！"

我也激动起来："好！我陪你去！"

他抓起吉他就跑，当我们赶到礼堂门口，里面轰地涌出人流，原来晚会结束了。礼堂的喇叭飘出歌声："我想大约会是在冬季。"

"下次吧。"李树反过来安慰我了。

我们只好跟着人群返回宿舍。

高音喇叭还在使人伤感地重复着："我想大约会是在冬季。"

回到房间后，李树这小子问了句屁话："你外公还在不在？"

我很疲倦地躺倒在床上。

我又想到了家乡的狗尾巴草。

这个星期是上个星期的延续，但绝不是上个星期的重复。

而我们的工作是上星期的重复，绝不会是上个星期的延续。

香港来的总管孙小姐把我们A线的员工都叫进检验科。她板着脸，脸上那奇特的微小皱纹像一张网，把她那二十六岁的青春紧紧网在里面。在这张网里面有一束令人望而生畏的犀利目光。她喜欢穿一身黑色衣裙，她手腕上那交叉着两只青蛇头的手镯给人冷森森的感觉。

此刻，她铁青着脸，双手交叉在胸前，犀利的目光划过我们每个人的脸。

"为什么不来加班？"她的口气并没有想象中的那么严厉，可我们都有一种末日审判的感觉。

那几个女QC哆嗦着紧靠在一起，而李树却目不斜视地挺起胸膛，把目光从孙小姐鼻子底下一直伸出窗外。这"集体放假"的创举可真来劲！

大家都不吭一声，而大家不吭一声的态度无意中却有一种愤怒与抗议的效果。我想，大家的心里都在盘算着被炒掉后该怎么办的问题吧？这可是这个厂史无前例的"集体放假"事件呀！

孙小姐的目光停留在我身上，看来她把我看成是这次事件的头儿了。她问我："张旦，这是怎么回事？"她咽了口唾液，"有什么问题你们可以提出来，为什么就随便不来加班呢？"她的声音透着不易察觉的颤抖，这使我感到吃惊。

李树的目光不再伸出窗外，倒伸到我的嘴巴里来了。女同胞的目光也和他的一样，都有一种要我扮演"下地狱"角色的意思。昨天那种"视死如归"的目光全演变成了"你不下地狱，谁下地狱"。

同胞们，我算服了你们了。

我的喉结被同胞们的目光撩得滚动了一下，看来我只有扮演"下地狱"这一角色了。我看了一眼孙小姐那紧绷着的脸，她要炒就让她炒吧，反正我讨厌她手镯上的两只青蛇头。

我以我们工作的节奏把"集体放假"的原因一口气说了出来。

我说："我们为什么集体放假是因为我们的工作太辛苦太紧张太机械太嘈杂天天晚上加班连星期天也要加班紧张的工作长时间的工作劳动强度大的工作使我们太疲劳神经绷得太紧我们经常失眠经常做噩梦女的天天晚上梦见被人追杀男的天天晚上梦见自己追杀别人我们天天匆匆忙忙地吃饭匆匆忙忙地大小便匆匆忙忙地睡觉匆匆忙忙地给家人写有很多错别字的信我们觉得好像有十年没睡过觉连做梦都是匆匆忙忙的我们觉得世界太紧张太吵闹而这些都是进了你们厂后才有的感觉我们宁愿少一些钱何况你们给的钱又是最低标准的天天加班五百元都领不到我们情愿不要加班费不要那么紧张那么累我们集体放假是我们无可奈何所作的决定我们不愿意说是罢工我们内地不兴这一套我们只说是集体放假而按国际劳动法我们也是应该享受工作假日的但你们从来没有遵守劳动法连起码的人道主义都没有你们只是把我们看成一种机器一种能为你们赚大钱的廉价机器我们没有劳保待遇病倒了得自己掏钱看病请一天假还要被厂里扣掉三十元甚至被炒鱿鱼我们是人不是机器就是机器也要修理加油所以我们要集体放假所以我们决定不干了！"

在大家那变幻着的诧异目光里，我还仍然沉醉在那叙述的激动中。

早时那种末日审判的感觉没有了，倒有一种审判末日的惬意。我像李树一样目不斜视地把目光从孙小姐鼻子底下一直伸向窗外，而窗外却阴云密布，没有那种阳光明媚的情景，这多少令我泄气。

我刚把这个令人讨厌的小飞虫抓在手里，意想不到的事情发生了，这个往日精明强悍的孙小姐突然捂着脸呜呜地哭了起来。我还来不及吃惊，小飞虫已从我手里飞了出去。同胞们的目光译成了更大的感叹号，我想他们的思维此时都变成了糨糊。

想不到孙小姐竟用比我节奏更快的语气说出话来："你们不要辞工你们要帮助我你们辞了工A线就要瘫痪这会儿误了订单日期的话我会受处罚的会被老板炒掉的你们工作辛苦紧张我承认但很多事情我们是不知道的我们只管生产进度和产品质量我们不知道你们工资不足五百元我们不知道你们病了一天要扣三十元这些事情都是内地老板管的请你们帮助我我不能看着我多年辛苦挣来的这个位置一下子被毁了像我这样一个女人在香港那种环境能争到现在的地位是很不容易的你们加班我也跟着加班我也知道加班很辛苦我也是受雇于他人请你们理解我的苦衷我一定要想办法减少你们的加班时间我一定要向厂方争取给你们多加工资请相信我说到做到。"

她说到这里，用那流利的普通话重复了最后一句："我说到做到。"

我不再把目光从她鼻子底下伸过去，我发现她哭起来更像一个女人。我突然为我那即兴的最后一句话后悔了，男人都看不得女人的泪水。

在我们走下楼梯时，那个客家妹埋怨我说："你不该说我们不干了。"说这话时，她眼睛里竟还红红的。后面几个女QC的眼睛也有点红红的，也想张开嘴对我说什么。想不到李树这时却挺像个男子汉，她们那张开的嘴都被他迅速顶了回去："你们女人都不是东西，闯到我们房间里来说不要去加班的是你们，一见到香港妹就像老鼠见到猫一样的也是你们，被她那几滴眼泪迷糊了，便可怜起她来了。我有言在先，要是条件还得不到改善，我真的不干了。"末了他说了一句令人很不是滋味的话："妈的，我们内地老板卡起我们来比香港老板还狠！"

我没有理睬他们，我自顾自走在前面。我在想：这孙小姐的普通话为什么比她说的白话好听？

李树在背后骂了一句很难听的话。

罗文岗放下他的拉力器，走到我的面前。他运动过后给人的感觉是神态并不那么招人恨，甚至有点随和。

他对我说："我很欣赏你们'集体放假'的行动，孙小姐跟内地厂长吵了一架。"

"后来怎么样？"我问他。

"厂方已同意给你们增加三十元工资。"

"三十元？"

"就三十元。"

"没提加班的事？"

"没听到，你们还提出过加班的事？"

我没有作声，我在想孙小姐手镯上的两只青蛇头。

罗文岗见我不出声，便到他的床上，又抱起了那本《生存空虚说》。

李树这小子的吉他发出的噪音使我很烦闷。自他听了我外公学二胡的故事后，他那吉他发出的噪音分贝在成倍地增加，弄得每个人在睡觉前都要在耳朵里塞上一团棉花，这些棉花都是他对面的一个黑龙江佬从自己被窝里掏出来送给大家的。真不该给他讲外公的故事，而这故事我也是从他人口里听来的，我只知道在我父亲的房间里挂着一把油亮的龙头上雕有两只眼睛的二胡。父亲一直不肯告诉我这二胡的来历，而我私下猜想，这大概就是我外公用过的二胡吧。

眼皮滞重。

为了逃离李树那使人烦闷的吉他声，我撑着雨伞在街上漫无目的地走着。

这个开放城市的霓虹灯在人们面前炫耀着它的热情，而映在街上的灯影却在搔首弄姿地撩拨着雨中的纷纷行人。

雨下得很猛……

我来到购物中心的拐角处，这里有一条小巷，灯火昏暗。这样的城市也有我家乡的那种小巷，真使我感到高兴。我走向这条不知道通往何处的小巷，小巷的前面有一条黑影在向我走来，而我并没感到惊慌，我好像曾经在哪见过这条黑影。黑影走到我的雨伞下对我说："张旦，正好遇上你，我忘记带雨伞，麻烦你送我回去。"

我清楚地看到黑影的手上有两只青蛇头，我明白这黑影是谁，就是记不起她的名字。我竟然没说一句话就跟她走去，我觉得我没什么好说的。

黑影又开口说话："你在等谁？"

我在等谁？我也在问自己。记得那个专写现代诗的酒友在雨中曾两天两夜踟蹰在那条小巷里，我问他："你在等谁？"他说："我希望逢着一个丁香一样地结着愁怨的姑娘。"他说这话时酒气熏人。我等谁呢？我对黑影说："我等你。"

黑影没有说话，我们都很久没有说话。

我的眼睛盯着那两条青蛇，我觉得它们不应该老是待在那里。

我跟着黑影走进了一个很大的房间里，房间里除了一张床、一张沙发便什么也没有。

我问黑影："为什么不开灯？"

"我喜欢这样。"

"我也能看得见你。"

"是吗？我也一样。"

"为什么要住这么大的房间？空落落的。"

"我已习惯了。"

"你应该是个女人。"

"我本来就是个女人。"

我看见黑影走向床边，我发现她走路的姿势很迷人。不一会儿黑影变得赤条条地向我走来，我看见她的胸脯并不扁平。黑影贴在我的身上，她那光滑的脖子撩起我的一种骚动，我发现她的眼睛很像倒映在雨中的霓虹灯。我一把将她抱起，她发出一声呻吟。我听见我背后有蜈蚣发出的沙沙声，我把她抱得更紧，我对她说："你房间里好像有什么。"

"没有什么，是我的呼吸声。"

"也许是吧。"看着她躺着的光洁身子，我浑身燥热，我有一种欲望，我发现往日的那些紧张、疲倦、孤独、恐惧的感觉，在这光洁的身上才能得到解脱。

在我毁灭一切的冲击下，她的身子扭曲成一团，我觉得她有些可怜，她的眼睛里流着泪。她用力地扭曲着，我把她抱得更紧，我不愿让她从我身边离开，让她离开了，那些可怕的东西又会向我走来，我不能让她走开！

"起床，要去加班了！"

我猛地睁开眼睛，我看见李树的头伸进我的蚊帐里。

"你做什么白日梦？你不想加班啦？"

我一惊。

"快迟到了，我先走。"

我清醒过来，对李树说："你先走吧。"

我浑身燥热，摸摸身子，衬衣上竟浸了一层热汗。

那梦中的情景还没有消失干净。妈的，我怎么做起这种梦来了！我是否该回去了？

罗文岗独自坐在咖啡馆的一个角落里，从天花板上吊下来的灯光把他的身子切为两半，只有那一明一灭的烟火，才能映照出他那被夸张了的忧郁的脸孔。

咖啡色的感觉，咖啡色的思维。这里的任何一个人他都觉得与他无关，甚至相隔遥远。

他知道自己是孤独的。

比《百年孤独》更孤独。

在烟雾里，他在想着客家妹汤细的那双眼睛，那双默默地望着他的眼睛。那双眼睛使他从不会感到孤独。

"真不该去给她请假，不该。"他摇摇头。

客家妹回家去了，说好是十天之后会回来，但一去整整一个月。这个月里，罗文岗有半个月的晚上是独自一个人在这咖啡馆一角度过的，每个夜晚他都在这里遗下无数的烟蒂，他想把这稠重的夜幕灼穿。

他把一个烟蒂摁灭，把头沉沉地靠在椅背上，他感觉着汤细那双若有若无的眼睛。

今天，他接到了汤细的来信，信纸被泪水濡湿了一大片。信上告诉他，她不会回来了，她已嫁人了，在她的肚子里有他的种。他想起汤细告诉他，在她的家门口有一棵被蛀空了一半的百年大树，这树没有死，还很茂盛。真的有这么一棵树吗？

就在那个不断下着雨的夜晚，汤细穿着红筒裙和他一块儿坐在这个座位上。

他抚摩着汤细那双发烫的手，汤细的黑眼睛一闪一闪的。

"你的家很远吗？"汤细问他。

"不很远，坐两天火车便到了。"

"我还没有去过那么远的地方呢。"

"以后会有机会的。"

"你家里有妹妹吗？"

"没有。"

"你最大？"

"最小。"

"你为什么要跑出来？家里人会生气的。"

"人各有志，不能勉强。"

"你父亲到底是多大的官？"

"你猜。"

"局长？"

"太小。"

"部长？"

"太大。"

"那是什么？"

罗文岗没出声，接连喷出几个烟圈，他的思想在烟圈里和汤细捉迷藏。

"世人都晓神仙好，唯有功名忘不了。古今将相在何方？荒冢一堆草没了。"罗文岗对汤细说，"你猜这词是哪部书里的？"

"《红楼梦》。"

"你喜欢小说？"

"别忘了我是高中生。"

"你看过《百年孤独》吗？"

"没听过。"

"《红楼梦》是中国版的《百年孤独》。"

"是的，我觉得《红楼梦》里的人都是挺孤独的。林黛玉就很孤独。"

"我不只是指这些，我觉得《红楼梦》也是魔幻——"他没有说下去，他对汤细说，"你的眼睛很美。"

"你说的魔幻是什么？"汤细很固执地看着他。

"魔幻现实主义。"

"魔幻现实主义是什么？"

"是你的眼睛。是你眼睛里面的东西。"

"有文化的人说话就是不一样。"

"别这样说。"

汤细没有说什么，像在想什么。过了一会儿，她沉沉地说："可我喜欢和你在一起。"

罗文岗笑了笑："我也一样。"

"我父亲来信，要我回家。"汤细说这话时眼神很忧郁。

"你要回去吗？"

"是要回去的。我知道我父亲的脾气。"

"那你先请假十天，回去看看有什么事。"

"我是这样想的。"

"不会有什么事吧？"

汤细摇了摇头，眼睛却湿润了。她对罗文岗说："坐到我这边来好吗？"

罗文岗走过去，汤细轻轻把头靠在他的怀里说："我家门前有一棵被蛀空了一半的大树。"

"是枫树吗？"

"是百年榕树。"

"还活着吗？"

"活得极茂盛呢！"

"有机会一定要去你家乡看看！"

"没什么好看的，我们那里穷。"

"你们家乡一定很不一般，要不怎么能养出你这样的美人儿，地灵才人杰。"

汤细在罗文岗臂上轻轻咬了一下，罗文岗第一次吻了她。

那晚，就在一幢四十层高楼的第二十八层的一个双人房里，汤细抱着棉被嘤嘤地饮泣。罗文岗为刚才过于粗暴的举动感到不安。

汤细对站在窗口的罗文岗说："这是我的第一次。"

罗文岗默默地站在窗前，他第一次对这车水马龙的都市感到厌恶。

"先生，要点什么吗？"服务员殷切的问候打断了他的思绪。

罗文岗摇了摇头。窗外的雨还在下。

汤细不会回来了，他再也看不到她眼睛里面的东西了。她信中说她嫁去的地方要坐好几天的火车，还说自她嫁过去以后就再也没有穿过他喜欢的那条红筒裙子，她把它折好，放在箱底下，并说这是她们村里大多数女人的命，叫他别再记挂着她。她最后告诉他，她很满足，因为在她的肚里有他的种。

罗文岗"砰"地把手中的玻璃杯捏成碎片。他推开门，走出咖啡馆。

雨还在继续下。

雨中飘着的歌声走着风的脚步："亲爱的你别为我哭泣……"

罗文岗没有打雨伞，任雨淋着慢慢走回宿舍。

阳台外的月亮很恼人地圆着。

我怎么也睡不着。李树的鼾声和他弹的吉他一样令人精神分裂。

我爬起身，走到罗文岗床前，拿过他的拉力器，在阳台上吃力地拉动起来。

好几天没见罗文岗练拉力器了，一有空就见他抱着叔本华的《生存空虚说》倒在床上把脸埋进去。前天他父亲派来了一个人，说是接他回去。派来的人被他像抓小鸡似的提到了楼下。

李树对我说："我也睡不着。"

"你刚才不是睡得像头猪吗！"

李树的脸上青一块紫一块，临睡前那个实在熬不住的黑龙江佬扑到他床上跟他打了架。这是他的吉他带来的效果。

"客家妹很久没有回来了。"

"这关你什么事？"

"我写好了一封信，是等她回来后给她的。你不知道，有一天她跑来对我说，她晚上听了我弹的吉他后就不会失眠了。"

"爱上她了？"

"不知道，只有她才喜欢我的吉他。"

"那干吗要给她写信？"

"我觉得有些话很难对她说出口。"

"先睡一觉吧，或许明天她就回来了。"

我疲倦地躺倒在床上。我以为我很快也会像一头猪似的睡去，想不到我双眼竟眨巴到天亮，眼前老是出现家里的那些狗尾草。

罗文岗早已起了床。我看见他在床边摆弄着拉力器。

我的头痛得很厉害。我刚从床上爬起，罗文岗来到我的床前，手里拿着拉力器。他对我说："把这个拿给李树，就说是我送给他的。"他顿了顿，"叫他忘了客家妹。"

我诧异地望着他，我好像在梦里。我刚要问他，他已走出了门外，我记得他面色苍白。

在检验科里，我是来向孙小姐辞工的。孙小姐脸上像网一样的皱纹更多了，显得更为冷峻和刻板。她那戴有蛇头手镯的手在不停地摆弄着铅笔。

"你真的要走的话，我只有遗憾。"

"我已决定了。"

在她给我的辞工书签字时，我又想到了那天傍晚的梦。临走时我很动感情地对她说："我走了。"她抬起头看了我一眼，我发现她看我的一瞬间，眼睛里竟充满柔情。

走到这水泥路上，工地上那白色旗帜已看不见了，也没有鸟飞过。我这才想起忘记告诉她，我不喜欢她那有青蛇头的手镯。

回到宿舍，我看见李树在折叠着行李。他看见我回来好像比我更吃惊，我们同时把手指到对方鼻子底下："你也辞工了！"说完我们都哈哈大笑起来。

李树跳起来："来吧，我帮你叠行李。早该离开这个鬼地方了！"

我问他："你打算到哪里去？"

"去我想去的地方！你的被子脏得可以。"

罗文岗的拉力器很显眼地放在他叠好的行李上，他的吉他已装进了黑盒里。

我走过去，从他身上揭下一块小方纸，纸片上印有"INT"。

我期待着再一次狂笑，可这次我没笑，也笑不出来。

李树回过头来，从我手中拿过那小方纸。他的眼睛红红的，突然用力地把小纸片掷出阳台外，嘴里骂了句很难听的话。

我想起今天上午他拿给我的一封信。我从袋里拿出，这是我那酒友寄给我的信，里面夹有他写的一首诗：

丁香般的姑娘去当模特儿

唯有斯达努

狗尾草失恋了

蟋蟀跳着寻根的舞蹈……

我看到这里，蓦然感到自己恍如置身在深山幽谷里，心底奇怪地掠过一阵战栗。我转过身来，房间里空洞洞的，李树不知什么时候已走了。我走出阳台，李树正吃力地走向马路，他挂在背包后面的拉力器在阳光下一闪一闪的，像谁的眼睛。一辆铅灰色的中巴停在他面前，随着车门打开，他很快钻进了中巴，不一会儿中巴便被遮去了一半，我隐约看见在那茶色的车窗后有一只手在挥动。

那辆铅灰色的中巴慢慢地消逝在那像没有尽头的高速公路上。

一只很白很白的鸟儿从我头顶上飞过，我凝视着它。

原载《大鹏湾》1988 年第 1 期

下一站

张伟明

1

我失业了，想不到我真的失业了，当我学着吹雨的样子把手指戳到香港婆杜丽珠的鼻梁上时我失业了。失业是什么滋味呢？失业就失业了，我不想它是什么滋味，我只知道吹雨走时很洒脱。那天，杜丽珠指着正在巡拉的吹雨说："你，马仔！坐到拉上干活去！"

"我是管理员。"吹雨说。

"坐到拉上，马仔！"

"你叫我什么？"吹雨问杜丽珠。

杜丽珠没想到竟有人敢顶撞她，故响亮地重复了一句："马仔！"

"马仔？"吹雨也重复问了一句。

"对，马仔！"

大约过了两分钟，吹雨当着一百多人的面把辞工书掷在香港婆杜丽珠鼻子底下。

"现在辞工扣七天工资！"

"就七天工资？"吹雨微笑着问。

"七天，一分不减！"

吹雨看了一眼纷纷回过头来的工友，然后回过头来依然微笑着对杜丽珠说："杜小姐，余下的两百多元我一分不要，往后劳你帮我领出来，就当是我给你的小费。"骤然，吹雨收敛起笑容，把手指戳到正变得恼羞成怒的杜丽珠的鼻梁上，一字一顿地说："告诉你，本少爷不叫马仔，本少爷叫一九九七！"

然后他就这样走了。我发现很多女同胞都用目光注视着吹雨的背影，直到他从茶色玻璃的大门口消失。

吹雨就这样走了。他是个大学生，是名牌大学的。而今我也从这家公司走了，我也算得上是一个大学生，但不是名牌的。不是名牌怕什么，我自信有个名牌的头脑。

我失业了，眼前的车辆还是那样多，阳光依然那样灿烂，行人都是那样匆匆忙忙的。而我站在路边，手里拿着两个旅行袋，不知往何处去。洒脱了两分钟后我成了一个流浪汉。那日我头痛得厉害，在 QC 房里，香港 QC 部经理杜丽珠走上前来，要我把那个精神受到刺激的 QC 妹炒掉。听说那个 QC 妹被一个男孩子抛弃了，又有人说她因工作紧张受到了刺激，所以那几天她变得非常神经质，情绪很容易激动。但我发现她在非常努力地工作。这个女孩很美，她笑的时候很腼腆，在这种紧张的工作环境中，她的笑容显得很珍贵，所以我对她的印象特别深。我想，让她平静一段时间吧，会好起来的，我喜欢她的笑容。杜丽珠不知什么时候走开了，我的头依然在痛。我好像对杜丽珠说过在这种时候不应该炒她之类的话。第二天早上我的头痛变得更厉害了，在 QC 房里我感觉到杜丽珠在对我大发雷霆，她问我为什么没有把那个 QC 妹炒掉。这个香港婆一发雌威，我的头便痛得一塌糊涂。我从口袋里寻找止痛药，摸遍全身找不到。最后，只记得我拍响了桌子，把手指戳向她鼻梁上，用力吼道："老子先炒你鱿鱼！"走出公司后我的头变得不那么痛了，而我这才清醒地意识到我已经失业了。

我失业了，人们依然来去匆匆，车辆依然开得飞快，扬起了尘埃。这个城市也有尘埃，这使我很沮丧。现实是块时冷时热的铁板。

"现实真他妈的！"我头脑里不知怎么竟会闪出这句粗话来。

失业是什么滋味呢？失业就失业了，悲哀不会变面包。

我觉得我应该洒脱一下。此处不留爷，自有留爷处；处处不留爷，爷去当八路。我常常听我爷说这句话。

我爬上一辆公共汽车，刚站定，乘务员小姐便走来问我去哪站。我漫无目的，却又很肯定地说："下一站。"

下一站！下一站是个什么样的地方呢？

不管怎样，汽车载着我又开始启动了。

2
———

公共汽车到了下一站，我走了下来。这里是一片居民住宅区，很有规划的楼房，一幢幢的，都不超过十层。我看了一眼天空，然后又再看了一眼排列有致的楼房，从那阳台上传来的画眉啼叫声把我这个流浪汉的心揪了一下。我很羡慕那个鸟笼里的画眉。我放下旅行袋，这片住宅区能提供给我什么呢？难道要我挨家挨户去敲门问要不要保姆吗？当保姆那是娘儿们的事。一辆公共汽车又在我跟前停下来，我走了上去，乘务员小姐问我到哪一站时，我照例说"下一站"。我究竟应该属于哪个"下一站"呢？在我把两毛钱拿给乘务员小姐时，我又重复了一次"下一站"。重复就是力量。汽车开动时我很留恋地看着那只画眉鸟。记得在家时，我把离休在家的老父养的一只刚买来的画眉鸟偷偷放了，我走后听说老父为此病了一场。我把第一个月打工挣来的四百元全数寄了回去，没半个月这四百元又被全数退了回来。老父打来了电报，电报上写着"我要的不是钱"。公共汽车比其他车辆开得慢，乘务员小姐那好看的小嘴被涂上了口红，我觉得很可惜。

下一站到了，这里是工业区。工业区没有住宅区那样别致，但比住宅区气派多了。巨大的牌额上写着什么公司什么集团的文字，气度非凡。而我并不感到渺小。我向路旁那花花绿绿贴满招工广告的墙壁走去，左下角的那张招工广告吸引了我。这张广告写着急聘生产管理员、质检管理员、文员之类的字样。OK，质检管理员！我忙掏出本子把这家公司的地址记下。我看了一下表，快到下午上班时间了，匆忙找个餐厅吃了一碗面，然后按照地址找到了那家公司。在人事部门口早已站着一个男孩，他脚下的背式旅行包大得出奇。

我走上前向他点了点头："还没人上班？"

他推了一下鼻梁上的金丝边眼镜，说："他们正忙呢！"

他没问我是不是来见工的，我也没有问他，看我的情形问了也是废话。

他又推了一下鼻梁上的眼镜，看来他的眼镜挺值钱："见什么？"

"质检管理员，你呢？"

"生产文员。"

"原来干什么的？"我问他。

"也是文员。"他答，挺文雅的，看来是块文员的料。要不是他的脸皮太白了点，我对他的第一印象或许会更好些。

"你原来也是干质检的吧？"

"是的。"我问他，"你为何不干了，工资太低？"

"不，被老板炒鱿鱼了。你呢？"

"我炒老板鱿鱼。"

我们相视笑了一下，他伸出手："我叫朱江。"

我握住他的手："是广州人？"

"广州人。"

我们互通过姓名。从人事部走出个女文员，这女文员态度挺温和的："二位是来见工的吧？"

得到我们肯定的回答后，她把我们引进了人事部，发给我们一张打印着中英文的表格。我们把表格填好后，女文员把它拿到一个看上去像个经理或人事主管的中年男子面前，中年男子刚好结束对一个女孩的考核。中年男子拿起桌上的表，他首先叫的是朱江。朱江站起身走到他面前坐下，他对中年男子的提问对答如流。最后中年男子提出要看他有什么学历证明，看来朱江早有充分准备，他从口袋里拿出的结业证、毕业证就有十本之多。除了一张是正牌中专文凭外，其余的都是些什么初级电脑培训学员结业证啦，秘书专业结业证啦，吉他专业结业证啦，交谊舞培训学员证啦，气功函授学员证啦，满桌的红本本。中年男子看得眼花缭乱，最后在朱江的表格上签上"OK"。朱江满心欢喜地对中年男子点了点头："多谢了！"

看着朱江那满桌的红本本，我多少有点心虚了。我兜里只有一本中文专业毕业证和一本 TQC 函授学员证，尽管我已把函授教材一一啃过了，但结业证还没那么早寄来呢。

中年男子叫到我的名字，我只得硬着头皮上了。他看着我填的表格："你是中文专业的？"

"是。"我尽量使自己自信点，这种时候自信很紧要。

"你学的跟 QC 不对口嘛。"他的眼睛透过镜片看着我。看来香港人也强调专业对口。

"我受过 TQC 培训。"

"什么是 TQC ？"

"全面质量管理。"

"有这方面的什么学历证明吗？"他的眼睛依然透过镜片看着我。

"忘记带来。"我撒了谎。

中年男子露出犹豫的神色。我赶忙抓过一张纸在上面画了个全面质量管理的鱼骨图。

中年男子看过我画的鱼骨图后，似乎满意地点了点头，拿过我的表，很快在上面写了"OK"。

他问我什么时候可以来上班，我说随时都可以。接着他告诉我下个礼拜一来上班，先试用一个月。

我的紧张劲全都放松了下来。我学着朱江的样子对他说了声"多谢了"，然后还鞠了个躬。

在我走出人事部时，那女文员正带进来一个挺好看的女孩子。这个女孩子有一种无言的吸引力，我正欲多看她一眼，朱江在门外叫我，原来他还在等我。

他急急地问我："怎么样？"

我向他伸出手，做了个 OK 的手势。

他的眼睛睁得圆圆的："OK！"

走出厂门时我心想：妈的，给老板打工就是这样来劲！

"去餐厅，我请客！"

"不，我请！"

有这样一个患难朋友真是我的幸运。

在餐厅里我们喝得像对炒虾。周围的工厂静静的，但都灯火辉煌。

当朱江把最后一杯酒喝下去后，他告诉我："那次我没有敲门就进了经理室，看见经理的手伸进了女秘书的裙子里面。"他把杯子拿起来对着门外瞄了瞄，"下午经理找了个借口，炒了我鱿鱼。"说完后他轻轻叹了口气。他年纪并不比我大，他那最后一声感叹使我感到内心一片怆寒。

后来我才知道，他出来打工已有六年，他一拿到中专毕业文凭就来闯荡这个世界了。他用余下的酒把我手上的烟头淋灭了。"现实真他妈的！"他也会说这种话。然后他就不再跟我说话了，他把目光移向那马路的一排路灯上。

走出餐厅，朱江已不是餐厅里的那个朱江了。他那鼓胀的背包并没使我感到那是他六年来打工生涯的一种沉重的缩影，反而给我的感觉是：让风来吧，让雨也来吧。

这新开发城市的天空布满了星星。

3

紧紧张张的一个月一晃过去，我费了半个月的时间才熟悉新环境的工作程序。海风懒洋洋地吹过来，我无聊地躺在床上，看海风的手抚弄蚊帐。今天是个例外，星期天不加班。紧张嘈杂的大宿舍今日最为平静，工人们不是跑到外面去松松筋骨，就是躺在床上蒙头大睡。我们这房住的六人都是高级员工，除了那个上战场打过仗的在 D 线当线长的阿标，其余的兜里都装着文凭。学历最低的是朱江，但他兜里的文凭最多。

我无聊地走到走廊上，凭栏点数那马路上开过的车辆，后来我才发现在一千辆汽车里才有一辆是国产的东风牌汽车。后来我把我发现的数字跟阿标说了，阿标说他在一次伏击战中，发现十辆越南军车中有五辆是中国制造的。他说他用火箭筒把那五辆国产车打成了五堆废铁。说这话时他那脖子间的伤疤很亮地闪了一下，像是一枚勋章。自从发现这个数字后，我就再也不敢去数那些车辆的数量了。我把目光移向那长长的走廊，走廊那边正走过来一个穿牛仔裤、黑衬衣的姑娘。我的心被她那黑衬衣揪了一下：这不正是那天在人事部门口遇到的那个女孩吗？远远的我便能感觉到，在那张美丽而又漠然的脸上，有一双诗人戴望舒描述过的那种太息般的目光，这目光使我的心为之战栗。她轻轻地撩拨了一下耳际的头发，这种姿势带着一种无尽的优雅。在她走向我跟前的楼梯口时，她抬头看了我一眼。从这一刻起，我明白这双眼睛已渐渐刻在我心灵上了，我的心灵正以不曾有过的颤动在承受着这目光。我呆呆地看着她的背影，我在她那黑色的背影中读着那种无言的感觉。她太像我那个女朋友了，我那个女朋友是个粤剧演员。一日，在被她那酒鬼继父强奸后，她失踪了。我喝醉了酒，在大街小巷找了她四天，最后人们在一个湖边发现了她的尸体。她那浮在水面上的忧郁的双眼，揉碎了我的心。尽管那是七年前的事了，岁月无情地模糊了我对她的感觉，但那双浮在水面上的眼睛已深深刻在我生命之中。

她的背影从我眼前消失了，我的神情一定挺可笑。我回过头来，海风还在吹个不停，我对我刚才的傻态报以自嘲。第二天在她给我送来 BOM（物料清单）时，我知道了她是生产调度室的秘书，她的名字叫质君。

那天晚上，她的目光把我搅得彻夜难眠。

这时朱江从门外闯了进来，怀里抱着一摞杂志："哥们儿，我给你们送吃的来了。"

阿标从蚊帐里跳了出来，趴在那堆花花绿绿的杂志上兴奋地问："哪里弄来的？"

"在街头书摊。"

朱江弄来的尽是些封面女郎，不是露出大乳房就是露出大腿的非法出版物。

阿标翻到了一本有幅一丝不挂的女郎的插图后便钻进了蚊帐里，变得一声不响起来。

崔多达又躺倒在床上，看他的书。我看了一眼那蚊帐上的狼，感觉到周围的空气很沉闷，我走出阳台，看满天彩霞。天边有绯红色的鸟飞过。天那边真美！

房间里传来声音，是朱江在叫我，说是有人找。我回过头，见是生产线的女质检员袁以佳正倚在走廊的栏杆上看着我。我走向她："你找我？"

"对，找你。"

"有事吗？"

她看了看走廊那头，回过头来说："没事。不行吗？"

袁以佳是生产线女质检员当中最有灵气的一个，也是跟我最谈得来的一个。有时她会什么都对我说，就像是一个刚从学校毕业的女学生；有时又显得很深沉。我对她的感觉很难把握，但我对她挺有好感的，跟她在一起，周围的空气仿佛都变得温柔起来。

我忙对她说："不，我正闷得慌呢。"

"是吗？那我们出去吃夜宵吧。"

我看了看天色："还早呢。"

"走吧，吃夜宵又没规定要哪时哪分。怕请客？"

我看见朱江的头从蚊帐里伸出来，他用手给我打了个 OK 的手势。

"好吧，我们走。"

我们来到了一家装修得挺别致的小餐厅，餐厅的女服务员都穿着好看的红裙子。

袁以佳在看菜单，在柔和的灯光下，她看上去很美。

我叫服务员先来一瓶上好的啤酒。女孩子面前应该气派点。

"不，两瓶。"袁以佳把抄好的菜单拿给刚要走的服务员。

"你很会喝酒？"

她对我笑了笑，没有说话。我发现在她那喜悦的脸上隐藏着一种哀伤。

喝过两杯酒后，她突然不再说话，似乎在数门外的车辆。

"你说，我美吗？"她的眼睛看着我。我没有想到她会问我这句话。

望着她那红润的映着一层迷人光泽的脸，我对她说："挺美的。你怎么啦？"

她抬头看了看我，然后低下头看着酒杯："那今晚你带我去旅馆吧。"

她的话使我愕然。她是不是喝多了？

"我快要嫁人了。这个人我一点都不爱，甚至恨他，但他很有钱，能养活我。"

我问她为什么要跟我说这种话，我感觉到我的口气很生硬，我知道她并没有醉。

她喝了口啤酒，用手拭去嘴角的泡沫："我十四岁时他就把我强奸了，我要报复他。"她说这话时看上去很平静。我看着她那充满灵气的脸，如果不是她亲口对我说，我怎么也不会相信她童年会有这样的遭遇。

我不知说什么好，心里一阵苍凉。

"你为什么就要嫁他？好男人还很多。"我对她说。

"除了他我不会再嫁别人了。"她接着说，"嫁给别人，我的灵魂不会安宁。"

我对她说："你可以不嫁人。"

"不嫁人？"她眼睛潮湿，"我十八岁就从家里出来打工，到现在快五年了。也许你很难相信，这五年里我做过的工厂就有四十多间，这五年里我经历过的事情很多。我做过七个月工资只有四十三元，却要天天干十四个钟头的工厂妹。这五年里我被老板炒过鱿鱼，我也炒过老板的鱿鱼。我住过四十多人一间的铁皮房，也露宿过街头。最使我忘不了的是在一个胶花厂的时候。那天早晨睡在我下面的是一个北方妹，我掀开她的蚊帐叫她起来去上班时，她一动不动，摸到她那冰凉的手时，我晕了过去，那时她已经死了。回到家后我病了一场，在家里待了半年。我父亲是粮所的职工，是个酒鬼。他不敢去走后门为女儿找份工作，喝醉后就哈哈笑个不停。那个强奸过我的坏蛋又天天来缠我，跪在我脚下要我嫁给他。这样的家、这样的环境使我感到非常痛苦，我又跑出来打工了。我把那个家伙塞给我的两千元丢进了河里。我始终相信外面会有更美好的世界。如今五年过去了，我看着一幢幢楼房升起，而这五年里，除了给我两个读书的弟妹寄回五百元外，我一无所有。我得不到在这里的常住户口，我没有一份稳定的工作，我身旁没有一个亲人，这五年留给我的是貌似年轻实则苍老了的心。我已经感觉到很疲倦、很累，所以我要嫁给他，我要活下去，他能养活我。"

她的眼里流下两行晶莹的泪水："但我恨他，我要报复他。"

我没有说话，我在不停地喝酒。

她把手伸过来，攥住我的手："人如果能够重生，我会嫁给像你这种男人的，但这是不可能的事，所以我求你接受我的要求，你是我这一生中愿把一切奉献的第一个人，也好让我这一生能有一段欢乐的回忆。"

我从她手中抽出手，倒了杯酒，一口气喝了下去，流出的酒液溅湿了我胸襟一大片。

"你同意就点个头，不同意我现在就走，但我这一生会记着你的，我不会忘记你。"

我还在不停地喝酒，我看着袁以佳那充满灵气而又年轻的身影走出了门外。

在黑暗中我向宿舍走去。我抬起头，走廊那一边的月亮非常大，月亮里站着一个孤独的影子，她是一个穿黑色衬衣的姑娘。

一朵云把月亮遮去了，再也看不到那个影子。

我感到我的大脑正被一种什么东西压迫着，我愤怒地转过身来，袁以佳正站在我背后，她静静地站在那里，平静而又柔弱。海风撩起了她的头发，使我感到这好像是个遥远的梦。我走向她，把她抱在怀里。她那贴在我怀里的脸上看不见泪水。许久，许久，我回过头，那巨大的月亮里站着一个孤独的影子。

自袁以佳辞工后，我的心情一直非常忧郁。这个世界每个人都有一段痛苦的记忆，而袁以佳带给我的记忆却是那样的沉重，那样的无可奈何。这如同有一双不知从何处伸出来的手，正把一朵刚开放的鲜花摘下丢进江河里。而我却眼睁睁地看着这朵鲜花随波不知流向何方。

在生产线的女工里，我每天都能看到生疏的面孔，而原来那些熟悉的面孔便像那被摘下的鲜花，默默地不知漂向了何方。

我无聊地翻着朱江买回来的杂志。阿标的床前围着一群工友，阿标在说着他作战时的故事："那天我们攻下了一个山头，这个山头布满敌人的尸体，这时我看见一个一丝不挂的女兵微笑着向我走来，她那双腿真修长。在她还在继续向我走近时，我学着电影上的那种样子背过了脸，那杀红了眼的连长冲过来用左手打了我一个耳光，他的右手已经被炸飞，他厉声命令我端起火箭筒，这时我才发现那个女兵手里握着一个手雷。我把扳机扣下后，那个女兵变成了一阵烟，她长着一双多美的腿啊！"

当阿标讲他第二个故事时，我已进入了梦乡。

我做了许许多多的梦：我梦见吹雨成了个大明星，他在银幕上把手指戳向一个丑女人的鼻梁上时洒脱非凡；我梦见质君是个舞蹈演员，她在阳台上给我跳《天鹅湖》，然后她变成了一只天鹅飞进了月亮；我梦见阿标那火箭筒没有响，后来那个女兵做了他的妻子；我梦见崔多达从巴黎回来了，他变成了一个大富豪，他坐着小汽车去找那个大颧骨的老板，然后把钞票掷在他脸上；我梦见朱江把他的文凭全都卖了，换回来很多杂志；我梦见那个笑得很腼腆的女孩和林黛玉在一个玩具厂做公仔，那公仔做着拳击的姿势很逗人；我梦见袁以佳在我梦中做梦而又梦见了我。

后来我醒了，房间里静静的，只能听到阿标的鼾声。

我在床上躺了很久，辗转难以入眠，只好从床上坐起。我看见阳台上映着一条影子，像是朱江。我穿上衣服，来到阳台上，那影子真的是朱江。朱江听见我来，回过头问我："你也没睡？"

我点了点头："你怎么没睡觉？"

"习惯了，一到这种时候我就失眠。"他深吸了一口烟，"这种情形已有好几年了，这是自我母亲跟我父亲离婚后便开始了的。我很爱我的母亲。"

他对我笑了笑："别为我担心，有些事情只要习惯了就不再会是一件很痛苦的事了。"

想不到他会这样坚强。我看了一眼夜空对他说："忘记过去的痛苦吧，每个人都有自己的痛苦。"

"痛苦是忘记不了的，我只想忘记过去的快乐，快乐是和痛苦成正比的，少一些快乐的记忆也就少了些痛苦的比较。"

这句话从他嘴里说出来，让我的心底有点冷。

"睡觉吧，"我对他说，"明天还要上班呢。"

回到床上后，不知为什么我想到了质君的那双眼睛。这一晚，我睁眼到天亮。

5

崔多达从会议室开会回来，坐在办公桌上半天不吭声。良久，他才抬起头对我们说："准备打背包走人吧，公司准备下马。"

"怎么回事？"我吃惊地问。

"老板要移民到加拿大。"

"就这些？"

"就这些。"

"不可思议吧？像这种情形我早已习惯了。"朱江不知什么时候站在了我的背后，他看上去很平静，好像在跟我说一件鸡毛蒜皮的事，"很多大学生不是羡慕资本主义国家的那种就业环境吗？哥们儿，这就是资本主义。"说完他用手推了推他那鼻梁上的眼镜，他的脸还是那样白得令我不舒服。

我在想被这家公司录用后想到的那句话：妈的，给老板打工就是这样来劲！

崔多达塞给我一沓资料："拿着吧，留着有用。"

我想到那种情景：一只不知从何处伸来的手把一朵好看的花摘下丢进了河里，那朵花却不知要漂向何方。

6

我们三人站在马路旁时已是一群失业的流浪汉了。崔多达将他朋友给他画的那幅画包得严严实实的，挂在背后一刻也不离身。朱江还是像我第一次见到他时那样，他那背式旅行包仍是那样大得出奇。

妈的，我又成了流浪汉，又站在马路旁边看那飞快的汽车和匆匆的行人。

我还没来得及跟质君真正谈过一次话呢，我还没问过她是不是芭蕾舞演员，我还没问过她那月亮里的影子是不是她，我还没问过她是从哪里来的，我还没问过她为什么总喜欢穿黑色衬衣，我还没来得及问她，也是我一直以来最想问最需要问的一句话：你为什么也有我那死去的女朋友那样的一双眼睛？

一切都来不及想，一切都来不及看，我又成了个流浪汉，不知要漂向何方。

"你看，质君！"朱江叫着，把手指向前方。

前方站着一个穿黑衬衣的女郎，那款款的身影有一种说不出的孤独。

我的心怦然跳动着，真的是质君！我望着她，我感觉到我有很多的话要对她说。真的，有很多话要对她说。

她好像看见了我们，定定地站在那里，海风撩起她的头发，我又感到这是个来自遥远的梦。

一辆黑色轿车停在她面前，我看见她坐了进去。她坐黑色轿车？

那辆黑色轿车徐徐驶向那开阔的马路。在那车流里那辆黑色轿车就像海洋中的一只黑色方舟，将要漂向那天的尽头。

我的心掠过一种怆恻，我的眼睛有些潮湿。真的，我有很多很多的话要对她说。

我回过头，眼前依然是飞快的车流、匆匆的行人。

一辆公共汽车在我们面前停下来，朱江在我背后说了声："上车吧。"

我们三人都上了公共汽车。拥挤的公共汽车慢慢开了。乘务员小姐向我们走来，微笑着问："三位到哪站？"

哪站？我看着朱江和崔多达，他们两人也在看着我，几乎就在同一时间，我们都笑着对乘务员小姐异口同声地说："下一站！"

说完，我们都笑起来。笑得很自信。

公共汽车依然还是那样不紧不慢地开着。

原载《大鹏湾》1989 年第 1 期

这里没有港湾

黄秀萍

我回来了！

车间依然如故——排列有序的一台台电动衣车前是一个个表情刻板动作娴熟的年轻女工。有所不同的是，少了几张熟悉的面孔，多了几双漠然的眼睛。

仓管小菲从仓库里出来，兴奋地一把拦腰抱住了我："嗨！回来了，北京好玩吗？"

"好玩，只是没有时间……"

"谁信！"

老板朝我们这边走来，小菲吐吐舌头，正欲走开，老板叫住了她："小菲，来一趟办公室。"然后，他望我一眼，不冷不热地道："素娟，明天你上班，坐到你原来的那个车位上。"

"我知道。"

老板与小菲朝办公室走去了。我望了我那个已别数月的车位一眼，心中涌动着一种说不出的颓丧与怅然。

北上开了数月的产品展销会回来，我又回到原来的车位上了！

没有别的选择，这是"公司的需要"。

记得数月前老板将我召进办公室，微笑着对我说："明天，派你与秀芳到北京参加展销会。"

"我……我行吗？"太意外了，我受宠若惊。

"行的，你是大学生，我还记得，你是学供销广播的。"

大学生？亏他还想得起。对了，念夜大的那些日子，我常向他请假。他挺开明的，有请必批。正为图这个，我才舍不得告别这间厂，尽管工作好苦，工资又低。

"我……"

"不许推辞，这是公司的需要。"老板不容许我多说半句话。

他一直是这样安排人的工种。

就这样，我与业务员李秀芳去了北京。

如今，我们回来了，各就各位，这是"公司的需要"。

宿舍闷热又喧闹。我努力克制自己，忍着！再忍着！我把整张脸都埋进了厚厚的《辞海》里。

"明天，我要到商场上班了。"小菲的嗓音平平淡淡的，却招来了工友们的一番惊诧、羡慕，还有一声声祝福。当然，也有人在妒忌。唯有我不做任何表示。

小菲坐到我身边，低低地道："素娟，我怕……我真的怕。"

"怕什么呢？"我抬起头，一手搭在她肩上。在这间宿舍里，小菲是我唯一的挚友，这出生在书香之家的女孩子单纯得可爱，坦率得令人窘迫。

"我怕你今天的结局就是我明天的结局。"

"你不会的，老板的商场不会只开几个月。"我说，"而我呢？展销会结束后已派不上别的用场，就只有回到原来的车位上……"

"这是公司的需要。"

"老板也这样对你说的吗？"

"是。"

我们相视而笑，只是，笑得很苦涩。

整间宿舍就秀芳回来得最晚，我猜想：她又陪客户喝了不少的酒吧！那样打着浓浓的酒嗝摇摇晃晃地走进宿舍来，和衣斜斜地躺在床上。紧闭的双目，居然有两行清泪溢出。

秀芳是什么？一本难读懂的书吧！共事短短数月，我钦佩她的精明能干，但作为女人，她太过泼辣了。

秀芳睁开蒙蒙泪眼时，我正对着满桌的书籍、稿件打呵欠——记不清从哪一日起，我开始胡乱地写些诗，写些日记，也常以自己为主人公写些小说。

锋曾经爱过我，理解过我，就这样，我的笔下也充满了他的故事。

"素娟，"秀芳居然关心起我来，"睡吧，别总熬夜。"

"嗯。"我应着。

"素娟，"她又道，声音凄凄切切如秋雨淅沥，"你说，我错了吗？错在哪呢？他说，才不要我这种女人。你说……我这种女人很坏吗？"

"啊！怎么可以这样说？"我愕然，"你们的感情不是三朝两日的了，什么时候分手的？"

"就今夜。"

"真没想到。"

我沉默了。秀芳漂亮的脸上，泪水止不住地流。她这般伤心的样子我还是第一次见到。记得在北京的最后一夜，她一脸虔诚地对我说："我总是东奔西跑的，太困太累了，我想有个家，一个让我静下心来过日子的家。"

"那明天回了深圳你跟他说。"我这样回答她。

那么，今夜，她是跟他说了吗？他拒绝了？

他是老板心爱的小侄子，这间厂的车间主管。

也许正因期待这未来的姻亲关系吧！读夜大外语系出来的秀芳，为这间厂的销售事业可谓尽职到了心力交瘁。

"那你还在这里干吗？"想到这里我问她。

"不了，我已向老板辞职了。"

"老板怎么说？"

"他表示惋惜！"

"惋惜有鬼用。"我替她难过，愤懑。

秀芳悲恸的啜泣代替了心的哀怨。她在啜泣中入眠，我却眼睁睁地盯着帐顶毫无睡意。

事业是什么？爱情是什么？家呢？记得有人说过这么一句话：每一个事业上成功的男人背后，都站着一个伟大的女人。

那么女人呢？女人稍微能干一点点，女人在事业上成功些，她的背后也站着一个伟大的男人吗？

尤其是我们这些不得不证实自己生存价值的打工妹。

不知道！

在夜的烦躁与寂寞中，我幻想着我的生命中有那么一个人——他宽阔的胸怀，正是我渴盼中的港湾。

是的，渴盼！这些年来，在异地他乡，我如一叶孤舟，在风浪中拼搏，在暗礁密布的海面上穿梭。已困、已累，总是惊魂未定，却又面对着另一个险滩。

我渴盼停泊下来，找一处无风无浪的港湾，停泊下来，做恋人，做妻子，做母亲。我坚信我能做一个好太太，更能够成为一个好母亲。

可是，他呢？他在哪呢？

假如当初锋……不……我努力克制自己不要在任何一个迷茫的日子里去想锋。

一家刊物发表了我的一篇文章，不出半月，编辑部便将一封信转来了。他叫林，陌生的读者，一位相当有身份的深圳男人。

他在信中道："……读你的文章，我有一种感觉，你很忧郁，很孤独……"

他说对了，我沉浸在忧郁的海，不再有海的梦，那少女的纯真与烂漫已经在不知不觉中变作深思与孤独。

很快，我给他回了信："……是的，我很孤独，长夜难眠的孤独……"

他的信又来了，一封、两封……绵绵不断。然后，有一天，彼此都再也耐不住那无边的想象，还有那份朦朦胧胧的渴盼了。在电话里，我们几乎同时向对方发问："能见你一面吗？"

"那当然可以，要知道我们是在同一个市区里。"他很快地说。

就这样，那夜，在我的居住地，繁杂喧哗的女工宿舍里，我们相见了。

"在这样差的环境里，你能静下心来写文章，真不可思议。"他说。

我笑，强作潇洒："这样在打闹笑骂交响乐曲中写出的文章才生活气息浓郁嘛。"

他怅怅地望着我……他很温和？很厚道？不像锋？但愿这样。

唉！怎么又想起了锋呢？伤透了我心的锋。邂逅锋是在那个多梦的三月。在那霏霏的春雨中，我任雨淋着，在如诗的雨幕中踽踽独行。他将黑色的雨伞轻撑于我头顶，然后，我们认识了，并神速地陷入爱河中。

我不能解释那种神速。也许，那时用他的话来说，我是出于焦渴。那种在远方的女孩子春心萌动而又觅不到一潭爱的清泉将自己润泽浇灌而致的难耐的焦渴。

而他呢！他跟林一样，是有身份的深圳男人。他是一位安逸而又烦躁、浪漫而又势利的深圳男人。这一点我预感林不会，不不不！或者只能说希望。

我们的爱情死于她的介入。那个花了一大笔钱买到一个深圳户口的女人的介入。那正是我为又要花一笔钱搞暂住证而烦恼的日子。

我居然无泪，漠然地面对着分离。只有一种感觉是沉重的：过客，打工妹，你只不过是深圳这片繁华之地的过客而已。

然后，我哭了，号啕大哭了一场。

他还摇头晃脑地给我念诵了一首不知是哪一位歪诗人胡编出来的诗呢——

不要问我们为什么会分离，

就好像你不曾问我们为什么会相聚。

给我一个微笑吧！

还有一声轻轻的祝福。

啊!

你为什么那么吝啬,

吝啬到连一个微笑都不肯给予。

要知道,

在这分离的时刻,

我多想再一次拥抱你,

我多想再一次深吻你,

拥住你战栗的身躯,

吻去你眼角的泪滴。

记得,我是用一声嚎叫止住了他那貌似投入情感的念诵。

"素娟,"小菲附在我耳边说,"想什么呀!你冷落客人了。"

是啊,我冷落客人了。我对坐在我对面的林尴尬地笑笑,道:"对不起!"

"那当然,"他也笑,"我初来乍到,就遭你的冷遇。"

我更尴尬地笑了。

好在谈话挺投机。他告诉我,上大学时,他选读了外语,但挺喜欢中文。

"她也是,"他又说,"但我们都被分到公司搞商业。"

"她是谁? "我似懂非懂,顺口地问。

"我的太太。"

他走的时候天空中飘着雨,我扶门框而立,目送他消失在夜幕下的凄凄秋雨中。

小菲把电动衣车踩踏得飞快,废品时不时出自她手。

是老板认定了车位上另一个女孩子比她更合适当售货员,是她自仓库"调"往商场后仓库招来了一位新的仓管,是……

反正就是"公司的需要"嘛!她坐到我对面的车位上了。

"不想干就拉倒!"组长丽珍走过来嚷嚷道,"哎哎哎!出这么多废品了,扣钱!扣钱!扣……"

"扣吧!让你扣个够!"小菲将手中的剪刀往衣车台面上一扔,站起身叫道,"我不干了!"

"不干了就不干了,反正你不是干车工的料。"丽珍吼道。

这话丽珍也冲我吼过,而且更刻薄,什么"还写文章呢,货都做不好……"。

我总是默认我的窝囊。我一直努力着将自己这份工作做好。

小菲真的不干了，当即辞工回了南国另一个城市里的家。

锋居然给我送来了一张结婚请柬，他与她的喜宴将在一家大酒店的中餐厅进行。

我去了，不能不去。做人应该强作潇洒。

想不到就这样遇上了秀芳。想不到曾经体面泼辣的公司业务员竟变成卑微柔顺的餐厅侍应了！

"真没想到。"我凝视着她感叹道。

她"无视"我的惊诧，声音竟似从遥远的地方传来："读过你发表的文章了，写得有声有色，蛮不错的。素娟，知道吗？我跟我的朋友说到你，一名电大毕业生，一名挺普通的打工妹，一位充满灵秀之气的业余作者，这一切都集合在一个人身上，她们说……"

"真没想到？"我接着她未说完的话说道。

我们都笑了，两人都没尴尬。是啊！尴尬什么呢？我们都活得够窝囊也够潇洒。

"我……我真的爱你。"撇下娇滴滴的新娘，锋居然走过来对我说。

"你够了。"我倏然站起身，这时我才惊骇地发现——对于锋，不不不，是对于感情，我不是一个能潇洒的女人。

我走了，仓促地逃离了这婚礼喜庆之地。

漫无目的地走在街上，那家商场的组合音响正飘着过了时的歌声："……明知道爱情像流水，管他去爱谁……"

起风了，秋风瑟瑟，有点冷，我把手插进运动服的裤袋里。

指尖触到口袋中的信，小菲寄来的。这才想起今夜真不该来……该及时给小菲复信的。

这是小菲走后的第二十一天。小菲在信中说她待在家里寂寞无聊极了。她写道："……每天，爸爸妈妈哥哥姐姐都上班去了，家里就只有我和姥姥两个人。我把地板拖了一遍又一遍，然后，从楼上跑到楼下，跑向信箱，看看有没有你寄来的信……一别十多天了，深圳又变了多少呢？那个老处女（指丽珍）还常挖苦刁难你吗？

"我无所事事，却总是坐卧不安。姥姥见我这样子，常嗔怪道：'在深圳忙碌惯了的女孩子，是受不起清闲之福的呵！'我想想也是，也许，过不了多久，我又会重踏上深圳的土地……"

忙才过得带劲！我想小菲也许快回来了。

林在电话中说他烦，我不明白，他烦什么呢？拥有了一个舒适之家的深圳男人。而我才是真的烦——明天，又要随新来的业务员到远方开展销会了。数月后回来，再坐回到原来的工位上，是"公司的需要"。

林邀我去听歌，我去了。

西餐厅的歌手唱技不高，但曲调与情调都蛮不错的。

他要了一杯苦咖啡，我点了一杯酸柠檬水。

"……她读了不少的书，可她不会写，连她公司要她给黑板报撰个稿，她也推辞。我真的看不惯她那样懒散……"

"别谈这个。"我打断他的话，他今夜是怎么啦？与夫人吵了架？跑出来尽跟我道夫人的不是。

"那年我考上了国际语言系研究生，她不许我去读，她要我去赚钱，拼命地赚……"

"尽谈这些，你不要说了。"我烦恼，莫名地烦恼，双手抱头，却禁不住用理解的目光望着他。

他也默默地望着我。

"听歌吧！是不是《人在旅途》？"

相对无言。

歌声传来："……向着那梦中的地方去，错了我也不悔过，人生本来苦恼已多，再多一次又如何……"

他搅着杯中的苦咖啡，自言自语道："或许若干年后，人们的道德观念就会改变，会冲破许许多多陈旧的条条框框……"

"别说！"我生硬地制止他，低下头，吮吸那杯酸酸的柠檬水。

是啊！为什么要说呢？冲破吧！让你去冲破，那等待你的是流言是泡沫是牢房是……

走出西餐厅，他坚持送我到路边的小站。

"嘟嘟嘟……"他腰间的 BP 机在响。

"谁的？"

"还有谁，整个晚上她都在呼叫个没完。"

"给她回个话，然后快点赶回去吧！"我说，"她肯定等得不耐烦了。"

他真的顺从地走开了。

我呆立于原地，怅然若有所失，不禁回头望他一眼，而他，也正回头朝我这边望来。他折回来了。

"知道我为什么喜欢你吗？"他说，深沉的语调。

"不知道，也不想知道。"

"喜欢你比她勤奋，比她好学上进。"

"这还不够。"我咬咬唇，强忍住泪，"比她坎坷，比她艰苦，不不不！坎坷与苦难，也许于她却从未有过。"

"风吹乱了你的头发。"他说。他轻轻地为我整理好被风吹落额前的一绺发丝。这是一种无言的温柔。

我想到了港湾，可是……可是……不不不，海风在呼啸呢！这里没有港湾。

原载《作品》1992 年第 1 期

人在旅途

安子

1

1984 年 8 月某日，我从梅县扶大乡下跑出来独闯深圳。那年我刚满十七岁。

长途汽车抵达深圳时，恰值薄暮时分。在东门汽车站等了一个多小时，仍不见表姐来接。我惶惶然不知所措：是继续等下去，还是拿出表姐画好的线路图找上门去呢？表姐也真是的，拍电报回来时一再强调叫我下车后不要到处乱跑，以免走失了，现在倒好，左等右等，就是不见她的影子。

天很快便黑下来，我急得直想哭。好在不远处便有 3 路公共汽车。我一瞅，有"蔡屋围"三个字。我拎着一件鼓鼓胀胀的行囊（里面大都是妈妈塞进去的鸡腿、叉烧等食物）挤了上去。汽车经过深南中路，我探出头去，见那幢幢摩天大楼，恰似把一片天空撑起，令我这个从未出过山乡的客家妹引颈惊呼和敬畏。

只一天的时间，我便仿佛来到另一个世界，几乎一下子要在喧闹的马达声、嘈杂的人流中迷失方向。与家乡无边的田野、村庄以及静静的梅江水不同，这里霓虹灯辉映之下的花花绿绿的人群，天南海北的口音，令我好奇，也令我茫然。

"下一站是蔡屋围，下车的同志请准备。"乘务员用清脆的普通话与广东话报站，打断了我的遐思。

慌忙下了车，站旁正好有个十八岁光景的女孩在等车，我赶紧问她："请问阿姨，XX 电子厂怎么走？"

"闭上眼睛朝前走，你会看见那个厂牌的。"那女孩白了我一眼，指着一条黄泥路说。

"多谢！多谢！"我忙不迭地说。

"老土！"一辆中巴开过来，那女孩生气地扔下句话，踏上车。我莫名其妙。在乡下，十几岁的小姑娘，是一律被尊称为"阿姨"的。后来我才晓得，深圳的姑娘是喜欢被人称为"小姐"的。叫她"阿姨"，那无异于说她老，她当然很不高兴。

七弯八拐找到那家电子厂，已是晚上七点。正值下班时间，一群群年龄跟我相仿的打工妹，从火柴盒似的厂房里嘻嘻哈哈笑闹着走出来，转眼间，又一个个拎着热水瓶、红塑料水桶、脸盆冲进洗澡房，短短几分钟门口就排了十几个人。有的人则用汤匙敲着搪瓷盆，急急匆匆地去食堂排队买饭。

"请问，李萍回来了吗？"我边走边用客家话向她们打探我表姐。不知是她们听不懂还是不想理我，一个个摇摇头不多说一句话，各顾各地干自己的事。我茫然犹如木鸡。

转进旁边的一间铁皮房，里面蒸笼似的，又热又闷，空气中弥漫着一股难闻的异味。房内排满了上下层铁床，约莫有六十多人住在那里吧。有些人可能也是刚到，还在整理床铺。

我又问其中一个正要出门的女孩。

"李萍？她好像住六楼，就在前面那幢。"她的客家话似乎是刚学的，嗓子尖尖的。

2

我踏上水迹斑斑的楼梯，心想这样的环境与外面的繁华真是相差十万八千里。真怀疑表姐是否住在这里。

表姐 1983 年到深圳一家电子厂做工，上个月回家探亲，提着大包小包，真是风光八面。庄户人家爱凑热闹，大家一边有滋有味地品尝表姐的糖果、饼干，一边围着她听深圳见闻。我好羡慕表姐，并被她所描绘的深圳吸引住了。她临走时，我托她在深圳帮我找一份工，有消息即刻来信告知。这天，一接到她的电报，我便速速赶来了。

"你是李萍的表妹吗？"身后一个女孩提着半桶水，追上来问我，"来，我帮你拿点东西。"

"哦，不用。"我觉得她的纯正客家话好亲切，"你怎么知道——"

"我和你表姐同一天进厂，同吃同住但不在同一条流水线上干。她五点半就请假出去接你去了，没接到，刚回来。"她快言快语，"你叫我丽丽就行了！"

丽丽把半桶水拎到六楼，面不改色还扯起嗓子叫："阿萍，你看谁来啦！"

"哗！我的好表妹，等得我好苦！"表姐一见是我，惊喜异常，边帮我解下行囊，边嚷嚷，"我还以为你给哪个香港老板带走了呢！"

"我差点想去报社登寻人启事了！"我笑着捶打表姐。

环视周围，女工们在过道来往穿梭。这间十二平方米的房子，搭了两溜十二张上下铁床，上面全是塞得满满的被子、小圆镜、相册等物什。天气燥热，有人还在房子里用电饭煲煮饭，弄得房子里啥味道都有。靠窗口的那张床，丽丽住上铺，表姐住下铺。

"来来来，都来尝一尝我表妹的见面礼！"表姐拿出我背囊里的食品，兴高采烈地叫。一杯茶的工夫，七八个打工妹便风卷残云般分掉了那些东西。

"这些食品是带给你的！"我悄声对表姐说。

"在这里大家有缘聚在一块儿，很多东西是不分彼此的。"表姐拍拍我的肩膀，"有福同享，有难同当……"

食品是爸爸做的。家里开了一间餐馆，爸爸是当地出名的大厨师。生意平时就不错，碰上圩日（赶集）更是把我和妈妈忙得团团转。

我是长女，初中都没读完，就不想再到学校去啃那些正儿八经的课本，有空老是爱翻连环画。奶奶又经常给我讲《红楼梦》《西游记》什么的，我更是觉得去学堂读书一点儿意思也没有。我跟爸妈说："不要逼我去上学了，在家里做什么都可以。"无奈之下，重视读书的爸妈只好把希望寄托在我弟弟妹妹身上。离开学校那年，我才十四岁。

在家帮了三年忙，整天油盐酱醋，挺腻人的。这回有机会跑出家门，真是太好了，但此刻的情景，又不免使我有点失望。

突然，停电了，宿舍里一片漆黑。女工们又喊又叫起来……

3

第二天，表姐带我去见工。

一个三十多岁模样的香港婆吆喝道："A 线、B 线、C 线、D 线的线长都来一下。"

"你们哪条线上缺人，请要了她去。"香港婆指着我。我第一次觉得自己是一件商品，在任人取舍。

她们相互推让一番，结果 C 线线长秦娜答应要我。

"OK，你就跟着她好好地干吧。"香港婆干脆利索地道。

我被分在插件组干活。具体的活儿是把不同型号的电子零件往线路板上插。

"这活儿看起来简单，干起来可得聚精会神，一点儿也马虎不得。"丽丽在我背后说。她正好与我同组。因她是熟手，线长一走，她便常常来指点我。

这间电子厂经常昏天暗地地加班。中央空调的冷气够劲，又香又冷地在各个角落循环。女工们默默地坐在线位上干活，那手指灵活得像鸡在抢啄米粒。

我努力地辨认那些电子零件，也想快，但手指头老是不听使唤，不是拿错了型号，就是插错了位置。

大概是手指被夹得太重的缘故，第二天，几个手指头竟有黑黑的淤血。香港婆在线上巡视，见我对着手指头发呆，就呵斥道："你做工不小心，弄伤了手指头也不想想办法，傻愣在那舒服得很哟……"

听到香港婆尖酸刻薄的话，我想驳嘴。丽丽赶忙过来圆场："她很快会熟悉一切的。我们不也这样过来了……"

香港婆鼻子"哼"了一声走开了。

丽丽悄声对我说："别管那八婆！有些电子元件是有棱角的，不要拈得太重……"

半个月过去，我一下班回到宿舍，发现自己的手指居然会神经质地抖动。一甩手臂，阵阵酸痛直钻出自己的五脏六腑。

厂里没有床位，我只好与表姐同睡一张床铺。深圳九月的天气，仍然酷热异常。那窄小的单人床，两人睡在一块儿，翻身也要一齐翻，真是难受极了。再加上宿舍里没电风扇，女工们自己又买不起，只能在热烘烘的感觉中昏然梦见周公。

我和表姐就在这种环境中共挨"艰苦岁月"。

如果晚上不加班，我们便到菜场去买米，买便宜的干菜，往往买一次，两人吃上一星期。我们合伙用剪刀剪菜，用电炉煮饭，加班回来一切都是匆匆忙忙的，很难吃上一顿香喷喷的饭，睡一次甜甜的觉。

我觉得自己好累，好想回家，好想找一个地方大哭一场！

一个月后"出粮"（发工资），我第一次领到学徒工的收入：一百零八元。我机械地数着这一沓零碎的钞票，想着香港婆那趾高气扬的样子，真想把钞票扔在她的鼻子上，骂她剥削工人剥削得太离谱了！

4

流水线——多少打工妹在用青春的舟楫横渡这流水线？！前面没有岸的呼唤，也没有航标灯的昭示。我像表姐那样，手脚勤快地坐在流水线旁，机器人似的插件，连上洗手间都要跑步。

但是，我写信回家时，谈的都是深圳风光旖旎，自己工作与生活的快活、写意，并汇上三十元自己挣来的钱，给小妹报名读书。

四个月后的某一天，经亲戚介绍，在同伴羡慕的眼光中，我被招进装潢和格调在当时的深圳属中上水平的某宾馆。

我被分在收银台前迎宾。第一次穿着红裙子、白上衣，打着黑色领带，我觉得真是顾盼生辉，心中有种说不出的喜悦。人在旅途，也许换一种职业会增强自己对未来、对人生的信心。

过不久，我被调到中餐部。一天，来了几个北方顾客。我慌忙迎上前去，引他们入座。

"请问，你们喝什么茶？"我问。

"红茶。"其中一个答道。

茶送上去了。另一个顾客却嚷嚷道："小姐，你冲错茶了！"两眼色眯眯地盯着我乱转。

"这不是红茶吗？我没冲错。"我觉得自己有理，便顶了一句。就这么一句，那顾客却乘机捏了一下我的手。我气愤地一甩手，他却低声威胁道："给我点烟，要不找你经理来，炒掉你。"

"你放庄重一点！"我严正地说。

"经理——"那家伙黑起脸来叫。

餐厅部部长马上过来，见此情势，不分青红皂白便要我向他道歉。我一扭身跑进厨房，委屈地哭起来。部长说了几句打圆场的话，也跑进厨房来，说："顾客是上帝，他永远没错！"

我哭着把原委说给她听。她叹了一口气，说对付这类顾客既不要惹恼他们，也不要让他们放肆，确实很难做。最好是让顾客自己写茶单，或者他们说冲错茶了，那就耐心地问他们冲什么茶，实在不行，重冲一次就完了。搞服务行业，就得多受一些委屈，多受一些挫折。

我似懂非懂地点点头，这里面还挺有学问的呢。深圳流行一个词，叫"物有所值"，对服务行业至高的评价则是"超值享受"。餐厅部掀起"微笑服务"的运动，部长说这种微笑才对得起"上帝"（顾客）的钱包。

从流水线出来，什么苦我都能吃。从那时起，我便养成了一种敬业意识，无论从事何种职业，我都会用心去做好！

一度，"〇二四号（我的工作牌号码）微笑"竟传为那家宾馆常客、回头客中的佳话。有一拨来自上海的顾客，回到上海后还念念不忘我的热情服务，联名写了一封表扬信，寄到经理室，这种事在这家宾馆可是前所未有的。

不久，我便晋升为领班。

不知从何时开始，我发现宾馆的服务员经常私下调班。一问，才知道她们中许多人都是去读夜校的——有读英语的，有读财会的，也有复习初高中文化课程的。

5

楼面部长英姐，都三十来岁的人了，还在读财会班。我想想自己，初中都没毕业，这样的文化程度将来能干什么？不由得也紧张起来。

在家时，老是讨厌那些正儿八经的课本。事隔多年，我又怀念起那窗明几净的课室来了。也许是环境变了，人的想法也跟着转变。在深圳，你不早日去学点什么东西，便会有种被淘汰的危机感。

于是，我便和一个叫芸芸的女孩结伴，从初中课程开始补起。我的态度是如此认真，让爸妈知道了，他们一定会很高兴的。

年终时，我被这家宾馆所属的总公司评为"先进工作者"，很是虚荣了一阵子。要知道，在六十多名女临工中，我是唯一被评上的呀。

总公司有人来给我介绍男朋友，动员我嫁给某一个建筑工程兵。"结婚后马上有房子分，你的户口也可以迁来。"介绍人舌底生花，作了许诺。

我依约见了那个工程兵，矮壮敦厚，是挺老实的一个小伙子，给我的表面印象还挺不错的。"我家乡出产皮蛋，这箱皮蛋你就收下吧。"第二次见面，他约人扛来一大箱皮蛋。我想拒绝，又怕伤了他的自尊心。那箱皮蛋我整整吃了三个多月，与他也拍拖了三个多月。

"恋爱是什么滋味啊？"后来有人问我。我便说是皮蛋的滋味。"回味无穷啊！"朋友们都这样笑话我。

我唯有摇头苦笑。终因两人性格不合，我与他好说好散，没有把"拖"再"拍"下去。

那时我留着披肩长发，脸上荡漾着甜甜的笑，忙忙碌碌地往返于整个楼面。

天蓝色的窗幔，橙黄的灯光，细碎而微妙的一阵阵杯碟相碰声，掺和在一片嗡嗡的低声交谈中——我尤其喜欢深圳早茶这种亲切而祥和的氛围。

"哦，又是小安，温馨呢？"经常来饮早茶的陈总见是我，便问以前在他办事处做过事的温馨。

"在厨房，我去叫。"温馨是我老乡，我俩关系很密切。上星期我们去陈总家玩时，陈总爱人说他正在蛇口筹建一家公司。

我把温馨叫出来。

"你们愿不愿意到蛇口去？"陈总问我们。

"愿意！"温馨忙不迭地说。我迟疑着。到蛇口去，与深圳大学挨得挺近呢——或许可以有时间去那里读书。但是，怎么跟经理交代呢？

经过几天的考虑，拗不过温馨的一再劝说，我便答应到蛇口去闯一闯。也许像我这种女孩子，天生就喜欢试一试新鲜工作。

当我把辞职书递交给宾馆经理时，他脸上的变化使我非常惭愧。我有愧于他的栽培——我这面"先进工作者"的旗帜是他一手树起来的，如今要倒下了。

我与温馨结拜成姐妹，一同步入蛇口。

但是，蛇口，并非想象中那么充满诗情画意。

6

我与温馨一起在那家公司饱尝了创业的滋味。一切都靠自己去奔波。

公司请了日本师傅来指导装配设备。日本人开口闭口一句"阿哩嘎多够咋衣麻斯（非常感谢）"，把我们逗得直乐。

女孩儿家颠上跑下地给日本人递送各种型号的零件，遇到"重头家伙"，女孩子变成男子汉，吭哧吭哧地抬来抬去。

一天天下来，腰酸背痛不说，那纤纤手指也变得粗大起来，难看死了。

三个月过去，分工时，我进了制版部。

"制版是一门高技术工作，学好这门手艺，以后在深圳不愁没有公司高薪聘请你！"北京来的师傅一上任，便热情鼓动我。

但是，要学好制版，也非一朝一夕之事。

"你的小版老套不准色！"那北京师傅是老头子，对工作严厉得很，"你看看，这块红版跟原版差多少？一点误差也要不得！"

"通知晒版部返工。"老师傅沉着脸，"你检查一通，重晒一张 PS 版（预涂感光版）。"

我唯有细心认真地从头学起。

老师傅工作时严厉归严厉，下班后和大家还是有说有笑的。

来蛇口第二年，便听人说表姐回家了——是一个姓陈的男人带走她的，也许不会再回来了。我听了，心里酸酸的。当初我是来投奔她的，如今她却先回去了。我知道再过一两年，自己可能会走她的路，心中不由得涌出许多感慨来。

那时我与温馨都住在四海宿舍。下班后，两人总爱爬到四海的那座小山丘上互诉衷肠。有时悄悄微笑，有时默默流泪，有时拿出各自的家信来读。直到万家灯火辉煌的时刻，才走下山坡。

晚上我们便经常往培训中心大楼跑，开始补习课程。宿舍里的女工们最爱读的是才子佳人的故事书。琼瑶、亦舒、岑凯伦以及金庸、席慕蓉、三毛等，赚了我们打工妹不少青春的泪水。

很偶然地在书堆中翻到一本被女工们揉得皱巴巴的《女子文学》。我试着偷偷把日记本上的一些分行文字斗胆寄给《女子文学》。

结果认识了一个叫王青的作家。他三番两次地帮我修改作品，并帮我发表了第一首诗，诗下面写有我公司的通信地址。也许"深圳"两字太富有吸引力，天南海北的文友照地址给我寄来雪片似的信件。

通过这些信件往来，我更加坚定了走文学这条道路的信心。新疆有个叫晓路的女孩，高中毕业后，不知能否考上大学，要我马上接她来深圳，否则她只有自杀。她的父母经常吵架，每次家庭战争爆发，她都成了出气筒。后来她才打听到自己不是现在的父亲亲生的……

我写了整整十几页的长信，劝她重振精神，不向命运低头。也许苍天有眼，她的高考分数下来了，被录取到师范大学，得以远远地离开那不幸的家庭。

7

我所在的公司经过一段时间的试产，马上要进入正规生产了。北京师傅走了，换来一批香港师傅。

晚上加班，我照样去请假。"请假上课？"香港来的师傅用一种怪怪的眼光打量我，弄得我走也不是，留也不是。

旁边的人跟我说，在他手下干活，叫你加班时，没事干也不能走，得自己找事干，如整理一下案头等等。

"你还想在这干吗？这样的活亏你做得出来！"没过几天，香港师傅一脸怒气，一早便拿着原稿到车间，指着一张印好的图对我吼。

噢，我想起来了！昨天客户送来一行小字，要我临时加上去。事情太多，我竟忘了。印了三千张后，张师傅发现了！我心里发怵，真是大祸临头了！

在高中补习班同学的介绍下，我又跳槽了。我并不知道这样一来一去，会把自己折腾得一无所有。

那是一家装饰公司，正要承揽设计某集团公司的三周年庆典广告画册的活儿。我从制版公司出来，年轻气盛，向总经理许诺这一单货我搞定。那时公司的办公室主任被新开张的一家广告公司重金挖走，总经理如失左右手，公司一下子失去平衡。我从缝隙中冒了出来。

总经理自己是行家。他见我设计的构思挺有新意，便几次把我这个新来的公关小姐叫到他的办公室，耳提面命，强调我千万不能辜负公司的厚望，惹得我自己的眼圈也红红的，大有士为知己者死的感慨。不久，我便被封为总经理助理。

一群双十佳龄的女孩，成日陪同总经理出入深圳的茶楼、歌舞厅，与港客、"外国佬"谈生意。我则大都留守公司，处理日常事务。

阿虹与我同住一间房，我俩慢慢成了好朋友，几乎无话不谈。但后来她常常不回来住。她有个亲戚家在附近，我以为她去了亲戚家。

几个月后，阿虹突然对我说："楼下有好多酸杨桃，我好想吃。"我便替她买了一些。过不久，阿虹开始心情烦躁。终于有一天，她一回到房间就发疯地乱摔东西，并抱着被子大哭。我顿觉事态严重。

"小安，对不起，我一直在瞒着你。我自己不想的！但现在已经晚了！医生说我怀上小孩了！"阿虹说话时一副世界末日的表情。

"怀上小孩了？"我很惊疑，"是谁的？要负责任的啊！"

阿虹悲哀地望着我半晌，若断若续地说："是……总经理的……"

总经理的？！怎么会？！平日他在我面前总是彬彬有礼，一派绅士风度。

记得有一次下班正遇上暴雨，他把小车让给我们几个女孩子坐。本来他可以挤进来的，但他坚持让大家先走。我知道他有个香港太太，每周隔三差五地来看他。总经理不是这种人吧？

8

第二天，总经理找到我，说："小安，阿虹有病，你通知她一个月后再来上班，二百四十元的基本工资照发！"他一副慷慨大度的模样。

在这之前阿虹已经把真相向我和盘托出。他叫她去做人流。阿虹不肯。他便塞给阿虹一张"金牛"（一千元港币），打发她走。

叫阿虹一个月后再来上班只是个借口而已！他是不想让手下的人知道这件事！我默默地打量着这个长得英俊潇洒的男人，觉得他很恶心，给人很丑恶的感觉。但到了这地步，又能说些什么呢？

当天下午，我写了封辞职书压在总经理台面上，带着阿虹走了。阿虹和我一样，在深圳苦苦挣扎、拼搏了几年，到头来仍然是一无所有。哦，阿虹不同，她"有"了！但那是怎样惨的一个"有"啊！

我感觉好累好累！从未有过的疲乏，好想认认真真地大哭一场！自己不明白怎么会走到这一步！然而，我又必须坚强，去安慰更加脆弱的阿虹。

第三天，阿虹不辞而别，跑回乡下去了。就在我写下此文前两个月，阿虹给我来了一封信，说回家后她嫁给当地一个老实巴交的农民，小儿子已快三岁了。

扎根深圳，对于没有文凭和专长的打工女来说简直是天方夜谭。对于更多的打工女来说，随着青春的流逝，在特区干了三五年之后，便像表姐、阿虹一样自动分批"撤退"！

阿虹走了，我也差一点背起行囊"打道回府"。起初寄住在以前的工友处，她热情地为我的工作奔波。日子一天天过去，她的脸色也一天天冷淡、难看。我不怪她，换作自己，也许也和她的态度一样吧。

依然每天买报、读报，浏览墙上的招工广告，打电话，奔来跑去地面试，打仗一样天不亮就起床，一直折腾到晚上……结果常常是一无所获。静夜一人时，我甚至后悔自己一气之下离开那家很有发展前途的装饰公司。

一段日子下来，我现实了许多，好心的工友最终给我找了一份三洋电子厂流水线的工作。我咬咬牙，知道这是回到四年前的那种工作去了！但没办法，人总得先生存下去呀！在我即将上班的前一天，工友的一位老乡找她玩，提及我的事，他建议道："干你的制版老本行吧！发挥你的专长嘛，我那家公司又招人了！"

"你先回家一趟，办好合同手续再开始上班！"那家印刷公司人事部的人见我是有技术的工人，果断地说。

我坐了一夜的车回到家。爸妈也显老了，憔悴了许多。临近中午，也挺少人来打探关于深圳的见闻。一切都变了，村庄里几乎每家每户都有人在深圳工作。邻里见了面至多和你聊上几句，便忙自己的事了。

我有种淡淡的失落感。表姐抱着她两岁的女儿来我家，我也不想和她多聊。办好合同手续，便匆匆赶回深圳来。

是你选择生活，还是生活选择你？

1988 年 9 月，我开始了在深圳大学半工半读的生活。在蛇口的那家印刷公司里，我默默地做着拼版工作。人生不也如这版图吗？——要涂上各种各样深浅不一的流行色。

二十一年前，近八十岁的太姥姥（我父亲的奶奶）给我取名为"安丽娇"——一个美丽但又俗又土的名字。1989 年，二十一岁刚出头的我给自己取名为"安子"——一个既有诗意又有城市气息的名字。

静夜，姐妹们叽叽喳喳地侃大山、"锄大 D"。我躲在一旁，弄来一块木板，横搭在窗口与床架上，权当书桌，涂抹着一些后来被称之为诗歌的文字。

不知是缘于诗歌，还是"安子"这名字给我带来好运，教我结识了客人。

1989 年春，乍暖还寒的三月，我与客人相会在深圳大学。那时客人的学生宿舍贴着一幅漫画，是他竞选校学生会主席的漫画像，上书：每个人都有做太阳的机会。

这个要"做太阳"的中文系学生会主席，名噪校园的诗社社长，居室却显得邋遢凌乱，蚊帐和被子揉在一块儿，像团咸菜干，满地是鞋，满桌是书。

初次相识，客人给我捧出一大堆一个人流落在丝绸之路的旅游照片。

人在旅途，爱在旅途。他经受了一场刻骨铭心的情感裂变的洗礼。我静静地坐在一旁，理解并感悟这傲岸不羁的诗心里满盈着的温柔的波涛。我像是面对故友，谈起几年来往左跳、往右跳的打工经历。

这是一次心与心的相会。然而，我还是有点惴惴不安：一个大学本科生，会与一个没有户口持暂住证的打工妹拍拖吗？

爱情是天赋的权利，但它要靠自我造就才能获得。我热心地参与组织大都是由打工仔、打工妹组成的"半岛诗社"，并请客人经常与大家座谈。

1990 年初，蛇口工会搞职工文艺汇演。我与工友们登台朗诵自己写的诗作《蛇口颂》，唱自己作词的厂歌。客人在台下为我鼓掌。

客人大学一毕业便到市委工作。姐妹们劝我别对他付出太多，说他一出到社会，不变心才怪呢。我淡淡一笑，爱与被爱，就像一枚果核在果子里那样自然，谁也规范不了谁，谁也勉强不了谁。跟着感觉走吧。

在一个细雨霏霏的晚上，客人约我到市内一家咖啡廊。幽静的灯光和柔曼的音乐，制造出温馨的氛围。

"经历是一种文化。"客人搅拌着咖啡，"你这青春岁月的打工经历、求学路程是一笔财富。"

"一笔财富？"我咀嚼着客人的话，仿佛在咀嚼这多年打工生涯的甜酸苦辣。

那一刻，客人的话开启了我封藏多年的打工感觉。我要写！写一写自己，写一写周围的姐妹们！

10

是谁说过：安子是一个"不安分"的女孩，也是一个可以让人放心的女孩。客人是否在对我的第一印象中就产生这种感觉呢？我至今也没问过他。

1989年《深圳特区报》有一篇介绍我的文章《一个"不安分"的打工女》。被采访时，我说自己崇尚希腊诗人埃利蒂斯的诗句：尽你所能把自己镌刻在某个地方，然后再大方地把自己磨掉。

客人深深地懂得我，懂得一个平凡而普通的打工妹的追求。他很少请我去听歌、吃夜宵、饮早茶什么的，但他把我引入了文学的港湾。

一个在成人高考中名落孙山的姐妹，痛哭流涕地烧了全部复习资料，发泄道："就当他妈的一辈子的打工妹吧！"

我用小小说复制了这个故事。客人读了以后，建议把这个打工妹的遭遇改为她落榜后的一种奋发，让主人公成为生活的强者。

小说一发表，那个落榜的打工妹便找上门来，对我说："安子，从你的小说中，我找到了一种启示。我想，我不会令你失望的。"

在客人的点拨下，我尝试着写《蛇口打工一族》。写周围普通工友的喜怒哀乐，户口问题，婚恋风波，职业选择……我努力地用稚嫩的文字重现这生活的一切。

1990年1月中旬，客人因公赴港，我的心似乎也被牵到界河那端。爱是一种牵挂，女人大都是为一种爱、一种牵挂而写作的吧。

"……我站在岸上看着你轻轻从我的心港驶出。如帆的日子，是我倚窗眺望蛇口的雨景，眺望遥远而又神秘的香港灯火。哦，许许多多像我这样出门在外的女子在眺望又一村的相思人……"

我为客人写了一小篓的情书。每当翻阅这些信件，心中总是油然生长着一朵柔情之花。

就在我离开蛇口的那一天，客人提前站在《深圳特区报》报社门口的阅报栏旁，等了足足有一个多小时。一年多了，每逢周末下午六点，客人必定会在那儿等我从蛇口赶来。这是最后一次了，他说想多感受一下等待的滋味……

没有鲜花，没有丰盛的筵宴。在1990年圣诞节的钟声中，我们接受了无数衷心的祝福。似乎客人应该是格林童话里的王子，我是白雪公主。白胡子的圣诞老人和七个善良的小矮人携着礼物来参加我们的婚礼。

常常，在通心岭某一幢宿舍的某一间房子里，我坐在淡黄色的台灯下，不时抬头望望坐在另一张写字桌旁写诗的客人，心中便会涌现出许许多多的感慨……

今年二月，客人的诗歌获得了深圳十年"大鹏文艺奖"。第二个十年的"大鹏文艺奖"能有我的一份吗？我暗暗地勉励自己。

噢，我这个深圳打工妹！

感谢生活，感谢深圳塑造了我，同时感谢客人给了我一个温暖的家！

原载《青春驿站——深圳打工妹写真》，海天出版社 1992 年版

深圳新文学大系

打工女郎

安子

1

二十七岁，是一个步入成熟的女人最为美艳的年纪。

康珍正拥有这份成熟和美艳。在国贸大厦群芳争艳的白领丽人中，她是朵盛开的奇葩。

她每天身着价值不菲的时款套装，腋下夹着精致的公文包，一颦一笑，风情万种。很多人容易联想到她这样的女性是边饮花旗参茶边电传、复印、接电话、打字……遇到一桩桩难以敲定的买卖时，老板会使出"美人计"，要她陪客户去消夜、听歌、下舞池以及别的什么。

康珍觉得那是社会上流行的一种错觉。

要胜任外籍老板眼中的"中国女雇员"一职，关键是要有一套商业社会生存的本事，如电脑的使用，了解商业活动的运作，懂得英文翻译、打字以及长于各种交际手段等。

三年前，一身风尘的康珍经何茜介绍进入这家 A 国某集团公司驻深办事处。办事处共有四人，三个女秘书是中国雇员，而主管是美国总裁聘请来的日本人。

初来乍到，康珍被派作接线员。"接电话是一门艺术。你要学会亲切待人，耐心回答问题，主动、积极地介绍公司的产品，不得罪任何一个来电者，而且不能误事。"主管第一天便严厉地训导康珍。

康珍透过透明玻璃看其他同事忙碌着，就像看一部无声电视。主管办公室的玻璃上挂着百叶窗——他可以看见别人，别人却看不见他。她只好打起十二分精神，不敢有半点懈怠和闪失。"没事你也要找事干，也要装得很忙。"她记住了同事的忠告。

半个月后，主管把康珍叫到他的办公室。他用威严的眼光审视着这个皮肤微黑却闪现着青春光泽的康珍："你被试用了半个月，干得还不错。从今天开始，你除了接电话、电传、复印、打字外，还要负责接待客户、向外联系业务……"

他叽里咕噜交代了一大堆工作，康珍听得连气也不敢大喘。

"没有什么问题吧？"末了他问。

"没有。"康珍神思恍惚地回答，心中却在嘀咕：一个人怎么能干这么多工作？

有一次，主管匆匆给康珍送来一份材料，限她三十分钟之内打完。她用了四十分钟。日本人劈头盖脸地训斥了她一顿后，叫她立即电传给香港。康珍含着泪刚把材料传真过去，日本人又回过头来叫她准备好一份洽谈书，马上随他到名都酒店去签一份合同。

熬到年终，日本主管发表讲话："大家工作很卖力也很辛苦，你们将得到重重的奖励！"

"奖励什么呢？"

"加薪！""吃饭！""旅游！"大家一时七嘴八舌。

"统统都不是！"日本主管握着双手说，"最好的奖励是让你们干更多的工作！"接着他发给每人一个"红包"，又一一握着大家的手说："加油吧！"

2
————

康珍深信深圳是一个让你可以拼搏的世界，只要你能把握自己。

她学会了多边外交，与男人们周旋。

一个周末晚上，康珍应邀参加何茜举办的舞会。

一条长餐桌上铺着白台布，桌上摆满了鸡尾酒、橙汁、西柠汁、三文鱼、深水蚝和鱼子酱，还有什果沙律与各式甜点……

康珍兜着圈子举着一只高脚杯结识了一长串的"总经理""读者""公关小姐"……何茜真有本事，不愧为深圳大学公共关系专业的毕业生。

霓虹灯闪烁着红黄蓝绿的光色。康珍在迪斯科的节奏中悄然遁去。她躲在舞厅的一隅，托住下巴，凭窗远眺。

这里是深圳最繁华的地段，罗湖商业区。屈指算来，康珍已经来深圳整整七年了！从二十岁到二十七岁，青春年华的最美丽时光都献给了这座城市！她经历了太多的磨难。

她二十岁那年，由村里一帮女工带着，随建筑队南下深圳搞基建，扛石头。石头很重，每块有一百三四十斤。虽然戴了手套，但石头的边缘部分像犬牙似的，一不小心就扎进手套里去，让你鲜血直流。太阳一晒，风一吹，血很快凝住了，粘在手上。

柔嫩的肩膀又红又紫，像被皮鞭打过一样。

大约干了三个月的"苦力"，康珍终于等到发工资，一共一百八十多元人民币。康珍攥着这沓钞票，感到重如千斤。她把它数了又数，放进兜里，又拿出来，又放进兜里。她看了又看，摸了又摸……这钞票凝聚着她的血汗。

康珍满眼是酸涩的泪。她想放开嗓子大哭一通，因为离家前妈妈说过无论什么苦，眼泪一冲就没了。她刚张开嘴，冷不丁，发现一轮夕阳静静地停在工地的脚手架上，金黄发亮。

3

"要坚持下去呵！"康珍觉得有一股激情直冲胸口，她想起哥哥。小时候，她哥哥被火烧坏了半边脸后，神志有时模糊不清，三十多岁了还没娶上媳妇。如今他在家里摆弄着自制的卷烟机子，赚些糊口的钱。爸爸去世早，妈妈便指望康珍去深圳能赚些钱，好为儿子治病和整容。

康珍离家那天，哥哥问："你去哪？"

"深圳。"

"深圳在哪？"

"离这儿很远，得坐一天一夜的汽车。那里对面就是香港了。"

"啊唷，香港？"哥哥脸上流露出迷惑的表情，旋即又遗憾地摇摇头，"这么远，我没去过。"

康珍望着被村里人讥刺为"阴阳脸"的哥哥，鼻子直发酸。但她不敢流下眼泪来，生怕那怜悯的泪水会刺伤了哥哥的自尊心。

"赚够钱，一定要先替哥哥整容治病！"康珍暗暗发誓道。

就这样，康珍这个惠安女子，硬是凭着山村人的吃苦精神，"凭力气赚钱"，一年多下来，竟赚了两千多元人民币。她一股脑儿寄回家里。

就在康珍拼命之际，正赶上全国性的治理整顿，很多工程都下马了。康珍工作的那个工程队被告知停工，康珍失业了。不少同伴陆续回家去了，但康珍暗下决心要留下来！

她找一些熟悉的建筑队去寻问活计，东奔西跑地自我推销，但一无所获。

夜晚，康珍依然借住在冷冷清清、灯光昏暗的简易工棚里，她环视那沥青纸顶盖、竹木墙壁，不由得心中喟叹起来。

不知什么时候，窗外的一缕阴云已把月亮藏起，天空淅淅沥沥下起了冷雨。七年后，康珍仍清楚地记得那场冷雨是如何冷彻心扉！当时有谁知道，在深圳还有一个叫康珍的女孩，在冷雨霏霏的夜晚中渴望有一份工作呢？！

　　碰壁多了，康珍"碰"出了求职的道道。她努力把自己打扮成一个似模似样的城市小姐。她穿上米黄色柔姿百褶裙，套一件合体的黑色西装。本来读中学时，康珍就是班上的文体委员，曾有"校花"之称。山区凛冽的风雨和炎日的吹晒，使她的肌肤黑里透红，同学背后称她为"黑牡丹"。

　　"黑牡丹"吉人自有天相。就在康珍感到绝望至极想回家之际，她从母亲的来信中获知，深圳某进出口公司的一个部门经理是父亲穿开裆裤时的朋友的朋友。康珍径直找到他，叫他"张伯"，请求帮忙。

　　张伯是一个热心人，左右一打听，知道蛇口某家外资企业要人，便推荐康珍去求职。

　　"记住，信心是唯一靠得住的舵手。"由海军转业的张伯给康珍指点迷津。

　　康珍踏上了去蛇口的旅途。

4

　　康珍走进了一间被蓝色玻璃包装起来的写字楼，递上了张伯的介绍信。

　　"是不是工业区合同制工人？"人事主管问。

　　"是。"康珍随口答道。

　　"在哪个公司干过？"

　　康珍胡诌了两个同样性质的公司，那是她在电话号码簿中查出来的单位。

　　"干过什么？"

　　"写字楼文员。平时收发货单、复印、电传、中英文电脑打字、统计样样都做过。"反正蒙出去了，康珍硬着头皮说了一大通，她听到了自己心跳加速的声音。

　　"能否加班？"

　　"完全可以。"康珍松了一口气——这是一个转折性的问话。她凝视着主管的眼睛："我愿意随时听从公司的调遣。"

　　"那你下午来签合同，办手续。"主管满意地笑一笑，"张伯是我的老首长，请代为问候。四天后你正式来上班。"他又指着透明玻璃内的一位小姐说："等到下月初你就顶她的位。"说完便叫康珍跟他进去。

一位四十岁模样的男子站在那位小姐旁边，看得出她的手在哆嗦。

"怎么搞的？我这份两千多字的报告竟打错了三十多个字！"那男子一副火爆的模样。

"人已定了，秦生。"主管小心翼翼地插话，"过几天，她就来上班。"他指着康珍说。

看来，秦生是这家外资企业的老板了。秦生瞅了一眼，走了出去。康珍惊出一身冷汗——电脑打字，只见过别人玩，自己摸也没摸过，能行吗？

康珍当晚便跑到张伯家。

"怎么？见成工了还闷闷不乐，莫非有心事不成？"张伯已知道消息，在逗康珍。

"我的忙你要帮到底。"康珍说。

"说来听听。"

"张伯，你来深圳这么多年，认识的朋友不少，你能否现在给我弄部电脑，并找一个会使用的人来教我？我必须用三天时间学会熟练操作电脑。"

"康珍，你不是开玩笑吧？"

"我说真的，我没有办法。"

"为什么？"

康珍把上午去求职的全过程及顾虑原原本本告诉了张伯。张伯呵呵一笑，夸康珍有勇气。"厨房里有吃的东西，你自己弄点来吃。你伯母要晚点才回来，我这就去想办法。"

不到十分钟，张伯就回来了。他兴冲冲地说："康珍，走，楼下的黄司机送你到他表妹处，他表妹是一家公司的电脑操作员。"

当晚，黄司机的表妹把电脑操作的程序、使用方法一遍又一遍地教她，并叫她把每个按键的作用用笔记下来。好在康珍拼拼音拼得快，又懂英文，三个小时以后，她已经可以独立操作了，只是速度不快。

5

回想自己的求职历程，康珍总是从心中感激张伯、黄司机及其表妹等深圳人无私的帮忙。第三天，康珍已能嘀嘀哒哒地操作电脑了。

第四天早上，她一上中巴便迷迷糊糊想睡觉，周围的美丽景致渐渐模糊起来，差点忘了下车，下了车才觉得腰酸背痛。

第一次正式使用公司的电脑时，文件打到一半，她感到有一个人站在自己左侧，心里想着他站一会儿就会离开。可直到文件打完，他仍站在原地，一言不发。

康珍端坐着，浑身燥热，脖子发硬。她一气之下回过头去，碰见了秦生闪烁的眼睛。

"你是今天上班的小姐？打得比以前的小姐好一点点。注意，要讲求速度，也要讲求质量。我是这间厂的厂长，但这里的人都叫我秦生。这间厂的老板是我大哥，我也是来给他打工的。"

哥哥是老板，弟弟给哥哥打工，这倒是一件新鲜事。康珍正想多向秦生"请教"，外面有人叫秦生听电话，只好作罢。

一个阳光灿烂的早上，秦生对康珍说："下午有一位深圳大学管理系的毕业生来这里实习，你先带他到车间去看看，我下午外出，晚点回来。"

"请问秦生在不在？"下午两点正，一位靓仔和一个美丽的女孩站在面前问康珍。

6
____

"你叫孟凯旋，深大管理系的。"

"你怎么知道？"

康珍笑了起来，孟凯旋也笑了，两人算是初识。他一把拉过身后的女孩说："她叫何茜，我的同学。"何茜年龄跟康珍相仿，一双水灵灵的丹凤眼很动情。她的美是属于那种光彩照人型的。

孟凯旋身材健美，一头漂亮的鬈发。他与何茜算是金童玉女吧。

不知怎么回事，和孟凯旋在一起，康珍感到充满青春涌动的活力。他所说的什么香港热门职业是会计师、律师和医师，这三者有个共同的特点是实用，需要相当的职业技巧（professional skill）；还说什么人应当在落魄时不失态，等等，这些都是康珍爱听的。他鼓励康珍去读夜大英文系。

"我，能行吗？"

"你高考时英文还考了七十多分呢，怎么不行呢？"孟凯旋使她感到自信。

一个礼拜六晚上，他硬把康珍请到深圳大学学生自办的"一层楼"咖啡厅，给大家介绍道："来，大家认识一下，这是来自蛇口的白领丽人康珍小姐。"大学生们一起鼓起掌来，他们大都是孟凯旋的朋友。

孟凯旋又将在座的人一一介绍给康珍："这是中文系的小陈，这是法律系的大杨，这是……"

康珍大方地与他们一一握手。这些"天之骄子"天马行空地纵论美国阿尔温·托夫勒的《第三次浪潮》、约翰·奈斯比特的《大趋势》和日本松田米津的《信息社会》等书，仿佛他们都是"指点江山，激扬文字"的一代预言家。

孟凯旋的话语常常被人打断，他们争论不休。康珍喜欢这种学术氛围，她毅然决然地重新捧起英文课本，第二年考入了深圳大学夜大英语系。

这段时间，她发现孟凯旋对自己似乎有一种情意，那种压抑在内心深处，不敢轻易释放的情意。每当她回到集体宿舍，想起孟凯旋，心中便会掠过一阵温馨。

无可否认，孟凯旋自觉不自觉地闯入了康珍的生活，但是他已经拥有了何茜。康珍不知自己该怎样做出选择，也没人告诉她该怎样选择。

九月初雨雾朦胧的一天，也是孟凯旋实习的最后一天，孟凯旋约康珍到水湾头去吃夜宵。

7

"有时我真希望我们从来不曾相识。"孟凯旋说出了心里早想说的那一句话。自从第一眼看到康珍，便感到她身上似有一个磁场，不由自主地被吸了进去。

但是何茜……康珍清楚孟凯旋的为人，他是一个很有责任心的男孩，他不会在这种时候放弃何茜的。

一缕阴云笼罩在他俩的心头。或许正如孟凯旋所说的，两人从来不曾相识倒还好！康珍想着，望着大排档旁边紫荆树上悬挂的小红灯，平静地说："我们依旧是好朋友——心意相通的好朋友。"

"心意相通的好朋友？"孟凯旋喃喃重复着康珍的话。冰镇啤酒斟得太急，泡沫涌出来流在桌上。

他看得出，康珍的平静是装出来的。

康珍还是挺感激孟凯旋的。她甚至幻想过，在他出门前，用一双散发着淡淡皂香的手，为他拉挺领带，抻平衣袖。她那双手可以天天忙碌在他的身前身后：洗菜、盛饭、熨衣服，以至为他铺好一张温馨的睡床……

她的手指动了一动，绮丽的梦像儿时吹的肥皂泡，猝然一闪，破灭了。康珍明白自己无论和孟凯旋怎样投契，始终都是有缘无分的人——孟凯旋已有一个美丽的何茜！

孟凯旋终于默默地踏上了中巴。康珍一个人默默地行走在路边。天空突然间下起了雨，细雨霏霏，街上行人稀少。

孟凯旋走后，三年多杳无音信。康珍把全部业余时间都用来学习英语。差不多要忘掉孟凯旋的时候，秦生又把她带入了从前的感情困扰。

一天，秦生约康珍一起与一个客户谈生意，没想到客户竟是何茜！秦生没有见过何茜，不知道康珍与她之间的事。康珍尽管以前只见过她一次，却留下了深刻的印象。

8

何茜穿着一件紧身米黄色大开领T恤衫，短短的迷你裙，勾勒出女性优美的曲线；黑色网眼长筒裤袜包着修长的腿，显现着青春迷人的光泽。

何茜是昌达公司的推销员，BP机放在一只精致的蛇皮小白袋里。她是读公共关系学的，搞推销自然不在话下。

秦生因事先回去了，何茜邀请康珍留下来陪她。"孟凯旋已经出国了，上个月刚走的，到瑞典去了。"

"瑞典？"康珍很惊奇——一般人出国都是到美国或澳洲，孟凯旋竟选择了瑞典。

"他走的那天喝醉了酒。这几年他玩命地干，出国的钱全是他自己赚来的。"何茜悠悠然点燃一根Salam，喷出一口浓烟，自顾自地说："有些事情一开始就错了……"她告诉康珍他那天很冲动地说要跑到蛇口去找康珍，与康珍话别，但摇摇晃晃地醉倒了，口中还嘟哝着康珍的名字。

康珍从何茜那里回来后，心中很乱。她不明白孟凯旋为何要这样做——三年来不给半点音信，却仍然念叨着对方的名字。

日子悄悄地流逝。有一天，秦生突然在隔壁的办公室打电话给康珍，说下班后要请她到南海酒店吃饭。秦生平时也常约请写字楼的文员去消夜，唯独没请过康珍。

尽管今晚夜大要上课，但因秦生是第一次约自己，康珍还是答应了他。

这顿饭吃了三个多小时。出来后，秦生又提出要到她宿舍去看一看。在她的印象中，秦生是从来没有去过员工的宿舍的。

"秦生，这可不行的，周末宿舍是最多人的。再说到我们打工妹宿舍去，连张坐的凳子也没有，会有失你的身份的。"

"怎么能这样说呢？我也是'打工仔'呀。"

康珍拗不过他，只好让他去。

周末的打工妹宿舍，叽叽喳喳热闹非凡。八张上下层铁床，房子里尽是人。女工们看见秦生第一次登门，胆子大的便站出来打招呼，有人叫"秦生"，有人叫"秦厂长"。

"康珍，你也住这里吗？"秦生问。

"是的，人事主管早就要调我到四人一间的房子去，可能后来忘了。"康珍的声音很小，但女工们个个都听清楚了。康珍的脸红到耳根子，这些女工们会怎样看自己呢？

9

康珍很快被调到二人一间的高级管理员宿舍。

每次，秦生从香港过来，都给康珍带来一些她喜欢的东西：一打丝袜，一个皮包，一支口红，一套时装……每次都不容康珍拒绝。

"你给了我很大的感情依托——别误会我，我只是把你当作一个知心朋友看待……"秦生平素在部属面前的傲慢与暴躁都没有了，眼眶湿湿的。有天晚上，康珍上完课回来，发现秦生在等她。秦生请康珍到他的住处坐一坐。

康珍分不清对秦生是同情，是怜悯，还是爱。当秦生耳语般说着"你只要静静地坐在一旁，听我说一说，我的心灵便轻松了许多……"，这时，康珍便仿佛觉得一头受伤的雄狮需要安抚，一个饱经挫折渴求温暖的生灵在哭泣。

男人其实比女人还脆弱。秦生有坚强的外表，但更有一颗脆弱的心。他需要柔情的抚慰。而康珍，每次总是缓缓地替他化解心灵上的困惑。她特别提醒他要冷静分析他妻子为什么会有外遇，责任是否有一半在他身上。

秦生依照康珍的建议去做，给妻子含苞欲放的红玫瑰（秦生原以为这样老套的做法，结婚以后便不该有了），约妻子出门旅游……

感情实在是一件太过神秘的东西，康珍在劝着秦生去爱他妻子的同时却不自觉地喜欢上了秦生。"透明的露珠，亲吻着玫瑰。爱情的滋味，只能自己体会……"康珍反复哼着这首在深圳很流行的歌。

"哟，你这衣服好靓，哪儿买的？"有一次，康珍赞叹着秦生的新衣裳。

"我妻子……"秦生得意地说。

"走，我们去听歌。"康珍突然把话岔开，就在转身的刹那，她悄悄用裙袖拭去流出眼角的泪珠。

康珍并不认识秦生的妻子，但他的妻子却认识她。康珍不知道他妻子是怎样认识她的。

有一次，秦生的妻子从香港过来，找到康珍，开口就问她和秦生是什么关系。康珍惶恐地抬起头，睁大不知所措的眼睛，未及回答，便被劈头盖脑的"八婆""第三者"等一连串詈骂砸得晕头转向。

康珍几次想辩白，因为她清楚自己并没有伤害对方的意思，反而努力地撮合他们的感情。

事后，秦生知道了这件事，就代他妻子向康珍表示道歉。康珍笑一笑，说："你妻子是很爱你的，请你好好地疼她。"

第二天，康珍给秦生留了一封辞职信，便跑去投奔何茜。

何茜问明康珍辞职的原委，点着她的鼻子说："想不到还有你这样一个纯情玉女！"经何茜介绍，康珍进了一家美国公司驻深办事处。

10

舞厅里的宇宙灯滴溜溜地转着。何茜的朋友们合着霹雳舞的节拍，劲歌狂舞，尽显青春本色……

何茜拿着一罐生力啤，走到康珍面前，用手指一勾，只听"啪"一声，啤酒喷了康珍满脸满身！何茜见她那个样子，开心地哈哈大笑起来。

康珍不甘示弱，把剩下的啤酒全泼在何茜的头上。两人哈哈笑着，笑着……

难得有这么一个显露真我个性的机会，康珍从往事的回忆中回过神来，旋即加入到舞池。人们使劲地用脚跺着地板，合着鼓点"嗨！嗨！嗨！"地叫着，康珍觉得一下子又回到了七年前在罗湖区打桩的情景……

在激光灯的快速闪烁中，康珍舞蹈着。在她的爱情历程中，第一个使她动心的是孟凯旋，第二个是秦生。他们一个出国了，一个则是由自己撮合与妻子言归于好的有妇之夫！现在的她，恐怕要加入到何茜这种"单身女郎"的行列中来了。在激光灯的急速闪动旋转下，康珍纵情地舞动着身躯，试图驱走困扰着自己的孤独寂寞的情绪。然而她的努力徒然无效，震耳的快节奏和周围不停扭动的身影，依然无法使她忘记过去的一切。乐曲中断，走出舞池的康珍顿时感到全身疲乏，她谁也不理睬，独自找到一张椅子坐下，深深地叹了口气，神情忧伤迷惘，不知道明天等待着她的将是什么。

感情的波折，并没有使生活的强者退出人生激流的奋击。不久后康珍几经周折，竟又坦然地坐在美国老总的座位上，对跟过来的职员说："老总要我在这儿值班。"

职员满脸疑惑地离去了。

电话铃响了，康珍接过电话，在纸上记录并作出安排。有人来访，康珍起身接待，送客后又记下并提出处理意见。

天将黑时，康珍小心地把日程表放在桌子正中，离去。

夜色满天之际，总裁回到了办公室。一开灯，只见办公室异常整洁。他走到桌前，发现了康珍留下的日程表。

11

总裁在灯下细细地端详这张日程表，两行字下面打着波浪形的红线：

——上午九点半，接待香港雅历集团公司代表，商谈扩大街道投资事宜。

——下午三时，与康珍面谈。

"康珍？"总裁疑惑地自言自语。

第二天下午，康珍终于如约见到了那位美国总裁。

她一股脑儿地把自己公司的名优产品抛出来，不卑不亢地畅谈两家公司的协作前景。

"康小姐，真拿你没法！哈哈哈。"总裁听得频频点头，对她贸然却不失机智地闯入自己的办公室表现出一脸的无奈，一脸的宽容。

这次合作的成功，让日本主管开始对康珍刮目相看。

到了广州秋季商品交易会的时节，日本主管叫康珍陪同前往。

在这段时间里，康珍充分发挥了自己的语言优势：广州话、福建话、客家话、普通话、英语等全派上用场了。日本主管只会讲日语、英语和半咸半淡的普通话。康珍周旋在人群之中，显得端庄秀丽，潇洒大方，大有初生牛犊不畏虎之势，与其他公司抢起生意来。康珍不但能说会道，而且善于交际，还扯上不少老乡之类的关系，看得日本主管直乐。

"康珍，你干得非常出色！交易会才开了三天，已经达到了我们预期的目标！"很少当面表扬人的日本主管满意地对康珍说。

广州一家公司生产的产品，和康珍所在公司生产的产品在性能、型号、耗电量方面几乎是一样的，价格还低了很多。两家公司的秘书争起客户——上海的一家公司，互不相让。上海的这家公司终于被康珍说服，向康珍所在的公司订购了大批产品。广州公司的秘书很不服气，骂她"洋奴"。声音虽小，康珍却听得很清楚，真是别有一番滋味在心头。有什么办法呢，给谁打工就得为谁卖力。日本主管被派往上海浦东开发区搞办事处，康珍便被升为这家美国公司驻深办事处的主管。

周围的人都说，康珍不是一般的打工妹，应算是"打工女郎"。她比一般人多了一种气质，一份自尊、自信和聪明。

当五彩的梦幻成真时，她下一步的目标是争取出国培训或外派的机会。她说："是深圳，使我寻找到自我，我还想到外面的世界去闯一闯，进一步实现自我价值。"

原载《青春驿站——深圳打工妹写真》，海天出版社 1992 年版

漫无依泊

周崇贤

哲学，原就是怀着一种乡愁的冲动到处去寻找家园。

——[德] 诺瓦利斯

多年之前，我背着行囊，穿梭于城市与城市之间。在远离故土的日子里，我愿意幻想充溢温馨和静谧的家园：阳光，平常的花、草，以及朴素的女人。如此，不可避免地，我漂泊无依的灵魂无数次走进萧瑟奇寒的冬天，我发现，家园是一种令人心动的风景，永远也找不到。我拖着自己的命运在城市里无止地流浪。

1

那个多雨的季节里，我造访了一个富有而又贫穷的城市。我从百里之外的另一个城市乘中巴车过来，沿途浏览乱七八糟的风景，淡淡地吸烟。车棚上照例用油漆喷有"请勿吸烟"的字样，但你要吸烟也可以，我隔着烟雾看窗外，漫不经心。

我出发的那城市，连狗都知道拼命赚钱。我在那个城市里抛洒了多年汗水仍然一事无成，连朋友都替我害臊。朋友站在朋友的立场上，告诉我另一个城市将举办人才交流会的消息，她说你可以去看看，去了之后，说不定别人（或者说你自己）会发觉你也算是个人才。

于是，我决定暂时离开这个与我朝夕相处却又无其他关联的城市，到另一个城市去碰运气，奢求能讨得一份宁静妥帖的生活。我在城市里生活若干年，一直未能寻找到那种被人们称作归宿的感觉，为此我曾独自品尝过沮丧和遗憾。

我漫不经心地透过烟幕漠视窗外，到处都在搞基建，尘土飞扬，天空像张布满污垢的脸。无法看清远处有些什么，灰蒙蒙的日子一如既往。中巴车穿越过已被推土机、打桩机之类现代化工具破坏得一塌糊涂的田园，逗留于途中每一个小镇。小镇里有人上车有人下车，南腔北调，流行于南方的"三字经"几乎就成了人们共通的语言。从上午七点二十分到十点三十分，中巴车走走停停，浪费了三个多小时。其间我们被卖两次"猪仔"，从这辆车换到那辆车。这使我触景生情，想到自己这若干年来，从一个城市辗转到另一个城市，以为从此便可安定下来的，谁知某一天，又让生活卖了"猪仔"。命运无所依托，怎么也喝不住它的晃荡和颠簸。

在被"卖猪仔"换车的过程中，有一个涂了口红的外来妹不慎遗落了随身携带的行李，在车上放声大哭。司机颇不友好，用粤语骂娘，有人建议司机将车调头回去，替伤心的打工妹找回行李。司机估计那人听不懂粤语，改用普通话说你妈的多事！司机的声音里弥漫着霸气和煞气，提建议的人识时务者为俊杰，住声。

中巴车在不紧不慢地跑，感觉沿途发廊遍地都是。发廊妹群落正在普及祖胸露乳和妖艳风骚。天色阴郁，远方灰蒙蒙一片。

我终于落车，重新面对和感觉城市的喧嚣与浮躁。

在此之前，我对眼前这个城市的人和事不甚明了，特别是对"人才交流市场"这个集现代和古老于一体的词语，可以说是一无所知。也许"人才""交流""市场"都不难解释，但因脑子里有一些根深蒂固的某种可以贬之为落后的意识，我总是要将它与小时候经常光顾的猪市、牛市联系上，就想起市场上卖猪卖牛的情景，譬如看毛色、论品种、辨雌雄、挑肥拣瘦，之于猪牛无甚大碍，对人却不可能不别有一番滋味在心头。卖掉自己（或者说出售自己），我想这是我此行的目的。

我在熟悉的风景里面陌生着，市人才交流中心成立不久，因而在市地图上找不到它的位置。有几位摩托车车主将我团团围住，各自将红色的头盔乱七八糟地往我头上扣。我拼命招架，最终还是乖乖地乘了一位彪形汉子的坐骑。

"去人才市场几多钱？"

"十元。"

"太贵，我不坐了。"

"算了，算了，六元。我没得钱赚。"

彪形汉子将我驮到一个混乱不堪的地方叫我下车。那是一个屠宰场，门市里有新鲜猪肉出售，我怀疑彪形汉子有意算计我这个"北佬"。

我要去人才市场。我有些气愤："人才市场和猪肉市场是两码事。"

"就是这儿。"彪形汉子叫我付钱，十分肯定地说："人才市场就在这儿。"

人与猪肉有何区别？

"可这儿出售猪肉！没有人才！"我表示愤怒。

彪形汉子将钱揣入口袋，乜了我一眼，驾车扬长而去。我咬牙切齿地日他先人。

我无可奈何，去向那位卖肉的小姐打听情况。在这之前我未曾到过这个城市，我不敢保证自己不会于某个时刻迷失方向。卖肉小姐以为我割肉，热情地提着砍刀向我靠近，看着那把雪亮的砍刀我忍不住心头发毛，我想那把刀连猪都杀得死，他妈的太可怕了。

我在砍刀的胁迫下违心地问了肉价，然后我发现这个城市的猪肉较先前逗留的那个城市要贵一些。

"先生你要几多？"卖肉小姐挥舞着砍刀。我的脑子飞速旋转，紧张地思考买肉干什么。在这个城市里我连朋友都没一个，不可能借锅煮肉，而我对生肉绝对没有胃口。

"嗯，小姐，请问人才市场……"

"大肠小肠？买肉啦，肉比肠子好食多啦。"

"我不……我……"

"你不要？"砍刀在晃，小姐瞪圆了杏眼，美丽的杀气向我迫压而来，"你不买……"

"啊不、不、不……我、我买、我要买……"

小姐扔给我一坨瘦肉，从我干瘪的口袋里掏走了三十元钱，然后告诉我，人才交流市场在二楼。我提着那坨不知该如何处理的猪肉上了楼，果然看见成堆的人才正围着招聘摊点，寻找和争取机会将自己卖出去。

2

这个时刻，我不可能不提起从前的一些人和事，与我有关或无关，包括先前栖身的那个城市。

在我曾经走进和告别的诸多城市里，我从来都是靠打工为生，奢望着总会有一方属于自己的天地，可以容许思想和灵魂驰骋或栖息。而现实是吝啬的。在城市的一角，拥挤着若干类似于我的人，为了生活，或者说为了生活得好一点，我们抛弃了传统的观念，远离故土和家园以及亲人，扛着命运走进城市。在想象中，城市是一个巨大无边、美妙无比的载体，我们对她超负荷发出的呻吟漠不关心。

应该说，在所有的城市里我都安分守己，这就注定了永远徘徊在城市之外的命运。从某种程度上来讲，我是我所在的那个打工部落中较为出色和优秀的人物，而在城市当局评选优秀外来工，并破例接纳数十名为城市居民的时候，我平常一贯的出色和被人公认的优秀却毫无用处。事过之后有人替我总结经验，说你未能被这个城市接纳，其原因不是你优不优秀的问题，而是你缺乏起码的包装手段，譬如推销自己什么的。友人说这话的时候高深莫测，我留意到她短而精辟的话里先后使用了两个商业用语——包装与推销。我想她的脉搏定然与时代跳荡在一起了，她的语气和神态里有一种对社会、对我了如指掌的意味。

友人简单的话概括了我长期以来的生存状态，从而否定了我多年来在顶风冒雨、摔滚跌爬中形成和已经接受了的生活方式。我不能不承认自己受了一个不大不小的打击，以至终于采纳了朋友的建议，到另一个城市的什么市场变卖自己。

补充说明，我是一个流浪在城市里的乡下人，我的须根，在中国西部一个遥远的山村。那些突兀的岩石之上系着父亲以及父亲的父亲，他们都是与岩石朝夕相伴的匠人，他们把命运交给了手中的锤子和粗糙的岩石，过着千篇一律的日子。十五岁那年，父亲取下了我背上的帆布书包，苍老的脸上木头一样毫无表情。我明白，父亲在作一个重要而又普通的决定。我恍惚看见我的面前横亘着一座寸草不长的石山，怪异的岩石面目狰狞，连绵不绝如同若干个世纪。

我表示异议。我不喜欢岩匠终年（或终生）与石头厮磨的生活，我没有那种一言不发的耐性和毅力，我向往一种自由的日子，步履轻盈长袖飘飘地来去，因此我拒绝岩石。

父亲给了我一巴掌："逆子，滚！"

我滚进城市，从此远离故园。

对我冒昧的闯入，城市毫无反应，惯常的冷漠深深地刺伤了我的自尊。我准备后悔，并努力争取父亲的宽容和谅解，以便倒霉归去之时不至于被撵出家门。然而父亲终于拒绝了我的提议和要求。那是一个冬日的下午，一个走南闯北的汉子受父亲之托捎话给我："你既跑出去，那你就活出个样子来！"

我不明白父亲意思所指，但我十分清楚，我已经没有可以攀援和乘凉的大树了。

城市的阳光绵软无力，我走在属于城市的街道上，像一个游魂。

补充说明，这点没有别的意思，无非是为自己的长久漂荡寻求一份可溯的依据，以一种类似宿命的理论来安慰自己。我原就是土地、岩石的儿子，因此我不可能更换自己血管里流动的液体，如果用唯心主义来判断，这就是命！

命运你无法改变。这个论题涉及作为岩匠女人的母亲，母亲于多年之前请教过一位"半仙"，"半仙"是个瞎子。瞎子闭着眼睛为我的命运下了定论：午时属马，马宜远行，日走千里夜走八百，此子可成大器。

我估摸瞎子的混账话导致了母亲在父亲把我赶出门之时沉默不语。

在先前的那个城市里，我效命于一家工厂。工厂经理曾经一百次以上表示将考虑我的个人问题，譬如户口、住房什么的，有时候甚至包括了为我找女人。我一直以为经理是永远值得信赖的好人，因此我默默地等待，等待经理于今后的某一天实现他无数次高扬于头顶的诺言。就这样，在工作环境、工作条件以及待遇都十分糟糕的情况下，我望梅止渴，仅仅生活在经理的承诺里。

许多年来，我对乡下人在城市里的生活有了较为深刻的认识，我慢慢厌倦了没完没了的流浪。当然，这种厌倦很大程度上是由一些城市人的优越感造成的。我曾努力使自己的心境趋于平和，淡淡地对待任何人或事。然而我终究定力不够、意志力不坚，当我视若珍宝爱惜有加的女孩子仅仅因城市"绿卡"就扔破鞋般扔掉我之后，我不得不考虑将自己的坐标重新定位。

名叫丹东的女孩子来自北方那个叫丹东的地方，因此我叫她丹东。丹东在我想象中是一个很美丽的地方，女孩子丹东却长得土里巴叽，实在令人不敢恭维。后来她学会了打扮，再后来又学会了粤语，丹东就不再是先前的丹东了。她长发飘飘风姿绰约，秀腿一抬，将我一脚踢到了九霄云外，我自舔伤口沉默如常。

我是一个性格内向的男人。我在西部故园只念到初中毕业，我的户口簿说明我是个乡下人，且早已发霉腐烂。而在远方的城市里，我连身份证都是向别人借的。

丹东抛弃我无疑是明智的选择。尽管有人预言五年或十年之后，我写小说将写出名堂，如日中天，但现在写小说已是穷途末路，被世人公认为最没出息的事情。

这就得回头说说经理、丹东以及城市当局评选优秀外来工的故事。

或许可以从车间说起。我在流水线上埋头苦干了许多年，其间还为工厂争得了不少荣誉。我利用业余时间为宣传工厂而奋笔疾书，以无偿的形式在报上、杂志上树立和宣传企业形象。经理曾经从某大报请来记者，给他大吃大喝，还有吃不了兜着走的红包，结果记者只为他写了一条一百二十字的小消息。经理有一种被愚弄的感觉，他开始重用我。

于是，我脱产了，为宣传企业和经理而奋斗。走下流水线，我长吁一口气，幻想着明天的美好时光。

"好好干，克克。"经理说。

克克是我的名字。有位工友告诉我，在他的家乡，克克是猪，很蠢很笨的意思。我真想给他一耳光。

经理向我许下诺言：有朝一日将分给我住房，把户籍迁到城里来。

丹东在这个时候走向我。这个时候我仍然拿着流水线的工资，仍然住几十人一间的大宿舍。丹东对此视而不见，她向我表白了她永远的爱情。

"我独爱你。"丹东说。我想起那个叫丹东的城市，我曾经去过那里，并留下了若干美丽而感伤的回忆。

我向丹东表示真诚的感谢。丹东是美丽的，在我心目中永生。

"你喜欢丹东吗？"丹东说。

我说喜欢。我以为她指的是我记忆中的那个城市。

"喜欢？喜欢……你……你……吻我……"

我在发愣。我无法不喜欢丹东。我将女孩丹东拥入怀里。

丹东是高中生。丹东告诉我她在学校时写作文一流。我们有共同志趣，也许这是上帝的意思。

丹东开始写诗，写通讯，写赞美经理的文字。我将我所有认识的编辑朋友介绍给丹东，我为她的进步感到由衷的高兴。

丹东小有名气了。

这个时候城市当局开始评选外来工中出类拔萃的人物，然而我一无所知。我已忠实地把自己的命运交给经理的承诺，我想有了户口和住房之后，我可以同丹东结婚和生养孩子。

丹东当选为城市数十名优秀外来工之一，被正式接纳为城市居民。

经理满脸歉意地告诉我：你是农村户口，又没有大专文凭，要进城，难呐。

我存在于心中的美梦像肥皂泡一样破灭。

我想起工友的话：在我们家乡，克克是猪，很蠢很笨的意思。

我后悔当初产生抽工友耳光的念头。

克克是猪！是猪！我深深地感受和品味这句话，我猜想其中会有一个什么典故或者传说，但那位点拨我的工友早已离开工厂，记忆中他是被开除的。

一张城市"绿卡"像一座无法逾越的大山横亘在我与丹东之间。

丹东与我唱起了那首令人心疼的《吻别》，在城市人流如潮的街道上，我平静地接受了这样一个事实。丹东，祝你好运。

一位擅于写散文的友人怂恿我离开那个城市："生命应该是流动的，流动的生命才充溢生机。而实际上生命本身就是流动的。"我打量友人，像初识一位哲学大师。生命真是流动的吗？我开始十分认真地思考这个问题。

此刻，面对陌生城市里熟悉的气息和风景，我没有任何激情，唯一触动心灵的是手中那坨来历莫名的猪肉。我不知道在猪肉市场上面设置人才市场是不是一个巧合，或者预谋，总之它具有一种令我感到辛酸和苍凉的嘲弄意味。人类总在尴尬中艰难爬行，这样的状态不能不说是真实的。

我提着猪肉穿行于众多的人才之中，显得不伦不类。没人留意我。我开始寻找买主。一个接一个的招聘摊点令我头晕目眩眼花缭乱。我奇怪自己怎么就没有拍卖自己的那种悲壮感觉。

"哪个学校毕业的？你带毕业证了吗？"

礼貌的微笑和问话撕剥着我的沉着和自尊，我坦然接受着进城以来无数次遭受过的打击。

我终于在一家制造裤衩的公司招聘处前寻到了份自认为可能合格的工种。那个公司招勤杂工，我认为可以一试。

我很自信地拿过一张表格。招聘台后那位可人的小姐婉转地说："哪所大学毕业的？"

我愣住了，我连小学毕业证都没有，这是一件令我尴尬、恼火和无奈的事情。

"我们要招的是大专生或者本科生。"

我觉得这位小姐残忍无比，她不应该以如此动听的声音告诉我如此残酷的事实。

在我脸红耳赤不知所措的时刻，一位戴眼镜、满脸学问的人才将我手中的表格夺了去，我看到招聘小姐爱莫能助的表情。我多看了她一眼，以眼神向她表示感谢。招聘小姐将脸用力别过一边，她大约以为癞蛤蟆总是想吃天鹅肉的。

我决定放弃这个推销自己的机会。在城市里我一向缺乏自信，我从来都觉得"人才"这个词语离自己十分遥远。不是人才是没有必要到人才市场来凑热闹的。我承认友人关于生命流动和流动生命的理论，但我想自己早已是一潭死水，缺乏流动的可能性。

我懒懒地打呵欠和伸展腰腿，无意间弄脏了一位小姐的裙裾。我准备扔掉那价值三十元的猪肉向小姐道歉，允许她以任何形式惩罚我，并原谅我的过失。但小姐分明又没有那个意思，她甚至连眉头都没有皱一下，且给了我一抹春日阳光般温馨的笑容。

"有合适的单位吗？"她问，像我的一个什么老朋友。

我摇了摇头，很认真地检讨自己的过失。我说："我弄脏了你的裙子。我不是故意的。"

小姐说:"故意的又怎样呢?故意的也可以。"

我抬眼看她,她的脸色晴朗,而天气从早上开始,一直是阴沉沉的,一如我灰灰的心情。

"你提着猪肉来应聘?"

"我也不知道……"

"回去做午饭吗?"

"不,我无家可归。"

小姐主动介绍自己,详细到出生年月,喜欢吃冰激凌。在介绍自己的过程中,她将我的来龙去脉弄得一清二楚,毫不费力。

"我喜欢克克这个名字,"她直率地对我说,"克克是猪的意思,但你分明不笨不蠢。"

我感到一种久违了的亲切之光笼罩过来。那位遥远的工友拉近了我与小姐的心灵距离。"我有一位朋友曾经这样对我说过。"我说。

小姐说:"你是都市浪子。"

小姐叫颜虹,在城市中心一所职业中学教书。她厌倦了教师这个职业,到这里来寻找机会。但她又说不可能逃离教坛,因为教委经常与接收教师的其他行业单位扯皮打官司,日子长了便没多少人敢接收教师,这年头谁都怕惹麻烦。

"你不妨去职业介绍所报个名。"颜虹说。

"如果你有难处,可以先委屈一下,到我那儿住一段时间等候消息。"颜虹又说,之后觉得不妥,就补充道,"我那儿有间空着的住房,就是不太新了,房子是七十年代的。"

我感觉自己开始走运了。颜虹的出现可能是一个好兆头。我觉得那坨猪肉扔掉实在可惜。种种因素促成了我与颜虹结伴同行。

我暂时当颜虹的表哥,住进了学校。一切正常,相安无事。

一个阴雨绵绵的日子,我走进报社,报社老总权衡再三,决定聘我做记者。我此时早已囊空如洗,身无分文。

我向报社老总借钱,并不慌不忙地陈述了借钱的理由。老总听说我借了颜虹三百元钱去缴职业介绍所的介绍费,很为我不值。

"我们是公开招聘,几时让他们介绍了?捡我们一条消息就赚了几百元,真他娘黑心。"老总表示气愤,他说,"你去把介绍费讨回来。"

我借了老总的破单车,"一路高歌"跑去职业介绍所讨钱。

"最后一关被卡住了。"我说,"老总不要,说我没文凭。"

"怎么可能？"所里的工作人员像咬着一块掉下去的肥肉。

我说："我也希望不可能。"

工作人员立即打电话："报社吗？找你们老总。您就是？克克不合格？不要？这……"

我接过工作人员很不甘愿递过来的三百元钱转身就走，工作人员一把揪住我说："妈的，你小子连大专文凭都没有，还去应聘记者？"

我说："你讲得对，我他妈的穷开心。"

近来的每一个日子，我都能感觉到来自颜虹内心关于爱情的暗示，而我无时不在提醒自己切莫重蹈覆辙。那位住在另一个城市的丹东曾经与我山盟海誓，肌肤相亲，相约白头到老。结果因了一张城市"绿卡"，她果断地弃我而去。我不敢保证颜虹不会因我的无止流浪而自卑。我相信一位"黑户"丈夫带给她的幸福根本不可能与她今后的痛苦成正比。

幸福总在别人的眼睛里面，而痛苦只有自己心知。

报社隶属广播电视局，是内部小报，因此没有编制。这就意味着我无法走近城市。户口问题、住房问题无法解决，结婚之后夜宿何处，今后有了孩子又该如何，等等。最重要的，还是城市人惯常的优越感总是有意无意地流露出来：你还不是这个城市的人，你只是一位过客，一个讨生活的马仔，一个永远的乡巴佬。

乡巴佬其实没什么不好，问题在于城市中的乡巴佬，无论是物质还是精神都毫无保障，无所依托。流动的生命难免会产生浮萍的愁绪，特别是面对都市生活的时候，你不可能毫无感受。

我努力无视颜虹的爱情信息。

颜虹的日子从此变得阴郁和沉闷。

颜虹于一个吹冷风和落雨的夜晚愁愁地告诉我，她在这个城市里待了好些年了，却固执地思念北方，那方生她养她育她的土地在她心里连绵不绝，延伸成了永恒的风景。她坦白地说一直想找一个北方青年做丈夫。她心中有一个解不开的故土情结。

可我是西部那个遥远村落里的种子。我向她暗示这个意思：我不是北方青年。

"你是真懵懂还是假糊涂？"颜虹突然哭了，"是好是歹你表个态呀，配不上你怨我自己……"

我保持沉默。虹，对妻子我从不挑剔，只要你真实和淳朴，可我是无根的流云，注定了一生漂泊，你浓烈而执着的情感，我无力承受。

可以想见，我对颜虹的爱情不可能无动于衷，我心动的时候常常想打电话向她表白对她的那一份感情。我绝不会是无情无义之人。

报社老总告诉我一个好消息：如果你有调动的意思，在不要编制的前提下交缴万元城市增容费，还是行得通的。

糟糕的是我一贫如洗。万元对我这么一个流浪汉来说仍然是一个天文数字。我一直预感自己此生与城市人无缘。老实说我对城市"绿卡"没有多少兴趣。

颜虹从银行里取出了她多年的积蓄，并明确表示："如果仅仅因为城市'绿卡'，我决定非你不嫁。"

为了我，或者说为了爱情，颜虹几经周折为我买到城市人的身份证。我想我应该结婚了。而实际上我心中一直是空落落的，我简直不敢想象自己已经被西部故土注销了户籍。

一次偶然的机会，丹东从另一个城市到这个城市旅游，她领着一个忧郁沉默的小男孩顺路来找我。已有数月身孕的妻子热情地接待了他们母子。我们基本上不提过去。不堪回首的往事如烟。

"丹东那儿子浓眉大眼。"妻子悄悄说他像我。

"别胡扯。"我说。

妻子缠住我说："可以这样假设，当初她已怀上你的孩子，但为了争取评上优秀外来工，她付出了身子作为代价，尔后觉得有愧于你……"

丹东，难道为争一张城市"绿卡"，为在这个城市中找到根的感觉，你……我扇了妻子一耳光。

但我的心事已被妻子勾起。我想当年是不是那个负责推荐优秀外来工的经理从中做了什么卑鄙的动作，导致我与丹东孔雀东南飞，而丹东代价惨重。

妻子说她凭着女人的直觉预感到不久将有重大变故，或发生什么事情。

"丹东肯定有话对你说。"她郑重其事。我不敢怀疑这话中有何险恶用心和意图。

我送丹东到车站。车站里人来人往，一片混乱。天阴，有落雨的征兆。

丹东将小男孩推给我。"你的儿子。"她平静地说，我十分清晰地看见她噙于眼眶的泪水。

"叫爸爸。你不是天天嚷着要见爸爸吗？"丹东将男孩子推向我，终于忍不住泪水涟涟。天旋！地转！汽车飞起来！房屋倾斜倒塌！城市在摇晃，在陷落……

……在另一个城市里，有个名叫丹东的女人，她生命中的儿子，血管里流淌着西部故土岩匠家族的血液……

我失魂落魄。

无须预言，在城市里我的灵魂永远漂泊无依。

原载《作品》1995 年第 6 期

米脂妹

周崇贤

1

四月二十三号那天晚上，国国至少 Call 了也非六次，差不多是接二连三 Call 的，连 Call 台小姐都不免对他产生了某种同情，以为他又一次失恋。但也非始终没复机。国国抓着电话，很有一种奋力一掷的冲动。

国国 Call 也非那阵子，也非正在生闷气。在也非单位里，这闷气也许只有也非才有机会生。她的模样儿，也的确长得太过火了点，无意间把业务部那一溜儿单独看还算对得起观众的小姐，比得鼻子不像鼻子眼不像眼，差不多一无是处。公司经理一没事就冲她们发火，动不动开口便甩过来一句：你们看看你们看看，你们看看人家也非。弄得大家犯糊涂，不知是看自己好还是看也非好。

公司经理对业务部的小姐们进行过一段时间的"你们看看"再教育之后，对经理其人比较了解的李红就预言：有戏看了。被"你们看看"搞得窝火的业务小姐们便兴奋起来，自觉或不自觉地进入一种暗暗高兴的等待状态。经理好色，这是不言而喻的。实际上天底下的男人都好色。从也非来应聘的那天起，李红便意识到，经理能毫不犹豫地拍板录用她，完全是一颗红心，两种打算。但她不知道也非是否也有这种感觉，按理说应该有。也非刚从内地来，对业务一窍不通。在李红的记忆中，似乎还没有开过招学徒的先例。而也非，从女人的角度去看她，也不是那种缺乏社会经验的雏儿，想必她对经理某些方面的用意有所觉察，或者心明如镜。于是，这里边似乎就暗示了某种默契：周瑜打黄盖——一个愿打，一个愿挨。既然愿挨，李红就觉得无话可说。

其实经理在对待女人的某些方面，并不怎么令人满意。当然，这与他的业余爱好有关。李红想，无论你是多么刚猛的男人，只需两三个女人各以十分之一的精力对付你，要不了多少时日，你绝对两条腿直打晃，说话做事没精打采。换句话说，在某些方面，男人根本不是女人的对手。别说朝三暮四，一对一也不行。为此李红怀疑经理那只昂贵的真皮手袋里，不管怎么说也会准备些雄狮壮阳丹之类的。

李红记得自己最初为经理"献身"那回，经理就曾脸不红心不跳地当着她的面，仰脖子吞下几粒什么药丸。那时她和经理的关系还未达到很随便的状态，因此她对此也就没怎么好意思问。但她估摸经理在这方面有时会力不从心，后来果然就证实了。经理在她身上费了不少周折，成是成了，不过效果不理想。李红觉得很失望，于不自觉间就流露出些许诸如此类的意思。原本她以为经理会适当地向她表示歉意，谁知没有。

非但没有，经理反而很自负地说，怎么样？宝刀不老吧。

李红从对方的口气里听出了一种骄傲的意味，她略含讥讽地说，那你是刀吗？

经理觉得这反问比较新鲜，说不是刀是什么？

李红就笑了。她说准确点说，应该是枪。枪与刀，无论从形状上还是从意义上，都可以理解为两个概念。

经理没听懂她的话。他说，都一样。听了这话李红愣了一阵。经理问她是不是回味无穷。她想了想，说，你说得很对。然后她就开始懒懒地往身上套衣服。真他妈没劲，她想。

在后来的一些交往中，经理与李红难免会联手演出老节目，李红接连几回都没滋味，行动时就不大愿意配合，弄得经理也觉无趣。

妈的你怎么一声不吭？经理奇怪地问。

李红说，又不是强奸，莫非要大叫非礼？

经理说，头两回你还要死要活地拼命嚎哩？

李红说，你要我怎么样？你以为我不想嚎？

经理就懂了。他气鼓鼓地在李红的光臂上狠狠地拧了一把，穿了拖鞋往洗手间走。不一会儿，就有一阵断断续续的撒尿声从洗手间里传出来。

为此李红很为也非将会碰到的情况抱屈。老实说，她比较喜欢也非。

某个晚上，李红找了个机会，把自己对经理的体验和也非说了。她的出发点是好的，谁知也非不领情。

你为什么要对我说这种话？她涨红了脸，说，你以为谁都那么随便吗？

李红差点下不了台。她说，你怎么可以这么说话呢？谁又随便了。

也非说，我又没说你。

李红打算撤退，她没有与也非吵架斗嘴的心理准备。她只不过想给也非提个醒，没想到让人家误会了，心下就有些委屈。她想自己真是狗拿耗子多管闲事，这年头愿意为老板献身的女子遍地都是，也非未必就能例外。

其实不用李红多嘴，也非也不可能对经理的心思毫无觉察。实际上和国国拍拖，也可以说是为提防经理所采取的一种措施。国国是经理的堂弟，虽说已过而立之年，并且长得像条扁头鱼似的不怎么顺眼，但至少比经理要年轻得多。也非一直没有反对过"爱情不受年龄限制"这种很可疑的说法，但她认为，什么事都得有个限度。经理，从某些方面去看他，原本也是不错的。可是，一个老头儿，那算什么事呢？也非承认自己对老头儿不感兴趣。

李红自然不知道也非已经"勾"了个老板，而且是经理的堂弟。

半夜，电话突然叫起来，"嘟嘟嘟"的，像催命。李红裹着毛巾被叫也非。

也非，电话。她说，你的。

也非吓了一跳。她正做梦，有个家伙在梦中死命抱住她，要和她做件什么事，她拼命挣扎。李红这一叫，把她给吵醒了，而感觉上仿佛又发生了什么意外似的，一颗心怦怦地跳。

你凭什么就肯定是我的？也非从床上爬起来接电话，才发觉李红的话很可疑。电话铃还一直响着，她怎么就说是找我的？李红睡意蒙眬，没回声。也非干脆也不予理会，倒下，又睡。电话响了阵，没声了，谁知接着又叫起来。

也非，电话！李红火了，半夜三更的烦不烦呀！

也非也一言不发。李红突然古怪地笑了，她把电话听筒拿起来，就听对方气急败坏地大叫：也非——！

我是也非，你疯叫什么，没我睡不着？

对方显然被这句话打了个措手不及。你……说什么……

我说你是不是想我了。

对方说，我 Call 你你为什么不复机？

李红说，人家忙都忙不过来，还有心情复机？

对方说，忙什么？

李红说，接客，接客你懂不懂？

也非老虎一般扑过来抢李红手中的电话。

臭嘴，你才接客哩。也非骂。

她听见国国在电话里生气地说，接客又怎么样？我他妈还嫖客哩！

也非像被泼了一盆污水，蔫蔫地放下电话。

2
———

也非和国国在拍拖。国国是中山本地人，真正的广东土著。在也非之前，国国有过不少外来妹女朋友，都没成。原因是家里人反对，国国也没怎么坚持。

这都没什么，问题是国国的下一任女友，还是外来妹。陕西米脂的。"米脂的婆娘绥德的汉"，也非的靓丽容颜可想而知。

国国明白，家里人一向拒绝外来妹的介入。他觉得这是意识问题，迟早都要解决。而另一方面，因为和外来妹扎扎实实地爱过，对外来妹的那份留恋（虽说一半以上来自肉体）就越来越深。有时候，国国把外来妹比喻成海洛因，很快就可以令自己上瘾。不过他认为外来妹没有毒性，对身心健康还不至于构成危害，就没下决心戒。

也非在接受国国的时候，她问国国，我是（你的）第几任（女友）？

国国觉得，到底是女人，都在乎这个。

国国以前的女朋友都没念过多少书，好像初中学历的有一些小学学历的也有一些。她们共同的地方就是长得让人……不弄到手就惆怅。实际上弄到手也惆怅，总不如没到手时味道好。其中似乎有个高中生，文文静静的，国国对她的印象比较深刻。无一例外的是，那些女友都想嫁给他（也可能是看在钱的份上），都关心他此前到底有过多少（女人），今后又会不会继续找（女人），等等。国国就笑了笑，他想大学生又怎么样？大学生会不会如此？

如果我说你是我的唯一，你肯定不信。国国说，但我也不能说你是第二第三或者更多。其实你可以不问，或者问别的问题。

也非看见国国笑，就知道他不会说。也非有些后悔，她也感到自己不应当提出这么一个没有水平的问题。国国是那种读过两年初中的款爷，与刚洗脚上田就发了财的暴发户不同。

你别笑。也非说，女人吃醋未必就不是好事。何况我还没打算吃醋。

国国又笑，说，其实家里不让找北方妹的，可我就是忍不住。

国国说了这些话就有些后悔，心想不打自招了。很明白的，这话就等于说自己对北方妹已经上了瘾。那么，对北方妹，不用说，已有了比较广泛的接触和深刻的认识。

也非好像没听懂。她说，不一定。

国国至少听出了两种意思：一、其实家里不一定就真不让你找北方妹；二、你也不一定就非北方妹不可。

国国以为也非想表达的意思是：主要还是在于你自己怎么处理。

于是国国觉得也非说得很有说服力，他就心悦诚服，说，倒也是，我们结婚生孩子又不用别人费劲，碍谁！

结婚？也非说，还早还早。

也非今年二十四岁，按国家规定可以结婚。只是她不想结，就说早。国国也没打算反对她。国国说，可以试婚嘛，试试也好相互适应。国国在说话的时候，不可避免地将曾经与女孩同居的情调回味了一阵。他觉得不言婚嫁最好。

然后，他听见也非说，在我面前，你最好不要开小差。

国国就有些不悦。他妈的，你不也是冲钱来的吗？竟敢用这种口气和我说话？

国国的心理活动自然没能逃过也非的眼睛。也非冷冷地站起身，平静而又略含鄙夷地说，款爷毕竟是款爷。

国国甚至还没来得及说句什么，也非已经招了一辆"面的"，走了。

国国有一种挨了耳光的感觉。

3

也非与国国的那回事，其实很让也非的经理，也就是国国的堂兄窝火。原本从招聘也非那时起，事情的发展方向，基本上是与经理的计划一致的。谁知后来半道杀出个程咬金——国国，轻而易举将也非掠了去！

在此之前，经理一直认为，"搞掂"手下一个打工妹，就像在水果摊上买一只西瓜般随意。因此在经理的感觉中，也非正流水般向自己的牙床流过来……

认真说，经理也并非嗜欲致瘾，其主要原因，恐怕还在于他内心潜伏着某种可以称之为哲学的东西。康德先生说，美是一种脱离功利目的的纯粹愉悦。这种哲学之于经理无疑是对牛弹琴，而似乎海德格尔、萨特、尼采的某些理论，却让经理运用于生活中了，虽然说经理未必知道西哲史中的这些人物。也非实际上就代表着某种美，经理不可能爱美而不思占有，而不思破坏。特别是对女人美的肉体，用他自己的话来说，就叫"总想见识见识"，对李红如此，对其他女人恐怕也是如此。也非自然不能例外。

不过对堂弟国国的介入，经理还是表示欢迎和高兴。这里边有一个十分现实的原因，他至今还欠着国国五十万元人民币的无息贷款。在这个认钱不认人的时代中，国国他能如此对待堂兄，简直可谓罕见！

国国得以认识也非也许是天意。那天经理打算向也非下手，他说有一笔业务，要也非出马。也非估计他除却业务之外还会有一些别的打算，就虚心地向李红请教对策。李红表情淡漠，她想了一阵，说，其实有些事你坚决不干，谁又能把你怎么样呢？

你是说，我可以找个借口不去？

不，你不去不行。去嘛，是谈业务，又不是叫你干别的。

也非说，我明白了。

果然就谈业务，从下午四点开始谈，一直谈到晚上。

应该说中山的夜晚有一种古典意境，从那些灯火辉映的街道上闲闲地走过，沿街的绿化树以及年代久远的民居，都充满了浓郁的古典气息。那气息又从一些洁净的小巷子里满溢而出，仿佛整个城市都浸淫于源远流长的文化氛围中。也非比较喜欢中山，或者这就是她去深圳虚晃一枪又返回中山的一个原因。她基本上认为深圳还是一个乱糟糟的城市。

也非从经理的小车里钻出来深深地呼吸。

面前是国际酒店。她想，可别让我在这儿经历耻辱啊！

在电梯里也非就有感觉了。经理仿佛全然是不经意地向她靠拢。从一楼到三楼，只是一会儿工夫，经理竟抓住这点时间拉了拉也非的小手，说，呀，都快比我高了！客户就笑，说不一定，女人一般都是看着高。客户的眼神和语气里已经有了较下流的暗示。经理心情很好，顺势站过去挨着也非，说比一下比一下。客户又笑，说这样怎么比？我看还是另找个时间，换一种方式吧。

然后电梯门就开了。两个穿旗袍的小姐忠于职守，站在门口前方不断地望着每一个客人微笑。也非好奇地想，她们挂着这副雷打不变的表情，不累呀？！

国际酒店在中山的酒店群中是比较高档的。通常的一些体面单位搞什么活动，都往国际酒店进餐。甚至一些腰包并不鼓胀的人，为了一点可怜的面子，也会咬着牙把客人往里边领。经理大抵是无所谓的，做生意嘛，难免花天酒地。何况这次除却生意本身，他还有些美酒之外的如意算盘，正噼噼啪啪地打着。

坐下来之后，经理让客户点菜，客户哈哈一笑，说也非小姐点也非小姐点，小姐的（客户不知是真发音不准还是故意发音不准，他把"点"说成"的"，于是意思大变）菜味道肯定与众不同，让我尝尝小姐的（点）菜。

客户所说的"菜"，很明显地充满了肉欲和色情的意味，也非不可能毫无感受。本来她差不多就要变脸了，转念一想，她对自己说，我还是忍了罢，小不忍则乱大谋。

其实事后一想，也非又觉得自己很没意思。我能有什么大谋可乱的？妈个熊，软弱就是软弱，找什么鸟借口！

在客户颇为得意的时候，经理也就跟着起哄，说小姐的菜，没得说的啦！然后就放肆地笑。他这一笑，等于为也非解了围，也为国国同也非的情缘提供了某种契机。

背对经理的国国听了笑声回过头来，他一眼就看见了也非。恰巧也非偏过头来佯装轻咳，以掩饰自己心中的厌恶和愤怒。于是，四目相碰。

可想而知，这一碰没能碰出火花。不过国国的积极性已于不经意间被调动起来了。他觉得也非脸上那抹可以解释为羞愤的红晕，简直令人怦然心动！现在还有女孩子会在大款面前出于某种原因而羞愤交加吗？恬不知耻撒娇卖俏的倒不少！国国不由自主扬了扬手：嗨——！

经理很不高兴，他把目光斜过来，心想他妈的海（嗨）什么海（嗨），还河哩！

这一看就没法愤怒了。

国国端着酒杯走过来，很亲密地对也非说，不是冤家不碰头呀，你怎么跑这儿来了？

经理很狐疑，他说，你们……认识？

国国说，吵了一架，眨眼便不知哪儿去了。好在中山地方不大，总不至于连解释的机会都没有。

经理表示怀疑。他想从也非脸上证实国国的意思。结果他看见也非不太理睬国国，有一种还在生气的样子，就不由得他不信。

他妈的！他在心里破口大骂。

事后也非娇娇地嗔怪国国说，谁和你吵架了？鬼大爷和你吵……

国国说，真不敢想象那个老东西竟想打你的主意。

国国又说，当时你配合得非常好，弄得我直犯嘀咕，以为什么时候真和你吵过一架。

也非从国国的说笑中找到了一种恋爱的感觉。她有了要亲吻国国的冲动。

4

国国新买了一套房子，三房两厅，五十多万元。

上午办好了一些必要的手续，下午国国就打电话找也非。是李红接的。李红说，也非，电话。

也非这段时间特别怕接电话。那些与她打过交道的客户，一天到晚老是嚷着要请她赏脸饮茶，搞得她神经紧紧张张的，一听到电话铃声就心惊肉跳。

也非不在，你就说也非不在。她说。

业务部有的小姐就犯醋劲了，说有老板请都不去？

也非说，去干什么？

小姐说，想干什么就干什么呗。你又不是没见过。

也非听着有点不对劲。她忍了忍，说，还是小心一些好，这年头，玩不起。

小姐说，苍蝇不叮无缝的蛋，你怕什么！

纵使涵养再好，也不可能毫无反应。也非拍案而起。

你嘴巴放干净点！

小姐一脸愕然的表情，她说，嘴巴？

也非就像一拳打出却又找不到着力的目标，她一下子泄了气。

我的意思是说嘴巴和粪坑是两回事。你说是吗？

小姐被呛得满脸通红。

电话，也非小姐！李红大叫。你得意什么？不就是请你饮茶吗，又不是上床！

也非很不情愿地拿起听筒。她听见国国说，也非，你该不是又在接客吧？

也非勃然大怒，说，你妈才接客！

国国哈哈大笑，说，喂，我想有个家。

也非说，关我什么事！

国国说，怎么不关你的事？因为等你我他妈现在还光棍一条哩！你竟然说不关你的事？

也非说，国国。

国国说，也非。

也非无奈，她说，你到底想干吗？

国国说，我要你！

也非说，我挂电话了？

国国赶紧说别。然后他说，我买房子了，三房两厅，没人住。

也非说，我不懂你的意思。

国国说，你可以把它当成窑洞。

也非鼻子一酸。国国，我爱你。她差点冲口而出。

也非不可能不想起家乡的黄土和窑洞。屈指一算，自己在那种黑乎乎的窑洞里生活了十多年。童年的梦幻差不多已被黄土填满。

那天晚上唱卡拉 OK，也非选的就是《黄土高坡》。

我家住在黄土高坡，

日头从坡上走过，

照着我的窑洞，晒着我的胳膊，

还有我的牛跟着我。

不管过去了多少岁月，

祖祖辈辈留下我，

留下我一望无际唱着歌，

还有身边这条黄河。

…………

在唱歌的时候，也非差不多忘了自己是在唱歌。她仿佛回到了陕北高原，那一望无际的黄土和滚滚尘烟，在她的记忆之中连绵不绝。

不能说也非的嗓子如何了得，只是国国真是动容了。他想这女孩儿已经成熟了，不然她没法唱出这种力度来！

国国上去给也非献花，默默地将她拥入怀里。也非终于忍不住泪流满面。

后来也非问国国，你知道窑洞的故事吗？

国国说，我不知道，我也不想知道。但我心里明白。

也非感到心儿柔软得像一朵云。她说，国国，不要离开我。

国国送也非回去。也非说，国国，我不想回。我要去你那儿……

国国说，也非，我也这么想。但你提出来了，我反而觉得不该伤害你。

也非说，不，那不是伤害。

国国说，我想认真一回。可我们连营业执照都没办，怎么可以乱来？

营业执照？也非糊涂了。什么营业执照？

国国说，瞧瞧，连营业执照都不懂！所谓营业执照，就是结婚证，也可以叫经营许可证。

也非一家伙反应过来。她擂了国国一拳：去死呀你！

那天晚上也非在床上辗转反侧，怎么努力也睡不着。

怎么？思春了？李红起床小解，拐到也非床前问。

也非没好气地说，你以为谁像你！

李红也不生气，她一歪身子，干脆在也非床上睡下了。我也想。她说。一双手就抱住也非，吓得也非哇哇大叫。

干什么你？变态呀！也非挣脱李红的双臂，顺手推了她一把，别这么肉麻好不好。

李红翻身坐起，一脸沮丧的表情。

你怎么啦？也非问。

我爱你非非！我爱你……李红再一次抱住也非。

也非目瞪口呆！

后来也非托国国打听哪儿可以租到房子，旧一点都不怕。国国问她想干什么。她说，我喜欢一个人住，清静。

国国说，我给你建一个窑洞。

没想到他说到做到。

我该不该搬到国国的"窑洞"里去住呢？也非犹豫不决。

其实李红的自制力比较强，自从那天晚上忍不住拥抱也非之后，她再也没有吓过也非。你以为我搞同性恋吗？她不满地嘟哝。然后又说，妈的，这年头女人怎么全跟狗一样？

也非不懂她的意思，于是猜想她可能受过什么刺激。

5

也非决心走出那所用黄土垒成的中学。其时是冬天。冬天的黄土地更是满目苍凉，一望无垠。

冷风乱吹，黄尘飞扬。缩着脖子的农人像团黑棉絮，在土坡土坎上滚动。

某个天色昏沉的下午，一年四季中难得光顾学校的邮差，踏进了学校那破朽的门槛。

那时候也非提了一桶水，正较着劲儿往教师宿舍挪动。她未曾留意到邮差的进入。

邮差主动上前援手。他热情地说，哎呀老师您倒掉些不行？也非这才注意到邮差突然而至。邮差的出现，差不多令她悲从中来。

你来干什么？她问了一句与老师身份不相吻合的话。接着她的心就狂跳起来。

邮差来干什么呢？自然是送信。信从哪儿来呢？不用说，信从远方来。远方有谁会写信到这儿来呢？那信又是写给谁的……也非在这个时候有一种感觉，邮差的出现，意味着自己的一切都将重新开始。

我来干什么？邮差说，我来送信。

也非说，送信？有我的吗？

邮差说没有。

也非说，怎么可能？

邮差说，有些事很难说。

二人随便说话的时候，邮差晃眼看见一个男学生从教室里冲出来，一边跑，一边解裤带。

真有意思。邮差说。

也非没明白邮差说什么。她面对邮差，说，什么有意思？

邮差说，你有意思。

也非突然笑了，一丝苦涩浮上心来。她说，我有意思？你才有意思！

邮差往学校办公室走。也非一声不吭地跟在他后面。邮差没留意后边有人跟着，无意间一回头，竟吓了一大跳。

你这是……什么意思？你不声不响地跟着我干什么！邮差表示狐疑和恐惧。

办公室没人。也非说。邮差看见她突然古怪地笑了一下。

邮差吓得扭头就走。也非一把抓住他，说，信呢？未必你明天又来。

邮差想，明天我还来干什么？这儿人有毛病哩，连老师都他妈神经兮兮的！

在这种思想的支配下，邮差把一封挂号信交给也非。邮差看见也非双眼发直，两手一扯，把信撕为两半。还未待邮差有所反应，也非手中的信已经变成一场大雪，在他眼里纷纷扬扬。

你……你怎么可以这样？

我的信。

你的信？你叫什么名字？

是我的就是我的——！你啰唆什么！

邮差看见也非突然间泪如泉涌。他在也非歇斯底里的发作中落荒而逃。

那封信来自县城。从字迹上也非一眼就看出是谁写的。信封上写的收信人姓名自然是也非。不过也非在学校的名字叫玉连。没人知道她上大学时用了另外一个古怪的名字——也非。

给她写信的人是她的大学同学，还恋爱过几年。后来同学为了上调教育局，与另一个可以作为过河桥的女子订了终身，和也非那事就没成。同学显然低估了"过河桥"，他没料到自己如愿以偿之后，在城郊中学的也非被毫无缘由地贬往乡镇执教。这显然是"过河桥"从中做了手脚。同学冥思苦想了若干时日，他终于明白，"过河桥"显然也精通过河桥。

同学很不甘心。凭自己高智商的脑袋，难道连"过河桥"都玩不转？他觉得有时候鱼和熊掌完全可以兼得。

不用说，也非很伤心。

也非在一个冬日的早晨提着行李走出了学校。来的时候她毫无怨言，一种"爱情就意味着牺牲"的谬论使她的苦难闪耀着圣洁之光。而走的时候，她的心平静如水。可想而知，因了自己的存在，同学在"过河桥"的阴影里有苦难言。

同学已经不止一次写信向她诉苦了。关于鱼和熊掌的典故，差不多就令她忍无可忍。

也非看见硬硬的板结的黄土坡上，有冷风铲地皮般一阵阵猛吹。

6

国国听完也非的故事，他从沙发上站起身，走过去轻轻拥住也非。他说，非，我配不上你。

7

实际上，从认识到接吻，也非让国国耐心地走过了他恋爱史中最为漫长的时光。

等待是遥遥无期的，特别是关于爱情的等待。也非老是把这句话挂在嘴边。

国国说，我他妈的不想和谁搞爱情。

国国又说，爱情，他妈的爱情，烦不烦呀！

国国想武力解决问题，一冲动，就把也非按在床上。而结果仍然没成。究其原因，是也非不反抗。一点也不。国国在不费吹灰之力弄倒也非的情况下，产生不了半点征服者的骄傲和喜悦。他希望遭到来自也非的抗击或者配合，哪怕是叫几声也好，谁知没有。也非给他一种木头的感觉，他索然无味。

你怎么不反抗？他曾经这样提问。

也非回答说，我任人宰割。

也非的回答使国国产生了莫明其妙的负罪心理。他不可能不想起在也非之前和自己拍拖的部分女孩子。认真来说，那些来自远方的外来妹都比较淳朴，其中不少为他"献身"之后，什么要求也没有。现在想一想，国国差不多就要长吁短叹了。要是她们都问我要钱多好！他想。可她们中有的偏不要！国国突然感到自己应该去做一件什么事情。关于那件事情的构想，差不多使他热血沸腾！

国国失踪了。

也非天天打他的手提电话，听到的都是 Call 台小姐软软的声音：对不起，机主已关机。

国国，国国！也非觉得，生命中的南方已黯然失色。国国的不辞而别，使也非有生以来第一次产生了失去主心骨的恐慌，她茫然不知所措。

某个无助的夜晚，李红感伤地拥住也非说，非非，首先国国是大款，是有钱人。其次，国国是男人，一个只念过初中的男人。你要他怎样呢？

也非在发呆。她不懂李红的意思。

男人，这个时代的男人，本身已经没有任何意义下的自觉意识了。他们总以为世界就是他们的，因此他们言语粗俗，形态张狂，不可一世！他们一有了钱就四处找女人泄欲，或者干脆是闹着下流玩意。我厌恶男人！李红有些激动，她在说话的时候，一双手在也非的裸身上四处游走。

你和国国做过爱吗？她说，那些狗男人，他们根本就不懂做爱的深刻含义，他们是狗！他们，他们连屁都不懂！非非，你说，你还能指望他们什么呢？

也非有一种大哭一场的冲动。

哭吧，想哭你就哭出来，把我们女人的苦哭出来吧。李红柔声说。也非就真的哭了。有一抹关于爱情的感动，在李红的心里浸润和流荡。

我爱你……非……非……

也非发觉自己的手臂，已经情不自禁地缠上了李红的脖颈。

8

国国的不知去向，在某种程度上鼓舞了经理，经理觉得机不可失时不再来。在经理的想象中，国国已经对也非没了兴趣。关于这点，经理一直不怎么痛快。他无法挥去心中那种吃"剩菜"的阴影。经理觉得也非是一道国国不吃了但其味十分鲜美的好菜。

李红就是在经理产生某种念头的时候走进经理室的。那时候已临近下班，李红在经理室里待了大约半个小时。

这之前也有过这种情况。一般在这种时候，秘书都会拒绝任何人进去打扰。经理很忙，半小时以后再来吧。经理需要休息，半小时。秘书总是这样说。有时秘书在说话的时候还会眨眼。

于是大家就懂了，都表示理解，经理的确很忙。

于是后来业务部里流行这么一句话：半个钟头做什么不可以？这句话明显含沙射影。李红听了自然不会高兴。她心想别说半个小时，那个老东西，一个半小时也搞不出什么名堂！

李红从经理室里踉跄而出。其时是傍晚，该下班的都下班了，还有一两个在那儿磨蹭的家伙，亲眼见识了半小时之后，李红以怎样的情态回归。

李红回到宿舍，与也非对饮广东米酒。酒入愁肠愁更愁，二人都进入了迷糊和恍惚状态。

非非，我、我对不起你……

不、不。世上只有你最好、好。

非非，我不是、是好人……我、我要害你、你了……

你、害我吧……害我吧……我还怕谁、害我吗……

不、非非。我是爱你的。我、我不想、想害你。

你醉了……醉了……也非头晕目眩，她突然想起国国。那个有钱的男人，他自然不会知道我的心，是怎样的疼痛。

经理是在这个时候开门进来的。也非大吃一惊，她想不通经理怎么能轻轻悄悄地摸进来。也非想叫李红，她看见李红已经在桌子上趴下了。她以为经理是来找李红的，而事实很快向她证明不是。经理向她走过来，弯腰将她从椅子上抱起。

宝贝，我的心肝儿。经理说，不停地说。

也非感觉自己被扔在床上。她看见经理不慌不忙地做一些必要的准备工作。她一动不动，看着经理那张令人望而生厌的老脸。

经理突然来了兴致，他说，你看着我干什么？我是不是很英俊？是不是很有魅力？他妈的，国国算什么，老子年轻的时候，比他潇洒何止十倍！宝贝，心肝，其实国国没几个钱，有也是几个臭钱。他怎么能和我相比，他还欠我几百万哩。你跟着他干什么？跟着他只有喝风……和他搞……没意思……你瞧我，又有钱，又潇洒……

也非望着经理，一言不发。

经理以为她动情了，就走过去欲做其他动作。他没提防也非那只早已做好战斗准备的脚，更没想到也非一个女人，腿功竟如此霸道！

一脚。只一脚。经理哎哟一声惨叫，捂着小腹蹲了下去。

也非从床上一蹦而起。她摇晃了一下，感到头重脚轻。

也非冲出房间。她看见李红已经把头抬起来了。也就是说，或者李红压根就没醉。

也非冲过去，一把揪住李红的头发，打算抽她两耳光。

非、非，我、怕被炒鱿鱼。我、我……

也非看到一张痛苦的脸。

李红，一个完全靠女色才能找到好工作的女子，她连自己都卖掉了，在老板的胁迫下，你说她能怎么样？也非觉得没劲，打消了抽她耳光的念头。

你说过，女人全都是狗。也非说，你大约是以自己为依据才有了这样的感受。

李红盯着也非看，她想糟了，没弄成。

李红看见经理气呼呼地从里屋冲出来，她发现情况不妙。她在这个比较关键的时刻，突然起身朝也非扑过去。也非措手不及，被李红一把抱住，动弹不得。

你——！也非大吃一惊。

动手，动手呀！李红冲经理叫道。她已经将也非扳倒在地，只等经理上来享受了。

经理没提防这一突变，就像没提防也非那毫不客气的一脚一样。他愣了愣，终于明白事情又有了转机。他朝地上扭作一团的李红和也非走过来。

哈哈。他乐了，哈哈！

也非心想完了。她发觉自己早已浑身无力，酒劲开始发作，她挣不脱李红那双拼命似的手臂。而那个一直对她垂涎三尺的老家伙，以赴宴的姿态，正高高兴兴地朝她走过来。

也非感到了一种彻心彻肺的悲哀。她甚至还想到了故乡那个为事业抛掉爱情的同学。她想，莫非我命中注定是要被出卖的吗？

要干就快点呀，你个狗日的！李红被经理慢条斯理的样子激怒了，她破口大骂。

经理走过去，揪住李红的头发，将她扯起来，在她脸上扇了两耳光。

狗！经理骂道，狗，狗，你是一条狗！

李红被打得晕头转向。她以为经理气急败坏，打错了对象。

你狗日瞎了？我是红啊！她叫道。

红，红你妈的X！经理又给了她一耳光，将她扔在地上。

李红放声大哭：天哪！这是为什么？为什么啊……

也非懵了一阵。她看见经理凑过来，甚至听见他吞口水的声音。

你瞧你们这些人，你自己瞧。贱！贱！经理说。好像还吐了一口唾沫。

也非动弹不得，她闭上双眼。对这个丑恶的世界，她感到恶心。

但经理出人意料，开门走了。

9

国国重新在中山的大街小巷里游动的时候，他已经失去了关于也非的消息。堂兄负疚地告诉他，因为不知道他对也非动了真情，所以没有为他尽力挽留。

国国在安慰堂兄的同时也安慰自己：这是缘分，注定了的。

国国突然感到多年来从未有过的疲惫。原本，他一路风尘，是为也非讨公道而奔波的。那个与也非相恋多年，为了上调教育局就抛弃也非，和"过河桥"结婚的男人，还没明白是怎么回事，就因"工作需要"被贬往一个偏远的山村。那阵子他与"过河桥"因感情问题闹得不可开交。他总是梦想能于某一天将"过河桥"一脚踹掉，谁知结果不尽如人意，他被生活踹到那个遥远而贫瘠的地方。"过河桥"趁火打劫，毫不犹豫地蹬了他。

所有这些，实际上都与国国有关。国国是地道的广东人，以他十分现实的手段——金钱开路，在决定也非命运的那个教育局过关斩将，干净利落地为也非报了一箭之仇。

但也非已不知去向。国国以普通生意人的目光来审视自己的黄土高原之行，觉得有点不值。

某个灯火迷离的夜晚，国国在"大风歌"娱乐城无所事事，四处游走。一位小姐扭动着腰肢朝他走过来，说，先生，还认得我吗？

国国以为小姐是"鸡婆"，觉得没劲。我他妈天生一副嫖客相吗？他想，就有些气愤。你妈的怎么不找别人单单找我？我是那种人吗？他说，很不客气。

小姐笑了，她说，先生，你又何必心虚呢？谁也没说你就是那种人呀！

国国烦躁起来，他说现在天天都在扫黄你知不知道？我他妈不搞啦，走开！

小姐突然提高了声音，她说国国你太过分了！

国国一愣，他狐疑地问道，你是……

小姐说，你想知道也非吗？

也非？国国浑身一震。他赶紧把小姐请入酒吧雅座。小姐说，我叫李红。

10

国国限堂兄三日之内，将五十万元贷款连本带利一并还清。堂兄说为什么？国国说，为了我们兄弟情分，你最好不要问为什么。堂兄预感到，关于也非的那件事露馅了。

为了一个女人，这又何必！堂兄说。

国国说，这话应该由我来说。国国的表情和语气都冷得吓人。

三只脚的蛤蟆找不到，两条腿的女人遍地都是，何必呢？堂兄嘟哝了一句。

国国勃然大怒，他一巴掌拍在办公桌上吼道，你放狗屁！

尔后，国国一字一句对堂兄说，明天把钱送过来。

堂兄说，不是说三天之内吗？

国国说，现在提前了。

11

这一年冬的某日，国国开着"宝马"轿车经过孙文路，他晃眼看见一个在新华书店外张望的女人，酷似也非。他惊喜交加，下车大步向那女人走去。

也非！——国国朝那女人喊。

也非？……那女人望着跑过来的国国，一脸茫然。

一个交通警察骑着摩托车赶过来，守住国国那辆乱停乱放的"宝马"轿车，然后不慌不忙地从口袋里掏出一本罚单，等着罚款。

原载"打工情爱系列"，中国文联出版公司1999年版

深圳新文学大系

打工妹在"夜巴黎"

黎志扬

1

容妮坐在光怪陆离之中。她掀开蒙特娇高级打火机的盖子，噼啪一声，燃了一根 Marlboro。猩红的嘴唇噏着，狠吸了几口，烟灰一下子长出了许多。烟的一丁点儿红光划了个优美的弧形，容妮潇洒地弹了弹烟灰。她随着音乐鼓点敲着高跟鞋，在震天响的架子鼓声中只有她自己能感觉得出鞋钉子在击着地面，击得脆响。

半个小时前，这双高跟鞋曾踹了一脚秃头香港佬的裤裆。那秃头如今杳无踪影，把容妮孤零零扔在卡座里，连小费都没有给她。那阵子容妮被秃头搂得气喘，在舞池里转了又转，好像容妮是他女儿玩的玩具娃娃。回到卡座时那秃头瞪着一双迷离恍惚的眼，三两句调情之后就把枯柴手伸进容妮的柔姿衫里，极尽其趣地拧捏。容妮的身子剧烈地颤抖，她的愤怒由此点燃。容妮绝不能容忍，她要教训秃头，给这个下作男人一个终生难忘的记忆。她霍地立起，双手抓住秃头的双肩，扬起脚就是那么一踹。秃头的惨叫被震耳欲聋的舞曲吞没，他脸上的肌肉一阵阵抽搐，他被容妮的反抗震慑住了，不敢发作，捂着裤裆，落荒而逃。

秃头会记住的，某年某月某日，在"夜巴黎"歌舞厅，被一个四川辣妹子踹了一脚，而且踹的是要命的地方。

舞会正在狂热地进行。舞客们发出一阵阵尖叫。红黄蓝绿紫五色彩灯在头顶上摇曳，无数条彩蛇在交叉，闪耀。一个巨型玻璃球洒下了令人眩晕的满地星星。

容妮抬腕看那只小巧玲珑的手表，借着流动的光，她看见指针已指向十一点，于是摁熄了烟屁股，启动碎步，往门口走去。

一个穿高衩旗袍斜站着卖弄雪白大腿的女咨客给了容妮一个怪异的微笑，嘴唇片子一动，吐出娇莺细语："阿妮，收工了？"

"太夜了，不厮混了，零时还得上班。"容妮的嘴角掠起一丝说不出道不明的苦笑。

她踩着自己的影子，沿街而走。

容妮要回那间简陋的出租屋，她要好好梳理一下情绪，等会儿正儿八经做她的挡车工。她感觉自己活得好累好累，自尊在屈辱中被撕裂成无数碎片。每想起夜里要陪那些色眯眯的男人跳舞，她的心如刀割般难受，走出歌舞厅，就如同走出了地狱。只有走在灯火通明的大街上，容妮才感到这才是最真实的自己。

路灯的光洒在她裸露的肩膀上，生发出许多光辉。几个不怀好意的当地后生向她发出如叫鸡般的咕咕声。容妮昂然与他们擦肩而过。

解放大道上车流如梭，拖着一屁股红黄光飞逝而过。行人没有因为夜深而减少。

深夜，都市的夜生活意兴正酣。

2

容妮打两份工，她对这事儿捂得严实，一点儿也不让男朋友易水寒知道，她怕刺伤了他。

一个月前容妮收到一封家信，说家中老爸惨遭车祸，已失掉了两条腿，一家七口，弟妹张嘴要吃饭伸手要穿衣，学费又贵，生活得非常艰苦。容妮想回家一趟，但厂里活儿多，请假回四川大巴山，非得有半个月不可，人事部根本不可能批准的。

她和易水寒商量，两人东借西凑，一千元钱才飞往大巴山。

易水寒和容妮是同一个村子里的，他为人憨厚老实，在厂里死拼蛮干，老板看得起他，便给他一个定型组组长当当。

他喜欢容妮，是在那个寂寞的夜里，在列车那个硬座上，容妮居然肯让他枕着自己的大腿睡觉。两天两夜那种微妙的刺激，撩起了成熟男孩子的浓情，易水寒已经融了进去，融入了容妮无言的温柔中。他反手环抱着容妮的腰，闻着她肚脐处芳香的气息，迷迷糊糊的如飘于九天之上。

女孩子心底最隐秘的禅机不道即破，没拒绝也就是默认。容妮把他当男朋友。

来到广州，火车站人潮汹涌，杂七杂八的人来来去去，稍不注意就有人在你面前哼一声"发票发票"。哦，这就是广州。

无数来自内地和他俩一样怀着挣钱愿望的农村柴禾妞儿和泥巴脚杆子，穿着过了时的绿色军装和大喇叭裤，踏上了这片神奇的土地。没有比"发财在广东"更具诱惑力的了，在广东连捡破烂都能发达。

容妮和易水寒不敢住昂贵的旅馆，因为怀里揣着父母的血汗钱。家里七凑八凑弄来的盘缠，那三四十块住宿费如何忍心一夜就睡去。

在广场高高的灯柱下，铺张旧报纸，斜倚着行李袋，就露宿吧。

然而广州的治安是管得很严的，夜晚十二点就有几个手拿电击枪的警察四处赶人。粗如甘蔗的手电发出噼噼啪啪的令人毛骨悚然的强电光，他们像赶狗般把广场上的人群遣散。

在省汽车站的候车室门口，有个胖胖的老人守着。桌子上竖起一面纸牌，写着"坐宿每人一元"。

容妮和易水寒便进去了，躺在早已铺好的塑料布上，依偎而卧。据说塑料布是车站专门为旅客而设的，这廉价的住宿场所显然非常适合民工们。

天亮，他俩挤上了长途客车，来到这个珠江三角洲的都市，好不容易找到同村的甜妞儿。

甜妞儿在这个都市已混了三年。她似乎很有法子，在电话里如娇似嗔，一番呼风唤雨，就坚决肯定地答应把容妮和易水寒弄进一间毛绒织布厂。

容妮好感激甜妞儿，虽然见她打扮得似个花喜鹊妖里妖气，一张脂粉脸俗不可耐，已扫去当年柴禾妞儿满脸的天真无邪，但她肯帮自己，就是好妞儿。

容妮说："真谢谢你。"

甜妞儿吱吱地笑，说："客气啥子嘛，妮姐儿，看在一块儿读书的份上，我不帮你帮谁？"

容妮抿着嘴，笑了。

那时自己纯净得如未开盖子的蒸馏水，而甜妞儿总显得比同龄人早熟，有段时间还特别爱哭，后来甜妞儿偷偷告诉她，上高一时，有个教师强奸了她。容妮吃了一惊，从此她对男人有了一种本能的恐惧，包括对现在的易水寒。

不到结婚绝不准他越雷池半步！容妮想。

3

踹了一脚秃头后，容妮回到了出租屋。她赶紧把换下的衣衫塞进床底的皮箱里并上好锁，然后把盘成发髻的头发弄乱，霎时在灯红酒绿中形如醉生梦死的豪门怨妇的容妮变成了一个衣着朴素扎两条马尾辫的普通姑娘。

她急急赶回厂里上零时班。

有个挡车工病了，容妮原本守六台机，今晚还要多守四台机，累得半死。

打工如此压抑如此疲惫，图个啥，不就图那几张百元大钞吗？你想挣钱，就得拼命卖命换来活命。

容妮守十台织机，来回巡视。小圆机八个筒子纱，断了纱再接上，织完布要落布，忙得如走马灯，累得腰酸背痛。你又不能瞅空儿偷闲，被班长看见了，你会被骂得狗血淋头，他随时随地可以罚你的款，"嗞"的一声撕张收据就往你怀里塞。

容妮一年来早已习惯了。她已习惯了这种赶命般的挡车工工作，已习惯了班长的呵斥。在车间，她默默地干，机械得就像上了链的玩具车，转来转去，链条转完了，再拧几圈，再继续转来转去。

她的产量和质量都是全车间最好的，每个月按计件总比其他挡车女工多七八十块钱。这自然引起姐妹们的妒忌，她们常凑三合五嚼舌头说容妮的闲话。住出租屋使容妮蒙上一层神秘的面纱，女孩子们都以为她在外面做"鸡"。

好在容妮从事第二职业的事没有人知，所以她们只是猜测而已。容妮知道怎么防着她们。保护隐私相当于保护自己，否则你活得更累。

织机区域十米远处，有三个广东姑娘开检验机，她们在嘻嘻哈哈地说笑。班长是本地人，不骂她们，还倚着灰色机壳子和她们打情骂俏。

容妮见了就埋怨这个世界真不公平，就欺负咱外地人，市场上卖柿子，专挑软的捏。但容妮只气在心里，嘴上是不敢说的。

这时，有一台机停了。容妮过去一看，原来该落布了。她拿起剪刀，便旋转着剪下坏布筒，她把布从载布桶拉出，折叠在车子上。

容妮推着小车，两腿如灌了铅，沉沉的，每挪一步都吃力。她咬着牙，怪就怪那砍脑壳子的秃头，舞会上搂着她旋得飞快，旋得她腿肚子都发酸。

她两眼昏花，差点就扑倒在小车上。

三个广东姑娘见容妮推布过来，扬起脸嚷道："放那边放那边！"

容妮赌气般把布卸在近处，扭身走回机台。

隐隐约约听到那三人用广东话骂自己。

那个身高如竹的水蛇腰一边拧开机台旋钮，一边大声说话："什么香水这么香？她是不是在外面做'鸡'？"

另一个腰粗如水桶的姑娘嘻嘻一笑，也搭话过来："做'鸡'有什么不好？裤头松一松，好过你打一个月工嘛！"

"哈哈哈……"笑得放肆。

容妮像被针刺了一下，打了个愣。她咬着嘴唇，一声不吭。泪水在脸颊上无声滑落。

她哭了，像一株在风中瑟缩的小草孤立无助。

4

夜色像小妖精般迷人。甜妞儿走进小巷，她来找容妮。容妮好几个夜晚不在歌舞厅露脸了。甜妞儿当初介绍她到歌舞厅，"炒更"捞小费，是想把她捧红。

甜妞儿今晚打扮得异常扎眼，异彩纷呈，千娇百媚。她头盘陀螺垂柳髻，耳坠两串心心相印金耳环儿，穿一件横看成岭侧成峰薄到肉麻兼骨痹的黑纱衣，束一条高腰风吹草动长裤裙，好一副职业女性的派头。她自以为自己的美貌足以令交通阻塞。

要不是惦记着容妮，她说啥也不会出现在这狭窄的小巷，这倒霉的会扭伤脚的小巷！

容妮听见甜妞儿如夜莺啼叫，便开了门。

"咋，你不开零时夜班了？"甜妞儿往床上一屁股坐下。

"转白班了，甜妞儿，今晚咋个儿有空，不去舞厅混？"容妮随便地问。

"姑奶奶我已不在舞厅做'妈咪'了，和狗日的经理吵了一架，无路可走，已到了明星发廊，就是市场转弯儿那间。今日'大姨妈'来了，休息几天。"甜妞儿把高跟鞋脱掉，在地上敲着。那鞋钉子歪了，让甜妞儿憋了一肚子火。

甜妞儿说："妮姐儿，不瞒你说，我在发廊专干那个，前几天有个台湾老板说过要五千元包起我，姑奶奶左等右等，就是不见那狗日的影子！男人真不是好东西，想你时如虎如狼把你当心肝脾肺肾，撇你时冷酷无情把你当婊子娼妇破鞋骚货。'夜巴黎'那肥头大耳的王八经理，招了个比我年轻漂亮的杭州小姐，就一脚把我蹬了！"

甜妞儿说着说着，一把鼻涕一把泪，满肚子怨言一泻如九江河开。

容妮为她悲伤，想不到风度迷人手拿老板的大哥大调遣着一群莺莺燕燕挥洒自如的甜妞儿落到今日混发廊的境地。

容妮安慰她说："甜妞儿，这些场所你就别混了，到工厂找份工吧。"

"打工？"甜妞儿盯了一眼容妮似看天外来客，她吐出一串歇斯底里的狂笑，尔后脸色凝重地说，"工厂哪是人活的地方，我刚来时就打过半年工，又苦又累，现在走上这条路，享受惯了，无论如何也适应不了工厂了！"

容妮悄然埋下了头，她为甜妞儿感到一阵锥心的疼痛。玩火是最容易烧伤自己的，或许有那么一天，你会被烧得焦头烂额。

容妮陡然间感到一种苍凉，于幽冥中如鬼影般扑来。

5

容妮护着的贞操是在那个雨夜失去的。一道闪电夹着一阵雷声，容妮揪着易水寒的衣领狂喊不止。她不可原谅他！她失去了视如生命的东西。在被古老传统笼罩了几百年的大巴山小村子里，人们总是对贞节看得很重。容妮小心翼翼地在这种氛围中长大，二十年来在那地方连个雄性蚊子都没叮过她。她扭动着，呼喊着，发疯地扑过去，狠狠咬着他肩上的肌肉，留下一道道的齿痕。

事情的起因是那夜整理车间主任曲枫打扮得风度翩翩到舞厅混。

容妮家里又来信了，说快开学了，两弟两妹的学费还没有着落，你看人家甜妞儿，每个月都寄千儿八百回家，村子的人传说甜妞儿做了女老板，自己开间餐馆，人家多有本事，你能学甜妞儿一半就好。信末尾还说，有钱就寄千儿八百回家吧。

容妮看后无法平静，家乡人哪里知道甜妞儿过的是怎样一种生活呢？她感到为难，丝丝的忧愁萦绕在心头，挥之不散，白天连上班都没了劲儿。

她最后狠了狠心，瞅着一个不用加班的夜晚，又到了"夜巴黎"。她的客人竟是曲枫——易水寒的上司。两人也不避忌，反正这场合彼此心照不宣。跳了两三曲舞，曲枫有点飘飘然。他早就听说容妮"打两份工"，今日果然碰到了，他搂着这个美人坯子，不禁有点神魂颠倒。

容妮对曲枫说："主任，这事可别告诉阿寒。"

曲枫手拍胸脯唾沫四溅赌咒似的发誓说："你放心，我会为你保守秘密的。"

事隔两天，整理车间发生了质量事故。定型机的对边跟踪马达坏了，走不了布就相当于停产。定型机是条流水线，每日八千多码布都得经过它上浆固定底布结构。

组长易水寒急得如热锅上的蚂蚁。他急忙到电工房找电工，谁知电工师傅已到广州买电器元件去了，剩下两个学徒工弄了半天都摸不着套路。要上浆定型的坯布堆积如山。

易水寒火速找到车间主任曲枫。

这时曲枫正在总经理室受训。老板说他管理不善，车间里一塌糊涂，搞得毛绒布不是倒毛就是毛面剪得不平。曲枫被骂得一脸屁，赔了许多笑脸，他说："我会加强管理，请给我一个机会。"老板听后暴跳如雷，说："天天讲加强有个屁用，你一个机会他一个机会，我的厂就要破产了。这是我一个人的家业，而不是国营工厂，我急得跳楼而你们只有拍拍屁股就走！"

曲枫眼皮睑睑满脸沮丧走出了总经理室，在车间门口撞见了风风火火的易水寒。

易水寒说："曲主任，坏事了，定型机跟踪马达失灵，坯布上不了针板，对不到边，歪歪斜斜的，有许多的布边是大弧形。"

曲枫正闷了一肚子气，见易水寒如念悼词般禀告情况，火了，他吼道："嚎什么嚎！我怀疑是你小子搞的鬼。"

易水寒委屈地说："我咋会搞鬼呢？计件拿工资的，咋会故意弄坏呢？"

曲枫瞪大的双瞳鲜红欲突，说："你女朋友在老板那儿吹了枕头风，想把我撤了，换你上去！"

易水寒怔了一下，说："你别血口喷人污辱阿妮，我是她男朋友，难道不比你了解她？"

"比我了解？哈哈哈，开玩笑。容妮我搂过她，知道她的奶子鼓鼓的。"曲枫扔下一句就往定型机走去。

易水寒气得血液上涌，憨厚的他怎么也不会相信容妮会和这个混账家伙勾搭上。

其实曲枫是信口开河捏造事实，老板是个敬业人士，极少涉足风月场所。曲枫因受了老板的训，想找个人发泄，正好易水寒碰在火头上。

但易水寒要曲枫说个明白。他一步蹿上去，扯着曲枫的后衣领，怒道："你别以为当了主任就可随便骂人冤枉人，今天你不给我说个明白，我跟你没完！"

曲枫挣扎开易水寒的大手，不顾当时的狗屁诺言开口就道："我冤枉人？容妮她白天上班，晚上到'夜巴黎'歌舞厅做陪舞小姐，她陪过我，我还给了她一百元小费呢，你不信你去问她，自己戴了绿帽子还在这儿瞎嚷嚷，算哪号子男人！"

易水寒愣了，有种极难受极难受的感觉攫住他，他感到似乎受了生活的捉弄，受了爱情游戏般的讽刺。他不希望这是事实，他不相信容妮肯让别的男人搂着跳贴面舞。

一颗男性耿直的心颤抖不已，易水寒犹如滑入了无底的深渊。

易水寒是冒着雨到容妮的出租屋的。他一番劈头盖脸义正辞严的盘问之后，果然证实了曲枫所讲的话。

容妮的脸一阵青一阵白。这张脸累积了四百多个日夜的忧郁，这张脸憔悴如萎蔫的花瓣。

易水寒无法忍受这种屈辱，尽管容妮一口咬定自己是清白的，易水寒再也控制不住硬往坏处想。连曲枫都搂过她，还会有好事？她应该是属于我的，易水寒痛苦地想。她应该好好打工，攒钱为未来的家添砖加瓦，无论有啥困难，都不要扯下脸皮陪那些不三不四的男人。自己在车间没日没夜地干，无非想日后过上好日子，可她却……易水寒真想不明白。

容妮掩面而泣，她扬起泪眼，说："阿寒，相信我，没有任何一个男人玷污过我。"

易水寒一阵悲怆。他把脸板得像块铁板，心里酸溜溜的。他突然举起双手乱挥乱舞，嘴巴吐出的话像一支支利箭直插容妮的心："清白吗你？我不操过你我怎么知道？"易水寒像发了狂，这个大巴山汉子，狠揪着容妮的头发，拼命地拉，痛得容妮尖叫起来。

"放手！放手！阿寒，你疯了？"

"放手让你去鬼混？你这个水性杨花的婊子，我有哪样不好？说，你说！今日我饶不了你！"易水寒一巴掌甩向她那张娇若桃花的脸，把容妮打得两眼直冒金星。

易水寒把她摁在床上，死命地扯她衣服上的扣子。

外面的雨越下越大，拍打在玻璃窗子上，接着一道吓人的闪电划过夜空。

"阿寒，不，不，你不能……"容妮拼命挣扎。

在强烈的闪电光下，易水寒的脸一阵阵地痉挛，他已经把容妮身上的衣服剥了个精光，那光润如玉的肌肤，在电光下一片雪白。易水寒无法驾驭自己的感情，二十五岁，从没沾过女人赤裸的身子，此时此刻，他憨厚的个性彻底砸碎了，几乎是不堪一击，就抱住了容妮的身子。

一股冷风从破窗子吹了进来，刮起了桌面上那张张信笺，飘飘扬扬，最后歪斜斜地坠下了地。

评论与报道

打工世界与打工文学

杨宏海

近年来，随着对外开放和商品经济的发展，广东经济特区与珠江三角洲地区兴办大量的"三资"企业与"三来一补"企业。伴随"百万移民下珠江"的大潮，深圳也有上百万外来临时工参与特区建设，这些被称为"打工仔""打工妹"的年轻人，从内地脱胎而来追赶文明，也用他们的青春和汗水铸建着文明，谱写出一曲曲开拓、拼搏、奋斗的壮歌，为发展特区商品经济作出了非凡的贡献。于是，一种新的特区文化现象——"打工文学"应运而生，且愈来愈引起世人的瞩目。

一、悄悄崛起的"打工文学"

短短的十余年，深圳这个边陲小镇已建成拔地而起的现代化新城，并迅速形成一个庞大的社会群体——外来临时工。时至今日，上百万临时工已成为深圳商品经济的重要方面军，亦成为特区一个新的举足轻重的社会阶层。他们大多是外来移民，且多来自乡镇，年龄结构、文化层次都偏低，主要为"三资"企业、"三来一补"企业及个体企业打工，他们的生活构成特区生活的一个层面。如何真实地反映"打工者"这一社会阶层的生活，探视他们在商品经济冲击下的心理发展轨迹，成为时代赋予特区文学创作的一个崭新课题。

深圳特区的"打工文学"，萌发于 1984 年，《特区文学》陆续发表一些反映临时工生活的作品。到了 1986 年前后，深圳才有较为明显的将打工者生活作为一个社会群体的生活去反映的文学意识。如在《特区文学》发表的作品中，有《在蛇口，一次短暂的"罢工"》(1986)、《老板·女工们》(1987)、《深圳临时工》（1988）、《来自女儿国的报告》(1988) 等等。1988 年宝安县《大鹏湾》明确提出以反映"打工仔生活"为己任，追求"打工仔文学"特色，发表了一批打工仔作者写的作品，在广大临时工读者中引起较大反响。与此同时，

《花城》《广州文艺》《珠海》《佛山文艺》等刊物都陆续发表这类题材的作品。一些报纸和期刊，纷纷开设"打工仔征文"等专栏，为广大临时工提供练笔的园地和倾吐心声的场所。深圳广播电台推出为期四个月的"打工天地"文学节目，向听众评介优秀的"打工文学"作品，引起许多文学青年的关注，激发了他们对"打工文学"的浓厚兴趣。

百万打工者这一新的社会群体，也引起影视文化界的关注。珠影著名导演张良及其夫人王静珠创作并拍摄出第一部反映打工生活的影片《特区打工妹》，深圳影视界组织创作拍摄的故事片《你好！太平洋》、电视剧《深圳人》《鸿雁传情》，广州电视台组织创作拍摄的电视连续剧《外来妹》等，均把镜头更多地对准打工者这一社会群体，反映他们对发展商品经济所作出的贡献，以及开拓、拼搏、奋进的历程，客观上亦为"打工文学"起到推波助澜的作用。

1990年，深圳举办大规模的"特区十周年大鹏文艺奖"评选活动，有四篇反映打工生活的文学作品获奖，初步显示出特区"打工文学"的实绩。同时值得一提的是，深圳逐步形成了一支关注打工生活、热心从事"打工文学"创作的作家（作者）队伍，如陈荣光、陈秉安、林坚、张伟明、杨群、刘树泉、黄开林、无君、海珠、安子、黄秀萍、王惠、冰野等。他们的作品以真实感人的艺术形象，描绘出一幅幅南国"打工世界"的精彩画卷，丰富和深化了特区文学的内涵。我认为，作为一种悄悄崛起的文学现象，"打工文学"是继南国"知青文学""都市文学""军旅文学"之后，更具南方特色、影响更广、规模更大的新的文学景观，它为岭南文学增添了新的内容，更为探讨商品经济条件下的文学走向提供了丰富多彩的宝贵实践经验。

二、林坚、张伟明笔下的"打工世界"

在特区"打工文学"的作者中，迄今为止具有发展潜质的是林坚和张伟明。这两位分别来自粤西和粤北的打工仔，都是二十六七岁的年轻人。他们和千千万万的同龄人一样，告别充满田园牧歌情调的家乡，带着自己对愚昧、贫穷的抗争和对心中理想的追求，迈进了"闯深圳"的打工队伍行列。

1984年，林坚以他初到特区打工的切身体验，写出《深夜，海边有一个人》这部短篇小说。小说中本来与世无争的年轻人，面对竞争激烈的生态环境，逐步认识到"要搏杀才能有出路"的严酷现实，从而自觉地调整传统的文化心态并作出果断抉择。作品在今天看来颇粗糙，但已显示出作者敏锐的艺术触角，传导出鲜明的特色气息。林坚尔后创作的《外面的城市》《流浪者的舞蹈》等小说，都从不同的角度强化"打工者必须适应环境、参与竞争"这一题旨。

在林坚的小说创作中，迄今较为成功的，要数发表在《花城》的中篇小说《别人的城市》。这部作品的标题，深受打工者们的青睐，亦在广大特区新移民中引起强烈的共鸣！当然，作品的魅力，在于塑造了两个颇具个性的人物形象。属于白领阶层的打工妹齐乐，面对许多人不适应的都市生活，能主动把握自己而游刃自如。正是特区造就了这么一个既能适应现代文明、发挥个人才智，又能取悦他人、保护自己的新的打工妹形象。与齐乐形成鲜明对比的是打工仔段志，这是一个在事业与爱情上都充当弱者的形象。他因不适应特区的生活而不得不回到家乡。但经过特区现代文明熏陶的他，已不能适应家乡落后封闭的生活，于是又重返这座"别人的城市"，尽管特区打工生涯充满艰苦与无奈，但这里毕竟是充满希望的精彩世界！段志们在现代文明面前别无选择的命运，揭示了特区新城所具有的强大的不可逆转的历史趋向性，这正是小说塑造形象的价值所在。

自称为"现代流放者"的张伟明，为了追求人生的价值，辞掉家乡的"铁饭碗"，来到宝安县当临时工。张伟明是幸运的，当他获取到对打工生活的丰厚感受并有了强烈创作欲望的时候，《大鹏湾》提供了耕耘的园地。张伟明几年来写的小说，几乎都是先在《大鹏湾》发表后才被国内其他报刊所选用的。

1988 年，张伟明发表了第一篇打工小说《我们 INT》（INT，即接触不良）。作品描写了打工者对以流水线为轴心的大工业条件的不适应。大工业是人类文明发展到高级阶段的产物，它与温情脉脉的小农经济不同，大工业的发展会给社会带来巨大的积累，同时却伴随着对旧的生产关系无情的摧毁。在这里，高大的厂房充斥的是紧张的节奏、严格的纪律、明确的上下关系。流水线不需要人的个性展示，只需要灵活快捷的手。小说中，"我"与其他打工者难以忍受厂方无休止的加班，采取了"集体放假"的行动。当劳资双方发生冲突时，"我"代表打工者以四百余字仅用一个感叹号的"长句体"，回敬了香港总管的质问，痛快淋漓地表达了打工者的生态与心态。

张伟明的另一篇小说《下一站》，真切地反映了特区打工者"东家不打打西家"的"潇洒"。打工生涯是漂泊不定的，人生的"下一站"也在不断探索之中。但是，打工仔永远面对现实，向着明天。作品有一段颇为精彩的描写：香港管理人员杜丽珠向来漠视内地员工的人格尊严，当她又一次称临时工吹雨为"马仔"时，吹雨马上回敬道："本少爷不叫马仔，本少爷叫一九九七！"杜丽珠即以扣奖金为威胁，吹雨毫不犹豫地写了份"辞工书"，声明将本月工资给这位"香港婆"当"小费",然后潇洒地离去,通过"跳槽",去寻找人生理想的"下一站",尽管他要为此付出代价。许多打工仔读到这一段,都不约而同地鼓掌叫好。

小说《下一站》在启示人们,深圳拥有比内地更多平等竞争的机会,以及较为自由的选择天地。内地人也想拥有这份不羁,但内地人事制度、就业机遇等不允许;而深圳处处有自我表现的机会,时时有被淹没淘汰的可能,每个人都要开拓、竞争、拼搏,都要在追赶机遇的同时接受机遇对你的严峻考验。《下一站》正是写出了特区这一多彩的生态环境以及特区人"沉重的潇洒"的鲜明特色,赋予特区文学新的文化特质。

近年来,不少评论家认为,深圳式的"潇洒"是特区文学"特"之所在,论者多举刘西鸿为例。在我看来,深圳式的"潇洒"是可分为三个发展阶段的。特区创办初期,刘学强、林雨纯弘扬"敢为天下先""应做就去做"等新观念,是一种"理想的潇洒";1986年至1987年间,刘西鸿、李兰妮的小说,表现特区青年以"你不可改变我"的执着,去参与良性竞争,争取拥有"自己的天空",是一种"轻松的潇洒";到了林坚、张伟明笔下的"打工文学",真切地表现了特区新移民在"别人的城市"里,为了追求理想而不断走向"下一站"的历程,它使人感触到特区历史在艰难困苦中奋进的沉重足音,是一种"沉重的潇洒"。它比理想的、轻松的"潇洒"更贴近生活,更具有商品经济条件下特区人文精神的内涵,由此也可体现"打工文学"在特区文学多元格局中的位置。

三、安子、黄秀萍的艺术视角

继林坚、张伟明之后,打工阶层一批女作者脱颖而出,其中佼佼者为安子和黄秀萍。由于深圳临时工大部分是女性,故打工女作家的作品更容易引起人们的关注。

安子,原名安丽娇,十七岁那年初中毕业便到深圳,先后干过流水线插件工、制版工、宾馆服务员、某公司经理助理。安子自称是个"不安分"的打工妹,不甘心被现代化工业文明的流水线挤压成无知无觉的"机器人"。在繁重的打工之余,她坚持自学,不仅是为取得一纸文凭,更为不断充实自己。在深圳这座充满机遇的城市里,安子充分意识到自己的角色与价值。她以"打工妹代言人"的创作动机和使命感,坚持利用业余时间写作。最初的作品,是以《蛇口打工一族》为题的纪实体散文,在某工业区一家小报发表,作品带着初学写作者的稚气,但以鲜活的打工题材引起打工者的注目。尔后，深圳的几家报刊都为安子的练笔提供了园地，但她的成名作应是 1991 年连续四个月在《深圳特区报》连载的长篇纪实文学《青春驿站——深圳打工妹写真》。作品以细腻的笔触，描述了打工妹们复杂的心态和执着的追求，在特区打工阶层中产生了轰动效应，被誉称为"打工文学的一朵报春花"。不久，海天出版社将其出版单行本，并作为该社推出的"打工文学系列丛书"的第一本。最近，安子又转向新的长篇报告文学的创作，仍然瞄准自己所熟悉的打工生活题材，决心在作品中塑造出更多的打工妹中的"维纳斯"。

安子是个善于把握机遇而对事业不懈追求的女性，她认为深圳是个充满机遇的地方，问题在于你是否有把握机遇的准备和能力。在创作中，她总是以"微笑看世界"的视角，观察打工者从现代农业社会向工业文明演进的奋斗过程，试图用艺术形象来鼓励打工者们热爱生活热爱特区。《青春驿站——深圳打工妹写真》里共写了十六个打工妹的故事，可以说，每一个故事都具有戏剧性。诚然，打工生活是漂泊而艰苦的，绝大部分打工妹在深圳的经历仅是一段青春之旅，她们面临的是激烈的竞争和严峻的生活。但安子笔下的打工妹大都是成功人物，表现出一种"挑战生活，实现自我"的理想主义色彩，并从某一层面反映了打工者阶层从小农经济走向现代化的悲壮历程。正如她在《青春驿站——深圳打工妹写真》的后记中写道："无论是留下的，还是回到自己家乡去的，都在默默奋斗着。平均年龄二十二岁的数十万深圳打工女——她们的青春是无悔的，毕竟她们在这个新城市树立了一座值得永生纪念的丰碑。"

如上所述，我以为打工文学的基调是写出一种"沉重的潇洒"。如果说，安子的创作淡化了其"沉重"，强化了其"潇洒"，那么黄秀萍的艺术视角则有所不同，她更多地把笔触伸向生活在最底层的打工者的内心世界，去表现他们在商品经济挤压之下独特的遭遇和痛苦。

黄秀萍与安子亦是同龄人，高中毕业后在一个水电站工作，不久即到深圳打工。出于对追寻缪斯的痴情，即使在艰苦难挨的环境里，她也总是要见缝插针抽空阅读和写作。每当加班至凌晨，回到宿舍得不到半桶水冲凉，汗渍满身，彻夜辗转难眠，她便伏在铁架床上"爬格子"。女人的才情是关不住的，一有机会就会显露出来。1991 年，黄秀萍的一篇带有自传色彩的小说《绿叶，在风中颤抖》（后发表在《特区文学》），引起了深圳文坛的注意。作品以浓郁的生活气息、深沉而婉约的文笔，刻画了四位栩栩如生的打工妹形象，通过她们在独资厂打工的坎坷遭遇，披露了打工阶层面临的一些社会问题，读来引人深思。这篇小说在深圳广播电台"打工天地"文学节目广播后，引起较大反响，收到珠海、东莞、深圳等地许多听众的来信，对小说中打工妹的命运表示关注。珠海驻军某部的一群解放军战士还专门为这篇作品开了一个讨论会。为此，黄秀萍深受鼓舞，更加勤奋地进行写作。其创作反映打工妹生活的中篇小说《云深不知处》《潇洒的累》等，引起一家省级文学刊物的兴趣，准备在近期连续推出。

安子笔下的打工妹，大都具有"要做深圳的主人"的意识，力图通过个人奋斗来改变命运。而黄秀萍似乎比较"现实"，她作品中的打工妹，"只不过是深圳这片繁华之地的过客而已"。发表在广东省文学月刊《作品》今年第一期的小说《这里没有港湾》，较为突出地表现了这一点。作品中的打工妹犹如一叶孤舟，在风浪中拼搏；想找一处无风无浪的港湾停泊下来，可是，这里没有港湾。小说披露了打工妹生活的严峻与她们对爱情的焦渴和对生存的希冀，她们处处想表现个人的价值而又时时掩盖不住内心的自卑，心灵沉重的负荷已成为她们一种客观的存在。可以说，透过安子与黄秀萍不同的艺术视角，能从不同的侧面反映打工妹们真实的生态与心态。

四、把握"打工文学"主旋律

二十世纪八九十年代，随着改革开放和发展商品经济的进一步深入，以及沿海开放城市与经济特区打工阶层的形成，中国当代文学中的工业题材的文学或改革文学，面临着许多崭新的课题和有待开掘的领域。过去我们的改革文学（或工业题材的文学）总是把目光对准叱咤风云的改革家、企业家，或者是拿着"铁饭碗"的工人，很少描写到因引进外资形成的打工族。"打工文学"的出现弥补了这一不足。打工仔、打工妹的形象将使中国当代文学形象的画廊中增添新的内容。尤其可贵的是，当内地文学出现"先锋派""新写实主义"等流派，文坛出现"玩文学"现象之际，当文学创作又开始走入象牙塔，读者与作者都日趋减少的时候，包括"打工文学"在内的特区文学却奉献出更多贴近生活的现实主义之作，作者与读者的人数日趋增长，大批身在流水线作业的工人拿起笔来参与文学创作，出现"特区建设者写特区建设，特区建设者写建设者"的可喜局面。当然，我们也清醒地看到，作为一种新的文学现象，"打工文学"还很稚嫩，许多作者虽然拥有丰富的生活，却缺乏创作的准备，受制于艺术功力的粗浅。许多作品大都停留在仅仅揭示了打工生活这一层面上，自觉不自觉地满足于"题材新"而欠缺不同视角不同层面的开拓；同时，笔者在参与主持深圳广播电台"打工天地"文学节目时，也发现不少打工作者的作品对现实生活的"原生态"描写真切，而对正在进行的对外开放与"四化"建设欠缺理解，缺乏积极进取的人生态度，作品充满了破碎感与压抑感，这就提出了文学如何更准确地反映打工生活的问题。

毫无疑问，发展商品经济是我国走向富强的别无选择的历史必然。特区作为建设有中国特色的社会主义的试验场，是最早实行对外开放与发展商品经济的地方，也是率先进行工业化、都市化社会（或称工业文明）建设的地方。就深圳而言，所谓的"深圳人"，就包括了百万打工者在内的这一新的社会群体。打工者与其他深圳人一样，都生活在深圳特区这块沃土上，共同呼吸着特区同等的空气，同样感受着特区的冷暖，他们的地位、处境、命运与中国 20 世纪30 年代的"包身工"有着本质的区别；他们是经济特区的临时工，是以法律的形式通过合同关系被保护着的。他们不是被动的、没有保障的"被雇佣者"，而是一名企业员工。（当然，因他们是临时工，生存环境比其他人要艰苦。）由于特区人事制度的改革，就业机遇多，比起内地，确实有更多较为平等的竞争机会、较为自由的选择天地。从中国社会发展的趋势来看，百万打工者参与的商品经济建设，是为了给中国闯出一条新路，特区的生命史包孕着他们的生命史，特区的丰碑凝聚着他们的血汗。他们所有的奋斗、磨难和痛苦，都将升华为一种驱使社会进步、历史前进的强大动力，因此，他们的奉献是必然的，他们的功劳是不会泯灭的。这应成为"打工文学"的主旋律。

同时应当指出，在"打工文学"作品中，有些作者自觉不自觉地将我国正在进行的改革开放与商品经济运动和西方资本主义国家原始积累的商品经济相类比，着意揭露现代商品经济带来的异化以及对人性的扭曲，从而呼唤"回归自然"等等，这是失之偏颇的。我国创办经济特区，引进外资，建设现代化，与西方工业文明有明显的区别。对正处于社会主义初级阶段的中国来说，科学、现代理性、现代文明、经济、科技、文化水平还不高，卡夫卡抨击的现代都市把人异化为机器的西方现代社会，与我们的国情、民情不能类比。我们需要写出商品经济带来人的异化，也同样需要表现出人在克服异化的努力中闪射出来的光辉；我们可以对传统的田园风光和人伦观念寄予眷恋，同时更要对安于贫困、不求进取、排斥竞争的传统文化心理的共性危害有足够的认识。一句话，就是需要对我国的改革开放和商品经济运动有客观的整体把握，力求以美学的、历史的标准去反映现实生活。有些"打工文学"作品从审美角度来看，起点颇高，但以历史标准去衡量，那"都市恶、乡村美"的倾向则表明写作者还没有把握特区商品经济的必然趋势。因此我认为，在衡量"打工文学"作品时，在探讨商品经济条件下的文学走向的过程中，必须要重提"美学与历史相结合"的文学评判标准。

广东是近代革命的发源地，是当代商品经济的大市场，理应产生有鲜明南方特色的地域文学。作为一种新的特区文化现象，深圳"打工文学"与广州"商战文学"一样，是岭南文学内涵的丰富与发展，也是对外开放与商品经济条件下的一种新的文学景观。它使人们不仅看到了新时期南方商界中人驰骋市场的翩翩身影，也感触到南方数百万打工者参与经济建设，推动社会发展的历史足音。从总体上看，林坚、张伟明、安子、黄秀萍的"打工文学"，不仅写出了社会转型期的"美丽的混乱"，也写出了打工阶层的"漂泊的迷惘"。而尤为重要的是，他们以生动真实的艺术形象，刻画出广大打工者们立足现实、面向未来的"沉重的潇洒"。"打工文学"以艺术形象来说明：在深圳这片土地上，拥有更多的潇洒，尽管也有相伴而来的重负。包括打工仔在内的特区人今天在这里奋斗，都是为了一个美好的目标：中国的未来，中国人的未来。正因为如此，这里的世界才显得那么精彩！这些打工者们才显得那么可爱！这种"沉重的潇洒"，是文学现实主义精神的弘扬，不乏理想主义的光辉闪现，它为特区文学赋予新的文化品格，也为岭南文学的血脉注入更多商品经济的基因。

原载《当代文坛报》1991 年第 4 期，1992 年修改

面对精彩的打工世界
——"打工文学系列丛书"序

杨宏海

　　摆在我桌面的是一沓散发着油墨清香与南国火热生活气息的书稿。这是海天出版社即将出版的报告文学集，题为《青春寻梦——广东打工潮追击》。

　　尽管笔者的目光已从那一行行文字上深情地滑过，并匆匆地挪开，然而思绪却萦绕于本书主人公们用汗水泪水与欢笑希冀铸成的历程，神游于他们青春寻梦的梦想、苦闷、拼搏、奋进的意境之中，追寻着"打工文学"的根……

　　众所周知，经济发达地区的资金和技术向经济落后地区流动，而经济落后地区的劳动力则向经济发达地区输出，这是不可抗拒与逆转的世界性潮流。正是在商品经济条件下，这种双向流动与交融，在二十世纪六七十年代孕育和创造了亚洲"四小龙"经济腾飞的奇迹。进入八十年代，从沉睡中醒来的东方巨人终于向世界敞开了国门，大批投资者蜂拥而至，他们不愿放弃地球上剩下的投资宝地和最大市场。紧邻港澳、占尽天时地利人和的珠江三角洲，首先成为外商投资的"热点"。在短短几年内，广东迅速崛起大批"三资"企业和"三来一补"企业。因此，就有了对劳动力和人才的如饥似渴的需求。南粤大地像一个强大的"磁场"，吸引了来自全国各地的"寻梦者"。于是流传起这样的民谣："东西南北中，发财到广东！"于是，几乎每一趟南下的列车，都载来一批到广东闯世界的外乡人，旋即卷起了"百万移民下珠江"的打工潮。

　　据统计，截至1990年，广东省已有外来工九百三十二万人。这些被称为"打工仔""打工妹"的年轻人，多数来自农村及边远贫困地区，逐渐形成一个庞大的"打工阶层"，成为广东商品经济的重要方面军。他们的生活，构成珠江三角洲及经济特区生活的一个富有时代和地方特色的层面。文学总是植根于生活的土壤，只要她脚下拥有肥沃而宽厚的生活领地，总会长出枝繁叶茂的大树。尽管这需要时间，尽管在其初生的阶段可能不被人注意且显得稚嫩和柔弱，甚至可能得不到广泛的承认和赞誉，但随着打工阶层的不断壮大和发展，在这改革大潮冲积成的厚实的生活层面上，有越来越多的矿藏被文学所开采和冶炼。因此，如何真实地反映"打工者"这一社会阶层的生活，探视他们在商品经济冲击下的心理发展轨迹，成为时代赋予中国当代文学创作的一个崭新课题。于是，"打工文学"应运而生。

　　"打工"是广州方言，"打工文学"是指在对外开放与商品经济条件下，反映打工者这一社会群体生活的文学作品，包括小说、诗歌、报告文学、散文、剧作等各类文学体裁。改革开放"先走一步"的深圳，是"打工文学"的发源地。自 1984 年以来，《特区文学》率先发表了打工题材的小说。尔后，广州、珠海、宝安、佛山等地的报刊也陆续发表不少这类题材的作品。电影《特区打工妹》与电视连续剧《外来妹》的推出，更为"打工文学"推波助澜。与此同时，深圳市作家协会率先举行专题研讨会，对其进行探讨及扶植。在 1991 年"首届中国经济特区文学创作笔会暨研讨会"上，笔者对"打工文学"作了这样的评估："作为一种悄悄崛起的文学现象，'打工文学'是继南国'知青文学''都市文学''军旅文学'之后，更具南方特色、影响更广、规模更大的新的文学景观，它为岭南文学增添了新的内容，更为探讨商品经济条件下的文学走向提供了丰富多彩的宝贵实践经验。"

　　值得关注的是，近年来，北京等地的报刊陆续发表反映上海、北京"洋行里的女雇员"打工题材的作品，以及《我在澳洲打工》《北京人在纽约》《上海人在东京》等描述国外留学生打工生涯的纪实文学，逐渐成为读者追踪的热点。这表明，"打工文学"的内涵和外延都有了拓展，它已不仅仅停留在南国，已由沿海扩展到了内地，又从中国走向海外。

　　若我们的视角进一步拓开，便可从历史的目光中窥视"打工文学"形成与发展的轨迹。综观整个人类文明演进过程，当农业社会步入工业社会之际，往往伴随移民潮的形成与打工族及其文学的产生。一百多年前，美国在西部开发中涌现的西部文学，堪称美国的"打工文学"，曾产生过以杰克·伦敦为代表的伟大作家。描述日本明治维新时期工人生活的电影《啊，野麦岭》，以及夏衍写于二十世纪三十年代的报告文学《包身工》，则反映了中日两国不同时期打工妹的生活。进入六七十年代，台湾作家杨青矗的小说《工厂人》、陈映真的《上班族的一日》等，更以鲜活的艺术形象，展示了台湾引进外资后工厂劳资关系的变化，表达了作者对台湾广大劳工的深切关注。以上作品描绘的打工生活，尽管与当今社会主义条件下中国大陆出现的"打工潮"性质完全不同，当今中国打工者们的生存环境与职业选择条件也不同于以往的打工者，在他们身上我们毕竟可以看到一个时代的进步、一种民族迫切要求发展的呼声，然而在许多方面又同样有值得我们关注与思考的问题。据此，从历史的考察中可以得出这么一个结论：有商品经济就有打工阶层。所以"打工文学"是商品经济下全球性的文学现象，由此可见其在当代文学格局中不断发展的大趋势。从创造实践来看，安子的《青春驿站——深圳打工妹写真》、林坚的《别人的城市》、张伟明的《下一站》，以及刘观德的《我的财富在澳洲》等，都从不同的角度反映了二十世纪八九十年代在不同地域的中国打工族的生活，可称为"打工文学"作品中的佼佼者。时至今日，"打工文学"不仅拥有一支较有实力的创作队伍，而且出现了一批较有影响的作品，为当代文坛注入了新的生机，愈来愈引起世人的瞩目。

正是在这样的背景下，海天出版社不失时机地推出了"打工文学系列丛书"。已经出版的有长篇纪实文学《青春驿站——深圳打工妹写真》、中短篇小说集《青春之旅——深圳打工仔映画》。这本报告文学集是该丛书的第三本，共选编了十五篇报告文学作品。该书全景式地报告了广东打工潮的形成与发展的过程，描绘出一幅幅南方的商品经济运动的壮丽画卷。

广东打工潮是岭南发展史上的一个特殊产物。在以经济建设为中心的时代潮流中，珠江三角洲领风气之先，无论是深圳、珠海经济特区，还是东莞、顺德、惠州等城市，都敞开胸怀，接纳了来自全国各地的打工者，解决了商品经济发展中对人才、劳动力的渴望和需求，让他们在创造物质财富的同时，直接参与这场伟大社会变革的实践。如果说广东经济腾飞靠两只翅膀的话，一只翅膀是政策，另一只翅膀是人，那么从某种意义上来说，正是这些外来工支撑着那"另一只翅膀"。

笔者曾问过许多来广东闯世界的年轻人为何要到这里打工，他们几乎不假思索地回答："外面的世界很精彩。"

打工的世界很精彩吗？让我们从这本报告文学集中去寻找答案。

当中国进入从农业社会迈向工业社会的转型期，历史最先给了珠江三角洲以机遇，也给了这块土地之外的无数人以希望与憧憬。于是，"打工"成为闯世界的一代青年人义无反顾的选择，而最先出现的是八十年代初由几十万少女构成的女工南下大潮。面对新生活的召唤，"一个个少女从农村低矮的房屋中，从枝丫交错的森林中，从小镇斜歪的石板街中走出来了。她们或提一个包袱，或夹一卷行李，饮泪告别家园，回首辞却父母，踏上了人生旅途的第一程"。（《来自女儿国的报告》）

成千上万跨进打工行列的外来妹，从闭塞的山乡走来，她们不再简单重复她们母亲以至姐姐们的路。她们要把青春最美的梦和这块开放的土地连在一起。"若把她们的足迹连起来，颇像大的扇子，以南这一点为枢纽，展开，几乎铺遍祖国的大陆。"（《凤栖何方》）

外来工不仅对珠江三角洲的经济建设作出贡献，也向自己的家乡捎去一片赤子之心。每逢节假日，外来工到邮局排长龙寄钱，已成为南方沿海开放城市的一大景观。仅 1990 年 7 月份的一次调查，东莞市汇往全国各地的汇票总数为十七万七千张，总金额为四万元。其中凤岗镇寄出汇票一张，金额为两万元。这仅仅是一个月的汇款呀！（《外来工问题报告》）据《深圳特区报》报道，截至 1991 年，深圳外来工汇往家乡的钱款达四十多亿元，对当地脱贫和发展经济起到积极作用！

然而，许多打工者并不满足于仅仅能挣到钱，他们在追赶文明的同时也在铸造着文明，传递着文明，成为内地与沿海经济发达地区联系的纽带与桥梁。不少打工者边打工边偷师学艺，学习现代企业管理的经验和技术，成为家乡发展商品经济的领头人。有的则将现代文明带回家乡，带头破除封建愚昧的旧风俗，成为落后地区的改造者。（《青春变奏曲》）

毋庸讳言，打工者从农村经济社会迈向现代化，必是一个艰难而坎坷的历程，是一场凤凰涅槃似的蜕变，是大段的历史时空的飞越。从迷茫的生存意识，逐渐跨进清醒的人生追求，这中间确实经历着一般人所无法体味的幸福、欢欣、痛苦和不幸。这里没有田园牧歌式的惬意和悠闲，每天面对的是紧张的节奏感、无情的打卡机和流水线。《在蛇口，一次短暂的"罢工"》把解剖刀对准"三资"企业中打工者的内心世界，剖析了一次短暂罢工背后的深层心理动机，揭示出金钱与人情的矛盾。尽管打工生活艰苦而又漂泊不定，尽管打工者的希望与理想可能在现实中风化和褪色，但是，大部分打工者从切身的体验中认识到，这里与内地相比，毕竟提供了更多的机会与选择，拥有更广阔的空间，致使打工者们深深眷恋着这块神奇的土地。因为"这是工业文明对农业文明的吸引，城市对农村的吸引，现代对传统的吸引，开放对闭塞的吸引。这种吸引是巨大的，无法抗拒的"。（《深圳临工》）

时势造英雄，南国打工潮亦造就了众多时代的弄潮儿。本辑报告文学中，有从平凡的农家女，通过勇于开拓、竞争，在实践磨炼中成为统率几千名"臣民"的女儿国"国王"赵露珍；有从默默无闻的打工仔，坚持刻苦自学、钻研业务，终于以杰出的管理业绩取代了日本管理人员而成为公司总经理的岳魁；有甩掉家乡的"铁饭碗"，到宝安一边打工一边写作，终于成为小有名气的"打工仔作家"张伟明……尽管他们的经历充满了苦辣与艰辛，但珠江三角洲这片热土，毕竟使他们成长起来了，并使无数打工者的自我价值在这里得以实现！正是这一切构成了充满魅力的精彩打工世界。

从总体上来看，本书所选的作品，大都属于"社会问题报告文学"。此类作品以真实性的笔触，原生态的信息，公开了打工族鲜为人知的生活，引起读者对打工阶层乃至整个中国经济改革的关注和观照。作品在讴歌打工者开拓、拼搏、奋进和贡献的同时，也披露了他们严峻的生活场景，揭示了商品经济条件下人与人之间新的关系，以及劳资双方既有合作又有斗争的社会现实。在刻画投资者形象方面，也有颇为真实的描绘。如由香港投资的东莞雁田工业区嘉利集团，坚持文明办厂、广揽专业人才、兴办文化设施，大大提高了员工对企业的向心力和凝聚力；又如宝安县柏丽工艺厂的林老板，是来自新加坡的投资者，原来是一个马来西亚的共产党员。他尝试让工人与资本家共存于一体，尽可能关心工人生活，提高福利待遇，实行八小时工作制，工余时间与职工一起参加文娱活动，把评比宿舍卫生也列为颁发奖金的一条标准。然而，作品中也有招聘女工考试要求穿泳装、看身材，长得漂亮者多发工资的"色魔厂长"；有漠视工人的人身权利、任意延长工时、克扣工资的"黑心老板"。作品直面人生，干预生活，反映打工者不同程度存在合法权益受到侵害的问题，以及外来工男女比例失调带来一系列的社会问题等等，呼吁全社会关心打工阶层的生活，为他们的生活与工作创造更好的条件，从而启迪人们从社会学、管理学、政治经济学等角度来思考外来工问题。

　　毫无疑问，社会主义商品经济的形成与发展，为中国当代文学开辟了一个前所未有的广阔天地。过去我们的改革文学或工业题材的文学，总是把追踪的目光对准那些叱咤风云的改革家、企业家，要不就是捧着"铁饭碗"的工人，而很少关注和描写到对外开放与引进外资带来的大规模人口迁徙运动，以及由此形成的"打工一族"和所引起的社会生活、社会结构、社会心理、社会文化的演变。而作为这种复杂变迁的直接参与者的"打工一族"，应该说比任何人都更加真切地体验了这一过程中的苦辣与辛酸。通过对他们的感受和生活的描写与反映，也许能更清晰地透视出这一族群还将进一步壮大，不仅有立足本土的打工者，而且有远渡重洋出国的"打洋工者"，同时还有从海外来中国的"洋打工者"。因而"打工阶层"与"打工文学"出现的意义就远不止目前已有的评价所能概括和估量。仅从文学的角度来看，它不但使工业题材的文学和改革文学的内容更趋于多样化和丰富化，为中国当代文学画廊增添更多新奇的精神食粮，而且迎合了当代读者关注信息、追求近距离观照生活的审美心理。从某种意义上来说，这类作品可能成为广大读者了解新生活的启蒙教材。如此庞大的读者群又将反过来促进"打工文学"的发展和成熟。这也许是海天出版社推出"打工文学系列丛书"的价值所在。

　　参与本辑报告文学创作的，大都是新闻出版界的编辑和记者，也有近年来崭露头角的年轻作家。他们以敏锐的嗅觉、大胆参与的意识，深入基层进行采访。如陈秉安三下布吉体验生活；罗建琳在酷热季节住入蛇口女工宿舍与打工妹同食同宿；越婧一个月内走遍宝安各乡镇，关注劳动用工制度改革的实践；杨菊芳到深圳与打工仔广交朋友，共同探讨彼此关注的问题……他们树立文学为经济建设服务的意识，直接参与并观照我国经济改革的热忱是值得赞赏的。

当然，我们也清醒地看到，作为一种新的文学现象，"打工文学"还很稚嫩。许多作者匆忙地采撷生活原生态信息，并尽快地"报告"出来，在时空上缺乏时间和距离的沉淀，在艺术上缺乏精雕细琢，自觉不自觉地常热衷于"题材新"而欠缺不同视角、不同层面的开掘。这十几篇报告文学也在某种程度上存在这种不足，艺术技法上明显见其参差，表现出新闻性、思辨力较强而文学性淡化的倾向。这是"打工文学"在近期内还无法改变的通病，在以"短、平、快"节奏反映生活的同时，亟须尽量提高"打工文学"的审美层次，使之具有更加鲜活的艺术生命力。

尽管如此，这本报告文学集还是以真实的笔触、丰富的信息，全方位地描绘了二十世纪八九十年代广东打工潮波澜壮阔的时代画卷，真切地传递出南国近千万打工者参与经济建设推动社会发展的历史足音。不少作品还提示出打工阶层在实践中从幼稚向成熟转化，企业从劳动密集型向知识技术密集型转化，劳动用工管理从无序向有序转化，整个珠江三角洲成为培养商品经济人才的"珠江经济学院"，为中国经济改革进行了卓有成效的试验，从而揭示出中国迈向商品经济不可逆转的历史趋势。正因为如此，这里的世界才显得那么精彩，这些打工者们才显得那么可爱！笔者有理由相信，随着时间的推移，"打工文学"将日益走向成熟，形成对外开放商品经济条件下别具风采的文学景观，并以独特的内涵与外延载入中国当代文学的史册。

原载"打工文学系列丛书"，海天出版社 1992 年版

深圳新文学大系

市场经济下的文学新潮：打工文学

杨宏海　尹昌龙

历史进入 1990 年代，当中国文学在失去轰动效应之后，却不期而然地走入新的喧哗，那就是打工文学异军突起，并以其躁动的声音回响在世纪之交的文学天空中。

还在 1992 年，在沸沸扬扬的"股票热"之外，一个以文学立名的神话却意外地传播开来。安子，这个一夜之间成为明星的打工妹，她的作品《青春驿站——深圳打工妹写真》荣登畅销书前列。据《文学报》报道，此书在上海这个东方的大都市形成热潮。"一位书摊女老板说，她这里第一个星期就卖出近百本，属于最好销的一种。"当然，安子的"神话"与深圳的诱惑密不可分。在南国这片开放的热土上，成功的安子作为象征，无疑满足了南下的移民对神话的期待。然而这神话于文学却别有一种意义，那就是，以打工文学为先导，在与商业时代相调适的过程中，文学走向了新的繁荣。

开放的时代带来了打工的生活，无数寻梦者告别了稳定而平庸的日子，走向繁华的都市，扑入汹涌的商潮，开始了漂泊而充满想象的打工生活。这里不仅有漂洋过海的留学生，也有"孔雀东南飞"的打工妹，他们的梦想和希望，挫折和磨难，欢乐和忧伤，造就了丰富而复杂的个人经历和社会体验。而打工文学无疑提供了他们借以表述的话语。于是，打工者在这片语词的世界中敞开心扉，讲述故事，并寻求慰藉和救赎。无论是就世界还是就中国而言，这些来自后发达地区的打工者、寻梦人，他们内心所承受的压迫，以及在这种压迫中所做的成就，都成为打工文学弥足珍贵的写作资源。在这种奇异的语言现象爆发之后，打工文学成为第三世界的中国的一片奇特而茂盛的文学景观。

然而，也许是话语努力上的欠缺，或者是文学认知上的偏见，打工文学这一新型话语却一直没能在更为广泛的范围内得以流行。那些关于海外华人生活的文学和影视，一度热遍了北京、上海以至整个中国，我们更多地关注那些"曼哈顿的中国女人"，在纽约的"北京人"，在东京的"上海人"，以及财富在澳洲的中国移民。但是，在这些关于海外暴发者的传奇中，甚嚣尘上的是中产阶级的梦想，却唯独遗忘了旅外的华人作为打工者的不可替代的身份。事实上，无论称之为"旅外文学"也好，"海外留学生文学"也好，其表现的主流对象依然是打工的生活。无论在域外还是在国内，打工者都同样拥有一份"无法潇洒"的共同记忆，就像打工作家杨挚丽所说的："命运给我们太多的相似，太多的创伤，只有对往事的忘却，才能使内心郁结解开。"然而，往事是无法忘却的，它们都共同地进入打工文学中，并得以复活和再现。也许，正因为如此，我们不妨把这些文学文本统统归入打工文学这一文体类型中，并由此领略这一已然出现的完整的新潮，以及它丰富而繁杂的内涵。关于海外打工生活的文学作品，已经有过热闹的评说，那么接下来我们将把视点主要移向关于国内打工生活的文学作品中来，特别是岭南、特区的打工文学将作为重点分析对象，并由此引向对打工文学相对完整而全面的理解。

安子，作为打工文学的一朵报春花，无疑传达出了某种文学春天的气息。循此，我们就会发现打工文学"杂花生树，群莺乱飞"的满园春色。在南国这片热土上，不仅聚集着中国最大数量的打工者，也出现了中国最大数量的打工文学作家和作品。同时，这股打工文学潮流和打工文学作家群，又因为无数打工者的存在而得以传播和弥漫。单以《佛山文艺》这样一份地方性的文学杂志来看，由于它以打工一族为服务对象，备受读者青睐，刊物发行量近百万，几乎是全国文学刊物发行量的总和。这在文学相对衰落的时代，无疑是个奇迹，它同时也表明打工文学惊人的魅力和流行的程度。而《大鹏湾》杂志则把"中国最早的打工刊物"这个荣耀的印记直接展示给社会，以反映打工题材作为内在的责任。在《大鹏湾》的版面中，不仅有"打工者说"专栏倾诉打工者的私语，也有"快照速递"专栏讲述"我的打工故事"，更有"打工文学"专栏传达"深圳屋檐下的心声"。打工文学进入传媒，迅速成为热点话题，像《深圳劳动时报》一再以大篇幅推出打工文学新人新作，从而引起打工阶层的普遍关注和介入。时至今日，在深圳、佛山以至珠江三角洲所有的报纸上，几乎都专辟了"打工世界"一类的栏目，"打工"成为此类地区使用频率最高的词，以至于成为流行用语、日常用语不可或缺的组成部分。而打工文学则把"打工"这一社会行为转化成丰富而完备的话语世界。从对打工文学的回顾中，我们知道，作为一种话语实践，它早在1980年代中期就已经萌发了。1984年在《特区文学》上就陆续出现了反映临时工生活的作品，而到1986年才算较为明显地出现以打工者生活为独特对象去反映的文学意识。如在《特区文学》发表的作品中，像《在蛇口，一次短暂的"罢工"》(1986)、《老板·女工们》(1987)、《深圳临时工》(1988)，等等，打工文学的创作渐趋成型，并呈蔚为壮观之势。1992年10月，深圳海天出版社推出"打工文学系列丛书"，可以说是打工文学的一次辉煌的展览，也是一份较为完整的备忘录。这套丛书中，除了《青春异彩——洋行里的女雇员》一书写的是北京白领打工者生活之外，其余不少是深圳打工作家的打工作品。这虽显偏颇，但也足以表明打工文学在岭南和特区所形成的热烈的气候。

打工文学在岭南和特区的风行、兴盛，应该说与这里的传媒界所做的宣传是分不开的。值得欣慰的是，就在它们的扶植和培育下，一批打工作家成长起来，并走向成熟。就像佛山打工作家周崇贤所说的："我的文学创作已经由'无意'过渡到'自觉'了。"不仅如此，一批代表性作品也脱颖而出，像林坚《别人的城市》《有个地方在城外》，张伟明《我们 INT》《下一站》，安子《青春驿站——深圳打工妹写真》，周崇贤《隐形沼泽》《那窗·那雪·那女孩》，黎志扬《禁止潇洒》《打工妹在"夜巴黎"》等等。这些打工文学作品的影响不仅是在特区，也波及特区之外，像《花城》《上海文学》等一流的文学杂志，都相继做过刊载。这些也充分显示出打工文学的功底、实力以及它在当代中国文学中当之无愧的地位。

面对这样一种扑面而来的文学新潮，对它的忽视或冷淡，都将是批评界的一种缺席和失职。在崭新的商业社会来临之时，"打工"恰恰是介入其中的某种典型行为。而以打工生活为写作对象，也正表明我们的文学对于时代的表现愿望、表现能力和表现程度。当然，作为一种复杂而激越的文学潮流，它在对文学批评的挑战中给予我们的启示也将是诸多方面的。因此，全面、完整地把握它、理解它，尚须寓于时间之中的话语实践过程。但这并不妨碍我们从不同的视角来对之做出评说，而这种评说又会有助于我们不断地积累阅读经验，增强认知能力，以达到为之立名正言的理想境界。

1. 都市的异乡人

从对打工者的身份考察中，我们就会发现，他们大都来自不发达地区，而这其中又以农村为主。对于他们来说，都市是一种难以抗拒的诱惑，它代表着财富，也代表着欲望。于是走出乡村，进入城市就成为面对诱惑的寻梦过程，这些打工者的故事就是在这样一种心理前提和社会格局下得以讲述的。然而无论是就情感方式还是价值方式而言，城市作为外在的诱惑，同时也成了打工者的"他者"，一个难以被编码的符号。无论是在"魔方般的工业区"（《我不能回家》），还是在"宽敞而气派的客厅"（《别人的城市》），打工者都成了"像野狐般"的边缘人（《我不能回家》），游走于城市的缝隙之中。城市以及它所代表的文明始终难以进入打工者的内心之中并被接受为一体。对打工者来说，城市是"别人的"，它似乎与"我"无关。然而悲剧性的是，一旦真的离城回乡，却发现故乡已变成外在的了。林坚对此深有感触，"在这期间，我们也来来回回地回过几趟家。我们有时还动摇过'相信家乡才是最好的'的念头。但事情远不是这样，随着离开故乡的时间越久，我们感觉到故乡的一切在变得越来越遥远，甚至与家人朋友谈论的话题都越来越少"。于是，20世纪上半叶一个早逝的诗人叶赛宁，他的忧伤的独白，成了这些打工者不幸的"谶语"："走出了乡村，走不进城市。"生存因此成了"流浪"的过程，一种远离意义、远离记忆的漂泊。这种"自我流放"构成了打工者内心世界中最痛切的体验：孤独而没有依傍。从一方面来看，这表明在商业浪潮冲击下，这些得风气之先的打工者在价值选择中最初的惶惑和尴尬；而另一方面，作为一种生存状态，这种打工生活可以作为一种象征，一种在"等待戈多"中的意义延宕过程，一种怀着乡愁的冲动寻找家园而不得的内心事件。张伟明引用的技术性词语"INT"（接触不良），可以说最为贴切地表述出这种疏离和放逐的状态。在20世纪末叶，当人类文明走向崩溃和转折的时分，打工作家内心的这种近乎分裂的体验，无疑可视为对人类境遇的一种理解。

2. 来自身边的报告

当一个古老的民族在经受商业大潮的冲击之时，那种动荡的生活和挫折的心境，使来自历史深处和乡村生活的记忆，成为一根浮木，一根告慰灵魂的暂时的浮木。于是，在"寻根"的口号下，当代中国文学持续地走入了一个怀旧的胡同。乡村牧歌或历史挽歌出现了。"1984年的月光"照耀着废墟之上的抒情，而文学因为与当下的商业社会、大众生活的隔膜，走上了越来越窄的路。也正是在这种文学颓败的时候，在"暮气沉沉"的文学风景线上，打工文学成为最亮丽的景观。当《佛山文艺》《大鹏湾》这些来自民间和底层的文学杂志陆续出现的时候，便得到了极其热烈的响应。打工一族相信，那些"打工者语"，说出了他们自己想说的话，讲出了他们自己珍藏于内心的私人故事。当他们满含热泪地读完了这些来自身边的报告之后，他们认定这就是自己要找的代言人，而打工文学同时就成了"别人的城市"中自己的文学。那本被列入"打工文学系列丛书"中的《青春寻梦——广东打工潮追击》，其命名方式可以说是最为准确地表明了打工文学出现之初的话语面貌。那就是，以追踪式的笔法写正在经历的故事，仿佛一种近距离的镜头，亲切地掠过那些以青春和生命来塑造的打工生活。该书中无论是《来自女儿国的报告》，还是《打工族面面观》，或是《外来工冲击波》，都体现出打工文学的"报告性"特征。那些原生态的打工生活，似乎未经粉饰就源源不断地流入了打工文学的文本世界中。那种真实，粗糙而又尖锐，验证了罗伯·格利耶的话："它存在着，以不可思议的力量袭击着我们。"这些朴素的写作，真实到残忍的地步，真实到渗入血肉的程度。它本身就成为面向我们的质问，如同《来自女儿国的报告》一文所说的：这些打工者"在这赖以生存的环境中有多少欢乐、苦恼，展露过多少笑颜，流下了多少泪水，能有几人了解呢"？而打工文学，这些来自身边的报告，恰恰在最严肃的意义上回答着这一质问，完成着文学根深蒂固的使命，那就是，对时代的认知，对大众的关怀，对社会的忧患。它展露的是真实，然而正是这种真实，带来了人们心灵上最初的也是最深刻的颤动。虽然从文学性上来说，它在急切的讲述中，也许不够精致，缺乏深度，但它所讲述的鲜活的当代经验，其意义又显然超乎文学之上，况且随着写作实践的推进，更为成熟的文学已经或必将出现。

3. 第三世界的精神谱系

国门打开之后，无论是走向沿海，还是走向海外，世界性的对话或对抗就已初步形成。"曼哈顿的中国女人""洋行里的女雇员""外企中的打工仔"都同样面临着两种发展不平衡的文明所带来的打击与承受、压迫与反抗之间的紧张关系。当一些外企雇主在经济优势的支撑下，对打工者行使话语霸权甚至加以体罚的时候，一种民族自尊使这些打工者形成了最初的反抗意识，对民族人权的争取融入了某种政治学的命题中，甚至劳企关系这一经济管理学的问题也变成了民族政治学的问题。经济方式通过民族感情这一触媒化约成了政治方式，打工者的个人经历也因此成了整个民族经历的某种缩影。杰姆逊在谈及被压迫民族或后发达国家的文学时曾经指出，某些第三世界的文本在某种意义上是"民族的寓言"，它们体现了民族抗争中的"政治无意识"。这在某种程度上道出了第三世界文学的独异的个性。而将当代中国的打工文学放置在这一整体背景下，亦可视之为第三世界精神谱系的组成部分。如果说鲁迅当时面对西方势力的压迫而发出"铁屋中的呐喊"的话，那么照此类推，这些打工作家捍卫尊严的"车间中的宣言",则可看作"五四"以来民族精神的一脉相承。

在张伟明的《下一站》中,吹雨对"香港婆"潇洒的回敬,可算是"车间中的宣言"里最动人的部分。当"香港婆"杜丽珠以"马仔"的称呼呵斥打工仔吹雨时,吹雨不惧扣除工钱的要挟,"把手指戳到正变得恼羞成怒的杜丽珠的鼻梁上,一字一顿地说:'告诉你,本少爷不叫马仔,本少爷叫一九九七!'",然后转身离去。"一九九七"作为一种时间概念,已然成为一种意义框架了。它在这种讲述中所传达出来的,正是对主权的自觉,个人的主权在民族的主权中找到了"依靠"。对这一符号的借用,或以之来自我命名,恰恰是要强调一种似乎被遗忘的民族尊严。当然,"一九九七"作为一种情结是复杂的。当曾经同样置身岭南的流行歌手艾敬以一曲《我的一九九七》唱红全国的时候,歌中的香港又成为一个希望和诱惑之地。这种复杂恰恰体现了后发达民族面对发达文明时难以名状的体验。媚洋与自尊,拜金与爱国,使两种价值方式一再错位,又一再被缝合。

值得注意的是,在打工文学中,当那些亮丽的打工妹,以青春的身体与外商的金钱交换时,一种性的因素的介入使民族感情再次受到刺激。性与金钱的问题转化成了性与政治的问题。性的不平等成了民族不平等的表现形式,而因此所做的交换在打工作家那里受到了最为愤怒的鄙夷和拒斥。在小说《打工妹在"夜巴黎"》中,打工妹容妮为生计所迫,置身舞厅"炒更"。当秃头香港佬对其进行性骚扰时,"容妮的身子剧烈地颤抖,她的愤怒由此点燃"。于是被点燃的愤怒转化成反抗的暴力,"她霍地立起,双手抓住秃头的双肩,扬起脚就是那么一踹"。在港商"捂着裤裆,落荒而逃"的时候,我们的女主角容妮正昂扬地走过繁华的街头。本文中的女主角是个普通的打工妹,但在打工作家黎志扬的笔下却通过戏剧化的过程,成为第三世界的英雄。而相反地,作为经济压迫者或性虐待者的港商,却被漫画化为一个秃头的"嫖客"。这正是打工文学中民族义愤的潜意识中的流露。而当另一个打工作家周崇贤从心底里喊出"祖国,我是您寂寞而赢弱的儿子,但是,我爱您"时,这一独白的时刻让我们体会到的,正是这些第三世界的作家们借以支撑创作的那种深刻的动力。落后与尊严,构织了这些打工一族忧伤而不屈的内心体验。

当然,打工文学的特性和意义远远不止这些。它存在着,发展着,同时期待着更为深远的解读。本篇文章的分析作为一种努力,正企盼能抛砖引玉,引发新解和灼见。打工作家周崇贤在谈及打工文学时曾经指出,"打工文学兴起,却一直未成气候"。尽管他把这种可能存在的遗憾归咎于创作的一面:"没有叫响的东西出世"。但我们认为,批评界或理论界对之关注不够或研究不足是更为重要的原因。当打工作家在最近一段时间陆续推出一批结构颇为完整、语言颇为练达的长篇小说时，打工文学应该说已经趋于成熟了。现在需求更为迫切的是批评方面的努力，当创作的缺憾逐步得到弥补，批评的到位也就成为必然的呼唤了。

原载《广州文艺》1996 年第 7 期

打工文学与文学史

谭运长

在当下的"打工文学"面前驻足时，我常不由自主地想到"知青文学"。二者都是在某种偶然事件下产生的偶然的文学景观，二者都源于一段特殊的历史及与之相关联的特殊的社会群体。当年的知青部落与今天的打工一族在精神气质上是基本一致的，二者都是远离家乡的游子，只不过知青是从城市到农村，而打工者是从农村到城市罢了。知青部落也曾是整个社会的边缘者，在"工农兵学商"各阶层中找不到自己的归宿，情形就和打工一族在今天的社会生活中无法被准确定位一样。形而下的身体离乡背井和形而上的灵魂无所依归，这或许就是"知青文学"与"打工文学"共同的动机吧。而流浪与乡愁、认同与超越，也便是二者在"寻找家园"的永恒母题下的共同主题。

目前，人们普遍认为"打工文学"的成就远不如"知青文学"，这是毋庸置疑的。"知青文学"已在当代文学教科书上占有了重要章节，而"打工文学"至今还很难列出一份像样的作家作品名单来。这里的原因想来非常复杂，如打工作家的个人素养还有待提高：与知青作家相比，他们在文化上的劣势是显而易见的，他们的农村文化背景相比于知青的城市文化背景存在着先天性的缺陷。当年的知青在农村至少拥有文化上的优越感，而打工者在城市里永远居于边缘，文化的自卑只有比社会地位的低下更甚。打工作家的写作完全是对于生活的"不平则鸣"；他们的作品总是那么粗粝，几乎不具备精雕细琢的语言。总之，打工作家从根本上不具备进入文学史的"综合素质"，因为他们未能掌握文学游戏的那套基本规则。

所以，"打工文学"之于当下的文学史注定是一个异类。事实上，"打工者"只是民间非正式场合的称呼，而在正式的官方文件里，相同的对象是被称作"民工""外来民工""外来工"的，这里的"外"字显然地透露出本地文化霸权的一种不屑。我们社会在提及"民工潮"的时候，是在它给交通、卫生、社会治安等城市管理带来不便的角度上认识它的，我们在极力把它边缘化，想尽办法贬低它的意义。在以上这种无视打工者存在的社会文化背景下，文学史当然也不会正视"打工文学"了，这就是"打工文学"居于文学史的偶然或另类的更深层次的原因。

然而，在目前经济调整和转型的形势下，作为一个社会群体的打工者（外来工）开始凸现出来。我们社会一直把打工者的存在看成是一个短暂的历史现象，以为当产业结构升级，劳动密集型企业退出之后，打工群体及与之有关的文化就会逐步消失。可出乎意料的是，打工者迅速地适应了新的形势，纷纷从工厂流水线转移过来，成为第三产业的一支生力军。目前，服务业、娱乐业（尤其是作为地下经济而存在的特种娱乐业），甚至更为高级的金融业（如保险经纪人）和传媒业（如"流浪记者"）等的打工从业者已经越来越多。也许，我们的社会终将意识到：只要中国社会工业化和城市化的进程没有最后完成，打工群体便将长期存在，这是不以人的意志为转移的。因此，我们将不得不真正地正视他们。

正是基于这一认识，我认为"打工文学"终将堂而皇之地进入文学史。"打工文学"目前的确还比较粗粝，但想想"知青文学"吧，它起初也是原生态的、粗粝的，只是在知青作家上大学或回城之后，才变得精致起来。最重要的是，正由于粗粝，由于和生活保持着最初始的敏感，"打工文学"将会是最活跃、最具创造性和生命力的。"打工文学"的生命力之于当今的纯文学，是不是有点类似于打工者在经济转型中的适应性之于城市下岗工人？

原载《羊城晚报》1998 年 12 月 1 日

青春驿站

钟晓毅

人都有梦。

流浪者有流浪者的梦，驻留者有驻留者的梦。流浪者的梦无非是奔波在人生的荒漠之上，走累的时候，有一棵大树的树荫可以挡挡烈日，有一眼清甜的水井可以掬饮一把，有一个温柔的伙伴善解人意。而驻留者的梦莫过于想出走，冲破平庸和单调，远离孤陋寡闻，去体验一种新的生活。

安宁温柔是流浪者的梦想，闯荡漂泊是驻留者的希冀，所以才有人深有感慨地探寻这种永远的流浪者和驻留者与人类生命的联系。而人生中的动中求静，静而求动，不正是小说创作的一个重要元素？

只是，在充满着活力的特区中，匆匆而过的，大多是流浪者、漂泊者。年轻的特区，如同一座青春驿站。有心的人，会注意到一批又一批正值花季的妙龄姑娘、青壮小伙，如流水般涌来涌去。他们的青春，就那么赫赫然地展示在你的面前，如同春天的花朵，灿灿烂烂地开着，不多久，或者结果了，或者凋谢了。而他们有梦吗？梦中有什么呢？谁又知晓？谁会关心？

倒是他们自己不甘心，穿梭在一片青春的花季中。唯有他们自己知道灿烂的开放和快速的凋谢之间是多么的触目惊心，知道这朵花的艳红与那朵花的淡紫有多么大的不同，所以他们拿起了笔。

所以我们才能看到所谓的"打工文学"。

这里加上"所谓"二字，是因为它原来的意义后来被人为泛化。随着国营企业实行全员合同制，雇用、打工这种概念开始深入各个阶层，所以，有论者就认为应把它的外延和内涵往更大的生活层面扩展。

但当 1985 年深圳青年评论家杨宏海提出来这个名称的时候，他只是把它界定在为自己的打工生涯所触发灵思，真实地反映特区"打工者"这一社会阶层的生活，探视他们在商品经济冲击下，心理变化轨迹的那一层面的特区文学创作。在此，限于篇幅，我们仍然也作如是观。

据有心人考证：特区的打工文学，萌发于 1984 年，《特区文学》陆续发表了一些反映临时工生活的作品。到了 1986 年前后，深圳才有了较为明显的将打工者生活作为一个社会群体的生活去反映的文学意识。不仅《特区文学》《大鹏湾》等特区本土的报刊明确提出以反映打工仔生活为己任，追求打工文学特色，发表了一批打工仔作者写的作品，而且《花城》《广州文艺》《珠海》《佛山文艺》等特区以外的刊物也陆陆续续发表了这类题材的作品，引起了相当大的反响。

甚至连影视文化界也纷纷把焦点对准了打工仔、打工妹。珠影著名导演张良、王静珠创作并拍摄的第一部反映打工生活的影片《特区打工妹》，深圳影视界组织创作拍摄的故事片《你好！太平洋》、电视剧《深圳人》《鸿雁传情》，广州电视台组织创作拍摄的电视连续剧《外来妹》等，均把镜头更多地对准打工者这一新的社会群体，反映他们对发展商品经济作出的贡献，以及开拓、拼搏、奋进的历程，客观上亦为打工文学起到推波助澜作用。

如今，特区已逐渐形成了一支关注打工生活、热心从事打工文学创作的作家（作者）队伍，如陈荣光、陈秉安、林坚、张伟明、杨群、刘树泉、黄开林、无君、海珠、安子、黄秀萍、王惠、冰野等。他们的作品以真实感人的艺术形象，描绘出一幅幅南国"打工图"，丰富和深化了特区文学的内涵。

由此，不少人指出，作为一种悄悄崛起的文学现象，打工文学是继南国"知青文学""都市文学""军旅文学"之后，更具南方特色、影响更广、规模更大的新的文学景观。它为岭南文学增添了新的内容，更为探讨商品经济条件下的文学走向提供了一种新的宝贵实践经验。①

"漂泊——寻找"是打工文学中最常见的意象。最初的作品，以描写流水线上的蓝领工人的生活居多，被称为"蓝领时期"。近期的一些作品试图把全力关注"蓝领"的眼光转移一些到"白领"上来，涉及的内容亦日益丰富多彩：股票、期货、房地产、拉广告、追债、办报纸……跟当下的都市生活挂了钩。但从作品的数量和社会影响来说，写"蓝领"的作品还是优胜于写"白领"的作品。

直到 1994 年，《外来工》杂志在"青春驿站"专栏刊登了诗歌《一位打工妹的征婚启事》，竟然还引起众多打工者的热烈反响，并专门组织了一个讨论会。诗中有一段是这样写的：

如果你愿意与我北上
你必须懂得三月扶犁四月插秧

---

① 参考苏伟光、杨宏海主编：《市场经济与特区文化》，海天出版社 1995 年版，第 346—348 页。

你必须懂得将生命的根须植入深深的土地

我不要你给我奢侈的山盟海誓

只要你爱得真诚爱得专一

我不要你给我金钱结构的小楼

只要你一方厚实的土巴墙

能遮挡我人生的风雨

如果是这样

我的心房向你敞开

你就径直来我们电子厂

采我三月的芬芳

从这首诗中可以明显地看出，第一，打工文学还处在直抒胸臆的阶段，"漂泊——寻找——回归"，是他们潇洒走一回的归宿。他们自比流浪者，却一直没有忘记做着驻留者的梦。"别人的城市"依旧是别人的。殊不知，在这场深刻的社会变革中，打工者作为劳动力市场的主体，其流动将是长期的。如果心理不及早"拐弯"，他们将很难开拓一片新天地，更难共创一个好的生活空间。

第二，"都市恶、乡村美"的观念一直没有得到矫正。在打工文学中，用"乡村中国的眼光打量刚崛起的都市中国"，是它们创作的基点，这说明了打工文学还没能深入把握到特区商品经济的必然趋势和它对文明进步的建树。

把眼光集中到打工小说中来，也许我们能更清晰地认识这两个方面。

自称为"现代流放者"的张伟明，端的是自己流放自己，因此，他的作品都有一股"轻松的潇洒"的气息。他的第一篇小说《我们 INT》（INT 意为接触不良），一开头便把打工者对以流水线为轴心的大工业生产的不适应渲染得淋漓尽致。

不知为什么，在读这篇作品时，让人想起了当年沈从文的一段自白："我是一个乡下人，走到任何一处照例都带了一把尺，一把秤，和普通的社会总是不合。一切来到我命运中的事事物物，我有我自己的尺寸和分量来证实生命的价值与意义。"①

在《我们 INT》中，"我"确实是一个有自己的"尺寸"和"分量"的、能够独立思考的打工仔。所以，当厂方不断加班，剥夺了工人的休息时间的时

① 沈从文：《水云》，《沈从文文集第十卷：散文、诗》，花城出版社、生活·读书·新知三联书店香港分店 1984 年版，第 266 页。

候，"我"能挺身而出，和工人们采取对抗的行动；当劳资矛盾不断深化的时候，"我"更是以笔作檄文，代表"打工者"以四百余字仅用一个感叹号的"长句体"，回敬了香港总管的责问，痛快淋漓至极。

但是，结果会怎么样呢？毕竟，大工业是人类文明发展到高级阶段的产物，它自然就与分散的却也不乏温情的小农经济不一样。"高大的厂房充斥的是紧张的节奏、严格的纪律、明确的上下级关系……流水线不需要人的个性展示，只需要灵活快捷的手"，人沦为机械的"工具"，实在也是无可奈何的事。大工业的发展在给社会带来巨大的资本积累的同时，也伴随着对旧的生产关系的无情摧毁。

不过张伟明不信"邪"，他依然在他的另一篇小说《下一站》里高歌"潇洒走一回"，炒鱿鱼算得了什么，东家不打打西家好了，何况是打工仔炒老板鱿鱼，更是被视为"英雄"。这篇作品，似有刘西鸿的《你不可改变我》的流风余韵。

但张伟明小说中的打工者，其思想境界只到了"要做自己的主人"的层面，而还未涉及"要做这城市的主人"的层面，还未能真正提示出：四处打工，在当代社会中并不是一种流浪，而是寻找更好的社会位置的螺旋上升过程。这跟另一个打工作家黄秀萍的作品有异曲同工之妙。黄秀萍的小说《绿叶，在风中颤抖》，除了因为带有自传色彩，还由于浓郁的生活气息而引人注目。作品中的四位打工妹，寻梦的初衷是相同的，归宿却迥异。这涉及打工阶层所面临的现实社会问题，导致她发出了一声声的叹息：我们"只不过是深圳这片繁华之地的过客而已"，因为"这里没有港湾"。

他们的作品，和安子等人的纪实作品一样，都是特区打工者心声的强烈流露，作为小说家，他们是不成熟的。打工生涯的漂泊不定和现实生活的严峻坎坷，与他们青春的激情和心灵的呐喊糅合在一起，往往使他们来不及深思便把情绪变成了文字。评论家们所戏言的"新派小说读句式，老派小说读故事"的当下小说现状，在他们的作品中两者都不沾边。所以在中国文坛大潮中，它们很难归类，只能独辟一格，倒是有一种朴素的美，在直接的表达中充满了无拘束与热烈勇敢。

林坚的笔下则是另一种格局。不知是电视剧《外来妹》受他的小说的影响，还是他向另一种艺术门类取的经，我们在阅读他的《别人的城市》时，总感到打工妹齐乐和《外来妹》中的赵小云很是相似，而打工仔段志和赵志强也如同"难兄难弟"。同样都是从家乡出来闯荡，女人们都留在了新地，并取得了相当好的成绩：既能适应都市文明，发挥个人才智，又能调整好人际关系，懂得保护自己，在新的生活中游刃自如。男人们却不适应特区的生活，迫不得已回到了家乡，但又对家乡的落后闭塞再也看不过去，一颗心就在夹缝中挣扎着，最终还是返回到了"别人的城市"。

其实，早在 1984 年，林坚就以他刚到特区打工的切身体验，写出了短篇小说《深夜，海边有一个人》，把主人公从与世无争的生活中抛到竞争激烈的旋涡里，由此挣脱了以往传统的文化心态的桎梏，参与到奋斗拼搏的行列中去。作品不乏诗意的描写，但已让人初步看到了从小农经济到大工业文明的转变中所带出的生存竞争的严酷现实，以及"要搏杀才能有出路"的强大的不可逆转的时代趋向性。

之后，《外面的城市》《流浪者的舞蹈》等小说，从深圳评论家们的言语表达来看，都是从不同的角度强化了"打工者必须适应环境，参与竞争"这一题旨，即不仅要自己做自己的主人，还要做环境的主人。这是现代文明发展到今天别无选择的选择！

但不知为什么，看林坚的新长篇《有个地方在城外》，在他的中短篇小说中强化的东西，在长篇里却无一例外地被压抑和弱化了，似乎兜兜转转地，又回到了永远在路上的"过客"心态，对特区和打工者又作一种惯常的观察和评判。

是的，现代工业社会的人际关系正无情地取代过去的田园牧歌式的人际关系。经济活跃诸因素中关键的因素——人，不再是从前生于斯老于斯，从属于土地与单位了，而是变迁流动起来了。因此，故土与熟悉的环境正在无可奈何地成为远景与回忆，陌生的人与社会正成为生活的新背景迎面而来，倘若老是持"过客心理"，没有主人意识，做事便缺少主动性，或放纵自己，或怀疑一切，更找不到自己的位置和自信。

我们承认《有个地方在城外》的艺术技巧要比粗糙的《深夜，海边有一个人》《外面的城市》高明得多，审美升华，意象迭出，但却少了一分开阔性和超越性，题旨的表达反而不如前作。

如果我们向现代文学回眸，便可发现，从鲁迅、王鲁彦、许钦文等开始，到施蛰存、罗黑芷等乡土作家，他们的小说之所以受到肯定，是因为他们写的虽是乡镇，却呈现了现代物质文明如何慢慢毁灭中国的乡镇。即便是到了上海现代派作家，像刘呐鸥、穆时英、杜衡、叶灵凤和戴望舒等，他们虽然长期生活在现代化的上海，对现代都市有些认同，但对都市文明的困惑还是很多的，充其量他们还是站在现代大都市的边缘来窥探都市人的观念及行为模式。

因此，杨义认为 30 年代上海现代派的都市文学作品对现代人的认识，无非也就是这三种类型：第一种是"陌生人"，由于受了大都会物质文明和商业文明的极大诱惑，从乡镇涌进大都市，脱离了地缘、血缘与伦理道德的维系，一点一点地掉进无底的深渊。所以从"陌生人"又变成"片面人"，最后变成"变态人"。①

不过，那已是世纪初的环境了。到了世纪末，时空迥异，发展商品经济已成了中国走向富强的别无选择的历史必然。而对于处于社会主义初级阶段的中国来说，科学、现代理性、现代文明等不是太多了，而是太少了。深圳的一些文化工作者提得好：一是不能把今天的特区打工者和30年代的"包身工"类比；二是不能把西方社会把人异化为机器的病态与我们的国情和民情简单类比。我们需要写出商品经济带来人的异化，也同样需要表现出人在克服异化的努力中闪射出来的光辉；我们可以对传统的田园风光和人伦观念寄予眷恋，同时更要对安于贫困、不思进取、排斥竞争的传统文化心理的惰性危害有足够的认识。

有一个整体把握，打工文学才会更上一个层次，而不会再大叫大喊"打工者之歌"，或者仅仅把特区当作"青春的驿站"。

原载《在南方的阅读：粤小说论稿（1978—1996）》，广东人民出版社1998年版

---

① 杨义：《三十年代上海现代派的都市文化意识》，载《二十世纪中国小说与文化》，台北业强出版社1993年版。

走向新的地平线
——谈深圳的"打工文学"

李小甘

"打工文学"：新时期的文学现象

文学是社会生活内在精神的外在形态。倘若将文学比喻为风筝，那么，当它飘逸悠然地翱翔在时代的天际时，牵放它的纤线却紧系在生活那里。自1980年代始，深圳特区的生成伴随着一个类似外国工业现代化早期的大规模人口迁徙运动。这座原来仅两万多人口的边陲小镇不仅呼唤着经济科技人才，而且急需大量的廉价劳工。于是，那些满怀希冀与梦想的青年从山区、老区、边区涌向了特区。正如一篇反映"打工妹"生活的报告文学所写的，"一个个少女从农村低矮的房屋中，从枝丫交错的桑林中，从小镇歪斜的石板街中走出来了。她们或提一个包袱，或夹一卷行李，饮泪告别家园，回首辞却父母，踏上了人生旅途的第一程"（陈秉安：《来自女儿国的报告》），在深圳形成了一个独特的社会阶层——"打工一族"。他们将自己绚烂的青春交付给灰色的流水线的同时，也在深圳特区广阔的舞台上上演着一出壮怀激烈的正剧。他们有很多的理想与憧憬需要倾诉，他们有很多的困惑与苦闷需要发泄。而数以百万计的"打工仔""打工妹"的介入，必然会牵动社会的神经，引起不甘寂寞的文学的关注。熹微的晨光中，特区的地平线上出现一种崭新的文学景观——"打工文学"。

"打工仔"出身的青年作者林坚和张伟明分别推出了中短篇小说《别人的城市》与《下一站》，这两篇作品（我认为迄今为止它们是"打工文学"的代表作）表现了与他们胼手胝足的兄弟姐妹的人格痛苦和个性异化，理想与现实间的落差使他们有点眩惑，但尽管穿行于"别人的城市"有点迷惘，他们心灵深处仍翘望着"下一站"。都市的背影中，还走来了一大批"打工诗人"，如夏炎炎、夏木子、汪少涛、唐成茂、朱立忠等，他们写出了"只有临走时匆匆拍的几张彩照最能证实／那巍然矗立的高楼大厦立交大桥高速公路／就是你们十八岁的青春十八岁的丰碑"（林桂珍：《特区女临工》），"如同一只受伤的小鸟／找不到栖身的树叶／我们就再也禁不住地流泪了／可抹干泪水依然满面晴朗"（夏炎炎：《我们》）这样令人怦然心动的诗句。近两年，又蹦蹦跳跳地蹿出来了一个安子，写出了洋洋洒洒十几万字的《青春驿站——深圳打工妹写真》，她在《深圳特区报》连载并出版了单行本后，引起广泛的反响。安子的作品写出了"打工妹"的双重性格与双重倾向——既压抑又乐观，既灰暗又明丽，被誉为深圳"打工妹"的众生相，是她众多打工姐妹的"心灵档案"。此外，深圳的许多作家，如陈荣光、杨群、陈秉安、黄开林等，也推出了一批表现"打工一族"生活的作品。然而，由于他们现在身处另一社会群落，其作品虽然在技巧上更臻圆熟，却没有林坚、张伟明和安子的作品那么振聋发聩。而以"打工文学"为基础的电影故事片《特区打工妹》、电视剧《外来妹》和大型演唱会"百万星光耀鹏城"，更是将"打工文学"推向了一个高潮。近几年，国内文学界大致形成了三大热点：一是纪实文学热，二是通俗小说热，三是新潮小说、新写实小说热。"打工文学"可以归入纪实文学之列。它已不是来自生活底层的几声咏叹，也不是游离于文学主流外的涓涓细溪，它已构成了新时期的一种文学现象，将以其独特的内涵与外延载入现代文学的史册。

"打工文学"：别人的城市与自己的文学

络绎于途的众多"打工仔""打工妹"一旦进入城市，进入一种新的生存状态，新旧价值观念与生活方式的反差，使他们未免有"别人的城市"之类的慨叹。然而，他们虔诚地信奉文学，否则也就不会有那么多的打工作品与"打工作家"。而当"打工文学"带着满身的铁锈和汗水跻入文学殿堂之时，我们就发现它有鲜明的个性。正如"军事文学""法制文学""知青文学"一样，它是以题材为界定的一种文学现象，可以定义为：中国 1980 年代以来出现的、一种以反映社会工业化进程中乡村青年进入城镇谋生为内容的文学。纵观深圳的"打工文学"，有以下几个特点：第一，现实感。"打工文学"是来自社会生活底层的生存状态的描摹，是"打工一族"的心态的聚焦，从中人们几乎可以听到轧切机撞击的律动和架子床上思家的梦呓，很容易令人想起反映日本明治维新时期工人生活的电影《啊，野麦岭》和夏衍的《包身工》，尽管当时的那些工人与今天的"打工一族"是性质完全不同的概念。第二，失落感。一个社会调节人们行为与情绪的两大杠杆，一是利益，一是道德，而后者是以前者为基础的。"打工一族"在深圳的社会利益分配中显然暂时不会是"赢家"，他们甚至不得不面对自己是"廉价劳工"这个商品经济下的严酷现实。工资较低、生活条件欠佳、远离家园，"打工仔"和"打工妹"们的生活显然不具诗意，所以，"打工作家"当然也不会"少年不识愁滋味，为赋新辞强说愁"，大部分打工作品中自觉不自觉地流露出"期望值大贬"后的失落感。这种情绪在林坚、张伟明和"打工诗人"的作品中宣泄得尤为充分。如林坚在他的《别人的城市》中写道："最后的一抹夕阳，随意地涂抹在路边的梧桐树树顶上，远远看去又红又绿，微弱地闪动着一片破碎的光芒。马路上，有许多和我一样年轻的男女，骑着车一条龙地向前游动。人们和我一样疲惫一样没有笑容。我看着他们的身影，眼睛顿时涌满泪水，突然感到茫茫然走投无路，人生咣当一声到了尽头……"这种失落感时时令人怅然。第三，粗粝感。这种感觉来自其生活原型的周折、作品情感的袒露、思想与情绪的浮躁跳跃，以及技法上的粗疏。或许，他们的生活浇铸了这样的文学模式，如果"打工文学"有一天变得冷静、柔细、圆熟，那么它就已经自我异化了。

深圳新文学大系

"打工文学"：双视向的深层拓展

"打工文学"是新生的，当然也需要成长。我觉得，它要重视双视向的深层拓展——向外部世界与内心世界的拓展。首先，"打工文学"要有社会自觉。张伟明有一篇小说叫《我们 INT》（INT 即接触不良），意喻"我们"与社会"接触不良"。"我们"本来就是社会整体中的有机组成部分，本来就与社会各个阶层融通，"接触不良"主要是心态上有"绝缘体"，有人将其归咎于某种"疏离情结"。"打工文学"大可不必将"打工一族"写成社会断层中的孤独者或流放者，他们需要社会的理解，也需要理解社会。蓦然间，我想到了北宋画家张择端的《清明上河图》，宫室、舟车、市肆、桥梁、街道、城郭，吏卒、婢奴、贩夫、商贾、文士、劳工，都融入了历史的画卷，窥其每一个细部，都可以看到攘攘尘世，芸芸众生。"打工文学"也应从宽阔的社会背景中去观照打工阶层的生活，将社会的大背景与打工者的小背景连接起来，将社会的命运与打工者的命运糅合起来，以追求更高的社会价值与文学价值。倘若我们的"打工文学"的视角不只是盯着流水线、架子床上的"打工仔""打工妹"，而写他们往来于农村与都市间价值观念的蜕化与生活方式的嬗变，不是别开生面吗？倘若我们的"打工文学"不仅写"破碎感""遗弃感"，也写苦恼中的憧憬、失落后的奋起、徘徊中的进取，不是更引人入胜吗？其次，还要进一步重视对"打工仔""打工妹"内心体验的表现，尤其是要从写"我"的经历转向写经历中的"我"的内心世界。文学不是人生履历的形象记载，它通过主观对客观的感知去了解时代与社会，由此才能真正塑造出血肉丰满、神采灵动的特区打工者的形象。此外，对在打工阶层中脱颖而出的许多作者而言，他们几乎都面临着一个困惑——如何寻找一种生命与文学的同构。当他们在青春生命的历险中觅到了一个情感的爆发点时，情思奔涌而出。尔后，他们又免不了有宣泄后的虚悸，具体表现为笔力不逮，后劲不足，如作品中的人物与语言多有重复，过于胶滞于生活中的原型，等等。因此，文学视野的拓展，文学素质的提高，都是他们亟待重视的问题。

原载《思想树》，海天出版社 1994 年版

打工文学的文化意义与视角调适

王为理

一、打工文学的文化意义

从一种宏大背景来看，打工文学是当代中国工业化、城市化和现代化追求的一种文化表达；放到当代都市文化语境中，打工文学的意义是多样的。我挑选其中的两个维度来谈谈自己的看法。

其一，它传达了一种来自"处于国家与布尔乔亚公民社会之间地带"的声音。

当代亚洲著名学者、底层研究的主将帕萨·查特杰认为，以欧美历史经验为主所延伸出来的"国家 VS 公民社会"的分析框架，并不足以解释世界大部分地区的真实状况。实际上，在公民社会之外，还存在一个由底层弱势阶层所建构的空间，他称之为"政治社会"。在殖民时期，精英阶层所垄断的公民社会是推动社会转变的主要作用空间；后殖民时期，最显著的社会转变场域就是在这个政治社会。

帕萨·查特杰的理论主要是基于印度的国情经验阐发的，不一定适用于对当代中国的解释，但是应该引起警觉的是，我们在现代性追求中所憧憬的公民社会，可能与打工阶层无法重合，甚至格格不入。在这种境遇下，打工文学传达了一种来自社会底层的声音。

对于当代都市文化来说，这种声音弥足珍贵。因为，只有在主流与底层、中心与边缘、自我与他者的冲突与融合中，当代都市文化才有可能开启新的空间。用安德森在《比较的幽灵》中的话来讲，打工文学作为一种想象和叙述，实际上借助报纸、图书、网络等工具，建立了打工阶层在文化上与民族、国家、市民、工人、知识分子等这些现代社会思想的普遍常项之间的无限的连续性。

其二，对深圳来说，它打造了一个标志性的文化符号。

在谈论深圳的过去时，我们总是讲深圳是"经济特区"，是"试验场"，是"窗口"，是"移民城市"；在憧憬深圳的未来时，我们会想到"先锋城市""国际化城市""自主创新城市""知识城市"。其实，换个角度来看，深圳是一个地地道道的"打工城市"。根据《深圳市2006年国民经济和社会发展统计公报》显示，2006年全市年末常住人口为八百四十六万四千三百人。其中户籍人口为一百九十六万八千三百人，占常住人口比重的23.3%；非户籍人口为六百四十九万六千人，占常住人口比重的76.7%。如果加上四百万左右的暂住人口，从人口构成来看，没有哪个城市会比深圳更适合被称为"打工城市"了。打工文化与深圳这座城市息息相关，也就是一件很自然的事了。

打工文学滥觞于深圳，影响全国，是深圳对全国的一份文化贡献。从深圳自身来说，打工文学打造了一张城市文化名片，铸造了一个城市文化符码，激起的是心灵的震撼，提高的是文化的辐射力和影响力。一个能够孕育打工文学的城市，一个能够张扬打工文学的城市，是一个将自己的命运与千千万万用心血和汗水创造着这座城市的底层大众牵连在一起的城市。打工文学丰富了深圳城市文化的混杂性，放大了深圳城市文化的包容性，养成了深圳城市文化亲近大众、贴近民生、关爱底层的亲民特征。打工文学的存在，表明深圳这座城市可以从文化上拥抱社会的每一个阶层，而某一阶层被排斥在外的社会是缺乏创造力和发展动力的。

二、打工文学的视角调适

我注意到，自1990年代后期以来，打工文学的发展面临不少挑战，其中有理论的贫弱，有创作艺术的粗疏，也有范式转移的痛苦。究其大的背景，1990年代，社会对打工文学的关注，与时代对改革开放的彰显密切相关，一个新的群体、新的生活、新的命运吸引着整个社会好奇的目光。当历史演进到1990年代后期，特区优惠政策普惠化后，全国改革开放新格局形成，改革开放成为一种常态，打工成为一种普遍的生存方式或生活方式。打工作为一种习以为常的经验，开始从被注视的中心走向边缘，无论是打工者主体，还是整个社会。打工文学式微，也就有了合理的解释；打工文学的意义，也就从彰显走向遮蔽。

但我认为这是一种暂时的退隐，我对打工文学的前途并不担忧。根本的原因在于，中国的工业化、城市化和现代化进程才刚刚进入中兴阶段，打工作为一种社会现象，在相当长的时期内将持续存在。以打工为题材的文学作品，会以新的内容、新的形式，走向新的辉煌。其前提是，打工文学的视角要根据时代的变迁而适时调整。从文化研究者的角度看，我觉得有两个维度可以关注：

第一，模糊的打工图像。

在现代化、都市化和全球化所建构的当代语境中，打工的当代图像似乎清晰可辨，却又模糊不清。打工，作为一幅流动、裂变着的画图，隐隐约约闪现出现代化、都市化和全球化高歌猛进的身影，恍惚之间却又折射出中心与边缘、自我与他者、主流与底层、传统与现代、乡村与都市、地方与全球之间相互冲突的刀光剑影。

对于打工这种时代的集体记忆，打工文学有必要关注社会转型中打工者的悲剧命运，体现底层文学的悲剧精神，表现投奔、惶恐、艰辛、被拒、迷惘、孤独、堕落、抗争等悲情；但同样必须看到，打工也是一曲从乡村走向城市、从边缘走向中心、从地方走向全球的欢歌，幸福与欢愉也同样是与打工者密切相关的历史经验。因此，对复杂的当代打工生活的诠释，是选择现代性深信人类进步的宏大叙事方法，还是选择后现代性认定政治、文化和身份碎裂的理念，就不应该是一个或此或彼的选择。

第二，困惑的身份认同。

身份认同一直是困扰打工阶层的一个重要问题。建立在本质主义身份认同观念上的户籍制度，一直都不自觉地使"过去和现在""他们和我们"之间的简单二元对立成为打工阶层身份认同上不可逾越的范式。共同的历史经验和共有的文化符码，为打工阶层，也就是以前所谓的"农民工"，设定了一个稳定、不变和连续的指涉与意义框架。

但是，当代打工阶层的身份认同正在或必将非本质化，断裂、非连续性、流动、混杂等新的特征表明，打工阶层的身份认同将不具备可精确描述性。一方面，身份认同不再是一成不变的，在不同的语境中可以有不同的身份认同；另一方面，身份认同开始多元化，多元身份认同对于打工者来说将会越来越正常。

身份认同的困惑，涉及"我是谁""谁的城市""谁的家"等打工阶层所面临的深层问题。叙述、解释、形象再现这种深刻的历史经验，也许可以激发打工文学新的意义的生成。

原载《打工文学纵横谈》，社会科学文献出版社 2009 年版

深圳新文学大系

在"中国梦"的面前回应挑战
——"底层文学"和"打工文学"的再思考

张颐武

最近，"底层"问题一时间成了文学讨论的热点。虽然这一讨论还没有引发广泛的社会关切，但它显然是一个与当下社会焦点有密切关联的议题。文学界开始探讨"底层"被损害的困局，期望"底层"的命运被改变，尤其是尝试用文学创作和理论思考关注"底层"生活，反映"底层"现状。这些探讨和思考都有相当的意义，也显示了文学积极的社会作用。

现在有关"底层文学"的思考的展开多停留在对于这种文学的意义的强调上。最近我们看到的往往是对于"底层"的被"忽视"的严重的愤怒，对于"底层"在文学中的呈现并不充分的强烈不满。但其实问题的关键并不在于引起讨论的表现"底层"具有重要性的问题上。将"底层文学"具有的重大意义和"中等收入者"文学的"空洞""无聊"作戏剧化的、尖锐的对比，由此得出"底层文学"意义重大的结论。

这些讨论其实并没有我们想象的那么重要，有必要指出，实际上"底层"在文学中并没有被遗忘和忽视，反而一直是当代文学关切的一个重要的问题。实际上，"底层"的命运从来也没有淡出过文学的关切。20世纪80年代文学中的不少关于农村题材、城市普通人生活的作品，90年代小说中的"社群文学"以及梁晓声、白连春等人今天的作品等等，都对于"底层"，或者在中国急剧变化中受到损害的阶层有相当深入的表现。但这些作品都没有提出对当下现实和中国发展路向的新的思考和深切的质疑，而仅仅是对"底层"的现实的关切和对贫困问题的关注。这种关注的基础在于这些作品仍然相信这个社会有能力对贫困问题进行积极的回应，也相信处于"底层"的人们的历史创造力和改变自己命运的历史主动性。但在这些作品里，弱势群体根本没有试图改变自己的命运，也从来没有以自己的力量去创造自己的发展空间。他们是无能为力地停留在回忆和抱怨中的人，是被动地、无力地被历史的潮流席卷而去的人。他们没有任何积极的历史主动性，仅仅处于困境之中，而不可能有个人的改变命运的可能。他们似乎除了被损害和被忽视之外就一无所有了，除了我们从外部对他们加以拯救之外就没有任何自己的选择了。某些作者仅仅将"底层"的"苦"加以反复渲染，对于贫困问题进行了非常简单的表现，似乎贫困仅仅是社会变化的结果，中国近年的高速发展，除了给"底层"带来苦难的结果之外就一无所有了。这些想象似乎除了将"底层"构造成一个关怀和同情的对象之外，也就别无意义了。这种文学的关键之处其实在于它的某种消极性的存在。

这里有两个问题值得我们再思考。首先，这里有一项难以解释的矛盾是在有关"底层"的讨论中似乎从未被提及的，那就是中国急剧的经济成长使得中国的贫困状况已经有了前所未有的改善。无论是官方的统计数据还是国际性的统计资料都显示，中国的反贫困在最近二十年中的成果是异常坚实的。由此看来，似乎贫困问题并不像我们所想象的正在前所未有地加重。文学的焦虑和当下所显示的现实之间的反差确实是一个现实存在而且不能忽视的问题。按照我们的文学所呈现的景观，底层的存在乃是一种绝对的、具有异常高度意义的表征，但是这一问题的现实性却似乎变得并没有当年重要。这一文学和现实之间的裂痕从未得到有效的弥合。其次，伴随着中国经济的高速成长，中国已经有了和百年的屈辱及悲情告别的历史机遇。过去在我们的"新文学"传统中，贫穷和"底层"生活都不会仅仅是一个阶层或一些个体的命运，而是中国的悲剧命运的投射，每一个"底层"群体的命运都是中国命运的象征。但在今天，在中国和平崛起的历史背景之下，"底层"的生活好像已经和民族的困境脱钩，变成了一个特定阶层或特定个人的命运。它是一个社会福利和社会公平的问题，而不再是民族屈辱的象征性问题。中国的崛起和发展正是中国人民一百年来奋斗和争取的努力目标，"底层"的痛苦当然必须引起所有人的关切和真诚的帮助，引起社会对此的高度注意，但这并不能说明中国近三十年来的发展仅仅是让少数富人掠夺更多财产，也并不能说明三十年来中国积累的财富仅仅是肥了富裕阶层。这场让几亿中国人告别了贫困命运的变革，这场让中国人获得了前所未有的力量的变革，不能被这样漫画化和片面化。这样的描述是对中国人民的奋斗和努力的不公正，是对中国人民的梦想和追求的扭曲和片面化。这些外部思考的问题似乎仍然没有得到大家的真正关注。

这里的问题是，我们常常在想象"底层"的时候，并不关心"底层"真正的所思所想，对他们的精神世界并没有深切的了解和真切的把握。于是，我们仅仅看到了生活的苦和难，看到了无助和无奈，除了简单地呼唤关切他们之外，却没有他们自己灵魂的表现。"底层"往往是我们惯性思维中的那种固定而刻板的形象，一种我们在文学史中耳熟能详的形象。"底层"确实通过文学发出了声音，但这是他人想象中的声音，是一种从外面观察和探究的声音。

另一类的有关"底层"的表达同样值得我们大家关切，那就是打工文学。所谓打工文学，是由打工者自己写作的作品。这种书写打工者的心声，表达打工者的感情的创作已经在南方的一些都市如深圳和广州等地有了十几年的传统，也产生了相当的影响。这种文学的好处是打工者写自己的生活，它所展现的世界似乎和我们看到的作家写作的"底层文学"大不相同。这些作品由于出自打工者之手，其文学价值和表现深度往往参差不齐，但十多年来打工文学的势头不衰，打工文学的作家也有了好几代。

　　这些打工文学作品当然也深入地写到了打工生活的苦和累，写到了生存的不易和对社会存在的不公正现象的抨击。但这些作品却也有最为强烈的渴望和最为实在的梦想。这些打工者并不认为自己的处境无法忍受，相反，他们仍然对生活怀有信念，对世界有一份坚定和乐观的抱负。他们相信凭自己艰苦的劳作和机敏的争取，完全有可能为自己开创一个美丽的未来。他们并不想绝望地走向社会的反面，也并不激烈地抨击当下的生活，而是在困难中互相慰勉，在挑战中从容面对。在打工小说、诗歌和散文中，我们看到的最为常用的词就是——梦想。

　　在我看来，打工文学凸现了我们在思考"底层"或弱势群体的问题时的一个关键盲点。我们常常忽视，二十年来中国发展的基本动力正是一个依靠自己改变命运追求美好生活的梦想。这个新的"中国梦"是一个成功的梦想，一个凭自己的勇气、智慧、创造精神争取美好生活的梦，一个充满希望的梦想。这是一个强者的梦想，一个个人冲向未来的梦想。这正是中国社会尽管面临巨大挑战却仍然能够凝结成一个社群，而没有分崩离析的基本前提。这个梦想的能量今天还远未枯竭，才使得中国仍然具有认同和团结的力量。

　　这说明有时我们的判断未必切合实际。我们有时容易用一种民粹主义式的想法面对中国的高速发展和全球化的进程，简单地强调民粹式的对于社会问题的简单化解决而不是创造性的解决；简单地强调中国内部的阶层的矛盾和冲突而不能理解中国人民改变命运、追求美好生活的共同渴望；简单地将社会福利与发展的可能对立起来处理，认为发展不可能带来社会进步而将平均主义式的想象再度强化，从而忽视了发展对社会公正和社会安全的巨大作用。毫无疑问，对于发展带来的问题，必须有高度的认识和清醒的批判性思考，应该有新的发展观和新的思路，同时也决不能忽视发展的作用和中国在全球化中的作用。打工文学确实给我们提供了新的启示。我觉得20世纪90年代的"社群"文学所表现的那种"守望相助，互相扶持"，在不同的阶层和群体之间寻找沟通和对话，创造和谐而不是分裂，上进而不是悲情，面向未来而不是营造怨恨的可能，似乎更加值得我们所有关心中国的文学和中国本身发展的人们关切。

这让我想到了冯小刚的电影《天下无贼》里的傻根，这个年轻人通过异常艰辛的劳作挣得了钱，踏上了回乡之路。他在火车上大部分时间在睡觉，但他对于自己的信心，对于未来的期望，使得他成为这趟列车上最具魅力的中心。这趟列车其实是朝向他的梦的核心驶去的。傻根其实异常阳光、天真和自信，辛苦地劳作，辛苦地奋斗，相信自我不断争取的价值。这种坚韧和个人奋斗不正是新世纪中国经济高速成长，中国告别昔日悲情的过程的展开吗？傻根感动那两个良心未泯的贼的地方不正是这种单纯的梦想吗？《天下无贼》中没有那种无可奈何的悲鸣，有的却是一个"新新中国"的未来，有的是中国新的价值的被肯定。这里有一个真切的"中国梦"的活力和期望，也是中国人民近三十年来的历史选择的必然。无论如何，我们有了比三十年前梦开始的时候更多的力量、更强的信心和更坚实的基础。

劳动和梦想同样是美丽的。

原载《中关村》2006 年第 8 期

文化视野中的广东打工文学

杨宏海

20 世纪 90 年代，在对外开放和市场经济"先走一步"的广东，伴随着"百万移民下珠江"的大潮，一种新的文学形态——"打工文学"迅速崛起。它受到广大打工一族的欢迎，以打工一族为主要服务对象的文学刊物，一直拥有最广泛的读者。可以说，在 90 年代的中国文坛，打工文学不仅成为广东文学的一个重要组成部分，也成为当代中国引人注目的文化现象。

一、心灵的呼唤：打工文学的产生动因

从广义上来讲，打工文学既包括打工者自己的文学创作，也包括一些文人作家创作的以打工生活为题材的作品。但如果要对打工文学作一个稍为严格的界定，那么，我认为，所谓打工文学主要是指由底层打工者自己创作的以打工生活为题材的文学作品，其创作范围主要在中国南方沿海开放城市。

进入 20 世纪 80 年代，中国实行改革开放，大批投资者蜂拥而至。紧邻港澳，占尽天时地利人和的珠江三角洲，率先成为外商投资的"热点"。南粤大地像一个强大的"磁场"，吸引了来自全国各地的"寻梦者"。于是，流传起这样的民谣："东西南北中，发财到广东！"几乎每一趟南下的列车，都载来一批到广东闯世界的外乡人。这些被称为"打工仔""打工妹"的年轻人，多数来自农村及边远贫困地区，逐渐形成一个庞大的"打工阶层"，他们的生活构成珠江三角洲及经济特区生活的一个富有时代和地方特色的层面。

文学总是植根于生活的土壤，只要她脚下拥有肥沃而宽厚的生活领地，总会长出枝繁叶茂的大树。随着打工阶层的不断壮大和发展，一种新的文学形态应运而生。当时，在深圳盛行一句名言："时间就是金钱，效率就是生命。"这对打工者来说，意味着匆匆上班—打卡—匆匆下班—吃饭，整天在流水线作业，他们的身心极度疲乏。早期在深圳蛇口工业区"三资"企业里曾流传过这

样一首顺口溜："一早起床，两腿齐飞，三洋打工，四海为家，五点下班，六步晕眩，七滴眼泪，八把鼻涕，九（久）做下去，十（实）会死亡。"这虽有夸张之处，但某种程度上反映出打工者紧张的工作节奏和单调的生活内容。这可以看作是打工族中"哼唷哼唷"派的即兴之作，可视之为来自民间最早的口传打工文学。在工作紧张、身心疲惫、精神文化生活贫乏的环境中，一些来自打工一族的文学爱好者，率先拿起笔来抒写自己的生活和诉求，立马受到打工族的热烈欢迎。

最早的打工文学是打工者的自我宣泄，或称之为"心灵的呼唤"。曾在《花城》发表处女作的打工妹作者吴海珠在一次座谈会上说："打工生活的磨炼与对文学的爱好，使我产生了要写小说的强烈冲动。我觉得，打工者写打工文学是一种心灵的呼唤。当你有了创作冲动时，晚上翻来覆去睡不着，有一种急于把感受变成文字向读者倾诉的感觉，似乎不写就会疯了。"另据报道，1993年4月号的《诗歌报月刊》刊登了一张寄自深圳的一个打工者文学社团的手抄报影印件，并选载了其中的两篇诗文，引起了反响。手抄报上有这样两句"宣言"："我们刚刚结束给老板的加班，现在我们为自己的命运加班！"这个打工"宣言"，就是由宝安区石岩镇"加班文学社"几个流水线上的文学青年发出的命运的呐喊。由此可见，"渴望倾诉""自我关怀"乃至发自"心灵的呼唤"是打工文学创作的最初动因。

发端于20世纪80年代中期，崛起于90年代的广东打工文学，涌现了林坚、张伟明、安子、周崇贤、黎志扬、黄秀萍、谭伟文、郭海鸿、海珠、罗迪、缪永等大批打工作家，他们的作品推进了打工文学的发展，也开始引起传媒与影视界的关注。最早提出以反映打工仔生活为己任的是宝安的《大鹏湾》杂志，此后，《特区文学》《花城》《广州文艺》《珠海》《佛山文艺》等刊物都陆续刊登这类题材的作品。许多报纸和电台或开设"打工征文"专栏，或推出"打工天地"节目。由影视制作人创作拍摄的《特区打工妹》《外来妹》，由剧作家创作上演的舞剧《深圳故事·追求》等作品，用屏幕和舞台形象扩大了打工文学的影响，引起社会各阶层对打工一族的关注与思考。

打工文学初创之期，由于所涉及的是我国大部分读者比较陌生的生活领域，那漂泊奔波的生活，劳资双方的冲突，中外文化的碰撞，竞争机制的严酷，生活方式的嬗变，展现出一片"美丽的混乱"的迷人风景，给人们带来许多新奇的阅读效应，契合了当代读者关注信息、追求近距离观照生活的审美心理，因而颇受读者青睐。面对方兴未艾的打工文学，1992年7月29日，上海《文汇报》发表《"打工文学"异军突起》一文，称其"以短、平、快的节奏冲入中国文坛，掀起一股旋风"。正是在这样的背景下，广东许多报刊、传媒纷纷把目光投向打工阶层，海天出版社不失时机地推出《青春驿站——深圳打工妹写真》《青春之旅——深圳打工仔映画》《青春寻梦——广东打工潮追击》《青春絮语——打工仔打工妹情简》《青春异彩——洋行里的女雇员》等"打工文学系列丛书"。一批文化商也组织撰写、出版"特区寻梦"一类的打工题材的作品；报纸、广播电台也纷纷开辟"打工"节目；在许多书店和大街小巷的地摊上，都摆满了冠以"打工"之名的杂志。一时间，"杂花生树，群莺乱飞"，兴起了一股热潮。

二、精彩与无奈：打工文学的文化性格

打工的世界很精彩，打工的世界也很无奈，正是这种精彩与无奈，体现了打工文学的文化性格。打工文学的一个突出特点是作者本人大都是打工的，他们对打工生活熟稔于心，素材丰富活泼，他们对这种情感有独到的体认，创作时信手拈来，无需为文造情去编排玲珑剔透、千回百转的故事。而且随着生活场景的转换，他们也在创造新的价值观念和生活方式。综观这些作品，它们在真切地表现"精彩与无奈"中体现了以下几个主题：

1. 城市想象。面对城市这种崭新的生活空间，打工者必然要以其特有的想象方式将城市内在化。一是用"乡村美、都市恶"的心态观照城市，以农业文明来反衬工业文明的异化，并对之持一种强烈的批判态度。张伟明的小说较为典型，如《我们 INT》和《对了，我是打工仔》都流露出身处城市的异化感和幻灭感。二是对城市采取拥合静观的态度，认为尽管城市在道德上有堕落的一面，但相对于沉滞而贫穷的内地乡村来说，仍然具有不可抵抗的吸引力。在林坚的小说《别人的城市》中，其人物形象体现了一种城市文化的新质。三是以"微笑看世界"的视角，对城市采取完全认同的态度。如安子的《青春驿站——深圳打工妹写真》，展现了其在"都市寻梦"中实现自我价值的喜悦。应该说，无论是对城市还是对乡村，打工文学的批判锋芒都还没能透入表里，因此打工文学中所展现的城市与乡村两种文明的冲突，实际上只是一个纷繁复杂不断变幻的图景而已。

2. 身份认同问题。身份认同的焦虑是打工文学中一个极其显眼的问题。一方面打工者要通过城市想象来建构一个都市人的身份，但另一方面都市却以其巨大的压迫形成反向塑造，将打工者边缘化，二者之间的紧张关系造成了复杂的身份认同上的危机。大部分打工文学作家虽然根在乡村，却接受过较好的教

育，有些还受过高等教育。这就是何以在他们笔下会频频出现愤怒而迷惘的知识打工者形象的原因所在。如黄秀萍的小说《这里没有港湾》，打工妹"只不过是深圳这片繁华之地的过客而已"。她们在这座城市里拼搏，渴望这座城市能接纳她们，希冀在"万盏灯光中有属于自己的一盏"（麦知妹《花开花落》）。可是，打工妹犹如风浪中漂浮的一叶孤舟，找不到停泊的港湾，在她们对自我的想象和实际的遭遇之间出现了裂缝时，在外部压力逐渐增大的情况下，自我开始走向崩溃。梦溺的《敬你一杯苦酒》里的三个女子的自我迷失就典型地反映了打工者可能遭遇的认同危机。

尽管张伟明笔下时有"东家不打打西家，潇洒走向下一站"的描写，但这种"潇洒"其实是"沉重的潇洒"，因为它丝毫不能改变自己被迫出卖劳力的生活现实，而只能一次又一次地强化自己的尴尬境遇。就像 20 世纪上半叶诗人叶赛宁的独白，"走出了乡村，走不进城市"，对于经过城市文明洗礼的打工者而言，城市是别人的，故乡也仿佛是别人的，已是回不去的地方了。

3. 性与政治。打工者与老板之间的矛盾斗争是打工文学中最为核心的问题，尽管在大多数打工文学作品中，这个问题并没有得到深刻的揭示。雇佣和被雇佣的关系实际上就是一种赤裸裸的金钱权力关系，而在社会转型过程中，金钱权力往往会越出合理的范围，腐蚀到更加私密化的个人生活空间。一方面，性是展示金钱权力的标尺，对性的永不餍足的玩弄和追求被看作老板们的身份标签之一；另一方面，性作为身体政治的内容，成为反抗权力的斗争形式，对于被玩弄的雇员来说，性也是用来嘲讽和报复无耻的老板们的重要手段。也可以说，性提供了一个幻想的空间，在此空间里，现实中的主客关系被颠倒过来，从而宣泄了打工者在现实生活中遭受的愤懑。在张伟明的《我们 INT》里，"我"在梦中对香港总管小姐的占有包含着一些耐人寻味的内容，资本家与被雇佣者之间的关系被性关系（想象或现实的）部分地改写了，然而，作为弱者的被雇佣者只能通过性的想象来挽回失去的尊严这一事实，一方面更加凸现了现实中的权力格局，另一方面，虚幻的自我慰藉将进一步削弱打工者直面自我与现实并进而寻求变革的勇气和能力。

上述所引的作品，大都来自打工文学的发源地——深圳，这是因为深圳作为中国最早的经济特区之一，汇聚了全国各地的移民，打工文学创作也最具规模。也许是由于外来思想的影响和市场经济的环境，这个地方的打工青年在"精彩与无奈"的生存状态中更具备比较放松的心态。诚如广东评论家钟晓毅所说："深圳的更年轻的作家，倒是率性得多，生存的各种欲望在他们笔下被搅拌成一盘五彩缤纷、酸甜苦辣的'杂锦'，他们不仅发现了那个早被伟人揭示出来的最基本的道理——人首先要生存，而且更深化了一步，即还要生存得好一点。"

三、"造梦"与"造市"：打工文学的生产方式

历史进入 20 世纪 90 年代，当中国当代文学失却轰动效应之后，广东打工文学却异军突起，以打工一族为主要服务对象的《佛山文艺》，倍受读者青睐，刊物发行逾五十万份，成为当时全国文学刊物中发行量最高的杂志。

在中国改革开放"先走一步"的广东，打工文学又是最早随着市场经济应运而生的文学形态之一。它作为一种反映现实存在的文学形式，一开始就浸染于商品经济之中，不可避免地受到市场这只无形之手的左右，使之成为文化商品而进入流通领域，逐渐成为文化市场的一部分。此时，打工文学的范畴不再局限于个人性的文学作品，同时也包括社会性的文化产品。因此，研究打工文学不仅要分析它的叙事，同时也要分析它的生产，即通过对生产方式的探讨，进一步揭示打工文学发展的原因。

一是"造梦"。

前几年，深圳有过关于打工文学与新都市文学的讨论。我认为打工文学与新都市文学有一个共同的指向，那就是它们都展示着工业文明对农业文明、城市文化对乡村文化的吸引和同化，都抒写着社会文化转型期都市人（含都市边缘人）的生态与心态。可以说，打工者在构筑新都市的同时，亦在接受新都市的洗礼。数以千万计的打工者，正是在都市"寻梦"的过程中构建了都市，又在追赶文明的过程中铸造了文明。

谈起打工文学的"造梦"，就不能不谈安子。1990 年，在纷纷扬扬的"股票热"之外，一个以文学立名的神话却意外地传播开来，安子——这个通过抒写打工经历而一夜之间成为明星的打工妹，不知鼓舞着多少打工者渴望"圆梦"的心。她的作品《青春驿站——深圳打工妹写真》，经过《深圳特区报》、上海《文汇报》连载之后结集出版，旋即荣登畅销书前列。安子的"神话"与深圳的城市化进程是同步的。在漂泊与拼搏的生存状态中，打工者们特别渴望得到心灵的抚慰。安子通过纪实体文学，讲出众多打工妹们想讲而没有讲出来的心里话，引起她们内心的强烈共鸣，由此一炮而红。而在满足倾诉欲望的同时，安子也牢牢抓住深圳所提供的机遇，使自己走向了成功之路。

深圳是一个创造奇迹的城市，安子的道路也可视为深圳所走过的历程的一个缩影。安子的作品以其"微笑看世界"的独特视角，表现了一种"挑战生活、

实现自我"的理想主义色彩，让百万打工者有满足心理诉求的渠道，在劳累的工作环境中得到心理平衡和精神慰藉。尽管现实生活远非如此简单，但只要生活有"梦"，就有希望。

当然，仅仅靠一个人的力量来"造梦"是远远不够的，必须借助传媒的力量。近年来，广东珠江三角洲的许多报刊上，几乎都专辟了"打工世界""打工人语"一类的栏目，讲述打工者的奋斗故事；深圳广播电台还曾设立"安子的天空"节目，呼唤"每个人都有做太阳的机会"；《深圳青年》杂志也在张扬"男孩子生来打天下"等理想主义色彩的青春梦，激励了众多打工青年的"寻梦"热情。

毋庸讳言，打工者造梦的动机、目标和结局是各不相同的，它涉及打工阶层的内部层次划分：为数众多的底层打工者们也许只是想见识一下繁华都市，改善一下物质生活；以安子为代表的实干型打工者则希望成为城市的主人，继而生根发芽；再如缪永之类具有较高精神诉求的打工者，他们希望在陌生的城市寻找到某种完美的生活方式而又往往不能如愿，为之痛苦与迷惘。不过，尽管打工者的"梦境"各不相同，而他们对于各自"梦境"的不懈追求却是一样的。正是这种"梦圆梦灭"的过程推动了打工文学的发展，同时也加快了它的裂变。

二是"造市"。

在市场机制的推动下，文学作为文化商品进入流通领域。应该看到，打工文学的主体读者群是新兴市民阶层，这是一个文化修养参差不齐、阅历却相对丰富的社会阶层。随着市场经济的发展，市民阶层的种种物质需求与精神需求更加明豁，阶层性审美意识更加集中和强烈，在熙攘热闹、风波丛生的都市生活中，人们的生活、情感节奏较快，客观上需要通俗性的读物，打工文学的出现，正好迎合了这种需要。按照经济学的原理，有需求就会有市场，而打工文学要生存下去，就不得不面临如何吸引读者、创造市场的问题，由此打工文学从个人性的写作转化为社会性的产品，进入"改写"与"重造"的过程，被迫以自身的变质作为继续生存的代价。

正是瞄准了这个商机，不少出版商在促进打工文学的"造市"与"随俗"的同时得到丰厚的回报。于是，在这片市民文化土壤上，良莠不齐的打工文学以其野俗的活力席卷性地迅速占领市场。对此，不少读者提出批评。打工作者盛慧撰文指出，对于出于真实情感而创作的打工文学，不管其质量如何，都无可非议，问题在于有些"所谓纪实连载、小说经典"，无不是一些生搬硬造的"混浊之作"，这种发展态势如果继续下去，打工文学迟早会成为"弃置大街的一根骨头"；也有论者指出，面对打工者这一庞大的读者市场，"《佛山文艺》

正是因刊发打工文学而成为中国名牌刊物……连一些大牌刊物也不得不屈尊与《佛山文艺》搞一些联谊活动"。但是，"随着时间的推移，打工文学却明显后劲不足"，打工作家也缺少超越自我的佳作，对此论者认为"缺乏文化底蕴的打工文学以及没有文化品格的打工作家绝对没有前途与希望"。

应该承认，在市场经济的驱动下，一批打工作家表现出浮躁的心态和急功近利的文学性格，但更多的打工作家却不断从"稚嫩"走向"成熟"，打工文学也在"造梦"与"造市"中一步一步走向其"改写"的历程。

四、泛化与分流：打工文学的发展走向

打工文学是"工业化"与"市场经济"的产物，是文学与打工阶层在新的社会历史时期的相互选择，是历史的变迁造就了这一文化现象。从 20 世纪 90 年代初到 20 世纪末，打工文学几乎影响了整整一代漂泊南方的异乡人。作为特定时期内的一种文化现象，打工文学值得文学界给予更多的关注。可是，在中国当代文学中，打工文学始终没有得到应有的重视。造成这种惊人的漠视的借口之一，是打工文学的文学价值不高。应该承认，打工文学在文学技巧和手法乃至语言上确实还比较粗糙，和占据主流的纯文学流派相比，确实有相当的差距。但是我们看到，在市场经济条件下，一些精英阶层面对大众文化的发展处于自我封闭的状态，对来自劳工大众的新的文化景观视而不见。

对打工文学现象的漠视，与其说是精英阶层对大众文化的拒斥，不如说是其对市场经济下的劳工大众的隔膜与无知。而在对市场经济比较熟悉的作家、理论家之中，倒有一批有识之士早已关注起打工文学。如 20 世纪 90 年代初期，台湾著名作家陈映真到深圳访学，就表示他最关注的是深圳反映打工题材的作品，关注上百万外来工的状况；前几年中山大学中文系博士生导师黄修己教授赴日本讲学之前，就将打工文学作品作为评介广东当代文学的资料；广东文艺批评家协会黄树森主席和中山大学中文系黄伟宗教授则组织研究生专题探讨打工文学；广东省作家协会陈国凯主席在为打工作家的作品集写序时，就称赞其为深圳"特区真正的'特产'"。事实上，打工文学的优势也非常明显，在纯文学作家那里，我们很难读到如此鲜活的生活经验，而且难能可贵的是它们都出自打工作家自身的经历。打工文学的价值在于，它是处于社会边缘的弱势群体发出的"自我关怀"的真切诉求，它为市场经济挤迫之下的打工一族提供了舒缓紧张压力的精神食粮，也为我们理解当代中国巨大而沉重的社会转型提供了

丰富的第一手材料。特别是对于市场经济条件下的一些重大问题，如当代中国社会阶层的分化，底层人民对于未来生活的想象以及农村城市化进程中的社会嬗变与发展走向等，打工文学都能提供一些独特的东西，丰富和深化我们对当代中国的认识。可以说，中国改革开放二十余年的历史与打工者息息相关。是打工者以热血和汗水，建筑起一座座新兴城市；又是打工者以智慧和想象力，创造出自己的文化品牌——打工文学。

文学流派的演进往往有其阶段性。有学者指出，"打工文学在人口的大迁移、文化的大碰撞中产生，必然是一种泛文化的文学，极易扩散，是这个时期文学现象所共有的特征"。时至今日，打工文学的创作实践中，又涌现出戴斌、松籽、王丽丽、瑜璐等一些新人新作，但总体上泛化与分流已成为打工文学的发展走向。一方面，一些文化素质较高的知识打工者经过积累与生活体验，渴望写出超越原有水平的打工文学作品；另一方面，我们不排除它可能转化到其他类型的写作中，以一种崭新的面貌出现。也就是说，对打工生活资源的持续开发在相当长的一段时间内还会是一个令人关注的领域。但这早已不仅仅是"写什么"题材的问题了，"怎样写"的技术问题也随之浮出海面，而这又使得打工文学在向着不同的方向产生分化。但它在一定历史阶段的文化价值仍然存在。诚如一些评论家所评价的那样："随着城市不断走向成熟，打工文学书写的广度、深度也将大大地拓展，并逐步从城市表层的衣食住行往打工族心灵世界的纵深处发掘。打工文学是一种朝气蓬勃的文学，是我们研究当代文化活生生的参照，也是当代文坛不可或缺的重要部分。"像张伟明最近出版的长篇小说《无所适从》，其创作在题材、手法及语言表达上都与原来的小说有明显的反差，"他大胆的文本实验接近某些先锋小说的特质，同时又迥异于这些先锋小说"。缪永的长篇小说《我的生活与你无关》也开始向女性小说过渡。反观当前某些城市文学创作，"新生代"作家群的创作，女性文学创作，又隐隐约约地看到打工文学的影响和存在。

"诗文随世运，无日不趋新"，崛起于20世纪90年代的广东打工文学已经走向泛化与分流，未来的发展尚难预料。但是，随着改革开放的深入与西部大开发的展开，打工越来越成为社会的潮流，打工领域所蕴藏的文学资源亦将层出不穷。无论如何，打工族作为弱势群体，需要得到社会更多的关注。打工文学作为另类写作的文学，需要得到文学界更多的扶持和引导。本文从文化视野对此作一探讨，旨在为广东打工文学的创作和努力作一纪念，也为更新更丰富的文学流派的出现展示一种背景，提示一种方向。

为打工文学立言

深圳市特区文化研究中心 整理

　　编者按：2000 年 8 月 28 日—31 日，由广东省文艺批评家协会、深圳市特区文化研究中心、宝安区文化局主办的"大写的二十年·打工文学研讨会"在深圳市宝安区都之都大酒店隆重召开。来自北京、上海、南京、广州、深圳等地的五十多位领导、专家、学者以及打工文学作家们欢聚一堂，为改革开放二十年来在广东萌生并发展起来的打工文学召开第一次全国性的学术研讨会。会上，专家学者踊跃发言，从不同的角度对打工文学的价值、意义等做了颇有深度的分析，也对打工文学未来的发展提出了良好的建议和殷切的希望。以下是部分专家学者的发言。

　　刘斯奋（中共广东省委宣传部副部长、省文联主席）：很高兴有机会来参加这个研讨会。深圳特区和《大鹏湾》杂志作为打工文学的摇篮，为打工文学留下了一串串宝贵的足迹。在特区建立二十周年、《大鹏湾》创刊一百期生日的时候，对打工文学进行深入的回顾、梳理和研究非常必要，特别有意义。

　　二十多年来，我们的国家、民族发生了巨大的变化，社会的进步，人们观念的改变，在深圳这一改革开放的前沿地和窗口表现得特别突出。广东、深圳这二十多年的巨大进步离不开全国人民，离不开来自全国各地数量巨大的打工一族。打工潮的兴起，是 20 世纪重要的社会变革，是非常壮丽的社会景观。打工一族来自全国各地，特别是农村。从个体来说，他们是社会各底层的人们；但从总体来说，他们是非常崇高、伟大的，他们推动了整个社会的发展和进步，体现了中华民族伟大的创造力。我们应该通过各种艺术形式来表现这一伟大的社会运动、时代潮流。近年来，这样的作品逐步产生了，但总的来说还是不够的，文艺界跟时代的发展联系得不够紧密，有些文学家甚至躲进了小楼，抒写自己的个人生活，他们没有真正融合到火热的时代生活里。在这种情况下，打工文学是独特的，有专业写作所不能够替代的优势。打工文学作者来自社会基层，亲身经历了时代、社会的大变动，他们的工作和生活与整个社会发展的脉搏是紧密相连的，他们的感受、他们的眼光、他们的生活实践都深深地跟我们的时代贴在一块儿，他们具备这样的优势，如果能够很好地发挥，很好地提高完善，对推动中国的文学艺术的发展将会起到不可估量的作用。事实上，这些年来，打工文学的勃兴也展示出这种趋势和可能性。所以，对打工文学的研讨应该放在整个国家、民族发展的大背景上，应该放在我们整个当代文学的大背景上来看待，这样才能很好地给它定位，并进行深入的研究。

由于种种原因，打工文学现在还处于一种萌芽状态，还没有产生有影响的著作，这是因为一些打工文学作者还只是把自己的感受直接地进行抒发，怎样把它在思想深度、艺术水平上加以提高，还有待进一步努力。其次，打工文学作者是业余写作，要在解决生活问题的同时进行文学创作，必然影响到他们精力的集中。对待打工文学，有关单位应给予更多的关注，更多的扶持。这种关注和扶持要从他们的实践出发，从他们的生存状况出发，实事求是，注重实效。另外，作者本身要确实努力加强自身的文化素养，提高自身的思想水平和艺术技巧。

打工文学发展了这么些年，不光是得到了有关单位及刊物的关怀与支持，也引起了理论界的关注。今天召开的研讨会就是要从理论的高度对打工文学进行深层次的探讨，指出其特点和进一步发展的问题。希望这样的研讨会今后继续举办，大家共同努力，打工文学一定会发展得更好。

王京生（深圳市文化局局长、深圳市特区文化研究中心特约研究员）：深圳是最早的打工者聚集地，也是最重要的打工文学的策源地。深圳之所以有今天，整个珠江三角洲之所以能够像现在这样繁荣发达，很重要的一个动力，或者说社会发展的一个基石和基础，是百万打工者的辛勤劳动。特区建立二十年来，一批又一批闯世界的年轻人汇聚到深圳这片热土，开始了漂泊、动荡然而又是充满理想主义精神的打工生活。打工文学正是从打工生活中孕育出来的，它记录着打工者的故事，又承载着打工者的梦想，在那些朴素到有些稚嫩的文字中，我们不难看出，跨世纪的一代中国青年是如何经历着从乡村到城市、从农业文明到工业文明的巨大的变迁。而在一个个酸甜苦辣的青春故事背后，我们看到了深圳作为一个现代城市的诞生和成长。在特区建立二十周年之际，我们在感谢打工青年给这个城市带来经济上的贡献的同时，不会忘记他们所带来的文化上的贡献。自成特色、别具风格的打工文学就是他们献给这个城市的厚礼。

我对打工者的生活和写作是熟悉的，也有切身体会。我初到深圳时负责主编《深圳青年》，在相当长的一段时期里，《深圳青年》的主要读者就是打工者。

我曾经到过很多工厂，和打工者聊天、座谈、开展活动。很长时间，《深圳青年》每天能收到四五麻袋的信，百分之八九十都是打工者写的。就在我们今天参加这个会议的打工作家中，我印象比较深的如安子，她就给《深圳青年》写过很多稿子，在《深圳青年》主持过一些关于打工的栏目，和打工者交流。另外像林坚、黄秀萍，我也比较熟悉。今天组织这个研讨会，很有意义。特区文化研究中心的宏海同志在做特区文化研究的种种课题的同时，一直没有放下和放弃对打工文学这个特区独有的文化现象的研究，我觉得特区文化研究中心对打工文学的研究是意义深远的。我们谈特区的变迁，谈深圳的发展，谈时代的变化，正是这些打工者创造了这个时代，与时代并进。同样地，跨进了新的世纪，是很有一些东西可谈的。

这个打工文学研讨会，就我所知，是规模最大的一次，也是最正规的一次。能够使打工文学登上大雅之堂，能够吸引全国这么多的著名专家、学者来关注它的发展，这是打工者之幸，也是打工文学之幸。

阎纲（中国当代文学研究会副会长）：打工文学作为一种文学现象，现在人们对它的认识还很不够，尤其是我们的主流文坛、主流评论的重视不够。现在打工文学站到我们的面前来了，我们的文坛跑到哪里去了？读了打工文学作品，我感触很深：一、口号的提出或文学新品种的出现。伤痕小说出现时，我们很敏锐地感觉到这是一种新东西，文学的大潮来了。当时及时地提出了伤痕文学的口号，后来出现了反思文学、体育文学、女性文学等。很多理论家反对这样按题材分类，但分有分的好处。打工文学的提出，有争议很正常，在争议中慢慢会取得共识。二、打工文学是"中国造""深圳造"的，富有原创性。打工文学是中国制造的有中国特色的文学新品种，起码发言权在这里。我不同意培养一说，打工文学就是自己闯出来的，自己跳出来的。打工族的出现是为摆脱贫困，农村人口向城市大迁移，也是农业文明向工业文明大迁移的结果。这种劳动力的大流动、大迁移是具有中国特色的，带有从计划经济向市场经济过渡的痕迹。深圳打工族的成分很复杂，里面有很多"知识青年"，所以打工文学和知青文学有很多相同的地方。打工者把城市和农村沟通起来了，他们是把先进技术转化为生产力的具体实施者、参与者；他们是廉价劳动力，接触了资本主义的一些生产方式；他们是中国劳动阶层里最廉价、最迫切需要改变现状，而且最呼吁公平竞争和民主自由的一群人，这样的打工族写的文学非常值得关注。三、打工文学的口号要有前瞻性，不要画地为牢。我同意这样的看法，自己写自己的生活，"我写，写我，我看"，但打工文学要发展，就不能停留在这个水平上。打工文学作品需要深化，还得欢迎更多的作家来写打工文学，不是打工族写的关于打工族的作品难道就不是打工文学？另外，"人间要好诗"，说一千道一万，还是要用作品说话，要提高作品的创作质量，有了作品什么都好办。现在打工文学的作品已经很多了，很好，但还可以更好。听一些打工作家说，打工文学是发泄，但发泄之后怎么办？再一点是刊物的重要性，从打工文学看得非常清楚，有没有《大鹏湾》大不一样。办刊物需要一个后盾，深圳条件优越，希望大家共同努力把刊物办好。

何西来（中国社会科学院文学研究所研究员）：打工文学是我们时代的一种潮头文学。最早出现在深圳、珠三角的打工潮是农民离开土地谋求更富裕的生活的社会大转变，代表历史前进的趋势。打工潮是农业文明走向工业文明的步伐，是民族振兴的表现，是时代潮流的主体。从历史来看，时代大潮在广东出现是有渊源的，邓小平的伟大就在于把改革开放的点选在了深圳，选在离香港很近的地方。现在，这里成为改革开放的一个窗口，对外开放的必经之地，深圳是桥头堡，是滩头阵地，抢滩就抢在这儿，然后向整个中国辐射。打工文学是潮头文学，打工者就是弄潮儿，从现代化的综合指标来看，将来农村人口只占全国人口的百分之十五左右，打工者开辟的这条道路会有很大影响。我们应该站在这样一个高度来给打工文学以历史的定位和评价。

打工文学是一种真实的文学，打工文学是一种开放的现实主义。从打工文学中，"我看到了打工族中的很多星座，是他们将珠江三角洲照得灿烂辉煌，是他们的光芒激起了社会腾飞的翅膀"。这些作品有不足，走出了一步、两步，但还没有走出三步、四步，但正因为如此，它非常贴近生活，有那种"毛茸茸的生活的感觉"，"元气淋漓"。理论总是苍白的，生活之树常青，尽管部分打工文学作品有感伤，有悲怆，有低回，但更多的还是希望，是打工族的命运，是正在崛起的这个群体和我们民族的未来。打工文学不仅仅是真实，它是血泪文学，作者在写作中注入了自己真挚的感情，写出了打工人细腻的心路历程以及灵魂深处的矛盾，写出了他们的徘徊、他们的兴奋、他们的失落、他们的进取、他们的拼搏。文学最重要的是真情，相信若干年之后，历史学家、文化学家都不能忽略非常真实的打工文学的价值。

不仅仅是评论者要把打工文学放在当代中国乃至全球发展的格局中研究，写作者也应如此，文学作品重要的是小中见大。打工文学不是培养出来的，但出来了之后要不要培养？自生自灭未必能灭得了，但如植物般要培土，要除草，风太大时要插一根杆子扶一扶。我赞成选一些打工文学作家到北京鲁迅文学院学习，通过学习，让他们有个参照，有没有参照是不同的。一些打工文学作家的胸襟不是那么开阔，陷入就事论事之中，应该要锻炼和提高。打工作家讲到的责任感、提高觉悟等问题，都很重要，现在正处在一个社会的转型期，打工作家应参与到新道德的建设当中来，建立我们的人格理想，建立新的道德规范。

胡经之（深圳大学教授、博士生导师）：我们应从整个中国的现代化进程来看打工文学的定位和性质。确切地给它命名的话，是不是可以叫作"新都市打工文学"？新都市打工文学是改革开放的产物，是中国现代化进程中出现的新生事物，是一种新的文学品牌，这样就可以区别于过去的一些东西。它跟深圳的整个题材是一致的，是新都市文学的重要方面，体现着深圳文学的特点，具有不容忽视的发展潜力，应该呼吁社会予以充分关注。改革开放后，深圳从乡村到城市的过程中，有三种力量起到了重要的作用：一是有权力的，没有权力就无法改革；二是有财富的，没有资本就没有市场；三是打工的，没有广大移民的打工，现代化进程就无法进行。所以在1980年代出现的打工文学，完全是一种社会发展的必然，是时代发展的必然，打工文学代表了一种重要的文化现象。

打工文学有三个特点。一是现代性。它与以前写包身工、写工程兵是不同的，它写的是现代化进程中打工者的心路历程、他们的遭遇与命运，而且是打工者自己写自己的真实体验，对命运的叙说，这种叙述跟以前不同。二是原创性。言说现代中国的打工生活这一特殊的历史产物，决定了打工文学"土生土长"，没有范本和模式，富有原创性。三是大众性。不能把打工文学孤立起来，应把它放在改革开放之后大众文化发展的大背景上来，改革开放之后，大众文化都涌上来了，如大家乐舞台、文化广场、歌舞厅等。大众文化刚开始的时候受到港台影响比较大，但正慢慢地生长出我们自己的大众文化，如广东的原创流行音乐。大众文化的兴起和发展值得关注，而打工文学就是大众文化中的一种。

怎样提升打工文学这个品牌？怎样发展打工文学？关键是打工作家的人格要提升，人格提升了，才有广阔的视野。同时还要"养气"，养"浩然之气"，这是个重要的问题。现在每年长篇小说就有七八百部，中篇小说就更多了，这其中有多少是能够历史积淀下来的？有多少是对我们的文化发展有贡献的？这很成问题。一个最大的问题就是价值取向，什么是好的，什么是坏的，在很多作家那里是不清楚的。文学艺术还是必须有审美的倾向性，必须起到一个审美的净化作用，如果美丑都没有了，人生的意义何在？！总之，要有高尚的人格，广阔的视野，才可能写出伟大的作品。艺术家本身的人格力量、修养、人生态度等，才是最根本的，技术是次要的，内容不好，再好的技巧也是花拳绣腿。所以打工者不要把自己局限在"我就是一个具体的打工人"，还得有广阔的视野，多读书，多了解一点其他的生活。打工文学的领域要扩大，质量要提高。

陈辽（江苏社会科学院文学研究所原所长、研究员）：目前，一些人由于对打工文学未做深入研究，因而对之存在误解，这在客观上降低了打工文学的意义和价值。有人把打工文学与《包身工》等旧时代反映工人生活的作品等同，似乎打工文学早已有之。其实，今天的打工者来自生活基本有保障的农村，打工出于自愿，其人身自由和人权是得到尊重的。另一种误解是把中国的打工文学与美国当年的西部文学等同，认为打工文学在外国早已有之。这是不对的，深圳等经济特区在开发前不像美国西部开发前那样原始、荒凉，打工文学的内容也迥异于西部文学。还有人将打工文学和海外华人的移民文学等同，认为打工文学在海外华人中也有。事实上，移民的处境与打工者很不相同，移民文学与打工文学也迥异其趣。所以，我认为打工文学是中国文学百花园里的一簇新花，也是世界文学中的一枝异卉。

打工文学的特点是鲜明的，具体表现为作品中的种种现代意识。如：一、风险意识。打工者承担外出闯荡的风险，毫不犹疑地投身打工行列，开辟自己的新前途。二、竞争意识。打工者进入特区、大中城市后，打工者之间就开始了竞争。企业与企业之间，中外企业之间，中国人与外国人之间，无时无刻不在进行着激烈的竞争，适者生存，打工者很快形成竞争意识并参与其中。三、民主意识。如果说打工者在农村和原单位习惯于"家长制"和"长官意志"，那么到了开发区城市，他们的民主意识苏醒了，张扬了。在《我们 INT》中的"我"一口气几百字表达了对香港总管的抗议，这个"我"就体现了打工者的集体意愿和民主意识。可以说，今日中国民主意识最鲜明最强烈的，就是打工阶层。四、开拓意识。打工本身为的就是实现从农村走向城市的转变，实现自身的最大价值，开拓新生活。《来自女儿国的报告》里的赵露珍，便是"从一个农家女变成了'女儿国的国王'，跻身企业家行列"，成了打工者富于进取开拓的象征。五、拼搏意识。打工者的拼搏精神是罕见的。小说《打工女郎》中的康珍认识到"深圳是一个让你可以拼搏的世界"，诗歌《深圳语言问题》写道，"到了深圳就讲深圳话吧！／时间就是金钱／效率就是生命／这些最具深圳特色的方言／几百万打工仔们一个个都使得颇标准而流利"，即是这种拼搏精神的表现。总之，打工文学表现出了新的历史条件下的民族性格，这是最宝贵的！

刘峻骧（中国艺术研究院博士生导师）：无论从文学意义、社会意义，或者从民族学意义上来讲打工文学，我们都可以评论它。我一直很关注深圳文化的发展。打工文学这个议题选得很好，有人说宝安区搞这个研讨会是政府行为，可是，这种政府行为并不命令你写什么，并不是要你写宝安如何，并且打工文学也并没有写宝安如何。我觉得多有这样的政府行为就好了，我们国家那么多政治家都来关注文化，只会是文化的幸事。

打工文学是深圳独特的民俗文化学的新生事物。昨天我听打工作家发言说，我们的就是我们的，不是别人的，我觉得这是对的，一切艺术创作都要走自己的路。打工文学跟女性文学不一样，后者以性别区分，而打工文学是特定的，是深圳地区，或者说珠江三角洲地区二十年来涌现出来的新文学现象。打工文学是一种体验人生的文学，打工者敢于走出家园，敢于自我超越。打工作家张伟明现在是广东文学院的专业作家，而周崇贤则是《南海日报》副刊部副主任，他们从一个打工者变成了一个文化工作者，人类的文明就是不断超越的。深圳抓住了这样一批作家，又抓到了这么多的专家、学者，很令人欣慰。苏东坡曾说过，"国之长短在风俗"，我希望宝安政府多拿出一点钱来培养更多的作者，让我们的打工文学和打工作家不断地超越。真正的文学艺术，不要去追求那些时髦或当红的题材、写法，当然也不限定打工作家非得写打工生活，作家你感悟什么都可以写，但你必须直面人生。让我们看看川端康成和聂鲁达在获诺贝尔文学奖时的演讲，川端康成讲的是《美丽的日本和我》，他讲了大量的俳句、插花等，作为一个作家，你要努力学习别的东西；而聂鲁达谈的则是他们智利的国土，他就讲他那个长长的、美丽的、很特别的国土，赞美他的人民。我们也应该赞美我们的时代，尽管我们现在这个时代有些地方糟糕透顶，但要看到我们的时代是不断地前进的，我们的打工作家不要发牢骚，我们就在这片土地上把大旗扛起来。

原载《深圳商报》2000 年 10 月 8 日

打造"打工文学"品牌，促进社会和谐进步
——首届"全国打工文学论坛"纪要

邓少林　易贞　范明　整理

　　打工文学真实地反映百万外来工在改革开放与市场经济大背景下，从农村走向都市、从农业文明走向工业文明的生存状态与奋斗历程。深圳是我国打工文学和打工文化的策源地，其中宝安又是大本营。2005年11月26日—28日，以"打造打工文学品牌，促进社会和谐进步"为宗旨，由深圳市文联、中共宝安区委宣传部联合主办的"全国打工文学论坛"在宝安区龙华街道办事处举行。中国作家协会副主席邓友梅，广东省作协专职副主席谢望新，中共深圳市委宣传部副部长郭永航，深圳市文联党组书记、主席董小明，中共宝安区委常委、宣传部部长李桦，与来自全国的知名作家、诗人、评论家——雷达、何西来、李敬泽、张陵、黄树森、胡经之、伊始、郭玉山、谢有顺、陈小奇、彭名燕，以及来自全国各地的打工作家、诗人共六十余人出席了论坛。本报选辑了部分专家的精彩发言，以飨读者。

　　李桦（中共宝安区委常委、宣传部部长）：中共十六届五中全会提出，要解决进城务工人员的生活问题，并维护他们的合法权益，保障和实现进城务工人员的文化权利是当前党和政府亟须解决的问题。打工是一种城市化的产物，是改革开放后重要的都市景观和风景线，打工生活正是中国农民从农村走向城市，从农业文明走向工业文明，乃至后工业文明的一座桥梁。打工文学真实地反映了成千上万的打工族在市场经济的浪潮中的生活状况、追求和他们的精神风貌，是进城务工人员心灵的呼唤，体现了他们表达诉求的文化权利。打工文学也是城市文化的重要组成部分，是新都市的成长备忘录，在某种意义上可以说是特区成长的都市备忘录，是这个时代、这个社会的一脉气息、一种文化状态、一个阶层精神面貌的表现。其作品透露出来的新人文精神深刻地影响了许多人，进而影响了这个城市的发展。共青团中央把"打工文学"改为"进城务工文学"，并在2005年设立了"鲲鹏文学奖"，反映了中央对进城务工人员精神文化的重视。所以我们说，整个社会特别是基层的党委和政府都应该一同

来关心外来务工人员的精神生活，要培育、扶植、引导和构筑外来务工人员的文化认同和社会认同，为构建和谐深圳、效益深圳贡献力量。希望宝安能成为我们文学界的各位朋友、各位专家深入生活、体验生活、进行创作的一个基地。

董小明（深圳市文联党组书记、主席）：本次论坛是在全面贯彻中共十六届五中全会和我市四次党代会精神，实施文化立市战略，构建和谐深圳、效益深圳的背景下召开的，也是在关注底层、关注农民工问题、关注公民的文化权利已成为时代主潮的大背景下召开的。论坛的主题切合外来工的特点，努力体现对外来工的人文关怀，以推动打工文学创作与理论研究水平的提高为切入点，以推动外来工文化权利的实现为宗旨，以提升深圳城市文化品位，促进效益深圳、和谐深圳的构建为目的，努力构建一个国内高水平的文学论坛和学术讲坛，也为本届读书月增添了一个亮点。

从第一批打工文学作品的产生到现在，已经经历了二十多个年头，前些年打工文学曾引起政府的重视，媒体也给予了不同程度的关注，但始终未能进入文学界的主流，并引起评论界的关注和重视。2000年我市组织了一次高规格的学术研讨会，对打工文学的成功个案进行了初步解读。这应该视为对第一代打工文学的集中盘点，探讨了一些理论问题，客观上也起到了为打工文学正名的作用。2005年1月20日，由共青团中央、全国青联联合主办的首届全国"鲲鹏文学奖"颁奖活动举行，这一全国性奖项的设立，说明底层写作已成为全国性的现象，打工文学开始正式进入人们的文学视野。

本次论坛名家荟萃，主流文学和理论界的专家、学者，第一次集体性地表现出对以打工文学为标志的底层写作的关注热情。本次论坛有两代打工作家汇聚一堂，就打工文学的社会、历史、美学和文学的意义与学界展开对话。本次论坛使打工文学和打工文化，第一次被提升到了与构建社会主义和谐社会息息相关的高度。

深圳，可以看作我国打工文学和打工文化的发源地，其中宝安又是大本营。自1984年开始，这片改革开放的热土上，开始涌现出一些反映打工生活的作品，它们以反映打工生活为己任，受到了广大打工者的热烈欢迎，出现了一批优秀的打工作家。近年来，伴随着改革开放的深入，特区经济、社会和文化全面发展，在这片已有一千二百万人生活和劳动的土地上，第二代打工作家、诗人闪亮登场，并且进入主流文学圈，成为深圳文学界一支重要的力量。此外，为服务打工群体，为他们享有文化权益提供基本条件，中共深圳市委、市政府和社会各界做了很多有益的实践，如定期评选优秀外来劳务工，扶植打工文学作家，扶植平民大家乐文化广场，主办一年一度的外来青工文体节，支持外来工子弟学校，等等。这些在全国都是领先的，也是这次论坛在宝安召开的条件和原因。本次论坛将打工文学、打工文化与构建和谐社会列为一个重要的议题，旨在推动全社会对打工群体文化的关注。打工文化肩负着促进外来工文化认同和社会认同的重任，打工文学已成为构建和谐社会的载体。

郭永航（中共深圳市委宣传部副部长）：改革开放以来，伴随市场经济的发展和大量"三资"企业的兴办，中国南方沿海地区率先引领打工大潮。"东西南北中，发财到广东"，深圳是打工文化和打工文学的发源地。打工文学反映了成千上万打工一族在市场经济的浪潮中背井离乡，从农村走向都市、从农业文明走向工业文明的拼搏生涯，受到了广大打工者的喜爱。打工文化方兴未艾。但从总体来看，广大外来工的文化生活都极度匮乏，这个群体面对着陌生现代文明的挑战，面临着紧迫的文化饥渴。他们需要的绝不仅仅是解决文艺和娱乐需求问题，而是需要享有更多的文化权利，需要对现代文明有更多的了解和参与。因此，需要全社会都来关注打工群体的文化权利，积极探索为打工者服务的公共文化体系建设，在兴建基础设施、发展文化教育、开展文化活动等方面提供基本的条件。

打工者既是经济建设的重要力量，也是构建和谐社会的主要因素。毫无疑问，积极向上的打工文化也是先进文化的重要组成部分，对打工群体具有号召、凝聚、整合的功能。打工群体也会以强大的创造活力，滋生出生动的文学精品，成为当代中国重要的精神文化宝库和活力源泉，从而对打工青年的价值观、人生观、世界观的教育，对爱国主义、社会主义的教育，对社会公德、家庭美德的教育起到难以替代的作用和效果。这对促进现代公民进步和城市建设的重要性也是不言而喻的。从打工群体中萌生壮大的打工文化格外具有现实的意义。今天在宝安召开打工论坛，充分体现出我市对外来工文化权利的关注。我们相信，这对繁荣和发展文化事业，推动和谐深圳、效益深圳的建设，都将起到积极的作用。

邓友梅（中国作家协会副主席）：这是一次空前的大会，之所以说空前，是因为在中国文学界还是第一次开一个专门研究打工文学的会议。关于深圳宝安、龙华的经济面貌和震惊世界的成就，我觉得它是体现邓小平理论最具体、最典型的实证。打工文学用形象立体、艺术的文字记录下了这一段历史，而这一段历史在整个中国社会的发展史、在中国文学的发展史上是不可或缺、无法代替的重要一页。深圳的面貌通过文学显示它的具体形象，我们觉得这是证明深圳各级领导"两个文明一起抓"的一个具体例证，是深圳各级领导和人民先进思想的体现。我们看到，深圳的经济发展代表了中国社会最先进的经济发展，它的文化特别是以打工文学为代表的深圳文化，代表了中国当代的先进文化，所以出现这两点，说明了深圳的人民、深圳的各级领导有先进的思想文化。我觉得深圳具体、充分地表现了"三个代表"精神，为此我坚信这次大会的成功召开，对全国文坛会具有不可估量的贡献。

雷达（中国作家协会研究员）：打工文学是一个特定时代的文化现象，它与现代中国社会特别是当前中国社会加速的现代转型过程紧紧地联系在一起。打工文学是当今社会转型中的特定现象。它应运而生长，也会应运而消亡。打工文学是反映打工群体的社会感受和感情追求的文学，它的创作成员大多具有乡村或乡镇背景，他们在被卷入城镇化进程以后经历了种种遭遇，在精神结构的深处发生了前所未有的冲突，因此形成了打工文学，包括打工小说、散文、诗歌。而其他作家的参与、文人的加盟，必然将改造打工文学。打工文学既然在此背景下出现，由于涉及的任务之重，提出的问题极端复杂，可以说它是今天最具有鲜明的转型时代特征的文学。城乡二元冲突深化了它的文化内涵，涉及政府、人权、生活、道德、性等一系列问题。它的基础是城乡二元冲突，不过把场景搬到了城市，延伸出一些新的主题，因而在今天的文坛上理应占有重要的位置。我们问打工文学谁写、写谁。另外一个问题最重要，那就是打工文学的特质和它的最终界定。它应该是表达了劳工与资本的冲突，农业文明的荣誉观与现代道德观的冲突，包括人性意识的觉醒与经济转型下的灵魂的嬗变等，这构成了打工文学最根本的特质。

对打工文学在当代中国文学当中的意义，怎么估计都不过分。这是一个宏大的时代主题，它蕴含在城市化的进程当中，它对矫正某种贵族化、欲望化的不良倾向大为有益。我觉得这是一个很大的问题，要上升到人的灵魂问题上。我认为关怀人的问题首先是关怀哪些人的问题，对弱者关怀他们的生存，对强者关怀他们的灵魂。一些打工作家改了行，有的刊物火爆了几年之后日渐淡漠，打工文学的格局、主题、模式也成了问题。我认为打工文学就其本质而言，是一种民间文学，是一种具有蓬勃生命力的文学。这毫无贬义，打工文学源源不断地提供了主题资源、话语资源、论述资源、人才资源，这是了不起的。打工文学必将慢慢伴随着打工者的存在而存在，也必将随着打工者的成长而成长。重视打工文学，扶植打工文学，我们相信打工文学当中必将出现了不起的作家和作品，也必将对中国当代文化的建构和当代文学的发展作出它的特殊贡献。

杨宏海（深圳市文联副主席、深圳市文艺批评家协会常务副主席）：打工文学是伴随着打工潮应运而生的文学形态，文本最早出现于 1984 年。第一阶段是 1984—1995 年，是从萌生到真正发展的阶段。1984 年《特区文学》发表了林坚的短篇作品《深夜，海边有一个人》，在我的视野中，这是最早反映打工生活的作品，此后又出现了一系列的作品，引起了我的关注。接下来是另外一个打工青年张伟明，他写了《下一站》《我们 INT》《对了，我是打工仔》等一系列短篇小说，出手不凡，也引起了关注。"在别人的城市里不断走向下一站"成为当时打工青年的经典话语。再接下来是安子在 1991 年发表了她的《青春驿站——深圳打工妹写真》。安子的纪实文学张扬了一种"每个人都有做太阳的机会"的精神，结果她这样的理念和写作姿态一下子受到了广大打工妹的热烈欢迎，引起了广泛的反响，也引起了专业文艺工作者的关注。打工文学以短、平、快的节奏冲入中国文坛，掀起一股旋风，是处于社会边缘的劳工阶层发出自我关怀的真切诉求，为市场经济挤压之下的打工者提供了舒缓压力的精神食粮。

第二阶段是 1995—2000 年，这一阶段我把它称之为走向泛化和过渡的阶段。从 1995 年开始一直到 1999 年左右，打工文学相对沉静，没有很重要的文本出现。这里面的原因非常多，其中有一条就是第一代打工文学作家的身份发生了变化。写作改变了他们的命运，所以他们的作品当中也就比较少有原生态的打工生活气息，因为他们渐渐远离了打工生活；另外，打工文学的创作也走向了一种泛化。因为市场的需要，当时很多书商看到了打工文学是赚钱的好东西，纷纷来到了广东，来到了深圳，办起了各种关于打工文学名目的杂志，一些暴力、色情、乱七八糟的东西充斥各种地摊。市场需求的利益驱动，改写了原来意义上的打工文学，使打工文学蒙受了屈辱。但是在这期间，另一批打工文学作家和诗人正在崛起。比较有代表性的是安石榴、谢湘南、柳冬妩等一批打工诗人，他们在写一种诗意的追求。谢湘南在 2000 年出版了《零点的搬运工》，这本诗集表现了打工族全新的生活历程，起点非常高。2000 年 8 月，在当时的深圳市特区文化研究中心，我和尹昌龙以及其他同事一块儿策划了"大写的二十年·打工文学研讨会"，全国的一批专家都来了。这是对打工文学的检验与总结，也是本阶段的一个重要事件。

第三个阶段我称之为扩大内涵和健康发展的阶段，即从 2000 年到现在。2000 年打工文学研讨会之后，国内又掀起了新一轮的打工文学热潮，深圳打工文学和打工诗歌向全国内地发展，珠江三角洲一大批打工者也开始写打工诗歌。自 2001 年起，由东莞、珠海、中山，包括深圳在内的一批诗人创办了《打工诗人》等民间刊物，这些民间刊物受到了官方的认可，而且受到了文坛的高度关注。2005 年 1 月，由共青团中央、中华全国青年联合会联合主办首次面向打工文学的"鲲鹏文学奖"，其后在广州进行颁奖，这充分表明，打工文学进入了主流文学界。自 2005 年以来，《中国文化报》《文艺报》《中国图书商报》《羊城晚报》相继推出了关于打工文学的评论。在本时期还有电视界推出了电视剧《民工》和《生存之民工》，这也进一步引起了社会对打工文学的关注。

尹昌龙（深圳市文化局副局长）：首先我要感谢杨宏海主席，因为在特区文化研究中心的时候，打工文学是我们一个重要的研究对象。我觉得值得尊敬的是，杨主席从文化局到文联后，仍对打工文学保持一种持续不退的热情，这对于一个城市缓慢积累起自己的文化非常必要，这是一种文化态度。

打工文学是跟打工生活联系在一起的，打工生活也来自中国社会在现代化驱动下的巨大变化，包括移民潮、市场化、产业化等一系列变化。所有这些变化都带来了文学想象的变化。所以说打工文学从一开始，就建立了和文学之间最坚实的关系，这是文学创作活动的前提。大量的移民涌入深圳后，是他们在这个城市当中完成了再生文化的过程。我觉得打工文学从某种意义上来说是这个城市形成现代性最初的文化起步。

打工文学已经变成了一种产业，变成了流行文化的一部分，变成了现在都市欲望生产的一部分。在早期个人经验的讲述下，生产的是梦想，后来是生产欲望，从生产梦想到生产欲望之间，我们看到了市场机制对文学生产的影响。最早的是安子《每个人都有做太阳的机会》，这是最典型的梦想生产语录式的表达，也就是说，庞大的一帮人来到这个地方希望靠着梦想活着，他们在庞大的资本和城市机器的压迫下，唯一能够找到的支点就是这种梦想。而大批的青年就变成了典型的外来务工人员，他们在这个城市寻找着一种梦想。

和谐社会的关键是内心的和谐，而内心的和谐来自价值的创新，打工文学就承担了这样一种使命，这种使命就是给这些底层人和外乡人找到一个新的家园。

何西来（中国社会科学院研究员）：打工文学是 20 世纪 90 年代以来，中国当代文坛上最值得关注、研究的重要文学现象和文学创作潮流之一。深圳是中国当代打工文学的发祥地、诞生地，珠江三角洲则是这一文学创作潮流的最初摇篮，而后滔滔滚滚影响全国。但深圳始终是打工文学潮流的创作中心和研究中心，不仅许多有影响的打工文学作家出现在这里，作品出现在这里，而且最早发现这一文学现象的价值和意义，并且大声疾呼、为之呐喊奔走的研究家也出现在这里，包括这次在内的几次产生了巨大影响的全国打工文学研讨会都在这里召开，所以说在我看来，打工文学是深圳一个真正的文化品牌，是一张文化名片，给予这么高的评价毫不为过。

打工文学是中国目前最大的一个社会群体在身份转变的过程中创造出来的，以他们的心路历程，以他们的切身体验为描写对象的文学。关于这个文学现象的出现，应当结合我们国家社会变革的历史步伐，对其给予足够的重视和足够的评价。而这个问题在我们国家的经济学界、社会学界引起重视，被作为一种现象研究，应当说是落后于打工文学的步伐的。我在今天才刚刚看到一些系统性的经济学论述，但是打工文学已经出现十多年甚至二十年了，所以我觉得它的意义和价值不可低估。在 2000 年的那次会议上，我说大家都应该注意文学发展的潮头，应该把它看作一个伟大的历史潮流。所以我刚才给予这样高的评价并不过分。

打工文学的道德、伦理价值不容忽视。我们现在是处于社会的转型期，我们的道德也是处于巨大变革中。旧的道德体系崩坍，而新的体系还没有建立起来，特别是为数众多的农民，从农业文明走进像深圳这样一个有着现代工业文明的城市里来的时候，就会在剧烈的碰撞当中出现道德的真空。沦落、堕落甚至走向犯罪，都只有一步之遥，这在很多的打工文学作品当中都可以看出来。当然，像安子那样的作品是能够给人以精神抚慰的，它的价值也是不容忽视的。我觉得可以看到这样的问题，所以在这一类作品当中，像《天下无贼》中的傻根也是营造了一个道德的梦幻，但是我们需要这样的东西。在傻根身上，那种传统的东西还没有保留下来，而在这次提供的一批小说当中，你就可以看出来很多打工者，那种支撑着他们的人格力量是非常强劲的，也可以从这个地方看出来，新道德伴随新的历史潮流重建的曙光和希望。

原载《中国文化报》2005 年 12 月 12 日

打工文学：文明转换的一串脚印

杨文雯

话题动机

在我国社会主义现代化建设进程中，千千万万的进城务工者用自己的青春和热血，为国家发展作出了巨大的贡献，成为"构建社会主义和谐社会"一个不可忽视的群体。日前，我国首次面向打工青年的"鲲鹏文学奖"的诞生，以及在广州举行的颁奖晚会，使"打工文学"再次引起了社会关注。"鲲鹏文学奖"旨在"活跃打工文化，发掘文学新人，展示进城务工青年勤劳朴实、奋发有为的群体形象，唤起全社会对进城务工青年的理解与关怀"。

嘉宾介绍

杨宏海，深圳市文联专职副主席，深圳市文艺评论家协会常务副主席、研究员。文学是他情有独钟的领域，他最早提出"打工文学"概念，曾参与主编"打工文学系列丛书"，并在"打工文学"评价和研究方面做出了可贵的研究和探讨。

记者：1980年代以来，经济发达的沿海地区涌现了一批"打工族"，是否可以说是打工群体的出现催生了"打工文学"，并逐渐成为一种新的文学现象？你是如何看待精英写作和"打工文学"的？

杨宏海：文学总是植根于生活的土壤。1980年代以来，伴随着"东西南北中，发财到广东"的浪潮，外来务工群体日益壮大，"打工文学"便应运而生，几乎影响了那一代漂泊南方的异乡人。"打工文学"是指反映"打工族"这一社会群体生活的文学作品，包括小说、诗歌、报告文学、散文、剧作等各类文学体裁。"打工文学"最先出现在广东，广东珠三角有三千多万外来务工者，对这个群体的文化生活一定要关注。

外来工从乡村来到城市，面对文化的碰撞和市场经济的挤迫，痛感"走出了乡村，走不进城市"，"白天是机器人，晚上是木头人"，他们渴望通过"我手写我心"，发出心灵的呼唤。文学成为他们忙碌之余的寄托，成为喧嚣心灵的伊甸园。在深圳当年"三资"企业的"打工歌谣"中，有一首唱道："一早起床，两腿齐飞，三洋打工，四海为家，五点下班，六步晕眩，七滴眼泪，八把鼻涕，九（久）做下去，十（实）会死亡。"这是非常真实的"打工文学"的原型。

应该说，"打工文学"作为一种文学现象，为岭南文学增添了新的内容。人们对"打工文学"是否是文学有过争论，我以为文学是丰富多彩的，文学并不就是文学经典。文学只要与人民的生活呼吸联系在一起，那就是活的文学。精英写作与底层写作应该共存，这才是和谐的文学生态。我这里所说的"底层写作"主要是指在城市化进程中，包括农民工在内的外来移民的写作，或称之为"打工文学"的写作。

"打工文学"从萌生到发展，得到不少文学评论界专家的热情鼓励和帮助，但总的来看，"打工文学"一直没有得到主流文学评论界的认可。直至近期，由共青团中央、全国青联联合主办的为打工者专设的文学奖项"鲲鹏文学奖"，也还没有真正意义上进入文学评论家的视野。"打工文学"也可以说是新的民间文学，希望评论界对它给予更多的关注。

记者："打工文学"与我国改革开放和现代化进程紧密相连，"打工文学"在内容上有何特点？

杨宏海："打工文学"有着自己独特的关注点和切入点，作者本人基本都是打工者，他们对打工生活非常熟悉，作品具有鲜活的都市气息、真挚的生活体验、细腻的情感倾诉。打工的世界很精彩，打工的世界也很无奈，所有这些精彩和无奈都在"打工文学"中得到了表述。他们把"工余写作"作为"情感关怀"的形式，诚如一首打工诗所说："我们刚刚结束给老板的加班，现在我们为自己的命运加班。"

随着社会的发展，打工者层次的提高，打工者已从简单的生活需要与经济需要，进入了更高层次的精神需求和文化需求。"打工文学"已不仅仅关注自己个人的悲欢，也有对更深层次问题的思考，"打工文学"的内容也在日益扩展。

记者："打工文学"自萌生到发展，其创作现状及社会反响如何？

杨宏海：实际上，在庞大的打工群体中，有为数众多才华横溢的文学青年，曾经涌现出林坚、张伟明等大批打工作家和诗人，创作出《别人的城市》《下一站》

《北妹》等佳作。他们的作品真实反映出底层的生活，深受打工群众的欢迎，推进了"打工文学"的创作，也引起了社会的关注。一些媒体、出版单位给予了不同程度的扶持。一些文人作家从"打工文学"素材中吸取营养，创编出《外来妹》等影视和舞台作品。"打工文学"还引起了海外学者的关注，韩国汉学研究者就曾专程到深圳了解"打工文学"。

打工一族中人才众多，那种与底层劳动群众血脉相连的情节，使作品能够拥有大量的读者。深圳曾举办了一次"打工文学研讨会"。会上，来自内地的评论家深为"打工文学"新的生活经验所吸引，认为"打工文学"是中国从传统文明向现代文明转换的一串脚印，对现有的文学批评是一种挑战，虽然其在技术操作上还不太完善，但源于现实的粗粝以及市场经济的鲜活场景，令人感到人间烟火气息扑面而来。

记者：著名诗人柯岩认为进城务工者在喜怒哀乐的打工生涯中不仅创造了物质财富，他们的文学创作更是一笔珍贵的精神财富，尽管艺术形式上比较粗糙，却是难得的深层的真实。构建和谐社会，"打工文学"可以发挥什么样的作用？

杨宏海：世俗常常认为进城务工者是社会弱势群体，以一种高姿态俯视他们。但是共青团中央带了个好头，设立了"鲲鹏文学奖"，寄望"鲲鹏"展翅高飞。但观念的彻底改变，还需要全社会的共同努力。

迄今为止，我国农民工进城人数已达一亿三千万，对于这么一个庞大的群体，我们的评论界有多少了解？打工者为中国的现代化作出了突出贡献，但他们情感倾诉的空间在哪里？我们没有理由无视这个特殊的作家群落以及这种特殊的文学现象。不是说我们缺少"城市经验"吗？打工是城市产物，是改革开放后重要的都市景观。打工生活正是中国农民从农村走向城市、从农业文明向工业文明或后工业文明过渡的一座桥梁。"打工文学"有着丰富的"城市经验"，我们不应该视而不见。

现在很多地方做到了对外来务工人员生活上关爱，改善居住环境，提高工资待遇，但不能忽视精神关爱，应该从生活到精神系统关怀。打工者大多是血气方刚的年轻人，如果对文化太饥渴，就会在其他方面出问题。精神上愉悦了，认同了这座城市，自然就会减少破坏力。

原载《人民日报·华南新闻》2005 年 3 月 25 日

"关注'打工文学'是批评家的职责"
——评论家杨宏海呼吁关注底层写作

石一宁

杨宏海自 1980 年代就开始关注打工文学。当时他从内地高校调至深圳市文化局，适逢"百万移民下广东"掀起打工浪潮之际。因从事文化调研工作，他有机会接触打工族的生活。那时深圳的人口急剧增长，但缺乏相应的文化活动场所，故打工族常有"白天是机器人，晚上是木头人"的感叹，他们对文化的饥渴可想而知。他们当中一些不甘寂寞的文学青年，便拿起笔来抒写打工世界的精彩与无奈。虽然文笔稚嫩，但那鲜活的都市气息、真挚的生活体验、激烈的文化冲突，使作品一问世便得到广大打工者的热烈欢迎。面对这种新的文学现象，杨宏海想，既然时代造就了这么一种文学景观，就应该有人将其记录下来，作为当代文学发展过程中不可或缺的人文资源。有感于此，十几年来，他一直跟踪调研、搜集整理有关打工文学的资料。除了撰写一系列论文，他还与深圳市特区文化研究中心和深圳作协的同仁主持举办过多次打工文学座谈会；在深圳广播电台主持过"打工天地"文学节目，邀请打工文学作家与听众直接交流；与海天出版社一同策划出版"打工文学系列丛书"；参与策划《羊城晚报·花地副刊》《情系 20 年·打工文学专刊》；主编出版了五十六万字的打工文学评论集《打工世界：青春的涌动》（花城出版社）；在香港大学主办的"海峡两岸三地当代文学学术研讨会"上，向海内外学者评介打工文学；组织深圳学者与韩国学者举办有关打工文学的专题座谈会……

随着改革开放而兴起的打工文学已有二十多年的历史。然而，打工文学和打工作家这一文学潮流和文学群体多年来并未受到主流文坛应有的关注和重视。正就读于鲁迅文学院第五届高级研讨班（中青年文学理论评论家班）的打工文学研究者杨宏海日前在接受记者采访时，呼吁主流文坛和有关方面将打工文学纳入视野，关注和重视这一文学群落的健康发展。

打工文学对构建和谐社会有重要作用

所谓打工文学，杨宏海认为，是指反映打工族这一社会群体的生活和思想感情的各类体裁的文学作品。打工文学从整体上来看是一种底层写作，它主要是由处于城市化进程中的农民工创作的以打工生活为题材的文学作品，也包括一些其他阶层的作者创作的打工题材和具有打工者思想感情的文学作品。

杨宏海说，在庞大的打工群体中，有为数众多的文学青年，已经涌现出林坚、张伟明、安子、周崇贤、缪永、盛可以、王丽丽、谢湘南、王十月等大批打工作家和诗人，创作出了《别人的城市》《下一站》《隐形沼泽》《驶出欲望街》《北妹》《出租屋里的磨刀声》等佳作，深受打工者的欢迎。一些文人作家曾从打工文学素材中吸收营养，创编出《外来妹》等影视和舞台作品。从文学意义来说，打工文学是一种真实的文学，有着"毛茸茸的生活的感觉"，是记载中国从农业文明向工业文明转换的"一串脚印"。我认为文学应该是丰富多彩的，文学并不就是文学经典。文学只要与人民的生活呼吸联系在一起，那就是活的文学。精英写作和底层写作应该共存，经典文学和打工文学应该同在，这才是和谐的文学生态。诗人柯岩就认为，进城务工者在喜怒哀乐的打工生涯中不仅创造了物质财富，他们的文学创作更是一笔珍贵的精神财富，尽管在艺术形式上比较粗糙，却是难得的深层的真实。我以为这一评价是颇有见地的。

杨宏海认为，打工文学的主要受众是打工者，它是打工者"心灵的呼唤"、忙碌之余的精神寄托，成为喧嚣世界中的伊甸园。一首打工诗这样写道："我们刚刚结束给老板的加班，现在我们为自己的命运加班。"由此可见，打工文学的价值在于，它是处在社会边缘的劳工阶层发出的"自我关怀"的真切诉求，它为市场经济挤迫之下的打工者提供了舒缓紧张压力的精神食粮，是人民大众表达自我的一种文化权利，这毫无疑问是一种时代的进步。我们还记得，当年安子、张伟明、林坚、周崇贤的作品，几乎影响了一代漂泊南方的异乡人。迄今为止，我国的进城农民工已达一亿三千万人，对于这么一个庞大的社会群体，打工文学身负重任。事实上，通过打工文学消除文化饥渴，愉悦他们的身心，宣泄他们的苦难，促进他们对城市的认同，对于构建和谐社会的作用是显而易见的。

打工文学需要提高，主流文坛需要面对

杨宏海说，尽管打工文学得到少数评论家和学者的关注，但总体而言并未受到主流文坛应有的重视。因此，打工文学基本上处于自生自灭的状态。如今，打工文学的园地比起二十世纪八九十年代已有所减少，虽仍尚存《佛山文艺》《打工族》《打工知音》《南叶》《嘉应文学》《打工妹》《湛江文艺》《大鹏湾》《采贝·打工文学》等打工文学期刊，但打工文学当年那种"洛阳纸贵"的现象已风光不再。打工文学在现阶段的停滞，原因主要有三点：一是"写作粗糙"。打工文学作家大都缺乏文学准备，他们的写作是"有感而发"，来不及更多地思考和沉淀，就急切地毫不修饰地叫喊而出。二是批评家的"贵族意识"。关注民生、忧及民众本是我国文艺批评家的一个优良传统，但有些以"贵族意识"自诩的精英主义者，认为底层写作无足轻重，将打工文学视为低劣粗糙难登大雅之堂的文学末流。三是批评家"脱离生活"。面对市场经济时代复杂的文学现象，不少批评家手足无措，沉湎于自娱自乐顾影自怜，他们对底层民众的生活甚为隔膜，从而对来自底层写作者的闪光点往往视而不见。

杨宏海认为，在可预见的未来，打工文学不会式微。打工文学期刊目前虽然相对减少，但在遍布城市各个角落的"企业内刊""员工园地"以及网络文学园地中，打工文学还是顽强地构筑着新的平台。在北京等大城市，打工文学有其新的发展，表现在打工诗人非常活跃，写出不少优秀作品。去年《读书》杂志介绍的一批打工诗人的诗歌就十分精彩。众多北京打工诗人的诗篇与早年的打工诗歌相比，艺术水平更高，更富感染力。从这个角度来看，打工文学方兴未艾。在构建和谐社会的今天，主流文坛到了正视打工文学的时候了。

文学界和有关部门应扶持打工文学

杨宏海对记者谈到，不少打工文学作家因为得不到主流文坛的认可，心存自卑，耻谈"打工"身份。有的则在写作出名调离原工作岗位后，不再关注打工群体的生活，而醉心于追求时髦，甚至以写"私小说"来迎合市场。杨宏海说，打工者生活在城市的底层，但他们为中国的现代化作出了突出贡献。打工文学是来自这个群体并为包括这个群体在内的广大人民群众服务的文学，我们没有理由无视这个特殊的作家群落和特殊的文学现象。他建议文学界和有关部门从

深圳新文学大系

四个方面去着手培养打工作家和扶持打工文学：一、身份认同。文学界应认同、接纳打工文学，使之成为中国当代文学的组成部分。各级作协应按《中国作家协会章程》吸纳有条件的打工文学作家入会并给予同等待遇。二、园地建设。各地对打工文学及相关期刊尽可能给予扶持，通过强化服务宗旨、提高刊物品位等方面加以引导，不断开辟新的园地，为打工青年提供更多展示写作才华的平台。文学界知名人士还可以登录打工文学网站，与打工青年交朋友，交流思想，增进了解。三、写作培训。建议各地宣传文化部门及作家协会，在打工文学作者中物色有培养前途的苗子，推荐到各级文学（文化）培训班，成绩优秀的可推荐到鲁迅文学院进修。四、评奖鼓励。建议中国作协与共青团中央、全国青联等单位联合操办已有的"鲲鹏文学奖"，通过规范化的评奖鼓舞士气，让打工文学出人才、出成果。

　　杨宏海最后说，如果得到主流文学界和社会各方面的重视和扶持，我们就有理由相信，打工文学必将能为中国当代文学和构建和谐社会作出更积极的贡献。

原载《文艺报》2005 年 4 月 21 日

打工文学：是否代表民工话语权

任志茜

起。从广义来讲，打工文学既包括打工者自己的文学创作，也包括一些文人作家创作的以打工生活为题材的作品。深圳市文联专职副主席杨宏海对打工文学做了较严格的界定，他认为，所谓打工文学主要是指由下层打工者自己创作的以打工生活为题材的文学作品，其创作范围主要在中国南方沿海开放城市。打工文学最大的特点就是"作者即为打工者，他们对打工生活熟稔于心，以我手写我心，创作时信手拈来，无需为文造情去编排故事。而且在他们的作品中还体现出一种开拓、冒险、奋斗的'打工精神'。他们以平民视角自述这种经过民间意识观照的现代都市生活"。

承。1995—2000年期间，打工文学创作相对平淡，没有可圈可点之作。张伟明、林坚都先后停止了打工文学的创作，安子做了老板，周崇贤的作品也开始失去早期作品中张扬的疼痛感，渐渐远离真正的打工者，走上了传奇的路子。但很多写作者看到了周崇贤、张伟明、安子等人因写作打工文学被政府文化部门"招安"，改变了命运，于是群起仿效。没有了优秀作品的支撑，读者得不到强烈共鸣，遂也渐渐远去，广东省的一些纯文学刊物对打工文学的热情也在慢慢降温。依靠打工文学起家的《佛山文艺》也减少了打工文学作品的发表量，仅保留一个"打工OK"的栏目。刊物和打工文学的热恋期已过，打工文学成了一块鸡肋，第二批的打工文学写作者，注定是在迷茫中迷失的群体。

转。由于《佛山文艺》等文学刊物对打工文学的部分退出，大批由书商承包的刊物打着打工文学的名号南下，充斥着暴力色情等低俗内容，很大程度上毁坏了打工文学的整体形象。

同时，打工文学的写作出现了两极分裂。这一时期的打工文学写作者还是以打工者为主，一部分打工文学作者为了上稿容易，开始编造一些打工妹当"二奶""三陪"的故事，打工者形象开始被妖魔化，他们笔下的打工妹们都成了"二奶""三陪"或者性工作者。只有极少数写作者还在坚持着打工文学的创作，并且清醒地认识到了打工文学在文学品质上亟待提升的问题，进行了一些有益的

深圳新文学大系

尝试和探索。于是有了打工文学的市场派和文学派之说。

由此，2000年《南方文学》上开始了关于"打工文学到底怎么了"的大讨论，争论焦点集中在老问题上："写什么"和"怎么写"。多数观点认为打工文学不能再去描写工厂流水线上的生活，在"怎么写"上，多数人也认为打工文学的文学品质粗糙，要让打工文学"纯"起来的呼声也很高。这成为打工作家亟须解决的问题。

在这一宗旨下，当时出现了一批让人耳目一新的打工文学作品。比较有代表性的作家有王世孝、戴斌、吴杨、叶曾等人。其中王世孝的《出租屋里的磨刀声》，被认为是打工文学具有突破性发展的作品，也是打工文学的一个分水岭。此外还有戴斌的《深南大道》、林少雄的《打工路》等。但之后很长时间，南方的打工文学，还是一派媚俗和粗俗作品的天下，优秀的写作者和作品少得可怜。《大鹏湾》原执行副主编张伟明指出，即使是打工刊物，编辑在选择稿件时，也会出于市场考虑，迎合部分人的阅读心理。

合。深圳经济特区建立二十周年时，深圳市特区文化研究中心和广东省文艺批评家协会召开了全国性的"大写的二十年·打工文学研讨会"，呼唤更多作家加入打工文学行列。打工文学首次引起来自北京、上海的一些评论家的注意。何西来、阎纲等批评家给予很高评价。2004年，打工文学开始出现从社会纪实回归到纯文学的呼声，一批打工诗人崛起。《打工族》表示转型，内容以小说、散文、诗歌等纯文学作品为主，总监杨伦理表示，文学性的作品更能满足打工者的情感和精神层面的需要。而同年第十一期《读书》杂志也发表了《在城市里跳跃》，分析"打工诗人"这一特殊族群的诗和文学意象。

同时，打工已不再是珠三角特有的社会现象。广东以外的一些有良知、有责任、对进城务工者怀有深切理解和同情的作家，已纷纷意识到了这一弱势群体被社会边缘化的现实，给了他们亟须的人文关怀，写出了一批关注这些进城务工人群的小说，如尤凤伟的《泥鳅》、白连春的《我爱北京》、荆永鸣的《北京候鸟》等。

打工文学：被漠视却顽强生存

历史的变迁造就了这一文化现象，可以说，打工文学是工业化与市场经济的产物，是文学与打工阶层在新的社会历史时期的相互选择。打工文学几乎影响了整整一代漂泊南方的异乡人。作为特定时期内的一种文化现象，打工文学值得文学界给予更多的关注。可是，在中国当代文学中，打工文学始终没有得到应有的重视。

有评论认为，由于打工文学是改革开放后，随着打工一族的出现才在沿海开放地区开始出现，某些地方可以自成一景，但放到社会的大环境中，却显得那么的不为人注目；其二，打工族文学素质普遍不高，打工作家写出的东西，无法与根深叶茂的正统文学相提并论，众多作品肤浅与流于庸俗；其三，打工作家偏安一隅，思想境界不高。如果打工文学仅仅满足于就事论事，写出一些流于表层的东西，而无法将笔下的人物放到时代的大环境中，写出这个时代里特定的"这一个"，打工文学被人看轻实属必然。

对此，杨宏海认为，打工文学和占据主流的纯文学流派比，确实有相当的差距。打工文学作家大都缺乏文学准备，他们写作是"心灵的呐喊"，来不及更多思考与沉淀，文学的稚嫩是其明显的弱点。但他表示，文坛以"贵族意识"自诩的精英主义，对底层写作的漠视，也导致打工文学默默无闻。这种漠视，与其说是精英阶层对大众文化的拒斥，不如说是其对市场经济下劳工大众的隔膜与无知。

原载《中国图书商报》2005 年 7 月 1 日

首届鲲鹏文学奖为打工文学正名

林洁 王丹阳

一个从小丧父的农村女孩,在餐馆端过盘子,在服装流水线上做过缝纫工,在广告公司当过业务员……最后,竟然以小学文凭,大胆应聘全国知名的《知音》杂志社的编辑、记者,并被破格录取。

赵美萍把自己的打工经历变成文字,再结成集子,她没指望能卖多少钱,也不想因此成为名家。字里行间引起众多打工青年读者的共鸣,这才是她最欣慰的。

"鲲鹏"为打工文学正名

打工族就代表没有文化吗?他们同样可以拥有自己的文学作品!

2005年1月20日晚,广东增城。由北京市打工青年艺术团演唱的摇滚歌曲《打工打工最光荣》和《天下打工是一家》,引起了台下打工者的强烈共鸣,掀起首届全国鲲鹏文学奖颁奖晚会的高潮。

作为全国打工文学领域的首个国家级大奖,鲲鹏文学奖评选活动自2004年6月开启以来,得到全国各地进城务工青年的积极响应,共收到稿件一千四百四十五篇。经初步筛选,符合评选标准的稿件有九百六十一篇:其中散文三百九十篇,诗歌三百六十二篇,小说一百九十二篇,报告文学十七篇。

"以往,对打工文学远远没有达到理性和重视的程度。"与会的专家学者认为,打工文学由于其创作者的特殊身份而遭到忽视和轻视。

"打工文学主题反映了现代化过程中必然出现的'文化现象'。"此次活动的嘉宾之一、暨南大学党委书记蒋述卓教授认为,在城市化进程中,随着民工潮和劳动力转移,进城务工青年站在改革的前沿。对进城务工文学进行大规模的官方评奖,既是现代化进程的需要,也从另一方面反映了进城务工青年整体素质的提高。

本次文学奖的评委之一、著名作家柯岩说，鲲鹏文学奖以艺术为媒，展示打工文学作品，向世人树起打工文化的大旗，让人们从中了解到进城务工青年这个群体的生存状态、情感世界、理想追求，感受他们顽强的生命力、无限的创造力和自强不息的奋斗精神，唤起全社会对他们的理解与关怀。

社会变迁中的打工文化

1970 年代末 1980 年代初，随着第一批农民青年开始进城打工，"多挣些钱，过上点好日子"成了第一代进城务工青年最基本和最单纯的追求。

二十多年过去了，随着社会环境的转变，打工青年在观念、经历、理想和生活追求上发生了深刻转变。他们开始不仅要求生活权益的保障，对城市生活和个人情感的交流欲望也比以往任何时候都来得强烈。

"在这个城市，有许多房子曾经收留了我，对那些房子我一直都心存感激。有时我好想就像看老朋友一样去看看它们。"本次获奖的一篇散文作品中这样写道。

有专家认为，同第一代打工文学青年最初的下意识创作、单纯描写个人经历和情感宣泄不同，二十年后的打工文学开始走向较高起点的发展阶段：一方面是队伍庞大的城市打工文学青年对社会生活真情实感的描绘，另一方面是部分通过拼搏、发展的进城务工青年，或成为老板，或变成专业作家、记者，开始对他们熟悉的打工人、事、物进行文学创作。

而作为评委之一，著名作家陆天明在装满了几大箱的参赛作品中，找到了近年来中国文学中少有的"让人感到血泪之中有真情实感"的震撼。

陆天明认为，虽然这些作品的技巧和形式略显粗糙，但作品中流露出的当代青年对人生、世界、社会、历史转变的积极关注和来源于生活的真人真事，是最能打动评委的，也是评判的主要标准之一。他希望，在这批打工文学青年爱好者中，能产生中国新的希望作家群。

"通过文学创作激发打工族的才能，对培养和促进企业文化起着重要作用。"广州青联主席朱培坤从自身作为企业管理者的角度，倡议企业为打工文学和打工文化创造良好环境，并将其融入企业文化之中。

透过作品进一步提供服务

来自上海的王剑，以 2001 年发表的身边打工青年故事《两年赚了 100 万——从拾荒女到董事长的奋斗之路》，获得了报告文学类二等奖。他说，这次获奖让他在停止了文学创作两年多后，对文学创作重又燃起了希望。

报告文学《他从坎坷中走来——记青年打工作家周崇贤》的原型、中国第一代打工作家周崇贤表示，打工文学青年有责任通过文学来支持更多的兄弟姐妹，通过鲲鹏文学奖这样的奖项把万千打工青年的心连在一起。

获得诗歌类一等奖的何真宗，现在已是东莞市交警部门的一名文书，提起把每处建筑称为打工者"纪念碑"的作品时，他自信地说："我和众多打工者肯定心迹相通。"如今，何真宗在工作之余，还办起了一份没有刊号的《打工作家报》，"报纸还交换到全国文联和各级作家协会呢"。

在活动中，记者观察到，与会的进城务工青年代表对参与这次活动十分积极。来自东莞厚街一家服装厂的打工妹卢艳梅说，对于背井离乡的人来说，鲲鹏文学奖为千百万个打工者营造了"心灵的家园"。很多现场的打工者也表示，希望多组织这样的比赛，让打工文学能成为大家互相沟通、互相学习的平台。

"我们的目标不单单是评文学奖，而是想透过这些文章，了解打工青年在现实生活中的需求，以便确定下一步的工作目标和措施制定，从而有针对性地服务进城务工青年。"团中央权益部负责人告诉记者。此前，记者也采访了共青团广东省委、共青团广州市委有关负责人，发现他们的想法与之不谋而合。

原载《中国青年报》2005 年 1 月 24 日

下编："后打工文学"

作品

出租屋里的磨刀声

王世孝

1

就是这里了。房东摇着一串叮当作响的钥匙，一片片艰难地拨弄了老半天才将锁打开。推开门，"呼"地蹿出一只猫。一股潮湿的带咸腥的霉味扑鼻而来。天右手举在半空划拉着，并没有蜘蛛网。

两个月没住人了，收拾一下就可以了。这里虽然离市区远了一点，坐车还是很方便的，出门就是518路的终点站，半个小时一趟开往市内，一个月收你两百块，是很便宜的啦。房东说着，解下一片钥匙扔给天右。这里很清静，也没有治安仔来查房。你想干啥都行。房东说完冲天右暧昧地笑着。

天右并未挑剔。在深圳能租到这么便宜的房子，他还有什么可挑剔的？地方是偏僻了一点，518路的终点。这是一幢两层小平房。房东多年前就在市内买了楼。二楼堆着舍不得扔的旧家具，楼下的租给打工人住。小楼后面是一片杂木林，路边长着几株枝叶肥硕的香蕉树。一条曲折的小径在杂草的掩映中蛇行。两百米远处，是高速公路的出口处，再下去两百米，便进入繁华的小镇了。

天右选择在这样的地方租屋，主要是为了省钱。在深圳市内租相同的一间房子，月租至少八百块，天右在一家台资厂打工，每月工资才六百块。厂子里是有集体宿舍的，自从和何丽拍拖后，情况就有变化了。在深圳这个地方，什么都是高速度高效率的，包括爱情——如果说这个城市还有爱情（或者我们一定要把这种男女关系称之为爱情）的话，拍拖一个礼拜还没搞定对方，就明显属于跟不上潮流了。天右显然是潮流的落伍者。其实打工人创造了这个城市，却从未主导过这座年轻城市，包括潮流。两人每次见面都没有一个可以更加深入交流的环境，时间一长，何丽就不高兴了。何丽说，天右，你再不解决租房问题，咱们除了分手，将别无选择。天右这才真急了，天天走在大街上，双眼直往墙角、电线杆上瞅，还真让他找到了这个地方。月租两百元。远是远了点，想到只是周六周日才和何丽来这儿住，反倒落个清静。天右对何丽讲了，何丽的脸上就露出了掩饰不住的潮红，催着让天右早日拿到出租屋的钥匙。

　　房东说，你四处先看看，觉得行了就先交三个月的房租。天右问隔壁房间有没有人租。房东过去敲门，没人应。房东说，有租出去的，也是北仔，好像是对夫妻，干嘛事的不知道。我们只管收钱，其他的不过问的。天右点头表示相信。心想隔壁有人租住还好一点，不然这么偏僻的地方，住这儿幽静是幽静，还真有些让人害怕。在外打工多年，打工人总是在不停地漂泊，从异乡走向异乡。打工人没有家的感觉，也普遍缺少安全感，无论是黑道上的烂仔，还是治安员、警察，或是工厂里的老板、管理员，都可以轻易地把打工人的梦想击得粉碎。然而这么一群最卑微的打工人却默默无闻地建设着这个城市。生命的脆弱与坚韧，在这片土地上是如此矛盾而又统一。许多外来工的爱情，其实说不上有多少爱情的成分，大家都渴望有一份安全感归宿感。听说有邻居，天右唯一的一点担忧也打消了，当下交了三个月的房租，随后便将房间收拾了一番，到镇上买了一点生活用品，一个家便算安置好了。忙完这一切，夜色就已降临。天右躺在床上，用力地运动了几下，床发出"咯吱咯吱"的叫唤声，天右便兴奋了起来，一时间浮想联翩，急切地要回市内接何丽来一块儿在新家里共度春宵。

　　天右是在出门时遇见磨刀人的。当然天右并不知道他叫什么名字。他是天右的邻居。磨刀人只是作为讲故事的我对他的称呼。准确地说，天右那时对磨刀人的了解是一片空白。这一天是公元 1997 年 3 月 28 日。天右怎么也不会想到，这一天的决定，将不可避免地改变他的一生。

　　天右友善地对磨刀人点了点头，说，回来了，我是新搬来的。

　　磨刀人瘦削的脸上浮起一丝呆滞的笑容，也冲天右点了点头。那一刻，天右从磨刀人那幽深的望不见底的双眼里看到了一种不可名状的东西。而事实上，1997 年 3 月 28 日傍晚，天右并未在意去观察这个未来的邻居，他心里想的只是快点赶去市内，然后焦急地守在何丽打工的泰丽电子厂门口，等泰丽厂下班的电铃骤然拉响，然后从潮水样涌出的穿着同样米灰色工衣的打工妹中寻到何丽，然后再坐上 518 路公共汽车，与何丽度过一个销魂的夜晚。事实上，天右的这个夜晚正是这样度过的。何丽的兴奋是可想而知的。打工人的理想都很卑微，这样一个根本不能称之为家的窝，也能让他们得到莫大的满足。天右说，何丽，委屈你了，不能给你一个家，一个幸福的家。何丽动情地搂住天右的脖子说，天右，其实家只是一种感觉，躺在你的怀里，我感觉幸福就够了。何丽说着把头埋在天右的胸前，眼里有两颗晶亮的东西在夜色中一闪一闪。天右环住了何丽的腰，用舌头逗着何丽。何丽笑了起来，笑得床板咯吱咯吱响。这一夜，天右和何丽当然不会想到隔壁房里的磨刀人是何等的烦躁，也不可能听到从隔壁的房间里传来的那一声声顿挫的霍霍磨刀声。他们更想不到他们的这种幸福打破了磨刀人内心深处的平静，加深了磨刀人的痛苦与愤怒，不幸与悲哀。这就为后面的一切埋下了不幸的种子。天右不知道，何丽也不知道。拥有幸福的人是不会知道痛苦的滋味的，哪怕是瞬间的、卑微的幸福。

2

磨刀人的女人很漂亮。

磨刀人的女人说，我叫宏。别人都叫我阿宏，我比你们大，你们就叫我宏姐吧！

天右红着脸，憨憨地笑。他觉得宏姐看他时的眼神有一种撩人的风韵，让他浮想联翩。倒是何丽乖巧，甜甜地叫一声宏姐好！何丽说，我们是邻居了，将来多关照，听宏姐口音好像是湖南人。宏姐说，我是重庆的。两个女人见面熟，不一会儿便拉呱儿得如同老熟人了。天右插不上嘴，在一边听着，突然说，你老公回来了。果然，远远地就见一条瘦削的影子迤迤然从香蕉树下转过来，手里拎着一大串东西，像是鱼。宏姐的笑容消失了，低了头匆匆地回了自己的出租屋。磨刀人便出现在了小楼前。天右说，回来了，生活不错嘛。磨刀人并没有答腔，只是拿眼幽幽地剜了天右一眼，一声不响地进了屋，把门关上了。天右觉得这人无趣，也进了自己的出租屋。何丽说，你有没有发现，隔壁那男人怪怪的。天右说，是有点怪，他女人却生得好漂亮，为人也爽朗。何丽说，怎么，看上人家了？告诉你，给我老实点，别吃着碗里的想着锅里的。天右被何丽一顿抢白，被说得面红耳赤，讷讷地说，自家栏里的猪都在哼哼，哪有心思管别家的猪。何丽扑哧一声笑了，突然说，我觉得宏姐不像工厂里的打工妹。两人便不再谈论邻居的事，一起出去买菜做晚餐。买回菜，把饭忙到肚子里，已是晚上八点多钟，却见宏背了个精致的坤包出去了。她男人一言不发冷冷地陪她走到高速公路出口的地方，送她上了一辆摩托，才迤迤然回来。何丽正要关门睡觉，见了送宏回来的磨刀人，说一句，这么晚了，宏姐还要去上班？磨刀人的脸上闪过一丝不安，说，没……没……慌慌张张低了头，不敢看何丽的眼，钻进了自己的房里，半天没有动静。

何丽疑惑地关上门。天右早已等得急不可耐，见何丽关上门，一把抱过何丽，一只手便伸进了何丽的乳罩。何丽说，你这死鬼，死不要脸，不怕别人看见。天右说谁看见，何丽用嘴努了努隔壁，小声说，我看宏姐八成是做……话没说完，早被天右用舌头堵住了嘴，两人便恣肆地动作起来。

女人的第六感天生敏锐。这一晚何丽怎么也进入不了状态，总觉得有一双阴森森的眼在注视着他们的一举一动。天右说，丽，怎么啦，有心事？何丽突然不吭声了，眼睛瞪得老大，面色也白得吓人。天右了无兴趣，转头一看，却见窗户外面映着一个高大的黑影，想到了隔壁房里那怪怪的磨刀人，心里一阵惊悸，示意何丽别出声，轻手轻脚到了门口，屏住呼吸半响，外面的黑影却一点动静也没有。天右长长地吁了口气，说，自己吓自己，是我白天晾的一件上衣挂在走廊里。何丽也长吁了一口气，全身瘫软了似的躺在床上。忽地听到"咚"的一声，什么东西从窗台上蹿了下去，吓得何丽又尖叫了起来。远远地却传来一声猫叫。原来是只野猫。天右说。他过去紧紧地把何丽抱在怀里。两人一时无语，就在那时，寂静的夜传来了"霍——霍——霍"的磨刀声。

何丽先听到这声音，她声音打颤地抱紧天右问，什么声音？天右故作镇定，说，风吹着易拉罐吧。何丽说，外面没有风。两人都不吱声。出租屋里的空气一下子凝固了起来，只听得两人粗重的呼吸和那只旧闹钟的嘀嗒声。

霍，霍。霍。霍。霍霍。

一声一声，顿挫有力，仿佛是巫师的咒语，带有一种摄人的魔力，杀机重重。在这南方小镇寂静的夜里，清晰可辨。

好像在磨什么东西。何丽说。

可能是拿了货回家赶吧。我们厂里也有喷油部的磨砂工领了货回家做的。天右紧紧搂住何丽，安慰她也安慰自己。

霍，霍霍。霍，霍霍。

磨刀声在夜色中有节奏地起伏，夹杂着金石相撞的叮当声。何丽和天右想到是磨刀声，但两人都没有说。这一夜，两人都紧张得了无睡意。直到凌晨一点多钟，听见远远地传来了"的的多多"的脚步声，磨刀声才戛然而止。不一会儿，便听见宏姐和她男人在说话。天右这才松了口气，又用舌尖来撩拨何丽，何丽却没有反应，不一刻发出了均匀的呼吸声。天右苦笑一下，在何丽的乳房上摸了一阵子，迷迷糊糊睡了过去。

3

再次回到出租屋，天右和何丽已在流水线上忙碌了一周。每天晚上加班加点赶货的两人早已忘记了出租屋里的磨刀声。周五放了假，两人照常如同出笼

的小鸟，双双飞回自己的家，共度属于他们的又一个周末。回到出租屋，两人迫不及待地关上门，先大战了几百回合。

吃完晚餐，到小镇上逛了一圈，又看了一场录像。再回来时，磨刀人已回来了。宏不在家。磨刀人坐在门口的走道里低着头吃饭，并没有专心地吃，却把碗里的一条小鱼夹了逗一只猫，逗得猫围着磨刀人喵喵叫唤，跳起来扑磨刀人夹的鱼。磨刀人把筷子一抬高，猫便扑了空，却不甘心就此失望地离去。磨刀人又把筷子放低，猫终于抢到了鱼，得意地喵呜着。

这是一只很瘦很瘦的大麻猫。身上的毛蓬乱地支棱着，两肋看得见一根根深陷的肋骨。何丽和天右回去时，磨刀人正趁猫不注意，蓦地伸出手抓住了猫的脖颈，把猫拎在空中。猫惊恐地惨叫着，四条细瘦的腿在空中乱划。磨刀人见何丽和天右回来了，一松手，猫在空中打了个翻滚，轻盈地落在了地上，骂磨刀人一声，一闪便没入了墙角的草丛中。

天右和何丽也没再同磨刀人打招呼。两人相依偎着进了房间，便又迫不及待地抱在了一起，学着刚看到的那三级录像片中的姿势。何丽摆动着丰满的胸部，夸张地呻吟着。两人调情到正浓时，忽听得外面"啪"地一响。何丽一惊，抱紧了天右，说，什么声音？天右没有停止动作，说，肯定是那只野猫。春天来了，猫在发情，急着找男人呢。何丽说，你怎么知道那是只母猫。天右不再答话，呼吸粗重了起来。何丽却说，听，那个神经病又在磨什么。天右一愣，果然听见一阵金石相撞的声音。接着，夜色中就传来了低沉的霍霍霍的磨刀声。一声。一声。仔细听时，磨刀声又停止了。两人又开始动作几下，磨刀声又霍霍地响起，一停下来，磨刀声也停了。这样折腾了几次，天右就草草地败兴了下来。两人静静地屏住呼吸，却再无磨刀声。隔壁的磨刀人仿佛睡了，一点动静都没有。天右狠狠地骂了一句，神经病变态狂。心里一惊，想这人可不真是脑子有问题？想到录像片中吃人肉叉烧包的杀人狂，再联想到磨刀人的举动，越想越恐怖。一时间手脚冰凉，也不敢对何丽多说什么，只是把何丽紧紧地搂在怀里。何丽说，天右，我还要。天右便开始动作，心里却总是想着那冷冷响起的磨刀声，动作了半天身体没有一点反应。天右说，丽，我今天不行的，明天再来好吗？何丽极不情愿地掐了天右几下，不再理会天右。两人都用胳膊枕住头，眼睛盯着漆黑的房顶想着心事。那只野猫却不知从哪儿蹿进了房间，蹲在窗台上，冷冷地望着这一对占据了它的家的陌生人。天右说，丽，给你说个笑话。你知道男人最喜欢女人说什么话，最怕女人说什么话吗？何丽还是不理睬天右。天右说，男人最喜欢女人说我要，最怕女人说我还要。何丽扑哧笑了出来，说，我还要。天右笑了，说，你饶了我吧。猫摇摇头，轻轻地跳下窗台，悄然无声地融入夜色之中。

第二天是周日，天右和何丽出去逛了半天街回来。时近中午，却见宏蓬松着头发，趿拉着拖鞋穿着睡衣去洗漱。宏睡衣上面的扣子没扣，两只雪白丰腴的奶子便露出来。弯腰漱口时，那深深的乳沟更是一览无余，让天右看直了眼。何丽与宏打过招呼，一进门便扯住天右的耳朵，说，小心把你的眼珠看掉。又用手在天右的裤裆里摸了一把，说，你他妈的不用时挺威风的嘛。天右嘿嘿地笑，并不辩解。两人便都有一点冲动，亲热了一番。天右正要弥补昨夜的失职，却听见"笃笃笃"的敲门声。拉开门，是宏。

宏说，没打搅你们吧！

何丽说，是宏姐，没事，进来坐。

宏就真的挤进了屋。两个女人便聊了起来。才知道宏的男人叫吴风，两口子都是重庆人。吴风在一家木器厂上班，宏就在镇上龙门酒店当陪客。天右说，难怪总看你晚上去上班，很迟才回来。又聊了一会儿，宏和何丽便熟络了起来。宏叹口气，说，何丽你真幸福，看你老公多疼你。何丽说，宏姐你也不错嘛。宏摸出一支烟，扔给天右一支，问何丽要不要，何丽说不要。宏并不吸烟，叼在嘴里愣了一会儿，又说，我男人性格很内向，不爱说话，你们别见怪。何丽说，这是哪里话，同是天涯打工人，有啥见怪不见怪的。宏说，不过你们放心，我老公是个好人，老实人。宏说这话时，眼里竟是无限的柔情。两人又聊了一会儿。宏说，不早了，我该去买菜做饭。两人便散了，竟有一点依依不舍起来。

磨刀人照例天黑了才回家。而差不多同时，宏也打扮得漂漂亮亮的准备去上班了。宏一走，出租屋里仿佛又变了一个世界，空气也沉闷凝固起来。何丽对天右说，你有没有发现，宏的老公眼睛很可怕，有一股杀气。天右说，你尽瞎扯啥，什么杀气不杀气的。

这一夜，照例有霍霍的磨刀声响起。天右毛了胆子在磨刀人的房门外听得很真切，是真真切切的磨刀声。

这一夜，天右和何丽照例没有做成爱。天右总是想着那霍霍的磨刀声，该死的磨刀声。天右很愧疚地对何丽说，丽，我不行了。何丽给了天右一个后背。天右从背后抱住何丽，何丽把他的手拿开，却嘤嘤地哭了起来。这一哭，泪水便像断了线的珠子一样往下落，急得天右手足无措。何丽哭够了，才抱住天右说，天右，咱们换个出租屋吧！天右说，嗯，咱们换个出租屋。明天我就托人打听。

4

重新租屋的计划进行得并不顺利。在稍好一点的地方租一间房，月租金都不会少于五百块。出租屋的房东又不肯退房租，甚至连天右打他的 Call 机都不回复。为了租这房子，购置生活用品，本来就没有存款的天右早已囊中羞涩，就算要重新租房，也只能等到下个月发了工资再作打算。

这个周末，何丽不肯再来出租屋住。天右左劝右劝，并保证在晚上能很威风地雄起，何丽才动了心和他来出租屋睡觉。但那该死的磨刀声依然在天右刚刚雄起时响起。天右劝自己，他磨他的刀，也没什么动静，有啥好怕的，心里也还真的不怎么怕，司空见惯了。但天右却总是一听见磨刀声便威风不起来。何丽大为扫兴，对天右的热情顿减。以后，任天右说得怎样动人，何丽也不肯回出租屋住了，并下了最后通牒，再不另租房子，就和天右拜拜。

天右这段时间来便心事重重。一方面是租房的事，但更重要的事就是天右担心自己从此便雄风不再了。若果真那样，对他将是一个何其残酷的打击。

天右上班时就这样胡思乱想着。冲床一下一下地压着模，好几次，天右都把自己的手指放进了冲模下，幸亏做这项工作时间长，形成了一种条件反射，每次都有惊无险，但也够天右出一身冷汗了。

丢你老母嘿！

广西仔主管冷冷地转到天右前面。你看看你冲的货，这么远冲一下，浪费的你赔呀！

天右这才发觉，本来一块料应该冲三十个产品的，现在只冲了二十来个便报废了，一时低头无语，任凭广西仔主管劈头盖脸地一通好骂。广西仔骂够了，掏出一张罚款单，划拉了一通，天右迷迷糊糊地在上面签字，好像是罚款一百元。管它呢。天右现在已没有心情去考虑罚款的事了。真要阳痿了，不是一百元一千元一万元的事，而是一辈子的大事。该死的磨刀人。天右恨恨地想。他把冲床开得老快，手机械地把片材塞进冲模下。

转眼礼拜天又到了。周五晚下了班，天右犹豫再三，终于还是去了泰丽厂门口等何丽。下班铃一响，打工妹们潮水般涌了出来。天右双眼一眨不眨地盯着厂门口，半个小时过去了，出来的打工妹已是零零落落，并未见何丽。天右拉了两个打工妹问有没有见到何丽，她们回答说，这么几千人的厂，不是同一条拉的怎么认识。天右又花了十块钱买了一包红塔山香烟塞给保安。保安懒懒地拿起对讲机接通了车间的保安。老半天，何丽才磨磨蹭蹭地从厂里出来，远远地见了天右，脸上挂了一层霜。

两人都不吭声，一前一后地走到厂外那条脏兮兮的河边。天右没话。何丽无聊地拾起地上的土疙瘩，一下一下地扔进污水河中，说，有啥事，没事我要上班去了。天右说，何丽，咱们……何丽的眼里满是泪水，咬咬嘴唇说，天右，咱们散了吧，再这样下去我受不了。你说咱们天南地北的，拍拖图个啥？图个贴心，图个依靠，图个安全，图个幸福的感觉。可现在你给了我什么？跟你住在那个鬼地方，提心吊胆，一点安全感都没有。上班害怕拉长，下班害怕治安仔，晚上回家还要担惊受怕，我真的受不了。天右说，我知道你是嫌我不行了。何丽说，天右，别这样，你会行的，这只是暂时的。我不是嫌你，真的不是嫌你，我是受不了这种日子，再这样下去，我会疯的。都是我不好，我对不起你。何丽说完这些时早已是泪流满面。

　　天右无话可说，只觉得心灰意冷。半晌，天右说，何丽你走吧！天右说完转身就走。何丽在后面哭着叫了声天右，天右的泪水就下来了。他没有回头。

　　天右回到厂里，开了机床加班，把冲床的速度调到了最快。天右当时说不上是否有一种自残的快感，反正当他左手的四根手指齐齐被轧断时，他没有感觉到痛苦，反倒有一种手刃仇人般的感觉。然后天右便痛得昏死过去。

　　五天后，天右出院，同时也接到被厂方开除的通令。厂家不仅没有赔偿天右的工伤损失，还说天右违反操作规定，弄坏了一个机模，天右当月的工资被扣押，作为赔偿机模的费用。天右到厂里闹。老板说，你要告尽管去告，穷疯了想自残敲竹杠诈钱，门儿都没有。天右一冲动也骂，老子告不了你便杀了你，反正也是贱命一条。

5

　　天右是带了一把刀回到出租屋的。

　　一把刀，一尺来长，闪着清冷的光。刀是从一个西藏人的手中买来的，那人说是真正的藏刀。天右抱着这把刀，突然觉得自己的胆气粗了起来。多日去找厂方索赔，都没有人理会他。到劳动部门投诉调解，厂方不服仲裁，厂方认为天右是敲诈。因为那天天右把冲床的速度调到了最大的限度，厂方是明令禁止违规操作的。也就是说，要想讨回公道，除非上法庭。这正是老板所想的。要是上法庭，没有一年半载判不下来。老板无所谓，天右这样的打工仔就拖不起了。天右当时很无助地往回走，就见到了那个兜售刀的西藏人，天右就鬼使神差地买了一把。天右还听那西藏人说这把藏刀是有神奇的威力的。

回到出租屋。屋里多日未住人，空气中有股浓浓的霉味。天右推门进屋，忽地从床上蹿下一只猫。那猫早已把天右的床当作自己的家。天右说，猫，来，我们做个伴吧！猫并不领天右的情，气愤地逃得远远的，冲天右叫骂着。天右骂，不识抬举的，老子先杀了你祭刀。天右就出了门找来一块石头，抽出刀在石头上磨着。其时，天右的心中充满了绝望。

咚，咚，咚。

有人敲门。

天右收了刀，打开门。是宏。

宏说，咦，天右，这么久没回来住，我还以为你们另租了房呢。何丽呢？天右一听宏提到何丽，又激动了起来。何丽，何丽她不会来了。天右这样说时，已是咬牙切齿。你知道这是为什么吗？都是你那该死的老公。天右冷冷地盯着宏那高耸的双乳，突然感觉到一种久违的冲动，是一种雄性的冲动。是的，他的这种感觉很强烈。因为你，天右说，因为你那该死的男人，每天晚上在房间里磨什么鬼刀，害得何丽离开了我，害得我变成了残废，害得我丢了工作。天右越说越激动，他的心脏因激动而剧烈地跳动着，他觉得他的血在体内火速地窜动，他的阳具在坚挺地昂起。自从何丽走后，天右以为他的那玩意儿再也不会苏醒了。天右一步步地靠近宏。天右说，你老公犯下的错，我今天要你来补偿。

宏却笑了，笑得很媚。宏说，天右，我早知道你想要什么，我从你第一次见我时就看出来了。宏说，来吧，你们男人都不是什么好东西。天右便抱住了宏，把宏的衣服剥得精光。天右把心中积郁多日的愤怒全发泄在宏的身上。宏在扭动。宏说，狗日的天右，狗日的男人。

猫不知何时跳到窗台上，冷冷地盯着天右和宏。蓦地，猫发出一声尖利的惨叫，在空中一连翻了几个滚，落荒而逃。天右依稀看见是磨刀人对猫下的手，但天右那时已忘记了害怕。天右正在冲锋陷阵，阵地已被攻破，敌人溃不成军，天右狂呼着。天右记得宏说了一句别难为我男人。那时天右只感觉到了无限空茫……

天右不知是何时睡过去的，醒来时已是深夜。

夜凉如水。月如钩。

天右醒来后听到的第一个声音便是霍霍的磨刀声。宏一定又去上班了。是她男人在磨刀。天右听到磨刀人今天磨刀的声响特别的大，带有一股浓浓的杀机。天右感觉到了这种杀机，他的内心也有一股相同的感觉在涌动。天右猛地想到他今天把磨刀人的女人干了。天右还想到他干磨刀人的女人时那声猫的惨叫。天右开始害怕了。他把那柄藏刀抓在手中。抓住藏刀的同时天右便把什么都决定了。

隔壁房间的磨刀声还在一声紧似一声。

霍哦。

霍哦。

霍霍霍霍霍霍霍。

急急缓缓的磨刀声如一条无形的绳索紧紧勒住了天右的脖子。天右张开口大口大口地喘气。攥刀的手已是湿漉漉一片。

先下手为强。天右想。

天右把藏刀抽出了鞘。天右的血开始沸腾，因恐惧而沸腾。那该死的猫不知何时又钻了进来，冷冷地冲着天右笑。天右忽然觉得那猫的笑如同老板的笑，带着一种冷冷的嘲讽与鄙视。天右一挥刀，猫一声惨叫，拖着一路血迹逃出了出租屋。

6
————

这是天右第一次进入那个在他心中打满了问号的房间。房间里并没有什么特别之处。一张简易的小木床，床上堆得乱七八糟，墙边上摆着锅碗瓢盆煤气灶。磨刀人蹲在地上，很仔细地磨一把刀。从刀柄的形状可以看出这是一把菜刀，但刀身充其量只有一把菜刀的五分之一大小，看得出这是日积月累磨出来的结果。磨刀人跟前的磨刀石呈月牙儿状地弯着，两端高高翘起，形成一道优美的弧形。

对于天右的突然闯入，磨刀人并未太过惊讶。他仿佛已进入了一种状态，一种老僧入定、物我两忘的境界。他的手指修长有力，这样的手应该是用来弹钢琴的。他的眼睛呈现出一种迷幻的色彩。他那么专心致志地磨着他的菜刀，根本没有在乎杀气腾腾手握藏刀的天右。

霍，霍霍。霍，霍霍。

声音顿挫，节奏均匀，看不出一丝慌乱。磨刀人把那锋利无比的雪亮刀锋对着灯光，眯着眼睛看了一会儿，很满意地点点头，然后才缓缓地转过头来。这时他才发现不速之客天右。

磨刀人平静地看了一眼天右。只一眼，天右突然觉察到了一种恐惧。感觉有一只手突然把他的心攥紧，他浑身提不起一点劲，举刀的手软软地垂了下去。天右说，我来找猫，一只猫，一只麻猫。该死的猫偷吃了我的菜，还把我的床弄脏了。天右解释着，声音低得连自己都快听不见了。天右突然明白了自己只是一个善良的打工仔。无论心中充满什么样的仇恨与愤怒，那也只是一个打工者阿Q式的仇恨与愤怒。长年的麻木与生存的压力已磨尽了他的锐气。天右连在这屋里多呆一分钟的勇气也没有，更别说用手中的刀去砍向那个让他陷入了困境的磨刀人。

天右缓缓地后退，抓刀的手湿漉漉的。天右紧张地盯着磨刀人，害怕磨刀人突然一跃而起，刀锋一闪，砍下他那颗脆弱的头颅。天右并不想死，活着多好，他还没活够呢。这样想时，天右的一只脚已退出了磨刀人的房门。

磨刀人突然站了起来，用力挥了一下手中的菜刀。磨刀人说，你别走了。天右还在往后退，藏刀护在胸前。你别走了。磨刀人又说了一句。说着就走近了天右，眼里闪着冷冷的光。恐惧再一次袭遍天右的全身，天右感觉脊背后冰凉一片。物极必反，恐惧到极点便能生出勇气，就像现在的天右。天右感觉他有了力量，他握刀的手青筋凸起。当磨刀人再一次逼近一步时，天右一闭眼，挥出了手中的藏刀。有一股黏稠的东西溅在了天右的脸上。天右睁开眼，听见磨刀人说了一声，好。天右又挥出了一刀，磨刀人又说一声，好。磨刀人说，真的很好。谢谢你，天右。天右这时突然清醒了过来，明白了自己在做什么。在他挥出两刀之前，他的大脑里是一片空白。现在，天右明白，他砍了磨刀人两刀，用他准备来砍老板的刀。一刀砍在肩上，另一刀，也砍在肩上。磨刀人的胸前已染红了一片，但磨刀人的神色很镇定，磨刀人并没有还手，甚至没有招架。他是故意让我砍他的。天右突然这样想。这样想时天右又感到了一阵不可名状的恐惧。磨刀人脸色苍白，缓缓地靠墙坐在地上。天右这时的脑子如水洗一样清醒。他明白自己干了什么，但他不明白自己为什么要这样做，但他却不由自主地做了。天右扔掉了手中的藏刀，去扶坐在墙角的磨刀人。磨刀人突然伸出血糊糊的手，一把抓住了天右的手，说，天右，谢谢你。天右说，我送你上医院。天右说着就要去抱磨刀人。磨刀人说，不用了，天右。我是故意让你砍我的，你让我从痛苦中解脱了出来，让我从自我封闭中走了出来。很久以来，我沉入了一个噩梦，梦中有一种无形的力量在驱使着我，冥冥之中总有一个声音在逼我去杀一个人，我也想杀那个人，但我不能杀人。我疯狂地磨刀，进入了一种走火入魔的状态，是你的这两刀让我清醒了，明白了一切。磨刀人这样说时，双眼里秋水一样的纯净、祥和、幽远。天右仍然一头雾水，他说，我送你上医院，我出医药费，我不是真心想杀你的。磨刀人说，没事的。你听我说，我要说，如果你真的想帮我，你就做一回我的听众。天右不再固执。天右坐了下来，和磨刀人相对而坐。磨刀人说，我给你说一个故事。

　　故事发生在西部的小山村。故事的男主人公是一个小学教师。他十七岁开始在村办小学教书，在教坛上兢兢业业耕耘了整整十一个年头。按照当地政府的规定，教龄在十年以上的民办教师是可以转成公办教师的。但他没能转正，因为他爱上了一个不该爱的人。那个不该爱的人是村长的女儿。村长的女儿曾是他的学生。初中毕业后，村长的女儿也到小学任教。他们之间的爱情发展得行云流水，却在关键的时候出了问题，因为村长不允许他的女儿嫁给一个穷得叮当响，又比他女儿大十来岁的教书匠。后来，他就失去了教师的职位。他决定要来南方打工。那天，天刚麻麻亮，教师背上简单的行囊，走到了村口。当他深情地再一次回望生他养他的故乡时，他看见了她，村长的女儿。这是一个没有一点新意的私奔的故事。故事中的男女主人公双双来到了南方，然后他们开始了漫长的流浪生涯。东莞，佛山，深圳，他们相濡以沫，从不分离。然而，他们是普通的打工者。他在一家小工厂当员工，她则忙碌在流水线上，是爱情使他们从风风雨雨中走了过来。后来，她怀孕了。一次人流。又一次人流。他们养不起孩子。他们计划赚够了一万块就结婚。然而那一万块还未赚够，她却被炒了鱿鱼。后来，他们的一个老乡介绍她进了一家酒店做咨客。他们的生活开始悄悄地发生变化。有一天，她哭着对他说对不起他。原来她被经理灌醉后，让别人给睡了。男人愤怒了。男人打了女人一个耳光。然后男人操起了刀，要去酒店杀掉那个害他女人的经理。女人抱住他。女人说，你要杀，就杀了我吧。女人又说，客人给了我一笔钱。女人还说，我豁出去了，做一年小姐，挣点钱，然后离开这该死的南方，离开该死的工厂，去一个谁也不认识我们的地方，开始我们的新生活。看着跟自己风里来雨里去的女人，男人的心里很不是滋味。他放下手中的刀，又柔情地抚着女人说，我不该打你。女人说，别怪我，我也是生活所迫，我实在不想再这样子流浪下去，我想有个家，有个天真可爱的孩子。就这么简单平常的一个愿望，可这个愿望却那么难以实现。女人说，老公，你不会怪我是吗？男人说，我不怪你。只是他晚上再也不和女人做爱了。男人是个懦弱的男人，他也没有勇气真的去找那个诱惑他老婆"下水"的男人算账。从此以后，女人每天晚上出去做小姐，男人便在家里焦躁不安。男人快要发疯了，他一次又一次地拿起了刀，想去杀人。杀经理，杀老婆，杀那些压在他老婆身上的男人，甚至杀死自己。他把刀在磨刀石上磨得冷如秋水，但他终没有去杀人。他是读书人，他是理智的。何况他连鸡都没杀过。他陷入了极度的痛苦中，每天晚上磨刀，渐渐地，他发觉磨刀是一种境界。每当听到那霍霍的磨刀声，他便会进入一个虚拟的空间。在那个空间里，他的思想纵横驰骋。他可以砍瓜切菜般砍掉他所恨的人的头颅，也可以佛祖般对他所恨的人拈花一笑。再后来，他便不再有任何的思想了，他只是迷上了磨刀。没有仇恨，没有自责，不带任何感情色彩地为磨刀而磨刀。磨刀这个单一的动作，成了他生命中不可分割的部分。不停地磨刀可以使他进入一种无物无我的状态。在磨刀的过程中，他无爱亦无嗔。他们的生活又趋于平静。后来，他们新来的邻居打破了这种状态。邻居是一对小情人，每天晚上疯狂地做爱。女人夸张的呻吟和床板的吱呀声如同扔进水中的巨石，在他宁静孤寂的心中激起了波澜。每当听到隔壁做爱的声响，他便想到他的女人和别的男人在一起的情形，他的心中又升起了仇恨的火焰。他拼命地磨刀，但现在他已不能进入无物无我的境界了，他的心中充满了浮躁，充满一种血腥的狂热。他一次又一次疯狂地磨刀，他一次又一次徘徊在邻居的门外，恨不得砍死他们。但内心深处的另一个声音告诉他不能这样。他觉得他心中有两个自我，一个是佛，一个是魔。一会儿是佛战胜了魔，一会儿是魔战胜了佛。他才明白原来每个人都是可以成为佛陀也可以成为魔鬼的，佛和魔是如此接近啊。糟糕的是近来魔渐渐地占了上风。他知道一旦佛彻底崩溃他会干出什么事情来。那样的事情是他心爱的女人不愿看到的。为了他的女人，男人是不会干出任何傻事来的。女人说了，今年年底就洗手不干了，夫妻双双把家还。

磨刀人的脸上泛起了一片兴奋的潮红。磨刀人说，这个故事中的教师就是我。后来，你们走了，又来了。再后来，你进来找猫。我突然想让你砍我几刀，把我砍死了，一切都解脱了。你真的砍了我。你这两刀把我砍醒了，我知道我该怎样做了。

天右，谢谢你。磨刀人说。

天右茫然地看着磨刀人。魔，佛，天右不懂，仿佛又有所悟。天右再次把目光投向磨刀人的眼，这时天右没有感觉到一丝的恐惧，有的只是一望无际的理解。他理解磨刀人的痛苦与压抑、悲愤与扭曲，因为他有着相同的痛苦与压抑、悲愤与扭曲。那一刻，他是如此怀念故乡，怀念荆山楚水间那长满山坡的狗尾巴草，狗尾巴草在风中起伏，像长江的秋水，一波漫过一波……天右轻轻地叹息一声，拎起了他的藏刀。一转身，却看见宏满脸泪水地站在门口。天右一阵慌乱，不敢看宏的眼睛，逃出了出租屋，消失在夜色中。良久，远远地传来一声狼一样的嚎叫。

不久以后，磨刀人和宏突然从这个南方小镇消失了。谁也不知道他们去了哪里。也许，他们去了一个没人认识他们，没人知道他们那不堪回首的过去的地方，生儿育女，平静地过完他们的下半辈子。但每当深夜劳累了一天的人们进入梦乡的时候，那间偏僻的出租屋里依旧会传来霍霍的磨刀声。

　　磨刀的人是天右。

原载《作品》2001 年第 6 期

国家订单

王十月

终于，李想这一天向小老板提交了辞呈。小老板坐在出租屋的旧沙发上，眼睛盯着电视里吴小莉那职业的微笑，沉默许久。他想说什么来着，想说一说李想的诺言？说一说让李想再帮帮他？可他终究什么也没有说。他理解李想，并不责怪他。李想有自己的生活，没有理由被绑死在他这辆眼看就要倾覆的破车上。

小老板说，工资的事，过几天好吗？赖查理……

小老板说到赖查理，说不下去了。他不止一次用赖查理来搪塞工人，说赖查理就要来了，赖查理一来就有钱了，公司也就度过困难期了，弄得全厂的工人都知道有个赖查理，知道他是工厂的救星。可是这个赖查理，已许久没法联系上了。连小老板自己都对赖查理的到来失去了信心。可是他又觉得赖查理不是那样的人，这几年的交往，赖查理给他的印象不坏。不过话又说回来，这世道，人心隔肚皮，谁又敢保证小老板看人没看走眼呢？

李想的鼻子一酸，他太理解小老板的心情了，毕竟是多年的朋友了。他差点就改变了主意。小老板待他不薄，可以说从来就未曾把他当属下看待，说是亲如兄弟也不过分。可是想到身怀六甲的妻子，想到周城那边催得急，想到到处都要花钱，他狠下了心，说，我做到月底吧。工资不急，你现在需要用钱。

刘梅快要生了吧。小老板还是盯着电视屏幕。

八个月了。李想说。

小老板问到了刘梅，李想就知道，小老板再难，也会在刘梅生产之前把工资给他的。从家里来的时候，刘梅反复对他说，一定要提钱，半年的工资，趁他还拿得出来，再过一段时间他破产了，杀他无肉剐他无皮，他想给也没得给了。李想嗯嗯地答应着。刘梅说，别拉不下面子。李想说，我知道。刘梅说，有什么不好说的，欠债还钱，他欠你的工资，不好意思的是他。李想说，我知道。刘梅说，你就说我要生孩子了，缺钱用。李想说，我知道了。

小老板已欠下了供应商不少的货款。最要命的是，工人的工资也欠了四个月。开始的时候，小老板还对工人信誓旦旦，说赖查理可能很快就结清货款的，到时把工资一次性算给大家。可是一个月过去了，又一个月过去了，赖查理杳如黄鹤，工资只有一拖再拖。和工人交涉的重担，就落在了李想的肩上。李想对工人们动之以情，晓之以理，但还是不停有工人在辞工。辞工当然要结工资，不结算工资就要告到劳动站去，再不行就喊打喊杀的。现在的工人，也不好糊弄了，不像李想和小老板当初出门打工时那样，人为刀俎，我为鱼肉。现在的工人，对付起老板来，办法一套一套的。小老板倒不怕那些供货商，却怕这些工人。最终还是有工人离开了，厉害的角色，自然拿到了工资；次一点的，打一张欠条；还有老实一点的，干脆拍拍屁股走人。小老板一天无数遍拨打赖查理的电话，电话从来没有接通过。

李想说，我知道，这时候我不该走。谁都可以走，我不该走。可是……

小老板张了张嘴，嗓子里像有鸡毛一样，痒。干咳着，终于咳出几个字：大家都不容易。

还说什么呢。小老板多少是有些失望的，李想一走，等于少了他的一条胳膊，他的局面将更加难以应付，倒闭是迟早的事。只是，小老板终究是不甘心，他在等着奇迹出现。十年前，小老板背着一个破蛇皮袋离开故乡，那是一个清晨，天刚蒙蒙亮，初春的风吹在脸上，像小刀子在刻。路两边都是湖，湖睡在梦中，那么宁静。他的脚步声，惊醒了一两只狗子，狗子就叫了起来，狗子一叫，公鸡也开始叫，村庄起伏着一片鸡犬之声。小老板在那一刻停下了脚步，回望家门，家里的灯还亮着。他在心底里立下了誓言，一定要发财，当老板，衣锦还乡。出门打工，小老板吃过许多的苦，受过许多的难，这些都不提了罢。小老板从来没有埋怨过生活，也没有恨过生活给他的苦，乡里人有一句话："吃得苦中苦，方为人上人。"他一直在寻找机会，先是当工人，当技术工，跑业务。终于有机会了，他有了自己的业务网，特别是赖查理的出现，改变了他的生活。他有了自己的制衣厂，"十几号人七八条枪"，一路这么走过来，终于有了一定的规模。他打过工，知道打工的苦，待工人不坏。他对工人说，将来工厂发展大了，我不会亏待大家。他是这样说的，也当真是这样想的。

小老板盯着电视画面，思想却飞得很远。李想想再说一些抱歉的话，但觉得这样的话说出来就显得虚伪，显得多余，也就不再说什么。两个男人就这样一言不发，盯着电视画面发呆。他们没有想到，此刻，在遥远的大洋彼岸，正在发生一件惊天动地的事情，这件事改变了世界。

就在李想觉得自己该走时，凤凰卫视的电视画面出现了奇怪的一幕：大洋彼岸，美利坚合众国那著名的双子塔大楼，那在无数好莱坞影片中出现的标志性建筑，此刻却像是两个大烟囱，在冒着滚滚浓烟。两位心事重重的中国男人，在这一刻都呆住了，他们忘记了自己正面临的困境。很快他们就明白了事情的原委。李想跳了起来，尖叫着，打电话通知自己的朋友。李想还拨通了妻子刘梅的电话，只说了一句话，赶快看凤凰卫视。挂了。又拨了周城的手机，也还是那一句，快看凤凰卫视。周城的手机信号似乎有问题，声音断断续续的，问，看什么？你说看什么？李想高声说，快看凤凰卫视。周城这一次听清了，说他在外面谈很重要的事情呢，凤凰卫视有什么好看的。李想说，别问那么多了，赶快打开电视机看凤凰卫视，不然你会后悔的。小老板很冷漠地看着李想，嘴角甚至泛起了一丝冷笑。他想到了那封信，没有署名，但措辞很强硬，限他三天之内把工人的工资发了，否则后果自负。随信一起的，还有一把水果刀。刀很锋利，闪着寒光。信肯定是他厂子里的工人写的，但是谁写的，小老板不知道。他本来是想和李想谈一谈这封信的，没想到李想提出辞职，这让小老板的心里多少生了些许的疑惑。理论上来说，厂里所有的员工，都有可能写这封信，所有的员工，当然就包括了李想。看着李想，小老板又觉得，这写信的人不可能是李想，怎么说，他也算得上是李想的恩人，李想不至于如此恩将仇报。

又一架飞机撞向了大楼，画面给了尖叫着的惊慌的人群，给了五角大楼，给了白宫，给了一面在风中飘扬的星条旗……李想再一次尖叫了起来。李想还想说什么，但这一次李想觉出了不对劲，小老板的眉头皱了起来，有些悲哀地说了一句，不知要死多少人。小老板的话一出口，李想一时语塞。和小老板分开的时候，沉默的格局还是因为这事件的发生而打破。他们交流了对于这次事件的感慨，也共同关心了大楼里有没有中国人，关心了这次事件中的死亡人数，然后道别，一切都显得有些陌生而漠然了。

李想回到家，问刘梅有没有看过凤凰卫视。

刘梅说，跟小老板说了没有？

李想说，说了。

刘梅说，小老板生气了吧？

李想说，倒也没有生气，不过他心里肯定不好受。在我们最难的时候，是小老板帮了我们，现在他有了难，我却要辞职，总觉得有点不厚道。

刘梅说，你不会对他说我要生了吧？再说了，这些年来，你为他打工，没有白天黑夜，也帮了他不少，算是报恩了。

李想说，话虽这么讲，可心里总是难受的。你没有看凤凰卫视吗？

刘梅说，看了。小老板没有说多久给你结工资吗？

李想说，没想到，美国的双子楼被炸了。

刘梅说，别在这里打马虎眼了，肯定是没有谈工资的事吧。你呀你，我就知道你这人，把面子看得比什么都重要，说几句话会死人？

李想就把头低了下去，像一个做了错事的孩子，说，我答应了，做到月底。

喊！刘梅冷笑一声，月底，你们厂还能做到月底？

李想不再说话。本来他是想和刘梅谈一谈美国双子楼被炸的事，现在却一点谈兴都没有了。洗了正准备睡呢，周城的电话打来了，问李想和老板谈得怎么样了，什么时候辞职了跟他一起干。李想说谈了，月底就离开小老板。李想问周城，看凤凰卫视了没有。周城说没有看，说他今天晚上和一个美国基金会的代表在谈判，合同都签好了。

咱们要发财了。周城说，晚上有活动吗？

李想说，都几点钟了，还活动？

周城说，嫂子怀了几个月，憋坏了吧。出来，我请客，帮你把那戒给破了。

李想还想说什么，周城说了声西子足疗馆见，把电话挂了。

这么晚了还往外跑，刘梅自然是一脸的不高兴。何况是跟周城跑，刘梅更加不高兴。

刘梅一直觉得周城这人不踏实，虚头巴脑，咋咋呼呼的，又爱吹牛。她担心李想跟他在一起学坏，还担心他吃亏。刘梅说，真想不通，周城怎么那么大的能耐，名利双收。可是想到老公将来跟了周城，赚的钱要比跟了小老板多，也就不怎么反对了。

到了足疗馆，周城一脸喜色，在那里和咨客聊天。见李想到了，便问李想是按摩还是洗脚。李想说洗脚。周城说，那就洗脚吧，下次一定要帮你破戒。李想笑笑说他早就没有戒可破了。要了房间，咨客问周城有没有熟悉的技师，周城叫了三十八号，又指着李想说，帮他叫个漂亮点的小妹。咨客笑盈盈地答应了，不一会儿回来，对周城说，对不起老板，三十八号出钟了，您再叫一位吧。周城说，那你随便安排吧。

等候技师时，周城神秘地对李想说，我那事成了。

李想问什么事。周城说，就上次对你说的那事，从现在起，我免费为打工者打官司了，免费，你知道吗，一分钱也不收。老子再也不用担心那些打工仔赢了官司不给钱了。

说话间，技师来了。给李想洗脚的技师长得不错，而给周城洗脚的技师，却是一位大嫂。李想嘴角泛过一丝笑，望了周城一眼，周城皱了皱眉头，朝李想摇了摇头，长叹一声，哎呀，命苦呀。也不同技师说话，只是对李想说，我今天跟那假美国佬把合同签了，我只管打官司，所有的律师费都由老美出。接下来我这里肯定忙不过来，缺一个又能干又放心的帮手，你最好快点过来。

李想说，没有办法，做人不能太绝情，当年我被治安队抓，差点就被送收容所了，是小老板帮了我。李想又不无担心地问周城，拿美国人的钱，会不会有什么问题？

周城笑了，说，你呀你，这也是为打工者做一件大好事，名利双收，你就放心吧。

从洗脚城出来的时候，已是凌晨了。路过海华工业区前的十字路口时，就看见前面围了一圈人。李想一个激灵，说，妈的，又是查暂住证的。把手摸向了口袋，身份证、暂住证都在。多年前，他刚来南方，工作没有找到，手中的钱又花光了，屋漏偏逢连夜雨，晚上又被治安队抓了。他就是那时认识小老板的。那时的小老板还没有当老板，还在工厂里打工。萍水相逢的小老板帮他出了一百五十块的罚款，让他免了收容之苦，还把他介绍进了他们厂做工。从此，开始了他们长达八年的友谊。小老板从厂里出来创业，李想也跟了出来。想到自己今天向小老板提出辞职，想到小老板的工厂已是风雨飘摇，想到当初自己被小老板帮助时说过的话：今后您要有用得着我李想的地方，我赴汤蹈火都在所不辞。李想禁不住一声长叹。南国的风，带着咸腥的海的气息扑面而来。街道两旁那高大的大王椰，在风中沙沙沙地响。李想突然觉得内心莫名凄惶。

一群治安员围着两个人，一会儿让他们蹲下，一会儿让他们把手举起来。治安员现在对李想和周城不感兴趣。李想却差不多患了治安员综合征，见了治安员腿就发软。现在他唯一想做的就是快点离开这是非之地，却发现不见了周城。回头望，见周城在看热闹。李想等了一会儿，见周城似乎没打算离开，想一想，把身份证、暂住证拿出来再确认了一遍，才走过去，说，周城你干吗哩？你……呀！张怀恩？！李想看见，那被治安员折腾的居然是厂里的车衣工张怀恩。

张怀恩正举着双手，在同治安员辩解，说他手中的刀子，当真是削水果的，不是用来行凶的。说着就激动了起来，手开始比画着。

举起来，举好。一治安员指着他的手。张怀恩的手又老老实实举好。那治安员仍觉不解恨，在张怀恩的小腿上来了一脚。张怀恩痛得跳了起来。

丢雷个嗨。治安员恶骂，对张怀恩的辩解很是愤怒，一口认定张怀恩手里的刀子是用来行凶的。

张怀恩正百口莫辩，突然听见有人叫他的名字，原来是厂里的经理李想，那兴奋无异于溺水的人抓住了一根浮木，喊了一声李经理，对治安员说，他是我们厂的经理，他可以证明我是好人的。

治安员把注意力转移到了李想和周城的身上，目光像锐利的刀子，把李想从头到脚刮了一遍，又把周城从头到脚刮了一遍。然后指着李想，说，暂住证、身份证。

李想迅速把证件递给了治安员。治安员看了一眼，还给了他。指着周城要看证件。周城却没有把证件交给他们看的意思，只是慢条斯理地说，你们是哪个派出所的？把你们的证件给我看看。

这简直是在太岁头上动土。治安员天天查看别人的证件，大约从来没有被人查看过证件，一下子倒愣住了。又拿目光刮周城，但没有先前那么锐利了。心里有些虚，不知道周城是何方神圣。周城看出了治安员的心思，冷笑了一声，说，你们为什么要打他？谁给你们的权力？

治安员之一说，他带着刀子。

张怀恩说，是水果刀，用来削水果的。

治安员之二说，水果刀就不能行凶了？

周城说，真是好笑，带了水果刀就会行凶吗？那我说你是强奸犯。

我怎么是强奸犯？

你有强奸的工具呀。周城说。

周围的人都哄笑了起来。

治安员闹了个大黑脸，被周城这么一唬，有点蒙了。眼前这人，看穿着也不像是什么了不起的大人物，哪有大人物深更半夜在街上闲溜达的呢。治安员慢慢有些回过神来了。首先回过神来的，大约是治安员头领，他指着周城说，丢雷个嗨，你在这里装什么大头鸟，你干吗的？身份证、暂住证！

周城不慌不忙，从腰上取下手机，说，问我是谁？是让李世贤来告诉你们，还是让黄标告诉你们？

周城说的李世贤，是这城市的公安局局长，黄标，就是这片区的派出所所长。周城报出了这两个人的名字，治安员头领再一次慌了。周城把手机递给那治安员头领，说，要不要给李世贤打个电话让他为我证明身份？

治安员头领慌忙说，对不起对不起，您讲笑了。

周城见好就收，说，你们这么晚出来执法，也很辛苦，可是你们要文明执法，看见他手中有刀子，拦住盘问，都是对的，说明你们工作很认真。可你们怎么能动手打人呢？打人就是你们的不对了。治安队伍这么辛苦保一方平安，为什么老百姓还这样恨你们呢？还是你们的执法态度有问题啊。

治安员头领低头垂手，像一个犯了错的小学生，连声说，是是是，下次注意。挥手让手下的治安员放了张怀恩。张怀恩千恩万谢。李想说，这么晚了出来瞎转悠什么呢，你又不是刚出门打工的，出来就算了，还带一把刀子。快点回厂里去吧。张怀恩又谢了李想，说，李经理，要不是您，我今晚就惨了。

车衣工张怀恩并不知道，刚才跟着李经理的，并不是什么大人物，不过是一个专帮打工者们打官司的律师罢了。他更不会想到，和李经理在一起的那个大人物，根本就不认识什么公安局局长和派出所所长。他不过是看准了治安员的心态，诈了他们一把。他要是知道了，当时怕是吓得都走不动了。

　　这个晚上经历的一切，对车衣工张怀恩来说，是一个警示信号，他得认真想一想下面的路该如何走了。回到工厂，睡在铁架床上，张怀恩的手脚还在发软。如果不是李经理他们赶到，他坚持不了几分钟，就会如实招供了。

　　张怀恩想到了另外一把刀子，还有和刀子放在一起的那一封信。几个月没有发工资了，工友们陆续在离开，许多人都没有拿到工资。张怀恩不想找劳动站，他早就听说，老板被一个叫赖查理的香港佬骗了，几十万的货款都没有要到。就算到劳动站去告，老板也拿不出钱来发工资了。何况，天地良心，他张怀恩跟了小老板也有三年了，小老板待他们这些工人当真不错。张怀恩也不想把事情弄大，他只是想吓唬一下小老板，然后要到自己的工钱。

　　晚上，他去未婚妻打工的厂子，两人在厂外面的香蕉林里亲热了半天，打算十月一日国庆节就回家结婚。说到回家结婚之前，无论如何要把工资拿到手。未婚妻劝他，好好跟老板说，把要结婚的事说清楚，也许老板会把工资结了呢。再说了，你的身体一直不大好，要早点去医院检查检查。张怀恩摇摇头，苦笑，说，小老板人是不错的，他要拿得出钱来，也不会拖我们这么久的工资了。又说，我没什么病，不过就是有点贫血，结婚了你天天给我做好吃的就行了。未婚妻偎在张怀恩的怀里，无限幸福，说，结婚了我们在外面租个房子，我天天给你煲汤，把你养得胖胖的。

　　张怀恩并没有告诉未婚妻关于刀子的事。未婚妻抱着他时，碰到了那把水果刀，吓了一跳。张怀恩说，没什么，用来防身的。未婚妻就不说话。上个月，他们俩也是在这厂外的香蕉林里亲热，结果被几个烂仔抢了，抢了钱不说，那烂仔还摸了未婚妻的胸。当时的张怀恩，没有做出任何的反抗。未婚妻倒没有责怪张怀恩，张怀恩却感到极度的愧疚，说自己不是男人。未婚妻说，我只要你好，平平安安的。你要真和他们打起来了，有个三长两短的话，我也不想活了。话是这么说，张怀恩的心里却更加难受，总觉得自己不算个男人，连自己的女人都保护不了。当张怀恩说他的刀子是用来防身时，未婚妻沉默了一会儿说，以后别带刀子了，带了刀子更危险。也是在那时，张怀恩听到了一件让他又喜又忧的事：未婚妻怀上了他的骨肉。这当真让他又欢喜又惶恐。

　　张怀恩决定，用温和的方法去向小老板要工资。他要对小老板说他的未婚妻，说他未来的孩子，当然，还可以编造一下，比如说家里有一个八十岁，不，七十岁的老母；有一个正在读高中，明年就要考大学的妹妹，我张怀恩一家人的幸福，都寄托在小老板您的身上。实在不行了，就算给老板下跪也是可以的。然而第一天，小老板并没有来工厂。张怀恩找到了老板娘，老板娘说要工资你去找老板。张怀恩说，那老板去哪儿了？老板娘说，我还在找他呢。看着老板娘像吃了火药一样，仿佛一触就要爆炸，张怀恩退出了办公室，见文员李兰朝他吐舌头做鬼脸，便凑过去，用嘴努老板娘的办公室，问怎么回事。李兰小声说，和老板吵架了，早上在办公室里哭呢。

这一天，张怀恩带来的消息，像一股暗流，在工人中引起了不小的骚动。

老板不见了！

连老板娘都不知道老板去哪里了。

老板会不会跑掉了？要是跑掉了，我们这些人就惨了，四个月的工资呢。

工人去找经理李想，问经理，老板是不是跑了。李想安慰大家，说，怎么可能呢，怎么会跑呢，老板不可能跑的，他有这个厂在这里，还有这么多的设备，跑得了和尚跑得了庙？工厂不过暂时遇到了一些小困难，赖查理马上就要来了，赖查理一来，大家的工资都有得发了，一分钱都不会少你们的。再说了，我不也还欠着工资么，你们欠四个月，我还欠了六个月呢，张怀恩你说是不是这个理？

张怀恩昨晚才受了李想的恩惠，现在没有理由不站在李想的这一边帮他说说话，于是张怀恩对工人们说，李经理说得有道理。老板可能是帮我们弄钱去了哩，我打工十年，干过七八间厂，在这个厂干了三年，这个老板是最好的了。

工人们的从众心理是比较强的，有人说老板跑了，就人心惶惶，觉得老板真的跑了；有人说老板不可能跑，大家一听，又觉得在理，老板要跑早就跑了，还会等到今天？

小老板的确没有跑。跑到哪里去呢，这厂子是他的命，是他的心血，他怎么会抛下呢。只是他现在觉得很累，前所未有的累。昨天晚上，和妻子吵了一架，心情坏到了极点。他现在只想找一个安安静静的、没人知道的地方，好好地睡一觉，积蓄力量。和妻子吵架后，小老板离开了家，给阿蓝打了电话，问阿蓝晚上有没有空。阿蓝说有空，小老板就去了阿蓝那儿。阿蓝一见小老板，就偎在了他的怀里，紧紧抱着他。小老板轻抚着阿蓝的长发，说，我有点饿，给我做点吃的吧。

阿蓝烧得一手好菜。小老板每次来这儿，阿蓝都会下厨烧上几个小老板爱吃的菜。

阿蓝说，看你的脸色很差，我给你放点热水，你泡个澡吧。

小老板说好，倒在阿蓝的床上休息。小老板每次一倒在阿蓝的床上，就觉得瞌睡，倒下就能睡着，而且睡得格外的香。就像现在，他睡在了阿蓝的床上，就像到了一个温暖宁静的港湾，工厂里的烦心事，都仿佛与他无关了，他现在只想好好地享受这温馨的时刻。阿蓝在浴室里放好了水来叫小老板时，房间里已响起了轻微的鼾声。

阿蓝不忍心叫醒他，下厨房去做菜。做好了菜，看小老板还在睡，阿蓝就坐在床边，看着小老板。

不知为何，阿蓝觉得自己是渐渐喜欢上这小老板了。这种喜欢是危险的，她知道这不同于一般的感情，也不同于她对其他客人的感情。这些年来，她就在这里安了个窝，接待一些熟悉的客人。遇上喜欢的男人还会为他们炒两个菜。也有客人提出过把她包养起来，她只是笑。她似乎是喜欢上了现在的这种生活，为那些事业小有成就，却又心灵孤独的男人们，营造一个家的氛围，做他们临时的妻子。可是小老板出现后，阿蓝的心有些乱了，她开始减少和其他客人交往。小老板并没有给过她多少的钱，只是每次会送给她一些小礼物，这礼物有的比较值钱，有的不值钱。但这些对于阿蓝来说，似乎都是无价的。有时阿蓝也想，这个平时总显得心事重重的男人，到底有什么样的魅力，让她心乱如此。想来想去，阿蓝觉得，是小老板的真实。小老板在阿蓝面前，从来不掩饰自己的内心，也不掩饰他的困窘。不像有的男人，一来就对她吹嘘又赚了多少钱，说要和老婆离了婚娶她。小老板却总对她说，不能一个人一直这样下去，碰到合适的，就嫁了，他到时情愿和她做朋友；说他的生意遇到了困难，但一切都会过去的；说他喜欢到这里来，是喜欢这里有家的感觉，可以让他忘了那许多的烦恼。难道只是这些吗？阿蓝自己也不清楚，于是只能对自己说，人的感情，当真是很奇妙很复杂的。

小老板猛地醒了，看着阿蓝笑，说，我又睡着了。每次来你这里，都有睡不完的瞌睡。

阿蓝说，饭好了，吃饭吧。

于是他们吃饭。吃完饭，小老板洗了个热水澡，抱着阿蓝做爱。小老板做爱总是很小心，像在抚摸一尊绝品瓷器。然而这一次，小老板一反常态了，风狂雨骤的。小老板喊，阿蓝啊阿蓝，阿蓝啊……小老板居然哭了。但小老板没有让眼泪泛滥，泪刚出来，便被他止住。小老板仔细地抚摸着阿蓝细瓷一样的肌肤，说，阿蓝，我恐怕是最后一次来你这里了。阿蓝抱着他，拿手指抚摸着他的胸肌，不问为什么。小老板说他的工厂这次真的坚持不下去了，他明天回去，就宣布破产。把厂里的东西卖给工人发工资，欠供货商的钱，那就只有欠着。小老板说他反正是死猪不怕开水烫，只是对不起阿蓝，有钱的时候，为什么没有想着多帮帮她。

　　这个晚上，小老板睡得格外的香，连梦都没有做一个。次日拥别阿蓝的时候，他把腕上那块戴了五年的手表脱下来，作为给阿蓝最后的留念。

　　小老板回到了工厂。现在他的内心很平静，他做好了坦然面对这一切的准备。工人见到老板回厂了，都长长地吁了一口气。老板果然没有跑。老板没有跑，大家的心也就安了。张怀恩的心却并没有安妥下来。小老板刚坐回办公室，张怀恩就去找他了。小老板很客气地让张怀恩坐下。张怀恩站着。小老板说，你坐吧，坐下说。张怀恩很拘束地坐下。小老板抽开了抽屉，里面静静地躺着一封信，还有一把闪亮的刀子。信上的每一个字，其实都像是一把刀子，一刀一刀，扎在小老板的心头。可是现在，爱也好恨也好，这一切似乎意义都不大了。小老板把抽屉合上，平静地盯着张怀恩。张怀恩被小老板盯得有点发毛了，惶恐地低下了头，恨不得把头都低到两条腿中间了。

　　怀恩，有什么事，你说。小老板说话和风细雨的，但这和风细雨里，却透着疲惫与失望。

　　张怀恩想好了许多的话，可是一下子，居然一句都说不出来了。脸涨得通红，过了好一会儿才说，老板，我要回家结婚了。

　　小老板笑了笑，露出一口好看的牙。这么多年来，小老板保持了许多美好的品德，不抽烟，不喝酒。三十有五了，身体一点也没有发福。

　　恭喜你。到时要给我派喜糖哦。我还得给你包个红包的。又说，日子定好了吗？

　　定好了，就在国庆节。张怀恩的目光四处游走，就是不敢看小老板的眼。

　　哦，我知道了。工资的事你放心，我会尽快发给你的。你看，我厂里还有那么多设备，那么多布料，怎么说也能卖点钱，发工人的工资还是够的。

　　张怀恩没有想到，事情会是如此的简单。他甚至还没有来得及说他未婚妻肚子里的孩子，没有说他那虚构的七十岁的老母亲，还有那凭空造出来的读高中的妹妹，更没有来得及说他的贫血。这样一来，张怀恩反倒觉得有点空落落的感觉，仿佛攒足了劲，一拳打出去，却打在了棉花上。

　　还有事吗？小老板问。

　　张怀恩站了起来，突然说，我，要做爸爸了。说完脸更红了。

　　小老板笑得很开心，说，那是双喜临门了。我得包一个大点的红包。

　　张怀恩说，老板，那……我走了。

　　走到门口时，张怀恩又站住了。

　　小老板说，还有什么事吗？

我……张怀恩差一点就对老板说，对不起，那封信是我写的，还有那把刀。然而张怀恩没有说，只是突然冲小老板鞠了一个躬。

张怀恩离开后，小老板又拉开了抽屉，拿出那把锋利的刀子，眯着眼睛看着。电话响了起来，他不想去接。可是电话铃声响得很固执。小老板看着电话机，突然觉得这些年的创业生活，当真像是梦。他想起了多年前，他离开故乡的那个清晨。小老板拿起了电话，突然像被人在屁股上扎了一刀一样蹦了起来。

赖查理！小老板的声音很古怪，说不清是愤怒还是激动。

赖查理，你在哪里？你可把我害苦了。小老板的手都在发抖了。

赖查理没有说话，让小老板发脾气。等小老板的脾气发得差不多了，才说，骂够了吧，骂够了，给个大单你做。

大单？小老板苦笑了一下，真正的大单，赖查理是不会给他做的。给他做的，要么是工价很低，别的厂不愿接，要么是要货急，像催命一样，别的厂不想接。但就是这些鸡零狗碎的订单，让小老板一步步走到了如今。可以说是成也赖查理，败也赖查理。

赖查理不是老外，是个香港人，多年以前，他也只是一家港资制衣厂的高管。那时小老板打工的厂和他打工的港资厂有业务往来。两人打交道多了，赖查理就鼓动小老板投资办一个小厂子。他呢，也绕开了老板，把自己接到的一些小的订单下给小老板做。小老板的制衣厂壮大的同时，赖查理的贸易公司也做得顺风顺水了。但有了制衣方面的单，他总还是想着小老板的。

小老板没有追问赖查理这几个月为何不见了，连公司的电话也打不通。赖查理也没有去解释。在这江湖上，各人有各人的混法，只要赖查理来了就好了。赖查理来了！这个消息像风一样，在小老板的制衣厂里吹遍了。每个员工的心都被吹皱了，九月的南方的酷热，也被这一阵风吹散了。赖查理果然是小老板的救星，小老板的救星就是百十号工人的救星。打工者和老板，看似对立的两个阶层，其实又是紧密的利益相关者，是拴在一条绳上的两个蚂蚱。用老祖宗的话说，这叫大河涨水小河满，大河落水小河干。当然，理是这个理，实际上却是，大河涨水了，小河会不会满倒是不一定的，大河落水了，首先干涸的却肯定是小河。

赖查理带来了欠小老板的部分货款，外加一个大订单。用赖查理的话说，这可不是一般的订单，这是国家订单，而且不是一般的国家订单，是美国的国家订单。你要感到荣幸哦。

赖查理说的所谓美国国家订单，是生产二十万面美国国旗。

赖查理实话实说，他接的订单是一百万面星条旗，这样的单，本来是不会给小老板分一杯羹的。一是看在小老板的忠厚本分，二来呢，这批货也实在要得太急了些，这才匀出了二十万面的单给小老板。二十万面星条旗，五天交货。

小老板听说一百万面星条旗时，微微一笑。和赖查理打了这么多年交道，他太了解赖查理了，人不坏，也有信誉，就是爱吹点牛，用现在流行的话说，是喜欢忽悠人。他说什么一百万面星条旗，估计也就是那二十万面。

不就是二十万面旗子吗？五天交货，一点问题都没有。小老板说得斩钉截铁。

赖查理狐疑地看着小老板，说，二十万面，你真能按期交货？

小老板说，我们也不是一年两年的朋友了，这么多年，我什么时候说过大话？只是，怕是要加班加点了。你这一消失就是两个月，弄得我的工人天天去劳动站告我的状。我的那些货款……

赖查理说，阎王能少了小鬼的钱？

小老板笑，说那是那是。又说，工人不拿钱不肯开工，加两个班时间长一点，早把我告劳动站去了。

赖查理说，你还怕劳动站？你这当老板的，从来不都是和劳动站串通一气的吗？

小老板说，我要有这样的关系，还怕工人告我？

赖查理说，这倒是实话。你放心让工人加班吧，劳动站那边小意思啦，我一个电话就摆平了。

赖查理来了。小老板头上的乌云一下子就散了。当天就把欠工人的工资给发了，厂里又加了菜。也对工人们托了话，离开了，又想回来的工人，随时欢迎。辞了工，还没有走的，最好留下来别走了。接下来的货工价那可是前所未有的高，保证大家一天能挣上六十块。车衣工张怀恩拿到四个月的工钱后，作出的第一个决定就是继续留在厂里。

小老板现在想的是李想的去留问题。突然之间，工厂又死里逃生了，而且眼看着有了大的发展机遇。这让小老板的内心起了波澜，表面上，似乎风平浪静，可内心却可以说是波涛汹涌了。这一次的困难，让小老板对世事看透了许多。比如他的妻子。小老板和她结婚这么多年来，妻子对他是百依百顺的，从未逆过他的意思。可这次，他差点翻船了，妻子呢，果真能够和他共患难吗？夫妻本是同林鸟，大难临头各自飞。这话说得还真有那么点意思。还比如李想，不就是半年的工资没有发吗？用得着这样？辞职？笑话！这就是把我当兄弟一样看的人么？小老板忽然冷笑了一声，觉得他真该感谢赖查理失踪了两个月，是这件事让他看清了许多。

人逢喜事精神爽，小老板突然有了点想唱几句的冲动。但他没有唱，只是闭着眼，吹了几声口哨。想到接下了这么大又这么急的订单，现在如何少得了李想，小老板决定和李想谈一谈，好好安抚他，挽留他，最起码也让他死心塌地把这批货赶完。小老板把李想叫到了办公室，给李想倒了茶。小老板的目光盯在了李想的脸上，他没有意识到自己目光中流露出的得意。而这得意，像一把锋利的刀，将他和李想之间的裂缝切得更大了。

李想说，老板，您找我什么事？

小老板把李想的辞职书拿了出来，推到李想的面前，说，这个，你拿回去。

又从抽屉里拿出一沓钱，一万元，轻轻地推到了李想的面前，说，这个，是你的奖金。

小老板说，我不怪你，一点也没有怪你的意思。我只是希望你不要再提什么辞职的事了。

李想把辞职书和钱推回给了小老板，说，你现在渡过难关了，我的心里也好受一些了，不然我会因为辞职感到良心不安。只是，好马不吃回头草，决定的事，我不想再改了。你放心，我答应了做到月底，说话算数。在这里做一天，就会尽全力的。

李想这话说得很有分寸，这话一出口，就注定了两人之间的裂痕真的越来越大了。李想的话说得很有水平，意思是，你小老板的心思我懂，不就是担心这批货赶不出来吗？你是怕我李想在这里混日子哩，我李想可不是那种人！

小老板把那辞职书收起来，钱还是推给了李想，说，人各有志，我这里是太小了，你是个有能力的人，应该谋个更有发展前途的位置，我也不强留。这个你收下，刘梅不是马上要生孩子了吗？在这里生孩子，可得花不少的钱。我也不说是奖金了，算是我给未来侄子的见面礼。

李想咧开嘴笑，有些苦涩。但他还是把钱收下了。小老板这样说，他没有理由拒绝。其实，从赖查理出现的那一刻起，李想就有点后悔了。他意识到，他的辞职是个错误的选择，倒不是因为他舍不得这个职业，他只是觉得，要是再坚持几天，等赖查理来了，等小老板过了这难关再辞职，那该是多么美好的一件事啊。那么，他们的友谊，就会持续下去。可是木已成舟。他本来是觉得有些内疚的，走进小老板的办公室时，他都还在内疚。可是当小老板用那种得意的目光看着他时，那种内疚感一下子就消失得无影无踪了。那一瞬间，李想的心情是复杂的，由内疚到失落，再到坦然。他突然觉得他再也不欠小老板什么了，之所以决定帮小老板把这批货赶完，一是自己承诺过做到月底，二是要让小老板欠他一个人情。

两人的心情变化，都是一瞬间的事。但两人都是聪明人，都感觉到了，

「打工文学」卷·作品

他们的友谊已蒙上了尘。片刻的尴尬之后，小老板就开始谈工作了，问李想，二十万面旗，五天时间能不能赶出来？李想说，肯定不能，加点班，十万面没问题。

没有办法吗？马上招人呢？小老板问。

李想说，就算是满员，也不可能按时交货。

小老板说，你有办法的。

李想说，没有办法，能有什么办法呢？除非……

小老板眼睛一亮，问李想除非什么，李想摇了摇头，说不可能的。小老板说，你还没有说呢，怎么知道可不可能呢？

李想说，我算了一下，如果满员，按我们的工人正常的进度，最少要十二天才能交货。现在只有五天的时间，除非外发一部分给别的厂加工。

外发？绝对不行。小老板说得很坚决。他好不容易才等到这么一个单，订货方要货急，才给出了这么高的价，做好这一单，他的工厂就真的可以起死回生了。

李想苦笑，摇了摇头。要是在过去，他肯定会说服小老板，告诉他人不可能一口吃成个胖子，有时不该是自己的财也别强求。要是在过去，他说了这样的话，小老板也多半会接受的。可这半年来，小老板被钱逼得快疯了，哪里还能把到嘴的肥肉拱手让给别人？现在的李想，要是再这样劝小老板，小老板还听得进去吗？李想认为小老板是听不进去的了，因此他也不再劝小老板了。只是说，那就只有加班，拼命地加班。反正只是五天时间，大不了大家五天不合眼。

李想这话说得还是带点刺的，他觉得他有义务提醒一下小老板，人哪里能五天不睡觉呢。可是小老板没有想到这一层，却兴奋了起来，说，对，做完这一单，给工人放几天假，让他们好好睡几天。你看电视里，抗洪抢险，官兵不也是几天几夜不睡觉吗，人的潜能是无限的。把工人的伙食搞好一点，李想你给工人打打气，鼓鼓劲。

抗洪抢险？李想的嘴咧了咧。他想说这怎么能和抗洪抢险相提并论？但又觉得这样的话还是不说为好，只是拿眼睛看着小老板，觉得小老板突然变得陌生了起来。

李想去安排生产了。小老板想了想，又让文员把张怀恩叫来。张怀恩再一次紧张地站在了小老板面前。这一次，他看见了小老板桌子上放着的那封信，还有那把刀子。张怀恩的手脚一下子就软了。小老板笑了笑，走到张怀恩的身边，拍了拍张怀恩的肩膀，将五百块钱塞进了张怀恩的口袋里。张怀恩说，老板，您这……小老板说，你马上要结婚了，又要做爸爸，双喜临门，可你决定留在厂里，这让我很感动，这个，是我的一点心意。张怀恩又看了一眼桌子上的信和刀，手脚还是没有劲。小老板说，你的技术很好，我一直想着让你做个主管，协助李经理把生产抓上去，我看现在是时候了。你去吧，一会儿我让文员出一个通告，把你当主管的事在厂里宣布一下。对了，这批货很紧，五天要做出十天的货，厂里好多工人都是你的老乡，你帮我带好这个头。小老板说着，又在张怀恩的肩膀上拍了拍，说，你下去吧。

张怀恩满心欢喜，诚惶诚恐地下去了。主管这个位置张怀恩不是没有梦想过，不是有句俗话，叫不想当将军的士兵不是好士兵吗？在这家厂子里，论技术，张怀恩算不上是最好的，可是论人缘，他是最好的，厂里好多工人都是他的老乡。从老板的办公室出来，张怀恩再看这车间，看面临的工作时，心境一下子大不一样了。他觉得他对这厂子有了责任，他不再只是一个车衣工，把自己的货做好，尽可能多地车衣，多挣工钱。并不是每个打工者都有机会当主管的，现在机会来了，就看自己能不能把握住了。当了主管，从此就不用再天天坐在车位前不要命地车衣了。当了主管，吃的住的还有工资都会不一样了。张怀恩突然觉得，这一切来得太突然了，来得那么不真实。他又想到了老板桌子上的那封信，还有那把刀。老板要是知道，这信是我张怀恩所写，这刀是我张怀恩所寄，会怎么想呢？这样一想，张怀恩就后悔得要死，觉得自己干了一件天大的蠢事。重要的是，这事他干得并不隐秘，他对另外一个老乡讲过，当时讲时，他是很得意的。现在，这老乡，成了一个危险的存在了。好在老乡和他关系不错，大不了当了主管，在工作上照顾他一点。

回到车位上时，张怀恩有一点心不在焉。老乡问他，怀恩，怎么啦？老板叫你去干吗了？张怀恩一惊，说，没干吗，没干吗，就是问我结婚的事。老板真是好呢，你看我一个打工仔，结个婚，他还那么关心。老乡说，我也觉得我们老板人不错。张怀恩说，前一段时间，老板遇到了困难，厂子差一点就倒闭了，你知道那天我去找老板辞职，老板怎么说吗？老乡问怎么说。张怀恩说，老板说，回去告诉大家，让大家放心，我厂子就算倒闭了，卖设备卖原料，也要把工人的工钱都发了。老板说他也是打过工的，知道打工人不容易呢，哪里能差工人的钱呢？老乡说，也是。张怀恩又说，所以，这一次老板遇到了好机会，听说这批货很紧，五天一定要交货，老板对我们好，我们也要帮帮老板呢。说到这里，张怀恩觉得自己说得太多了一点，便不再说话，只是埋了头车衣，把电车踩得飞快。

中午快要下班时，车间里的喇叭响了起来，宣布了对张怀恩的任命。老乡们都向张怀恩表示了热烈的祝贺。吃饭的时候，张怀恩拿着饭碗去员工窗口打饭，工友们就笑，说张主管，你还在这里打饭呀，去那边，和老板一起吃小灶呀。张怀恩憨笑，还是挤在员工队伍里，眼却不时地望着干部吃饭的小房间。老乡们把他从队伍里挤了出来，说，别在这里装啦，快点过去吧。张怀恩被挤了出来，他便去队伍的后面排队。李想刚好从车间过来，说，张主管，你怎么在这里排队，去那边吃吧。

张怀恩跟着李想去了。小老板和干部们一起坐着，见张怀恩去了，其他的干部站了起来，给张怀恩挪椅子。小老板说，怀恩你现在是主管了，要负起主管的责任来。有李经理带着你，当务之急是把工人的积极性调动起来，加班加点，把这批货赶出来。大家有困难没有？干部们都表了态，说没困难。小老板说，怀恩，你呢？有什么困难就说。张怀恩说，没有困难。小老板笑，说，困难是有的，但大家要想办法克服困难，战胜困难，再苦再难也就是五天时间，赶完这批货，我请全厂员工去大鹏湾海边玩一趟，游泳，晒太阳，吃烧烤，怎么样？干部们齐声叫好。

小老板去了员工的饭堂，中午的伙食，明显比平时要好了许多。小老板又把加完了班放三天假，带大家去海边玩，去游泳、烧烤的事说了。员工们的情绪也都调动了起来。

张怀恩猛地做了主管，有点不知所措，跟在李想的后面转了两圈，不知道该做什么，就又坐回自己的位置忙碌起来。小老板看在眼里，并没有说什么，嘴角泛起了微微的笑。

小老板把该安排的事都安排妥当了，突然发觉，做了这么多年的生意，这一次，他才真正像一个生意人了，他学会了驭人之术。他自己都觉得自己有些陌生，这陌生让他觉出了一点点的危险，但转念一想，又觉得这是一种进步。

生意人嘛！小老板坐在办公室里，听着车间里的电车在轰鸣，心里像六月天喝了冰水一样，舒畅极了。他想起了阿蓝。他想给阿蓝打个电话，想一想，还是没有打。现在不是儿女情长的时候。打开了电视机，看电视。电视里还在播着九月十一日的那个恐怖的画面。那曾经雄视世界的双子楼倒塌了。消防队员还在紧张地进行全力搜救，希望能从废墟中找出生还者。小老板第一次发现，现在的世界，没有什么事件是孤立的，比如这次发生在大洋彼岸的恐怖袭击，几天前，他何曾想到这样的一次恐怖袭击会改变他的命运呢？在国难面前，美国人的爱国热情，出现了前所未有的高涨，家家户户都在门口悬挂着国旗，表示他们对国家的热爱。这时他们才发现，在美国国内，居然找不到生产国旗的工厂，突然涌现的对国旗的大量需求，竟成了小老板的企业死而复生的机会。现在，小老板看着这电视画面时，心情就比往日复杂了许多。他走到窗口，盯着窗外。窗外是九月的南国，天空似乎有些异样，干涸了一个夏季的小镇，在骄阳的炙烤下，仿佛一揉就会散成粉末。小老板开始渴望一场雨的降临。

傍晚的时候，果真就下了一场久违的雨。这中国南方的小镇，在雨水的滋润下，顿时温和了起来。雨水洗净了布满灰尘的小镇的天空，小镇一下子新了起来，连路边的树也鲜活了，香蕉叶绿得肥硕温润，高大的大王椰的叶子在风中摇摆，发出沙沙的响声。小老板让工人们早早吃过饭睡了。现在，他的工厂是万事俱备，只欠东风。赖查理给的消息是，最迟今晚，东风就到。当然，这东风并不是从东边吹来的风，而是在另外一家印染厂里，正在加班加点印出来的制作星条旗的布料。布料一到，小老板一声令下，他手下的这百十号工人，加上他小老板，加上他的妻子，所有能上的都要上。他小老板的翻身仗，全在这五天了。只许成功，不许失败。

布料还没有到。天刚黑，工人们就奉命睡觉。睡不着也要睡，要抓紧时间睡。布料一到，再想睡也没得睡了。工厂里很安静，静得只有小老板不安的脚步声。布料迟到一分钟，就意味着他的工人要多加一分钟的班，意味着他多担一分钟的风险。小老板从未如此焦躁不安过，他是一个有着极好心理素质的人，从前，他自以为泰山崩于前也会面不改色，没想到，他的心理承受能力原来并没有想象中的好。二十万面星条旗，五天的时间，几乎就是他心理承受的极限了。谁说一口吃不成一个胖子，他咬着牙，恨不得一口把这世界咬住不放。

其实现在的小老板，完全也可以睡一会儿，闭目养神，或者好好欣赏一下这南方小镇的夜色。多美的南方小镇啊，多年前，他初到南方时，就惊异于这里的美丽，那么多新奇的植物，那么多漂亮的霓虹。现在的小镇依然是美的，这小镇的雨水，街灯，雨水中静立的厂房，荔枝树，香蕉林，吹过小镇的风，这一切，因了夜色和雨水而显得意象朦胧。就在一天前，他在决定了放弃这间厂，决定向命运投降的时候，他是有这样的心境去欣赏小镇的美丽的。真怪，那一刻，他是那么从容，安宁，居然有了长长地松了一口气的感觉，有马拉松终于跑到了头的感觉。突然之间，命运来了一个急转弯，他反倒躁动不安了起来。夜终于沉下去了。他站在雨水中，看着他打拼出来的事业，过了眼前这一关，他将有能力把自己的事业做出声色来，他将不会满足于只是做一点来料加工，跟在别人屁股后面吃点儿残汤剩饭。迟早有一天，他会拥有自己的品牌，有自己的设计师，自己的专卖店，把他的品牌时装卖到北京，卖到上海，卖到美国，卖到巴黎。那时，当他回望自己的来处，回望那个清晨，回望那个背着蛇皮袋离开故乡的穷酸少年时，将会有着怎样的感慨？这样想时，小老板有了一些醉酒的感觉。

送布料的车，是在凌晨一点钟来到的。那时，许多的工人刚刚进入梦中。在送货的人卸车的时候，工人们都被从梦中叫醒。顿时，厂里就闹哄哄地热闹了起来。几个月来，做工都是断断续续的，工人们也好久没有这样加过班了，大家都显得有些兴奋。裁剪，车工，尾段，整烫，包装，所有的工人都行动了起来。裁剪房里刚把一批布裁好，就送到了制衣车间。工人们差不多是一哄而上，一车布料转眼就被瓜分掉了。张怀恩还在叫不要抢不要抢，可是工人们才不管这些，早一点抢到手，就意味着多车一些货，意味着多挣一些钱，这个时候，谁会把张怀恩的话当回事？张怀恩说，你们一下子车不了这么多，抢这么多干吗，分点别人做，分点别人做。笑话！抢到的货，就像到嘴的肉，哪里还会吐出来。这一点张怀恩比谁都清楚，他平时就是有名的抢货大王。现在他大声地叫着，其实也无非是在显示他的存在，好让老板听见，他张怀恩不是没有起作用的，他是在安排生产的。

第二批货裁出来的时候，制衣车间里基本上就变得有序了起来，工人差不多都领到了货，有限的几位没有抢到货的，在张怀恩的干涉下，也从别人那里匀来了一些。一面面的星条旗，随着电车的轰鸣，堆到了车位下面，每一个车位前面的塑料筐子里，很快就堆起了一个个红蓝相间的布堆，像一堆堆闪烁的星星。

小老板也没有闲着，充当起了搬运工，把车工车出来的星条旗记了数，送到尾段。尾段车间，说是车间，其实就是一间不到二十平方米的小屋，七八个女工。她们平时主要的工作，就是负责剪剪线头，钉钉纽扣这一类最没有技术含量的工序，实在没事可做就去搞卫生，帮一帮厨房。做工的，都是一些年近四十的阿姨，正规的工厂不好进，就只好进这种小厂混日子。平时她们的工作是最闲的，手上剪着线头嘴巴也不闲着，无非是家长里短儿女情长，说说笑笑就把时间打发过去了。当然，她们的工资也是最低的。不过这一次，情况完全不同了。老板娘坐进了尾段车间，和这些妇人们一起剪起了线头，于是空气就显得有些沉闷。老板娘是一个话少的人，这些平时爱说爱笑的妇人们，也一下子都哑了声。

其实生产上的事，根本用不着小老板去操心，有李想安排着，就连他火线提拔的主管张怀恩，现在也显得有些多余，在车间里转了两圈，见老板、老板娘都在带头干了，哪里还闲得住，赶紧坐回自己的车位前当起了车工，手上的动作，比起平时来，更加轻快利索了。

在平时，车衣工们都是做完手上所有的货才转到下一道工序，现在不一样了，每隔一段时间，小老板就从车间清点出一些货，送到下一道工序。尾段刚剪出来一点货，他又忙着送到了整烫车间。整烫房里，热气腾腾，两个小伙子，光着膀子，挥舞着蒸气熨斗，干得热火朝天。

这一晚，相对闲一点的是李想，他没有像小老板那样去当搬运工，也没有像张怀恩一样去当车工。制衣厂里的活儿，从画版、裁剪、车衣直到包装，没有他干不来的。可是他不会去动手做这些。他的职责是负责全厂的生产，而不是一个车工或者包装工。在安排好了所有的工作之后，他发现了问题，车工、尾段、整烫和包装工的比例是按生产服装搭配的，现在变成生产星条旗了，车工就显得多了，而整烫和尾段的工人就显得人手不足了。这是一个不好办的问题，车衣工是技术工种，工资是这厂里最高的，现在要是把车衣工调过去剪线头、整烫，除非给他们加工价。可是给他们加了工价，原来做整烫做尾段的工人当然有权要求同工同酬。涉及加工价，李想就没有权力了，去请示小老板，小老板很快地算了一下，随便加一点工价，这么多货算下来，也不是个小数目，说，这事你来想办法摆平。李想看着小老板，没有走。小老板说，还站在这里干吗？该干什么干什么去呀！李想不说话。小老板有些恼火，说，不会只给调岗的车工加工价？李想张了张嘴，想说什么。小老板说，不是你的钱，你不会心疼。李想见小老板把话说到这份上了，便不再说什么，去叫了一些技术比较差的车工，说好了给他们每天多少钱的补贴，这才把他们调到了尾段、整烫和包装车间，又交代了不要对其他工人说给他们补贴的事。安排好了这一切，现在生产次序基本上就顺了，李想就坐回了办公室，闭着眼睛养神。平时他是这样的，现在赶货了，他还是这样。这多少让小老板有一点点不高兴，他觉得李想这样做，还是他李想辞了工的缘故，是没有把工厂的事当成他李想的事一样看的缘故。小老板心里这样想，脸上却没有表现出来。他盘算着的是，在这一批货做完之后，到哪里请一个合适的人帮他管生产。张怀恩显然是不行的，张怀恩根本就不是一个当主管的料，就算他有这个能力，小老板也不会重用他的。那一封信，那一把刀，可是字字见血，刀刀入肉的，是小老板心头的痛。

第一个夜班时间过得格外快，小老板一点儿也没有觉得困，吃早餐的时候，他走到了张怀恩的身边，拍了拍张怀恩的肩，说，你呀你，你晚上也在做车位呀。张怀恩咳了一下，又咳了一下，说，反正生产有李经理安排，货又要得这么急，我还是做车位的好。

小老板说，好好干，你做得好，我心里是有数的。你怎么啦，怎么咳嗽了？

张怀恩说，没事，可能昨晚分货的时候出了汗，回了汗，有点感冒。

小老板说，不要紧吧，吃药了没有？

张怀恩说，没事的，没事的。

早餐时间被控制在了十五分钟以内。突然加了一个通宵，吃早餐的时候，工人们的脸上已经显出了疲惫。老板娘做到四点钟的时候，实在撑不住，回到办公室去睡觉了，这让小老板多少有一些不满。他认为妻子无论如何也该把这第一个夜熬到天亮的。熬不到天亮也就罢了，偏偏在站起来的时候，还打了个长长的哈欠，拿手揉着腰，说了一声实在受不了啦，困死了，我去眯一会儿。她这一哈欠，带得那些妇人们都打起了哈欠。小老板本想去责怪一下她的，可是想一想，又觉得没有这个必要。他是一个关注细节的人，平时爱说的一句话是细节决定成败，又常爱说，从一件事看一个人的品行。现在，他从这个细节上，对这个跟了他多年的女人产生了深深的失望。他想起了阿蓝，要是阿蓝，会不会坚持到天亮呢？

早餐伙食不错，这是小老板交代了厨房的，在平时早餐标准的基础上，每个人多加两个煎蛋。体力是加班的保障。他不能让工人从这样的细节上，对加班产生抵触的情绪。

接下来的事情，一切都进行得很顺利。其间，赖查理来过厂里一次，在每个车间都看过了，又拆开了几箱已包装好的星条旗。小老板说，我办事你放心。赖查理走后，小老板又投入到了生产中。他知道，现在工人的身体还吃得消，随着时间的推移，会越来越难的。他现在要给工人做一个表率。连老板都在加班，都没有睡觉，工人们也就无话可说了。其实这事说起来似乎很简单，可人毕竟是血肉之躯，不是铁打的，给他小老板加班，也不能等同于生死一线的抗洪抢险。这个白天还好，大家咬咬牙，也就坚持过去了。到了第二个晚上，小老板的本意，是要让工人再加一个通宵的。他一直在关注出货的速度，现在生产理顺了，出货的速度却有了一些减缓。车衣工们的手脚，比起第一个晚上来，已慢下来了许多，个个瞪圆了眼睛，咬着嘴，一声不吭，手和脚的动作，显得有些机械。尾段车间那些话痨一样的妇人们，现在没有了老板娘的监管，一样说不出话来了，每个人的嘴唇都变得焦枯，脸色蜡黄，眼圈发灰，只听得见嚓嚓嚓嚓剪线头的声音。小老板进去走了一圈，想说一些给大家打气的话，可是他发现，他的嗓子里仿佛塞满了鸡毛，说起话来咝咝啦啦的，只说了一声大家辛苦了，坚持到底就是胜利，就什么也说不出来了。

到了晚上的十二点钟，李想终于忍不住了，对小老板说，还是让工人休息一下吧。小老板望着李想，什么也没有说。吃夜宵的时候，工人们开始有些不满了，吃饭的速度明显变慢了。规定的十五分钟，结果吃了半个小时。有的工人先吃完了，回到车间，见其他工人还没有来，就趴到了车位上，抓紧时间眯一会儿。小老板吃得很快，十分钟就把饭吃完了。比小老板吃得还要快的，是张怀恩。

小老板吃完饭回到车间时，张怀恩已经开始在那里车衣了。小老板以为张怀恩还没有去吃饭呢，说，怀恩，你怎么不去吃？张怀恩说，吃过了。小老板突然发觉，这两个夜班下来，张怀恩变了，变得苍老了，本来就巴掌宽的脸更加瘦了，头发乱七八糟地蓬着，眼里布满了血丝，还时不时地咳嗽几声。这让小老板生出了一些内疚，也从心底里原谅了张怀恩。

我不会亏待你的。小老板说。这一次，他说的是真心话。他真的想过了，把这批货赶完了，要给张怀恩放一个月的婚假，是带薪的。他这样想了，也这样对张怀恩说了。说了之后，又去办公室，给张怀恩找了一点止咳的药。忙完了这些，小老板发现，工人们还在吃饭，断断续续上来的几个，也在趴着睡觉，一看时间，半个小时都过去了。小老板说，怀恩，你去食堂催一下，让吃饭的快一点。又走到那些趴在车位上的车工面前，把他们一个个拍起来，说，别睡了别睡了，打起精神来。

张怀恩去到食堂。他觉得很为难，可是他必须完成任务。老板对他太好了，好得让他把老板的事当成了自己的事，不，比自己的事还重要。张怀恩当然没有大声地对工人们说你们快点吃，他只是找了自己的老乡，一个一个地说，用的是几近哀求的口吻。他说，没办法，老板让我来催你们，你们就算给我一个面子。老乡们还算给张怀恩面子。他们知道，就算不给张怀恩面子，胳膊拧不过大腿，他们还是得去加班的，顺水人情，不送白不送。老乡们一走，又带走了几个工人，其他在磨蹭的，见大势已去，就都慢慢腾腾地回到了车间。不一会儿，车间里又热闹了起来。空气中弥漫着一股焦煳的气味，那是机器长时间运转后发出的气味。空气明显干燥了起来。天亮了，又是一个艳阳天。太阳从窗子外射进来，照着工人们一张张疲惫而苍白的脸。

周城打电话给李想的时候，李想连说话的力气都快没有了。他特别困，特别想睡，恨不得找两根火柴棍把眼皮子撑起来。工人们手上有活在干，疲惫是疲惫，相对还没那么瞌睡。李想不一样，他不用做什么体力活，就是到各车间转转，只要屁股一挨着椅子，眼皮就一个劲儿地往下沉。几次就这样睡着了，又猛地惊醒。他觉得他这样撑着是完全没有必要的，他这样做，只是不想给小老板一个口实，再难也就剩三天了，怎么样也要把这三天撑过去。周城给他打电话时，他差不多是在梦游。周城说，你小子干吗呢？李想说，上班，还能干吗。周城说，你是病了吗？怎么有气无力的。李想说，两个通宵没睡觉了，加班加得没有白天黑夜。周城说，咦，你们厂不是快倒闭了吗？李想说，倒不了啦，老板又接到了一个大单。加了两天两夜，还要加三天三夜。周城说，你开玩笑吧。李想说，没开玩笑，我哪儿还有心思跟你开玩笑。周城说，那就是你们老板在拿工人的性命开玩笑。李想说，他要这样开玩笑，我有什么办法。周城说，你去让工人休息，老板要是敢对你怎么样，我来帮你打官司。现在我拿着人家美国人的美元，正要办几件漂亮的、有影响的事呢。李想突然笑了起来，他想起工人们现在正在赶的货——那些星条旗，想起过不了多久，那些星条旗就要飘扬在美国人民的窗口和屋顶。周城说，你笑什么？李想说，没什么，我赶完这批货就来跟你干了。挂了电话，想到要给刘梅打一个电话。电话打过去，刘梅过了好一会儿才接。李想问刘梅好不好，说又加了一个通宵的班。刘梅说，这是把人不当人，你不会找个地方睡一会儿？管他那么多，反正做完这几天就要走人了。李想说，算了吧，好人做到底。

　　李想终于还是没有把他的好人做到底。加班到第三天的晚上，别说工人，连小老板自己都撑不住了。他第十遍统计了装箱的数量，按这样的进度，按时交货是不成问题了，问题是，现在的进度是越来越慢了，小老板把能想到的办法都想了。第三天的晚上，开始有工人不管不顾地睡觉了，在电车台上，在包装台上，或是趴在腿上，眯上眼打个盹，只要两眼一合，立马就能睡着。最先睡下的是尾段车间的几个年纪大点儿的妇人，毕竟年纪摆在那里，岁月不饶人。其实单是这一点，这些妇人们还没有集体罢工睡觉的胆，问题是，她们得知了，那些从成衣车间调来的车工们，和她们一样做尾段，一样加班，可是一个班要比她们生生多出了十五块钱。给你老板卖命也就罢了，出来打工，总是要加班的，又不是天天加班。可是同工不同酬，这样太欺负人了，太不把人当人看了。大家正愁找不到一个罢工休息的借口呢，现在借口有了，又是这样的特殊时刻，能拿老板一把，哪有不拿的道理。几个妇人开始叫了起来，也不知是谁先说的不干了，说不干就不干，倒在布堆上，也就是生产出来的星条旗上就睡。一个睡了，其他人也不甘落后，一分钟不到，就都睡得东倒西歪了。其时小老板实在困得不行，也在办公室里打了个盹，猛地醒了，一看时间，已是凌晨一时，慌忙到各车间看了一遍，还好，工人们都在有气无力地工作，来到尾部车间时，小老板的鼻子差点气歪了。小老板气得大叫，叫李想，可是叫不出声音来，嗓子已被什么塞住了一样，嘴唇也干裂得生疼。小老板不见李想的影子，就把妇人们一个个摇醒，摇起了这个倒下了那个，小老板又去叫张怀恩，让张怀恩来叫醒这些妇人们。妇人们终于是被摇醒了，却提出了要加工价，说老板太不讲良心了，一样的工作，一样加班，凭什么从成衣车间调来的人一个班要多十五块，一天下来多三十块呢！小老板一时语塞，也没有了退路，只好说，你们先加班，工价的事好说。可是妇人们都在故意拖时间，说，什么叫好说？到底一个班加多少钱？小老板实在没有精力和她们再浪费时间，只好答应了她们的请求。把这事处理完，已是一个小时过去了。小老板还是没有见到李想的影子。有人说看见李经理出去了。小老板打了李想的电话，通了，劈头盖脸一顿骂，哑着嗓子说，你跑哪里去了，有你这样做事的吗？小老板骂得很难听，他实在是心急上火，被尾段的工人们这样一折腾，早就是火上浇油了。骂到后来，实在说不出话来了，只听李想在电话那端说，我是个人，我不是你的奴才，我老婆半夜突然肚子痛，要生了……你爱怎么样就怎么样，老子不侍候了。最后我给你个忠告，你这样不把工人当人，工人也不会把你当人的。说完把电话挂了。小老板愣了好几分钟才回过神来，觉得自己是太过分了，人家老婆要生孩子了，那当真是天大的事，可是两人话赶话，都说到了这份上了，什么情分也都被撕破了。头痛得要裂了一样，突然又听到成衣车间里传来了吵闹声，接着闻到了一股焦煳味，小老板的背上顿时出了一身的汗。跑到成衣车间时，就看见工人在乱哄哄地扑火。是机车运转太长时间，发热了，都冒火了，火星点着了布料。工人们一通乱扑，幸好没有酿成大祸。

　　李想的话提醒了小老板，人可以不休息，机器却不能不休息，再这样干下去，机器越来越热，说不定还会着火。小老板睁着血红的眼，看着那扑灭了的火点，终于说，大家就地休息。现在是两点，六点钟上班。小老板还想说什么，有一半的工人就已趴在电车上睡着了。车间里顿时安静了下来。小老板回到办公室，给闹钟上了时间，抱着闹钟倒在了沙发上，还想想一点什么问题，脑子却短了路，一分钟不到就睡过去了。

　　四个小时的睡眠，仿佛只是一眨眼的工夫。小老板连梦都没有做一个，突然听见了"滴滴滴"的声音，好半天才猛地惊醒过来，天亮了。小老板觉得浑身都没有劲，可是不行，他必须要起来。小老板胡乱洗了把脸，觉得脑子清醒了许多，便去车间。工人们睡意正酣。张怀恩也睡了，窝在一堆布里。张怀恩的头发更乱了，胡茬子青乎乎的一片，脸色像纸一样，没有了一丝血色。小老板拿手去摸张怀恩的手，张怀恩的手是冰凉的，小老板的手触电一样地弹了回来，再看张怀恩，嘴张得老大，小老板把手放到了张怀恩的鼻孔前，这才放下心来。他有些不忍心叫醒他们，可是他必须叫醒他们。他觉得自己这一次真是欠他们太多了，可是又有什么办法，大家都不容易，打工不容易，当他这样的小老板也不容易。他终于还是叫醒了张怀恩，张怀恩又一个个去叫醒了工人们，推醒了张三，又去摇醒李四。李四才摇醒，张三又倒下了。差不多用了半个小时，张怀恩急出了一身汗，才把工人们都叫醒了。胡乱洗脸，吃完早餐，已是上午的七点半钟。工人们睡了一觉，精神好了许多，生产进度也有了明显的提高。紧赶慢赶，在交货的最后期限，终于是把这一批货赶出来了。用不着老板吩咐，工人们以最快的速度把自己放倒在床上。

人当真是奇怪的动物，连续几天没有好好睡觉，以为这下可以一口气睡上三五天才解恨，可当真让你睡，睡了一个白天，又睡了一个黑夜，工人们都睡不着了。半夜三更的，宿舍里就有了叽叽喳喳的声音，东扯西拉的，最后扯到了大海，他们在等着小老板兑现诺言，带他们去海边玩。好多的工人，来南方打工都有七八年上十年了，却从来没有见过大海，没有去过海边。班终于加完了，加班的时候，他们在心里把小老板骂了何止一万遍，把他家所有的亲人都用最恶毒的言语问候过了，现在睡了一天一夜，大家精神了，把这加班的苦都忘了，觉得小老板终究还是不错的，加了班还答应带大家去海边玩。何况这几天挣得的工资，相当于平时半个月的。出门打工，不就是为了挣钱吗？每个月来一次这样的加班才好呢。

小老板也决定实现他的诺言，带工人们去海边玩，还提议让工人们自己组织一下，到时候玩一些小游戏，把活动搞得丰富一点。至于李想，小老板觉得，现在他有必要给李想一个电话，当时大家都不冷静。现在想一想，李想这些年来，帮他的真不少，也不知他老婆生了没有，生男生女。可是李想的电话一直打不通，小老板也就没有继续打了。

工人们都休息得精气神十足了，去海边玩的事就可以实施了。老板决定亲自带队。临到出发了，小老板突然发觉不对劲，觉得少了点什么东西，在办公室里走了两圈，又站在窗口，看着窗外一日日少去的香蕉林，一日日多起来的厂房，还是没有想起来差了点什么。等工人们都上了车，小老板才突然想起来，这两天没有看见张怀恩。小老板让文员去宿舍找，文员去了一会儿回来了，说没有看见，宿舍里没有人。问了他的同室，都说前天只顾着睡觉，没有人注意他，从昨天到今天，都没有看见他。说他女朋友也在这镇上打工，怕是去他女朋友那里了。小老板笑，说，你们要向张怀恩学习，他当真是铁打的呢，加了这么多天班，还有精神去女朋友那里继续加班，哪里像你们，加两天班，一个个鸦片鬼一样没精打采的。工人们都哄地笑了起来。小老板说，这次去海边玩，他不去，实在是有点可惜了。

小老板带员工去的地方叫大鹏湾。这地方远离市区，游客稀少，不像大小梅沙，去了那儿哪里是看海，分明是看人，人挤人，活受罪。大部分工人，还是生平第一次见到大海，兴奋地尖叫着，小老板还在叫着说大家相互照顾，注意安全……好多的工人都已扑进海里。有些女工从未在人前穿过泳衣的，扭捏着不敢下去。小老板就鼓励女工们勇敢一点。羞涩的女工们终究是抵挡不了大海的诱惑，试探着把自己交给了海。小老板大声鼓励那些未婚的男工们抓住这机会。小老板说他当年打工的时候，做梦都想有这样的机会。有工人就问老板，当年追老板娘是不是在海边。小老板说，想得美呀，我们那时天天加班，生怕被老板炒掉了，哪像你们现在，动不动就炒老板。工人说，你还没有说你是怎么追老板娘的呢。小老板笑，说，这个你们要问老板娘，当年可是她主动追我的。老板娘不苟言笑，工人不敢去和她开玩笑，就都笑着，戏水。看员工们玩得开心，小老板心里美滋滋的，一种说不出的成就感在他心里油然生起。自己一个农民的孩子，从打工仔做起，到现在，有这么多的工人，他给了他们工作，还能让他们享受这样的休假，想想都觉得自豪，觉得自己了不起。小老板觉得他是一个给别人带来欢乐与幸福的人。晚上，租了帐篷，在沙滩上围成了一个圈。很亮的月光，银子一样，照在沙滩上，照在海面上。海显得无限辽阔幽深。小老板带头唱了一首歌，又宣布了要给员工们发奖金。小老板有些豪情满怀了，他第一次对员工们说起了他的梦想。小老板说，等咱们生产品牌时装了，大家的工价要提高很多，也没有这么累了，但是对工艺的要求会更高，这就要求大家苦练技术。小老板在为自己描绘未来的蓝图，也在为工人们描绘未来的蓝图。快乐的小老板，并没有忘记李想。李想没能和他一起分享快乐，这多少让他觉得有些遗憾。

李想这两天的心情并不好。妻子那天晚上肚子痛，结果只是虚惊一场，送到医院住了一晚就出院了。休息了一个晚上，李想就睡不着了。睡在床上，细数了多年前小老板从治安员手中救出他到如今的种种，天地良心，小老板待他不薄，如果说小老板这次对他言语上有些过分了，那么过去，小老板对他的好却是难以计数的。人总是这样的，别人对他九十九次的好，也抵不过一次的不好。李想把他的想法对刘梅说了。刘梅说，你呀你，终究不是个干大事的人。小老板对你的好，都是好在一些鸡毛蒜皮的小事上，好在嘴皮子上，这些年来，也没给你拿多高的工资，赚了大钱也没说给你分一点，那么一点小恩小惠，就把你收买了？李想看着刘梅，觉得刘梅说得也有道理。做出的事，泼出的水，也没有什么好后悔的了。现在跟着周城好好干吧。总不能一直窝在小老板那芝麻大的厂里。这些年来，周城在南方很是折腾出了一些名气，专门帮打工者打官司，和那些断胳膊断腿的打工者打交道，赢得了一个"打工律师"的称号，交了许多媒体的朋友，也得罪了不少的地方势力。打工者们把他奉为救星，老板们视他为眼中钉肉中刺。

周城新搬了一处地方，办公室比之前的要漂亮了许多。见到李想来了，周城迎到了门口。李想坐下就问有什么工作要他做的。周城笑笑，说，不忙不忙，饮杯茶先。我这里有上好的铁观音，你品品看。周城的办公室里新添了一套茶具。周城不无得意地说，你看看这茶几，原木镂雕的。这壶，宜兴制壶名家的手笔。李想笑笑，说他不懂得茶道，喝茶只是牛饮，只是解渴。周城说，你过去在工厂里，一天到晚忙得尿湿鞋，现在到我这里，就用不着这样忙了。

李想也觉得，周城这里和过去有了很大的区别。周城过去办公的地方，是巷子里的两套民房，一套用来办公，里面一张办公桌，几把椅子，实在有些寒酸。另一套是他的委托人住的，里面放了六七张高低床，一群因工伤致残的打工者，天天围在那里打纸牌。这些人可以说是周城的衣食父母。周城帮他们打官司，都是自己先垫付律师费，有时还要垫生活费。不过官司打赢之后，他收取的代理费用，也就相对高一些。

怎么样？我这里有点新气象了吧。周城说。

周城很熟练地煮着茶，两个小巧的紫砂茶杯在他的手指间转动，煮茶点茶的动作，娴熟专业。

你尝尝这茶，嗯，先含一小口，噙在舌根下面，对，就这样，在舌尖上打三个转，再慢慢喝下去，是不是很香？

李想学着品茶，果然，这茶品出了特殊的滋味。

周城说，同样是茶，看你怎么喝。会品的人，能品出独特的味道；不会品的人，就是你说的牛饮。

见李想一脸疑惑的样子，周城又给李想续上了茶，说，你是想问，我这里的那些打工仔都住哪里去了吧。呵呵，现在我不会胡乱接官司了。那些没良心的打工仔，说句缺德的话，断手断脚那是活该，我供他们吃供他们住，忙活了几个月，他们倒好，赢了官司拿了赔偿，立马人间蒸发。

李想说，这样的人毕竟是少数。

周城笑，说，那你就错了，这样的人是多数。这些年来，老老实实交费的，只有三分之一，要么一分不给，要么打一些折扣。不过现在好了，现在，咱不跟那些穷打工仔玩了，咱们挣美元。咱现在也不用什么官司都打了，要打就打有影响的。听着周城在这里天花乱坠地吹，李想突然觉得，他怕是跟周城也干不长久的。在这之前，他对周城这人是很尊敬的，觉得周城的身上有点侠士的风范，以一己之力，在为打工者争取着权益。他也亲眼见过因周城的介入打赢了官司拿到了赔款的打工者给周城下跪，感激涕零。

李想这微妙的心理活动，并未能逃脱周城的眼。周城说，律师这个行当，只对委托人负责，同样的一桩工伤案，我的委托人要是老板，那我就得为老板争取最大的利益。这里面无关道德，为委托人负责，就是律师的职业道德。两人闲聊了一上午。下午有了案子，周城带李想去见当事人，调查取证。案情很清楚，打工者在厂里断了四根手指，工伤认定也没有问题。周城说，按说现在我是不会接这样的小案子了，打出来也没有影响。但这个官司里有一个值得关注的地方，就是这个伤者是在我们B镇的XX厂受的伤，这个工厂，只是XX公司的一个部门，相当于一个车间。公司的总部在浙江，伤者也是和浙江的总部签下的劳务合同。如果按事发地的赔偿标准，也就是我们B镇的标准，四根手指，也就赔四万块钱。

李想说，一万块一根？

周城说，对，一万块一根。可是，这四根手指，到了浙江，就不是这个价了，一根手指，最少值这个数。周城伸出了五个手指，说，对，五万，四根手指，要赔二十万。我们现在要做的，就是争取帮委托人要到二十万。有难度，而且是前所未有的。不过，周城说，正因为有难度，这个官司才有价值，才会成为社会的热点。

李想听周城这样一说，心里沉沉的，感觉周城说话看似有那么点玩世不恭，甚至他做事的出发点也不那么纯洁，可对于当事人来说，却是一件功德无量的好事，因此坚定了跟着周城干的决心。而小老板，已经成为他生命中的一个过客。

从海边回来之后，小老板去了一次阿蓝那里。小老板的到来，让阿蓝多少有些意外。那一天的温存与诀别，让阿蓝以为，小老板一去将不再回来。这些她都习惯了。她只是有些恨自己，怎么就那么傻，怎么会对客人动了真情，怎么在小老板走后，自己竟然有了一些被掏空的感觉。小老板那天的神态，让她深感不安，她越想越觉得不对劲，觉得小老板会走一条傻路。她是害怕小老板有个三长两短，也担心着小老板的企业破产。看到小老板笑盈盈的样子，阿蓝悬着的心一下子就放下了。她知道，小老板渡过了难关。果然，小老板对她说了他这几天命运发生的奇妙转变。小老板第一次像阿蓝其他的客人那样，在她的面前，描绘起了他未来事业的蓝图。阿蓝为小老板绝处逢生而高兴。阿蓝依然要去做小老板喜欢吃的菜，小老板却抓住了阿蓝的手，说，我现在不想吃饭，我想吃你。小老板和阿蓝做爱，觉得体内有着无限的力量，看着阿蓝幸福尖叫的样子，他第一次有了长久地独自拥有这美丽女人的冲动。他说，不许你再跟别人。阿蓝说，不跟。他说，你是我一个人的。阿蓝说，我早就是你一个人的了。

工人的电话，是在小老板快要入睡时打来的。工人在电话里说，老板，张怀恩死了。

什么？张怀恩，死了？小老板略显吃惊，不过他并没有多想，只是问怎么回事，是出车祸还是……

不清楚。他死在车间里。我们在打扫车间时发现的。都臭了……

小老板这才觉出了事态的严重。张怀恩死了，小老板也是关心的，毕竟他是自己厂里的工人。可是张怀恩死在了车间里，那事态的性质就不一样了。小老板问了一声，报警了没有？工人说没有，发现了就给老板打电话了。小老板说，先不要报警，等我回来了再说。

　　小老板回到厂里时，厂里已炸了锅。工人们凭自己的判断，给张怀恩的死定了性：累死的。工人们都这样说。张怀恩一定是加班加死的。小老板最害怕的，正是这一点。但这差不多就是事实，他无可否认。好在，张怀恩不是死在车位上的，而是死在堆着一些碎布料的墙角。那么说他是加班加死的，并没有直接的证据，谁能保证他不是突然发了什么病呢？想是这么想，小老板毕竟是心虚的。他一时也没有了对策。这事情来得太突然了，现在，他要做的，是处理张怀恩的后事。通知张怀恩的家人，火化，当然，少不了要付一些抚恤金的。小老板有些后悔了，早知会出这样的事，当初听了李想的话，把这货匀一部分出去做就好了。现在，他要果断处理好这件事，把大事化小，小事化了，不要把这事的影响扩大了。然而事情并没有往小老板设想的方向发展。一条人命，可不是儿戏，何况厂里有那么多张怀恩的老乡。老乡们首先发难了，这事不能这样草率处理，张怀恩的死因，要弄个水落石出。警察很快就来到了厂里。随着警察而来的，是记者。第二天，小老板就上了报：黑工厂！不良老板！小老板从来没有想过，他的名字会和这样的词紧密相连。然而事实正是如此，五天五夜只休息了四个小时，这是铁的事实。张怀恩因加班而累死，也是事实。

　　张怀恩的未婚妻来了。她并没有大声哭嚷。毕竟，她现在还没有和张怀恩结婚。张怀恩的父母，是在第二天赶到南方的。小老板亲自去火车站把张怀恩的父母接到了厂里。张怀恩的父母亲年纪不大，也就是五十来岁的样子。这让小老板多少又放心了一点。一路上，他都没有敢对张怀恩的父母说，他就是那个黑心烂肺不把工人当人的老板。而张怀恩父母的沉默，出乎小老板的意料。他们没有哭。不过从他们红肿的双眼，可以想见，他们的眼泪早已流干了。甚至，张怀恩的父亲，还对老板能派车派人来接他们，表示了感谢。这让小老板的心又放宽了许多。两位老人都是善良之人，想必不会漫天要价。小老板问张怀恩的父母，吃过午饭没有？张怀恩的父亲说，吃不下。

　　小老板说，勉强也得吃一点，人死不能复生，二老要节哀。

　　小老板说，怀恩是个好孩子，工作负责，厂里刚升了他当主管。

　　小老板问张怀恩的父母，家里还有一些什么人，一年能有多少收入。张怀恩的父亲倒是一一回答了。

　　小老板问这些话，一是真心觉得对不起张怀恩，同时也在想着后事该如何处理。得知张怀恩的父母都是地道的农民，也没有什么背景，经济收入也很少，小老板对于将要支付的抚恤金，心里大概也有了一个数。

小老板把张怀恩的父母接到了早已为他们订好的宾馆。两位老人急着去厂里看儿子。小老板说，怀恩现在已不在厂里了，在殡仪馆。殡仪馆离这里还远，二老先吃点东西，休息一会儿再去看不迟。张怀恩的父母一切都听着小老板的指挥。中午饭很丰盛，小老板陪着。老人勉强吃了点，随小老板到殡仪馆，又看了张怀恩的遗体。老人还是没有哭，老人不哭，小老板的心里反而更不好受，也更没有底。从殡仪馆回到宾馆，张怀恩的未婚妻在门口候着，上前拉着张怀恩的母亲，叫了一声妈。张怀恩的母亲抱着张怀恩的未婚妻，叫了一声我苦命的儿，就瘫软在地上，哭得背过去了几次。这样又折腾了差不多两个小时，两位老人终于平静下来。现在，小老板开始提抚恤金的事了。张怀恩的父母说，这事要和老板谈。小老板说他就是这厂里的老板。这让张怀恩的父母感到很意外，大约是小老板的样子与他们想象中的老板相差甚远吧。他们想象中的老板，大约是大腹便便，穿西装打领带，一口港台腔的。哪里想得到，老板会穿得这样朴素，又这样年轻，又这样单薄，对他们说话有礼有节，一点架子都没有。小老板还说，怀恩去了，从今往后，我就是两老的亲儿子。这样的话，哪里是一个老板说得出口的？在他们的意识里，儿子的死，固然与加班有关，但也不能全怪老板，全厂那么多的工人，为何偏偏就是他们的儿子张怀恩累死了呢？还是他们儿子的身体弱啊。于是两位老人提出了要求：一是帮忙把儿子火化了，他们在这城里人生地不熟的；二是请老板帮他们买回家的火车票，至于抚恤金的事，请老板自己说给多少。小老板说出了一个让两位老人不曾想到的数额，七万元。对这两位农村老人来说，也算是一个天文数字了。两位老人觉得，老板提出了这个数字，多少是可以往上加一点的，商量了一下，提出要十万。小老板还了两万的价，给八万。张怀恩的父母没有什么异议。这事就算是这样了结了。小老板为自己又躲过了一劫而多少有些庆幸。当然，他也觉得这样做有些对不起张怀恩，觉得自己当真像报纸上说的那样，是个黑心老板。

当然，价钱的事商量好了，小老板说还是要写个书面协议，白纸黑字写清楚才行。小老板让两位老人在宾馆里先住着，他回厂里去准备要签的合约。又问了两位老人，是要现金，还是帮他们办一张卡存着。小老板建议还是帮他们办一张卡，八万元的现金，不小的一堆，拿在手上不安全。两位老人觉得还是现金靠谱一点，小老板表示理解，答应拿现金来。

小老板前脚刚离开宾馆，李想和周城后脚就到，和他们一起进来的，还有张怀恩的老乡，也是小老板厂里的工人。还有某报的记者，这些天一直在跟踪着这个案子，写了不少的报道。听老乡介绍了李想、周城和记者，张怀恩的父母紧张了起来，说没有想到他儿子的事，还惊动了你们这么多的大人物，说你们这里的人可真好，都好，都是好人，刚走的那个老板，也是个好人，只怪咱儿子命不强，遇上了这样的好老板，又提升他当了官，却没有命来享受。

老乡问，叔，老板答应赔多少钱？

张怀恩的父母不肯说。八万块，不是小数目，说出来了不安全。

老乡说，叔，你还不相信我？这个律师是来帮你的，还有这记者，你知道不，记者见官大一级，什么事都敢管。

张怀恩的父母看着老乡，又看了看李想、周城和那记者，这才说老板答应赔八万块。

周城和李想交换了一下眼神。那记者在不停地拍照。老乡说，叔，您是被骗了呢。怀恩是咋死的？是累死的。知道不，做事断了一只手，厂里都要赔八万块，一条命呢，八万块就打发了？

一只手就赔八万？张怀恩的父母望着周城。周城点头。

那，要赔多少合适？张怀恩的父亲问。

老乡抢着说，叔，你想想，一只手赔八万，一个身体当得多少只手？少说也要赔个一两百万。

张怀恩的父母不敢相信这老乡的话，也无法想象两百万是多大的一堆，不知道要了两百万怎么花，转过头看着李想，问李想，真能赔这么多？

李想不说话。他根本不想来，怎么说小老板和他也是多年的朋友，他觉得自己来办这事，不厚道，有点落井下石，有点恩将仇报。可是周城说这事一定要办。周城说，当年还有人为江青当辩护律师呢，你说那律师就是坏人？这是职业道德。再说了，你们那老板，为富不仁，拿打工人的生命当儿戏，不该受到应有的惩罚？我们现在为弱势群体提供法律援助，只是希望还这社会一点公道，维护弱势者基本的人权，这又有什么不对？你在情和法这两个问题上拎不清，那就别指望吃律师这碗饭了。周城这样一说，李想无话可说。何况周城只是说去看看，看张怀恩的父母有没有需要帮忙的地方，也不一定就是要介入这场官司。没有想到，小老板会这样黑，拿区区八万块就想买张怀恩的一条命，就想把两位老人打发走，这让李想心里的不安减轻了许多。

周城接过了话，说，也不能这样来算，八万元肯定是个不人道的数字，他要付的抚恤金，肯定比这个数字多十倍。

八万的十倍是多少？那就是八十万。想到这个数字，张怀恩的父亲突然觉得无限悲伤，说了一声可怜我们家怀恩，眼泪就下来了，拿手背去揩，怎么也揩不净，弄得大家都沉默了。李想的心情也沉重了起来，觉得他是有义务为两位老人讨要这笔赔款的。只是，小老板能拿出这么多钱吗？只怕到时他真的要倾家荡产了。一时间，心里五味杂陈。

老乡说，叔，您也别哭了，再哭咱怀恩哥也不能活过来不是？咱们要多想想赔钱的事，不能让怀恩白死了。您看咱那老板，人家这是在骗你们呢，叔和婶来了，不让你们去厂里，也不让见别人，就是怕人多嘴杂。

听他们这样一说，张怀恩的父母就把见到小老板的前前后后都想了一遍，觉得这老乡说得在理，觉得这外面的世道，果然人心险恶，差一点就被这老板给蒙骗了。一时倒急了，害怕了起来，怕这老板说的八万块到时都不能到手。老乡说，叔，婶，你们不用怕，这不有他们吗？有律师，有记者帮你呢。周城也说，您二老只要委托我们来帮您打官司，余下的事，就由我们来办了。张怀恩的父母望着张怀恩的女朋友，问她这事怎么办。张怀恩的女朋友觉得周城他们说得有理。再说了，她现在还怀着张怀恩的孩子呢，她是很喜欢怀恩的，她甚至打算要把怀恩的孩子给生下来。那将来这孩子的成长，可得要花钱。她也问过了周律师，周律师说她肚子里的孩子是第一继承人呢。当然她现在还没有想太远，她还沉浸在悲伤之中，在犹豫之中。不过她是坚决赞成和小老板打官司的。有了怀恩女朋友这话，两位老人就听了周城的安排，当即搬出宾馆，换了个地方住下来。又立了委托书，余下的事，就由李想、周城经办了。

小老板这些天差不多是心力交瘁了。可是他不甘心就这样认输，命运在他快要崩溃的时候突然给了他希望，他不相信，这希望破灭得这么快。他要做最后的努力。厂子被封了，他被人骂为黑心老板，甚至有人在厂门口候着，扬言要打死他。可是他不甘心就这样服输。如果八万块真的能把张怀恩的后事处理好，劳动局那里肯定是要罚一笔款的，但他还是有东山再起的希望的。

小老板打印好了两份张怀恩后事处理的协议书，取了钱，匆匆赶到宾馆，却不见了张怀恩的父母。问服务员，说是被几个人接走了。一种不祥的预感顿时把他淹没。他转身往宾馆外跑，刚到大堂，撞见了候在门口的李想和周城。

你怎么在这里？小老板狐疑地盯着李想。

李想低下了头，不敢看小老板。

周城走了过来，说，我们在等您。受张秋山、李银芝，也就是你厂员工张怀恩的父母的委托，来全权处理张怀恩加班致死案的赔偿事宜。

周城把话说得简明扼要，并且一下子道出了利害和关键，给张怀恩的死定了性，加班致死。小老板的脸色一下子煞白，手脚一点力气也没有了。周城指着大堂一边的茶座，说，我们去那儿坐坐吧。小老板屁股落在椅子上，浑身还是没有力气。服务员端来了水，他居然没有力气把那杯水捧到嘴边，双手握着杯子，支撑着身体。过了一会儿，他看着李想，说，你，现在和他一伙？

李想低着头，无言以对。

周城说，您这样说就不对了。什么叫一伙？仿佛我们是打家劫舍的不法分子。李先生是我的助手，当然，我也知道，他过去是您厂里的经理，但这些纯属私人恩怨，与我们要谈的事无关。

小老板突然很冲动地站了起来，厉声说，说吧，你们想怎么样，要多少钱？把我这条命给你们总可以了吧。小老板的冲动，惹来了大堂里众多异样的目光。小老板也觉出了自己的失态，重又坐了下来，颓然道，说吧，你们想怎么样？周城说，不是我们想怎么样就怎么样的，也不是你想怎么样就怎么样的，一切按法律办事。你要了张怀恩的命，我们并不想要您的命。我们只是想为张怀恩讨个公道，为社会伸张正义。

小老板冷笑了一声，说，得了吧，说得那么冠冕堂皇，你不也是为了那些代理费么。

周城正色道，您又错了，我们是在为两位老人提供法律援助，分文不取，打官司期间，两位老人的食宿都由我们负责。周城说罢，把两位老人的委托书递给了小老板，上面果然写得清清楚楚，是义务提供法律援助。小老板长叹了一声，说，那，你们就去告吧。这官司，你们想怎么打，就怎么打。

周城说，我们还是希望这事能通过协商解决的，能不上法庭，最好别上法庭。

小老板慢慢站了起来，说，没有什么好协商的。小老板又盯了李想一眼，说，早知如此，何必当初。我他妈当真是瞎了狗眼。说完无限悲愤地离开了酒店。

李想低下了头。小老板的话让他无地自容。小老板走后，李想对周城说，索赔八十万，是不是太多了一点。

李想现在当真是很难了。他知道小老板一路走来的艰辛，真不想这样将他逼上绝路，觉得这样太残忍了。然而，如果不打官司呢？对张怀恩的父母来说，对张怀恩的未婚妻来说，对他那还未出生的孩子来说，是不是又太残忍了？李想把他的想法对周城说了，希望周城手下留情，给小老板一条活路。

周城冷笑了一声，说，李想啊李想，没想到你这人是如此婆婆妈妈，你这叫什么？这叫妇人之仁。你这性格迟早会把你害了。我是不会给这样的黑心老板留后路的，要痛打落水狗，把他打死了再踏上一脚，要通过媒体，把这事做大，让全社会都知道，不顾工人死活，当黑心老板，下场就是这样的。

周城的话，让李想觉得背后直冒凉气。他真的在为小老板捏一把汗了。

小老板现在反而什么也不怕了。等着他的，无非是破产。他突然觉得，这老天爷真会捉弄人，觉得这命运就像是一只猫，而他不过是一只老鼠，命中注定了是要被弄死，却不让他一下子死得痛快，把他折磨得死去活来。小老板回到厂里，坐回办公室。办公室的桌子上还放着一面星条旗，他本来打算把这一面旗挂在样板室里，作为他公司起死回生的见证，将来在公司发展起来的时候，作为昔日的荣耀来激励员工。现在，他拿起了这面星条旗，苦笑了一下。办公桌上，还放着劳动局开出的整改通知和罚单，上面的那个数字，让小老板突然觉出了饿，饿得心里发慌。他把那星条旗拿在了手上，苦笑了一下。他觉得这星条旗里，浮出了上帝慈悲的笑，那笑是如此的宽广悲悯。

　　小老板有太多的后悔，其实命运是给了他机会的，可是他没有把握好。如果当时听了李想的话，略微把工人当人一点，拿出一部分星条旗外发加工，这一切，大约也就不会发生了。然而命运不可假设。小老板把自己关在了办公室里，坐了许久。他什么时候走出办公室的，也没有人知道。天快黑的时候，不知谁最先发现，那高大的高压线铁架上，坐着一个人。大家以为，又是哪一家的老板黑心，拖欠了工人工资不给，于是工人要以死讨薪了。这年头，这样的事，大家见得多了。虽说是见得多了，但总还是有爱看热闹的人，不一会儿，铁架下面就聚集了上百人。再过了一会儿，警察也来了。据说电力公司的人也来了，把这一片的电也切断了。警察拿着高音喇叭劝上面的人下来，说没有什么过不去的坎。上面的人却无动于衷。

　　高压线铁架上的人是小老板。小老板并不想死，他在办公室里坐到天快黑了，想在外面走一走，走到这大铁架下时，他突然产生了要爬上去的冲动。他真的只是想爬上去，爬得高高的，去俯瞰这个世界。他想知道，上帝在天上看人时，是一个什么样的视角。他希望能从另外的一个角度，把自己的命运看清，他就爬上去了。他果然从另外的一个视角看到了这个世界，突然觉出了人的渺小和可怜。下面聚集的人越来越多，他觉得这些人当真是很可笑。可是很快，他笑不出来了，他听到了他老婆的哭声，老婆在下面哭着喊着，劝他下来，说，大不了破产，破产了我们再去打工，有什么大不了的呢。小老板突然感觉一片温暖。他想到了阿蓝，阿蓝要是知道他现在在这高高的铁架上面，不知会说些什么。他这样想，就拿出了手机，打了阿蓝的电话。阿蓝接了电话，小老板说，你知道我在哪里给你打电话吗？阿蓝说，不知道，在哪里？不会在我的门外吧。小老板说，我在高压线铁架上面，很高很高，往下望一眼，头都发晕。阿蓝尖声叫了起来，说，你要干吗？你千万别干傻事。小老板说，什么叫傻事？阿蓝说，你不为自己想，也要为我想。小老板又看了一眼在高压线铁架下面哭喊着的他的妻子。城市的夜色降临了。他看见，这小镇，灯火是那么灿烂，但是有一片地方却是黑暗的，因为他，那里便成了黑暗的角落。小老板想，他不要再待在上面了，要给那一片地方光明。这时他的电话却响了起来。是赖查理。赖查理在电话里说，他还需要十万面星条旗，不过这一次的时间更紧，赖查理问小老板，两天时间能不能交货。赖查理再一次说到了，这可是国家订单……

去他妈的国家订单！小老板突然激动了起来，把手机扔得远远的，引得底下的人群一阵骚动和惊呼。小老板从口袋里摸出了那面星条旗的样板。国家订单！他苦笑了一声，把那星条旗用劲扔了出去。星条旗像一只巨大的黑鸟，在这中国南方小镇的夜空中掠过。

原载《人民文学》2008 年第 4 期

流水线

郑小琼

1

这些面孔不断地涌现出来，表情不一，疲惫、睡眼惺忪、苍白、迟钝。这是我看到的景象，时间是凌晨两点十分。一句在内心搁置了很久的诗突然涌入脑海："她们像浸水的木头浮了上来，充满疲惫。"那么，这些面孔究竟是什么？她们手中的劳作还没有停止，插旗仔、边制、中制、左右制、弹弓、钢通……树形的流水线上，制品还沿着淡绿色的传送带前进，拉线头的轴承在转动着，吱呀吱呀。二十厘米长的盒底在传送带左边流动，同样长度的盒盖在传送带右边流动，像船队一样，慢慢地驶过一个个码头，码头边上，坐着一张张疲倦的面孔。她们伸出双手，往船只上装上一个个零件，或者别的什么。

我站在拉头，看着她们，白色的桶式工衣，白色工帽，把她们的年龄与优美的体形都隐藏起来了，剩下一张张疲倦的面孔和一双双不停操作的手，我从一张张浮满睡意的脸上辨认着她们：李芳、童爱玲、刘忠芳、戴庆荷……她们像无数片疲倦的叶子，透着秋天般的枯黄与清瘦，机器嘈杂着，不急不慢。一条流水线上，七十八个人，我没有足够的时间把她们一一分辨。先哲们早就用真理的方式告诉我们，世界上没有两片完全相同的树叶，她们也一样。我知道，在这条流水线，曾经有过相似的两片树叶，比如李芳，拉头有一个李芳，拉尾也有一个，拉头的李芳是插中制的，拉尾的是装带的。我常常会把她们叫错，但很快我学会了把她们分清楚，比如当我叫插中制的李芳，我会叫工号213号，叫装带的李芳是234号，或者省去她们的姓名，用她们的工序叫她们，插中制的或装带的。

"她们"，当我写下这个词时，"们"，复数，意味着一群，数量繁多。我是这个车间的管理员。三条流水线，一条流水线上七十八个人，还有指导工、QC质检、机台维修，车间一共二百六十四个人。我能清楚地记住的只有六十个人左右，其余在脑海中只是一个模糊而隐约的图像。数量的繁多、流转与躁动，使得她们在我的心中如同墙上的斑点一样，难以分清。虽然她们每一个人都有固定的工种、工位、工号、面孔、性格、身材、籍贯、声音、爱好……让我分辨出她们中的每个人区别于其他人不同的特征，让我能把她们从人群中辨认出来。但是这些混合在一起，很快抹掉了她们身上独有的特征，让我无法把"她"清晰地从这一群人中分辨出来——她们留给我的是一个模糊的表象，我看到的是相似的虚无。她们对于我，就像我无法从河流中辨认出一滴水与另一滴水的区别。

我站在车间的拉头，A1线，A2线，A3线，她们低着头，我看不清她们的面孔，我看到的是一群在紧张中劳作的流水线操作员，这是她们共同的特征。她们像墙上的斑点一样在我的视野中移动着。她们的面孔属于这个车间，属于这些不说话的制品，属于这些工序名称定位的某个角色，属于流水线这个由人和机器组成的集合组织。这些生硬冰冷的塑料、钢铁、胶片、机器把她们一个个嵌入我的记忆中。她们不再属于人的面孔，她们美妙的身体，花朵一样的年龄，秋水般的眼神，充满着活力……这一切都不能让我清楚地把她们辨认出来。我只能具体地把她们放在没有一点儿人情味的流水线工位上去辨认她们，把她们看作流水线上的机器一样，用流水线的某个程序角色固定她们。我在这个工厂做了两年，我熟悉车间三条流水线的机台，譬如A1线的自动钢针机容易出现钢针松动，A2线的钢针机容易出现钢针打歪，A3线容易出现漏打钢针，然后我知道出现这些问题时，该拧紧钢针机的哪一个螺丝，或者将托道向哪边移动一下。同样我清楚知道制品在这个车间三十四道固定的程序工位，我能从程序工位上辨认她们的姓名，插旗仔A1线的是戴庆荷、李丽、陈群，并渐渐记起，戴庆荷是贵州人，李丽是湖北人，陈群是安徽人。

这些面孔渐渐成了流水线的一部分，她们的喜乐哀愁，她们的爱情、幸福，她们的面孔，她们修长的手指、性感的嘴唇、玲珑的曲线不断地被流水线吸收，慢慢地渗透在流水线的某个具体的工位、动作、秩序中。她们渐渐忘记了所有内心的感受与肉体的波动、脸色与面部表情、偶尔的微笑与活力，仅仅剩下某个单调具体的动作。这个动作是不是标准协调？是不是适合流水操作标准？是不是冗长？我不会去了解她们中的某一个是与大多数人不同的左撇子，或者另外一个人有着自小带来的某种习惯性动作，我只需要她们的动作如同那些自动机器一样标准。她们不需要独特而迷人的个性、表情、眼神，她们只需要被流水线打磨得统一的动作、速度。

她们作为一个个体的人，身体里的温度、情感，眼神间的妩媚、智慧，肉体上的疼痛、欢乐等都消失了。作为流水线上的某个工序的工位，以及这个工位的标准要求正渐渐形成。流水线拉带的轴承不断地转动着，吱呀吱呀的声音不停地响动着，在这种不急不慢永远相同的速度声里，那些独有的个性渐渐被磨掉了，她们像传送带上的制品一样，被流水线制造出来了。

2

这个时代，思想从来只是把社会从迷茫与妄想中拖曳出来，对于一个单独的个体，倒是有越来越多如同流水线一样的组织、程序、机构，将人的精神禁锢起来。这个工业流水线化的年代，无论是精神上的人还是物质上的人，正被流水线以某种角色分解打磨成某个工序角色，名称不一，用途不一。作为个体的人，唯一能做的就是服从于流水线上某个角色规定的职责。

譬如刘忠芳，四川岳池人，年龄十九岁，她喜爱唱歌，卡拉 OK 唱得极好，身高一米六二，体重四十九公斤，被人称作厂花。她活泼开朗，一脸微笑，如秋池的眼睛深邃迷人，喜欢穿紧身低腰裤，将那一截柔软而曼妙婀娜的小腰露出来。紧绷的裤子把她高翘浑圆的臀部勾勒出来，在侧身弯腰的瞬间，会有一小段股沟蹦出来，充满了诱惑。现在她进入 A 车间了，这一切都消失了，圆桶工衣把所有的曲线与诱惑收藏起来。流水线要求她把这些美丽、活力、性感都放置在车间门槛之外。很少有人有空注意她，拉带中自上而下的制品把这一切都挤走了。"把自己美丽的个性收藏在工衣里"，这是我曾经在一首诗中写过的一句话。在流水线的程序下，我们所有的个性都被迫收藏起来，塞进工衣的某个角落里。这是一种被迫放弃，流水线把与工位角色无关的一切都阻挡在外，流水线对于刘忠芳的行动与穿着有着某种标准规范，她必须穿上防尘工衣，头戴工帽，戴上手套，中指、食指、大拇指都必须戴着胶指套。

当我从拉头走到拉尾，经过装钢通区域时，我偶尔会想起刘忠芳是一个美丽的尤物，还有她那性感而妩媚的身材，于是在经过她身边时我会留意多看她几眼。现在的她不再是那一个充满诱惑的刘忠芳，看不到她向前凸起的胸部，也看不到翘起的臀部，还有杨柳一样柔软的腰肢。这一切都被流水线剪掉了。如今从外表看去，她跟她身旁那位三十六岁已有两个孩子的李喜珍没有什么两样。她们都是 A1 线装钢通的工位，有着相同的动作，相同的姿势，相同的速度。她们都在不停地重复着单一的动作。在这一刻，你发现作为个体的她们被隐藏了起来。在流水线上，她不再是漂亮而性感的刘忠芳，她是 A 车间流水线中的装钢通工序操作工。装钢通的刘忠芳与装钢通的李喜珍没有了区别，与 A2 线的郑燕、吴萍也没有区别，她们相互之间可以替代。她们都有了另外一个可疑的身份。刘忠芳：A231，工种：装钢通，用途：在流水线的制品上装上钢通；刘丽娜：Q21，工种：品质检查，用途：检测制品的功能并挑选出不良品；顾芳：S876，工种：扣辘套，用途：在辘套机上扣带……它们如此明确而简单地将一个个的人简化成了流水线上的某个角色，让她们在这个角色中行动，成为流水线规范下的人。

在流水线的车间里行走，我再也看不到人，我看到的是人群、工种、工序操作员。我和她们一样都活在不断的丧失中，原本属于我们个体珍贵的部分：意识、喜乐、性感、曲线，都被流水线剪掉了。车间的白炽灯白晃晃的，射出冷漠的光线，灯光下是一个个低着头、紧张劳作的人。她们低着头，面无表情。在紧张中，她们不知道窗外是白天还是黑夜，她们忘记自己的喜乐与痛苦，欢愉与悲哀。

每次走进流水线车间，我便会产生一种冷漠阴湿、单调乏味的感觉。整个车间，如同钟表一样嘀嗒嘀嗒有节奏地运转着，一板一眼、冷冷冰冰。车间的人冷漠而愁苦，沉默而压抑，空气中仿佛飘浮着一股阴郁的死寂，每张脸上的眼神之中都流露出一种由紧张而产生的恐惧，某种冰冷规矩下产生的胆怯与小心翼翼。在白炽灯下，她们的神色是那样苍白黯然。机器不停地转动着，从传送带上流下来的制品将人紧紧纠缠。

她们无法摆脱它们，她们只能服从。

3

每次走进流水线车间，我就像扎进无边的黑暗中。这种黑暗来源于自由而活泼的躯体对桎梏的流水线的恐惧。流水线车间一般都是封闭的，把我们与外面的世界隔开来。如果是冬天，早晨太阳还没有出来便进入车间，下午太阳落山还没有出来。阳光对于我们，已是一种奢侈。每次从车间经过包装间去厕所，阳光便会透过厕所的窗户照在我的身体上，多么明媚的阳光，多么充满活力的阳光啊，它不像流水线车间里的白炽灯那样呆滞而冷漠。我站在窗口呆了一会儿，感觉阳光像一个散步的孩子缓缓地移动着它的脚步，它毛茸茸的脚缓慢移到窗口，再挪到白色瓷砖上，最终停在铁质水龙头上。我移动了一下身体，让它温暖的小脚踏在我身上，暖烘烘软绵绵的，充满着活力。每次从厕所出来，我会在开水房里多呆上一会儿，不为别的，只是为了感受阳光透过窗户照在我的脸上，然后再慢慢感觉照在我身上。阳光在我的脸上，像一颗春天萌芽的种子，在我的身体里膨胀开来，一寸一寸地生长，渐渐长满了我的周身。我整个身体充满了光明与温暖。阳光在此刻伸出它的手，把封闭的流水线车间留在我身体里的黑暗、潮湿、阴冷都洗掉。

我在早上太阳还没有出来时走进车间，然后便听见机器的鸣叫，时间渐渐从传送带轴承的滚动间向后退了出去，在拥挤、狭窄、烦躁不安的车间里，看着工友们面无表情地把零件装配到拉线的制品上。窗外，太阳渐渐西下，夜晚渐渐地来临，没有任何声息。当我从车间走出来的瞬间，才发现不远处华灯齐亮，公路上的棕榈树静伫在灯光里，显得平静而柔和，静悄悄的，夜色涂满了四周。

我从车间的楼上走下，来到工厂空旷的篮球场上。被流水线车间挤得局促紧张的内心渐渐放松，车间白炽灯投影在血液间的冷漠才渐渐平息下来。头顶不再是矮小而苍白的天花板，而是高远而空旷的苍穹，如果仔细一点，还会看到星辰，月亮正从对岸的两幢楼房的中间升起，它的轮廓是那样的清晰，它用它柔和的光亮抚慰着因为流水线车间的拥挤而留在心底的伤痕，向人间投射着某种深刻的暗示——是寓言的含蓄、童话的美好。你身边经过的刘忠芳、李芳、童爱玲、戴庆荷……她们也恢复原来的面貌，性感而迷人的刘忠芳，苗条的童爱玲，丰满的李芳，小巧的戴庆荷，她们脸上不再苍白，眼神不再枯萎，恢复了红润与活力。在她们的身体上，体味到窈窕少女的含义，感受到青春年华的活力，听到了脆如鸣玉的少女笑声。有风吹了过来，在脸上轻轻拂过，从耳垂到鼻尖，然后是整张脸。空气中充满了一种甜味，不再是流水线车间里那股腥凉味，我使劲地呼吸着。

这时我才真正做回具体而独特的自己：长裙，长发，修长眉毛，涂上淡淡的口红或者眼影，纤长的手指甲上涂着豆蔻红或者玫瑰红，在眼睑下挂着几颗闪着光亮的泪，高跟鞋与牛仔裤将我的修长与挺拔呈现出来。天空在我们头顶，大地在我们脚下，树木青草在我们周围，有鸟在不远处的荔枝林里鸣叫，没有机器的轰鸣声，没有流水线的种种标准规范，远望大地，让自己的内心辽阔起来，它使我更深刻地感悟到宽阔的意义。

4

在流水线车间里，我开始重新认识机器，并且深入每一台机器的内部去了解它的构造、原理、模型、运作程序。从流水线拉头的钢针机、司通机，到超声波的方镜机、弹片机、辘套机、螺丝机，我发现机器不过是通过一定程序控制的杠杆和滑轮的集合，它们是群体集合组织。这种组织在某种程序控制下产生了我不能想象的能量，它不断地把一个个简单角色的杠杆与滑轮分解成不同的程序角色，每个程序角色都规定了它行动的范围和动作的标准。我愈了解到这些，内心就愈沮丧。整个流水线本身就是一台机器，它不过是由装配工与机台组成的另一台巨大的机器。我们每一个人都沦落为它的一部分，成为它程序中的某个角色，如同机台的某颗螺丝钉。我找不到属于个体的人，找到的仅仅是一个个属于流水线的角色，像机台一样的角色。我们作为个体的人被命名为不同的工位和工序：插中制、边制、左右制、抽手、左右弹弓……在这个固定的角色中，我再也找不到属于个体的人的温度、信仰、同情、爱或者自由，个体的人被它分解并重新组织，被它的标准化刻下了固定的动作、步骤和速度。

工厂来了一个新员工，人事部门把这个员工送到部门，部门再转交给我。我从部门主管手中领到这个员工的工卡。工号：A1023，姓名：史芸，进厂日期：2002年6月17日。我打量着她，她身高大约一米五八，穿着粉色短袖上衣、淡色牛仔裤，短发，有一束刘海染成了黄色，眉毛很淡，眼睛很大，嘴唇很薄、很湿润……其实我根本不必看这些，我只需将她领到我的车间，再从工衣仓里领一套工衣工帽工鞋给她，让她换上工衣，把她带进车间，带给拉线穿蓝色工衣的工序操作指导工，告诉指导工，让这个叫史芸的新员工学插左右制工序就行了。我没有这样做，如果我这样做，我的内心就会泛起一股柔软的疼痛，这种疼痛尖锐而敏感，直刺入我的内心。我第一次看到别的车间管理员这样处理新员工时，便想起了车间更换机台的情形：从工程部领回一台新机台，在铭牌上把机台进车间的日期和名称记录下来，用拖车送到车间，摆到它应该摆放的位置，请车间维修员调校好，就完成了。此时站在我面前的是一个人，一个有感情有血肉的人，而不是一台冷冰冰的机器。她的眼神冷漠而迷茫，充满了不信任。她跟在我身后，我跟她做了短暂的交流，问她来自哪里，以前在什么工厂做过，做过什么，进这个工厂有什么感受，为什么进这个工厂，有没有什么困难，最后告诉她有什么事情来找我，如果我能够帮忙会尽量帮。当我问她这些时，她眼里显出了一种诧异的神色，那种冷漠渐渐散去。她告诉我出来打工已有一年半了，在三个工厂做过，都是流水线，然后她很惊奇地问我，为什么要这样问她，以前没有人这样问过她。她的眼神没有了刚才的冷漠与不信任。她朝我微微笑了一下，告诉我在她以前做过的流水线工厂里，所有流水线上的管理员都只有一个要求，要求她们按流水线的标准程序，动作快一点、快一点，再快一点。我对她说，这家工厂同样如此，你的动作要快点。她低声说道，我觉得你这个车间管理员与别的管理员不同，会问这么多问题，不像别的管理员一样只把我们当作会说话的机器，领到流水线就交给指导工，什么都不管。我没有作声，她的话像一根巨大的刺横亘在我的心间。

我把史芸交给了 A2 线的工序操作指导工，告诉工序操作指导工，她是新来的员工，让她学习装左右制，我到拉头去了。在转身的时候，我听见工序指导工在教叫史芸的女孩如何认左右制，又将插左右制作业标准书递给了史芸，让她看几遍，了解她以后在流水线上做好这个角色的规范、准则和职责。工序指导工开始教史芸插左右制工序的动作标准、要领、注意事项、辨认不良品、自我检测等。工序指导工从零件盒中拿出一黑一白两个塑料制品的左右制，白色的是左制，黑色的是右制；左手拿左制，右手拿右制；左右制在装配时，恰好是一个正反 "S" 形，左制是正 "S"，右制是反 "S"；把它们分别插入盒底的左右制柱上，卡住上一道工序装配的中制。工序操作指导工边说边给史芸做示范。史芸满脸憋得通红，又恢复了刚进来时的那种小心翼翼。她从零件盒中拿出两个左右制，但是她是左手拿的右制，右手拿的左制，插到盒中，却发现左右制根本不能控制中制。她脸上浮现出了一丝惊忧，抬起头看了看工序操作指导工，眼神里流露出一种胆怯，似乎犯下了某种不可饶恕的错误，在等候着工序指导工的发落。工序指导工告诉她拿错了。史芸颤抖地将左右制换了，将其插到盒身上，但是她没有装到左右制柱上，而是装到了左右弹弓柱上，她把装错的盒身放在流水线上，站在她背后的指导工迅速地从拉带上取出不良品盒身，教她左右制柱与左右弹弓柱的区别。

一周以后，史芸能够在拉带上装配左右制了。一个月后，她的装配速度能够达到流水线的标准了。当我经过拉线时，看到新员工史芸低着头，像流水线上其他操作工一样用双手飞快地装配左右制。她眼里不再有我询问她时流露出来的天真与明亮，她的眼神里是紧张，是胆怯，是灰暗，是迷雾样的小心翼翼。看着她，我心中突然涌起一种苍凉。在这个时代，从来不是人产生了规范，而是规范产生了人，产生了一群相似的人。一个活泼的有着自己思想与感受的史芸不见了，取而代之的是一个流水线操作工史芸，一个只能按照流水线的规范行事的史芸，她的动作、速度和位置，不能有任何逾越。她属于个体的珍贵部分在流水线标准规范下被放弃，她的情绪和情感都不能对她在流水线上的工序角色标准有任何影响，否则她会受到训斥，遭到处罚。

在装配工厂的两年时光里，我就这样看着走进车间的女孩子们一天天变成流水线中的角色，变成流水线的一部分。我和她们一样，在逐渐丧失自我，有时会因丧失而感伤，因感伤而痛苦。但作为个体的我们在流水线样的现实中是多么无力和脆弱，这种无力与脆弱让我们对现实充满了敏感，这种敏感是我们痛觉的原点。它们一点一点地扩散，充满了我的内心，在内心深处叫喊着、反抗着。我的内心因流水线的奴役而感到耻辱，但是我却对这一切无能为力，剩下的是一种个人尊严的损伤，在长期的损伤中麻木下去，在麻木中我渐渐习惯了，在习惯中我渐渐放弃曾经有过的叫喊与反抗。我渐渐成了流水线的一部分。

原载《长安文学》2007 年第 2 期

铁

郑小琼

时光之外，铁的锈质隐秘生长
白炽灯下，我的青春似萧萧落木
散落似铁屑，片片坠地，满地斑驳
抬头看见，铁，在肉体里生长
仿佛背对我的荔枝林，有风摇曳
花草弄影，多少铁在图纸间老去
它们随着运货车远去的背影
模糊的不可预知的命运，这些铁
这些人，将要去哪里，这些她，这些你
或者这些我，背着沉重的行李与迷茫
在车站，工业区，她们清晰的面孔
似一块块等待图纸安排的铁，沉默着
她们头顶，有一两只不知名的小鸟飞过
留下低鸣，与我内心起伏不断的惆怅
向南的窗口，我看见她们
在走着，不由自主地，朝着广阔的工业区
她们弯曲的身体，让我想起多少年前
或者多少年后，在时间中缓慢消失的自己
我不知道的命运，像纵横交错的铁栅栏
却找不到它到底要往哪一个方向

原载《郑小琼诗选》，花城出版社 2008 年版

黄麻岭

郑小琼

我把自己的肉体与灵魂安顿在这个小镇上
它的荔枝林，它的街道，它的流水线一个小小的卡座
它的雨水淋湿的思念，一趟趟，一次次
我在它的上面安置我的理想，爱情，美梦，青春

我的情人，声音，气味，生命
在异乡，在它的黯淡的街灯下

我奔波，我淋着雨水和汗水，喘着气
——我把生活摆在塑料产品，螺丝，钉子
在一张小小的工卡上……我的生活全部
啊，我把自己交给它，一个小小的村庄
风吹走我的一切
我剩下的苍老，回家

原载《诗刊》2007 年 7 月上半月刊

打工，一个沧桑的词

郑小琼

写出打工这个词很艰难，说出来，流着泪。在村庄的时候，我把它当作可以让生命再次腾飞的阶梯，但是抵达它，我把它读作陷阱，或者伤残的食指、高烧的感冒药、苦咖啡。

两年来我将这个词横着，竖着，倒着，但是都没有找到曾经眺望的味道，落下的是一滴泪，留下的是一声咒骂，憋住的是一句心底的呐喊。我看到的打工，一个衣冠不整的人，操着方言，背着蛇皮袋和匆匆夜色在行走。或者像我的兄长许强描写的那样，"小心翼翼 片片切开 / 加两滴鲜血 三钱泪水 四勺失眠"。我见到的打工是一个错别字，像我的误写，它支配着我一个内陆的女子，将青春和激情留下，背负愤怒和伤口回去。

但是我，仍在夜的灯光里写着——打工，打工，这个并不沉重也不轻松的词。打工，一个让生命充满沧桑的词。打工者，是我、他、你或者应该如被本地人唤作"捞仔""捞妹"一样，带着梦境和眺望，在欲望的海洋里捞来捞去，捞到的是几张薄薄的钞票和日渐褪去的青春，也是某个女工的叹息，没人倾听和安慰。

它像遗落在路边的硬币，让我充满了遐想。打工这个词，是苦是甜是累是酸，或者是我在这个难得的假日黄昏，写下的一段诗句。两年后的今天，我在纸上写着打工这个词，找到了写着同一个词的张守刚、徐非，还有在南方锅炉里奔跑的石建强以及搬运工谢湘南……他们在纸上写着这个充满谬误的词——打工。我找到他们的心情像深秋的一缕阳光，也像露水打湿的身体。我记住的是这些在打工词语中站立的人，他们微弱的呐喊，真挚地让这个词充满无限的色彩。透过夜班女工的眼睛，打工这个词充满疲倦；在失业者的嘴里，打工这个词充满艰辛；当我们转过身去，打工这个词充满了回忆和惆怅。

我不断地在纸上写着，打工，打工，打工，我的笔尖像一颗微亮的星，照着白天的伤口、夜晚的乡愁，添加着我的记忆、亲情。它里面交叉着重叠着生活的艰辛与人间的百味。它在我的身体里安置了故乡的灯火。

我很艰难地写出打工这个词，更不容易地用带病的躯体来实现这个词。为了正确地了解这个词，我必须把自己浸在没有休息日的加班中，确切地体会上班十七个小时的滋味，准确地估算自己的劳动价值，精确地握住青春折旧费，把握住这个词的滋味。或者有时间，坐在灯下，像张守刚一样编着一些"在打工群落里生长的词"。或者像罗德远一样用打工这个词敛聚内心的光芒。在这个词里，我不止一次看到受伤的手指流血的躯体失重的生命卑微的灵魂，还有老板的咒骂主管的训斥本地人的白眼。就像今天，我目睹一个刚来南方有着梦想和激情的自己，渐渐退次成一个庸俗而卑微的小女子。

打工不可能成为躯体的全部。这个词永远充满剥削的味道。就像许岗，她写下一个白领丽人的自叙，也不可能改变自己是浮萍的身份。打工是一张标签，它让你在市场中出售，在别人的槽中喂养。打工，你必须终年流浪；打工，你必须像张守刚一样深刻地了解一些与它有关的词语和事件，比如工卡、打卡、工号、炒鱿鱼、停工待料……你还必须用三百斤稻子换来出乡的车费，用四百斤麦子办理暂住证、健康证、计生证、未婚证、流动人口证、工作证、边防证……它们压得你衰老而憔悴。

我永远活在打工的词语中。把家安置在一只漂泊的鞋子上，难以遏制自己的欲望，只好和着两滴泪水七分坚强一分流水样的梦来渲染这个有些苍凉的词。就像在这个黄昏，在纸上敲开打工这个词，牵出内心的疼痛，蘸上加班的麻木，写出周围可能还在发生的幸与不幸，包括流逝的人和物。比如深圳的安子，比如不跪的孙天帅，比如遭受搜身的女工，比如讨不到薪水跳楼的建筑小工，比如怀念着的童年往事，开始飘雪的故乡……讲着这些，我租住的房子和电扇吹落的书本也落泪了。

在打工这个词中，我每天都坚持擦拭内心的欲望虚构的未来，把自己捂在某个淘金成功的寓言中，让它温暖孤独而忧伤的心，使它不会麻木。虽然，偶尔它也像掉下来的叶子，枯涩而绝望，有时它会陷入羔羊一样的迷茫，我却感觉不到疼痛已经深入骨髓。在更多的日子里，我是一个盲目者，在打工这个词上摸着等着找着相爱着，并且把它装进匆匆的行李中，或者像许多人一样，枕着一台收音机倾听着，默默地想起蒲公英风信子大雁和一群在工业区上空飞翔的燕子，听见乡愁的躯体漂泊的梦想，或者坐在灯下回忆远方的爱人年迈的双亲，甚至等待一个持久的奇迹发生。

我倾听到的打工这个词，它荒谬地将青春葬送。我不知道在这些岁月里，这群人，这首诗歌扬起的尘埃会成为另一种痛，回忆或者轻易地让人践踏。从灵魂里抽出一些咒骂与无奈，还有不可能的假想，但只有这个词，它让我们干净地纯净地澄静地走进深圳、佛山、东莞……

再一次写到打工这个词，泪水流下。它不再是居住在干净的诗意大地，也不可能让我们沉静地恬静地寂静地写着诗歌。在这个词中生活，你必须承受失业、求救、奔波、驱逐、失眠，还有"查房了查房了"三更的尖叫和一些耻辱的疼痛。每天，有意或无意，我们的骨子里会灌满不幸，或者有心无心伤害着纯净的内心，让田园味的内心生长着可乐易拉罐塑料泡沫一样的欲望，在南方的蓝天中飞扬。

原载《散文诗》2003 年第 14 期

零点的搬运工

谢湘南

有人睡眠
有人拿灵魂撞生命的钟
有人游走
有人遥望月球而哭泣

时间滑过塔吊飞作重击地心的桩声
一切都是新的连同波黑的静默
不需叉车歌声高过高楼
搬运工寻找动词，鲜活的

鲤鱼，钢筋水泥铸造的灯笼
照亮孤独和自己，工卡上的
黑色，搬运工擦亮的一块玻璃迎接
黎明和太阳

原载《零点的搬运工》，华夏出版社 2000 年版

呼吸

谢湘南

风扇静止

毛巾静止

口杯和牙刷静止

邻床正演绎着张学友

旅行袋静止

横七竖八的衣和裤静止

绿色的拖鞋和红色的橡胶桶静止

我想写诗却点燃一支烟

墙壁上有微笑和透明的女人

有嚼过的口香糖

还有被屠宰的蚊子的血

这是五金厂 106 室男工宿舍

这是距春节还有十八天的

　　不冷不热的冬季

　这是一个星期天的晚上的

　　　九点半

第一个铺位的人去买面条了

第二个铺位的人给人修表去了

第三个铺位的人去"拍拖"了

第四个铺位的人在大门口"守着"电视

第五个铺位的人正被香烟点燃眼泪

第六个铺位的人仍然醉着张学友

第七个铺位的人和老乡聊着陕西

第八个铺位　没人

居住　还有三位先生
　　　不　知　去　向

原载《零点的搬运工》，华夏出版社 2000 年版

深圳新文学大系

吃甘蔗

谢湘南

那些女孩子总爱站在那里
用一块钱买一根一尺长的甘蔗
她们看着卖甘蔗的人将皮削掉
（那动作麻利得很）
她们将一枚镍币或两张皱巴巴
的五毛，递过去
她们接过甘蔗嚼起来
她们就站在那里
说起闲话
将嚼过的甘蔗渣吐在身边
她们说燕子昨天辞工了
"她爸给她找了个对象，叫她回呢"
"才不是，燕子说她在一家发廊找到
一份轻松活"
"不会的，燕子才不会呢……"

在南方
可爱的打工妹像甘蔗一样
遍地生长
她们咀嚼自己
品尝一点甜味
然后将自己随意　吐在路边

原载《零点的搬运工》，华夏出版社 2000 年版

流水线上的雕塑

许立志

沿着流水线，笔直而下
我看到了自己的青春
汩汩流动，如血般地
主板，弹片，铁盒……一一晃过
手头的活没人会帮我干
幸亏所在的工站赐我以
双手如同机器
不知疲倦地，抢，抢，抢
直到手上盛开着繁华的
茧，渗血的伤
我都不曾发现
自己早站成了
一座古老的雕塑

原载《新的一天》，作家出版社 2015 年版

深圳新文学大系

流水线上的兵马俑

许立志

沿线站着

夏丘

张子凤

肖朋

李孝定

唐秀猛

雷兰娇

许立志

朱正武

潘霞

苒雪梅

这些不分昼夜的打工者

穿戴好

静电衣

静电帽

静电鞋

静电手套

静电环

整装待发

静候军令

只一响铃工夫

悉数回到秦朝

原载《新的一天》，作家出版社 2015 年版

我谈到血

许立志

我谈到血，也是出于无奈

我也想谈谈风花雪月

谈谈前朝的历史，酒中的诗词

可现实让我只能谈到血

血源自火柴盒般的出租屋

这里狭窄，逼仄，终年不见天日

挤压着打工仔打工妹

失足妇女异地丈夫

卖麻辣烫的四川小伙

摆地摊的河南老人

以及白天为生活而奔波

黑夜里睁着眼睛写诗的我

我向你们谈到这些人，谈到我们

一只只在生活的泥沼中挣扎的蚂蚁

一滴滴在打工路上走动的血

被城管追赶或机台绞灭的血

沿途撒下失眠，疾病，下岗，自杀

一个个爆炸的词汇

在珠三角，在祖国的腹部

被介错刀一样的订单解剖着

我向你们谈到这些

纵然声音喑哑，舌头断裂

也要撕开这时代的沉默

我谈到血，天空破碎

我谈到血，满嘴鲜红

原载《新的一天》，作家出版社 2015 年版

赠林志玲

许立志

你的容貌打败了很多女人
你的身高打败了很多男人
不过对我来说这些都不重要
重要的是
你的眼神打败了我的眼睛
你的声音打败了我的耳朵
你的呼吸打败了我的
最后一道防线
今夜我纵然是拿破仑
也要遭遇你的滑铁卢
今夜能败在你手下是光荣的
今夜能跪在你脚下是幸福的
今夜我不是高高在上的王
今夜我不是道貌岸然的人
今夜，我心甘情愿
做你的俘虏

原载《新的一天》，作家出版社 2015 年版

纸上还乡

郭金牛

1

少年，某个凌晨，从一楼数到十三楼。
数完就到了楼顶。
他。
飞啊飞。

鸟的动作，不可模仿。

少年划出一道直线，那么快
一道闪电
只目击到，前半部分
地球，比龙华镇略大，迎面撞来

速度，领走了少年
米，领走了小小的白。

2

母亲的泪，从瓦的边缘跳下。
这是半年之中的第十三跳。之前，那十二个名字
微尘
刚刚落下。秋风，
连夜吹动母亲的荻花。

白白的骨灰，轻轻的白，坐着火车回家，它不关心米的白
荻花的白
母亲的白
霜降的白
那么大的白，埋住小小的白

就像母亲埋着小儿女。

3

十三楼，防跳网正在封装，这是我的工作
为拿到一天的工钱
用力
沿顺时针方向，将一颗螺丝逐步固紧，它在暗中挣扎和反抗
我越用力，危险越大

米，鱼香的嘴唇，小小的酒窝养着两滴露水。
她还在担心
秋天的衣服
一天少一件。

纸上还乡的好兄弟，除了米，你的未婚妻
很少有人提及
你在这栋楼的701
占过一个床位
吃过东莞米粉。

原载《纸上还乡》，华东师范大学出版社2014年版

庞大的单数

郭金牛

一个人穿过一个省，一个省，又一个省
一个人上了一列火车，一辆大巴，又上了一辆黑中巴
下一站

祖国，给我办理了一张暂住证。
祖国，接纳了我缴交的暂住费。

车票尽头
二叔，幺舅，李妹，红兵哥和春枝
眼里落下许多风沙。
薄命的人呀，走在纸上

"落雨大，水浸街。"
春枝做了祖国的洗头妹
她要卖春天

"月光光，照地堂。"
二叔，幺舅，红兵哥，三只惊弓的斑头雁
一只捉到樟木头收容所
一只失踪十三天
一只有点倔，蹦跶不了几天。

"小白菜，泪汪汪。"
南方有人砸开出租屋
哎呀。那是突击清查暂住证。
北方的李妹，一个人站在南方睡衣不整

北方的李妹，抱着一朵破碎的菊花
北方的李妹，挂在一棵榕树下

轻轻地。仿佛，骨肉无斤两。

唉，我帮不到她。

原载《纸上还乡》，华东师范大学出版社 2014 年版

罗租村往事

郭金牛

1

罗租村，工业逼走了水稻，青蛙，鸟
这些孤儿，又被夺走了
纯蓝。

李小河咳出黑血
周水稻失去双亲
赵白云患有肺病
陈胜，飞快地装配电子板；吴广，焦虑地操作打桩机；
渔阳啊渔阳，真要命。

地上烧着书。坑里埋着人。
工业加工业，会不会生下太多的鬼？会不会突然跑出一只，附在身上？
我开始怀念
鱼
怀念花，怀念鸟，怀念害虫。

2

唐。一枝牡丹，过了北宋，过了秦川
她，一身贵气
又过了秦时月，汉时天，至少过了八百里
南宋
以南

经罗租村。

经街道，经卡点，经迷彩服。

经查暂住证。

经捉人

我在杜甫的诗中，逾墙走了

唐，在大雨中疾走，又在大雨中消失

一天中

伊，在治安办

三次放低了洛阳牡丹的身段

哭得不成样子。

朵花，她能叛变到哪儿？

3
————

夏。古典的小木匠，他摸过的木头是吉他的美声

明。六扇门的捕快，他摸过的罗租村

有铁器，碎骨的声音

有陌生人，强行打开花朵的声音

他

从东厂巡到西厂，比高衙内还狠，动别人的女人

收保护费。

元，铁木儿。

一个工地上的小工，蒙古人的后代

文身，大汗的梦，从胸部扩大到手腕

且慢啊，好汉。

且与我一起藏匿在

一把旧吉他的 D 调中，鬼混

于钢筋
和水泥

元。被
明反复追捕。他，不是前朝的奸细
他，是我无产阶级
兄弟。

4
————

隋啊隋。红拂女。漂亮的小妖精一样
飞来飞去
一个姓，三个名字，都被杨府
捉住

薄荷味道的丝绸。满地落花
暴雨
在泪水中跑了三圈。

隋　一路哭着去樟木头收容所，赎回了
晋哥哥
他打铁，弹《广陵散》，弄打工文学社
去年坏掉三根肋骨。
今年没有力气说话。
泪水又在暴雨中跑了三圈。
泪水藏着黄河。黄河藏着吼声。

5
————

山海关外的小月亮
清。

努尔哈赤的小格格，爱新觉罗的小妹妹
小童工

她，看见月亮，是弯的。刀。
初一，打工。
十五，怀孕。
三十，流产。
刮。刮。刮。
幼小的子宫，被下弦月，越刮越薄了。

她，看见夜，是白的。薄薄的。光。
转弯。
哦，白矮星，时空弯曲，那么多弯曲的小木偶，
都集在弯路上，加班。加点。她们
都想赶往丹麦
都认安徒生为爸爸，都认童话
为妈妈。

6
——————

一块水泥加一块水泥，还不是大地么？
种子知道。
一条工业排水道加一条河，还不是一大河么？
鱼知道。
中国制造

我碰到了商和宋。
一个是色目人
没有手指，对着月亮撒尿。
一个是汉人
剩下半个肺，朝着大好江山，骂着狗日的罗租村。

这两个坏蛋

被白猫和黑猫赶出工厂，继承了战乱的气息

工业的 GDP 在增长，农业

从胃部开始松动。

一部《诗经》，忧虑一只硕鼠

啃掉一座官仓

两个坏蛋，忧虑一只猫

吃掉二十多个省。

原载《纸上还乡》，华东师范大学出版社 2014 年版

想起一段旧木

郭金牛

我不在工地上，就在工棚里。

下雨。

稍息。

一名木工，男，30 岁。正抚摸一段旧木，不像柳永

落寞时

就抚摸

红楼或青楼的阑干

第三层楼的妞最漂亮。许多年前

我最想娶她。

曾执手。曾泪眼。曾一副欲语未语的样子。

《雨霖铃》中。

我追她到宋代

打电话给柳七

七哥，七哥，

每逢梅雨至，

木工的手，便摸到宋词的某个部位，旧情

很难制止。

青梅。竹马。这样的一段旧木，身怀暗香

无论花多少年

她，从不生枝，散叶，

开花。

原载《纸上还乡》，华东师范大学出版社 2014 年版

评论与报道

我看"打工文学"的价值与意义

何西来

打工文学是 1990 年代以来中国当代文坛上最值得关注、值得研究的重要文学现象和文学创作潮流之一。深圳是中国当代打工文学的发源地、诞生地;珠江三角洲则是这一文学创作潮流最初的摇篮,而后,滔滔滚滚,影响全国。但深圳,始终是打工文学潮流的创作中心和研究中心,不仅许多有影响的打工文学作家出现在这里,而且最早发现这一文学现象的价值和意义,并且大声疾呼、为之呐喊的研究家也出现在这里。包括这次在内,几次产生了巨大影响的全国打工文学研讨会,都在这里召开。所以,可以说,打工文学是深圳的一个文化品牌,一张文化名片,给予怎样高的评价,都不为过。

在认真地阅读了前几天杨宏海寄给我的数十篇不同体裁的打工文学作品之后,我想联系自己新近读过的其他作家的有关作品,谈谈我对打工文学的价值与意义的三点认识。

第一,打工文学的社会历史价值。打工文学最早是由打工者创造的文学,写的是他们真实的切身生活经历与体验,反映了他们的苦乐与希望,爱恨与情仇。这是真正来自历史变革前沿底层人数最多的群体的文学,响彻着他们的呼声,飞迸着他们的血泪,也燃烧着他们的幻想。

中国正在经历一次巨大的社会历史转型与变革。这次变革,无论就其深度还是广度来说,在中国或东方的历史上,都是空前的。它涉及从物质生产到精神生产,从经济基础到庞大的上层建筑包括纷繁的意识形态领域的范畴。总之,十三亿人口的中华民族的生存方式,包括生活方式和思维方式正在急剧变动,这个民族正在崛起。在这总体性的社会历史转型与变革中,最值得关注的就是数以亿计的农民的社会身份的转变,它的表现的最初形式,便是农村剩余劳动力从贫穷的、经济相对滞后的地区,从边远的山区涌向城市,涌向经济相对发达的地区,如北京、珠江三角洲、长江三角洲、山东半岛乃至整个东部沿海地区,出现了被称为"打工潮""民工潮"的景象。深圳一直是改革开放的最前沿,这座城市本身就是新兴的年轻移民城市,是打工仔、打工妹最早出现的地方。

饥者歌其食，劳者歌其事。有了人数众多的打工者群体的出现，有了打工者特殊的生活，这就为打工文学的创作提供了最为肥沃的土壤。打工文学从它一露头起，就受到打工群体的欢迎，也受到了如杨宏海这样的深圳文化研究者的关注，得到了深圳市领导的支持与指导。正是因为有理论的总结与支持，有热心者的组织、培养和引导，如评奖、办刊物和开辟写作园地，编选优秀作品向社会推荐等，打工文学的价值和意义，才为更多的社会人群所认识，才引起整个文艺界的重视。到今天，打工文学不仅包括打工者自己所写的反映打工生活的作品，早期的打工文学作者中成长出一批水平有了很大提高的作家，而且有一些相当有实力的作家，如江苏的赵本夫、山东的尤凤伟、辽宁的孙惠芬、湖北的叶梅等都涉足这一领域的创作。

打工者有白领和非白领之分，也有来自不同的城市或农村之分，但就其主体而言，就其绝大多数而言，则是指来自农村的青壮年农民。他们进城务工，从事最苦、最重、常常是超时且长达十多个小时的劳动，以获取比他们原先稍高的收入，同时也学得一些现代的生产技能和经营管理知识。正是他们的艰苦劳动，为投资者、为国家创造了巨额的财富，支撑着珠三角、长三角乃至整个东部沿海地区的繁荣与辉煌。然而，一切社会身份的转变都充满了艰辛、痛苦和曲折，对于具体的生命个体来说，则尤其如此。

无论是称"打工者"，还是称"民工"，从理论上来讲，他们都属于人民，是国家的主人。但是，"打工者"和"民工"这个称谓本身，就说明了他们在具体的生存环境中并没有成为真正的主人，他们只是受雇者，要按照雇主的意志付出自己的劳动。而且，作为民工，他们离开了农村，从事在城市的劳动，为城市创造文明和财富，最终却没有被城市接纳，这里没有他们的家，他们的家在农村。城乡分治的旧体制使他们处境尴尬。荆永鸣《北京候鸟》里的来泰，因想要像城里人一样生活而历尽艰辛，他积数年辛勤的收入，又借了亲戚八千元，好不容易盘下一家小饭店，没做几天"老板"，就遇上拆迁，原来是中了圈套，落得人财两空，哭诉无门。这应该说是身份变换的一个悲剧，他不像他的"老叔"那样幸运。而于怀岸笔下的《台风之夜》里的那四个来自湘西的倒霉鬼的遭遇，既可以看作实际的经历，也可以看作这个人群的真实命运的一个象征性寓言。他们打工，又丢了工作，变成了流浪汉。外面是风狂雨横的夜晚，到处是陷阱，到处是冷漠，内加饥饿的煎熬，他们处于变匪、变盗的边缘，连做乞丐都不可能了。他们抢劫抢劫者、杀人者，似乎是以毒攻毒，以恶对恶，但其实已经面临着身份转变中的歧途，再跨前一步，就是深渊了。

刘虹的抒情诗《打工的名字》，既在打工者祖辈、父辈、自身的社会身份的对照中写出了历史的变迁，也反映了这种新的称谓的过渡性、不确定性和尴尬。另外，这首诗从不同的角度概括且形象地描写了打工者群体的生存状态、心理状态和命运的颠簸，他们是肩负着历史前行、付出代价最大的群体。

在赵本夫的笔下，这种身份的变换付出了同样的代价与艰辛。《寻找月亮》里的女主人公月儿，一位从贵州来的农村姑娘为了变成城里人，像城里人那样生活，不得不在一处富人夜总会做近于色情的表演营生；《安岗之梦》里来自乡下的孩子毛眼，已到城里流浪七八年了，做好事、善事，没有沦落，然而仍然没有立足之地。

马克思和恩格斯，都是基于对 19 世纪工人阶级的真实状态的深刻透彻的了解创立了他们的学说，成为那个时代最伟大的革命导师。恩格斯的《英国工人阶级状况》，至今仍然让人读后为之动容。他在这部著作中多处引用工人们自己创作的诗歌作为例证。他们称格奥尔格·维尔特为德国第一个，也是最重要的无产阶级诗人，肯定海涅的《西里西亚织工之歌》，并因此和他结下终生的友谊。他们一再肯定法国作家欧仁·苏的《巴黎的秘密》，肯定巴尔扎克和英国的狄更斯，都是基于这些作家极其真实地提供了现实历史的画卷。他们甚至说巴尔扎克和狄更斯的作品所提供的东西比任何一位历史学家和经济学家提供的都要多，都要具体。我觉得，我们就应当用这两位伟大的德国人的眼光，去看待和评价今天的打工文学。打工潮是推动中国历史前行的伟大潮流，打工文学的潮流，也是中国当代文学史上最重要的文学现象和文化现象之一。像以往一样，一个民族的崛起与复兴，都不能没有血痕与泪痕。在统计数据上，我们看到的是 GDP 的增长百分比，但这百分比主要是由人数众多的打工者在底层支撑着的，我们从打工文学中所看到的就是这些支撑着的个体的生命历程和心理历程，还有那些往往被历史忽略了的刻骨铭心的细节。

第二，打工文学的道德伦理价值。社会历史转型，同时也伴随着人们价值观念的变迁和行为方式的改变，这些都与道德评价体系有关。道德伦理，特别是道德理想，是价值观念的核心部分，左右着人们的善恶之辨。同时，道德又是人们行为的规范，它调节制约着人的社会行为。这种调节和制约，在多数情况下，都表现为一种自律，就是康德在《实践理性批判》里所讲的"道德律令"。在社会的历史转型期，在中国从农耕文明走向工业文明和后工业文明的过程中，伦理道德的变动，表现为旧的道德体系的过时与崩塌和新的道德体系的建立，也表现为对传统的某些带有恒久性的道德理念的重新审视、重新解释，使其丰富起来、鲜活起来。这是一个极其复杂的长期整合与碰撞的过程，个人往往要为此付出沉重的生理与心理的代价，而且经常伴随着命运的浮沉与播迁。

民工们多数是在没有充分准备的情况下走出农耕文明的，他们带着那个文明留给他们的道德伦理遗痕，走进他们不熟悉的工业文明和后工业文明的环境，在新旧道德伦理的冲撞中，特别是在新旧道德伦理置换中暂时形成的真空地带，便有可能碰上选择的两难。沦落，似乎随时都是有可能的。赵本夫总是以善意的、温暖的眼光看人，即使月儿已经到了沦落风尘的边缘，他还是没让她掉下去，保留了她品格中美好的一隅；毛眼是赵本夫两篇连续性小说的主人公，他行善、做好事，即使成为流浪者，也只是在梦里圆了在城市居住的梦，那把带蜥蜴的钥匙始终没有为他打开幸福之门。然而，于怀岸的《台风之夜》里对道德理性的控驭，也仅仅限于秋生哥的道德底线。王世孝的《出租屋里的磨刀声》，与其说是写天右与何丽同居情爱的幻灭，不如说是写磨刀人的情爱悲剧。为了钱，磨刀人忍受着良心的折磨和心理创痛，让自己的爱人去出卖肉体。安昌河的《难逃劫数》像是一个寓言，不是写见义勇为的善有善报，而是写后续事件中主人公碰到的道德困境和生存困境。这让人看到了人性的冷酷，看到了善良的热情是怎样被淹没在冰冷的利益的考量之中的。其实，我们距离建立起一个和谐的、现代的道德体系，还有相当长的道路要走。

在许多打工文学作者的笔下，他们的主人公面对诸种坎坷与不公，大都表现出一种人格上的坚韧。黎志扬的《禁止浪漫》写了几个锅炉工的艰难人生，"黑领"之死是惨烈的，可以说是一种殉情，故事的主人公最终没有和已为人妻并且做了厂长的恋人言归于好，既有无奈，也有坚守。作家赵本夫是不愿把人写得很坏的，在《天下无贼》里，为了不使来自乡下的打工仔傻根的过于善良的幻想破灭，他甚至想象两个偷窃者的良心被唤醒，一路上千方百计地与群贼同旅，还差一点丢了命。当然，这种故事也许只存在于作家的想象里，并不存在于现实生活之中，但文学毕竟要有理想，特别是道德理想的辉映。

第三，审美艺术价值。一批有影响、有写作经验的作家加盟打工文学的写作，当然有助于形成强势的打工文学格局。但是，看了这次宏海寄给我的打工文学作品选粹，其中写得出色的篇目，无论是在语言的个性化、人性开掘的深度上，还是在叙事艺术、结构方式上，都不比当代小说创作所能达到的水平逊色，这是特别让我高兴和兴奋的。

就打工文学的审美艺术价值来说，我想应该强调三点：

（1）文学创作，从来都是对生活本身的审美的和艺术的提升，提炼出生活中本来就存在的诗与美，打工文学作者，无论是写外部的人与事，还是写自己的体验和心理，都不可能是诸种事件、诸多表象的照录，而是有所选择，有所取舍，并从中升华出许多新的东西，从而把粗糙的、原始状态的生活，提升到美的境界。作者在提升写作对象，提升他所亲历的生活的境界的同时，也提升着自己的审美境界和艺术能力。他把自己的这种经过审美提升的作品推向读者，引发读者的共鸣，使其得到审美的满足，起到泄导人情的作用，也就提升着读者的境界。如果读者也是打工者，那么作品也就为整个打工群体的精神境界的提升做着无声的、潜移默化的贡献，从而进一步实现其价值。

（2）打工文学作品源于生活，带着生活泥土的芳香。就其总体而言，无论是小说，还是诗歌、散文，抑或是报告文学，都具有清新刚健的文风。这种文风，不需要矫揉造作，不需要扭捏作态，它是为情而作文，不是为文而造情。当今文坛，在一个相当大的范围内出现了文风不正、不振，甚至颓靡的趋向。救治之法就是要大力提倡如打工文学这样言之有物的、来自切身体验的刚劲清新的文风。要知道，靠"党八股"，靠空话、套话、假话、屁话，是无法振衰起疲，一扫文坛颓靡之风的。文风连着民风，文风连着国运，绝不可以等闲视之。

（3）新时期文学是在现实主义的召唤与复归中复苏和发展起来的，中间虽有起伏，但它始终是三十年来中国当代文学界的艺术主潮和美学主潮。打工文学，就其主导的艺术倾向来说，无疑是现实主义的；这种美学价值取向，正与其社会历史价值相适应。而社会的、历史的现实主义美学原则，正是马克思主义学说在美学上的最主要的特征，也是它最具恒久价值的部分之一。

原载《打工文学备忘录》，社会科学文献出版社 2007 年版

现实关怀、底层意识与新人文精神
——关于"打工文学现象"

蒋述卓

作家的人文关怀大致可分为两种层次：一是对人类的终极关怀，即关注人类生存的意义、死亡的价值、人的全面自由的发展以及人的精神追求等；二是对人的现实关怀，即对人类生存处境和具体现实环境的关心，人性的困境及其矛盾、人对自由平等公平公正公义的艰难追求，以及人类的灵肉冲突等等。在现实关怀之中，包含着作家强烈的人道主义关怀和人本主义意识，体现出作家对人的生存状态的高度重视，对人的价值的集中关注，尤其体现在对社会底层命运的关注以及对他们生存欲望的深刻理解和同情。过去的文学大师如果戈理、陀思妥耶夫斯基、狄更斯、雨果、巴尔扎克、鲁迅、曹禺、巴金等都是这类现实关怀者的典范。20 世纪的后半期，西方发达国家进入后工业时代，文学大师以及后现代哲学大师们的作品更多地体现为第一种层次的人文关怀，但对于发展中国家来说，现实关怀仍然是作家人道主义精神的重要部分，文学的底层意识显得十分重要和必要，且能在世界文学史中闪烁出异彩，如南非作家库切的创作，还能获得诺贝尔文学奖的青睐。

中国 20 世纪 80 年代以来的现实就是一种发展中国家的现实。改革开放初期，社会的工业化进程刚刚起步，在沿海地区兴办的"三来一补"企业以及靠劳动密集型起家的企业，劳动条件艰苦，许多企业还处于原始资本积累阶段，其着眼点在于"物"，眼里还顾不上人。那时的工厂聚集了一批从农村转移来的农民工，其生活的艰辛正如一些打工诗人所描写的"像老鼠一样在生活着"。一首当年在深圳的"三资"企业中流行的打工歌谣唱道："一早起床，两腿齐飞，三洋打工，四海为家，五点下班，六步晕眩，七滴眼泪，八把鼻涕，九（久）做下去，十（实）会死亡。"打工阶层尤其是农民进城务工阶层的生存状况是非常艰难的，稍有不慎还要被辞退，有的受了工伤得不到赔偿。20 世纪 90 年代初，城市改革开始，不少国有企业改革的起步往往是以一部分工人的失业为代价的，因为国家要调整工业结构，城市要"腾笼换鸟"，被换下来的"鸟"有的却无能力再进新的"笼子"了，于是工人从过去的"骄宠"一下子就沦为社会底层，这确实让许多人唏嘘不已。在今天，虽然有的大城市已发展得很繁荣，大厦林立，车水马龙，灯红酒绿，丝毫不亚于国外发达国家的城市，也有了诸多首席执行官、大企业家、白领、中产阶级、小资等，但在这些城市的表面繁荣中仍然有挣扎在维持基本温饱水平线的贫困户，还有流浪在城市各个角落乞讨的流动人口。更何况城乡之间的差距并没有缩小，反而在继续扩大，底层还是构成我们这个社会基础的较大部分。从总体上来说，社会在发展，在进步，在步入小康，但我们还必须关注底层，为底层呼吁，并为改造底层、提升底层做出切实的精神关怀。

这就是说，我们这个社会和这个阶段需要文学的底层意识。

底层意识是一个形象的概括，如果按写作者来分，则可分为两类，一类是在己不是社会底层至少说是中等阶层或知识分子的写作中体现出来的底层意识，由于他们关注社会底层的艰辛生活和生存困境，其作品往往有强烈的现实关怀精神。但有时也不免有俯视的感觉，有的还对底层生活存在一定的隔膜，多少带有一些臆想的成分，有的流露出过于同情的意味。另一类则是由本身就处于底层的写作者即进城务工或在乡镇企业务工的打工者所写的打工文学所体现出来的底层意识。由于他们有亲历的体验，会更让人感觉到平实。有的为了给自己打气，反而更趋理想化一些。尽管有两类写作者的不同表达，但其底层意识在精神内涵上是一样的，即对社会底层生存状况的关注与揭示，意在唤起社会对社会底层命运的重视，为社会底层遭遇不平等、不公正待遇鸣不平，对社会改革中出现的相对贫困和暂时困难给予关注，对社会底层前途的改变与未来路向充满着忧虑与同情。

与20世纪80年代的"伤痕文学""大墙文学"相比较，当前文学的底层意识主要不在于反思对底层人物造成伤害的社会原因和人性原因，而是着重在对现实生存境遇的描述，因此表现出来的人道主义关怀更多地着重在"切近"而不在"反思"。与"知青文学"相比较，当前文学对底层人物命运的描写更着重在写出他们的无奈与生存挣扎，而"知青文学"着重在反思当时青年的盲从和迷茫。当前的底层写作与底层意识的表现，更多地与社会主义市场经济的艰难进程和社会改革的阵痛联系在一起，其中虽也有对愚昧的鞭笞和文明的启蒙，但更多的主题却超越了"文明与愚昧冲突"的限制，将笔触深入到对社会转型期阶层的分化与身份的转移，社会改革带来的生存困惑和道德困扰以及许多一时还难以作出好坏对错判断的难题。值得重视的是，当前文学的底层意识已具备了新人文精神的因素，有了超越一般人道主义同情和平等意识呼吁的新质。

这种新人文精神的因素大致表现在以下几方面：

身份焦虑与主体觉醒。身份焦虑是文学底层意识中常常表现的内容，底层人物通过对自身位置与身份的辨认，表达出一种对自我价值的质疑或确认，反映出一种维护自我尊严、追求平等公正和自我价值认同的主体意识。榛子所著的小说《且看满城灯火》就是通过描写工人阶级在国有企业衰落过程中对自己身份的焦虑和质疑，揭示了当前工人阶级的生存状态、身份转移和出路艰难的问题。叶大生有着工人阶级的情结，因为他从他父亲叶国权那儿继承了工人阶级的身份与传统，他们四兄妹分别被身为老工人的父亲叶国权命名为"大生""大产""大模""大范"。但在国有工厂在市场经济浪潮的冲击下，由于管理和市场定位的缺失而日渐走向衰败的过程中，他们四兄妹相继失去了国有企业工人的身份。老二大产早早就看穿，跳出工厂去承包了酒店，靠色情服务去招揽生意；老三大模下岗后只能靠卖馒头、摆书摊过日子，从事小本经营；老四大范沦为擦鞋女工，最后还沦落到被人包养的境地；有技术、有名气的老大大生在工厂坚持了许久，但最终也受不了"民营企业家"可赚钱的诱惑，离开了国有工厂，另外去办起了私人工厂。小说通过大生的回想道出了对如今工人身份的质疑。过去他们四兄妹刚参加工作，父母领着他们去饭店聚餐庆贺，来到大桥上看城市景观，四兄妹相继喊出"啊，且看满城灯火／敢问谁家天下／看我工人阶级"，那时的工人是何等自豪，可如今的工人却在丧失身份，没有了光荣感与归属感。小说写得很有苍凉感，透露出国有企业衰败和工人身份丧失的某种无奈，但小说表现出来的质疑与追问都是令人警醒的，也反映出了底层人物对自我身份的焦虑和探求。大生最后离开国有企业去办了自己的工厂，因为他在国有企业里无法施展他的技术，因为他需要的是能有所作为。老二、老三、老四都分别在默默地寻找自己的出路，虽然有像老二那样违规操作的，但也有像老三那样凭小本经营生存的。小说虽然对国有企业持批判态度，但也对它们的现实境遇表示理解——国有企业疲惫了，衰老了，而国企改革又"像一个不称职的清洁工，在厂区和车间里扫来扫去，扫得浮皮潦草"。改革的不到位最终使国企衰败，工人下岗，也留不住有技术的人才。联想到这几年有些国有企业领导借企业改制之名变卖国有资产，肥了自己的腰包而不管工人生存与出路的例子，就足见这小说提出的警示和预示是有强烈的针砭现实意义的。小说给大生留了一条光明的出路，实际上也是对他的身份觉醒和自我价值追求的认可。

打工文学中经常充满着对身份的追问。因为是进城打工，他们反而不忌讳自己就是"打工仔"，而且非常清楚自己的位置是移动的、漂泊的，是要靠维护自己的自尊和发挥自己的才干方能获得应有的价值回报的。张伟明的小说《对了，我是打工仔》里的"我"懂得用编造的"劳工法"去维护自己不加班的利益，他的小说《下一站》中的吹雨竟然敢当着香港总管杜丽珠的面一字一顿地说："告诉你，本少爷不叫马仔，本少爷叫一九九七。"然后他毅然地炒掉了老板而走向了"下一站"。黎志扬的小说《打工妹在"夜巴黎"》中的四川辣妹子容妮在歌舞厅里狠狠地踹了想揩她油的香港"秃头"一脚，当然，最后她只好守住在工厂的一份工了。周崇贤的小说《漫无依泊》写出了打工者的身份与灵魂在城市里都漂泊无依的痛心感受，"我"虽然有文字写作才能，但因无钱付城市增容费，就只能是城市的"边缘人"。相对于作家们的底层写作而言，打工文学的底层意识对身份的焦虑更为迫切，对自我的尊严更为看重，更要维护。即使在现实中遭受到不公平、不平等的凌辱，也要在文字上、精神上获得自信与自尊。在张伟明的小说《我们 INT》里，"我"在梦中对香港总管小姐的痛快占有，也是弱者在想象的性关系改写中挽回打工仔自尊的一种书写。

身份焦虑是主体觉醒的重要标志。打工仔意识到自己的身份而不甘屈辱，宁可辞工炒老板鱿鱼也不愿低三下四丧失人格；工人对过去身份的质疑，在下岗后仍然要寻找出路或寻找实现自我价值的另外途径，虽是无奈中的选择，但依然是适应市场竞争的主体选择。相对于过去作家们写底层人物的逆来顺受和"哀其不幸，怒其不争"而言，当前的底层写作更让人觉得富有社会与时代的气息，更注重对人的自我尊严的维护。这是经过二十多年改革开放以后人的主体意识觉醒，人的自我价值提升，人的自由度相对扩大的结果。

对道德缺失的拷问和对道德与法律之间的关系的思索。底层写作既关注底层人物的艰难生存境遇，同时也对底层人物在对待金钱与道德、金钱与传统伦理关系、金钱与人格尊严维护、金钱与法律冲突时出现的道德缺失进行了批判，同时也对能正确运用法律约束自身行为以及维护法律与正义的行动作了肯定。在晓苏的小说《侯己的汇款单》中，侯己的儿媳因想霸占公公打工寄回来的五百元汇款而失去了应有的伦理制约，而村子中的药铺老板、杂货铺老板，还有村支书、村长都想要雁过拔毛。一张汇款单将底层人物中的乘人之危和自私、贪婪面目暴露无遗。残雪的《民工团》以她那惯用的怪异与冷峻笔调，对小人物们在"死囚"般的生存处境里还相互告密和互相压迫，为了追求一己利益而力争强权等道德错位和灵魂缺失进行了揭露。虽然她采用的是一种变形的写法，让我们觉得另类，但其借用"民工团"这一底层组织来展开，又让你感觉到其对道德拷问的严厉以及对人性追问的犀利。周崇贤是早期打工文学的代表人物之一，他的"打工情爱系列"小说曾对打工者的情爱问题进行过深入细致的剖析，其中既有对打工妹为保护自己的贞操而拼死挣扎的赞赏（如小说《米脂妹》中的也非），也有对打工妹不但出卖自己的肉体还助纣为虐的鞭挞（如小说《米脂妹》中的李红）。而在周崇贤、林坚、安子等打工文学先驱们之后，打工文学对爱情的思考变得更复杂起来，如王世孝的小说《出租屋里的磨刀声》，虽然也是写打工者的爱情悲剧，但其中却将对困境与仇恨、物质与精神、道德与法律等的思考带入了小说中。小说写了底层人物对社会与环境的仇恨，但受伤的磨刀人最终带着自己的女人消失了。天右因生存环境的逼迫也失去了自己心爱的人，他怀着报复心理染指磨刀人的女人宏，但他在误砍了磨刀人之后坚持要送磨刀人上医院。仇恨被埋在了心底，他们并没有让它肆意横行，而是在内心深处设置了不干傻事的法律底线。磨刀只是他们发泄仇恨的一种心理借代。在罗迪的小说《谁都别乱来》中，处于社会底层并坐过牢的歌厅歌手检举了盗窃高级小轿车的朋友阿华，他之所以这么做，并不是因为想出卖朋友，而是容不得社会犯罪。这是他的社会良知，是他不允许任何人乱来的理由。底层人物虽心有仇恨，但并不干触犯法律和扰乱社会秩序的傻事；虽在底层受过欺压，但也不能容忍"乱来"的犯罪。这就是法律意识普及的结果，也是对社会良知和道德操守的坚持。从这一点来说，底层写作并没有陷入愚昧的陷阱，具备了坚守良知和法律的新质。

对城市认同的追问以及对融入城市的思考。在底层写作中，城市已由过去的隐在背景走向前台。随着民工潮的兴起，越来越多的农民工涌向城市，他们一方面为城市建设作出了贡献，另一方面也依赖着城市开始了另一种人生。作为城市的边缘人，他们无法认同城市，但又离不开城市。林坚《别人的城市》中的打工仔段志在城市中受挫后不得不离开城市回到故乡，在他眼中，这城市属于别人，但他因在城市住过，回到乡下后再也不能适应传统的生活，最后又不得不返回城市。黄海的诗歌《这个城市没有记住我的名字》写道，"漂流，在乡村与城市之间漂流／不属于乡村也不属于城市"，这正是他们的真实写照。虽然城市未记住他们的名字，但并不妨碍他们像"好奇的小鹿"一样"伸长脖子"去探寻城市的奥秘，"永远望着水泥建筑流兮盼兮"。尽管他们不是城市人，但他们也在思索，"如果我成为了这个城市的一分子／就有构成砖和瓦的义务和权利"。打工者并不是在简单地打工，他们还在追问他们应有的义务和权利。他们的父辈希望他们的子孙能成为城里人，黄海的诗《致我的父亲》题记里写到，父亲将儿子打工寄回的汇款退了回来，说只要儿子能过得像个城里人，他就是饿死也瞑目了。"父亲呵！你说你一辈子的荣耀／是儿子蜕变成城里人所得到的幸福"。这些追问和梦想如今在深圳已变成现实。安子是早期外来工成为"白领"的典范，因为她靠自己的奋斗有了属于自己的天空。而杨广六年如一日地不懈追求，获得了高级电工的资格证，终于成为首位具有深圳市户口的农调工（见

《南方日报》2005年4月6日第C01版）。周崇贤《漫无依泊》中的打工者无法成为城市人的心痛感正在现实中逐渐融化。经过城市生活的洗礼，农民工也树立了与城市人共同的现代观念，如林坚《深夜，海边有一个人》《流浪者的舞蹈》等小说，不同程度地写出了打工者必须改变与世无争的传统文化心理，参与到奋斗拼搏的竞争中去，"要搏杀才能有出路"也成为多数打工者的心声。"过客"心理、"边缘人"心理正在逐渐改变。这也是近年来闽南语歌曲《爱拼才会赢》在打工者间与卡拉OK厅里大为流行的原因。

最后，我还得对"打工文学现象"说几句话。从社会学角度去看打工文学现象，我们应视之为社会底层人物素质提高的表现。农民工进城务工，是农村剩余劳动力向城市转移的必然趋势，也是社会现代化进程（工业化、城市化、市场化）的必经之路。进城务工的农民工恰恰成了社会现代化大潮中的弄潮儿，他们适应社会的需要，在生存中拼搏，在竞争中提高。其中的佼佼者能拿起笔书写自身的感受与经历，道出了一个阶层的心愿和呼声，不能不说是当今新一代农民工的骄傲。打工文学作家中有的人成了专职的文字工作者，当了记者、编辑、文秘，有的人还成了律师和中级管理者，这充分表明了当今社会的自由发展空间的扩大以及对人的能力与价值的认可。最近，共青团中央还专门为打工文学改了名，叫"进城务工文学"，并为其设立了"鲲鹏文学奖"，这一切都是新人文精神在社会与文学当中的体现。"进城务工文学"虽然是底层写作，但其透露出来的新人文精神理应受到评论家们的重视，它们也是这个时代、这个社会的一脉气息、一种文化状态、一个阶层的精神面貌的表现。

原载《文艺争鸣》2005年第3期

「打工文学」卷·评论与报道

《大鹏湾》的文学生产

尹昌龙

对于目前的文学史写作来讲，广东的打工文学似乎还缺乏必要的"经典性"，因而虽然它的出现已经有十个年头左右，并且获得了一个较为稳定的命名，但要"进入"文学史还是有一定的难度。

一是文化传播的原因，广东的打工文学始终不能摆脱它的地方性；二是文学性的原因，广东的打工文学很难得到较高的专业评价。这些就使得它更多地被看作一种文化现象而非文学现象。考虑到"打工者写，写打工者"的打工文学更多的是在群体中流通，它的意义往往在于其文化性而非文学性。对于关心普罗大众的"文化研究"这门学科来说，打工文学无疑是不可多得的研究资料。一个吊诡的现象在于，打工文学的兴起可能并不一定就是文学的胜利，相反，它倒可能是文化扩张的征候。而就是在这种扩张中，文学与文化之间的鸿沟被慢慢填平，界线被慢慢模糊。

将《大鹏湾》杂志与对打工文学的讨论结合起来，这本身就说明了二者之间的联系。如要把打工文学作为一种文化来研究的话，那么作为打工文学的一个主要载体——《大鹏湾》杂志，就必然要进入这种文化研究的视野中。通过考察这本杂志的运作，可以进一步地了解打工文学作为一种文化生产是如何得到推动的。

应该作出说明的是，既然是从文化生产的研究角度而言，就应该接受两个基本假设：一、打工文学作品同时也是以文化产品的形式出现的，对文本的解读相应地会让位于对生产方式的分析；二、打工文学反映着打工文化，同时也是在构造着打工文化，从某种意义上来讲，打工者社会的出现离不开打工文学的形塑。提出这样的假设，会有助于将对《大鹏湾》杂志及打工文学的研究推向一个更新的领域。

一、从文学期刊到大众读物

考察《大鹏湾》杂志的封面和包装的演变，我们会发现一个隐约的轨迹。最早这本刊物是以"文学性"作为宗旨的，有"纯文学"期刊所要求的"单纯"与"纯粹"。但是，这种风格的封面设计随着整个杂志定位的变化而变化。这个变化大约是在 1990 年代初开始出现的，这一时期的杂志封面多为一种群体性的打工者的生活场景，或则集体性返乡与进城，或则群众性的起居与娱乐。打工群体无疑成为"焦点"与"核心"。颇有意味的是，在"选择"这些打工者时，基本上都是女性。像总第二十期的封面中，清晰的打工妹队列占据中心，而在其远处，是模糊的作为背景的打工仔。同时，那些单个的打工妹的本色肖像已陆续进入封面，虽然还只是在角落或边缘。而到了 1994 年底 1995 年初，群体性的打工妹肖像开始消失，而所谓的"摩登女郎"则稳步占领着封面。像 1994 年总第二十八期，封面女郎已不再"本色"化，西装的装束及侧逆光下的黑发，力图构造一个"现代"形象，尽管这种"现代"拘谨得充满痕迹。而最为极端的是 1995 年总第三十一期，封面女郎则干脆换成了一个黄头发、蓝眼睛的开放的西方少女，具有反讽意味的是，在她的图像旁边打着"中国最早的打工刊物"这样的口号。与此同时，封面上的"文化综合性月刊"的主名则已完全替代了早些时候的"文学季刊"的标志。而早期杂志封面二中的《渔村新貌》《赶海》《红荷吐艳》之类的图案和作品也全面消失了。

杂志封面"现代"起来的变化是巨大的。一方面是对"地方性"的克服，随之而来的是统一普遍的"现代"形象，亮丽的面孔，新潮的装束；另一方面是对"乡土性"的克服，"土气"的东西被"洋气"的东西代替，疲惫的、拘谨的打工妹经过"改写"后，一跃成为活泼的、灵动的甚至是性感的青春少女、城市女郎。而这种"现代"起来的经历背后，就是地方性文学期刊向现代性的城市读物的转变。

与封面的变化相一致的是封面二、封面三与封面四的变化。那种本土性的、艺术性的摄影、绘画作品，基本上已被广告代替，它们近乎弥漫性地占据着这些较为显眼的位置。那种早期的"纯粹性""形式性"已然消失。这些当然并不就说明杂志本身质量的变化，而是说明广告已经占据整个杂志文化生产的绝大部分，它不仅仅是在启蒙或代言，它同时是在经营。包括广告，包括美女封面，都是这种经营策略的组成部分。可以说，《大鹏湾》还是一本文学杂志或打工刊物，但是，它是以现代城市读物的方式来进行生产的，正因为如此，它不断地加强着它的文化"现代性"。就拿 2000 年第七、八期合刊来说，单是以其封面上的红衣少女形象，是很难辨认出那种朴素到有点寒酸的打工者的样子的，尽管它还是一本打工者的杂志。

而从其栏目设置上就更能看出这种变化来。像"大鹏出击""快照速递""接触访谈"等栏目的出现，已大大改写了杂志中"虚构性"文学的含义，新闻性被大大加强了，相应地，它进入和干预打工生活的程度加深了。比起那些"反映打工生活""表达打工心曲"的文学方式来说，这种新闻性大大缩短了文学与打工者的距离。它对"文学性"的削弱一度表现为"打工文学"仅仅是所有栏目中仅剩的一个名称。而值得注意的是，即便是在那些非新闻性的、非访谈性的栏目中，往往也让人分不清真实与虚构的界限，而编者也常常并不就此作出澄清。这显然又是降低文学虚构性的一个策略。

二、作者、读者与编者的再生产

几乎从来没有一本杂志像《大鹏湾》这样，能够在作者、读者与编者之间形成如此亲切的身份上的互动，以至于它的读者可能会变成它的作者，而它的作者也可能会变成它的编者。这种对作者、读者与编者的再生产是如此独特，以至于在今天，《大鹏湾》要求每一个编辑都必须是打工作家出身。作为一种再生产方式，它不仅保证了稳定的知识性流通，而且带来了有效性的交流，这种交流是以"经验"背景、"打工者话语"和身份信任为基础的。

最有代表性的是现任杂志执行副主编张伟明。作为打工文学中较早也较有代表性的作家，在《大鹏湾》杂志创刊之初，张伟明就已经在这块园地上发表了《我们 INT》和《下一站》等产生广泛影响的作品，以致关于打工生活的文学作品一下子成了这本地方性文学刊物中令人关注的亮点。在 1989 年总第二期上发表的关于《我们 INT》的评论及相应的读者意见中，这篇小说被认为"的的确确"是打工者生活的"缩影"，而许多打工者正是从中发现了"同类"，发现了"我们"以及"我们的命运和遭际"。而正是来自广大打工者的热情的呼应，使得关于打工者生活的文学成为《大鹏湾》的主流文学，而张伟明本人也一跃成为《大鹏湾》的编辑，直至后来成为执行副主编。对于张伟明来说，变化的可能只是从作者到编者的身份；而对于《大鹏湾》杂志来说，变化的则是自身的文学和文化定位。

《大鹏湾》杂志的文学生产，已经包含着对作者的生产。正是这样一支作者队伍的存在，保证了这样一本专业性并不太强的杂志的稳定的文学生产，在

2000 年《大鹏湾》第四、五期合刊上，由一批主要作者与编者所做的关于《大鹏湾》的笔谈就透露出这种"作者生产"的意义："我常常想，如果我的生命中，没有遭遇到《大鹏湾》，没有《大鹏湾》的着力栽培，按照我过去的惯例，我早已经不再在文学的道路上跋涉，那么，也许我至今仍躲在那个自卑的世界里苟且营生"；"在我们看来，我们能选择深圳，并且再次选择写作，除了有惺惺相惜的朋友，有安定的工作，更重要的是我们还有一个随时可以回去坐一坐的家"，等等。这些陈述表明了一本杂志和它的作者之间的深刻联系。而如果要讨论《大鹏湾》对于打工文学的贡献，就不仅要看到它是如何生产出那些打工文学作品，更要看到它是如何生产出打工文学作者的。

对作者的生产，在《大鹏湾》体现为多种方式。一是由《大鹏湾》不定期组织学员培训班，通过强化文学创作的专业化训练，使之从"自发的"写作进入"自觉的"写作，而《大鹏湾》就成了他们初试身手的舞台；二是通过建立与民间文学社团的联系，进而发现作品、选择作者，像宝安区石岩镇的"加班文学社"和公明镇的"劲草文学社"，就与《大鹏湾》杂志建立了密切的联系；三是通过将优秀作者吸纳到杂志社中，使其加入编者行列，从而增加《大鹏湾》对打工作家的吸引力。现任编辑郭建勋说的就是这个过程："从一个落魄江湖的漂泊的文人，到一个着力栽培的作者，再到一个委以重任的记者，《大鹏湾》就是以这样的方式、这样的过程把我迎入她的怀抱。"

三、从私人性到公共性

对于广大打工者来说，"打工者"的身份的获得，除了源于流水线上的工作，群聚的生活之外，还需要经过对"集体"的想象，而正是通过这种想象，互相陌生的打工者之间建立起一种整体性的关系。而一个群体的完整程度又往往依赖于通过集体想象而建立起来的公共空间。通常的情况是，公共空间越大，集体身份感也就越强。对于《大鹏湾》这样一份打工刊物来说，如何拓展这种公共空间将是其能否成为打工者家园的关键。

从一本杂志的空间意义来看，它首先是一种话语层面上的，然后才可能向心理层面转化。正是在拓展话语空间方面，《大鹏湾》杂志体现了话语生产上的策略性。公共性是建立在私人性的基础上的，它通过开放私人性来降低私人性，从而达到"共识"。《大鹏湾》由此而设立了各具特色的话语形式。

一种是书信体。从 1997 年 1 月起，《大鹏湾》开辟栏目，或由一方倾诉爱情，或向家庭诉说思念，或向兄弟姐妹传告信息，等等。这些民间语文的出现，虽然是在表达种种私人性的关系，如父子（女）关系、兄弟（姐妹）关系、情侣关系、朋友关系，但同时又通过这些关系，制造出不同层次的社会性，而在社会性关系的背后，个人性开始有所瓦解。

一种是口述体。这种人类学意味极强的话语形式，在《大鹏湾》杂志中主要体现为"倾听倾诉"栏目。这个栏目自开辟以来，一直有积极而稳定的人员参与。这些倾诉者虽然各不相同，但都有一个共同特点：他们都有不寻常的情感经历和不一般的身份标记。包括"第三者""二奶"，甚至还有同性恋。倾诉的内容固然会有局部的遮掩，并且免不了附带着道德体验，但恰恰是这种最贴近倾诉者的自述，使个人的私密空间得到了最大限度的开放。而随之推出的有关讨论，又尽可能地将这些私人性的事件变成了公共性事件。或许可以说，正是这种谈话，制造出了一种"公共生活"。

一种是杂语体。对于来自不同地区、不同文化背景，有着不同个性的打工者来说，统一身份恰恰存在于众声喧哗的杂语中。《大鹏湾》的"七彩涂鸦——留言板"栏目就是一个理想的杂语空间。这中间有众多有名或佚名的参与者，它继承了早期"本栏不设防"的杂语性，但有所不同的是，栏目中不再有编者对作者"智"高一筹的"教导"，而是每个人自言自语，自说自话。它所传播的各式各样的"段子"，使之轻松到近乎无所顾忌。这似乎更像是智慧性的空间而不是情感性的空间，它是解构的而不是建构的，是狂欢的而不是叹息的。

所有这些话语形式的出现，使《大鹏湾》成为一个存在于打工者之间的理想对话空间。参与们在分享"经验""知识""教训"和"智慧"的过程中，形成了关于打工者的整体想象，并由此获得一个集体性的身份。

作为一本内刊，《大鹏湾》在为打工者争取合法权益的时候，也在勉为其难地争取自身的合法地位。包括它与省外的一些文学期刊单位的并不愉快的合作，都是它为改善自身文学生产的状况而做的努力。当然，对于一个基层性的、内部性的刊物来说，它对打工文学的推动已经勉为其难地抵达了一个可能的向度。当我们在研讨打工文学的时候，我们有理由向这份刊物致敬，并向推动着它前行的宝安区文化主管部门表示感谢。透过这份刊物和它所得到的支持，我们相信已经看到了一个经济发达地区的文化眼光。

原载《深圳文化研究》2000 年第 2 期

打工：一个沧桑的词

柳冬妩

1

什么是打工？

《现代汉语词典》对其解释为：做工。

尼采说过，凡是历史者，再怎么为它下定义，都是徒劳无功。词语是世界的血肉。"打工"这个词之所以重要，全在于其复杂性，全在于这个词在历史发展过程中的经历。我们并不需要知道这个词是什么，我们应当明辨的是，在当代的话语中，人们如何使用这个词。自 20 世纪 80 年代后期，有人开始为打工族中的诗歌写作者做了群体性的命名：打工诗人。至于这样的命名是否合理，我也不想在此作过多的讨论。我感兴趣的问题是：打工诗人的作品究竟体现了一种怎样的精神和心态？他们何以会产生这种心态？他们作品中所体现的那种精神对我们这个时代的诗歌具有怎样的意义？一些打工诗人为什么会从心理上抵触这个称谓？我们不要在谁是"打工诗人"这样的问题上纠缠不休，因为我们连谁是"诗人"这样的问题都不可能有一个统一的答案。对真正的诗人而言，任何类别的标签都带有贬义。我们没有必要刻意地去界定具体的某一首诗是否属于打工诗歌的范畴，也没有必要刻意地去界定谁是打工诗人，名称是姑妄称之的东西，不必反复纠缠于此，应立足于作品的意义，诗人内心解放的意义，在此基础上，才能确立"打工诗歌"的意义，才能理解"打工诗人"写作的意义。

中国的现代化发展要求重建中国的政治、社会、经济体制，也要求重建中国的文化。在中国的现代化历史变革进程中，"打工族"是一个举足轻重的存在。打工改变了数以亿计的中国人的心灵史、生活史、个人编年史，这不仅是身体的、心灵的，也是文化的、形而上学的。"从深圳上海北京广州打工 / 回来的人 / 身上有不同的城市 / 一个人与另一个 / 暗暗较劲 / 意思是我在的那个城市 / 比你的要好 // 他们以前在村里熟识 / 回来后彼此陌生了 / 在村里站在彼此眼前 / 有一个城市与另一个城市的距离"（张绍民《比较》）。我们所经历的历史，它不仅左右着人的生活和命运，甚至也在我们现在的心理定势、潜意识和语言中显露出来。诗人是一个种族的触角。诗歌是形象的人类学，是对种族记忆的保存。历史一再地昭示，每当一个时代处在巨大的转折时期，敏感的诗人常常会从自身的经历中攫取某种有"惊人的相似之处"的事物，作为自己宣泄和寄托内心隐秘感情和思绪的参照。近些年来，出现一批打工诗人和写打工生活的诗歌，自然也成为无法回避的事情。打工诗歌是我们这个时代最真实的见证之一，让我们窥见一个广被忽视的社会群体的真实生活和心理状态。

　　写出打工这个词很艰难，说出来，流着泪。在村庄的时候，我把它当作可以让生命再次腾飞的阶梯，但是抵达它，我把它读作陷阱，或者伤残的食指、高烧的感冒药、苦咖啡。

　　两年来我将这个词横着，竖着，倒着，但是都没有找到曾经眺望的味道……我见到的打工是一个错别字，像我的误写，它支配着我一个内陆的女子，将青春和激情留下，背负愤怒和伤口回去。

　　但是我，仍在夜的灯光里写着——打工，打工，这个并不沉重也不轻松的词。打工，一个让生命充满沧桑的词。打工者，是我、他、你或者应该如被本地人唤作"捞仔""捞妹"一样，带着梦境和眺望，在欲望的海洋里捞来捞去，捞到的是几张薄薄的钞票和日渐褪去的青春，也是某个女工的叹息，没人倾听和安慰。

　　它像遗落在路边的硬币，让我充满了遐想。打工这个词，是苦是甜是累是酸，或者是我在这个难得的假日黄昏，写下的一段诗句……透过夜班女工的眼睛，打工这个词充满疲倦；在失业者的嘴里，打工这个词充满艰辛；当我们转过身去，打工这个词充满了回忆和惆怅。

　　我不断地在纸上写着，打工，打工，打工，我的笔尖像一颗微亮的星，照着白天的伤口、夜晚的乡愁，添加着我的记忆、亲情。它里面交叉着重叠着生活的艰辛与人间的百味。它在我的身体里安置了故乡的灯火。

　　……为了正确地了解这个词，我必须把自己浸在没有休息日的加班中，确切地体会上班十七个小时的滋味，准确地估算自己的劳动价值，精确地握住青春折旧费……（郑小琼《打工，一个沧桑的词》）

　　一种深入个体当下生存状态的个人写作语言，与具体的历史语境紧密相关。"刚来南方有着梦想和激情的"郑小琼，一个"打工小妹"，开始寻找自身的存在，她完全是以诗性的介入来述说一个打工者的生存图景和真实心态的。《打工，一个沧桑的词》在民刊《打工诗人》发表后，先后被《散文诗》《散文选刊》《青春诗刊》《2003 中国年度最佳散文诗》等刊物和选本选载，并荣获《散文诗》的"女娲奖"，打工妹郑小琼"成为在打工词语中站立的人"。领悟她是如何使用语言的，就意味着了解了她的生存状况，也意味着了解了她和世界的最本质的关联。她的每一句诗、每一个字都是从打工生活中提炼出来的一滴血或一滴泪，一段梦想与一声叹息。这种诗歌能让心灵的震颤和伤痛历久弥新，不断地唤起我们对自身历史的反思和回忆。

历史是一个需要从中醒来的噩梦。"打工"是一个谬称，是一个让生命充满沧桑的词。让我们看看"打工"这个词的"前世今生"："本名 民工 / 小名 打工仔 / 妹 / 学名 进城务工者 / 别名 三无人员 / 曾用名 盲流 // 尊称 城市建设者 / 昵称 农民兄弟 / 俗称 乡巴佬 / 绰号 游民 // 爷名 无产阶级同盟军 / 父名 人民民主专政基石之一 / 临时户口名 社会不稳定因素 / 永久宪法名 公民 / 家族封号 主人 / 时髦称呼 弱势群体……/ 打工的名字像成年期拐不回来的儿歌 / 在语词上响亮，在语法里暧昧 // 它作复数，被称作人民 / 君临于许多报告，属于客串性质 / 它作单数，就自称老乡 / 穿过城市的冷与硬，以便互相认领 // 它发高烧打摆子都在媒体 / 高兴时，被摆在'维权'的前面做状语 / 生气时，又成了'严管整治'的宾语 / 过年最露脸，在标题上与市长联合做了一天主语 // 此外，它总是和鱼建立借代关系——/ 车厢里的沙丁鱼，老板嘴边的炒鱿鱼 / 信访办缘木求鱼，医疗社保的漏网之鱼 / 还有美梦中总想翻身的咸鱼……"（刘虹《打工的名字》）纵观整个人类文明演进过程，当农业社会步入工业社会之际，往往伴随着移民潮的形成与"打工族"及其文学艺术的产生。如 16、17 世纪在西班牙和欧洲其他一些国家流行的流浪汉小说，它的主要描写对象是社会上的一些失业者、底层人物——流浪汉，通常由他们作第一人称叙述，展示其从甲地漂泊到乙地，从一个社会环境迁徙到另一个社会环境的各种遭遇、见闻和他们窘迫艰辛的奋争，并从下层人物的视角去观察、讽刺不合理的社会现实。历史进入近现代，中国走上人类文明发展中无可抵挡的乡村都市化与都市现代化的艰难历程，19 世纪下半叶的洋务运动是中国现代化历程的重要一步。已经有学者梳理过从晚清到 20 世纪 30 年代的材料，所谓"民工潮"始于以洋务运动为代表的晚清工业化时期，戊戌变法时期梁启超主办的《时务报》就记载："中国工人伙多，有用之不竭之势。所得区区工价，实非美国工人所能自给。上海如此，他处尤为便宜，盖该工价已较内地丰厚。致远方男女来谋食者日繁有徒，虽离家不计也。"并且在民国初中期愈演愈烈，一千五百万人大致可以确定为 20 世纪 20 年代末 30 年代初"民工潮"的基本面貌。至于非常时期如抗战时期以及 20 世纪 20 年代末以前的情况，我们无法窥其全貌。历年情况不尽相同，但最保守估计民工数量平均也应在百万以上，因此不难想象近代"民工潮"规模之巨大了。20 世纪前半叶以上海为首的一些大城市，来自外省的数百万农民转换成稳定的产业工人，成为真正的城市人。反映在文学上，20 世纪 30 年代文学界出现了一个突出标志：左翼都市文学和现代派都市文学的兴起。如刘呐鸥、穆时英等人的都市题材小说，以《现代》创刊为标志的 20 世纪 30 年代现代诗人群则围绕着田园和都市歌唱。田园派以戴望舒为首，他们聚居在现代都市，面对工业文明咄咄逼人的粗暴姿态，反复咏叹失去的田园梦，诗中浮动着一种迷离的乡愁。都市派以施蛰存和徐迟为首，他们以美国意象派和都市诗为典范，讴歌或诅咒上海这座大都市崛起的风景。夏衍写于 20 世纪 30 年代的报告文学《包身工》，则可能是我国最早反映打工妹生活的打工文学。作家尤凤伟在打工题材小说《泥鳅》的创作谈中谈道："我的父亲在解放前离开村子到大连当了店员（也是外出打工）。但那时候的情况与现在迥然不同，我父亲从放下铺盖卷的那一刻起就成为一个城里人，无论是在实际上还是感觉上都和城里人没有区别。而现在乡下人哪怕在城里干上十年八年，仍然还是个农民工。"

我们什么时候能完全消解"打工"这个词的历史语码？我们不可能一步到位。我们对语言的支配并非可以像支配自己的想象力那样随心所欲。在很多情况下，文化历史赋予一个词的内聚力是强大的，要想改变它并非易事，如果我们没有真正做到准确地在语言的环境上给予一个词重新解释的绝对氛围，要改变其语意指向几乎可以说是必定失败的事情。某市公安局要求在系统内禁称"打工仔""打工妹"，而改口称"同志"；有人呼吁将"民工"改称为"劳动者"；有人对"打工诗人""打工文学""打工作家""打工诗歌"之类的称谓喊打喊杀……词语本身并没有什么歧视含义和侮辱性，字面上也只是对其身份特征的一种平和的叙述。我认为，最重要的不是改变一个称呼，而是改变赋予这个称呼以歧视性社会评价的区域封闭、城乡分离等一系列社会管理制度。在这些制度没有改变之前，你把农民工改称为"上帝"，把"打工诗人"称作"上帝诗人"，他们都仍是受歧视的。词汇本身是没有罪的。决定一个社会话语体系的最根本因素既不是上帝和诸神，也不是真理，而是决定人类社会状况的更强大、更实在的力量——权力。对社会来说，彻底废除区域封闭、城乡分割的社会体制，逐步取消在各种体制上的歧视性待遇，让农民及农民工成为真正的公民和国民；对警察来说，通过对其权力进行制约来保障其执法的严格的程序性，这才是从根本上防止歧视的态度。词汇的褒贬含义是由制度和文化去创造的，社会进步的真正方向，不是掩耳盗铃，而是有勇气让"打工"成为一个骄傲和富有尊严的词。

事实上,对于打工一族,无论你喜欢与否,他们都已成为现代城市经济的天然有机组成部分。特别是当中国的城市化大潮汹涌而来的时候,打工一族本身就是城市经济的"健康"标志,他们的存在本身,就说明这个城市是有活力、有发展潜力的。相反,当一个城市连民工都留不住的时候,所剩下的就只有我们对城市前途的担忧。"身体是城市的身体 / 灵魂是乡下的灵魂 / 我空成两片蚌壳 / 向城市敞开胸怀 / 我的青春、血肉 / 一生中的精华部分 / 没有变成黑土地上的一颗土 / 已经成了万丈高楼里的一粒沙"(屏子《在城市里嗑着瓜子》)。但是胸挂工卡怀揣暂住证的人在城乡二元隔离的制度中始终难以成为一类公民。他们是过客,在南方,在一切经济发达的地区,他们流汗流血流泪,却永远被排斥在一切正规统计之外。某些城市的人均产值高达三四千美元,这里面有他们作为分子的一份,但作为分母,他们的资格却在现行的制度下无意或有意地被剥夺了。历史主体地位的缺失,使打工一族在现实生活中找不到自己,找不到自己的历史,他们在自我的失重里飘摇。生活在飘摇世界中的打工诗人们感知到、遭遇到种种极细小而又极沉重的嘲弄、挤压、伤害和痛击。"我呆在深圳 / 这与一匹羊或一头牛呆在深圳 / 没有区别……"(谢湘南《呆着》);"临时工 / 方便得如盒快餐 / 在随便的地方 / 花点随便的钱 / 便被人随便地捏走"(樊冰《快餐盒》);"最缺少的东西叫作归宿感 / 尽管,我熟悉工业区的一草一木 / 习惯于用地道的粤语与别人交谈 / 能一口气数出工业区内三十一个工厂的名称 / 但这里没有属于自己的将来 / 人在工业区,我却时刻 / 生活在千里之外的别处"(曾文广《人在工业区》)。

2

打工诗歌文本中总有一种让人感到沉重的底色,都或多或少或强或弱地透露出作者浓重的苦难意识,其字里行间也总有一种来自内心深处的苍凉挥之不去。那和他们沉重的生存积累有关,他们曾或多或少地与苦难结缘,经受过严酷生活的洗礼。这种"底层意识",这种"平民感",这种触目惊心的生存体验,造就了"打工诗歌"与"打工诗人"。"城市醉了 红男绿女们的情歌对唱 / 彻夜不歇…… / 街灯昏昏欲睡 / 巡夜的人 手里还拿着酒瓶 / 一些沉睡的梦 麻木不仁 // 城市醉了 却有一个人醒着 / 他守着一盏沉思的灯 / 守着这座失去笑容和问候的城市 / 让笔和纸亲切地对话 / 他的名字叫打工诗人"(曾成《城市醉了》）。打工诗人生活的现场，是一个充满喧闹声响却又麻木不仁的现场，不是理想生活的温柔乡，有时它更像一个危险的泥淖和陷阱，一个残酷无情的生死擂台，那些在亟待完善的现行社会体制制约下的打工一族本身就是生活在社会底层的弱势群体。正是这样一个打工阶层，却孕育了一大批诗歌写作者，也就是目前在诗坛上初露锋芒的打工诗人诗群。在失去笑容和问候的城市，打工诗人用他们深情、悲悯和睿智的眼睛守着一盏盏沉思的灯。打工路上充满凄风苦雨，诗歌使他们更坚强地站起来承受命运所给予的所有打击，成为打工一族的代言人。正如曾经的"打工诗人"安石榴所表白的那样，"没有位置，我们就坐自己的位置，没有历史，让我们自己书写历史"。而没有历史的打工诗歌，其本身就是一部历史。每一个打工者的生存史实际上都暗藏着一个苦难与救赎的主题变奏。它包含着乡土中国裂变的所有激情与破损。"露宿于火车站的广场／怀念那遥远而善良的亲人与灯光／其实除自己之外／还有许多同样多难的打工族／于亲人的期盼里流落／于流落里反省／于反省里彻悟"（卢杨林《下广州找工》）。苦难对于一个诗人的重要性，不仅仅在于是否亲历（因苦难而麻木不察的众生不少），更在于能否彻悟到它与生命本义的关系与格局，在于能否用苦难的青春写下真实与梦想，为漂泊的人生作证。它最终的结局是对一个具体的生命载体承受能力的披阅。那些在苦难、迷惘、落魄和无奈中坚持前行的打工诗人，是真正意义上的行吟诗人，他们以主动迎接苦难的姿态，学会了从命运的高度来看待并承受个人的不幸，时刻倾注于生活本身，聆听命运的心跳与呼吸。在打工诗人那里，精神的不屈者可以化炼成坚硬的舍利。

1994年11月底的一天，一辆客车将四川达县的许强抛在了华灯初上的深圳万丰村。带许强出来的表姐领着他穿过一些肮脏不堪的小巷后，好不容易找到以前熟识的老乡，让许强在那拥挤的出租屋借宿。在老乡极不情愿的脸色中，许强熬了两日，直到表姐为他找了一间月租八十元的房。临走时，许强与老乡结算了两天的住宿费、水电费四元钱——这区区四元钱，让许强体会到了什么是世态炎凉！虽说租了一间房，可那是一间怎样破败不堪的房啊：阴暗窄小且潮湿，地上铺张草席就叫床了——许强没想到，他长达两个半月的流浪生活从此拉开序幕。许强的生活来源靠刚进厂的表姐八元、十元地向别人借钱来维持。那些艰难的日子，他每天靠两餐稀粥来安抚肠胃的造反。1994年大年三十，许强今生也无法忘记那一天，他用煤油炉熬稀粥，刚煮到半熟就没有煤油了，摸摸口袋，身无分文，看着别人杀鸡宰鱼一片欢声笑语，他悄然出户。透过小巷的空隙仰望苍穹，许强的心中无比凄凉！直到七十五天后，许强才结束了那次流浪生涯。之后的1997年6月，许强再次饱受失业的困扰，这一次，他在外面流浪长达一百四十一天之久！当有一天他开始握笔写诗时，一种沉重的阴影让他无法轻松落笔。他的诗作《流浪是一块永不愈合的伤口》真实地记录了他第一次流浪在外的辛酸与无奈，那是他真实内心的一次复述和释放："我像游魂一样四处飘荡 / 走在深圳的土地上 / 我感到四肢无力 / 我看见对面一只无家可归的狗正嗅着 / 命运的骨头 / 我拖着疲惫的影子 / 测量流浪的旅途究竟有多远 / 在子夜里没有流过泪的人 / 不是真正的打工者"。作为真正的打工者，2001年许强与其他几名打工诗人发起创办属于打工者自己的诗报——《打工诗人》，他要为几千万打工者塑碑。

重庆云阳籍打工诗人张守刚从1989年开始，去湖北砖厂打过零工，在风沙弥漫的内蒙古煤井下挖过煤，听见过"一个工友的一声惨叫 / 被淹没在塌方声里"。1993年5月，在一家汽修厂做冲压工的张守刚在操作冲床切边的过程中，因冲床失控，他左手拇指以外的四个手指头被切掉了。"我必须面对痛苦 / 和面对自己残损的左手一样 / 将自己的心揪紧"（张守刚《1993：江口汽修厂》）。张守刚一度对生活失去了信心，是文学梦让他重新又鼓起了人生的勇气。来到南方后，他对文学的追求更是到了疯狂的地步。他在所打工的中山坦洲镇南洲皮革厂组织成立了南海潮文学社，联合了不少志同道合者。他每隔两个月必有打印的诗歌自选集"出版"，然后寄给珠三角的文朋诗友，其勤奋可见一斑。2001年6月，张守刚的第一部打工诗集《工卡上的日历》由远方出版社出版。2002年他荣获《诗林》"天问杯"诗歌创作年奖，其打工诗歌作品入选了各种有影响的诗歌选本。

在社会底层摸爬滚打的打工诗人，在颠沛流离的打工生活中，把自己的全部力量交给了诗歌。在漫长与不倦的寻觅中，打工诗人漂泊天涯，流浪四方，以坦荡，以坚忍，以孤独，也以狂放，也以痴迷，也以踉跄，书写自己的悲欢人生。曾经有过的沧桑经历和阴暗岁月都是他们的资本。经历了长途跋涉的困顿和孤寂之后，他们可以负载任何一种沉重的生命。"打工的人 / 生活中越磨越亮的镰刀 / 再艰辛的路 / 再漫长的人生 / 也能被他 / 一点一点地割倒"（何真宗《打工的人》）。作为弱势文化群体的一员，打工诗人默默地承受着一切苦难，靠着自己的人性之光、智慧之光，照亮周围的世界。他们相信自己"还有别样的魅力 / 即使躺在出租屋的床上 / 也会令一只蚊子耳目一新"（罗德远《与蚊子同室而居》）。1994年打工诗人孙小淞创办《龙华报·诗特刊》，1999年打工诗人安石榴、谢湘南、潘漠子等人创办《外遇》，2001年打工诗人许强、罗德远、徐非、任明友等人创办《打工诗人》，2002年打工诗人郁金、刘大程、王家有等人创办《行吟诗人》，2003年打工诗人何真宗创办《打工作家》……

打工诗人发出一种微弱而又清晰的"另类"声音，这声音属于打工者自己，这声音所代表的情绪、心理、立场等意味着某一特定人群的生存状态。他们为无家的灵魂指引方向，为残酷的生存指认美。像《打工诗人》开办五年，出刊九期，联系地址几经变迁，十余名"《打工诗人》编委"成员先后被老板炒了鱿鱼或炒了老板鱿鱼，在异乡把自己搬来搬去。"寄发稿费的时候／流浪诗人走了／谁也不知道流浪诗人／去了哪里"（未君《流浪诗人》）。"打工的日子／常如游击队的故事／东奔西跑……／面试的滋味／犹如被拍卖的感觉／等待最后的定槌"（黄品功《面试》）。他们明白这是必须静心接受的宿命。这是打工诗人对命运的承担，是打工诗人希望更多的人与他们一块儿承担命运的暗示。看看生前身后，是什么在支配着社会和生命？他们更应该明白，笔的力量是有限的，微小的。这些人与事组成了一个大时代下面潜藏着的小时代。"先宝在省城打工／他住在一座高楼深深的／地下室里，白天黑夜黑着／一只昏黄的灯泡／只有他回来时才拉亮"（红杏《在地下室里》）。这是一个黑暗的地下世界，这个没有阳光的空间正是当下底层生活空间的隐喻。打工诗人是不被人们看见的"地下室人"，是没有身份的隐身人。由于种种原因，打工者始终处于隐在地位，始终在为大历史、大时代提供其可以存在、可以吹牛皮的理由。他们是睡在生锈的铁架床上的人，"躺在下层或上层／都在生活的底层"（徐非《回家的心情还得流浪》）。任何社会最深厚的底蕴、最深刻的矛盾，恰恰都蕴藏在底层生活之中。打工诗人滋生于底层与民间，他们一直都在壮大，但从未形成主流，当然更不可能有话语权，因此，也极有可能被大时代轻轻地抹去而不留痕迹。明确地说，小时代纯由一个大时代的阴影构成，又在这个表面的大时代隐去。打工诗人不过是些吞噬阴影的"萤火虫"罢了，是些叫作"诗人"的动物而已。他们一直都在收集阴影。他们接触到大量现代文明下光怪陆离杂乱无序的生活图景，各种人的生存方式和心态……这一切构成了他们不可排解的阴影。他们在黑夜写作。他们在收集阴影的过程中，也把自己变成了阴影的一部分。

马克思在《路易·波拿巴的雾月十八日》中论述复辟时代的法国农民时说："他们无法表述自己；他们必须被别人表述。"爱德华·W.萨义德把这句话放在《东方学》的扉页。在这里我也借用这句话，来讨论底层表达和民间叙述的问题。无论是从压迫他们还是从解放他们的意义上来看，底层民众长期以来被视为没有能力表述自己，他们被称为"沉默的大多数"。表达的权力机制在漫长的历史中被建构起来，并且不断地被建构着、调整着、巩固着。底层始终无法摆脱在他们的利益表达中只能处于"被表述"的宿命。他们作为研究对象是消极沉默的，他们任人描述，无法"代表自己"。那些写他们的人要么美化他们，要么丑化他们，总是隔着一层。而在这个过程中，他们的命运几乎从来就没有被真正地关心过。一些所谓的"精英"口口声声说要关怀底层，他们可能并没有真正地深入过民间，但却总是自以为代表了民间，却总以为是在为弱者争取权利。这样的错位在几乎所有的时间里发生在几乎所有的人身上。他们懂得怎样打擦边球，既显得"底层关怀"，又不真正触及什么，如此，"底层关怀"实则成了他们的一棵摇钱树。如果我们关心底层，就应该让来自底层的人自己说话。让人欣喜的是，打工诗人终于微弱地获得了自我表述的话语能力与基本能力，被大时代有意遮蔽的"另一个部分"在他们的笔下得到了细腻的呈现，让更多的人得到了一种健全的主体性感受，让我们可以探测到来自底层的原生态的声音。他们真正地为底层民众代言。一个公平的社会，应该尊重被表述者的话语权。诗歌可以使打工诗人从微末的生活中起飞，获得存在的意义。他们是大地上的诗人，背负了整整一个转折时代的苦难、梦想和命运。正如诗人卢卫平在一首诗中所言，他们是"向下生长的枝条"，"比每一根向上生长的枝条都老"；他们"青春期的树干向着天空疯长"，"梦想在成为现实的瞬间落空"；他们是"大地走失的根"，一直在"奔赴大地的途中"。他们沉积在生活的底层，内敛、聚啸、升腾，然后发出最真切的声音，但这声音往往被浮躁的市嚣所掩盖。没有人注意他们的存在，也没有人能阻止他们"地下室"一样的存在："又一次搬家 / 还是搬到地下室 / 我理解了 / 什么是真正地生活在底层 / 地下室以上 / 有三十层的高楼 / 每一层都住着房屋的主人 / 客居地下室 / 我离大地更近"（张绍民《地下室》）。打工诗人隐没在社会的底层，隐没在晦暗的生活在底层的人群中，他们在自己的诗歌中找到了自己的生存。也可以说，他们的诗歌是对被忽略的、晦暗无名的底层生活的命名。

3

从文本上来讲，写作与个人的生活境遇无关。打不打工，受难与否，个人的沧桑经历，这些和写作并没有直接的联系。写作是一种内在的分泌。但打工诗人分泌出来的东西肯定会和个人的境遇有关，生活的道路赋予他们诗与歌。因此我一直部分反对"把诗人从诗歌里删去"的说法，诗人比诗更复杂，更有魅力，也更重要。打工诗人是一个小时代的记录者，是组成小时代的小角色。他们不像一个大时代中的其他人那样向上看，而是注意到了心灵和事物最微小的部分，而不是最宏大的部分。诗歌的历史证明了诗歌在这方面的觉悟：由注意宏大到注意细微，由抒写光明到抒写阴影和侧影，这无疑构成了我们考察真正的诗歌发展的最有效路径。打工诗人生活在社会底层，不再有庙堂与江湖的困扰，妄念既消，性情自现，所以无须迎合时代共鸣和"艺术"共鸣。他们至少敢凭自己的真实发言，不违逆自己的内心。在打工诗歌里，更多的是一些小场景、小事件、小情绪，鲜有大而无当的"宏大叙事"或高蹈抒情。这就在某种程度上避免了诗歌的虚假与滥情，保持着新鲜生动的具体性质。一切都发乎他们的内心，发现于他们的眼睛，他们用自己的方式来观察、表达、书写，而无关既定的规则和秩序。如果从先锋诗歌的"艺术"角度去解读，打工诗人的诗歌在语言和结构上都有不少问题，但那种发乎心性的真情实感，那种源自本真状态的致命的忧伤感以及那种不计成败的投入精神，真让人惊心动魄。这就是真实的力量，合乎心性的魅力。打工诗人的诗歌是自发的、来自民间的诉求。我们似乎没有什么理由去指责形式主义、新批评、结构主义、后结构主义有关语言、文学语言的论辩。在它们那里，文学反驳了意义、感伤、情感的谬误，仅仅作为语言、结构而存在。诗歌不再忧心忡忡、殚精竭虑，它成了文本本身，成为语言的狂欢盛宴。然而，无论批评的智慧如何让我们叹服，总有那么一类诗歌，以其记录的情感、生活与我们经验的历史和现实来攫住我们的目光以至心灵，打动已经许久不曾被震撼的灵魂。

364

夜睁大了眼睛 / 在工业区搜寻什么 / 机器轰鸣声里 / 谁一声叹息 / 让夜色更加浓郁 // 白炽灯已分不清 / 自己是在白天还是在夜里 / 那个打工妹非常疲惫 / 她的一个又一个呵欠 / 比夜色更沉重 / 纤弱的手 / 已经无法掂量 / 夜的深度 // 但她必须睁圆眼睛 / 才能看清今夜走动的声音 / 长长的流水线啊 / 从这头到那头 / 只是这个夜晚的 / 开始 (张守刚《加班加点的夜》)

打工诗歌的真实与力量并非来自打工诗人的写作水平与技巧有多高，而是源自他们对生活的感同身受与熟悉。他们写的是自己的生活，是自己的体验与发现，是自己的苦痛与忧伤，也正因如此，他们出示了一种全新的生活与体验，一种人物与细节的真实。这也就是真正意义上的现实，是具体而具象的现实，而不是抽象、想象与写意的现实。沉入社会生活底层的打工诗人，摆脱了一种被抽象化的时代情绪，看到了现实生活中真实的一面，始终对此保持着直接的感性认识，并让诗歌对现实发出了它的指控与挑战。民工问题不只关乎一些特定地域和特定人群，作为一个中国最广大的弱势群体，他们长期受到的不公平、不公正的待遇，关涉到整个社会的价值体系的公正性、公平性问题。对于他们合法权利的捍卫，也是对人类基本生存权利的捍卫。打工诗人把头伸向阳光辉煌的后面，在大时代留下的阴影中，在漂亮的舞台后面，他们的手已经无法掂量夜的深度，他们的脚步由轻及重。在巨大的辉煌阳光后面，往往隐藏着更巨大的黑暗。

刘晃祺，我同在天涯的打工兄弟 / 在工厂流水线 / 为命运加班的你 / 超负荷劳作日复一日 / 在那个 / 让你二十三岁亮丽生命 / 走完人生最后一个驿站的 / 那个黑色的 7 月 13 日……你，摇摇晃晃 / 离开了无限眷恋的土地 // 消化道出血 呼吸系统衰竭 / 生命已快走到终极 / 昏迷后醒来的你却说："别拦我，我要打卡 / 迟到了要罚款……" / 哦兄弟 为什么为什么 / 为什么这样畏惧胆怯 / 我们不是现代包身工 我们不是奴隶 / 为什么不说一声"不"！ / 为什么不把抗争的拳头高高举起？！ /……三万元就换取了一个鲜活的生命啊 / 青春逝去里饱含多少悲怆与叹息 / 多少个打工姐妹兄弟 / 还在流水线上工作超时 / 栖居皆危房 面容呈菜色 / 薪水难到手 劳保无人识 /……让我用微弱却不屈的笔 / 向刘晃祺一样的姐妹兄弟 / 发出心底苗壮的呼吁（罗德远《刘晃祺，我苦难的打工兄弟》)

这首诗写的是广东美而进毛织厂打工仔刘晃祺因厂内日复一日的加班，身体极度虚弱，最后吐血昏迷，命殒异乡，再也分不清"自己是在白天还是在夜里"。没有什么比刀剑更直接，没有什么比语言更锋利。打工诗歌再次使我体察到这一点，作者饱满的情绪使诗句怒张、克制、欲发还收，但又比发出的弓箭更有力，击中要害。这种纪实风格的诗，它的直接，使人震撼。真正的悲剧，其实在悲剧发生之前就已经发生。打工诗人刘大程在万行长诗《南方行吟》中写道："许多手都可以轻而易举地扼住打工者的咽喉，撕碎打工者的梦想 / 而天地很大，打工者却都是瞎子和哑巴 / 数千万之众，在异乡和老板面前便成为弱势的群体"。2005 年 8 月 9 日《新京报》重点推出了这首反映农民工艰难打工生涯的万行长诗《南方行吟》，这也是《新京报》开辟诗歌栏目以来首次用全版推荐一位诗人。打工诗歌的出现，显然不是诗人为了诗歌而进行的实验之作、先锋之作，而是诗人在坎坷的打工生活中呕心沥血的切身体会，它们在语言叙述上的"不够艺术"和思想上的"不够成熟"可能会遭到否定或耻笑，但谁也挡不住它们里面迸发出来的血性的光芒，那是一个个有血有肉的人的诗歌，那是因劣质的生活场景和悲苦的命运所生发的情感细节与心灵的呐喊，而不是在语言、艺术、荷尔蒙、下半身、后现代、与国际接轨等口号下贫血的矫情之作。在田园的远逝与城市的冷漠中，在历史的缠绕与环境的错谬中，在积郁满腹的烦恼苦痛与无法表达的失语状态中，那被忽视的人群，那被抛弃的人群，那被践踏的人群，那被剥夺的人群，那被侮辱的人群，那被伤害的人群，那无望无告的人群，对于他们来说，生活就意味着忍受生活的侮蔑，生活就意味着痛苦，生活就是挣扎。他们是生活在自己祖国的"难民"，他们的命运是现代化进程中最不义之事。对他们造成伤害的往往不只是某些个人的行为或无行动，更是社会的无行动。马丁·路德·金说过："造成我们时代最大的罪恶的是大多数人的袖手旁观，而不是少数人的残暴。"不能保护弱者不受伤害的社会，不是好社会。"机器轰鸣声穿过白天／和黑夜／他们已经麻木／常常将黑夜当成白天／把白天当成黑夜／被机器操纵的手／已离开了他们的身体"（张守刚《在工厂》）。"血　工伤事故／有人断了手指／有人不见了脚／呻吟是没有用的／你们要抬起头来／用法律作为武器／保护自己／将老板被狗吃掉的良心／揪出来／还大家公理"（张守刚《工伤》）。"他多次被炒／只因太懂《劳动法》／老板需要的是／能干活但不知道维护自己合法权益的人／小草有小草的尊严／而有了尊严／就只能像小草一样睡露天了"（张绍民《被炒》）。这些诗歌是对残酷处境中本真命运的体验和书写，我们从中能深刻地感受到作为社会最底层的打工诗人在叙述背后的强烈愤怒。每一次报端披露的民工伤害事件，都能激起社会一阵隐隐的震动和不安。面对如肉在刀俎间挣扎翻滚的打工仔、打工妹们的不公待遇，面对打工妹疲惫的身影，善良的人们都会毫不吝啬地表露出恻隐之心，而诗人更会确认并坚持自己的"正义冲动"，他们的"稿纸是块海绵　轻轻擦去／一个时代眼角　饱满的泪水"（许强《乡愁》）。打工诗人内心的焦灼、凄凉与痛楚，让人想起里尔克近乎哀叹的歌咏，"这世上，有谁正无缘无故地哭"，"这世上，有谁正无缘无故地死"，"这世上，有谁正无缘无故地走，走向我"。这就是当下中国都市民间生活中的真实一面，尽管真实得让人有点不知所措，有些羞愧不安。"许多躺在南中国这块砧板上的虚弱的词语／被一个时代的笔捉住……／几千万悄然流逝的青春冲击成了　珠江三角洲／灯火辉煌的现代文明／……我的兄弟姐妹　一个时代的苦和痛／有谁能够言喻……／许多的文字像血一样从一个时代的伤口／破闸而出／我的笔尖舔着浓重的腥气"（许强《为几千万打工者立碑》）。"拥塞在工业区标准厂房的秘密车间／多年的打工生活熬成大龄青年"（庞清明《日子：打工》）。"南方是舞台，南方是陷阱，南方是战场，南方是熔炉／南方是砧板，南方是迷阵／……谁又能轻易把自己的来路和去向说清"（刘大程《南方行吟》）。"此夜凌晨三点／是连续通宵的第五个夜晚／窗外工厂大门外／偷睡的两条狼狗／格外让我布满血丝的／昏

昏欲睡的眼睛 / 涨起无奈的羡慕 / 我身边的一冲床岗位上 / 自从他半个月前倒了下去 / 直至如今空缺着无人顶替"（刘付云《通宵》）。再卑微也要有尊严，再贫贱也要自由地表达意志，再羸弱也要拒绝那些强加于己的东西。打工诗人的写作是完成内心道义的自我反省与确证。民工面临着经济吸纳和社会拒绝的悖论性生存处境，而对这种先天的社会不公，从他们进入城市的那一刻起，就必须无条件地表示默认，并同样默默地遵守着。他们和城市的距离感如同黑暗与光明之间的反差那么遥远。遁入自我的阴影心态使得打工者的边缘地位愈来愈明显地突兀起来。它在警醒世人的同时，也使得打工者更加无奈和消沉起来。于是诗人们在跨越阴影意识或者宣泄阴影意识的同时，还更多地表现在对社会的抗争和寻求世界的认同及理解上。阴影是任何一件事物都无法掩藏的根本属性，有如孙大圣那根仓皇之中竖在庙宇后边的尾巴；阴影也为诗人们提供了认识时代生活的另一个特殊角度。"自从那天 / 踏上了南行的列车 / 单调而沉重的生活便 / 常常让我忌恨阳光的辉煌后面 / 是否还隐有张悲哀难堪的面庞 / 于是每天下班之后 / 总不忘去审视那株年青的枫叶树 / 是否已罩上了忧郁的额纹 / 而疲惫不堪 / 拥有阳光的日子 / 并不多见 ……"（卢杨林《南行的忧郁》）。在阳光的辉煌后面，在阴影中，打工诗人"必须睁圆眼睛"，在自己的位置上思考和书写。他们深入挖掘和揭示日常生活与真实生命中到处藏匿的黑暗，从而重构我们的时代、我们的经验和我们的公共空间。这是诗歌天然应该具备的、仅仅属于诗歌的角度，它让我们听到了来自心灵黑暗的在场者的声音：

每天都有一批打工妹 / 经过化验确诊后 / 进行痛苦的人流术 // 刚刚发育的子宫胚胎 / 被器械粗暴地捣毁…… / 我早已离开化验师的岗位 / 但我仍可化验出 / 这个时代所怀有的怪胎（薛广明《化验师日记》）

打工仔杨平曹连成 / 下了班 / 为台湾老板做金饰活 / 十八岁的人，很瘦 / 他俩自信在这时的薪水 / 有钱才更小心地花 // 回到宿舍时间还早 / 他俩相互踩一踩酸痛的背 / 晚上就可少花点钱 / 洗个头，和湘妹聊会天 / 回到床上再听听"夜空不寂寞" / 有时在身体里奔驰一番自己 / 这样过一天 他们知足 / 有时还感到生活奢侈了点 // 这时杨平想起同女孩的一次失败 / 就说背上的力气不够 / 曹连成也想起有一次时间太快 / 没有好好把握（那次有点怪杨平）/ 曹就用手反推着上铺使劲 / 只听到杨的身体里脆响一声 / 杨一声惨叫，昏死过去 / 医院证明由于受到外力冲击 / 中枢神经受损 / 致使杨平腰部以下瘫痪 / 受到诉讼及经济赔偿的影响 / 曹带着单薄的身体 / 五天后失踪在 / 一个无人接听的电话号码里（王

顺健《打工仔杨平，曹连成》）

　　对于任何一个时代来说，人们其实都倾向于诉说"好的方面"（比如美好、愉悦、光明等）。和"好的方面"比起来，毋庸置疑，"痛"是低矮的事物，是阴影，是细微的、隐藏在一个显在时代底部的"怪胎"。打工诗人的自身处境，决定了他们向"痛"鞠躬、问好以及对它的抚摸是有道理的。《打工仔杨平，曹连成》写的是打工生活的"变形记"和变形后的具体形态，王顺健凭借语言的张力传达了最普通卑微的打工一族生命内存的痛感。"因为痛／所以痛／为了痛／所以写"（张守刚《疼痛的诗写》）。诗歌是一小部分人对时代之"痛"的理解和同情。痛是活着的证明。不仅如此，在某种意义上来说，在这个社会被残酷地撕裂成为贫富两极的时代，在这个麻木不仁的时代，痛就是良知的证明，痛就是人性的证明。打工诗人罗德远的那首《蚯蚓兄弟》让人感受深刻："从泥土到泥土　季节的深处／人们采集着泪水和血液……／家乡好比一个瘦女人／让人失去想象／唯有你　蚯蚓兄弟／　腰酸背痛地跋涉　在我的梦中打洞／我写诗的手指忽然疼痛"。在打工生活中，众多的打工兄弟姐妹们采集到的是泪水和血液，是远离故土孤苦无依的痛楚，是无缘无故让人挤压的不幸，是几声咒骂的委屈，更多的是有许多不平在心中却无法诉说的愤怒。"一片咳嗽跌落的声音／比嗓音轻　比尘埃重／叫嚣的烟尘／顺着一脉呼吸遁入肺叶／沉淀成我们多年后的病痛／／能喊亮秋风的打磨工／能掏出火焰的打磨工／在人生的转弯处／却没法镀亮内心的黑暗／泪水留给生活的湿度／让一地冬麦生锈／而难产的幸福／迟迟不来"（黄吉文《打磨工》）。黑暗比光明更重，出于这个原因，黑暗只能沉落于光明的底部。中国许多要命的事情恰恰就发生在暗处。在这里，打工诗人不惜以缩小自己来试图进入他们眼中的显在时代和建立他们需要与渴求的隐在时代，他们要"化验出这个时代所怀有的怪胎"："你看这钢铁的森林里／多么肮脏　每个角落都堆着文明的垃圾"（卢卫平《降落在城里的雪》）。"让我临走前对这座城市／只剩下呕吐　我会舒服些"（卢卫平《挂念一座城市》）。一个诗人不会带给我们任何真理，如果他没有在他的诗歌中为我们引见那些有问题的、痛苦的、无序的、丑陋的东西。至此，我们可以问一问了，为什么波德莱尔要把自己的全部诗才毫无保留地奉献给正在腐烂的"美人"、丑陋的"妓女"、无聊的"小丑"等诸如此类的"外部的黑暗"呢？据说，初学美术的人最难画好的不是静物，而是和静物如影随形的阴影，例如它的形状、它的比例、它的颜色深浅等。情况倒很可能是，波德莱尔终于理解了，时代的阴影才是一个时代中人最容易忘记和最难捉摸的东西——光明的大时代（显在时代）肯定会有阴影，除非它没有光明。而记录它、陈述它，把它摆在一贯具有健忘癖的人们面前，无疑是诗人的天职。

作为"小时代"的记录者，打工诗人写下的打工诗歌是最真实的诗歌，表现出他们那种原生态的本能的记叙习惯和思维方式。打工诗人写作对当代诗歌的一个重要贡献就在于它重新确定了诗歌与诗人生存境遇的关系，广阔地反映了一个"小时代"的生存现实，揭示了一个特殊社会群体的精神特征和内在焦虑。

他十九岁死于一场疾病／十八岁外出打工／十七岁骑着自行车进过一趟城／十六岁打谷场上看过一次，发生在深圳的电影／十五岁面包吃到了是在一场梦中／十四岁到十岁／十岁至两岁，他倒退着忧伤地走着／由少年变成了儿童／到一岁那年，当他在我们镇的上河埠村出生／他父亲就活了过来／活在人民公社的食堂里／走路的样子就像一个烧开水的临时工（江非《时间简史》）

和我一起上车的／是两个扛蛇皮口袋的民工／他们叼着劣质的香烟／把蛇皮口袋重重一放／中巴车就大大咧咧开动起来／／两个民工说着稔熟的四川话／"搞个锤子，又要找厂／比换鞋还要勤"／"狗日的老板，两百块钱押金／也不还给我"／许多奔波的无奈／在粗俗的谈吐中／化着唾沫星子飞出窗外／／此刻 中巴车正颠簸在一个／叫作雍陌的小村／隐约听到工业厂房里／机器轰鸣的声音／几家厂门口／蹲着或站着一些垂头丧气的人／他们油腻的行李卷儿／像一只只疲惫不堪的狗／躺在一旁／两个四川民工不知什么时候睡着了／他们黝黑的脸掩饰不住疲劳／卷毛司机一阵破嗓大喊之后／他们才惊慌地下去／这是板芙 他们的又一个漂泊／从坦洲到中山／要经过好几个村镇／我改掉了从前上车睡觉的习惯（张守刚《从坦洲到中山》）

那些女孩子总爱站在那里／用一块钱买一根一尺长的甘蔗／她们看着卖甘蔗的人将皮削掉／（那动作麻利得很）／她们将一枚镍币或两张皱巴巴的五毛，递过去／她们接过甘蔗嚼起来／她们就站在那里／说起闲话／将嚼过的甘蔗渣吐在身边／她们说燕子昨天辞工了／"她爸给她找了个对象，叫她回呢"／"才不是，燕子说她在一家发廊找到／一份轻松活"／"不会的，燕子才不会呢……"／／在南方／可爱的打工妹像甘蔗一样／遍地生长／她们咀嚼自己／品尝一点甜味／然后将自己随意 吐在路边（谢湘南《吃甘蔗》）

一种接近生活原态的写作，把底层生命的真实存在不加修饰地传达出来。

在这种没有奇迹、没有感人情节的故事之中，生活如水一样流淌，无声无息，优秀的打工诗人们却使它们肆意进入诗篇，并且被当作更高的真实来表现。

打工诗人以他们富于原创性的文本向我们展示了写作的另一种空间。在一个文字可以淹没人的时代里，我们反而很难遇到真正纯粹的文字。我不知道，打工诗歌，那些在打工群落里生长的词，那些带有内伤瘢痕的文字，算不算纯粹，但至少与潮涌般的另一种文字构成了明显的分野。面对它，你显然感受到一种震颤性的体验。打工诗人，像在底层布下的嗡嗡作响的"精神地震仪"，深入个体中交叉、纠缠、反对、怨恨、郁结的部分，想为我们所处的看似底层的生活留下一份真实的声音与文字的见证。

原载《天涯》2006 年第 2 期

"我们并不沉默，只是没有人倾听"

郭珊

　　该我们出场了／一个时代已经翻开了崭新的一页／我的兄弟姐妹们已沉默得太久／内心的鼓声震天动地／让我们自己 给自己灯光／让我们自己 给自己舞台／筑一座精神的炬台吧／让一种光芒照耀或缝补／我们内心的千疮百孔／不管你是在汗流浃背的车间或是在无处栖身的街头／有一种声音在为你们鼓掌／有无数真挚的文字在为你们撞响生命的洪钟

——许强《为几千万打工者立碑》

　　1980年代以来，伴随着"东西南北中，发财到广东"，一个庞大的外来务工群体蜂拥至珠三角，反映打工者颠沛流离的人生经历及其思想感情的打工文学也因此在广东应运而生。

　　二十年来，不知有多少业余写作的打工者始终怀抱清贫的文学理想，借文字的温暖熨帖心灵，借书写的力量为漂泊的青春作证，为自己也为他人树立一面与命运抗争的旗帜。如今，在深圳南山、宝安、龙华等地，东莞的大岭山、石龙等镇，打工作家聚居成为广东文学界富有特色的景观。而他们中的佼佼者，如郑小琼、王十月、何真宗、柳冬妩、许强、罗德远、徐非、刘大程等，频频获得国家级大奖，震动文坛。著名评论家李敬泽称他们的写作"已经不仅仅是社会学意义上的反映底层生活的写作，他们从身体上和心灵上与时代发生非常复杂和剧烈的对话，作品很有张力"。

　　他们通过细腻幽微的生命体验和感悟，为我们反思现代工业制度提供了个人例证。

"究竟有多少评论家读过我们的作品？"

　　面对蜂拥而来、日追夜逐的媒体，郑小琼坐在去往增城的汽车上，声音疲急地推辞采访："我真的好累，我还要跑业务，手机又欠费了。"

荣誉和光环仿佛是哐当一声"砸"在她的头上。如果不是站在人民文学奖的领奖台上，这个二十七岁的四川打工妹，穿着半旧碎花短袖衣、料子长裤、黑布鞋，看起来"和北京家政市场上的小保姆没区别"。领奖那天，她却赢得了最多掌声。

在这之前，郑小琼的作品就已经获得过全国诗歌散文大赛一等奖等多个奖项。在东莞政府和作协的扶持下，她出了两本诗集，还开过作品研讨会。此次获得人民文学奖，被评论界认为"是打工文学受主流认可的最高荣誉"。

郑小琼在生活中依然是一个倒霉的业务员：她在博客上一边贴着诗，一边兜售那些无人问津的五金产品，上半年一单生意都没有做成，倒贴了三千块，害怕耽误工作被老板"踢人"，她谢绝了央视"新闻会客厅"的采访邀请。她放弃了专职写作的机会，因为她觉得"还需要保持这种在场感，一种底层打工者在这个城市的耻辱感，这种耻辱感让我不会麻木"。

"如果不是郑小琼的获奖，会有多少人来关心打工文学呢？"郑小琼的朋友、诗人罗德远说。一个郑小琼的背后，是无数为血泪交加的打工生活、内心的千疮百孔写下注释的人。仅在清远《飞霞》杂志当编辑的三年间，罗德远就记录下多达四千个来稿的打工朋友的地址！"我们并不沉默，只是没人倾听。"

就在上个月，罗德远和朋友们凑钱出了一本《中国打工诗歌精选（1985—2005）》，这是一本囊括了二十年来自底层催人泪下的呐喊，寄托着无数人用文字照亮现实的梦想的诗集。五百页书中到处是"卖猪仔"、暂住证、打白条、北妹、试用期、打卡、加班、失业、火车票、冲压车床、流水线、饥饿、歧视、疼痛、羞辱、孤独这样冰冷无情的词语……"在子夜里没有流过泪的人，不是真正的打工者"，诗人许强这么说。

"究竟有多少所谓的评论家读过我们的作品？"罗德远有些激动地表示，外界对郑小琼的身份的关心，远远多于对其文本的关心，"这种事从二十年前就开始了。这是打工文学最大的尴尬和遗憾。"

"五个火枪手"中的"激励女王"

什么是打工文学？广东教育杂志社张一文在其论文中给出了这样一个定义：就狭义而言，特指自 1980 年代中期以来，由农村或者落后省份转移流动到发达地区谋生的打工者创作的，反映打工者这一社会群体生活的文学作品，包括小说、诗歌、散文、报告文学、剧本等各类文学体裁。张一文说："打工文学作品,是中国传统的'悯农'文学的老树新花,是全球语境下世界移民文学的中国样本。"

最早开始关注打工文学的深圳市文联副主席杨宏海,将打工文学大致分为三个阶段:第一阶段是1980年代至1994年,深圳《特区文学》杂志率先发表打工文学作品,以安子《青春驿站——深圳打工妹写真》为代表的一批作品引起全国轰动;第二阶段是1995年至2000年,打工文学作品在市场化的同时陷入低潮;第三阶段是2000年后,尤其是共青团中央设立进城务工青年"鲲鹏文学奖",标志着打工文学向纯文学回归,开始进入主流视野。

杨宏海把打工文学形容为"文明转换的一串脚印"。在这些"走出了乡村,走不进城市","白天是机器人,晚上是木头人"的外来工身上,既有传统农民在政治上的失语,文化资源占有稀少,无力争取权利等弱势群体的特征,又遭受到市场经济的挤迫,城乡差异触发了强烈的错位感和道德体系的颠覆,情感诉说的需求一直遭到压抑和漠视。在深圳当年"三资"企业的打工歌谣中,有一首唱道:"一早起床,两腿齐飞,三洋打工,四海为家,五点下班,六步晕眩,七滴眼泪,八把鼻涕,九(久)做下去,十(实)会死亡。"杨宏海感叹,这是非常真实的打工文学的原型。

第一代打工文学,因为其作品大多鞭笞生活的不合理,控诉打工生活的苦难、谋生的艰辛而被称为"攻打文学"。第一代作家中,最有成就的五人安子、周崇贤、张伟明、林坚、黎志扬被研究者称为"五个火枪手"。其中安子已经成为深圳人心目中"白手打天下"的传奇女性,如今她不仅是一位拥有四间公司、上万名员工的老板,还曾在电台主持节目,写了多本励志书籍,四处演讲,被打工同胞称为"激励女王"。

关于她最"神"的传闻是,1994年岁末,深圳市福田区一家玩具厂老板拖欠工人工资,愤怒的打工者声称要到市政府去讨个说法。这时,安子赶到了,只说了一声"一切有安子姐做主",就平息了一场不大不小的骚乱。

"鲲鹏派"的横空出世

2005年,共青团中央设立了专门针对进城务工青年的"鲲鹏文学奖",这是打工文学的第一个全国性大奖,也是打工文学走向全国的一个里程碑。在此之前,打工文学经历了将近十年的市场化道路,在这个阶段,电视剧《外来妹》及其主题歌《我不想说》红遍大江南北的同时，书商们也看中了打工文学这块"肥肉"，很多打着打工文学之名的报刊、图书纷纷出笼，贩卖的却都是"二奶""三陪"、打打杀杀、充满情色和暴力的低俗故事。这种生编硬造的"纪实作品"在一定程度上丑化了打工者的形象，也直接毒害了打工文学。

即使排除那些人为包装、炒作的因素，这一时期的作品仍然难以让人满意。相比后来第三阶段出现大量文学性更强的诗歌、散文，第一、第二阶段以纪实类文学和小说为主，主要讲述打工者艰难的生活遭遇、情感纠缠等内容。题材的严重重复、表现方式的单一、文学性的匮乏等，容易令读者厌倦。有很多作品仍局限在宣泄命运艰难的层面上。与此同时，第一代成名的打工作家由于各种原因逐渐离开，年轻一代当中又有许多人迫于生活压力逐渐放弃写作，打工文学阵营出现青黄不接的现象。

广东省文艺批评家协会主席蒋述卓将前期打工文学与1980年代"伤痕文学""大墙文学"相比较，指出"当前文学的底层意识主要不在于反思对底层人物造成伤害的社会原因和人性原因，而是着重在对现实生存境遇的描述，因此表现出来的人道主义关怀更多地着重在'切近'而不在'反思'"。

包括张一文在内的许多研究者，把2000年后新一代打工文学代表作者称作"鲲鹏派"，其中包括在首届鲲鹏文学奖中获得报告文学一等奖的《深圳有大爱》的作者王十月、获得诗歌一等奖的《纪念碑》的作者何真宗等。

研究者认为，以王十月、何真宗为代表的新一代打工作家，整体素质起点更高。他们有意识地吸收先锋派等纯文学流派的特点，用训练有素的目光去审视生活中的贫穷、卑微、枯燥和乏味，作品中的意境更加高远，文字也开始展露出沉稳、大气和多样性。正如诗人孙海涛所言：真正苦难的人，不会叫喊苦难，真正的诗也不会贩卖苦难。

2007年6月初，《人民文学》副主编李敬泽点评东莞市首个纯文学奖"荷花文学奖"获奖作品时热情地指出："他们已经远非传统'打工文学'的范畴，他们能够与全国主流文学、纯文学圈对话，并占有一席之地！"

生存与文学之惑

深圳经济特区建立二十周年时（2000年），深圳召开了全国首次大规模、高规格的"大写的二十年·打工文学研讨会"。2004年，国内最早的打工文学杂志《打工族》（原名《外来工》）宣布回归纯文学道路。这些均被视为第三阶段"打工文学向纯文学回归"的标志性事件。

针对广东打工文学近年来的变化，蒋述卓指出，随着东莞等城市开始取消城乡户口差别，经过城市生活的洗礼，农民工也树立了与城市人共同的现代观念。第一代打工文学中，像周崇贤《漫无依泊》中那种形影不离的焦虑感、漂泊感、思乡感、无法成为城市主人的心痛感，正在现实中逐渐融化。如林坚《流浪者的舞蹈》等小说，不同程度地写出了无论外来打工者还是本地人，都必须参与到奋斗拼搏的竞争中去，"过客"心理、"边缘人"心理正在逐渐改变。

在打工文学内部，分歧、探讨一刻没有停止过。当罗德远等作者强调"打工者"的"身份认同"时，长诗《南方行吟》作者、诗人刘大程表示不接受，他称："（打工诗人）这个称谓一方面不计个体差别地把整个打工群落的诗歌写作与其他诗歌写作区分开来，一方面也为我们整个群落的写作招来了歧视、轻蔑和误解。"另外，迟子建的《世界上所有的夜晚》、盛可以的《北妹》等作品属于"知识分子写作"还是"打工文学"，至今仍无定论。

让评论家们感到忧心的是，仍然有很多作者为生存发愁。广东省作协副主席吕雷就指出，深圳"三十一区"的一些打工作家因为"靠稿子吃饭"，"高级刊物稿酬低"的现象，使得其来不及修改作品和提高稿件质量，就匆匆发给一些档次不高但稿酬优厚的通俗刊物，从而"无法向文学界更高、更核心的层面进军"。

对于一部分已经开始崭露头角的作者（例如郑小琼）来说，却遭遇了另一种指责：部分读者认为其作品实验性太强，太晦涩，让人"看不懂"，有"脱离群众"的倾向。坚持忠于内心的表达方式，还是兼顾群体的情感诉求，已经成为作者无法逃避的难题。

但无论如何，不论这些年轻人将来是否有志于进入"主流文坛"，作家陆天明的一番话或许都有借鉴意义——不要受现代文坛浮躁和极端个人化倾向的影响，不要只为个人的苦难而写作："当你拿起笔的时候，你就是一个作家，你要告诉全世界，你想怎么活，你认为中国应该怎么活。"

打工文学观点对对碰

"打工"，这是个怎样的名字？

《打工诗人》发起人之一、诗人罗德远： 如何界定一个作品是不是打工文学，作者的身份认同很重要。"打工"两字曾经让我们遭到了多少蔑视！但我从来不会忌讳自己是个打工文学作家。

打工者记录的颠沛流离的命运，谋生生涯中接踵而来的苦难和抗争，曾感动过许许多多同在异乡寻梦的朋友，共鸣感是打工文学先天的诉求。

所以我一直倾向于认定，即使并不是只有真的从流水线上走出来的作者，才有资格去表达打工一族的存在、命运和处境，但其他人写的以打工生活为题材的作品，其观察、审视的视角也应该是和打工者平视的，不能高高在上。比如孙惠芬写的《民工》，我就永远不会在作品中使用"民工"这样的称呼，我深深知道这个字眼包含着怎样侮辱的意味。

诗人、评论家柳冬妩： 我坚持认为不能因为我们写的是打工生活，就把我们定义成只能写这种内容的作者。每个作者对诗歌、文学的界定和看法都不一样，我觉得"打工诗人""打工文学作者"这种身份和概念并不重要，很多时候这只是一个为了方便研究、方便传达和交流而临时命名的"名字"。

但我相信，所有的艺术都是"反命名"的，因为艺术的关键是它的内在性，真正的诗人始终只为自己的内心写作，而不是去"代表"谁。就像巴尔扎克和雨果，一个是贵族，一个是穷光蛋，但同样把人性剖析到相当的深度，其作品都包含着作家强烈的人道主义关怀。

"打工文学"只有社会价值，技巧相对粗糙吗？

《南方行吟》作者、诗人刘大程： 如果我们的生活只能用诗来反映，那是一种悲哀。我也不知道诗歌的声音究竟能有多少人听见，但作为写作者，我只能不伪饰、不夸张、实事求是，写自己和周围人的生活。即使很难改变什么，只要能够写进一个普通人的心里去，能引起打工者的共鸣，足矣。

我也写过一些让人"看不懂"的诗歌，这样做只是想证明我了解这些诗歌技巧。但我认为，这样做没什么意思。面对时代的变迁和生命的痛楚，诗歌可以有所作为。

打工文学获奖者（不想公开姓名）：题材、概念，这些都只是表象，并不重要，文学本身具有穿越性，真正的写作也就是一个穿越的过程。你对文学是关注作品本身，还是它头顶上的帽子？如果考虑太多概念之类的东西，会让自己无法写作。我对打工文学只有一句话，让文学归于文学本身，不要把一些额外的东西加上去了。

至于"读不读得懂"的问题，我觉得作者应该面对真实的内心，为自己表达而写作，而不是迎合读者。如果中国的新诗还停留在胡适时期的那个时间点上，会是什么概念？打工文学不能一直停留在起源阶段，一定要发展，如果不发展，一定是畸形儿。

"打工文学"只是阶段文学吗？文学史上会如何定位？

广东省文艺批评家协会主席蒋述卓：打工是城市产物，是改革开放后重要的都市景观。打工生活正是中国农民从农村走向城市、从农业文明向工业文明或后工业文明过渡的一座桥梁。同样，打工文学也是一种过渡文学。打工文学的概念，再过二三十年，伴随着中国城市化进程发展到一个相对稳定的阶段，或许就会逐渐被人淡忘，或转为新都市文学的一个分支。打工文学中经常充满着对身份的追问，因为是进城打工，他们非常清楚自己的位置是移动的、漂泊的，他们一直觉得自己是被边缘化的。随着他们生活的改变，从"这个城市不是我的"到"我是城市的主人"，这个心理角色的转变会在很大程度上扭转打工文学作者的创作基调。

广东省作协副主席吕雷：现在就讨论打工文学在文学史上是否占据了一定地位，我看还言之尚早。到目前为止，虽然广东的打工文学获得了很多国家级大奖，但仍缺乏里程碑式的作品。它们要发展，必须要跳出叙写个人命运的框架，大胆深入剖析人性，勇于把握时代脉搏。

原载《南方日报》2007 年 6 月 17 日

打工诗歌：为漂泊的青春作证

罗德远

我们的宣言：

打工诗人——一个特殊时代的歌者；

打工诗歌——与命运抗争的一面旗帜！

我们的心愿：

用苦难的青春写下真实与梦想，

为漂泊的青春作证！

——《打工诗人》刊首语

在中国南方珠三角、长三角等沿海地区，有这样一群普通而又特殊的打工者——他们普通，是因为他们与许多打工者一样，饱尝了打工生活的苦辣酸咸，有着颠沛流离的人生；他们特殊，是因为他们始终怀抱美好的理想，跋涉途中借文字的温暖照亮心灵，用漂泊的青春抒写梦想、吟唱生活，为千百万打工者树立了一面与命运抗争的旗帜……

他们打工，他们写诗，一个独特的称谓很能表明他们的特殊身份——打工诗人。

长期以来，由于生存环境的流动性及其他因素使然，打工诗人们的作品零星地出现在一些反映打工生活的期刊上，未能产生其应有的影响。直到2001年夏天，许强、罗德远、任明友、徐非四位打工诗人自费创办了全国第一份打工诗歌报《打工诗人》，随后不断有曾文广、沈岳明、许岚、张守刚、家禾、黄吉文、李明亮等加入《打工诗人》编委。《打工诗人》的诞生，更印证了这一特殊时代的历史使命。它更像一面巨大的精神旗帜，在中国南方的上空徐徐飘扬！将全国各地的打工诗人们迅速聚集在同一面诗歌的大旗之下，他们才有了共振般的齐声呐喊……一群关注时代，关注打工者生存命运的打工诗人，他们义无反顾地用人格和精神力量为我们这个时代举起了与命运抗争的一面旗帜，为中国打工时代这一特定的文化现象留下了永不磨灭的文字和记载。

这是一群在流水线上成长起来的打工诗人，因为追求清贫的诗歌梦想，他们所遭受的苦难甚至比一些普通打工者还要多，然而因为有了诗歌精神的照耀，他们远离了迷茫和黑暗……一种沉甸甸的历史责任感和使命感，让他们那干过苦力、经受过磨难的手拿起了笔——那些来自底层催人泪下的呐喊和出自心灵的诉求，曾感动过许许多多同在异乡寻梦的朋友……

对于热爱诗歌的打工读者而言，他们的名字并不陌生：许强、罗德远、徐非、任明友、张守刚、柳冬妩、郑小琼、曾文广、沈岳明、许岚、何真宗、刘大程、家禾、马忠、黄吉文、李明亮、郁金、汪洋、郑建伟、李福登、叶耳、李笙歌、游鱼、刘洪希、冷慰怀、魏先和、谢湘南、李海涛、阿鲁、池沫树、李晃、刘付云、尹宏灯、赵大海、李长空、黄世钊、陶天财、李斌平、王晓忠、杨长发、陈忠村、楚中剑、罗占勇、陈传贵、戈桑、宋世安、孙海涛、秦锦屏、黄荣东、程鹏、蓝紫、赵亚东、蔡佐军、唐以洪、熊禹、陈方、王泓淦、李洁羽、郝茂军、何正坤、聂时珍、陈松耿、张坚、郑东、许礼荣、雨晓荷、董书明、刘世军、陈永安、孙久万、曹月芬、徐晟……如果按地域划分的话，他们分别来自四川、湖南、安徽、湖北、重庆等全国近三十个省、自治区、直辖市。

打工路上，他们走过怎样的历程？他们又是为着一个什么样的目的和信念聚集在同一面旗帜下呢？

被命运所推 / 我们的走动 / 改变了路的形状 / 铁栏与我们构不成秩序 / 胀裂的背包泄露出 / 无数有声有色的遭遇……在异乡 / 我们注定是一群睁眼的瞎子 / 反复推敲人生占卜命运 / 所有的去向都是试探 / 移动的脚不得不小心翼翼 / 生命的岔路上 / 总会生出某种开始某种结局

——柳冬妩《盲流》

时间回溯到 1993 年。

其实在 1993 年之前，他们中的一些人就有了或长或短的外出谋生历程和写诗经历，但真正踏上南方打工和有意识创作打工诗歌的道路，则是从 1993 年开始。于是乎，1993 年便有了一定的特殊意义。

这一年的正月初八，怀揣梦想的徐非离开川南乡村南下，开始他的淘金历程。选择这一天出门，是因为信奉乡村风俗"逢八必发"图个吉利。但他没料到，始于这天的行程却是他噩梦的开始。乘坐的那列从成都发出的火车于深夜十二点到达终点站广州，出了流花车站步行至火车站广场一僻静处，徐非即被七八名彪形大汉团团围住："兄弟，广东不是好混的，识相的，把钱交出来……"他们边说边用手来抓徐非的旅行包。想到包里有自己的证件、发表作品样报、仅有的一百多元钱及衣物等，徐非猛地挣脱包围跟踉狂奔！歹徒因此更认定包里有"货"，随后穷追不舍。徐非恍若惊弓之鸟，不慎闯入一条死胡同，眼见情势危急，他摸黑爬上一幢住宅楼的二楼阳台藏身……此时，近听有嘈杂人声渐近，远闻似有警笛划破夜空，徐非的神经到了崩溃的边缘，广州在他眼里已是刀光剑影恐怖丛生！最终，在奔跑中丢失提包的徐非由于惊吓过度，躲在一间废弃木材的旧仓库内不敢出来，夜晚与老鼠蚊虫相伴，每日靠水龙头滴下的水充饥，度过了他生命中最难忘的六天六夜！

徐非此行的目的地是惠州，可由于丢失朋友的电话号码，已无法联系到惠州的朋友。后来想起有个文友在中山打工，身无分文的徐非决定舍远求近，于是一路靠捡拾甘蔗香蕉果腹，硬是凭着一股坚强的毅力，徒步三天三夜从广州到达中山。

土家族的任明友初出家门的运气要好一些，但这好运却有如"昙花一现"。3月4日，年仅十七岁的他离开家乡重庆酉阳那个"三不通"——"不通电、不通路、不通水"的落后小村，来到南海丹灶镇后顺利地进了一间表业厂。由于工作努力，任明友很快成了厂里最年轻的生产组长。4月中旬的一天，他去总经理室送报表时，没有先敲门便闯进总经理办公室，结果遭遇了一件不大不小的尴尬事：瞧见总经理正搂着一名女职员亲热！于是任明友倒霉而荒谬地失业了。然而，更为荒谬的事情还在后头：失业后的任明友背着一背包书籍去顺德一个叫勒流的小镇找他打工的大哥，途中遇上警察的盘查。警察认定他是不久前偷了别人影碟机的盗贼，将他团团围住，可打开背包一看，里面的东西让他们很是失望，恼羞成怒之下，他们以任明友买的书没有发票为由将他收容了。几天后，得到消息的大哥赶来，花了一百八十元才把任明友赎了出来。后来的好长一段时间，偶尔在报刊亭买份报纸，任明友都会神经兮兮地要对方给他一张收据什么的。

罗德远则是在1993年秋天来到南方的。罗德远与徐非同是四川泸县百和镇的青年农民，只是不同村而已。在此之前，罗德远与徐非等热爱诗歌的文学青年一道创办了当时泸县较早的农民文学社"荒原星"，他们希冀走出农村的藩篱，去触及更为广阔的世界。因徐非以及许多老乡在惠州打工，罗德远便将惠州作为南下打工的第一站。离川来粤时，二十出头的罗德远是当时泸县最年轻的一名村长，可每月三十元的薪水尚不及打工者一个月的奖金，自然无法让他的生活充满诗情画意。南方没像给徐非那样给罗德远一份"丰厚"的"见面礼"，但也足以让他刻骨铭心：因为有徐非的经历在先，所以罗德远出门时改乘汽车，可谁想到乘坐的汽车一路上抛锚不说，沿途又不断遭遇强吃强喝的黑店！汽车老牛般"喘息"着到达广州，罗德远从广州坐车至惠州的途中又被接连"卖猪仔"——先是在东莞被甩，稍后又在樟木头挨宰，到惠州徐非处，他的囊中所余已不足十元钱。而一路的耽搁，这一程竟然长达五天四夜！

同是 1993 年南下的还有沈岳明和张守刚。那是湘北山区一个大雪纷飞的时节，二十一岁的沈岳明怀揣着父母用一头猪换回的两百元钱上了路。年关迫近，南下打工者都匆匆往家赶，渴望与家人团聚。沈岳明选择此时外出，是因为年前的车不那么拥挤，更重要的是，年后要上涨的几十元车费，对家境贫困的沈岳明而言是一笔不菲的开支啊！重庆云阳的张守刚原本在内地搞汽车配件推销，可那年腊月送货去成都的途中丢失了八千元现金，于是在临近春节时一个白雪皑皑的清晨从故乡落荒而逃……

接着，从西南财大毕业的许强，安徽的柳冬妩，在川北小镇做办公室秘书的许岚，以及大学梦破灭的曾文广等，先后踏上了南方这块陌生的土地……

如果将南方比喻成一条负载千千万万打工者人生的船，他们便是从各自的轨迹或偶然或必然地踏上这艘船，从此命运在这条船上颠簸、沉浮。从 1980 年代中期开始，由于城乡贫富悬殊和沿海的开发，导致内地人口大量涌入南方，各种体制的不健全等因素，导致许多打工者在社会的夹缝中生存，他们外出的遭遇是那样惊人的相似！最初，这些打工诗人毫无选择余地、悄无声息地进入南方，在各自的环境中生存，目的是能继续留在南方或站住脚跟，这就注定了他们颠沛流离的命运并因此磨砺出他们坚忍的意志，他们的谋生生涯和打工诗歌由此烙下苦难和抗争的底色。

青春漂泊的旅途中，苦难总是如影相随，所幸的是，一路走来，诗歌成了他们失意彷徨之际精神上的支撑。

我们是铁骨铮铮的漂泊者 / 高举流浪的旗帜勇往直前 / 我们拒绝诱惑拥有思念 / 我们曾经沉沦我们又奋起 / 我们落寞我们曾悲壮地呼喊 / 我们遭受歧视但我们决不抛弃自己 / 青春的流水线上 / 我们用笔用沉甸甸的责任 / 构筑不朽的打工精神 / 通向我们幸福理想的家园

——罗德远《我们是打工者》

1994 年 11 月底的一天，一辆客车将四川渠县的许强抛在了华灯初上的深圳万丰村。带许强出来的表姐领着他穿过一些肮脏不堪的小巷后，好不容易找到以前熟识的老乡，让许强在那拥挤的出租屋借宿。许强在老乡极不情愿的脸色中熬了两日，直到表姐为他找了月租三十元的楼板通铺。临走时，许强与老乡结算了两天的住宿费、水电费四元钱——这区区四元钱，让许强体会到了什么是世态炎凉！虽说租了房，可那是一间怎样破败不堪的房啊：阴暗窄小且潮湿，楼板上铺张草席就叫床了——许强没想到，他长达两个半月的流浪生活从此拉开序幕。因为临近年关，许多公司不招工，加上许强所学的财会专业在深圳大都由女性从事，所以找工作屡屡碰壁。无奈之下，许强的生活来源只好靠刚进厂的表姐八元、十元地向别人借钱来维持。那些艰难的日子，他每天靠两餐稀粥来安抚肠胃的造反。1994年大年三十，许强今生也无法忘记那一天：他用煤油炉熬稀粥，刚煮到半熟就没有煤油了，摸摸口袋，身无分文，看着别人杀鸡宰鱼一片欢声笑语，他悄然出户。透过小巷的空隙仰望苍穹，许强的心中无比凄凉！他默默踱步到泳辉工业城附近，这时几个衣衫褴褛的乞丐向他乞讨。他们一看便是寻工无着沦落之人，自己虽然西装革履，可谁知他也是腹中空空？一种深深的悲凉感挥之不去……直到七十五天后，许强才结束了那段流浪生涯。之后的1997年，许强再次饱受长期的失业之苦。这些经历，注定使许强的诗歌有了悲壮的底色。于是，许强的"打工诗歌"就在这样的环境和际遇中，在成吨的生活挤压下，从他的笔中发出怒吼。许强的许多打工诗歌是沉重的，它是对本真内心的一种复述或释放。它更多的是在无数次绝境中，以一种灯塔般的拐杖精神或力量无形地支撑着他。当有一天许强开始握笔写诗时，一种沉重的阴影让他无法轻松落笔。诗作《流浪是一块永不愈合的伤疤》真实地记录了他第一次流浪在外的辛酸与无奈："我像游魂一样四处飘荡／走在深圳的土地上／我感到四肢无力／我看见对面一只无家可归的狗正嗅着／命运的骨头／我拖着疲惫的影子／测量流浪的旅途究竟有多远／在子夜里没有流过泪的人／不是真正的打工者"。从此，许强的诗歌中便多了一种大气磅礴和悲天悯人的时代使命感与责任感。

湖南洞口的曾文广因为嗜书如命，南下时行囊里除了两套换洗衣服外，其余竟然全是书，真正称得上是"负笈离乡"了。在东莞长安镇，他遭到打工以来的第一次羞辱：在一间士多店里给他打工的小哥打电话时，由于他是左撇子，从一开始就瞧不起他土气的女店主见他拿电话的姿势不对，一脸恼怒地伸手夺过话筒，"啪"的一声扣在话机上，刻薄地朝他吼道："滚，电话都不会拿！"年仅二十岁的曾文广愤怒得差点将拳头伸到女店主那丑陋的鼻尖上，但他最终忍住了。后来，曾文广进了一间管理混乱的作坊式制衣厂。厂里没日没夜地加班，一种暗无天日的感觉如山般压来。那几个月，他用一种近乎"行为艺术"的方式来发泄心中的苦闷：把头发揉成鸡窝状；在有限的几件T恤上涂抹随兴所想的诗句……这期间，曾文广写了不少诗，可投出去均石沉大海……

难道真的要在这种生活中"一点一点放下自己的青春、理想和尊严吗"？不，不能在毫无意义的忙活中消耗青春！1998年春节，曾文广辞职北上郑州，边打工边就读于郑州大学新闻专业自考大专班，并用有限的稿酬支撑着上完了两年大专。再度南下，曾文广到广州一家医疗保健类杂志社应聘做编辑。由于试用期月工资仅八百元，在消费水平极高的广州根本不够开销，为了节约开支，他甚至很少吃午餐，天气冷了也没有添置一件衣服。尽管曾文广工作卖力，但老板说好的试用期后加工资的承诺却迟迟不兑现，临了还奚落他："每天穿同一件破衣裳，像个穷要饭的！"后来，曾文广在组诗《在异乡的城市生活》中这样记述那段日子的人生况味："那一年的7月1日／一张暂住证／使我与这座城市／有了短暂和合法的同居关系／从一条街走向一条街／身后，失业穷追不舍／我的心态和多年前／那位落魄长安的书生／何其相似……"

安徽的柳冬妩也经历过许多的苦难。1993年，过了端午节，麦子收割完毕，他背起二姐用了两年的牛仔包，坐上了去上海的火车。偌大的上海并没有他的容身之地。在上海最炎热的几个月里，他修过路，推过翻斗车，抬过大石，卸过船。天长日久，一种叫胃溃疡的病在他的身体内部展开了强大攻势，他再也支撑不住自己的几块骨头了。1993年9月的一个深夜，他在上海的凄风苦雨中登上了开往合肥的火车。命运再次把他抛在了人生的十字路口。再坐几个小时汽车便可回到家中，此时，他多么想立即踏上回家的旅途。他捂着还有点疼痛的胃部，归心似箭，但他又不甘心就这样返家，让父母再多一次失望。他提着牛仔包在合肥火车站整整徘徊了一天，仍举棋不定，不知何去何从。天黑时，他狼吞虎咽地吃了两碗面，然后吞下几粒三九胃泰，便买了去广东的火车票。"到广州站了！"有人跟着叫起来。他在站台上站稳脚跟，然后环顾四周，他大吃一惊，只有寥寥几个人下车，站台也非常简陋。这肯定不是广州！下错车了！他大喊一声，但为时已晚，火车已开始启动。等弄清楚下错车的地方叫花县时，他已被晒得眼花缭乱，折腾了两个多小时才找到汽车站。到达广州时，太阳已经落山了，可他的心里仍像着了火。夜里，他搭上了一辆开往东莞大朗镇的中巴车。中巴走走停停，停停走走，半路上又被"卖猪仔"。他把脑袋耷拉在前排座位的椅背上酣睡，半醒之间被一只大手拉了起来，接着被重重地扇了两耳光。他眼前直冒金星，脑袋里嗡嗡作响。面对这无缘无故的两巴掌，他急了，摸着被打的脸，愤怒地盯着眼前的男人。"还看什么看！？买票！"打他的汉子杀猪般"嗷嗷"地叫着，"二十元一人，都要重新买票！"他同时把手中的铁棍晃了又晃，一副杀猪屠夫上阵的模样。9月25日汽车抵达了东莞大朗镇，迎接他的是倾盆大雨。举目无亲，饥饿与疲惫一齐袭来，他漫无目的、头昏眼花地徘徊在大朗镇街头。街头飘来悠悠的面包香味，此时此刻，他的胃开始疼痛地冥想面包。"XX老姆，滚出去！"一声粗暴下流的叱骂把悲痛中的他惊醒。凶神恶煞的门卫走过来，指着他，大声呵斥通缉犯似的驱赶着他。他脱下鞋子，拿出藏在鞋垫底下仅有的二十块钱紧紧攥在手里。他想买点东西吃，二十块钱在手里攥了又攥，还是硬撑着。后来，出租屋里一位好心的老乡把他领进了屋里，并拿衣服给他换了。那天晚上，还有接下来的一个多月里，他都在老乡那里吃住。1993年底，他终于在老乡的帮助下，进了一家刺绣厂做杂工。他平时身上携带一个小笔记本，随时记下生活中闪光的思想火花，撷入诗中。他以"柳冬妩"为笔名源源不断地发表作品，柳冬妩这个名字，很快便在打工部落中传开。

南方对许岚同样没有另眼相待。从四川南充来广州后，由于事先联系好的朋友突然离去，许岚不得不独自走街串巷四处寻工。因他不会粤语，找工连连铩羽而归。渐渐地，囊中羞涩，外出坐公交车时，如果碰上两元票价的，许岚就挥一挥手让它一边去，哪怕等半个小时也要等到一元的车……天桥下的桥洞里留下过他夜宿的体温。一次，为了躲避治安人员夜查，他躲进路旁一间厕所蹲了将近五个小时，由此感受到城市边缘强烈的尿臊味与家乡田野的鸟语花香是如此深切的不同……后来，羸弱的许岚在广州石井找了份拉砖的苦活。环境的恶劣让许岚倍感苍凉，夜晚栖居在山梁的简易工棚里，寒风萧萧凄冷作伴，他写下了南下的第一首诗《流浪南方》："流浪南方／我放纵 我淘金 我赤裸 我流血／语言的刀子深入珠江内心／我只看见浮萍和我的衣衫／一起褴褛天际……"

当压抑、不公、屈辱、迷茫以及不安全感等内伤进入打工者的内心世界，他们没有理由沉默——掩盖不了真诚逼人的光芒和血肉生动的激情，打工者开始用他们粗糙的情和真实的泪抒写他们的生存状态和内心世界。打工诗歌由此初露端倪。这时，打工诗人们虽然大部分还互不相识，却不约而同地选择了用诗歌这一形式来宣泄他们漂泊无依的情怀。

以珠江为背景／给打工者们塑像／塑那些赤脚跋涉的人／塑那些历经风浪的人／塑那些勇敢拼搏的人／塑那些抛洒血汗的人／请给他们塑上头顶烈日的黑发／请给他们塑上珠黑睛亮的眸子／请给他们塑上挥汗如雨的胳膊／请给他们塑上坚强刚毅的表情

——徐非《给打工者塑像》

这首发表在1998年1月《打工族》（原《外来工》）上的《给打工者塑像》，

深圳新文学大系

道出打工者在繁荣南方中起到了不可低估的作用——是的，请历史记住打工者！

而作为打工诗歌的创作者——打工诗人们，如果有一天撰写打工文学史的话，他们同样是浓墨重彩不可抹杀的一笔！他们由最初抒写自己的生存状态和真实情怀，慢慢转至关注社会，关注整个处于弱势的打工群体——这不能不让人将之与著名青年诗人白连春的诗歌《用尽一生努力抠藕的人抠出自己的心》中抠藕的人相比较："抠藕的人在最低的地方劳作，呈现给人们的却是日渐稀少的白和美！"

在这群打工诗人中，张守刚算是对诗歌最为执著的一个。从1989年开始，张守刚去湖北砖厂打过零工，在风沙弥漫的内蒙古煤井下挖过煤，之后到一家汽车配件厂做过冲压工……1990年张守刚在内蒙古挖煤时，有一次，工友们都下班了，剩下他还有一点煤没有装完，一个人在井里，静悄悄的，只听得见前面或后面松动的煤掉下来的沙沙声，无端给人带来一丝恐惧。顶上塌方是最难防的。几天前，一个工友让上方塌下来的石块压断了腰，那惨叫声似乎还在他耳边回荡。突然几粒沙子打在他的安全帽上（这是塌顶的先兆），他心里一紧，一跨步跳到煤墙边，他刚站定，就听到一声巨响，一大方石块塌下来，正好落在他刚才站的地方。好险哪！差点让他一命呜呼，死神擦肩而过！1993年5月16日，做冲压工的张守刚在操作冲床切边的过程中，因冲床失控，切掉了他左手除拇指以外的四个手指头。在长达四小时的手术中，他咬紧牙关，强忍住痛，面目狰狞地看着医生用钢锯锯去骨头。身边照顾他的工友相继晕倒，他们被这残酷的现实吓得不能自己！张守刚一度对生活失去了信心，是文学梦让他重新鼓起了人生的勇气。来南方后，他对文学的热爱更是到了疯狂的地步。他的第一篇散文寄给了当时《佛山文艺》的"华先生有约"并得以发表，这使他有了创作信心。他在所打工的中山坦洲镇南洲皮革厂组织成立了"南海潮文学社"，联合了不少志同道合者。他每隔两个月必有打印的诗歌自选集"出版"，然后寄给珠三角的文朋诗友，其勤奋可见一斑。2001年6月，他的第一部打工诗集《工卡上的日历》由远方出版社出版。翻开那厚重的书页，张守刚再次陷入了沉思……

沈岳明同样是一个为了梦想流浪的文学青年。初来深圳时，沈岳明在一家叫"南园餐厅"的酒店干杀鸡杀鱼倒垃圾的杂活。这项活说起来简单，但如果让你每天连续干十五六个小时，而且在杀鸡的过程中不能损伤表皮，可就不是那么简单的事了。一天下来，沈岳明的一双手已是伤痕累累。尽管如此，他还是没有忘记他的文学梦。1995年，沈岳明在深圳一家玩具厂当仓管，一次快下班时灵感来了，他就趴在桌上写了几行诗，刚好让主管发现，结果以"上班干与工作无关的事"为由，让他尝了一盘"炒鱿鱼"。1996年2月，沈岳明进了东莞厚街一家陶瓷厂当一名流水线工人。打工岁月的磨砺已让他渐渐变得坚强，他的诗歌水平也日趋成熟。在那间厂，沈岳明由一名普工做到了绘彩部主管。可这家台资厂的厂规出奇地森严——这里不但没有星期天，全天二十四小时就只有晚上十点至十一点放行一个小时让员工上街买日用品，并且要开放行条。沈岳明虽然是主管，但并没有什么实际权力，就连开放行条的权力也只有台职经理才有，如果赶不出货来或者出现了产品质量问题，沈岳明却要负主要责任。就是在这种工作环境和压力下，他依然坚持每天写一首诗。

因为文学梦，罗德远付出的也不少。南下之初，罗德远在惠州斜下康惠电子厂做一名普通的仓管，没有人知道他当过村干部，并且还是一名作家。这位修过水电站，做过建筑工人，下过苦力的年轻人早已学会了将悲苦藏在内心深处，然后化作一首首意境优美的诗作。憨直的他很有些百忍成"金"的能耐，在那间大型电视机厂里，他一干就是六年，从普工干到组长、财会、线长和企业报编辑等，还被评为首届五名优秀员工之一，其所付出的艰辛可想而知。当他的诗歌散文到处出现在报刊上时，一位深圳的朋友曾问他是不是不要命了，或者是不是穷疯了——别人哪里知道，在惠州打工的六年间，罗德远从未去看过一场并不奢侈的电影——他把大部分业余时间都用在了读书和写作上！他南下写的第一首打工诗题目叫《打工生涯》，这首小诗刊登在 1994 年 12 月下半月的《佛山文艺》"星梦园打工诗人流行榜"上，因其道出了打工朋友共同的心声，短短一个多月就收到读者的三百多封来信。但谁又知道这首小诗创作背后的一个特别故事呢？那个骤降暴雨的夏夜，十一点下班回到蜗居的出租小屋后，罗德远蓦然有了创作的冲动，一首《打工生涯》诞生了。待罗德远沉沉睡去时，已是子夜一点。凌晨三点多，一位老乡拍了半个小时的门才将酣睡的他叫醒。原来暴雨成灾，房前屋后都积满了水，罗德远住的是斜下中洞村祠堂的土房，水已浸透了土墙，随时会有倒塌的危险！老乡从另一间出租屋跑来看他，见情况紧急便拼命拍门……睡眼蒙眬的罗德远不禁吓出了一身冷汗，起床和老乡涉过齐膝深的水向一个小山丘跑去，身后，传来祠堂房屋轰然的倒塌声……

因为写诗，徐非一度成为"新闻人物"。南下打工近十年，最初徐非的运气很糟糕，足迹遍布珠三角的中山、惠州、深圳等地。徐非的名字为许多打工读者所熟知，缘于一首叫《一位打工妹的征婚启事》的诗。1990 年代初，较早创刊的面对打工一族的综合类刊物《外来工》颇受打工一族的欢迎，其中的诗歌栏目"青春驿站"尤其得到稍有文学素质的打工读者的青睐，许多人将其视为心灵的港湾和精神的家园。谋生途中，当徐非目睹一些女孩怕吃苦怕流汗，拜倒在金钱的脚下，做出了一些令家乡父老伤心的事，而在流水线上的打工妹却在用自己的勤劳和汗水换来几百元的微薄薪水，于是内心有了一种深深的感慨：难道说纯朴的爱情已过时？于是徐非塑造了一名叫阿秀的纯朴女孩，让她成了《一位打工妹的征婚启事》的主角。此诗在 1994 年 9 月的《外来工》刊登后，吸引了大量的眼球。许多人将作者徐非当成了"阿秀"，因刊发时登了地址，短短半年时间他竟收到了三千多封来信！后来，《羊城晚报》记者孙玉红将此事采写成新闻《"征婚诗"引来三千宠爱》，在该报 1996 年 7 月 2 日的二版综合新闻作为头条刊出。一时间，各大传媒如广东卫星广播、《四川文艺报》《今晚报》《作家文摘》等纷纷转载报道。

　　1993 年 8 月，湖南的家禾一个人，一个牛仔包，一件衬衫，一条灰卡其布裤，从老家县城搭火车，一路站到广州。真背时，当他到达东莞樟木头，他姐已出厂不知去向，表哥刚出厂，处境危险，随时可能被治安队抓去。他只好只身到深圳找他的姐夫，与他一起在松岗一家鞋厂做流水线工人。他反应灵活，做事利索，很得上司和老板的赏识。可惜只做了一个月。一天，工厂突击查房，姐夫藏了一双鞋在床底下，被查了出来。姐夫侧到家禾耳边说，老板赏识家禾，肯定不会把他交给治安队，姐夫怕老板把自己交治安队，挨板子。于是姐夫让家禾承认，家禾就承认了。老板不相信家禾偷了鞋，果真没有把他交给治安队，还很有耐心地留他，说如果他愿意，自己是不介意的。家禾当时感觉很丢人，虽然他真的没有偷鞋，但是面子上过不去，怕别人笑话，毕竟他是当着全厂人集合时承认的。他当时就说，他不想做了。他怕老板以后用有色的眼光看他，万一再犯错误，就死定了。因为爱面子，他离开了那家新开的工厂，打包回老家。1996 年 8 月，家禾再次南下。朋友在东莞厚街一家大型制衣厂做仓管员。这次，他把身份证和毕业证全部丢失了。经朋友的介绍，凭身份证复印件，他进了这家制衣厂。他当时做的是熨衣工。那时查暂住证查得特凶，每次失业，都是过着逃亡般的生活，白天找工作，晚上住宿，提心吊胆"打游击"，今晚睡东家，明晚睡西家。一般每家出租屋都住满了老乡，一听到狗叫，大家就四处逃散，爬墙的爬墙，钻床底的钻床底。某晚，他上了房屋楼顶，让老乡把楼顶门上了锁，卷了席子和薄薄的毯子，露宿了一晚，虽没有被查暂住证，但是头发和毯子都湿了。之后，他住过荒山坡、荔枝林、芭蕉林、废坟堆，风餐露宿。到现在，他才感觉身体不太好，可能就是在那时落下来的毛病。写诗成为家禾漂泊的唯一慰藉。

　　李明亮是 1999 年南下深圳打工的。当时他在宝安区石岩镇一家规模较大的台资企业做技术员（也叫机修），几乎每天都要一身油污加班到晚上十点、十一点。有时机器难弄，要到凌晨两三点，甚至天亮。不仅工作时间长（没有周末，个把月的时间才可能遇到休息半天的机会），上班时间更是紧张忙碌，修机架模都有时间要求，写在架模单上挂于机台之上。上厕所小个便也要一路小跑——那些破机器不仅难架模，而且很难保持正常生产。夏天时又闷又热又累，"裤裆都汗湿了"，一点都不假。一个难得的周末下午，他趴在铁架床上一口气写下近百行的打油诗《加班、加班、再加班！》。就是在这家叫作"源进"的台资厂，他以他的理解，尽他所能写了较多的打工题材诗歌。他在知音杂志社《打工》杂志的"打工大诗人"栏目发表了几十首打工诗歌，常多期连发，共收到打工读者上千封来信。作为一个打工者，他更像关注自己一样关注生活在社会底层的人们。2006年，他根据自己的打工经历、所见所闻以及正从事的企业管理工作，撰写的法学论文《当前农民工的生存状态与法制保障》，2006年7月获得由浙江省司法厅、浙江省农业农村厅、浙江省农业和农村工作办公室共同主办的"社会主义新农村法制建设"研讨会优秀论文奖，并被收入论文集。当时他是唯一一名以农民工身份参加在杭州举办的研讨会的。2007年他在浙江省政协主办的《联谊报》上发表评论《关注扶持打工文学 促进社会和谐发展》，呼吁社会关注打工文学，并阐述了打工文学与建设和谐社会的关系。晚上下班踩着高低不平的夜路回到宿舍后，他还要为自己加班——"床头／一截蜡烛／粘在倒扣的饭盆上／黑夜被烧了一个窟窿／／布满眼球的血丝／是一张网／由故土往异乡铺开／将湿淋淋的故事打捞／瘦弱的文字／踏过一张张苍白的工卡／从工友的鼾声中／蹒跚而来／／将心切成两瓣／一半留给夜晚的稿纸／一半交给明天的流水线"。

1997年11月，湖北的黄吉文怀着一腔热血，怀着对美好的向往，在一个同学的召唤下，带着理想，带着文学梦，扒上一列南下广东的火车……他没有毕业证，也没有办身份证，到广东东莞两个月后，不得不到建筑工地上去做工，不管住只管吃饭。白天忙碌一天之后，晚上他常常到东莞火车东站去睡觉，广场上人来人往，谁也不认识谁，也没人管，席天盖地，一张报纸就是一张露天的床。有一次，他到常平镇麦田村的一个小公园去睡，蒙眬中被一伙人拉起来，原来遇到了抢劫的。在搜遍他全身也没找到值钱的东西后，气急败坏的劫匪把他打倒在地，并上来狠命地踢他，鲜血从他的嘴角流了下来……后来他漂泊到了顺德。由于工作难找，他靠小时候跟奶奶学到的做饭本领，买了一辆三轮车，开始了卖早点的生活。每天凌晨四点钟就起来和面、生火、包小笼包、煎油饼。天快亮时就推到工业区工厂门口去卖，很辛苦，但看到每天手中赚来的几十元钱，他还是会满足地微笑。后来他又流落到广州白云区，在一家体育用品厂做一名抛光技工，一做就是三年。工作的环境非常恶劣，当工人们把乌黑的各种金属打磨得像镜子一样光亮时，四散的金属粉尘却沾满他们的身体。有一些金属有毒性，比如铝合金、锌合金、钛合金、黄铜、青铜等，每到夏天，他们的皮肤就会因为腐蚀而大面积溃烂。他在一首诗中写道："这是一个小小的五金厂／一群戴着口罩系着围裙的民间乐手／与旋转的车间／轰鸣的机器／合演一场工业的颤音／青筋突兀的手臂／握紧苍白的金属／这些冷漠的铁与铜 锌与铝／携带着致命的毒素与阴影／与飞翔的砂轮 擦出火花／一次次划下滴血的伤痕／这些形状各异的苦难／被打磨成镜子和化石／而镜中 多少脸孔已被岁月染黑／／一片咳嗽跌落的声音／比噪音重／比尘埃轻／叫嚣的烟尘／顺着一脉呼吸遁入肺叶／沉淀成我们多年后的病痛／／能喊亮秋风的打磨工／能掏出火焰的打磨工／在人生的转弯处／却不能镀亮内心的黑暗／泪水留给生活的湿度／让隐蔽的往事生锈／而难产的幸福／迟迟不来……"（选自《打磨工》，此诗在《辽宁青年》杂志发表后，反响热烈，收到七百多封读者来信。）

2001 年郑小琼只得到了四川一个小医院的白条工资。她不敢面对这样的现实，也无法想象以后将要面对的生活，所以她只能选择逃避，来到了南方，开始了自己的打工生活。南方的打工生活是孤苦的，并没有她想象的那样美好。她记得最初她在一个家具厂上了一个月班，最终月底结算工资时只有二百八十四元，她不敢想象以后的生活了，因为她读书四年，家里还欠着数千元的账。她的心情坏到了极点，她将自己封闭起来，开始在每天下班后，在八人宿舍的双层铁架床上写着自己内心想说的话和那份失落。在这个不再有理想的年代里，诗歌成为她的宗教，一种信仰，一种对无所适从的生活的解脱。在她以前工作过的五金厂，每一年都有数个人的手指生生地让机器"吃"掉，看着少了半截的食指、无名指、中指，她内心常常有一种伤感，也许在这个制造业城市里，一个人断了一根手指也许无所谓，两根，或者两百根，据相关报道，仅珠三角每年发生的断指事故个案至少有三万宗，被机器切断的手指头超过四万根。数字常常是冷漠而残酷的，伤员绝大部分来自农村。想到这些，她常常落泪。有一段时间，她在五金厂操作机台，每天上班之时，她常常很伤感地认为，可能她的手指在今天会断掉，心中充满了恐惧。有时睡在铁架床上，她会梦见自己的手指头被冲床截掉半截，流着血，疼痛难忍。在现实面前，她是那么的无能为力，只好把这种感受写下来。就像她在自己的诗句中所说的那样："我只是一个胆怯的人／那么微小的风吹草动／也会让我忧伤"。这份敏感让她对现实保持着一定距离，这种距离让她开始不断地窥探生活中一些小小的秘密。通过她的不懈努力，如今她的诗歌作品不断刊登在国内许多著名文学期刊，她还参加了《诗刊》的"青春诗会"，获得人民文学奖等许多国家级大奖。可以说，如今她是中国诗坛非常引人注目的一名天才女诗人！

许多人对打工诗人的不理解，并未让打工诗人们消沉。曾有人说"打工诗人"这个名堂是在哗众取宠，是想从中博得什么利益——实际上能给打工诗人们带来什么呢？诗歌能带来金钱地位吗？相反，为了出一本诗集，办一份诗报，他们不得不动用不多的打工积蓄。在南方打工群落里，第一个出版诗集的汪洋（汪雪英），到后来的何真宗、张守刚、柳冬妩、徐非、罗德远、刘大程、马忠等，他们又得到了什么实惠呢？他们需要的或倡导的更多的是一种精神——打工精神！

> 该我们出场了 / 一个时代已经翻开了崭新的一页 / 我的兄弟姐妹们已沉默得太久 / 内心的鼓声震天动地 / 让我们自己 给自己灯光 / 让我们自己 给自己舞台 / 筑一座精神的炬台吧 / 让一种光芒照耀或缝补 / 我们内心的千疮百孔 / 不管你是在汗流浃背的车间或是在无处栖身的街头 / 有一种声音在为你们鼓掌 / 有无数真挚的文字在为你们撞响生命的洪钟
>
> ——许强《为几千万打工者立碑》

没有人能抗拒得了，一个遍及千家万户的打工时代已彻底降临。同样，打工诗歌的出现也是社会发展的必然结果。20世纪末，有人提出过"打工文学"这个概念，《佛山文艺》《打工族》《大鹏湾》等较早反映打工生活的期刊也曾对此关注并做出了努力，但由于一些主要作者改弦易辙和后继乏人，加上文坛与理论界宁肯去追捧"美女作家""先锋写作""下半身写作"等，对处于底层的打工一族的生存状态漠不关心，使得打工文学的优秀写作者难以浮出水面，打工文学也渐渐被人冷落和遗忘。所幸近几年来，随着时间的沉淀，不少打工诗歌的创作者仍坚守在这块阵地上，他们诗歌的羽翼已日渐丰满。"打工诗人"和《打工诗人》报的诞生，差不多是自然而然的事情。

打工诗人们由于命运相似和爱好相同，是很容易引为知己，走到一起来的。这其中，《佛山文艺》《打工族》等起到了功不可没的"纽带"作用。1990年代中期，《佛山文艺》的"星梦园打工诗人流行榜"和《外来工》的"青春驿站"很受打工读者追捧，许多作者以能在这两个栏目发表作品为荣耀。在1996年至1999年的几年间，徐非、沈岳明、罗德远、任明友、曾文广、柳冬妩、张守刚等人的作品频频在栏目里亮相。慢慢地，彼此的名字让对方所熟知。罗德远与许强因投稿开始联络，沈岳明与徐非联系上了，罗德远与任明友后来成了同事，曾文广与沈岳明同是湖南老乡，也有了信函往来……2000年7月，

《嘉应文学》在广州举办了一次文学笔会，其时罗德远已凭自己的实绩成了《嘉应文学》的一名编辑。这次会上，罗德远与许强、沈岳明、任明友、徐非、许岚等相聚在了一起。在罗德远的提议下，他们搞了个诗歌朗诵会，大家的诗歌激情被点燃了！也正是这一次聚会，让他们有了联手"揭竿而起"的愿望！

2001年正月初三，惠州西湖。许强和罗德远、徐非、任明友都没有回老家过年，他们相约来到惠州畅叙文学人生。游览西湖时，大家不知不觉地谈到了时下众说纷纭的打工文学——都是诗歌爱好者，话题自然又转到了诗歌上。大家认为，一些处于"高蹈"地位的诗歌正孤芳自赏地远离普罗大众，而打工人的生存和情感状态却未能引起更多的关注。"干脆办一份打工人自己的诗报吧！"大家很快有了一个共同的想法。经过反复讨论，他们很快达成共识："打工诗人"一词最早出现在《佛山文艺》"星梦园打工诗人流行榜"上，之后又出现过"流浪诗人""漂泊诗人""行吟诗人"等称谓，但都没有"打工"二字更直截了当地表明自己的身份，诗报干脆就取名叫《打工诗人》，将它办成中国第一份属于打工者的民间诗报……四人磋商后认为："每一个特殊的时代，诗歌都显示了其无可比拟的力量——这是一个打工的时代，作为一个有良知的文学爱好者，我们有权利为打工者在历史的轨迹上留下属于这个时代的声音。而创办这样一份诗报，将更容易团结和聚集像我们一样身份的打工诗人，发出共同的声音！"

由于罗德远和徐非先后转了单位，许强承揽了第一期的所有编务工作，并由他恭请远在四川的《星星》诗刊主编杨牧题写了报名，罗德远则执笔写下了"我们的宣言"："打工诗人——一个特殊时代的歌者；打工诗歌——与命运抗争的一面旗帜。我们的心愿：用苦难的青春写下真实与梦想，为我们漂泊的青春作证！"2001年5月31日，选发十七位诗歌作者作品的《打工诗人》出炉！选择在六一儿童节前一天出，是因为他们把《打工诗人》视作一个新生的婴儿——他们坚信：只要肯努力，这颗在南国播下的种子一定会茁壮成长，最终遍及任何一个有打工者的地方！

第一期印刷了五百份，寄向四面八方，很快，这份普通的诗报在诗坛掀起了一场不小的波澜！一些著名评论家、诗人读到这份粗糙的报纸后十分震动，他们没想到，一份纯粹的诗报，竟然诞生在求生与竞争激烈的沿海地区，而且出自一群异乡谋生的打工者之手！更令他们刮目相看的是，这些诗作的质量并不比一些知名诗人的差！随后，《诗刊》《诗选刊》《诗歌月刊》《诗林》《北京文学》《星星》《华夏诗报》等用大量的篇幅转载《打工诗人》的作品。《诗歌月刊》主编王明韵先生在该刊卷首语上如是说："民刊的策划者们有一点共性值得肯定，那就是：率真——发乎其声，不及其余……难怪我在收到《打工诗人》报时，眼睛竟有些湿润，我想这不仅仅是敏感和脆弱，而是对诗歌精神的崇尚！"《北京文学》破例选发了两个专版，《诗林》更是用大量版面选发十位打工诗人的三十首诗作。一至九期，《打工诗人》的转载率竟达到了近百分之八十，印数已从最初的五百份增加到两千份。

2002年许强与各位打工诗歌写作者创办了"《打工诗人》论坛"，随着网络的兴起，这里便成了全国各地打工诗歌写作者的网上家园。打工诗人间的交流更加方便，从而团结了更多的打工诗人，打工诗人的名字在网上越传越远！

《打工诗人》创办之初，几位创办者有一个共识，那就是首先发出自己的声音再说，随着时间的推移，他们越来越感到理论建设的重要性。这时，打工诗人柳冬妩自觉地开始为打工诗人寻找理论注脚。他的评论《打工诗：一种生存的证明》《过渡状态：打工一族的诗歌写作》发表后，引起了许多评论家的关注。深圳市文联副主席杨宏海认为，"打工诗歌"已成为广东诗歌的品牌；《文艺争鸣》主编张未民认为，打工诗歌写作者"在生存中写作"的文学现象，似一面镜子立在了主流文坛的面前，为21世纪中国文学带来了种种新的激活与思考，它记载了我们这个改革中走向富裕和文明时代的一段真正不可忘却的身世史，其价值在于弥补了主流文坛的缺失造成的遗憾。

在广东，一帮为生计奔波的打工者，在结束一天的劳作之后，晚上在简陋的铁架床上铺开纸张，写下那些叩击灵魂的文字——这就是他们的生存状态和诗歌精神！但他们需要的不是同情，而是支持和理解！据一些打工生活期刊的不完全统计，在珠三角，写诗的打工者已有上千人，有诗作发表的则有几百人，而坚持在这一阵地且稍有成绩的已达近百人，他们用笔表达了打工者的心灵诉求，温暖着同时代的打工者。一些打工诗代表作已经在打工者中脍炙人口：比如柳冬妩的《试用》、许强的《为几千万打工者立碑》、徐非的《一位打工妹的征婚启事》、罗德远的《黑蚂蚁》、曾文广的《在异乡的城市生活》、任明友的《访古四章》、张守刚的《坦洲镇》、沈岳明的《寻梦者》、黄吉文的《南方之疼》、何真宗的《纪念碑》、许岚的《流浪南方》、家禾的《打工十年》等——他们用这些吟唱打工生活的分行文字，在南国千千万万打工青年的心中一次次掀起不息的波澜！这些农民工诗人们，用饱满的热情吟唱生活，成为这个特殊时代当之无愧的歌者！许强、罗德远、徐非、何真宗、柳冬妩、马忠、郑建伟等通过自己的努力加入了广东省作家协会；何真宗、柳冬妩、黄吉文、曾文广等人分别荣获由共青团中央、全国青联主办的首届鲲鹏文学奖诗歌类一、二、三等奖；柳冬妩的打工诗歌评论获得中国文联优秀评论二等奖；张守刚等打工诗歌写作者的诗歌作品连续多年入选中国年度最佳诗歌选集；郑小琼凭借打工诗歌参加 2005 年《诗刊》的"青春诗会"；罗德远于 2005 年 7 月被广州增城区政府和文联作为文化人才引进……因对生活的信念和文学理想的鼓舞，许多打工作者逐渐由普通打工者成长为编辑、记者和中层管理者，改写了命运，成为千百万打工者奋斗人生的榜样。

著名打工诗歌评论家柳冬妩写道，面对打工诗歌，尤其是打工诗人写的打工诗歌，如果我们没有经历过打工生活，我们很难知道它们的真实：生活真实、内心真实、写作真实。我们不能小看"真实"一词的分量。圣埃克苏佩里说："我写下的每一个句子都是我所经历的。"他又骄傲地说："尼采不过思考，而我经历。"对于打工诗人来说，他们经历了什么就该说出什么。打工诗人的打工诗歌作品都与他们的生存处境相关。读打工诗人写的打工诗歌，我强烈感觉到一种"精神磁场"的存在：漂泊不定，失业恐慌，生存挤压，崇高与卑微，尊严与耻辱，憧憬与幻灭，忍耐与愤恨，痛苦与伤悲，歧视，恐惧，屈从，挣扎，怜悯，反叛，焦灼，内心的自我抗争，等等。打工诗人像在底层布下的嗡嗡作响的"精神地震仪"。他们诗中每一个词语的艰难跋涉，都是感觉本身，是打工之旅的深度显现，是镌刻在灵魂中的刀痕。真正的打工诗歌必须由打工诗人来完成，不是他们选择了打工诗歌，而是打工诗歌选择了他们。在笔者看来，只有打工诗人才有资格去说明打工一族的处境，成为打工时代的代言人！

打工诗歌和《打工诗人》出现在中国南方不是偶然的，中国南方经济的腾飞和打工潮的出现，为其提供了适宜的土壤温床。目前，由十多位著名诗刊主编及诗人题词，由二十多位打工诗人编著的中国第一部打工诗歌选《中国打工诗歌精选（1985—2005）》，已于 2007 年 5 月 1 日正式出版。在这个日子出版，本身就是对千千万万打工者的讴歌。该书厚达五百多页，收录 1985 年至 2005 年全国各地一百位打工作者最优秀的打工诗歌作品。这将是一部中国底层最珍贵的文史资料。可以说，这本书是中国打工时代最具代表性的一部精神史书，它里程碑式的历史高度具有其独特的魅力和文化价值！

笔者认为：关注时代，关注底层部落的生存与命运，这样的文艺作品绝不会曲高和寡，这样的艺术有血有肉、形象丰满，才有可能在千百万人心中越传越远，成为一个时代的精神史。

原载《文学报》2007 年 8 月 30 日

郑小琼：在诗人与打工妹之间

成希　潘晓凌

"没了疼痛感，诗歌便没了灵魂"

> 珠江三角洲有四万根以上断指，我常想，如果把它们都摆成一条直线会有多长，而我笔下瘦弱的文字却不能将任何一根断指接起来……
>
> ——郑小琼人民文学奖获奖辞

2007 年 5 月 21 日，站在颁奖台上，郑小琼提到人民文学奖散文奖获奖作品《铁·塑料厂》的创作动机，发言被掌声打断。这位身高不足一米六的二十七岁女子，嘴角刚能够着麦克风，操着半生的普通话，一紧张，就回到了四川方言。

"她的语言与行文充满了倾诉欲望，是心里装了太多东西的缘故。"人民文学奖评委李平记得，这个从东莞赶来北京领奖的打工妹得到的掌声最多。

"我的诗歌灰，因为我的世界是灰的"

> 我不断地试图用文字把打工生活的感受写出来 / 它的尖锐总是那样的明亮 / 像烧灼着的铁一样 / 不断地烧烤着肉体与灵魂
>
> ——《铁》

走下颁奖台，郑小琼又恢复了木讷、羞涩的表情，晕车后的虚弱还残留在脸上。她单薄的身影穿过西装革履的知名作家们，悄无声息地落座。李平回忆，郑小琼那天很少说话，但很扎眼。若在平时，没人会注意到她。这个穿着半旧碎花短袖衣、料子长裤、黑布鞋，素面朝天的瘦小女孩，总是低着头嘿嘿地笑，"和北京家政市场上的小保姆没区别"。

郑小琼的打工身份与人民文学奖的巨大落差，引来圈内的广泛关注。有评论者认为，她的获奖，"是打工文学受主流认可的最高荣誉"。

而之前，郑小琼获得过《独立》首届"民间诗歌新人奖"，还参加了诗界顶级沙龙"青春诗会"，在圈内小有名气。一年前，她曾因"倾诉欲太强"，与"主流"失之交臂。

2006年3月，东莞文学院公开招聘合同制作家，郑小琼花了三个月时间，调查了几十个工厂近万名工人的生存状况，以此为内容申报选题，最终落选。知情人透露，入选者多为公务员，申报的选题顺应主旋律，她的选题灰暗，自然被刷。

最初的赏识者、郑小琼的伯乐、《打工诗人》主编许强说，偏激与怨愤是打工文学的基色，这点在她身上特别鲜明。2002年，郑小琼经许强推荐，认识了民间刊物《独立》的编者发星与民间批判者海上。

在两位启蒙老师的引导下，郑小琼诗风陡变。长诗《人行天桥》一扫初期的乡愁别韵，以百余行诗句，抨击社会阴暗面，嘲讽世态人心，在网络引起轰动，海上赞其为"近年中国诗坛的旷世杰作"。而广东省作家协会副秘书长杨克则认为，郑小琼太偏激，感情停留在愤怒层面上，作品粗粝。

郑小琼否认自己偏激。"我不知道什么叫光明或阴暗，我只看见事实。我的诗歌灰，因为我的世界是灰的。"这位在东莞打工七年的女孩，见惯了烧得通红的铁片，压断过数根手指的冲床，密密匝匝的钢针机，却见不得女式挎包。恐惧缘于一场近在咫尺的抢劫，好友蓝紫被"飞车党"抢了包，腰部被打骨折，住了一个多月的院。

郑小琼的诗友几乎每人都有类似的恐惧后遗症。许强在出门前，非得四下张望一番，因他到深圳次日即被收容，亲见一女子被人冒认，至今去向不明。任明友有票据癖，买瓶矿泉水也索要发票，因他的一包书曾在顺德的街头被警察以无发票为由没收。

"自由是多是少，从来都不由自主。"郑小琼说。许强离开广东三年，才改掉东张西望的毛病，他告诉《南方周末》记者，只有受尽凌辱，才能体会所谓的偏激，"是被人砍了一刀，发出的吼叫"。

"打工的疼痛感让我写诗"

在背后我让人骂了一句狗日的北妹 / 这个玩具化的城市没有穿上内裤 / 欲望的风把它的裙底飘了起来 / 它露出的光腚 / 让我这个北妹想入非非啊！

——《人行天桥》

二十七岁的郑小琼工龄已有七年。

2001年，从卫校毕业后，她离开四川南充老家，南下东莞打工。先是被一家黑厂扣押了四个月工资，后换到某家具厂上了一个月班，月底只拿到二百八十四块钱。想着家里为供她上学还欠下的近万元债务，郑小琼"死的心都有"。她将自己封闭起来，一下班，便趴在铁架床上，写乡愁，诉苦闷。在家乡读书时，这个沉默的女孩就不善与人交流，只一个人静静地看书、写日记。

从最初涂鸦式的宣泄，到慢慢显现出诗的模样，郑小琼试着把一首怀念故乡的小诗《荷》投到东莞《大岭报》，没想到很快就发表了。她说自己"一下子看到了生活的亮色与寄托"，从此将一切闲暇时间都用来写诗。

郑小琼说生活中的自己很落魄，没有任何成功感。幸而发星一直鼓励她写诗，把她不能发表的作品都登在自己编撰的民刊上。"小琼是被大家推上去的。"蓝紫说，圈内朋友的不断鼓励与支持，使郑小琼获得了现实生活中所得不到的尊重与成就感，"否则她那么瘦弱单薄的女孩，走不了那么远"。

2004年，郑小琼开始受到关注，她的诗歌《挣扎》《人行天桥》一度在网上大受追捧。东莞作协副主席方舟介绍，网络时代，很多打工诗人得以迅速浮出水面，渐渐形成气候。东莞也大力扶持这位年轻女诗人。方舟说，市政府曾资助郑小琼出了两本诗集，承担她赴新疆参加"青春诗会"的费用，还为她开过作品研讨会。

虽然出席过不少诗会、沙龙，郑小琼仍不善言谈，即使跟好友蓝紫在一起，言语依然很少。但在"打工诗人"QQ群上，郑小琼却异常活跃。"打工的疼痛感让我写诗。"她说。

"是广泛扎实的阅读让她内心变得庞大，充满了力量。"蓝紫告诉《南方周末》记者，郑小琼闲时，除了写诗就是看书，宗教、哲学、历史，甚至地摊上的什么秘史都看。发星连续六年给她寄书，从文艺复兴时期的作品到国内外先锋诗人的诗集。扎实的阅读量使她的视野超越了一般打工诗人。

"同样遭受苦难，只有具备了写诗的气质和特质，才能成为一名诗人。"杨克说，打工诗人学历普遍偏低，写诗多是一种宣泄。但郑小琼对自己的缺陷很清醒，懂得勤修内功。

"她仿佛专为文字而生"

在深夜轰鸣的机器中 / 夜晚疲惫得如同一个筋疲力尽的鱼 / 在窗外 / 在机

台上游动着

——《塑料厂》

获得人民文学奖后，郑小琼陆续接到十余家媒体的约访，她一一谢绝，匆匆回到东莞。这位声名鹊起的诗坛新人不是"耍大牌"，而是害怕失去新工作。

2007 年 3 月，郑小琼从流水线工人转做业务员，销售工厂的五金用品。为完成每月规定的业务额，郑小琼必须一家一家地上门联系客户，推销产品。三个月下来，她只卖出几个小物件，还都是诗友照顾的生意。一名业务员告诉《南方周末》记者，郑小琼沟通能力差，根本不适合做业务。

她没打算放弃。如果放弃，三万元的押金就拿不回来了。

约访郑小琼当天，正巧遇上东莞打工诗友小型聚会，郑小琼征得大家同意后，允许《南方周末》记者参加。傍晚，聚会因两个朋友无法请假，临时取消。郑小琼说，他们的聚会一年也只有一两次，大家出厂不容易，难得聚齐。

次日，郑小琼应邀参加一个主流诗人聚会，她独自坐在角落沉默不语，望着激扬文字的诗人们，只低头暗笑。"我是一个木讷的人，没有多少爱好，和大家也没有话说。"郑小琼将记者拉到一边，低声说自己其实害怕聚会，尤其怕与诗人聚会。

她的业余爱好就是上网，用 QQ 聊天，乐意接受记者通过 QQ 采访；她在新浪开了博客，有时一天连贴近二十篇诗作。"在虚拟世界里，想说就说，没有隔阂。"

蓝紫告诉记者，这也是打工诗人的主要交流方式，这样的交往，让他们感觉自在、平等。"尤其是小琼，她仿佛专为文字而生。"

"诗人太神圣，我们只是只无脚鸟"

那个疲倦的外乡人 / 小心而胆怯 / 你从来没有见过这么胆小的人 / 像躲在浓荫下的灯光一样

——《黄麻岭》

在东莞做出口贸易的台湾人许振泽特意约见了郑小琼。两人从诗歌聊到打工诗人群体。许振泽认为，打工诗人的出现是工人意识的觉醒，虽然力量薄弱，但他们有带动力。

郑小琼却反对"打工诗人"的称谓，"诗人太神圣，我们其实什么也做不了。"一次，郑小琼与诗友结伴爬山，被警察拦住，朋友从手提袋里拿出一本书，挥舞着告诉警察，那是郑小琼刚出的诗集。警察不耐烦，将诗集打翻在地，把手一伸，"暂住证！"

"我们什么都无法改变。"郑小琼告诉本报记者，诗歌打动不了警察。虽然自己频频获奖，但对周围的工友毫无影响，包括同在东莞打工的亲弟弟。

郑小琼的工友们，至今不知道身边有一位著名的女诗人，他们都习惯喊她"245 号"，或"装编制"。工友们从不看书读报，不关心工厂以外的世界，下班只看电视，或倒头呼呼睡去。

郑小琼给外界留的通信地址在厂外，每个月去取一次信。她害怕工友知道她写诗，会问能赚多少钱；害怕老板知道自己"不务正业"，逐她出厂。

小她六岁的弟弟，上完初一便辍学到东莞打工，每月工资五百元，却总买上百元的衣服穿，闲时痴迷打麻将，缺钱时才联系姐姐。

郑小琼拒绝了几份高薪文职工作，仍然推销着那些无人问津的五金产品。下半年，她打算换家工厂，重新做流水线工人。她说，一是为了完成东莞女工生活状况实地调查，二是为了继续写诗，"没了疼痛感，诗歌便没了灵魂"。

"打工诗人"：无脚鸟？

在多数诗人眼中，"打工诗人"称谓之争的重点在于"打工"。有评论斥其为伪分类，打工的就不该写诗。知名打工诗人许强曾三次参与网络口水战，他始终坚持，中国城乡二元划分的长期存在，必然会滋生出特殊的文化圈，若干年后，史学家回过头来研究这段历史，"打工诗人"会是一个真实而丰富的研究样本。

而这一称谓带来的微妙情绪，在现实生活中悄无声息地延续。许多笔耕数年的打工诗人慢慢改变了命运。有人改行做编辑、记者，过上幸福稳定的生活；有人聚集在深圳宝安三十一区，专事文学写作；有人开始拼命洗刷"打工诗人"的印记；有人则利用起这一头衔自我包装。

无论怎样，他们都无法逃离"打工"的身份。郑小琼说，一些诗友、前辈，即使是做到管理层，或供职于文联，大多都没有编制，因为手中无城市户口，无本科以上学历，"始终都是在体制外，始终像一只无脚鸟，不知何处能安身"。

原载《南方周末》2007 年 6 月 7 日

分享生活的苦
——郑小琼的写作及其"铁"的分析

谢有顺

你们不知道，我的姓名隐进了一张工卡里
我的双手成为流水线的一部分，身体签给了
合同，头发正由黑变白，剩下喧哗，奔波
加班，薪水……我透过寂静的白炽灯光
看见疲倦的影子投影在机台上，它慢慢地移动
转身，弓下来，沉默如一块铸铁
啊，哑语的铁，挂满了异乡人的失望与忧伤
这些在时间中生锈的铁，在现实中战栗的铁
——我不知道该如何保护一种无声的生活
这丧失姓名与性别的生活，这合同包养的生活
在哪里，该怎样开始，八人宿舍铁架床上的月光
照亮的乡愁，机器轰鸣声里，悄悄眉来眼去的爱情
或工资单上停靠着的青春，这尘世间的浮躁如何
安慰一颗屡弱的灵魂，如果月光来自于四川
那么青春被回忆点亮，却熄火在一周七天的流水线间
剩下的，这些图纸，铁，金属制品，或者白色的
合格单，红色的次品，在白炽灯下，我还忍耐的孤独
与疼痛，在奔波中，它热烈而漫长……

——郑小琼《生活》[1]

写这首诗的诗人叫郑小琼，她因诚恳地向我们讲述了另外一种令人疼痛的生活，而受到文坛的广泛关注。这个出生于 20 世纪 80 年代初的四川女孩，从 2001 年至 2006 年，一直在广东东莞的一家五金厂打工，工余时间写作诗歌和散

---

① 黄礼孩主编：《异乡人：广东外省青年诗选》，花城出版社 2007 年版，第 38 页。

文，近年在《诗刊》《人民文学》《天涯》等刊发表了大量作品。一个在底层打工的年轻女子，短短几年，就写出了许多尖锐、彻底、有爆发力的诗篇，而且具有持续的创造才能，这在当代堪称一个意味深长的诗歌事件。面对郑小琼的写作，有些人试图以"打工诗人""底层写作""女性写作"等概念来命名她，但是，这些名词对郑小琼来说，显然都不合身。命名总是落后于写作的实际，正如生活总是走在想象力的前面。真正的写作，永远是个别的、无法归类的。

郑小琼的写作更是如此。她突出的才华，旺盛的写作激情，强悍有力的语言感觉，连同她对当代生活的深度介入和犀利描述，在新一代作家的写作中具有指标性的意义。或许，她的语言还可更凝练，她的情感陈述还可更内敛，她把握时代与政治这样的大题材时还需多加深思，但就着一种诗歌写作所能企及的力量而言，她已经做得很好了。我尊敬这样的写作者。在一种孤独、艰难的境遇里，能坚持这种与现实短兵相接的写作，并通过自身卑微的经验和对这种经验的忠直塑造来感动读者，至少在我的阅读记忆里，并不多见。

我没有见过郑小琼，但通过她的文字，可以想象她笔下那种令人揪心的生活。生活，实在是一个太陈旧的词了，但读了郑小琼的诗，我深深地觉得，影响和折磨今日写作的根本问题，可能还是"生活"二字。生活的贫乏，想象的苍白，精神的造假，在我看来，这是当代文学普遍存在的三大病症，而核心困境就在于许多人的写作已经无法向我们敞开新的生活可能性。在一种时代意志和消费文化的诱导下，越来越多人的写作，正在进入一种新的公共性之中，即便是貌似个人经验的书写背后，也隐藏着千人一面的写作思维：在"身体写作"的潮流里，使用的可能是同一具充满欲望和体液的肉体；在"私人经验"的旗号下，读到的可能是大同小异的情感隐私和闺房细节；编造相同类型的官场故事或情爱史的写作者，更是不在少数。个人性的背后，活跃着的其实是一种更隐蔽的公共性——真正的创造精神往往是缺席的。特别是在年轻一代小说家的写作中，经验的边界越来越狭窄，无非是那一点情爱故事，反复地被设计和讲述，对读者来说，已经了无新意。而更广阔的人群和生活，在他们笔下，并没有发出自己的声音。

这种写作对当代生活的简化和改写，如果用哈贝马斯的话来说，是把丰富的生活世界变成了新的"殖民地"。他在《沟通行动的理论》一书中，特别说到当代社会的理性化发展，已把生活的某些片面扩大，侵占了生活的其他部分。比如，金钱和权力只是生活的片面，但它的过度膨胀，却把整个生活世界都变成了它的殖民地。"这种殖民，不是一种文化对另外一种文化的殖民，而是一种生活对另外一种生活的殖民。……假如作家们都不约而同地去写这种奢华生活，而对另一种生活，集体保持沉默，这种写作潮流背后，其实是隐藏着写作暴力的——它把另一种生活变成了奢华生活的殖民地。为了迎合消费文化，拒绝那些无法获得消费文化恩宠的人物和故事进入自己的写作视野，甚至无视自己的出生地和精神原产地，别人写什么，他就跟着写什么，市场需要什么，他就写什么，这不仅是对当代生活的简化，也是对自己内心的背叛。若干年后，读者（或者一些国外的研究者）再来读这一时期的中国文学，无形中会有一个错觉，以为这个时期中国的年轻人都在泡吧，都在喝咖啡，都在穿名牌，都在世界各国游历，那些底层的、被损害者的经验完全缺席了，这就是一种生活对另一种生活的殖民。"[1]

　　我愿意在这个背景里，把郑小琼的写作看作是对这种新的生活殖民的反抗。她是"80后"，但她的生活经历、经验轨道、精神视野，都和另外一些只有都市记忆的"80后"作家有着根本的区别。她在同龄人所塑造的锦衣玉食的生活之外，不断地提醒我们，还有另一种生活，一种数量庞大、声音微弱、表情痛楚的生活，等待着作家们去描述、去认领：他们这一代人，除了不断地在恋爱和失恋之外，也还有饥饿、血泪和流落街头的恐惧；他们的生活场，除了校园、酒吧和写字楼之外，也还有工厂、流水线和铁棚屋；他们的青春记忆，除了爱情、电子游戏、小资情调之外，也还有拖欠工资、老板娘的白眼和"一年接近四万根断指"[2]的血腥……郑小琼说，"我不知道该如何保护一种无声的生活／这丧失姓名与性别的生活，这合同包养的生活"（《生活》），她唯有依靠文字的记录、呈现，来为这种生活留下个人见证：

　　　　我在五金厂，像一块孤零零的铁

　　　　从去年到今年，水流在我身体里

　　　　它们白哗哗的声响，带着我的理想与眺望

　　　　从远方到来，又回到远方去

　　　　剩下回声，像孤独的鸟在荔枝林中鸣叫

　　　　　　　　　　　　　　　　　　——郑小琼《水流》[3]

　　　　小小的铁，柔软的铁，风声吹着

---

① 谢有顺：《追问诗歌的精神来历——从诗歌集〈出生地〉说起》，《文艺争鸣》2007 年第 4 期。
② 郑小琼新近以散文《铁·塑料厂》获得《人民文学》杂志颁发的"新浪潮"散文奖之后，在获奖感言中说："听说珠江三角洲有四万根以上断指……而我笔下瘦弱的文字却不能将任何一根断指接起来。"相关报道见《南方都市报》2007 年 5 月 24 日。
③ 黄礼孩主编：《异乡人：广东外省青年诗选》，花城出版社 2007 年版，第 37 页。

雨水打着，铁露出一块生锈的胆怯与羞怯

去年的时光落着……像针孔里滴漏的时光

有多少铁还在夜间，露天仓库，机台上……它们

将要去哪里，又将去哪里？多少铁

在深夜自己询问，有什么在

沙沙地生锈，有谁在夜里

在铁样的生活中认领生活的过去与未来

——郑小琼《铁》①

黑夜如此辽阔，有多少在铁片生存的人

欠着贫穷的债务，站在这潮湿而清凉的铁上

凄苦地走动着，有多少爱在铁间平衡

尘世的心肠像铁一样坚硬，清冽而微苦的打工生活

她不知道，这些星光，黑暗，这些有着阴影的事物

要多久才能脱落，才能呈现出那颗敏感而柔弱的心

——郑小琼《机器》②

　　"铁"是郑小琼写作中的核心元素，也是她所创造的最有想象力和穿透力的文学符号之一。"当我自己不断在写打工生活的时候，我写得最多的还是铁。""我一直想让自己的诗歌充满着一种铁的味道，它是尖锐的，坚硬的。"③对"铁"的丰富记忆，和郑小琼多年在五金厂的工作经历有关。她在工作中，观察"铁"被焚烧、穿孔、切割、打磨、折断的过程，她感受"铁"的坚硬、尖锐、冷漠、脆弱。"铁在机台断裂着，没有了声音，没有了反抗，也没有挣扎。可以想象，一块铁面对一台完整的具有巨大摧残力的机器，它是多么的脆弱。我看见铁被切，拉，压，刨，剪，磨，它们断裂，被打磨成各种形状，安静地躺在塑料筐中。我感觉一个坚硬的生命就是这样被强大的外力所改变，修饰，它不再具有它以前的形状，角度，外观，秉性……它被外力彻底地改变了，变成强大的外力所需要的那种大小，外形，功能，特征。我从小习惯了铁匠铺的铁在外力作用下，那种灼热的呐喊与尖锐的疼痛，而如今，面对机器，它竟如此的脆弱。"④郑小琼说，铁的气味是散漫的，扎眼的，坚硬的，有着重坠感的；

①黄礼孩主编：《异乡人：广东外省青年诗选》，花城出版社2007年版，第40页。
②《行吟诗人》总第9期，2016年7月。
③④郑小琼：《铁·塑料厂》，《人民文学》2007年第5期。

铁也是柔软的，脆弱的，可以在上面打孔，画槽，刻字，弯曲，卷折……它像泥土一样柔软，它是孤独的、沉默的——所有这些关于铁的印象，都隐喻着它对人的压迫，也可以说是现代工业社会对人的挤压。人在物质、权力和利益面前是渺小的、无助的。尤其是在中国，社会底层的劳动制度还不健全，廉价劳动力一旦被送上机床和流水线，他们就成了机器的一部分，不能有自己的情感、意志和想象。一天工作十六个小时甚至更多，一周只能出工厂的门一次或者三次，工伤得不到应有的赔偿，倒闭的工厂发不出工资……这种被践踏的、毫无尊严的生活，过去我们只能在媒体的报道中读到，如今，郑小琼将它写进了诗歌和散文里。由于她自己就是打工族中的一员，所以能深感这种打工生活正一天天地被"铁"所入侵，分割，甚至粉碎，"疼痛是巨大的，让人难以摆脱，像一根横亘在喉间的铁"。而更可怕的是，这种饱含着巨大痛楚的生活，在广大的社会喧嚣中却是无声的：

我把头伸出窗外，窗外是宽阔的道路，拥挤的车辆行人，琳琅满目的广告牌，铁门紧闭的工厂，一片歌舞升平，没有人也不会有人会在意有一个甚至一群人的手指让机器吞噬掉。他们疼痛的呻吟没有谁听，也不会有谁去听，他们像我控制的那台自动车床夹住的铁一样，被强大的外力切割，分块，打磨，一切都在无声中。①

甚至，也没有一个人会在意这种疼痛：

疼压着她的干渴的喉间，疼压着她白色的纱布，疼压着
她的断指，疼压着她的眼神，疼压着
她的眺望，疼压着她低声的哭泣
疼压着她……

没有谁会帮她卸下肉体的，内心的，现实的，未来的
疼
机器不会，老板不会，报纸不会，

---

① 郑小琼：《铁·塑料厂》，《人民文学》2007 年第 5 期。

连那本脆弱的《劳动法》也不会

——郑小琼《疼》①

　　我相信，目睹了这种血泪和疼痛之后的郑小琼，一定有一种说话的渴望，所以，她在自己的写作中一直艰难地描述、指认这种生活。她既同情，也反思；既悲伤，又坚强。她要用自己独有的语言，把这种广阔而无名的另一种中国经验固定在时代的幕布上；她要让无声的有声，让无力者前行。"正是因为打工者这一身份，决定了我必须在写作中提交这一群体所处现实的肉体与精神的真实状态。"②她还说，"文字是软弱无力的，它们不能在现实中改变什么，但是我告诉自己一定要见证，我是这个事情的见证者，应该把见到的、想到的记下来。"③于是，她找到了"铁"作为自己灵魂的出口，在自己卑微的生活和坚硬的"铁"之间，建立起了隐秘的写作关系。

　　"铁"成了一个象征。它冰冷，缺乏人性的温度，坚不可摧，密布于现代工厂生活的各个角落；它一旦被制作成各类工业产品进入交易，在资本家的眼中比活生生的人还有价值；它和机器、工卡、制度结盟，获得严酷而不可冒犯的力量；它是插在受伤工人灵魂里的一根刺，一碰就痛。铁，铁，铁……郑小琼用一系列与"铁"有关的诗歌和散文，向我们描述了一个被"铁"包围的世界，一种被"铁"粉碎的生活，一颗被"铁"窒息的心灵——如同"铁"在炉火的煅烧中不断翻滚，变形，迸裂，一个被"铁"所侵犯的生命世界也在不断地肢解，破碎，变得软弱。"生活让我渐渐地变得敏感而脆弱起来，我内心像一块被炉火烧得柔软的铁。"④郑小琼在写作中，以自己诚实、尖锐的体验，向我们指认了这个令人悲伤的过程。她的诗里，反复出现"铁样的生活""铁片生存""铁样的打工人生"等字眼，她觉得自己"为这些灰暗的铁计算着生活"（《锈》），觉得"尘世的心肠像铁一样坚硬"（《机器》），"生活的片段……如同一块遗弃的铁"（《交谈》），觉得"明天是一块即将到来的铁"（《铁》）。"铁"的意象在郑小琼笔下膨胀，变得壮阔，而底层人群在"铁"的挤压下，却是渺小而孤立的，他们即便有再巨大的耻辱和痛苦，也会被"铁"所代表的工业制度所轻易抹平。最终，人也成了"铁"的一部分：

---

① 《新京报》2005年6月"京报诗刊"专版。
② 《郑小琼访谈：在异乡寻找着内心的故乡》，《诗歌月刊》2005年第9期。
③ 《郑小琼：文字软弱无力，但我要留下见证》，《南方都市报》2007年5月24日B11版。
④ 郑小琼：《铁·塑料厂》，《人民文学》2007年第5期。

我在五金厂，像一块孤零零的铁

——郑小琼《水流》

这真是一种惊心动魄的言辞。人生变得与"铁"同质，甚至成了"一块孤零零的铁"；"生活仅剩下的绿意"也只是"一截清洗干净的葱"（《出租屋》）。这个悲剧到底是怎样演成的？郑小琼在诗歌中作了深入的揭示。她的写作意义也由此而来——她对一种工业制度的反思，对一种匿名生活的见证，带着深切的、活生生的个人感受。同时，她把这种反思、见证放在了一个广阔的现实语境里来辨析；她那些强悍的个人感受，接通的是时代那根粗大的神经。她的写作不再是表达一己之私，而是成了了解这个时代无名者生活状况的重要证据；她所要抗辩的，也不是自己的个人生活，而是一种更隐蔽的生活强权。这种生活强权的展开，从表面上看，是借着机器和工业流水线来完成的，事实上，机器和流水线的背后，关乎的是一种有待重新论证的制度设计和被这个制度所异化的人心。也就是说，一种生活强权的背后，总是隐藏着更大的强权，正如一块"孤零零的铁"，总是来源于一块更大的"铁"。个人没有声音，是因为集体沉默；个人过着"铁样的生活"，是因为"铁"的制度要抹去的正是有个性的表情：

每次上下班时把一张签有工号245、姓名郑小琼的工卡在铁质卡机上划一下，"咔"的一声，声音很清脆，没有一点迟疑，响声中更多的是一种属于时间独有的锋利。我的一天就这样卡了进去，一月，一年，让它吞掉了。

——郑小琼《诗歌是一次相遇》①

她们作为一个个体的人，身体里的温度、情感，眼神间的妩媚、智慧，肉体上的疼痛、欢乐……都消失了。作为流水线上的某个工序的工位，以及这个工位的标准要求正渐渐形成。流水线拉带的轴承不断地转动着，吱呀吱呀的声音不停地响动着，在这种不急不慢，永远相同的速度声里，那些独有的个性渐渐被磨掉了，她们像传送带上的制品一样，被流水线制造出来了。

——郑小琼《流水线》②

看得出，郑小琼的文字里表露出了很深的忧虑和不安：一方面，她不希望

---

① 《诗刊》2005 年 12 月合刊。
② 《联谊报》2007 年 3 月 13 日。

这种渺小的个体生活继续处于失语的状态；另一方面，她又为这种被敞开的个体生活无法得到根本的抚慰而深怀悲悯。她确实是一个很有语言才华的诗人。她那些粗粝、沉重的经验，有效地扩展了诗歌写作中的生活边界，同时也照亮了那些长期被忽视的生存暗角。她的文字是生机勃勃的，她所使用的细节和意象，都有诚实的精神刻度。她不是在虚构一种生活，而是在记录和见证一种生活——这种生活，是她亲身经历过的，也是她用敏感而坚强的心灵所体验过的。所以，她的写作能唤起我们的巨大信任，同时也能被它所深深打动。

这样的写作，向我们再次重申了一个真理：文学也许不能使我们活得更好，但能使我们活得更多。可以说，郑小琼的许多诗篇，都是为了给这些更多的、匿名的生活作证。她的写作分享了生活的苦，并在这种有疼痛感的书写中，出示了一个热爱生活的人对生活本身的体认、辨析、讲述、承担、反抗和悲悯。读她的诗歌时，我常常想起加缪在《鼠疫》中关于里厄医生所说的那段话："根据他正直的良心，他有意识地站在受害者一边。他希望跟大家，跟他同城的人们，在他们唯一的共同信念的基础上站在一起，也就是说，爱在一起，吃苦在一起，放逐在一起。因此，他分担了他们的一切忧思，而且他们的境遇也就是他的境遇。"① 从精神意义上来说，郑小琼"跟她同城的人们"，也有"爱在一起，吃苦在一起，放逐在一起"的经历，她也把"他们的境遇"和自己个人的境遇放在一起打量和思考，因此，她也分担了很多底层人的"忧思"。这也是她身上最值得珍视的写作品质。她的写作刚刚起步不久，尽管还需对过分芜杂的经验做更精准的清理，对盲目扩张的语言野心有所警惕，但她粗粝、强悍、充满活力、富有生活质感的文字，她那开阔、质朴的写作情怀，无疑是在"80后"这代作家中所不多见的。尤其是她对"铁"这一生活元素的发现、描述、思索以及创造性表达，为关怀一种像尘土般卑微的生存，找到了准确、形象的精神出口。同时，她也因此为自己的写作留下了一个醒目的语言路标。

当然，我也知道，郑小琼的作品数量庞大，她不仅写了"铁"，还写了塑料，写了故乡，写了河流和落日，写了医院和黄麻岭；她不仅写了很多优秀的散文和短诗，还写了《耻辱》《在五金厂》《人行天桥》《魏国记》《挣扎》

---

① [法] 阿尔贝·加缪：《鼠疫》，顾方济、徐志仁译，林友梅校，上海译文出版社1980年版，第三十节。

《完整的黑暗》《活着的记忆》《幸存者如是说》《兽，兽》等多部颇有气势的长诗——要全面论述她的写作，并非这篇短文所能完成的，其他方面的研究，只能留待以后再写了。

原载《南方文坛》2007 年第 4 期

「打工文学」卷·评论与报道

打工仔文学的亮丽风景

杨匡满

　　打工仔一族是二十年来中国城市的一道风景。这道风景因年复一年的涌动而日益繁茂和广阔。他们远离贫穷的乡村，义无反顾又日思夜想；他们承受着繁重的工作和钢铁水泥喧嚣的压迫；他们追求着适应着也抵制着现代城市文明，在高速度快节奏和五光十色中感受晕眩和污浊。牧歌的童年永不再现，打工仔的梦有喜悦更有惶惑。但你不得不承认，就在这道风景背后，这个世界却在静悄悄地急行军。

　　于是打工仔文学渐渐也成为文学领地的一道风景，不过这道风景比起打工仔本身要稀薄得多也浅嫩得多。寥寥无几的作家（或诗人）对这支几千万人的大军有过寥寥无几的关照，冷静的旁观者最终也留不下太多印迹。与此同时出现的"留学生文学"或可理解为打工文学的分支，由于作者本身文化素质较高，它虽然数量不多，却一度成为一个亮点，尽管它稍纵即逝，作者们大都"潇洒走一回"而已。

　　也许是二十年七千多个日日夜夜的酝酿，也许是那几千万父老乡亲中一部分人的渴盼，我们见到了谢湘南这个陌生的名字。似乎是不经意之间，这个名字的出现意味着真正意义上的打工仔文学的确立和成熟。《零点的搬运工》是我至今读到的最好的打工仔文学。

　　谢湘南的诗铺展着一个乡村青年来到现代都市的心路历程，充满生活实感和灵动清新的意象："老式吊扇在铁皮屋顶下吟唱／……手掌的汗珠沾着油，这是真实"（《歌谣》），"墙壁上有微笑和透明的女人／有嚼过的口香糖／还有被屠宰的蚊子的血"（《呼吸》），身在异乡的人梦见担着稻草在田埂上踩空的母亲（《母亲》），梦见自己牵着新娘走进教堂（《一台收音机伴我入睡》），感觉着"邮电所离家最近／离父亲的胃病最近／离弟弟的学校最近"（《星期天，在邮电所集合》）。而在他身旁，有像幸福的棺材的集装箱，有失恋的女子坐在流水线上，"可爱的打工妹像甘蔗一样／遍地生长／她们咀嚼自己／品尝一点甜味／然后将自己随意 吐在路边"（《吃甘蔗》）。面对着

深圳新文学大系

生存、流浪、无休止的试用期、孤独和光怪陆离的外部世界，"那镀镍的金属光泽经过抚摸就是一只鸡腿／关于价值，老板会跟我的胃 解释"（《对抗》），"但我真的打算回到乡下去／我想去守护我父母的风烛残年／去耕作他们宽阔额头上的沟壑／将他们眼角的忧郁搬到阳光中去"（《放弃》），"我奔跑是因为找不到一条自己的路／我在地球上哭泣是因为听到月球上／有人讪笑"（《完成》）……

　　跳跃的、充满现代感的语言接踵而来。谢湘南涌泉般的呼喊声接踵而来。对现代都市的融入和隔膜，接纳和反抗，形成他诗的空间。而用他自己的话说："走出自己的空间，他的诗才会厚重"；"一个人的'肉眼'所触摸到的空间必定是有限度的，它将无法承受'空间之重'，这样他又得返回自己的内心"；"他愿意从自己的内心出发去感受广阔的空间"——他正是在这种纵横往返的冲撞中，以自己的躯壳以及灵魂与生活进行着交换——于是打工仔谢湘南成长为诗人谢湘南。

　　在诗越来越沦为与世界无关的某些人的喃喃私语，脂粉气、小家子气已经毁损着我们诗坛荣誉的时候，谢湘南的出现是难能可贵的。他的诗令我们想起20世纪初叶的美国人民诗人桑德堡，想起他的《芝加哥》《摩天大楼》等名作，谢湘南的诗虽不及桑德堡的强悍与大气，也不及桑氏那惠特曼式的奔腾潇洒，但那种对现代都市生活全方位的切入，对当下人的生存状态，尤其是对打工一族生存状态的关怀，无疑是特别引人注目的。他的灵动的生活气息和现代诗歌的表达方式结合得几近完美，每每让人击节赞叹！

　　自然，谢湘南还有不成熟之处，无论是生活、语言都还要有一再冶炼的过程，尽管我们选辑时剔除了一些过于随意草率之作，但有些诗的仓促粗疏依然可见。他的足迹也似乎仅限于从家乡到南方的个别大城市，视野的局限、接触层面的局限也是生命体验的局限。他的诗尚缺乏对时代和社会的宏观把握和一种磅礴酣畅的大气，或许正源于这种局限。好在他还十分年轻，无论生活的路还是诗歌的路都还十分漫长。

原载《零点的搬运工》，华夏出版社 2000 年版

生活与词语的双向搬运
——读谢湘南诗集《零点的搬运工》

安石榴

中国现代诗自"第三代"以来最令人兴奋的事件，莫过于"70后诗人"像洪水一般冒出，尽管那种泛滥的景象有些令人不想细睹，但却毫无疑问地把诗歌的河床冲刷了一遍。我认为此举是具有革命性及转型意义的：一方面瓦解了诗歌写作本身，在题材、文本及方式诸方面达到推陈出新；另一方面瓦解了诗人的身份，促使诗人从庙堂向世俗社会、生活真实逐步回归。我觉得，如果像目前通常看到的那样以年龄段来划分的话，"70后诗人"的出现也已显得太迟。幸好，总算还是迎来了闪亮登场的一天！

"70后诗人"的命名和划分应该认为是牵强附会的，与以往的"朦胧诗""第三代"等相比，无疑缺乏文本本身的冲击以及整体的代表性。但重要的并不在于这一点，而在于他们呈现出来的胆识和锐气，他们对新题材、新方法的尝试和蔑视的行为。我个人最希望能够从这方面去谈论"70后诗人"而原谅他们命名或者冲击力的缺憾，即使利用一些别具一格的手段来争夺注意，我认为也无可厚非，只要不至于本末倒置就好。

按照我的理解，到目前为止，我尚未发现"70后诗人"的大气分子。谢湘南也许算得上是"70后诗人"中较突出的一位，但他几年来一直沉浸在自我的创作接触和生存行走之中，对这个概念或者称谓并无特别的依附感觉，尽管他本人也算得上是这场诗歌运动的切身参与者。他的创作实际上还是一种个人生活的喃喃自语，除了在题材以及个性表现上抢眼和博彩之外，尚未发现更具打动力的因素。在我看来，谢湘南绝对是一个诗歌理想的沉湎者，他在诗中对诗歌理想、生活理想甚至人生理想的解构应该是一种从形而下到形而上的表现。他把自己的第一部诗集命名为《零点的搬运工》，本身就具有这样的说明意义。我觉得可以从两个方面去理解：一是词语的"搬运"，在午夜冥想的灵魂"寻找动词"；二是生活的"搬运"，现实生存中的行走的人"迎接黎明和太阳"。据我所知，谢湘南本身就在深圳的外资工厂做过搬运工，刚看到这个书名的时候，我的心不由自主地随之跳动了一下！

作为和谢湘南结识较早的朋友，我也许也是他诗歌的最早阅读者和一直保持着对他阅读的人。收入《零点的搬运工》的一百多首诗，我之前几乎已全部阅读过。几年来，谢湘南常常会在我们会面的时候拿出一沓刚完成的诗稿，而他在公开刊物上发表过什么诗，我却不怎么清楚。他进入公众的视野及获得认可是在 1997 年 12 月参加《诗刊》社举行的第十四届"青春诗会"之后，由此而开始尽享诗坛喧哗。说实话，我较喜欢谢湘南早期的诗作，像收入这本集子中的《呼吸》《行李》《吃甘蔗》《回忆我的 1995 年》《一起工伤事故的调查报告》《我站在打卡的人群中》等一批诗，其中还有一首《写给"边缘客栈"和它的主人》是为我而写。我至今都清晰记得这些诗中那些扣人心弦的句子："1995 年我能替代爸爸 / 耕种。却没法替代妈妈生病"（《回忆我的 1995 年》）；"在南方 / 可爱的打工妹像甘蔗一样 / 遍地生长 / 她们咀嚼自己 / 品尝一点甜味 / 然后将自己随意 吐在路边"（《吃甘蔗》）；"行李，一只箱子，过于沉重 / 我想走过去扛起那只箱子 / 她的生活，但我们素不相识"（《行李》）……诸如这样的由词句内涵直接提升的表达方式是谢湘南早期诗歌的一大特色，短促的打动令人心跳、着迷，就像突然听到一声熟悉的呼叫那样直切内心。我素来认为，诗歌写作是具有"意外作用"的，好的诗歌语言须达到一种出乎意料的效果，不仅是阅读者，连写作者事先都始料未及。谢湘南的部分诗歌就达到了这种效果，这样的阅读绝对是愉悦的。在谢湘南这里，诗歌不仅仅表现了生活，还创造了生活。换句话说，他通过诗歌这种方式提炼了世俗的生活，建立起一个架设于生活之上的诗性世界。

除了在诗中时时出现短促有力的词语和打动人心的句子之外，谢湘南的另一个深刻特点是生活原生态的诗性呈现。他对生存状态的关注方式并不同于一贯的发现闪光点、呼唤崇高之类，而是一种沉默的歌唱和抗拒，他只强调真实反映和自然流露，绝不故作振臂高呼或无病呻吟状。以《一起工伤事故的调查报告》为例，这首诗以一个旁观者的口吻轻描淡写地说出了一位车间女工在操作啤机时发生工伤事故的情况，可以说不带任何感情色彩，却让人看了后不由得生出一种欲哭无泪的黯然。诗歌的感染力散发于不动声色之中，这不能不说是成功的方式。这首诗在形式上也有突破，它简直就像是一份报告书。谢湘南从不回避自己作为一个外来打工者的角色，他辗转于大大小小十几家外资工厂，从事过不同的工种，对寻工、跳槽、加班这些打工常见的现象以及人在他乡的孤独、苦闷、快乐等有着深刻的体会，他在诗中原汁原味地把这些状况表露出来，让人感同身受。阅读谢湘南的诗须借助于对打工生活的了解，而他对打工者生存状态的极度关注不过是一种直面自身的写作行为，并非像外界所说的那样有意去做新题材的开拓。

当然，他的出现使更多的人接触、接受打工这种题材，认识一个新的领域，这一点是不容置疑的。

刚接触谢湘南诗歌的时候，我就认为他是一个不重视技巧的诗人，或者说他并非利用技巧来写诗。他的诗一开始就除去了那种固有的惯性模式，完全按照自己似是而非的理解去进入。他通过自身固有的才华去写诗，漠视练习甚至蔑视练习。这并不是说他不去做语言、形式或方式上的操练和尝试，而是因为他在写作中的不由自主。我总觉得，谢湘南的写作是出于本能的，他所呈现出来的文本完全是与生俱来的产物，也许连他自己都并不知道为什么要这样去写。也正因为如此，他的作品给人强烈冲击的同时仍然显得稚嫩，不可避免地带着混沌、仓促和粗疏。当然，这一点多表现在他最初的作品中，他早就在几年的浸淫中培养了写作的自省能力，只是这种自省又或多或少地破坏了他原初作品特有的清新。这是有天才倾向写作者的宿命！谢湘南的长处和短处都在于他近乎空白的习诗背景，他当初对写作的毫无旁骛的进入和写作过程中越来越显得困难的把握，使他一度在成长与衰退间徘徊难定。相信他已经意识到了这一点并已在做着调整。我愿意牵强附会地把他对这本诗集的命名看作自省及调整的一个动作，他认识到自己还只是一个生活和词语的双向搬运者，他有幸在与生活和词语的遭遇中充当了搬运工的角色，而要把这项工作深入下去，则不仅仅是这种双向的搬运所能达到的了。

把生活原生态搬运到写作当中，同时让自己的写作更多关注生活的原生态，这种双向的作用或许就是近年来被津津乐道的原创性。但我更愿意把其看作对题材和自身情感的追求，任何一个写作者关注自己的生活、生存以及当下精神状态都是必需和必要的。谢湘南作为一个打工者，从湖南乡村来到广东，辗转于珠江三角洲几个城市，甚至在他栖居时间最长的深圳，他也是不断地变换着地点。人们已习惯把这种行为称之为漂泊或者流浪，但在置身其中的人看来，实属现实的生存和无奈。谢湘南把这种鲜为人知的生存状态抢先表现出来，只是一种写作的自然和自觉。值得庆幸的是，他竟由此而无意开掘了一种崭新的诗歌写作题材，这在当时绝对是令人惊讶并具有影响外界的吸引力的。到现在，涉及这类题材的写作已越来越多，人们已经由感到新奇渐渐变得熟视无睹，而谢湘南也已获得了写作的自省，希望他能够迈出更新的一步。

在这里，也许我过多地分析了谢湘南的创作状态，而对他的具体作品，他在文本、语言诸方面的努力一再回避。我认为这并没有什么不好，对一个写作者来说，如果他对自己的状态始终保持着清醒，那么他所做的绝对不会令人失望。因此我不会对谢湘南的文本表现及语言方式甚至具体某一首诗指手画脚，相信每一位读者对自己所选择的阅读对象都会有自我的共鸣和拒绝方式，旁人的指指点点反而会在暗中形成障碍。谢湘南在诗中表现了打工者生存的无奈、空虚、寂寞，表现了异乡人在寻找过程中的心路历程，表现了一个乡村青年对现代城市、现代生活的了解，等等。相信不同的读者自有不同的体会。同时，谢湘南在诗中所体现出的细节化和情节化，他对叙事性的追求，又使不同的人在不同的地方读着不免心中一跳。

《零点的搬运工》入选"21世纪文学之星丛书"，由中华文学基金会赞助出版，说明谢湘南的诗歌在国内文学界已形成一定的影响。这是他的第一部诗集，收入的大多是他早期的作品。这一部分作品给人最强烈的感受就是真实、清新，同时充满细致的打动。生活感加上现代感，再加上情感真切到位的渲染，构成了这部诗集的整体风格。谢湘南最近的诗作已有较明显的变化，相信他的下一部诗集，呈现的将是另一派风光。

原载《打工文学备忘录》，社会科学文献出版社2007年版

"底层生存写作"与我们时代的写作伦理

张清华

以令人猝不及防的速度，"现代"的神话裹挟混合着政治、文化、人文以及个体的物质梦想，依次派生出发展、进步、启蒙还有自由与幸福等词语，我们这个号称保守的农业民族，已经成功地建立了一个由上述词语所构成的、不容置疑的、诗一般激情洋溢的、新的"宏伟叙事"。在今天，这一诗性的叙述正夹带着日益合法化的关于财富、欲望和现代生活的奢侈梦想，像正在崛起着的摩天大楼、竞相扩展着的都市建设蓝图一样，推动着我们的时代不顾一切地飞速前行。可是，在这一诗性外表下所掩藏的某些个体的命运，却也不可避免地经历和承受着时代变革中的屈辱的眼泪、失去土地的茫然、背井离乡的苦痛、生存根基被动摇之后的心灵失衡。谁会关注和写下这一切？

> ……也有人只是经历了漫长的白日梦
> 开始是苦难，结束也是苦难
> 列车的方向再度是命运的方向

这是杨克的《广州》一诗中的句子。它让我在熟视无睹中猛然看见，时代的列车是在怎样地碾压和支配着一个乡下青年的命运——他不能不茫然地屈从它的方向。它在南方，在那个制造着财富的神话和汇集着屈辱、梦幻、汗水和命运的方向。这青年朝着那方向进发，不知道等待他的是成功还是失败，他只是默默地倚靠在拥挤的车厢壁上，眼里闪着束手无措的呆滞和对未知世界的向往，宛如一条被烘干了的沙丁鱼。

这是我们时代的千千万万个青年中的一个，空间的移动改变了他的生活和命运，也改变着我们这个国家。无数的个体汇成了潮水和泥石流，然而他们参与制造的经济学数字和 GDP 的神话却淹没和覆盖了这些卑贱的生命本身，遮蔽了他们灰尘下的悲欢离合和所思所想。

现在，有人要为他们书写这身世，书写这掩藏在狭小的工棚、闷热的车间、汗臭熏天的简易宿舍中的一切，书写他们内心的欢欣与痛苦，这怎么说也是一件大事。

我意识到，这篇短文将要讨论的是一些基本的甚至是"ABC"的问题，但因为这些作品的出现，这些问题再度变得重要起来，使我不得不冒着陷于浅陋的危险来谈论它们。

尽管我一直认为，诗歌只与心灵有关而与职业无关，但是在我们的时代，职业却连着命运，而命运正是诗歌的母体。历史上一切不朽和感人的写作，都与命运有着密不可分的关系，在我们的时代尤其如此。当我们读到了太多无聊而充满自恋的、为"中产阶级趣味"所复制出来的分行文字的时候，这种感觉就愈加强烈。

"底层生存中的写作"，我意识到，这是一个包含了强烈的倾向性，还有"时代的写作伦理"的庄严可怕的命题。从字面看，它大概包含了两个方面的问题：一是写底层，这恐怕是问题的主要方面，我们现在可以看到的绝大部分作品应该是属于这一类的；二是底层写，这个问题比较难以界定，究竟什么样的生存算作底层的生存？什么样的身份才符合一个"打工诗人"的标准？我注意到，像柳冬妩这样的诗人可以说"曾经是"一个"打工诗人"，但现在他是否还是一个打工者的身份？因此我想，写作者的身份固然是重要的，但也可以不那么重要，他只要是在真实地关注着底层劳动者的命运就可以了。

但我在这里却不想仅仅从感情的层面上来谈论一个伦理化的命题，因为那样可能会把问题简单化。底层的生存者并不仅仅是进城的"农民务工者"，在社会急剧分化的今天，农村的贫困家庭、城市失业者的生存状况并不比他们更好——如果农村的生活状况可以维持的话，怎么还会有这么多进城务工的农民？那么这些人的生存状况要不要书写？所以，问题还需要深入。我联想到"五四"新文学诞生之后不久出现的"乡土文学"。为什么会出现一个乡土文学？在古代中国有田园诗，但是却没有乡土文学，这是颇为奇怪的。那时的田园未必总是好的，兵火之灾常常使得"白骨露于野，千里无鸡鸣"，但那样的描写也还称不上是乡土文学。为什么呢？是因为我们民族整个的生存方式并未发生根本变化——换言之，"文化"并没有出现根本的变动。现代意义上的乡土文学的诞生，正是基于两点：一是传统的生产与生存方式发生了深刻变动，因此文化的结构与价值形态也相应地发生了变动，在这样的一个变动下，人作为存在物，其命运，也即其悲剧性的诗意得以显现；二是现代意义上的知识分子的启蒙主义意识的烛照，使得乡土生存的深渊状况被照亮了，否则，"从来如此"又有什么不好？知识分子把农人的苦难"解释了出来"。当资本的流向和工业化的进程阻断并破坏了传统的生存方式与伦理观念，在致使农民贫困化的同时，从土地上流离出来，这样便导致了乡土文学的诞生。现今情况大致是相似的，大量的农民或是出于对城市的向往，或是由于失去土地，由于贫困所迫，背井离乡涌向城市。这从表面上看是一个个体生活的空间位置的变化，但实际上却意味着一种生存、伦理、价值和文化的巨变。这一切对于个体来说，除了解释为个人与历史之间的冲突以外，别无任何可能的解释，这正是诗意产生的时刻。

但这样的"诗意"未免太过宏伟了——它是历史性的，其不可抗拒性在于它是不可逾越的"历史代价"。马克思早就说过，历史前进的杠杆正是恶与欲望这样的东西，时代的"进步"与"发展"理所当然地要以某些人的悲剧性命运作为代价。但这是政治家所思考的，19世纪欧洲的作家们并不清楚这些，或者他们对这个充满理性的估价并不感兴趣。巴尔扎克和司汤达们对当年的"外省青年"（他们某种意义上和现今中国的"进城务工人员"的身份不也很相似吗？）的命运的描写，和1830年代法国贵族被资产阶级打败的编年史一起，曾经意外地成为比历史学家、政治经济学家还有统计学家们的数字之和还要多的翔实记录，为什么？就是因为他们书写了人、书写了个体生命、书写了他们在这个时代的命运，这样才留下了具有血肉的而不是只有冷冰冰的文字叙述的历史。19世纪伟大的批判现实主义作家们的不朽之处正在于，他们所关心的并不是所谓的"历史的进步"，而是在这场所谓的进步中经历了失败、挫折和悲剧命运的那些人们。因此，如果说要有一个现今意义上的写作伦理的话，那就是这样的一种"反历史"的伦理。

也许有人会对这些写作的意义甚至动机表示怀疑——比如会简单地将之归结于一种"现象"或者"问题"的写作，一种概念化的和"非纯粹"的写作，等等。我不否认对于每一个具体的作者而言他的动机的无意识和含混性，甚至他的思考和观察角度的某种"不健康"趣味等，但正是这些作品强化了我们时代的一个关于写作伦理的庄严命题。我得说，它们令我感到震撼并产生了强烈的为之辩护的冲动，因为我以为最重要的还不是"对苦难的拯救"，而是"看见"。你不能要求对苦难的叙述者去消除苦难本身，他做不到。事实上"悲剧"的意义也许从来就不是意味着对命运本身的拯救，古典悲剧的美学与精神内涵同样也不包含这些，它们只包含了怜悯、恐惧、净化和崇高的意义，而这些意义产生的基础在于"命运是无可改变的"。所以，我们并不能去苛求写作者，对他们的写作动机提出虚妄的质疑。但是另一方面，我又认为这是拯救我们时代的良心和每一个个体的人性的有效途径，因为悲剧的意义正在于对局外人——那些观众的良知与心灵的唤醒和救赎。在这个意义上我认为，这些作品的感人和有价值之处就在于，它们是作者通过自己的发现和书写来实现对劳动与劳动者价值的一种伦理的捍卫，并由此完成对自己心灵的净化和提升。

这和鲁迅他们当年的写作是不一样的。某种意义上，作为写作者的他们和这些诗歌中的人物并没有多少差异，他们都是同样意义上的"生命"和"生存者"，并没有什么特殊的优越感。而相比之下，鲁迅和文学研究会的作家们眼里的乡村却是破败的，他们眼里的农民也只是愚昧和麻木的。为什么会有这种差别？那是因为他们试图去拯救这些人，试图去改变他们的命运，或者换句话说，他们以为自己是高于底层劳动者的。《故乡》中鲁迅虽然对那里的人民充满了热爱，可是据说连闰土也偷拿了老爷家的东西，这是多么让人感到悲凉和绝望的消息。鲁迅的拯救意识导致了另一种更具悲剧性的体验——那就是绝望，他的作品由此产生了另一种接近荒诞的诗意。除了"五四"作家，还有另一种书写的角度，那就是沈从文式的，把乡土和劳动者的人生进行诗化的处理，使之变成知识分子最后的精神乌托邦。在这两种写法之外，我以为在现时代最朴素和最诚实的写法，就是这种再现和呈现式的表达，他的所有主题都还原为"生命""命运""生存"这些初始的概念，而不只带有社会伦理意义上的那些层面。当然其中也会包含了写作者的感情，但是写作者不会高于被描写者，这样反而带来完全不同的朴素和真诚的诗意。

这也使我联想到古代诗歌里的那种写作——在一个时期我们曾经很意识形态化地把那叫作"诗歌的人民性"。从《诗经》到汉乐府、从杜甫的"三吏""三别"到元白诗派所描写的底层百姓的疾苦，那种写作同样充满了对生命的体恤和对命运的怜悯，所以让人感动。但在文人创作中，这种关怀底层和体恤生命的精神与其称之为"人民性"，还不如称之为"知识分子性"，因为无论什么样的人民性，究其根本都是写作者知识分子性的体现。在《中国打工诗选》中，我们同样可以看到写作者强烈的亲近底层劳动者的立场，而且他们所充当的角色也不再是旁观者的吁请，而是多有置身其间的切身体验。宋晓贤的《乘闷罐车回家》中，就有这样设身处地的感人句子："一颗牛头也曾在此处／张望过，说不出的苦闷／此刻，它躺在谁家的厩栏里／把一生所见咀嚼回想？／／寒冷的日子／在我们的祖国／人民更加善良／像牛群一样闷声不语／连哭也哭得没有声响"。这是坐闷罐车回家的打工人的感受，这本来是用于运送牲畜的运输工具，现在被临时用于运送回乡的民工。作为"人民"本身，他们可能并不会感到特别的屈辱，因为这和他们在异乡住低矮潮湿的简易工棚、干最脏最苦最累的活本身比起来，又算得了什么，但是我们的诗人却从中感受到非同一般的处境和命运，并写下了让人落泪的诗句。

与此同时，在《中国打工诗选》中我们还可以看到，大多数作品都是在一个隐含着的角度中展开的，即自己是站在一个城市的人、一个与打工者相比有着"合法居住权"的人的角度来反躬自问的，这也应该是他们的"知识分子性"的另一种体现。在卢卫平的《在水果街碰见一群苹果》中，他用了"苹果"这样一个形象来形容那些乡下来的女孩子，对这些贫困但充满纯洁与健康气息的生命，表达了一个城市生存者的深深感动与赞美之情，同时也暗示了他所代表的城市的自惭形秽："它们肯定不是一棵树上的／但它们都是苹果／这足够使它们团结／身子挨着身子，相互取暖，相互芬芳／它们不像榴莲，臭不可闻／还长出一身恶刺，防着别人／我老远就看见它们在微笑／等我走近，它们的脸就红了／是乡下少女那种低头的红／不像水蜜桃，红得轻佻／不像草莓，红得有一股子腥气／它们是最干净最健康的水果／它们是善良的水果／它们当中最优秀的总是站在最显眼的地方／接受城市的挑选／它们是苹果中的幸运者，骄傲者／有多少苹果，一生不曾进城／快过年了，我从它们中挑几个最想家的／带回老家，让它们去看看／大雪纷飞中白发苍苍的爹娘"。这是多么淳朴和美丽的生命啊，却是这样的廉价。这样的作品使人相信，"打工诗歌"绝不是一个来自"慈善机构的宣传品"，或者是什么人施舍作秀的产物，而是可以"成为艺术"的真诚的写作。

　　关于"现实"和"真实"，这是另一个至关重要的问题。这并不是从现在开始的，事实上关于"真实"的问题从来都不只是写作的基本要求，而且还是一个写作者基本的伦理标尺。"忠实于现实"，这是我们过去很多年里一直强调的东西，但是现实究竟在哪里？我们何曾接近过它？我们曾经把"现实主义"这样一个概念伦理化甚至法律化，而写作却依然远离现实和真实本身，这是我们一直没有很好反思的。基于这样一个历史，我不愿意把这样的写作称作"一种再度出现的现实主义写作思潮"云云，这样的命名有可能会带来曲解甚至伤害。远的不说，即便是出现在 1980 年代前期的那种"新现实主义诗歌"，也堪称是悲剧的例证——它们不是反映现实，而是肆意篡改现实。在一首"获奖诗歌"中，诗人设想自己是一名纺织女工，在产假结束之后的"第五十七个黎明"推着婴儿车去上班，这车子就推上"生活""希望和艰辛""一袋炼乳、两棵白菜，还有夜大课本……"之类，然后就是一路"绿灯"和"致敬"，然后就得出了结论："旋转的婴儿车，就是中华民族的魂灵。"这是什么样的现实主义？它何曾触及过生活的真实状况和人物的心灵？全是"概念化了的现实"。在这种写作成为风气之后，类似的"打工题材"的诗歌也开始出现，比如"清晨，我登上高高的脚手架"，"我骄傲，我是一名板车工"，"街头，有一个钟表修理摊"……这些曾成为这年代的一种"生活抒情诗"的典型句式，但这种写作同样也未曾抵达过现实和真实半步。写作者假代当事人，虚构了他们的幸福生活，而把汗水、辛劳和他们所忍受的屈辱生活诗意化了，有的批评家笔下早就揶揄和抨击过这种虚伪的"灰色的市民意识形态"。这是一种典型的"假性写作"，写作者冒充劳动者，假借他们的名义，表达的是对现实的粉饰和认可。

所以，真正的现实是回到人物的命运。这是活生生的"具体的个人"——"That Individual"，而不是建立在"典型意义"上的概念化的代表。而且某种意义上，真实的"多元性"中最重要的是真实的"残酷性"，如果一个写作者认识不到这一点，那么他的写作就不曾达到应有的深度。事实上所谓"深度"就在"底层的现实"中。我之所以强烈地反对我们时代的写作中的"中产阶级趣味"，就是因为它在本质上的虚伪性。我当然不否认，即使是"中产阶层趣味"下的生活者也有他们自己的"现实"，但如果在一个依然充满贫困和两极分化的时代滥用写作者的权力，去表现其所谓的后现代图景，就是一种舆论的欺骗。对于"沉默的大多数"来说，谁能够倾听和反映他们的声音？作家莫言曾提出过"作为老百姓的写作"的说法，这无疑是真诚的，但我在事实上仍然愿意将其看作是知识分子写作的另一种形式，因为真正的老百姓是不会写作的，他们根本没有可能和条件去写作。莫言的说法的潜台词是要知识分子去掉自己的身份优越感，把自己降解到和老百姓同样的处境、心态、情感方式等，这样才能最大限度地接近他们，并且倾听到他们的心声。因此，在一定程度上也可以说，只有实践了"作为老百姓的写作"的诺言，才有可能达到"现实主义"的真实。在游离的作品《非个人史》中，他这样书写了一个乡下青年的履历："遗弃、绝望、乌托邦，它们／规范的称呼是：乡下、县城、省城。／这几乎是我三十年的拉锯历程……／／三十年，我仍在拉锯。切割的进程／跟不上年轮的增长，越来越深的木屑，／掩埋着来自地底下的蚯蚓的呼喊：／／有一把锄头可以切断我，有一根草／给我呼吸，有一个街头供我曝晒尸骨，／有一张纸，在第四个空格写下：身份，其他"。在这里，"我"介入到了对象之中，成了那个卑微的生命的另一个身体，它让我们听见了来自那体内的声音，使我们感到，关注一个生命比起关注一个宏大的词语和概念，不知道要真实和重要多少倍。

另一方面，真实也并不纯然是紧张或者崇高庄严的悲剧，它也有可能是喜剧。小人物本身就带着天然的喜剧性，他们的弱点甚至愚昧和他们的不幸与屈辱一起，构成了丰富的人生内涵。这同样是真实性的体现。马非的《民工》就让我看到了另一种真实——一个百无聊赖的打工人在"人民公园"的一角和一个暧昧女子谈起了皮肉生意，这虽然不雅，但却使人看到了底层生活的另一景象。我们可以想象那些远离了女人的人，在单调沉重的体力劳动中内心的贫乏与虚空焦灼。这并不会使我们对他们产生鄙视，相反，一个严肃的读者会由此生出由衷的悲悯之情。相形之下，写得更好的是伊沙，因为他没有简单地写喜剧，他是用了喜剧的笔调去写一个悲剧，所以更有叫人感动的力量。这首叫作《中国底层》的诗选取的是"西安12.1枪杀大案"纪录片开头的一个片段，男女主人公的对话。通常人们习惯的是去妖魔化地理解这些犯罪者，对他们切身的生存处境却不会予以考虑，但在这里，伊沙偏偏要设身处地，他模拟了纪录片中贩枪女孩和盗窃枪支的男青年"小保"之间的一段对话，原来所谓的犯罪实际上动机也极其简单，不过是出于一个饥不择食的生存欲望，而女孩的犯罪则纯然是出于简单的同情心。是这样简单的动机毁了他们的一生，其实一切不过是一念之间的事情，片刻之间就区分了人类和妖魔。最后我们的诗人是这样说的——

> 这样的夜晚别人都关心大案
> 我只关心辫子和小保
> 这些来自中国底层无望的孩子
> 让我这人民的诗人受不了

这就是还原到生命个体的真实！它重新揭开了被法律、舆论和所谓道德所遮蔽的原始的真相，在诙谐中让我们看到被概念覆盖和捆绑中的生命的绝望与哭泣，它让我们相信，最终还世界以公正的不仅仅是法律，还有诗歌。

最后我想还可以谈一谈所谓的"叙事"。因为一方面，据说叙事已经成了1990年代以来诗歌最重要的表现手段之一；另一方面，要表现底层生活的现实，当然也离不开力求"客观"和"实录"的叙事。所以它似乎也成了事关写作伦理的大问题。叙事的时代表明了抒情在一定程度上的退席，但当代诗歌的贫乏症之一就是抒情的弱化。这看起来是一个技术或者文本的问题，但实际上却是一个主体的写作立场与态度的问题。写作者普遍的充满变态自恋的自我放大，攫持和支配了叙事的趣味，也使得叙事变成了一种虚伪造作的伎俩。我当然并不想说，是这些记录底层人群生活状况的作品"挽救了叙事"，但至少，在这些作品中，叙事变得不那么面目可憎了。上文所举的伊沙诗中的叙述几乎占了全部的成分，但它给我的阅读感觉却是充满着灵魂的震撼，它的表现力达到了惊人的丰富和厚重。无独有偶，还有一位叫作管上的作者的一首《王根田》，也是以实录的形式，用诙谐和平静中又带有悲伤的口吻写了一个外出打工人的命运——王根田在外面苦熬，家里村长却霸占了他的妻子，并且"超生"生下了并不属于他的孩子，他蒙羞之下只有铤而走险，杀了村长，自己也被判了无期徒刑。我们一方面可以感叹这可怜的人不懂法律的愚昧，但设身处地去想一下，但凡王根田有一点说理的去处，他也不会这样不计后果。事实是他别无选择。在这首诗中，作者并没有去刻意地说理和为这个当事人辩护，但其叙事中所生发出来的丰富含义却能够使读者思量良久。

试图谈叙事，还有技术方面的动机。因为我对这些作品叙事方面的自然生动和流畅自如留下了深刻印象。江非的《时间简史》甚至用了"倒叙"的手法，在极简练的笔墨中写出了一个十九岁青年的一生："他十九岁死于一场疾病／十八岁外出打工／十七岁骑着自行车进过一趟城／十六岁打谷场上看过一次，发生在深圳的电影／十五岁面包吃到了是在一场梦中／十四岁到十岁／十岁至两岁，他倒退着忧伤地走着／由少年变成了儿童／到一岁那年，当他在我们镇的上河埠村出生／他父亲就活了过来／活在人民公社的食堂里／走路的样子就像一个烧开水的临时工"。这样故意地轻描淡写，是刻意地要体现出一个生命的卑微，就像他不曾来到这个世界，一切都这样快地结束了，没有留下任何痕迹，也没有引起任何的悲伤。在这首诗中，我们不难看出作者丰沛的悲悯之情，以及对于我们这个时代的冷漠与失德的尖锐反讽。

说来说去还是又回到了起点。我并不想说，有了"打工诗歌"一切就都变得好起来了，无论是现实还是诗歌都不会仅仅因为一个伦理问题的浮现而解决所有的问题。但是我确信它给当代诗歌写作中的萎靡之气带来了一丝冲击，也因此给当代的诗人的社会良知与"知识分子性"的幸存提供了一丝佐证。在这一点上，说他们延续了一个真正的现实主义的写作精神也许并不为过。

原载《文艺争鸣》2005 年第 3 期

伦理与诗歌伦理

钱文亮

1

近些年来，关于诗歌的话题忽然多了起来。但读来看去，却常有时光倒流之感。

20世纪末，看到有人以"排队""分边"的"运动"形式，将诗人、诗评家分成"民间写作"与"知识分子写作"两拨，把诗歌实践中的差异上升到"立场"和"精神品质"的严重对立程度，那句"爱憎分明不忘本，立场坚定斗志昂"的"文革"唱词就再一次回到了耳边。

没曾想自那场"论战"开始，将诗歌问题伦理化的倾向竟愈演愈烈。在这种氛围中，"打工诗歌""草根性""底层生存写作"等伦理化的概念一时间成为诗歌界的热门话题。它们或者被论者上升到新诗从"观念性""误区"中转型的高度，或者被视为关乎"时代的写作伦理"这样庄严可怕的命题。于是乎，"原创性的东西"、地域性、民族性、"忠于现实""为老百姓写作"、关怀底层，诸如此类耳熟能详的诗歌说辞再一次被人强调，令人顿生不知今夕是何年的困惑。这真是有点置身于二十世纪六七十年代的感觉。

稍稍回想一下20世纪中国文学史，自"平民文学""乡土文学"到"普罗文学"，到什么什么文学，以表现对象的"阶层性"、以思想感情的"立场性"、以写作姿态的"代言性"来评判文学作品的价值高下、作家（诗人）写作真诚与否、作品真实与否，并以此为根据，以总体性的民族伦理来贬低个体经验的表达，对不符合论家理想的文学形态进行道德谴责和伦理批判，这样的"介入"文学的方式，其实是新文学与生俱来的毛病。这一重症虽经1980年代的反思与"革命"，但似乎还是应了鲁迅的话：不断地向左转转转，结果反成了右；不断地革革革，到头来一无所有。新文学真的因为经验理性的匮乏，而只能在价值理性化的怪圈中做激情洋溢的历史循环？

但无论怎么说，经过1980年代的文学"启蒙"后，对那些类似胡风所比喻的"五把刀子"的理论或说法，我总是心存疑虑。我很怀疑它们是否属于现代汉语诗歌建设中的症结性问题。

更何况，这些理论或说法以及与之呼应的诗歌写作现象的出现本身，原本就不是来自批评家和诗人的敏感与"真诚"，而是整体性的社会话语风尚使然。在这一点上，他们应该感谢湖北监利棋盘乡党委书记李昌平。

2

对于关注近些年的诗歌写作与诗歌批评的人来说，2000 年是一个需要特别铭记的年份。这一年的春三月，一封从湖北监利写给总理朱镕基的信，在"两会"召开之际，将"三农问题"的严峻性呈现在国人面前——"农民真苦、农村真穷、农业真危险"。写信人李昌平沉痛忧愤的语言，唤起"朝野上下"对"三农问题"的普遍关注；打破城乡二元结构制度、给农民同等国民待遇的呼声也随之发出。这一年的十月，外交部发言人透露，中国正在积极为批准联合国人权两公约（《经济、社会和文化权利国际公约》《公民权利和政治权利国际公约》）做准备……到了 2005 年，随着执政党构建和谐社会思想的提出，社会公正和公民维权日益成为社会各界热炒的话题。

从"政治文明"到"执政为民""以人为本"，可以说，进入新世纪以来，现代"人权"意识、民主政治理念，已经伴随全球化、现代化的浪潮渗入中国社会各阶层。正因如此，"农民工""弱势群体""底层民众生存""社会公正"等词语才能频繁出现于官方媒体、民间舆论和学术文章中，成为公共性的政治社会问题，受到社会各界的关注与讨论。也就是从这时候开始，对个体生命权利、尊严和荣誉的尊重，成为良知和正义的体现，对自身和他人生存权利的争取、捍卫、展开和表达，渐渐积累成社会共识，以前媒体讳莫如深的矿难、食物中毒、失业人员的困窘生活、打工农民的屈辱与绝望……才能频频见诸报端，"马加爵事件""孙志刚事件""黄静事件""王斌余事件"等更是得到政府部门、民间社会和知识界的共同关注，甚至直接促成了某些制度法规的修改。

但在对这些公共性政治社会问题的敏感与表达方面，在底层民众血泪的生存现实面前，包括诗歌在内的当代文学似乎是反应滞后，"介入"不力（准确地说，是没有直接"介入"），结果导致一些批评家愤怒谴责，视之为文学的"耻辱"与"堕落"——需要指出的是，这种谴责本身也是滞后的、跟风式的。与此同时，一种要求重新认识文学与现实的关系、反思 1980 年代以来文学观念与诗歌写作的呼声，也日益高涨；关于"纯文学""文学性""文学自足性"的争论迅速蔓延；在诗歌界，便有"打工诗歌""草根性""底层写作"等概念的随机出场。从这一点来说，这些概念的提出，实际是诗歌界人士面对当前中国社会现实矛盾与思想文化分歧的一种顺势选择。

但令人遗憾的是，从这些观点中我们看不出和目前社会主导话语的更多区别。其中某些论述甚至以二极对立的方式，通过对诗歌"技术主义倾向"的伦理化贬抑，来伸张"打工诗歌""底层生存写作"的价值优越性。而对"底层生存写作"的认识和强调，又仍然受制于阶级和阶级压迫论的思维惯性，将"底层命运"局限于"原始的、经济的、肉体的、政治权利的被压迫"（吴亮语），忽视了现代压迫的形式上的多样性与复杂性……这种令人吃惊的对诗歌艺术的简单化理解，无疑丧失了现代汉语诗歌通过艰苦努力建构起来的现代性视野，在诗学意识上表现出类似二十世纪七八十年代的单调与狭隘。

3

自有新诗的历史以来，对新诗的指控经常是从政治社会学的道德观察开始，而这种观察又常常交织着"知识分子内心深处挥之不去的文化精英主义与平民主义互相缠绕的情结"（蔡翔语）。这样一来，就很容易地导致了 20 世纪文学中"题材决定论"的盛极一时，并成为许多批评家与读者心理上的"政治无意识"。对于新诗萎靡不振的原因的纠察，也常常奇怪地落实到新诗在审美上的艰苦努力，在诗艺上的专业化态度，并将这种努力与态度简单地归结为必然的对立于社会伦理或政治立场。对这种长期以来文化心理积淀所造成的文学认识模式，多年前胡风就曾激愤地给予过反击。1950 年代初，在那篇著名的"三十万言"书中，他更是将几种最有代表性的理论观点，形象地概括为悬在作家和读者头上的"五把刀子"，其中有三点对今天犹有警示意义：（一）作家要从事创作实践，非得首先具有完善无缺的共产主义世界观；（二）只有工农兵的生活才算生活，日常生活不是生活；（三）题材有重要与否之分，题材能决定作品的价值。对于这类应者云集的意识形态化的"文学理论"，胡风当年做了非常周密、非常充分的分析与反驳，认为它们"完全忽视了文艺的专门特点"，完全忽视了文艺实践是一种有它自己的"基本条件和特殊规律"的劳动。针对那些站在非艺术的立场对文学发出的宏大要求，他直截了当地强调，对于作家而言，"忠于艺术"就是"忠于现实"。

胡风的话言犹在耳，因"胡风事件"所造成的文学悲剧殷鉴不远，但从目前文坛的情势来看，人们似乎已经是好了伤疤忘了痛，那种动辄以"立场""态度""伦理""良知"和"真相""命运"之类庄严的煽情大棒臧否诗歌、褒贬文学的故习，似乎已经借尸还魂，不知不觉间再次回到诗歌和文学批评之中。

但无论如何，经过1980年代的文学反思之后，在经过基本的审美"伦理"教育之后，对来自社会主导"立场"方面将文学问题庸俗化的病毒，人们已经具有起码的审美免疫力。那种轻视诗歌写作者的伦理自觉，试图以一种简单化的"题材决定论"对诗人进行统一的伦理普及教育的批评，势必受到真诚的反驳。恰如青年诗人凌越所表示的："对于诗人要介入现实或者要表达对苦难的关怀的论调（仅指这种呼吁本身，而非事实），我有一种本能的反感，因为倡导者的这种姿态本身就预先将自己置于无需辨析的道德位置，有一种居高临下地布道和施予的意味。在我看来，没有人能先天地获得这样的位置，拥有这样的权力。"

这位诗人的意见应该说是对冠冕堂皇的"底层生存写作"论的明智判断与中肯反驳，表明了现代汉语诗歌写作者诗歌"伦理"意识的自觉与成熟。因为他清楚，"无论从语言还是道德的立场来谈论诗歌和现实的关系，都会多少显得机巧"，清楚诗歌写作如果缺乏"与社会的主流立场"的必要差别及其"道德张力"，会"最终变得轻浮和有几分投机之嫌"，意识到了强调诗歌道德因素的微妙和危险。

的确，无论是描写社会底层还是记录历史灾难，无论一首诗作在道德立场上怎样的无可挑剔，回到写作本身，它们都不能回避诗歌本身的伦理问题或者说美学问题。如布罗茨基所言："美学是伦理学之母：'好'与'坏'的概念——首先是美学概念，它们先于'善'与'恶'的范畴……问题不仅在于，美德并不是创作出杰作的保证，而且更在于，恶永远是一个坏的修辞家。"对于现代汉语诗歌写作来说，并不缺乏对那些所谓的"大是大非"、那些轰动性题材的直接表态和介入，也并不缺乏对一个笼统的权力话语进行道德主义的批判，其真正的问题实际在于言说能力的匮乏，也就是审美能力的匮乏，审美素质的低下，缺乏对于诗歌自身的伦理法则的普遍意识与遵守。

鉴于现代汉诗曾经的惨痛经验与教训，我认为有必要强调：在对普遍性的社会伦理吁求保持呼应的前提下，作为与主流精英分子相区别的诗人，当现实或苦难呼唤着自己的形式，呼唤对自己进行命名与言说时，他要遵循的仍然也只能是诗歌自身的伦理法则，一种审美的角度，一种沉着的、专业的态度，通过"技巧"对思想、意识、感性、直觉和体验的"辛勤咀嚼"，成就出经得起时间磨损的诗歌形式，和能够保持苦难的重量与质感的、具体的诗歌文本。他的道德价值也只有通过对诗歌艺术的忠实，通过艰苦的甚至是寂寞的诗歌劳作来体现。他的伦理态度、伦理价值关怀不应该表现在人云亦云的热情和具有轰动效应的题材上，而应该体现在遵循诗歌自身的逻辑，在自己能够发挥作用的领域勤奋工作，将现实的各种挑战（包括对底层民众的关注）整合于文学性价值的准则规范和文学的表现力之中。这也是分工趋细的现代社会对诗歌的专业性要求。

4
————

    面对近年来从伦理角度向诗歌发出的道德要求，我相信许多诗人都会感到一份沉重，也更多一种忧虑和疑惑。正如青年批评家王晓渔在题为《"奥斯威辛"之后不写诗是野蛮的》文章中所指出的，当我们庆祝抗战胜利时，阿多诺所提出的奥斯威辛的诗学难题再次彰显：抗战十四年，日军对中国平民的大屠杀一点也不亚于纳粹，为什么我们的大屠杀文学却无法与欧洲相比？当代中国并不缺乏"祥林嫂式"的抗战文学，但迄今为止，为什么感动全世界的大屠杀文学还暂付阙如？

    文章所提到的奥斯威辛的诗学难题，实际上触及了当代思想家张志扬先生前些年就已经在思考的问题："苦难转换为文字为何失重？"

    因为，不仅仅是抗战十四年，还有兵连祸结的国内战争，还有反右、"文革"等给千百万人带来不幸与伤害的灾难性事件。对于生活在20世纪的无数中国人来说，有太多太多的苦难要求着命名与言说、铭记与表达。而我们的文学，并不能说对这些苦难（包括底层的苦难）缺乏关注与表现，有时候恰恰相反，我们的关注与表现具有一种"祥林嫂式"的"过度言说"，甚至连"祥林嫂式"的"过度言说"都不如，而成为一种表态式的廉价的、感伤的流行叹喟，一种展览化、商品化的书写行为。它一次又一次地暴露了张志扬先生所提出的汉语的言说能力的问题——我们的文学为什么总是无法将个人的和民族的苦难与经验转换为不朽的诗歌，使之以艺术的形式留存于世人的心灵？我想，这样的问题才是值得诗歌界去思考与探索，并通过写作实践予以回应与解答的。换句话说，诗歌写作的伦理问题只能发自写作者本身内在的要求，只能转换为艺术问题通过写作来解决，否则很容易流于一种甜腻的浅薄的道德煽情，一种挥霍苦难的语言游戏。

所以，对于当前一些来自诗歌之外的道德化伦理化的公共性概念，诗歌界不能不保持足够的质疑与批评。

　　鉴往知来，为免于社会伦理话语对诗歌造成的偏见与戕害，免于诗歌屈服于新的载道论与工具论，捍卫对诗歌特殊的专业性质与言说方式的基本认知，保证起码的艺术自律与规则，我认为有必要提出"诗歌伦理"来申明诗歌艺术的合法性与正当性。

　　也就是说，诗人的写作只应该遵循"诗歌伦理"来进行，应该遵循诗歌作为特殊的社会文化现象所具有的艺术伦理要求，遵循诗歌写作特殊的专业性质，特别是诗歌言说方式的特殊性所要求的基本法则。没有这种来自艺术本身要求的诗歌伦理意识，诗人很容易在流行的道德观念和时髦的公共性说法中迷失自我，最终导致的反而是诗歌对民族、人类精神解放与文化创造这一长远价值贡献的丧失。更危险的是，它会沦落为人人可以"介入"或曰轻薄的卡拉 OK，从而为对诗歌进行别有用心的干预与利用大开方便之门。特别对于眼下的现代汉语诗歌而言，在好诗与坏诗缺乏判断标准，写作缺乏规则的混乱无序的状况下，再以一种宏大叙事压抑诗歌写作，忽视现代汉语诗歌建设艺术上的困难与当务之急，只会乱上加乱。从这一意义上来说，提出与强调诗歌伦理问题，实际上是为诗歌写作本身的有序建设提供必要的理论支持，也是捍卫诗歌写作的多样化、丰富性的必需，是为保卫诗歌的独立性与特殊性所设定的最后底线。

　　如果丧失这一条底线，对诗歌企望太多太高，试图让诗歌扮演力所不及的重要角色，诗歌就会异化，"异化成远比坦克和监狱更可怕的暴力"。

原载《新诗评论》（2005 年第 2 辑），北京大学出版社 2005 年版

「打工文学」卷·评论与报道

"打工诗歌"的美学争议

冷霜

近二十年来，"打工诗歌"已逐渐成为当代诗坛一个引人注目的现象，也已涌现出谢湘南、郑小琼等一批极具实力广受赞誉的优秀诗人。2015 年，在深圳打工的湖北诗人郭金牛受邀参加第四十六届鹿特丹国际诗歌节，意味着"打工诗歌"的成绩不仅得到主流诗坛的认可，其影响也开始辐射到海外。2014年 9 月 30 日，在深圳富士康打工的年轻诗人许立志跳楼自尽，他生前的诗作经过媒体尤其是新媒体的传播，使世人真切地感知到这一庞大群体的生存境遇与内心世界，"打工诗歌"由此进入普通公众的阅读视野。当代诗歌近年来在媒体中常常被呈现为一个怪诞可笑的形象，"梨花体""羊羔体"等事件无不折射出普通公众与当代诗歌之间的心理距离，但许立志的诗却得到相当积极的反馈，这与他的绝望自尽引发的同情有关，也与国民对社会正义的普遍关切有关，而与此同时，也可能部分地修正普通公众对当代诗歌笼统单一、不无扭曲的印象。然而，另一方面，当代诗歌在中国社会、文化中的边缘处境，使得它进入公众视野的方式必然是事件性、偶然性的，它被消费之后又迅速被遗忘，在这一点上，"打工诗歌"也并不会例外。

这里我想讨论"打工诗歌"在阅读接受过程中的另一层面的问题。考察"打工诗歌"的发展历程，可以发现，它作为中国当代社会转型的一份特殊的精神记录，其现实意义得到了普遍的肯定，然而对于其美学价值，却存在着内在的争议，并且这种争议在中国当代社会、思想状况中不断深化，从美学层面逐渐进入到文化政治层面，也由此形成了对"打工诗歌"新的命名。追踪这一过程，或许有助于我们更具体地认识"打工诗歌"在当代中国文化中的独特处境与意义。

1

"打工诗歌"是伴随着改革开放之后数以亿计的农民进入城市谋生这一当

代现象而出现的。作为"打工文学"的一部分，它在 1990 年代中国进入市场经济阶段后日益活跃，尤其是在广东等南方沿海地区，1990 年代中后期开始受到主流诗坛关注。2001 年，民间诗报《打工诗人》在广东省惠州市创刊，"打工诗歌""打工诗人"等命名由此确立起来。

"打工诗歌"概念的内涵，一般认为是由打工者写作的关于打工生活的生存经验、情绪、感受、思索的诗歌。不过，这一内涵在其使用中并不严格，在一些较早的"打工诗歌"选本如《中国打工诗歌精选（1985—2005）》中，除了打工者的作品以外，也选入了部分并无打工经历的诗人对于打工者以及打工生活的观察、描摹、想象之作。这种状况与"打工诗歌""打工诗人"等概念内部的含混性及引起的争议有关，比如，公司文员等非体力劳动性质的工作是否也可归入"打工"；曾经从事而后来离开一线体力劳动岗位的诗人是否仍可被称为"打工诗人"，等等。总体而言，"打工诗歌"的创作主体主要是由有着所谓"农民工"这一社会身份的群体构成的，这是可以明确的事实。

"打工诗歌"的勃兴与文学界提出"底层写作"概念大致同时，相对于后者，它被视为是缺乏自我表述能力的一个特定的弱势群体的真实发声，而这一群体既是中国加速工业化、城市化进程中主要的压力承受者之一，又是中国成为"世界工厂"、创造出经济增长奇迹的具体承载者，其充满见证意味的自我书写的意义是不言而喻的。因而它很快引起文学期刊继而是文学批评界的重视。

2005 年第 3 期《文艺争鸣》杂志组织刊发的"在生存中写作"评论专辑，是批评界对"打工诗歌"一次比较集中的发言。张清华、柳冬妩、蒋述卓及编者张未民等多位批评家、学者均撰文阐述了他们对"打工诗歌"的认识，其中一些论述也产生了相当大的影响。而今天看来，这一专辑中的很多文章也比较清晰地呈现出这一时期批评界对"打工诗歌"的接受症候。

首先，是对"打工诗歌"的文学价值的高度肯定。如张清华在《"底层生存写作"与我们时代的写作伦理》中写道："（'打工诗歌'）给当代诗歌写作中的萎靡之气带来了一丝冲击……说他们延续了一个真正的现实主义的写作精神也许并不为过。"张未民的评价与之相近，他将"打工诗歌"的特征概括为"在生存中写作"，认为它们将"特定的生存性直接地转化为了特定的精神性"而"充满了真正的现实精神"[1]。其次，这种肯定不约而同地伴随着一种批评的话语构造。在张未民那里，"在生存中写作"与职业性作家的"在写作中生存"的状

---

[1] 张未民：《关于"在生存中写作"——编读札记》，《文艺争鸣》2005 年第 3 期。其主要内容以《生存性转化为精神性——关于打工诗歌的思考》转载于《文艺报》2005 年 6 月 2 日。

态构成了鲜明的对比；在张清华的文章中，"打工诗歌"或"底层生存中的写作"与"无聊而充满自恋的、为'中产阶层趣味'所复制出来的分行文字"形成对照，而在本身为"打工诗人"出身的批评家柳冬妩的长文《从乡村到城市的精神胎记——关于"打工诗歌"的白皮书》中，则认为它是对"主流诗人"的"技术主义"路线的"小小的反拨与颠覆"。再次，批评家们又大多表现出对"打工诗歌"在美学价值、成绩上的犹疑、回避或保留。如张未民表示，"打工诗歌"的作者们"为了自己的'现实精神'和'人的精神'"，牺牲一些"美学技巧"是可以得到"文学的原谅"的。柳冬妩则提出："'打工诗歌'出现的真实意义并不表现在技术的创新上，其重要部分落在诗歌内容的表达和情绪的抒发上。"这样一种认识方式和态度在同一时期的批评界具有相当的普遍性。

而这种认识方式和态度中的二元性使得它对"打工诗歌"的辩护不仅无法消除读者中可能存在的疑虑，反而把它扩展了。针对这些文章中展开的话语构造，即有批评者指出它们"以二极对立的方式，通过对诗歌'技术主义倾向'的伦理化贬抑，来伸张'打工诗歌''底层生存写作'的价值优越性"，是将"诗歌艺术问题道德化"的表现。[①] 实际上，在这些文章中，"打工诗歌"与所谓"技术主义"或"中产阶层趣味"的写作之间构造的对立只是表层的对立，更深层的对立则建立于"生存""现实""经验"与"艺术""美学""技巧"之间，正是后一种二元观念构造，使其既不能铸就真实的批判性，也很难对"打工诗歌"的美学价值给予有说服力的揭示。可见的争论聚焦于诗歌的伦理层面，但内在的争议却滞留于"打工诗歌"的美学评价上。原因之一在于，在这类批评中，"审美""技巧"等概念仍以未被觉察的方式保留着一副空洞的、不加反思的普遍性面貌；另一方面，对"打工诗歌"的美学经验所生成的文学、历史、社会的诸种结构性因素也还缺乏深入细致的分析探讨，因此，不但无法用精准的批评语言切入、描述这些美学经验，阐明其独特性，反而很容易落入陈旧的、自相矛盾的观念窠臼中。

2

也是在 2005 年，学者刘东在为柳冬妩的"打工诗歌"研究专著《从乡村到

① 钱文亮：《伦理与诗歌伦理》，载谢冕、孙玉石、洪子诚主编《新诗评论》（2005 年第 2 辑），北京大学出版社 2005 年版；《道德归罪与阶级符咒——反思近年来的诗歌批评》，《江汉大学学报》（人文科学版）2007 年第 6 期。

城市的精神胎记——中国"打工诗歌"研究》作序时,对"打工诗歌"的语言和形式提出另一种见解,将上述问题带入到一个新的层面:"既然'打工诗歌'的独特使命就在于——去为一个独特的受压迫群体谋求生存,那么不管它的外在形式是什么,总应当让自家兄弟们更加会心,对其他阶层显出更多的陌生性,而不是急于文化上被优势阶层所同化。只有使'阶层意识'上升到了这一步,打工诗人们对于自身境遇的强烈观照,才不会仅止于社会学层面上的身份认同,而有可能升华为一种真正的文化创造。"①换言之,"打工诗歌"应有一种文化和美学上的自觉,发展出自身独立的美学形态,这才能构成它的文化创造力和美学价值所在,而不是用知识分子等其他阶层的美学观念、趣味来规范和"提升"自身。

这样一种自觉在这一时期的"打工诗人"中也已经出现。2005年3月,绳子、吴季等创办"工人诗歌联盟"网络论坛,两年后,又在此基础上创办了民间诗刊《工人诗歌》,在刊物的征稿启事中提出:"我们要发出自己的声音,发展自己的文化,并把这文化作为劳动者自我意识的一部分。劳动者的艺术,虽然从来处于社会和主流文化边缘,但毕竟有其传统。这个传统今天仍被漠视,甚至被我们自己所漠视。"在创刊号的卷首语中,编者进一步阐述了这种"劳动者自身的文化"的性质:"这种文化及其语言必须能够适应劳动者的地位、处境、精神状态,并努力地探索前途",较之此前的"打工诗歌",显示出更明确的主体意识和文化立场。这在"工人诗歌"这一新的自我命名上就已体现出来,在写作者对自我身份的确认中,也包含了一种更自觉的美学追求。

尽管有此文化立场和美学追求的写作在"打工诗歌"中尚属少数,其处境可谓"三倍的边缘",但它们的出现却具有非同寻常的意义。日本学者尾崎文昭认为,由于后发现代化国家现代文学的"启蒙性"(自上而下的现代化)特点,大众或"底层"用它来表述自己从理论上是不可能的,使之变为可能的因素有赖于现代文学自身属性的改变和写作主体的"越界"。在他看来,"打工文学"也许很难突破既有文学语言的窠臼并创造属于自己的语言,而且,为了得到承认,更容易受到模仿现成文学语言、顺服于主流文学意识形态的诱惑。②证之于"打工诗歌"的实际状况,这一观察是颇有见地的。然而,"工人诗歌"的出现打破了他略显悲观的预言,也为当代文学带来了新异的因素。

近两年,批评家李云雷进一步提出了"新工人美学"的概念,认为当代文学的评价体系建立于1980年代初期,以精英化、现代主义、面向海外为主要

---

① 刘东:《贱民的歌唱》,《读书》2005年第12期。
② 尾崎文昭:《底层写作—打工文学—新左翼文学》,《アジア(亚洲)游学》月刊94号,《中国现代文学的越境》特辑,日本勉诚出版,2006年。

特征（在诗歌领域以"三个崛起"所倡导的"新的美学原则"为其代表），以这样一种文学标准或"美学原则"来评价、衡量"新工人"的创作并不恰当，而"应该结合1980年代以来的'新的美学原则'与1940—1970年代的'人民美学'，结合新工人创作的具体实践，形成一种新世纪的'新工人美学'"。正是基于这种"新工人美学"的构想，他对"新工人诗歌"给予了极高的评价，认为"新工人诗歌的'崛起'，为我们带来了新的经验，新的情感，新的美学元素"，"其意义不仅仅是将底层经验带入当代诗歌，而且也在创造着一种新的中国诗歌"。而"在这一新的崛起面前，我们有必要反思三十多年来'精英化、西方化、现代主义'的美学原则，在新的经验与新的美学元素的基础上，探索更加适合当代中国人经验与情感的诗歌评价标准，也探索一条更加民族化与大众化的中国诗歌发展道路"。①

显然，这些构想和评价融汇了左翼文学的话语资源，而意在将"打工诗歌"纳入"新左翼文学"的范畴之中。置之于当代诗歌场域，由于涉及对新时期以来当代诗歌道路与成绩的总体评价，这种评价无疑具有更强烈的争议性，然而，对于这一潜在的争议的评判，却可能已无法在文学内部完成，而必然需要连带更大的问题域来展开，正如"新工人"这一命名，也关联着一些社会学学者对这一群体的研究和思考。②"打工诗歌"的活跃，恰与"新左派"与"新自由主义"之争发生于同一时期，批评界对它的评价包括美学评价的变动和争议，也与这场范围更大、延续至今的争论存在着内在的联系；如何看待"打工诗歌"，与如何看待"打工仔"/"农民工"/"进城务工人员"/"（新）工人"这些不同称呼之下的同一群体，以及如何认识当代中国社会的进程与前景是分不开的。尾崎文昭的文章更以精敏的现实感，向我们提示出"打工文学"作为不同的现实力量、文化权力、书写主体所争夺和占据的"空间"的事实。

在此意义上，我们可以看到，对于"打工诗歌"—"（新）工人诗歌"的美学评价，对其间隐现的歧义与争议的理解，以及对"打工诗歌"—"（新）工人诗歌"美学经验的有效阐释，都不仅关乎当代诗歌，也关乎我们对当代中国文化及其创造力的想象和辨识。而这，也向我们提出了挑战。

---

① 李云雷：《"新工人美学"的萌芽与可能性》，《天涯》2014年第2期；《新工人诗歌的"崛起"》，《文学报》2015年3月26日。
② 学者吕途对这一概念的使用使其开始为较多人所知，见吕途《中国新工人：迷失与崛起》，法律出版社2013年版。

"一颗螺丝掉在地上"

秦晓宇

1

2014 年 9 月 30 日下午近两点，"90 后"诗人许立志来到深圳龙华一座大厦的十七层，他疾步走到窗前，向外眺望了五分钟之后纵身一跃。10 月 1 日零点零分，他预设了定时发送的一条微博"新的一天"，准时发布于他已辞别的这个世界的新的一天。

许立志，曾用笔名浅晓痕，生于 1990 年 7 月 28 日，广东揭阳市揭东县东寮村人。父母均为普通农民，田间劳作之余，父亲常以潮州乐器椰胡自娱，母亲是一名虔诚的基督徒。高中毕业后许立志在广州、揭阳等地打过工，2010 年开始写诗。2011 年初赴深圳，进入富士康公司成为一名流水线工人。2014 年 2 月合约期满后曾去江苏谋职，不久返回深圳，失业半年。9 月 26 日与富士康又签订了一份为期三年、入职月薪一千九百元的劳动合同，孰料四天后便跳楼身亡，也正是由于这个原因，不能回村安葬，他的大哥许鸿志决定就在深圳附近的海域将他海葬。10 月 15 日上午我们跟富士康进行了第二轮谈判，下午我陪鸿志前往深圳南澳，随行的还有工人诗纪录电影《我的诗篇》的导演吴飞跃及其大象微纪录团队，他们拍摄了整个海葬过程。

登舟前，鸿志捧着骨灰瓮，穿过一条阴潮的涵道；在这条方圆几百米通往码头的必经之路上，海鲜贩子分列两旁，他们面前的方塑料盆散发出刺鼻的腥味，有人挑挑拣拣，有人讨价还价。我忽然想到，塑料盆里那些所谓的海鲜，一直生活在大海里，最终却不得不以陆地为归宿，而许立志恰恰相反，相反而又相似。鸿志的身子骨原本单薄，现在更显憔悴了，此时此刻弟弟就在怀中，被紧紧抱着，只是业已化作银灰色的粉末。就在他上船时，一个怀抱婴儿的女子登上了另一艘快艇，扬波而去。正是黄昏时分，港口宁静，泊着大大小小的船，海天铅灰一色，鸿志沿着一条夕光临时织就的丝绸之路，驶向大海深处的落日。他伫立船头，挥洒着，墓园浩渺，弟弟随风飘散，一如其诗歌谶言："等我死后 /

你们把我的骨灰／撒在茫茫大海"……

2

　　许立志的绝大部分诗作是在富士康打工期间完成的，此前他大概只写过三首诗。那是 2010 年 10 月，在揭阳一家验钞机公司当店员的许立志做了个阑尾手术，随后在家休养了几日，这很可能促成他用另一种眼光来打量自我及其熟悉的乡村世界，诗兴陡起，在他年届二十前途未卜之际。这三首诗有着青春期写作常见的一些毛病，这些毛病在他日后的许多作品中也都没能完全消除。第一首《夜路》模仿海子的痕迹较重，譬如结尾部分：

　　　月光月光　请让我靠在你肩膀

　　　掉在稻田沟渠的一角　你未见过的一角
　　　泪水在　沟渠的一角
　　　泪水三千　我抬不起的右手　只取一勺

这样的句式恐怕来自海子的《谣曲》"小灯，小灯，抬起他埋下的眼睛"，以及《不幸》"丰足的羊角　呜呜作响的羊角／王冠和疯狂的羊角"。不过其敏锐的节奏感（如"泪水在"之断句从语法角度讲并不合适，却是合乎声律的三字顿），以及对韵脚的处理，均体现了成为一名优秀诗人所必需的语感天赋。

　　随后他写了《短袖》，共六十四行，是他创作的最长的一首诗——进入富士康后他几乎只写二十行以内的短诗，辛苦打工之余，每天能够用于写作的时间精力少得可怜，这样的篇幅容易一气呵成。和《夜路》相比，《短袖》更是将声律，尤其是自由穿插的韵脚，发展成一首诗的结构性因素。在这首诗中，我们还领略到一种捕捉和深化意象的能力。如果说长袖善舞是形容成熟练达善于钻营，那么短袖则意味着与此相反的少年心性；如果说"裹着芸芸众生"的"棉袄"可保暖御寒，那么敏感单薄的短袖很容易被现实的寒冷所侵袭，在"冷空气南下"之时；如果说诗人幻想被谁披上的"锦绣貂裘"象征了富贵，那么短袖在诗中无疑喻指贫寒。我们知道，对于红袖、翠袖、水袖、罗袖等，中国文学已有十分丰富精彩的书写，而许立志苦心经营了短袖意象，以此抒发贯穿古今的少年愁。

我注意到，三首最初的习作都有"夜"意象：《夜路》就不消说了；《短袖》结尾是"夜雨 夜雨下／短袖 可为家"；《光阴·岸》写到"夜雾的腰带"。许立志就是带着这种越来越浓重的黑夜意识上路的。他或许已预感到，这黑夜就是他的现实，而容纳了黑夜的诗歌又几乎是他唯一的灯火。有诗为证：

> 啊，时光，你竟比猫轻盈，比酒深沉
> 黄昏已尽，黑暗里我并不孤独
> 路的转角，有诗歌为我掌灯
>
> ——《黄昏偶感》

许立志再拾起诗笔，已是大半年之后。这时他在富士康的流水线上已经兀立了四个月，"所在的工站赐我以／双手如同机器"，"手上盛开着繁华的／茧，渗血的伤／……自己早站成了／一座古老的雕塑"（《流水线上的雕塑》）。这是他在富士康所写的第一首诗，《短袖》中缥缈空泛的少年愁有了具体、深刻的缘由，并镌刻于一具疲乏伤痛的躯体；这具被厂方的标准作业指导书、巨细无遗的规章制度以及庞大冷酷的工业机器系统雕塑着的躯体，被牢牢地固定在流水线上。"我"还那么年轻，却仿佛在几个月里历尽沧桑，"古老"提示了这一点，此外它也暗示着"我"的经历乃是一种古老的命运。两年半后，习惯了流水线作业的许立志又写下《流水线上的兵马俑》。诗中已没有矫饰煽情的词句与顾影自怜的感伤，只有冷峻的白描。诗人将"雕塑"换成"兵马俑"，诗意批判的力度更强了。同样表现人的异化状态，"一座古老的雕塑"聚焦于自我，"兵马俑"则指向一个庞大的群体。和一般的雕塑不同，兵马俑是物化的躯体，也是殉葬品（而车间在许立志的另一首诗里被称为"青春的最后一块墓地"），数量惊人，整齐划一，严阵以待，正如一个专制的工业帝国中处于准军事化高压管理之下的农民工们，"整装待发／静候军令／只一响铃工夫／悉数回到秦朝"。那么，这些"流水线上的兵马俑"究竟是在打工，还是在服兵役、当牛马？他们究竟是现代社会的产业工人，还是传统社会的奴隶？对于这种工人阶级在生产过程中被异化与奴化的"诗意"，马克思早有阐论："将劳动者贬抑成机器的一个附属品，摧毁他的工作中任何吸引人的魅力，并且将工作转变成一项令人憎恨的苦劳……它们扭曲他的工作环境，使他在劳动过程中臣服于令人憎恶的卑劣独裁统治。"（《资本论》）

许立志的书架上并没有马克思的著作，不过中学时代被灌输的那些马列主义基本原理，或许曾让他反感，也很快被抛诸脑后，现在却很可能被真实的处境激活了。和许多农民工诗人一样，他的诗歌主要是某种游民意识的体现，但随着打工日久，他的阶级意识也在生成和发展，为其写作带来强劲的批判性，以及一种更广阔的人间情怀。在《发展与死亡》中许立志这样写道："工业区呼吸粗粝疆域扩张，无视工人集体爆发 / 集体失眠集体死亡一样活着"。而《我谈到血》作为一首言志之诗，更是他的阶级立场、政治态度、社会情怀、文学观念的一次集中表达：

> 一滴滴在打工路上走动的血
> 被城管追赶或者机台绞灭的血
> 沿途撒下失眠，疾病，下岗，自杀
> 一个个爆炸的词汇
> 在珠三角，在祖国的腹部
> 被介错刀一样的订单解剖着
> 我向你们谈到这些
> 纵然声音喑哑，舌头断裂
> 也要撕开这时代的沉默
> 我谈到血，天空破碎
> 我谈到血，满嘴鲜红

在富士康，上白班时许立志从早晨八点工作到下午五点，若加班便延至七点；晚班则从夜里八点到第二天早晨五点，加班同样延长两小时。白班和晚班一个月颠倒一回，大部分工作时间他需要站着完成生产操作。于是辛劳疲惫成了许立志的生活基调与诗歌主题："左手用于白班，右手用于晚班 / 老茧夜以继日地成长"（《车间，我的青春在此搁浅》）；"流水线旁我站立如铁，双手如飞 / 多少白天，多少黑夜 / 我就那样，站着入睡"（《我就那样站着入睡》）；"我想在凌晨五点的流水线上睡去 / 我想合上双眼，不再熬夜和加班"（《远航》）；"多少个夜班过后，我最大的梦想，竟是日出而作日落而归"（《夜班》）；"穿着工衣，他们的疲倦暴露无遗 / 白班不见太阳，晚班不见月亮"（《疲倦》）；"你的名字被钉在厂牌上 / 你的名字不疼不痒 / 你的名字只是疲倦"（《泪》）；"人行天桥上走过更多的我 / 心藏疲倦"（《下班路上》）……这真是君问苦劳句，千辞不可删。

许立志的身体也在不舍昼夜的积劳中出现了一些状况。譬如呼吸道问题，"日光灯高悬，照亮我身体黑暗的部分 / 它们已漫漶成咳嗽、喉痛、腰弓"（《我愿在海上独自漂流》）。譬如失眠和胃痛的问题，"习惯了加班／一旦放假反倒在梦之外徘徊"（《失眠》），"雨声潇潇的凌晨他开始失眠／咳嗽，胃痛，头晕，焦虑"（《异乡人》）。尤其偏头痛，大约 2011 年底开始发作，"郁积了三百天的劳累／在岁末被命名为偏头痛"（《苍老的哭泣》），然后持续困扰着许立志，"身躯正一寸寸腐化／像我长年的偏头痛／不声不响地漫过血管"（《梦回故乡》），并最终促使他下决心离开富士康。2014 年 1 月 15 日，他在《杀死单于》一诗中写道："每个夜班过后／偏头痛就会悄然降临／为此我苦恼了整整三年"，但"这个早上"，诗人突然觉得他不再是低着头颅的打工仔，而化身为昂首挺胸的汉朝将军，一箭洞穿了单于的胸口。许立志用势不两立你死我活的民族仇恨与战争，来表达他对富士康的愤恨与决裂之情。一箭射杀单于的描写，让人想到王维的名句"偏坐金鞍调白羽，纷纷射杀五单于"，此诗题为《少年行》，几天后劳动合同到期，许立志果然以"少年行"的豪迈告别了富士康。但这又是一个走出与返回的悲凉故事。可以想象，当他四处碰壁求职不顺，在失业半年后万般无奈重返富士康之时，他会是多么沮丧和绝望！

　　和其他农民工诗人一样，在外打工期间，许立志也写过不少乡愁诗。这些诗里固然有想家的因素，但频现的"故乡"一词更多地具有乌托邦意味，是诗人借以抒发其生活苦痛现实悲愁的一个支点、一个符号、一个参照，类似《诗经·硕鼠》中"爰得我所"的"乐土"。在这类诗中，许立志把自己描述为"远道而来的异乡人""远离家乡的游子"，这种不加淬炼随手使用泛滥陈辞套语的做法，堪称败笔；且揭阳离深圳并不远，三百公里而已，远的是故乡隐然象征的美好生活。辞世两个月前，许立志写了一首《团聚》，这是他最后的几首诗之一：

我的生命已经活过两轮

我应该知足了

剩下的最后几天

我回到了我的村庄

带着一垛松松垮垮的年龄和疾病

昔年破败的祖屋

在我的亲人们相继离开以后

不知从哪一夜起

也塌得只剩半堵土墙了

呵，真是懂事的半堵墙啊

即使塌，也要塌成一块墓碑的样子

不久前我去过他的村庄，实际情形是，祖屋仍在，并未倒塌，仍然居住着他的父母。倒是一户邻家院落几近废墟，屋子差不多倾塌了，一扇破烂的木门旁有半壁土墙，矗立在野草中，仿佛拥有随时间而来的智慧，能平静地接受自身的衰亡，用许立志幽默中透着苍凉的妙语来说，"真是懂事的半堵墙啊"。我不知道它是不是《团聚》中那半堵土墙的原型，但我确信，许立志的还乡，仅仅是以诗歌的方式完成的象征行动，因为赴死前半年内，他并没有回过家乡。

3

在今天，农民工诗人已然成为一支不容忽视的文学力量，许立志便是其中的佼佼者之一。大部分农民工诗人倾向于运用质朴平实的语言、经验主义的方式来直抒胸臆，场景化地书写"处处潜悲辛"的打工生活与工厂世界，在"有诗为证"的意义上揭示底层的生存处境，表现出浓郁的自传色彩。这样的写法许立志当然也很擅长，不过一个有出息的诗人不会满足于像一名熟练工那样，在一套驾轻就熟的生产模式下如法炮制，他必须因地制宜，铤而走险，将现实生活的能量转化为文学创造力。

农民工诗人创造的最主要的文学形象，便是形形色色的打工者形象。由于有作者充沛的个人经验的支撑，这些形象总的来说有血有肉、各具特色，只是写法往往千篇一律。而许立志写的《进城务工者》，可谓自出机杼，别具匠心：

多年前

他背上行囊

踏上这座

繁华的都市

意气风发

多年后

他手捧自己的骨灰

站在这城市的

十字路口

茫然四顾

郑小琼的诗集《女工记》用诗歌为一个个女工立传。和"农民工"一样，"女工"也是集合名词，该名词之下的每一个个体经常性地处于匿名状态，其生命印迹常常被蔑视、被忽略、被抹杀。郑小琼的写作目的很明确，就是要"把这个'们'换作'她'，一个有姓名的个体"，深入呈现"'们'背后的个体命运和她们的个人经历……让她们返回个体独立的世界中"（《女工记》后记）。这是很可贵的努力。而许立志反其道而行之，用一种极简主义笔法将"进城务工者"处理成一个几乎剥去所有个体特征的抽象存在，却也因此涵盖了一切农民工。这首诗可分为对比强烈的上下两阕：上阕用写实的笔法，勾勒出一个农民工满怀希望进城打工的寻常画面；下阕则以令人震惊的手法描绘了一个极其荒诞的结局。然而非荒诞到死，不足以写出那种刻骨的悲愤与绝望，以及无限苍凉的命运之感。两阕合而观之，就是任何一个进城务工者的人生剪影，就是一部城市迫使进城务工者从希望走向死灭的传奇，就是一座无名打工者的纪念碑，就是亿万农民工被注定的悲剧命运。而结尾表达了对此的困惑与忧思：城市、进城务工者、历史，该何去何从？

许立志的《一颗花生的死亡报告》完全抄袭了某一花生酱的产品说明书。我曾断言，现代艺术与现代文学有很多可以共享的观念和手法，但毕竟是两码事，譬如现成品艺术在文学中就不成立。而这首诗令我稍稍改变了看法。花生酱的生产说明书即花生的死亡报告，当我们以这样一种可怕的视角去阅读这份说明书时，它就具有了令人战栗的陌生化效果：花生酱之生产即花生之死亡，生产者即谋杀者，厂址即死亡地点，而结尾处的生产日期无疑便是死亡日期。还有什么词语能比"生产"更奇险、更真实、更恐怖地写出"死亡"？而且这首诗绝不仅仅写花生，更是以比兴手法借物抒情，用一颗被压榨成花生酱的花生来"说明"工人被压榨至死的命运，在这个意义上"花生"也流露出花样年华之感，呼应着许立志那些"低于机台的青春早早夭亡"的诗作。诗人只加了个标题，一份毫无个性、情感与文学性可言的产品说明书就变成了一首后现代主义的好诗，传递出强烈的批判意识与抒情意味。

《一个人的手机史》同样是一首从字面上看毫无抒情色彩的深度抒情之作：

索尼爱立信 K510c　（2009.1.29—2011.2.1）

诺基亚 5230　　　（2011.2.1—2012.3.10）

中兴 U880　　　　（2012.3.11—2013.6.11）

小米 2s　　　　　（2013.6.11—　　　　）

　　2013 年 6 月 11 日，许立志买了一部小米手机，他似乎有点兴奋，当天就写了这首诗。手机已然成为当代生活的必需品，这些年来，在电子产品快速的更新换代中，我们像许立志一样，大都陆续用过好几部手机，但恐怕没有谁还记得自己使用这些手机的起止日期。而许立志为什么记得清清楚楚？连诺基亚换成中兴中间有一天间隔都没忘记。这是因为，购买手机对他来说属于重大消费，这样的购物之日不会被轻易忘掉；更重要的是，作为一个孤僻而忙碌的青年民工，许立志的情感生活、娱乐和学习生活基本是在手机上展开的，手机就是他的私人生活的现场，就是他精神生活的载体，使他暂时游离于枯燥冷酷的工厂世界之外。他所在的代工厂生产苹果手机，可在许立志看来，那对于他只是异己的存在物，何况他买不起，"人家出门买苹果四代／我出门买四袋苹果"（《自嘲歌》）；他只对他拥有过的这四部手机满怀情意，牢牢记得和它们每一个的初识与终别的日子。而这首诗不仅写手机，同样也是以物喻人。不难发现诗中起止日期用了通常生卒年的写法，这让我们进一步意识到，手机品牌及型号很像是工人名字及其工号，例如作者本人可依样写成：许立志 G4204934（1990.7.28—2014.9.30）。在这个意义上，这首诗又是一份"死亡报告"，以最简洁的方式记录下一个个工人的生死，省略一切修辞。

　　这三首诗均属于近年来评论界比较关注的所谓"打工诗歌"，然而写法颇为与众不同。它们都有独特的形式感，又并非纯形式主义的装饰设计，而是服务于甚至必要于内容表达的需要，建构深层诗意。学院派读者可以从中读出荒诞、震惊、魔幻现实、极简主义、现成品艺术、后现代主义……不过许立志不会去考虑这些，他从来不是在一间高雅的、由各种理论与流派构筑的文学实验室里进行创作；他的诗，萌生于被现实逼出的灵感。

4
————

　　我一直不大赞同"打工诗歌"（或"打工文学"）的提法。"打工者"可以涵盖诸多职业和阶层，非专指农民工，于是一个原本聚焦作者个体身份的概念，反而混淆了不同层次的打工者之间那些有可能是鸿沟般的社会界限。而且一个自觉的诗人也不会画地为牢，只写某种题材的诗。譬如许立志就有许多作品无法归入"打工诗歌"的范畴，其中也不乏佳作。这些作品表明他就是一个真正的诗人，与职业身份无关，通过它们，甚至可以更好地去认识他的写作才能、文学资源、风格意识与诗歌个性。

一写到打工生活，许立志就苦大仇深，给人感觉他仅仅是个悲情愤怒的诗人。其实他很有幽默感，擅长运用某种内含锋芒的反讽语言。这种语言以戏仿来恶搞、捉弄模仿对象，大曝其丑，用诙谐玩闹、机智妙语对抗丑恶与庸俗。他有首《一位老干部退休后的诗意生活》，写一位贪腐了几十年的老干部，退休后"过上了与世无争的诗意生活／在自家院子里，种上了／几棵松岛枫，几株武藤兰／……要是感到累了，他就躺在摇椅上／举头仰望苍井空，凝眸倦鸟西野翔"。诗中充满诗意的自然风物用了日本 AV 女优的名字。更多时候他以乐境写哀，用一种"悲剧性闹剧"的方式来表现荒诞、惨败的人生。《狂人日记两首》中写道："我还能喝点米汤呼吸也还没断／你们有什么可开心的／我还活着／你们怎么笑得出来"。在《请给我一巴掌》中，诗人这样写道：

请给我一巴掌
作为父亲我怕痛
我不敢卖肾给我儿子买 iPhone5S
我愧对儿子
请给我一巴掌
…………

请给我一巴掌
作为诗人我怕死
我活到今天还没自杀也没打算自杀
我愧对媒体愧对大众
我愧对诗评家愧对诗歌史
请给我一巴掌

他的幽默就是抽向这社会的一巴掌。在许立志看来，活着是一场"悲剧性闹剧"，死后亦然，"自己的葬礼"屡屡被他拿来开涮，自嘲的同时幽死神一默——"在我的葬礼上／他们哭得面红耳赤青筋暴露／就像我年轻时在 KTV／唱死了都要爱"（《孝儿孝女》），"儿孙哭声嘹亮，送葬队伍无插队掉队之乱象"（《重生》）。确实搞笑，然而用他的话说，"你们怎么笑得出来"？

我接触过的农民工诗人说话大都有口音，他们也喜欢用方言交谈，不过其诗歌语言更接近普通话口语，这跟语文教育有关，但至少将越来越趋于"写"的诗歌重新唤回到"说"上来。许立志基本上也是普通话口语写作，其可贵之处在于，有时他会通过具有一定实验性的写作实践，探索诗歌语言的可能性。《一颗花生的死亡报告》即是一例。作为揭阳人，他有几首诗运用了潮汕方言语汇。《番薯伯西游记》写道，"九九八十一难后／番薯伯终于入土为安／险险到达西天"，"险险"即潮汕方言，微妙的是，其意近于有惊无险。许立志亦很热爱古典诗词，常常把自己想象成落魄于当代的古人，夜晚侧卧于古籍中，"和一个词，和一首诗／相拥而眠"（《古人》）；每当"伫立于阳台"，他就不再是那个为暂住证或明天的早餐担忧的打工仔，而成了一位"倚栏远眺的宋朝词人"（《担忧》）。因此他的写作也有些铄古铸今的尝试，根据特定主题，化用文言词藻或古诗句法，实现某种异质混杂的效果。他的五首《杂交诗》，每首均由某一古典诗词名句起兴，接下来却并非古典诗意的发挥，而是让这些千古名句落入当代众语杂交的语境之下，不伦不类，其结果只能是一场场语言的"悲剧性闹剧"，在这个过程中，落魄的又何止这些古典诗句。

"底层如何发声"的命题事关社会正义与历史真相。但这发声何其艰难？底层总是处于沉默和被表述的境地，仅仅在一些极端的时刻，才不得已用暴烈的形式表达其主体意志、遭遇和情感。因此农民工诗人的创作有着极其重大而特殊的意义，哪怕只是描述了自己的日常生活，他们也是在为两亿多命运的同路人立言，为底层的生存作证。然而对此价值的过分关注也使许多人没有充分认识到，一些优秀的农民工诗人的写作实际上早已超越了描述、再现、倾诉、写实的层次，颇具个性地创造出更高妙的文学境界。许立志就有多个创作面相，当他抒写他的富士康普工生涯时，的确有种诗史的动机，他那些打工诗歌虽不无夸张，但大体真实，整体上既是一名底层打工者的生活史，也是其心灵史。而一旦处理其他题材，我们就会看到另一个许立志，一个具有奇诡想象力，自由穿梭于虚实之间的许立志。《局外人》虚构了一个毫无亲情可言的家族；《悬疑小说》讲述一个死者在墓地接收快递的故事；《入殓师》则是写一名入殓师入职第一天特意把闹钟调快一小时，以便在镜子前"好好整理自己的遗容"。《故事三则》是他最后的诗歌作品，《爱情故事》描绘了一种爱情的理想境界，亦真亦幻，看上去很简单却又不可能实现；《友情故事》写一个孤独的人对自己的友情，以及即将到来的死亡，现在看来那就是一首给自己的诀别诗；《亲情故事》写到了家庭成员的陆续亡故，许立志出事后，人们根据这首诗判定他是一个孤儿，殊不知他父母健在，也并无早早夭亡的姐姐，但这首诗亦非纯然虚构，它煞尾于"当他们都看着我活到二十四岁时／这虚构也许就将成为现实"，下面标了一个时间段："1990—2014"，这也是作者本人的生卒年。

5

不难发现，在许立志包含了不同题材、风格、主题、形式的诗歌创作中，有个极具统摄性的第一主题，那就是死亡。他是那么钟情于这个主题，或者说被这个主题死死抓住，在一种"先行至死"的写作状态中，一遍遍地体验和追摹它那噬人的魅力。他惨烈的坠楼之举也提醒我们，他并非只是写写而已。这使得他那些死亡之诗在修辞之外，获得了某种摄人心魄的力量。

许立志最喜爱的两位中国当代诗人是海子和顾城，这从他对他们诗歌的借鉴与化用可以看出。他的《梧桐山巅》系海子《祖国（或以梦为马）》的变奏；《最后的墓地》中有点别扭的那句"时辰走过，他们清醒全无"想必化自海子《九月》"我的琴声呜咽，泪水全无"；而《黄昏偶感》"黄昏已尽"，《青春驿站》"年关已近，年月很长"，很可能来自顾城《墓床》"人时已尽，人世很长"；还有《夜班》"这黑色的眼睛啊，真的会给我们带来光明吗"显然化自顾城著名的《一代人》，只是变肯定为疑惑，不再信任关于前途光明的任何说辞，无论这说辞出自自己热爱的诗人还是出自"他们宣扬"，等等。然而若论对死亡主题的偏爱程度及死亡诗篇的数量，许立志远远超过了这两位同样自戕而死的前辈诗人。

翻阅他的藏书令人恐惧，他会在那些打动他的句子下画上黑线，而这些句子十有八九跟死亡有关。譬如在顾城诗集《暴风雨使我安睡》中，被画了线的诗句有："你既是渔人／就应在风暴中葬身""即使整个世界都把你欺骗／死亡也还是忠心的伴侣""死亡是位细心的收获者／不会丢下一穗大麦""死亡虽然丑陋，却能引起赞叹""死亡是一个小小的手术／只切除了生命／甚至不留下伤口""星星的样子有点可怕／死亡在一边发怔"……画线的那双手，就是流水线上昼夜如飞的那双手，也是在一座大厦的十七层将自己的身体撑上窗台的那双手。当我逼近这些书中的黑线——我想到的却是画线者最后在空中画下的那条黑线。

离开富士康后，许立志有近半年没写诗，2014年6月至7月突然爆发性地写了十几首，然后就此搁笔。这些诗充满了抵近生死大限的缱绻与决绝，其中有首《老蝉》，在同时期那些强烈的自白诗中稍显另类：

> 她不过是在我心里种下一座深深的庭院
> 好让我在午后的蝉鸣下纳凉，慵懒
> 摇摇蒲扇，眯缝着一跳一停的眼
> 来者秋风夏凉，一袭长发惊扰了众蝉的耳语
> 树荫下我的身体无关世界
> 在一只老蝉合眼的瞬间，一点点消逝

蝉只有短短一季的生命，饮风吸露，居高悲鸣，自古就是诗人悲剧命运的象征。"老蝉"更是大限将至的意象，当它"合眼"时，"我"也随之消逝。诗人将死亡置于一种舒适悠闲的日常氛围中，而非某些痛苦、激烈的情景下，凸显了日常之无常，读来更令人动容。现在的问题是，"秋风夏凉""一袭长发"的"她"会是谁呢？我认为，这个充满魅力的神秘女子，就是死神。而"她"种下的那座"深深的庭院"，便是诗人内心根深蒂固的死亡意识。

所以许立志的死是典型的诗人之死，他也的确秉持着这样一个顽念："无论以哪种方式／走向死亡／作为一名合格的诗人／你都将死于／自杀"（《诗人之死》）。但另一方面，他的死绝不仅仅是诗人之死，更是一名底层打工青年的绝望之举，有着深刻的社会环境层面的因由。现代社会学创始人之一涂尔干在其代表作《自杀论》中，严厉批驳了那些简单地将自杀归结为心理机能因素、天象因素以及行为模仿的理论，他用大量事实和统计数据说明，"自杀主要不是取决于个人的内在本性，而是取决于支配着个人行为的外在原因"。他的一位卓越的当代同行布尔迪厄在对"世界的苦难"的研究中，同样深刻地揭示了个人痛苦的社会性。个体遭遇的不幸，看似主观层面的冲突和危机，却体现了社会世界的深层矛盾，本质上是一种"社会疾苦"。许立志选择的正是富士康最流行的自杀方式：跳楼。对于这种死法，他曾云淡风轻地描写过：

> 一颗螺丝掉在地上
> 在这个加班的夜晚
> 垂直降落，轻轻一响
> 不会引起任何人的注意
> 就像在此之前

某个相同的夜晚

有个人掉在地上

——《一颗螺丝掉在地上》

诗人之死与底层打工者绝望的自戕，许立志就处于这两者的交汇处。对于这种叠加的悲剧命运，他在《卡夫卡散文》中画了线的一段话可以作为注脚："在生活中不能生气勃勃地对付生活的那种人需要用一只手把他的绝望稍稍挡在命运之上——这将是远远不够的——但他用另一只手可以将他在废墟下之所见记录下来，因为他之所见异于并多于其他人，他毕竟在有生之年已是死了的啊，而同时又是幸存者。"

许立志不就是这样的幸存者吗？

原载《新的一天》，作家出版社 2015 年版

诗人之死与艺术的重生
——"打工诗人"许立志诗歌论

何雪峰 白杨

"打工诗人"许立志的名字在他与世界诀别之后忽然被社会新闻热闹地关注起来。他曾为富士康公司员工的身份，他作为"打工者"以诗歌创作记录的生命轨迹，以及他决绝地告别世界的方式，被众多媒体挖掘出来加以报道。他成为一个社会热点事件中的主角，但遗憾的是，人们往往过于看重他"打工诗人"的身份，而忽视了这身份之下的诗歌。许立志的诗歌并不仅仅有钢铁的躯壳，不仅仅是对生活的控诉，还有绝望赋予的诗意，以及在死亡与"存在"中衍生出来的对于生活的渴望，只有了解了这些才是对逝者真正的尊重。

1990 年 7 月 28 日，许立志出生在广东揭阳一个普通农民家庭中。高中毕业后他开始在广州、揭阳等地打工，2011 年初进入深圳富士康公司成为一名流水线工人，他的诗作主要都是在这个时期完成的。2014 年 1 月，许立志通过诗作《杀死单于》《绝句》等表达了与富士康决裂的想法，2 月合约期满后他未再签约，创作中断了五个月。其间他曾赴江苏谋职，不久又回到深圳。自 6 月 17 日起，许立志重新拾笔创作，但其诗作中的死亡意蕴愈加浓郁。这期间，他在思考死亡，预言并预演着自己的死亡，为自己和世界寻找存在的意义与价值，可以说，许立志这一时期的诗歌就是他的遗嘱。

2015 年 3 月，许立志唯一的一本诗集《新的一天》以众筹方式出版。这本诗集囊括了他一生中所有的诗作，而其命名正取自其诀别世界前的最后一条微博。对"新的一天"的期盼与残酷的"诗人之死"如此突兀地扭结在一起，迫使活着的人们不能不正视那个在历史的天空中回旋了几个世纪的疑问——"活着，还是死去？这是一个问题。"

一、与生存相伴的死亡

死亡并非一个独立的命题，与死亡相伴而生的是"生存"。许立志说："我来时很好，去时，也很好"（《我弥留之际》）。出生的时候空如白纸，一切都是新的，所以"我很好"；而死亡之时，一切都送还天地，那么"我也很好"；只是现在，"我并不好"。事实上，生存远比死亡要更加本质，"深刻的死亡意识是建立在深刻的生存体验基础之上的"①，作为敏感的诗人，深刻的生存体验造就了诗人对"死亡"的热衷，《诗人之死》成了许立志为自己塑造的墓碑。

生存对每个人来说都是日复一日地活着，但对许立志来说，生活却如绳索般将他死死地捆绑，他写道："我是一只小小的飞蛾／总是奋力地扑向／生活这场滔天大火"（《飞蛾》）。这句诗描写的不仅仅是诗人自己，更是许许多多平凡的人，生活就像一场滔天大火，我们每个人都不得不扑向它，如同宿命一样。诗人秦晓宇说："许立志就是带着这种越来越浓重的黑夜意识上路的……黑夜就是他的现实，而容纳了黑夜的诗歌又几乎是他唯一的灯火。"②这个论断使得诗人的一生更富有悲剧色彩，一个身负黑夜意识的青年终究会走入黑夜，而推动他的正是生活这场滔天大火。顾城写《一代人》，"黑夜给了我黑色的眼睛／我却用它寻找光明"，讲的是那一代人在黑暗中的命运起伏，于绝望里寻找光明的过程；可许立志却发出了"这黑色的眼睛啊，真的会给我们带来光明吗"（《夜班》）的疑问。诗人在质问生活，深重的苦难并没有随着那一代而离去，我们依旧沉沦在痛苦之中，光明真的会到来吗？他写道："我们沿着铁轨奔跑／进入一个个名叫城市的地方／出卖青春，出卖劳动力／卖来卖去，最后发现身上仅剩一声咳嗽／一根没人要的骨头"（《失眠》），这是诗人的生活状态，这也不仅仅是他一个人的生活状态。

许立志生前的大部分诗作都是他在富士康工作期间完成的。他在生产线上一遍遍重复着毫无创造性与趣味的动作，每天近十个小时的工作全都需要站着完成，他写下这样的诗句："流水线旁我站立如铁，双手如飞／多少白天，多少黑夜／我就那样，站着入睡"（《我就那样站着入睡》），"多少个夜班过后，我最大的梦想，竟是日出而作日落而归"（《夜班》）。因为打工的辛劳，他的身体也出现了问题，痛苦的咳嗽、胃痛、失眠、偏头痛，严重影响了他的生活，更加对他的创作产生了深重的影响，令他的笔端开始滑向死亡："雨声潇潇的凌晨他开始失眠／咳嗽，胃痛，头晕，焦虑"（《异乡人》），"身躯正一寸寸腐化／像我长年的偏头痛／不声不响地漫过血管／在五脏六腑扎下农业与工业的根"（《梦回故乡》）。在《杀死单于》一诗中，诗人以汉代将

---

① 刘勇：《中国现代文学的多维阐述》，安徽大学出版社 2013 年版，第 9 页。
② 秦晓宇：《"一颗螺丝掉在地上"》，载许立志著《新的一天》，作家出版社 2015 年版，序言第 5 页。

军与匈奴作喻，形容自己与富士康的决裂，并真的在合同到期后离开了富士康。客观地看，他的离开不仅仅是身体原因，也与他身边的"死亡"有关。在诗人的众多诗作中，《一颗螺丝掉在地上》一直被当作工人诗歌转载，因此成为他流传最广的几首诗之一："一颗螺丝掉在地上 / 在这个加班的夜晚 / 垂直降落，轻轻一响 / 不会引起任何人的注意 / 就像在此之前 / 某个相同的夜晚 / 有个人掉在地上"。

这首诗于 2014 年 1 月 9 日上传到诗人的博客，而 1 月 10 日凌晨深圳富士康又有一名工人跳楼身亡，这已经是该厂区的第十五起跳楼事件。五天之后，诗人写下了《杀死单于》和《绝句》，"总要有人捡起地上的螺丝 / 这废弃的生活才不至于生锈"（《绝句》），之后他告别富士康，整整五个月未动笔写诗，那时候他大概是下了一个决定，废弃的生活终究要继续下去，自己便是那个捡起螺丝的人。

"城市与村庄是我生命的两端，我横亘其间无所适从。"①这句来自许立志博客的话一语道破了他的一生，这是来自祖辈的宿命："诗人啊，你这大山的囚徒 / 一辈子也别想看到大海"（《致诗人》）。大山是乡村的象征，而大海比喻城市，生于乡村的许立志被祖辈的命运缠绕在土地之上，一旦离开土地，看到城市的"大海"，余生将不得安宁。

"1943 年秋，鬼子进村 / 我爷爷被活活烧死 / 享年 23 岁 // 我今年 23 岁"（《谶言一种》），这句诗读起来令人恐慌，尤其与诗名所提的"谶言"联系到一起。许立志写这首诗的时候二十三岁，他死于二十四岁，由此看来，他的死亡并非偶然，长久以来，他都徘徊在生与死的边界。他一遍遍地审视自己，无论是生活，还是认知，而这种审视在诗歌中往往会涉及亲人和家乡，正如《谶言一种》中提到的爷爷，也如他去世前写的最后一组诗《故事三则》中虚构的《亲情故事》：二姐、大姐、父亲、母亲在他的人生里接连死亡，随着时间过去，他慢慢消泯了心痛，甚至在怀疑他们是否真的在自己的生命中出现过，就如同自己这二十四岁的人生，如同庄生梦蝶，不知是虚幻的还是真实的。还有这首，"这个过早耳背的年轻人，此刻正合上双眼 / 黑暗中他听到自己低声叫着：'阿公，阿嬷，阿爸，阿妈……'"（《冬深了》）。诗人想要离开这座锋利的城市，回到他柔软的乡村，就如同想要离开这个冰冷的现实，回到母亲的子宫："这群火急火燎的物种 / 忙活了一辈子 / 弥留之际终于不再插队 / 他们低着头，并然有序地 / 钻进老母亲的子宫"（《排队》）。出生与死亡是一

---

① 许立志：《夹在村庄与城市之间》，http://blog.sina.com.cn/s/blog_69463e160100n9yh.html。

个轮回，出生是离开母亲的子宫，所以死亡便是回到母亲的子宫。

诗人笔下的故乡更像是一座伊甸园，那里是他的启程之地，但却再也回不去。即使后来他多次回家，但他回到的地方已经不是他笔下的故乡了，只有死亡，能带着诗人回到那里："剩下的最后几天／我回到了我的村庄／带着一垛松松垮垮的年龄和疾病"（《团聚》）；"翻过这滴血的一页，城乡间高高的门槛／他听到旧乡村的鸟鸣牛哞，再不见公交，地铁，高楼"（《冬深了》）。

秦晓宇在描述自己跟随诗人的哥哥海葬弟弟时写道："我忽然想到，塑料盆里那些所谓的海鲜，一直生活在大海里，最终却不得不以陆地为归宿，而许立志恰恰相反，相反而又相似。"许立志曾写过："等我死后／你们把我的骨灰／撒在茫茫大海／相信那一天／你们会看到答案"（《我究竟喝了多少》）。也许是巧合，也许是必然，许立志最终被海葬，正如其诗中所写的那样。最终，他的灵魂回到了他的乡村，和他虚构的父母姐妹永远相依；而肉体被抛洒在大海之上，徘徊在城市的海岸，听着工业的轰鸣。

二、超越死亡的恐惧

恐惧是人所共有的情绪，有人恐惧黑暗，有人恐惧空旷，有人恐惧高度……事实上，恐惧源于生存。进化伊始，人类为了保证生存而产生了恐惧，它会为生命提供一个缓冲，不履危，不涉险。而说到根本，恐惧是为了避免死亡："死亡恐惧……是一种根本性的恐惧，影响着其他各种恐惧。不管这种恐惧具有什么样的伪装，却无人能幸免。"[1]对死亡的恐惧是人作为生命的根本性恐惧，可是许立志与一些诗人却违背了生命最根本的恐惧选择了死亡，这是因为他们拥有超出常人的敏感，在严峻的生存处境中感受到莫大的危险，对这种危险的恐惧已经动摇了自身存在之本，衍生为"对存在的恐惧"。

生活的重负，对于迟钝的大多数也许是温水煮青蛙，但对于那些敏感的诗人，却一切都显而易见，一切都在压迫着他们脆弱的神经。

索尼爱立信 K510c　　（2009.1.29—2011.2.1）
诺基亚 5230　　　　（2011.2.1—2012.3.10）
中兴 U880　　　　　（2012.3.11—2013.6.11）

---

[1] [美]E.贝克尔：《反抗死亡》，林和生译，贵州人民出版社1988年版，第30页。

小米 2s　　　　（2013.6.11—　　　　　）

——《一个人的手机史》

　　诗人写这首诗的时候应该是充满喜悦的，因为他换了一部新的手机——小米 2s，这对于他来说是一笔大额消费，而且意义重大。长时间的工作导致他能自由支配的时间很少，智能手机成了他从外界获得信息的主要途径。然而，此时的诗人也许并没有意识到，他的记录方式一点也不寻常：前面的手机品牌型号很像一个工人的名字加编号，甚至可以看成是一个人的名字和身份证号，而后面的起止时间则是生卒年。与之相似的还有《一颗花生的死亡报告》，一瓶花生酱的产品说明书司空见惯，但分行排列后被冠上"一颗花生的死亡报告"这样的诗题就变得耸人听闻。联系到作者的身份，任何商品的成本都有人工费，那么出卖自己劳动力的工人不也是商品的原材料吗？那么在这瓶花生酱中，工人也是原材料，所以工人便是花生。因此，一直以来，我们都是在把人做成商品，并冠以堂而皇之的名字来——"吃人"。

　　相较于上一首诗中诗人的无意识行为，这首则是故意而为，诗人已经察觉到了自身在被物化，生而为人却被当作物品足以令人恐惧，更恐惧的是身边的每一个人都不自知。当有所言而不能言，孤独带来的绝望是刻骨的，死亡的恐惧远不抵存在的恐惧更令人疯狂。"被吃掉 / 是肉存在的唯一价值 / 因此当我一片接一片地 / 吃掉自己身上的肉时 / 我实现了 / 自我存在的价值"（《存在与价值》）。这首诗中，诗人的逻辑很简单，肉的价值是被吃掉，那么我吃掉自己的肉就实现了自我存在的价值。而对于整个人类而言，没有人能避免被"吃掉"的命运。鲁迅在《狂人日记》中借用"狂人"的名义来写"吃人"，许立志则更直接——就用自己来写。

　　"人既具有可超越自然的理性、创造能力和小小神祇，又是无可奈何地属于自然的有血肉之躯的虫蛆。"[①]一个真正的"人"应当如帕斯卡尔所言，做一支"有思想的芦苇"，而"诗人"更是其中的"佼佼者"。也正因如此，用敏感的心灵去遍尝底层的无助，看遍身边的生死悲喜却依旧无力反抗生存的压迫，许立志就是这样活在内外巨大的沟壑中，最后将自己撕碎。

---

① 胡吉省：《死亡意识与神话》，中国社会科学出版社 2007 年版，第 170 页。

三、"我弥留之际"：比死亡更重大的命题

许立志离开富士康后，五个月未动笔写诗，紧接着在 2014 年 6、7 月爆发式地写了十二首之后再搁笔。读他这两个月的作品对任何读者都是一种折磨，就如同一个徘徊在弥留之际的人散开思绪，想到了父母家人，想到了自己的一生，想到纯美的爱情，想到了自己死后的世界会是什么样子……这里面充斥着压抑的情绪，也有解脱之感，对生的眷恋和对死的决绝交织在一起，不禁让人疑惑，究竟是什么力量让这位诗人选择走向死亡？

许立志在 2014 年 8 月 8 日的微博上写道："秋天了，请把我埋好。"这距他计划的死亡日期已经不远了。而这时诗人已经放下了笔，写完了最后一组诗《故事三则》，这组诗有三个部分：爱情、友情和亲情。爱情后面标着"2013—2014"，友情和亲情则是"1990—2014"，2013 年诗人谈了一场不温不火的爱情，1990 年诗人出生，2014 年诗人去世。

在这之前，诗人写了《团聚》，想到自己回到村庄，回到"昔年破败的祖屋"，"在祖辈的坟前三跪九叩"，并将自己化作一把骨灰，"以四处飘散的形式与你们团聚"。他写《我知道会有那么一天》，"那些我认识的不认识的人 / 会走进我的房间 / 收拾好我留下的残骸 / 清洗我淌满地板的发黑的血迹…… / 收拾完这一切 / 人们排队离开 / 再帮我把门悄悄带上"。同时他也怀有遗憾，《我一生中的路还远远没有走完》"就要倒在半路上了"，"我只能这样平躺着 / 在黑暗里一次次地发出 / 无声的求救信号 / 再一次次地听到 / 绝望的回响"。而《我弥留之际》在诗人去世之后更是被多次转载："我想再看一眼大海 / 目睹我半生的泪水有多汪洋 / 我想再爬一爬高高的山头 / 试着把丢失的灵魂喊回来 / 我想在草原上躺着 / 翻阅妈妈给我的《圣经》/ 我还想摸一摸天空 / 碰一碰那抹轻轻的蓝 / 可是这些我都办不到了 / 我就要离开这个世界了 / 所有听说过我的人们啊 / 不必为我的离开感到惊讶 / 更不必叹息，或者悲伤 / 我来时很好，去时，也很好"。

诗人看似很平静，但每一个读诗的人都能体会到他内心的汹涌，他有太多的东西放不下，但他知道生死大限将到，就如托尔斯泰无法控制他笔下的安娜，"生生将她送到命运的车轮之下"[1]。许立志说自己通过了殡仪馆的面试，成为一名《入殓师》，他"站在镜子前"一遍遍"整理自己的遗容"；他刻下"墓

---

[1] 夜深：《是谁杀死了安娜——重读托尔斯泰〈安娜·卡列尼娜〉》，http://blog.sina.com.cn/s/blog_4a91a9230102dyq6.html。

碑"，打造"棺材"，设想"此刻他们正把我的棺椁吊进墓穴"（《重生》），自言自语地问，"我死后／是否也有这么多人来／哭我，送我"（《由一支送葬队伍想到的》），最后自己叹着气说，如果自己"哪天死了／身边肯定也是／一个人都没有"（《我弥留之际·孤老》）。

许立志也曾探讨过"诗人"这个命题，他说："诗人其实就是／湿人／食人／死人／似人"（《诗人是什么》）。诗人是什么？被生活的大雨淋得满目狼藉，被社会和习惯逼迫着去食人，被压榨而死，被异化成非人，这是一首蕴含着大悲痛的诗。就像他说，"想死／你就去写诗"（《有题》），一个足够敏感的诗人与世俗必定是格格不入的，他们能看到别人看不到的生活背后，是冰冷漠然，是血肉模糊，抑或是花开遍野，灿若星辰。当然，许立志大多时候是前者。他说："回首这一生，我也是幸福的／唯一的遗憾是／在我为自己编织的花圈上／少了玫瑰／和玉兰"（《良民》）。他的玫瑰，他的玉兰，正是他的遗嘱——从他离开这个世界的"新的一天"开始，每个人都能拥有幸福。

有人说："许立志二十四岁写诗写到死没一点意义"①。而事实上，"意义"应当是一种精神内容，它是作为主体存在的人，赋予万物生灵和社会事务以自身的认知，并以符号的形式记录下来用以交流存在。而人的意义则更接近"价值"。价值的来源是商品活动，而评价一个人的价值所针对的主体应当是这个人本身。马斯洛提出"需求层次理论"，将人的价值需求划分成五个层次，组成了一个"金字塔"。金字塔最底层的是生理需求，依次往上分别是安全需求、爱和归属感需求、尊重需求，最后是自我实现需求。"自我实现"是人类最高等的价值需求。诗人在《存在与价值》中写道，"我"实现"自我存在的价值"，以"我一片接一片地／吃掉自己身上的肉"为方式。很显然，在诗人自己的眼中，他并没有达到"自我实现"。他曾对朋友说自己最大的愿望是做一名图书管理员，"无论是中心书城还是街道、厂区的图书馆，都能给他极大的享受"，然而无论在富士康内部的员工图书馆，还是在深圳中心书城的求职，他都未能如愿。若以常人之心揣度诗人，他应该会认为自己是一个彻头彻尾的"失败者"，诗歌仅仅是"爱好"，是自己抒发"自我"的方式，而非达成"自我实现"的方式。所以从这个角度来看，他是活在自我割裂的状态之下的。

"在我看来，诗人自杀的直接原因可能有各种各样的形态，但归根到底都是一种，即理想破灭了。"②诗人比常人更接近"死亡"，因为独特的敏感，因

①杨青云：《许立志24岁写诗写到死没一点意义》，http://blog.sina.com.cn/s/blog_4f0375be0102v45l.html。
②黄梦菲：《诗人之死》，《文教资料》2014年第31期。

为对生活的热爱，因为诗歌所带有的纯粹，但这些都不是放弃自己生命的借口。以常人之眼看待生活，固然枯燥乏味，但生存并不艰难，绝大多数人依旧能够过完自己的一生。诗人也是一样。"诗人的自杀与一般人的自杀从本质上来说并没有太大的区别，都是一个自主选择的对生命的永恒离弃，都是一场不能复生的失去。"[1]归根到底，生命归属于所有者自己。许立志去世后，有网友说："错误的诗歌观念把好人写疯，写死……不值得，甚至是死得冤枉无价值。"然而，子非鱼安知鱼之乐，一个人看待自己的人生，评价自己存在的意义与价值，说到底只与自己有关。更何况，在诗歌的国度里，信念是比死亡更重大的命题。

四、在新的一天，"诗人何为？"

"诗人之死"是一个经久不衰的命题。自西方 19 世纪末以来，从特拉克尔到杰克·伦敦，从叶赛宁到马雅可夫斯基，诗人毁灭自己的生命都会给整个思想界带来巨大的震撼。在中国，海子的卧轨也同样被视为超越了诗歌与文学的大事件而被社会各界持续地谈论着。

自文艺复兴以来，西方科技的发展，政治、经济、哲学的接连变革，导致统治欧洲几千年的基督教信仰逐渐解体。当尼采喊出"上帝已死"，西方信仰危机的严重性直接袒露在世人面前，而这同样是西方最严重的一次价值危机，不同学者试图找寻新的价值来填补缺失的"上帝"。海德格尔则通过《诗人何为》这篇演讲将"诗人"推到上帝的宝座之旁，他通过诗人荷尔德林之口问出："……在贫困时代里，诗人何为？""贫困时代"即当时普遍性信仰缺失的时代：世界笼罩在黑暗之中，西方价值体系不再完整，"神圣消逝，诸神缺席"，一种对生存意义和终极价值的怀疑成为此时人类无法摆脱的梦魇。海德格尔认为诗人作为"半神半人"的存在能够感受到"人与存在的分离和人与'神圣'的陌路"，理当"倾听'神圣'之消息，并把这一消息传递给常人"[2]。所以，诗人使命之重大在于其以超越常人的敏感抒写对整个人类的终极关怀。真正的诗人理当洞察生存的尺度与死亡的界限，以超越个人的情怀为整个人类找寻未来的道路。当诗人生存于世，发现自己迷失于荒谬的现实，自身的存在被虚无掩盖而无力回天，也许死亡是唯一的方式，殉道抑或是鸣钟。在中国，海子等人带有仪式性的自戕，也曾引

---

① 黄梦菲：《诗人之死》，《文教资料》2014 年第 31 期。
② 袁兆文：《"诗人何为？"——海德格尔诗艺刍论》，华南师范大学美学硕士学位论文 2003 年。

发知识界的深深震撼与反思。

"诗是一种精神，而诗人的死亡，则象征着某种绝对精神和终极价值的死亡。"①许立志的诗从一开始就伴随着压抑着的生存危机，这固然跟他的生活境遇有关，更重要的是，从《一个人的手机史》到《一颗花生的死亡报告》，从《存在与价值》到《故事三则》，诗人一直在以自己的方式探求存在与价值的终极问题。诗人的死亡并非偶然，从乡村进入城市，价值观与信仰的颠覆和迷茫笼罩了诗人的全部生活，他写道："他们都说／我是个话很少的孩子／对此我并不否认／实际上／我说与不说／都会跟这个社会／发生冲突"（《冲突》）。如果说西方诗人的自杀仅仅是遥远过去的投影，海子的自杀仅仅是时代遗留的背影，那么许立志的自杀足以提醒我们：存在需要理由。当我们找不到自身存在的理由，死亡便会降临；当我们找不到世界存在的理由，整个世界于自己而言便无关紧要了。"他是那么钟情于这个主题（死亡）……在一种'先行至死'的写作状态中，一遍遍地体验和追摹它那噬人的魅力。"②死亡是诗人无法回避的主题，只有将自己置身于死亡的阴影之中，才能深刻体察到生存的意义；只有对生存有深刻的认知，才能明白死亡具有多么摄人心魄的魅力。

然而，"诗人死亡的同时也为诗人的诗歌带来了一个重生的机会"③。没有人会否认，死亡是人类价值体系的根基之一，当诗人触动死亡的触须，巨大的缪斯便会凌空而至。死亡是艺术的诞生之地，艺术是死亡的涅槃重生。尼采提出了"酒神精神"，将之作为希腊悲剧的内在本质。他认为原始的酒神祭祀中，那无节制的饮酒，歌舞与性的放纵，个体的毁灭与群体的迷狂是悲剧艺术的起源。事实上，尼采并未触及真正的本质——"艺术真正的诞生地是死亡，没有死亡，就没有艺术。"④在人类的摇篮时期，残酷的生存条件使得死亡经常发生，人们为了克服对死亡的恐惧，以图腾、祭祀等方式膜拜超自然力量，进而发展出原始宗教，口口相传的英雄故事演变为神话，最后在这些原始宗教活动和对神话的叙述中渐渐诞生了艺术。"死正是那天地初开的'大裂隙'，'大裂隙'开始有序的世界……"⑤，是死亡塑造了整个人类的价值体系，而艺术最初的身份是死亡恐惧的超度者。艺术使人们可以坦然地面对死亡，艺术将人们对死亡的恐惧转化为欢乐与迷狂，在人们为生存而拼搏的过程中，艺术成为

---

① 吴晓东、谢凌岚：《诗人之死》，《文学评论》1989 年第 4 期。
② 秦晓宇：《"一颗螺丝掉在地上"》，载许立志著《新的一天》，作家出版社 2015 年版，序言第 21 页。
③ 黄梦菲：《诗人之死》，《文教资料》2014 年第 31 期。
④ 殷国明：《艺术家与死》，花城出版社 1990 年版，第 8 页。
⑤ 胡吉省：《死亡意识与神话》，中国社会科学出版社 2007 年版，第 125 页。

一剂兴奋剂，推动人们克服恐惧而勇往直前。同时艺术也是人与"未知的神秘"沟通的媒介，人们通过艺术沟通死亡，与自然和神灵交流，消解对未知的恐惧，消减与宇宙的隔阂。

文学是艺术的表现形式之一，它们都拥有审美的属性。而审美的主体是人，人所具有的审美必定不是无缘无故的，究其根本，审美与生存有关。死亡是生存的反面，是生命想要极力克服而又无能为力的层面，因此涉及死亡的文学和艺术都会给人带来强大的冲击感，这是生存赋予人类的审美天性。

我们不得不承认，许立志诗歌中表达出的"死亡主题"是他诗歌摄人心魄的重要原因，死亡是他诗歌魅力的源泉。不到四年的诗歌生涯，许立志奉献出一百九十五首诗，他的工作很辛苦，并没有足够的时间润色作品，也没有足够的文化积累来增加诗歌的底蕴，但是他的作品却往往能够给人带来原始的能量，粗糙却震撼人心。因为他捉住了"死亡"，这个人类审美的重要母题。

五、结语

许立志的诗歌远远超出了"工人"身份，他更多的是在写"人""人的生活"以及"人的死亡"。在城与乡的沟壑中，他割裂了自身，却渴望回归与解脱，死亡是他选择的方式；在弥留之际，他清点自己的一生，恐惧死亡的本能已经远远抵不上对存在的恐惧，他孤独地看着身边的人们一点点异化，毫无办法；最后，纵身一跃，"新的一天"，他希望一切都会好起来，每个人都能拥有幸福。

诗人终究是特殊的，他们足够敏感，他们笔下的诗歌往往代表了一种精神，因此"诗人之死"成为一个哲学命题。诗人的自戕或许是因为"世界的黑夜"，或者是因为"怀才不遇的巨大落差"，或者是因为"理想的破灭"[①]……但归根到底，这象征着一种价值的消亡，与之匹配的是一份孤傲的绝望。

许立志的诗歌中有丛生不尽的死亡主题，而说到底，这源于他二十四年的生存体验。死亡来源于生存，死亡造就了艺术，而许立志以自身的死亡完成了其诗歌的涅槃。诗人之死，也是艺术的重生。

原载《广播电视大学学报》（哲学社会科学版）2015 年第 4 期

---

① 黄梦菲：《诗人之死》，《文教资料》2014 年第 31 期。

乡关何处

杨炼

　　当代中国现实的诡谲诗意，时时凝聚在造词上，例如"农民工"。这个词，在中国谁不耳熟能详？可当我在国外说起时，老外们却一脸茫然：什么是农民工？细想想，这个词确实造得突兀：农民和工人，一乡村一城市，本来隔行如隔山，现在就那么直接"堆"在了一起，它是什么意思？既农又工？半农半工？时农时工？农、工之间，全无语法关联。我猜，这让老外们的想象，变得颇为浪漫：田野中，人们身着工作服，背后是绿树，远山，地平线。嘿，说白了，就像一张"广阔天地、大有作为"的"文革"宣传画。

　　"农民工"的造词者，虽然语法观念淡薄，却显然直觉敏锐。这个词，如此简洁而直接地，一把抓住了中国过去三十多年的变迁。"农民"——"工"，一个词，一部浓缩的历史。它包含了凋敝在身后的乡村，冷硬陌生的城市，低廉得令人咋舌的工资，千万颗盲目茫然流亡的心。对亲历者，甚至"历史"一词都太轻飘飘了，它必须换成血泪、生死、沧桑，才能接近于传达那内涵。一种延续数千年的生存方式，在短短几十年里，被彻底抹去。一种渗透过无数代人的文化，在一代人眼前，猝然烟消云散。整个过去被一刀切下，埋进水泥地面和林立的楼群深处。只有一双留着记忆的内心眼睛，能看见那"昨天"。每个人，正如这片土地，只能生吞活剥地咽下这变化。让一切口腔来不及品味的，交给身体、内脏去品味。由是，沧桑的深度，正在一个人之内、一生之内。我画在"农民"和"工"之间那个破折号，是一条地平线、生死线，虚虚细细悬起，倒挂着无数无家可归的鬼魂。

　　郭金牛就是这鬼魂之一。他使用网名"冲动的钻石"，直到获得北京文艺网国际华文诗歌奖"第一部诗集奖"。网名几乎等于匿名，这反而更好。我们看不见诗人时，却真正看见了诗——"某位"农民工的诗。他的声音，因此袅袅飘出当代中国无名者、无声者的茫茫人海，使"他们"发出了声音。《庞大的单数》诗题中就有一幅图像，或甚至一部纪录片的片头。昏暗（出工前或下工后？）中黑压压的人群，每人都有个人形，却模模糊糊辨认不出面孔，就那

456

么无边无际地站着（或活着）。那么多单数，无边无际时，只剩下一个总数。一种无意义的重量，压在被抽空了的个体上，不仅形成巨大的反差，而且干脆轻轻把他们抹去。和这种越庞大越不存在的处境比，是否连存在的痛苦也像一种奢侈了？再看诗：

> 一个人穿过一个省，一个省，又一个省
> 一个人上了一列火车，一辆大巴，又上了一辆黑中巴
> 下一站

这么多个"一"，速写白描般让我们看见了那"一个"农民工的经历：离开故乡，北漂或南漂，从火车换大巴换中巴，惶惑的眼里，只有一个个"下一站"。可那意味着什么？希望？幻灭？闯出的天下？虚掷的青春？或什么都不是，仅仅是一张警告你不该存在的"暂住证"？

> 祖国，给我办理了一张暂住证。
> 祖国，接纳了我缴交的暂住费。

诗句如此简洁，一个"祖国"，已把那无数个"我"只能暂住，还得为此缴费的酸甜苦辣写透了。"我"该感激这张暂住证，也感激能被接纳缴交暂住费吗？暂住在哪？这城市？这国度？这生命？诗没有说，不必说。你读下去，就知道结论了：

> 哎呀。那是突击清查暂住证。
> 北方的李妹，一个人站在南方睡衣不整
> 北方的李妹，抱着一朵破碎的菊花
> 北方的李妹，挂在一棵榕树下
>
> 轻轻地。仿佛，骨肉无斤两。

是的，"我"应当庆幸，和李妹比，还能暂时住下，不必被逼上吊。暂住意味着可能打工，无论工资多微薄，那意味着可能还上亲友们攒凑的"盘缠"，不辜负他们眼巴巴的盼望。诗里说了，"车票尽头／二叔，幺舅，李妹，红兵哥和春枝／眼里落下许多风沙。／薄命的人呀，走在纸上"。"纸"在这儿是

什么意思？寄回家的信纸？还是活人为鬼魂烧的冥纸？又或是接住所有亡灵的一首诗？"命如纸薄"是中国古话，但在这里，被21世纪狠狠地翻新了。那个"李妹"，最普通的姓氏，甚至没有自己的名字，却如一根针，刺进"庞大的单数"们的最疼处——比贫穷可怕得多的，是命运。一种沦落到底的耻辱，借一张薄薄的暂住证，就能压碎一个生命。

我曾多次强调，当代中文诗必须写出深度。因为我们直接生存在深刻的现实中，写不深等于没写。这也解释了为什么当代中文诗忽悠了世界几十年，天文数字的诗作量中，力作佳作却屈指可数。又一个令人瞠目的反差！说到底，病根很简单：诗人欠缺真经验，诗作欠缺真语言。真经验来自真人生。诗人活得是否到位，端看是否能剖开生存，说出独特敏悟的东西。无数诗作先天是死胎，因为一读便知，那里致命的毛病是空洞。所谓诗意，只在照抄套话，那这首诗压根白写了。要记住的是，诗歌绝非自今日始。每个题材很可能早被千百位诗人写过，且写得更好，那要自问的就是，我这首诗的意义何在？我是否真有话说？是否说出了哪怕一丁点儿更深而新的东西？就是说，真经验只关乎诗思对人生的发现。发现的程度就是经验的深度。郭金牛用《庞大的单数》给了我们一个启示：诗，可以无比具体，让你闻到"二叔，幺舅，李妹，红兵哥和春枝"们身上的土腥味，同时极为抽象，甚至形而上。这让我想到我用过的两个命题，一曰"重合的孤独"，一个个孤独，又重合得认不出自己，这才够绝对了。二曰"无人称"，明明"有人"，却无力、无法指认出那人，一种活生生的被抹煞、被忽略，比简单的无人更惨痛——以此透视存在，我们谁不是农民工？

真语言也与此异曲同工。这里的"真"，相对于肤浅装饰性的"假"。我在国外常被人问道：你们的意象，和西方的超现实主义，怎么区别？我听得懂那潜台词，当代中文诗，也无非在追随西方早玩过的形式游戏，把别人的老路重走一遍。但也不得不说，我们有不少诗作，该被如此挖苦。那些意象花招，初看令人眼花缭乱，细看词汇都空空搁着，再换也无碍那个"效果"，直到看透早有论者指出的症结："晦涩得太简单。"在这里，死的不是技巧，而是诗本身。一架噪音机器，本来就空有其表。而真语言是诗歌技巧和深层现实的合一。诗不描述现实，而是打开它，让我们看见一个原本隐藏着的世界，一种我们没发现的深层自我。由是，只谈技巧、风格，离诗还远。一位大诗人的一生，是不停从内向外翻出语言、重建自身的历程。因此，我对那提问的回答是：对不起，请细品，这是玩玩技巧的"超现实"吗？抑或非如此写不能揭示的"深现实"？

郭金牛的农民工经历，很容易让他靠题材讨巧。仅仅"底层"一词，已经有了足够的卖点。但什么是"底层"？谁代表"底层"？我注意到，郭金牛对此颇为警觉。对于他，"底层"不是商标，而是思想。谁能钻透自身的处境，触及存在之根，谁就能构建一个"底层"。所以，不是职业，而是生命，让我们每个人都在底层。能否意识到这个底层，写出这个底层，且写出它的深与广，则端看一个人的能力。在诗集《纸上还乡》中，很多"逼近"的白描，让我们认出郭金牛辛酸的自传。这当然精彩。但更难的是，他还能"拓展"那经验，以笔力超出一般描写农民工的套话，赋予他（他们）一个深刻包容的世界。我注意到这首奇妙的《罗租村往事》，开头直接写实：

罗租村，工业逼走了水稻，青蛙，鸟

没错，我们都认得出这村子。但接着，不同的声音来了：

李小河咳出黑血
周水稻失去双亲
赵白云患有肺病
陈胜，飞快地装配电子板；吴广，焦虑地操作打桩机；

"罗租村"有多大？"往事"要"往溯"至何处？郭金牛一发不可收：

唐。一枝牡丹，过了北宋，过了秦川
她，一身贵气
又过了秦时月，汉时天，至少过了八百里
南宋
以南

怎么，郭金牛要加入过气的"寻根"派？且慢，看啊：

经罗租村。
经街道，经卡点，经迷彩服。
经查暂住证。
经捉人

我在杜甫的诗中，逾墙走了

好一个"经"字！经历的经？经过的经？经常的经？或干脆，《诗经》的经？渺远的和贴近的，抽象的和切实的，典籍的和活生生的，千古传诵的和当下呻吟的——命运，已"经"凝在一起，如血泊，如噩梦。

这只是此诗开端，后面，我们还读到"夏。古典的小木匠……/ 明。六扇门的捕快（穿迷彩服的？）……/ 隋 一路哭着去樟木头收容所……/ 晋哥哥 / 他打铁，弹《广陵散》……/ 清。/ 努尔哈赤的小格格，爱新觉罗的小妹妹 / 小童工"……他们在哪？比成吉思汗帝国还辽阔的罗租村在哪？地址，简单无比：

中国制造

再多的朝代又怎么样？对农民工们而言，这世界不是太熟悉了吗？所有这些苦楚，不是千百年来一直被倾诉的吗？我们似乎只呈现为那些嘴巴，一开一合，被同一首哀歌咀嚼着——嚼烂了：

一部《诗经》，忧虑一只硕鼠

是的，还得回到《诗经》这个原点。那每吮过一个人，就能把他吸干成"妖"的歌声。这部诗集里，有太多这样的"妖"，他们"随意"进出，不惊动别人，甚至不惊动自己，因为他们除了"无人称"，什么都不是：

投水时，随意，哭了一下
祖国没有在意、六个受伤的神没有在意。

——《妖》

我说，《纸上还乡》好在真经验和真语言。其结果，就是拒绝简单化——把一个"深现实"，简化为低级的标语口号，最终既毁了对生存的理解，也毁了诗自身。郭金牛当然诉苦，且诉得痛彻心扉。但同时，他写出的"底层"，却绝不卑贱乞怜，相反，从这些诗中，我们读出了高贵，精彩，讲究——美！独绝的诗思、轻灵的节奏、艳冶的字句，甚至匠心独运的标点，在把坠入深渊，点化成一条超越之途。这漆黑是发光的！这些诗，是重和轻的绝妙组合。"重"

得恐怖：每个日子、整个现实、历史之苍茫、文化之残破，到处走投无路；又
"轻"得撩人：选字行文，珠圆玉润，风格形式，神采飞扬。"重""轻"互补，
就是一条自我拯救之途。对从 20 世纪暴风雨群钻过来的中国人来说，除此一途
哪有他途？当我给《纸上还乡》写授奖辞，以"举重若轻，似轻愈重"谈郭氏
轻功时，还以为这是他多年修炼而成。后来才知道，他小五十岁，打工二十余载，
"诗龄"却只有几年。如此凌波直悟写作秘诀，不能不称为一个小奇迹！什么
是中国文化的创造性转型？复杂吗？难吗？失望吗？没必要吧？请看郭金牛给
我们的启示。中国农民工，藏龙卧虎呀！

　　《纸上还乡》的核心，在"乡"字上。"一块水泥加一块水泥"（《罗
租村往事》）的大地上，我们还有"乡"么？倘若连"乡"本身也无家可归，
我们还得了"乡"么？还不了，何处去？我得承认，《纸上还乡》如此似曾相识，
郭金牛的广东之漂、农民工们的中国之漂，和我自己的环球漂泊，处境何其贯
通！他《夜放图》中的女鬼，说着我的《鬼话》[①]："每天都是尽头，而尽头
本身又是无尽的。"我们得记住，他写的那些鬼魂，是在一个叫做"全球化"
的迷宫中，摸索自己的还乡之路。他在《纸上还乡》一诗中写过的富士康工厂里，
当代的"小格格"们站在流水线上，手中每天掠过千万块电子板。她们是否也
用 iPhone？是否知道她们给 iPhone 在全球创造了怎样的利润？那些天文数
字，不会令她们迷路吗？不会令我们迷路吗？这些内缊的提问，令这部诗集的
思想意义，远超出今日中国，而标志了当代世界的困境：当人类只剩下金钱这
唯一的意识形态，自私这唯一的人生哲学，玩世这唯一的处世态度，我们都在
徘徊，既流离失所，更走投无路！

　　"日暮乡关何处是，烟波江上使人愁"，崔颢这两行乡愁丽句，遥隔一千
多年，托举起郭金牛《纸上还乡》的意境。但，时间两边，孰先孰后？我觉得，
没有先后。同一种诗意中，他们内含着彼此，从对方领悟了自己。回不去故乡时，
郭金牛带着他摔碎了的伙伴，那"飞呀飞。鸟的动作，不可模仿"，却被地球
迎面撞上的少年，和无数轮回的"在这栋楼的 701／占过一个床位／吃过东莞米粉"
的人生，回来了——

　　唯有诗。

原载《纸上还乡》，华东师范大学出版社 2014 年版

---

① 《鬼话》，杨炼本人散文集的标题。

外省、工业、乡愁与疾病的隐喻

郭金牛

1

———

我在外省，漂泊了二十余年，一直以来，我对外省的印象停留在"他乡""工业""乡愁"与"疾病隐喻"这些词语之上。

这些并不是我想要的。

我先说两个名词：

暂住证。

收容所。

对于 20 世纪 90 年代在广东省一带的打工者来说，这两个名词，在当时，相当"残酷"。它们发生在我漂泊的广东省，发生在我身边的同事、朋友和亲人身上，并且屡次在我身上烙下印痕。

暂住证、收容所对于外来者意味着什么？

不是加班，不是欠薪，不是失业⋯⋯而是永远的梦魇。你可以不要尊严，但你不能没有暂住证；你可以不要自由，但你不能被抓进收容所。没有经历过那个"收容"的时代，很难理解这两个名词背后隐藏着的巨大伤痛。如果我在诗中的表述有多么虚构，那么，伤痛在我内心就埋藏得有多么深，那"深"处使我隐现的良知羞愧。《纸上还乡》就是我所身处的那个时代，及我所身处的处境的"裸体写真"。2003 年，暂住证及收容所遣送制度终于废止，历史向后退了一步，又向前走了一步。

一切都终将迈向人类文明。

2

———

过去的永远过去，或许一切都没有答案，每当异省的风寒吹过，一些文字就会带着风湿般的病痛，不期而至。可能，这就是我无意间的"追问"，也许"追问"，才能更着力"反思"。二十年，是一个婴儿长成汉子的时间。在我漂泊的广东省，我学会了在雨中奔跑，学会了和一朵桃花恋爱。但我还是一名婴儿。我看到一拨又一拨打工者，他们从湖北省，从四川省，从湖南省，来到广东省，进工厂，爱上女工友，爱得死去活来，最后孤身一人，回到湖南省、四川省和湖北省。

工业革命带来的繁荣，让这座城市开出了貌似文明的璀璨之花。但是，在繁荣的背后，我有可能忘记这些挣钱挣弯了腰的驼背吗？有可能忘记那些从高楼纵身一跃妄图飞翔于天空的影子吗？有可能忘记那些离家从未归来的少年吗？……记得 2013 年，一个工厂半年之内发生了十三次跳楼事件，工厂老板从五台山远道请来了高僧，高僧们为我的跳楼兄弟诵念着《大悲咒》。我愿意相信，这些《大悲咒》为他乡的抑郁寡欢而亡的兄弟送来一座天梯，他们正从这座天梯上秘密地成功脱逃；我也愿意相信，另外一些工友在教堂的夜晚，诵唱着《马太福音》，他们为他乡迷途的姐妹们搬来一座神秘天堂。

纸上还乡。他们或她们。

这样的时候，我开始胡乱地涂抹着一些所谓诗的文字。尽管我当时的书写有些懵懂，更无担当道义和责任可言，但我知道，我要把所见所闻所思所感记录下来。2012 年，我化名"冲动的钻石"，将这些类似于诗的文字贴于网上。只想认识几位写诗的朋友，仅此而已。

没有人知道我在写诗，这是我一个人的秘密。

在异乡遭遇的一切，让我对故乡有了更深刻的理解和向往。我写作的主题只有一个：还乡。在现实中，我们所身处的处境、困境，谁又不是在还乡？对于我，离乡背井二十年，故乡只是名义上的家乡，是漂泊经年的游子梦中的一个向往。

"还乡"像是一种病一样，故乡是一味药。

3
_____

我的诗歌，最终形成诗集《纸上还乡》，得之于国际知名的华语诗人杨炼先生的鼓励提携。

这纯属偶然。

2012 年，我在北京文艺网国际华文诗歌奖投稿论坛随意贴了一首诗歌，杨炼先生在我的诗歌后面作了认真的回帖。他的评点，使我非常激动，这是第一次有诗人对我的诗歌作出评点，毫不讳言，对我个人而言，诗人杨炼的关怀，使我的诗歌书写，得到了来自诗歌外部的力量。此后，我读到他对其他参赛诗人诗作的频频评读，感受到邻家大哥一样的温暖。

我一直流连于网上，行走于诗歌的"江湖"。在诗歌的"江湖"上，我认识了青年诗歌评论家秦晓宇，诗人蟋蟀、梦天岚、草树、韦锦、金指尖等人，除了秦晓宇老师以外，我至今不知道诗人们的真实姓名，在诗歌书写的途中，我得到他们的帮助。我每草就一首诗，都得到他们的批评和鼓励。青年诗歌评论家秦晓宇为推出我的诗歌作品所做的努力，超出了我的想象。有一点可以肯定，很大程度上，诗歌使我获得了外遇，即友情。

"诗歌传递时间的温暖。"

金迪诗歌奖创办人金迪先生在金迪诗歌奖盛大颁奖现场挂上了这样的标语。是的，诗歌力量，留住了历史，传递了温暖。

诗歌与温暖并存于这个"江湖"之上。

就像我遇到诗人杨炼先生

诗人金迪先生

诗人周瑟瑟先生

……

原载《纸上还乡》，华东师范大学出版社 2014 年版

郭金牛：从居无定所到走上国际诗坛

何晶

二十一年打工生涯与一扇诗歌之门

"我谈不上是什么诗人、作家，只是写作的初级练习者，并不太关注外界对我怎么称呼和命名。"电话那头，刚刚凭借诗集《纸上还乡》获得首届广东省"桂城杯"诗歌奖金奖的郭金牛这样对《羊城晚报》记者说。

就在 12 月 7 日，德国汉学家沃尔夫冈·顾彬来到深圳，和郭金牛畅谈中国现代诗，他将亲自把郭金牛的诗歌翻译成德语。在诗人杨克看来，郭金牛的诗歌让人看到，打工文学作品除了描述底层群体的处境，同样可以展现中文诗歌的"深度"，它拥有超越题材本身的艺术性，这样的写作为打工文学的写作指明了方向。

今年四十八岁的郭金牛从湖北到深圳打工已经二十一年，摆过地摊，做过建筑工、搬运工、工厂普工、仓管等工作。从 1993 年到 2000 年，他过着居无定所的生活，常常因找不到工作而苦恼，那时的他完全没有想过自己会在十多年后参加鹿特丹国际诗歌节。平时抒发情绪写的小诗，也都被他一边写一边扔掉了，从来没想过要投稿。

谈及最初的写作冲动，郭金牛想了很久，说："这个问题很难回答。迄今为止，我不认为自己已经开始了写作。我来到深圳，最初只是偶尔写写，信手涂鸦，抒发些小情绪和感情，从来没有保存。"等到"正儿八经"开始写诗，是在 2012 年 8 月。当时，郭金牛偶然上了北京文艺网国际华文诗歌奖论坛，用网名"冲动的钻石"在上边贴了一组诗《虚构中的许》，没想到这首诗得到很多人的关注和评论，包括诗人杨炼。杨炼在帖子下边作了认真的回应和点评，这让郭金牛非常激动。慢慢地，他发现论坛上有很多自己喜欢的诗人，于是"越写越来劲"。但在网络之外，郭金牛还是过着和往常并无二致的生活，上班下班，呼朋唤友喝点小酒，爬爬深圳的山。

诗人杨炼的关注似乎为郭金牛打开了另一扇诗歌之门。"杨炼不仅是我的伯乐，更是我诗歌写作上的导师，这对一个诗歌初级练习者来说，很重要。最初他给了我非常大的鼓励，后来慢慢进入了另一个层次，他让我对诗歌有了更深层的思考，写诗并不仅仅是文学爱好，最终它会指向你的生命。"郭金牛说。

那时的郭金牛还没有意识到幸运会降临到自己身上。

2013 年 6 月，杨炼与青年评论家秦晓宇推荐郭金牛的诗作《纸上还乡》参加了第四十四届鹿特丹国际诗歌节。这首诗与李白的《静夜思》、杜甫的《月夜》同时被译成英文贴在户外供现场朗诵。鹿特丹国际诗歌节是世界上最有影响力的诗歌节之一，聂鲁达、布罗茨基、帕斯等多位著名诗人都曾参加过。三个月后，《纸上还乡》获得北京文艺网国际华文诗歌奖"第一部诗集奖"。随后，《纸上还乡》被翻译成捷克语参加捷克国际书展，杨炼当场朗诵了这首诗，引起与会诗人们的极大关注。年底，郭金牛的组诗《罗租村往事》又获得首届中国金迪诗歌奖。

今年 8 月，《纸上还乡》由华东师范大学出版社出版。当天上午刚拿到样书的郭金牛，下午就接到了深圳作协副主席于爱成的电话，向他要去了几本诗集。这一天距离首届广东省"桂城杯"诗歌奖评选截止日只剩两天，诗集被快递到了广东省作协参赛。没有想到，几个月后，郭金牛在网上看到自己获了金奖。"真的非常意外，我不认识任何评委，本来也无意参加这个评奖，如果晚几天拿到新书，也根本没资格参评。我不认为自己的写作多么优秀，应该说是我的运气好。"在郭金牛看来，获奖是类似于"加油站"式的鼓励，他清晰地认识到，任何一个奖项都意味着一个新的启程，"获奖是值得高兴的，但不代表自己就比别人写得好"。

为什么不能跳出"打工"谈文学？

虽然郭金牛至今仍在深圳龙华新区某社区的出租屋综管站上班，但从去年开始，他变得有点忙，他被邀请参加各种诗歌活动，也被邀请参加各种论坛。"我感觉自己越来越肤浅，越来越浮躁，以前在家上上网、逛逛论坛，没有这样的感觉，现在总觉得浮华背后都是浮云，其实没有意义。这个时代很难让人停下来认真思考，我感觉自己正在随着浮躁的社会随波逐流。"郭金牛说，现在的状态让他无法静下心写作，这和心态息息相关，"可能还是某种虚荣心作怪，感觉自己正在浮起来，没有沉潜下去。"

今年 6 月，瑞士苏黎世大学学者、博士生导师卢卡、马库斯等人专程赶到中国，以郭金牛为主要采访对象，准备拍摄一部关于中国诗歌艺术的纪录片。8月，由上海作家吴晓波等人策划的中国诗歌纪录片《我的诗篇》，也在郭金牛的住处深圳龙华新区开机拍摄。正在筹备中的深圳龙华新区作协，也有负责人邀请郭金牛去担任作协副主席。虽然并没有正式进入这一组织，但郭金牛已经意识到自己不适合这个岗位，"工作的时候我只是一个打工者，写诗的时候我只是纯粹的写作者，我觉得自己不适合这个位置。"郭金牛说。

"我并不介意'打工诗人'这个标签，将诗人或诗歌分类不是我思考的问题，因为这对于我的写作没有意义。诗人唯一的身份识别是你的诗歌作品本身，而不是贴在身上的标签。所谓打工文学，只不过是对某种文学现象的描述，和作品本身的关系并不大。"在郭金牛看来，当人们将"打工文学"挂在嘴边时，往往被"打工"这个词引导去了另一个方向，偏离了文学本身的道路。为什么不能跳出"打工"二字的局限来谈论文学性呢？"如果文学落脚到对生命和人性的洞察上，外国文学与中国文学有没有区别？古代文学与现代文学有区别吗？很简单，没有。"

在整个采访过程中，郭金牛谈得最多的词是"文学性"。"主流文学界对打工文学的评判是否公允，是否重视，其实根本不是问题。真正杰出的作家不会在意这些，作家真正的出路在于写出足够分量的作品，其余的并不重要。如果不能抛开打工文学的命名从深层去解读作品的文学性，所谓的探讨也是没有意义的。"

谈及打工文学与底层叙事的关系，郭金牛认为，难道打工者的困境仅仅是生存的困境吗？如果我们不钻透打工的另一个困境，也就是人的精神困境，文学就将流于祥林嫂式的"苦难和伤痛的诉说"。在他看来，底层叙事是基于生存与精神双重困境之下的修建，是一座不断向下修建的"塔"。

虽然郭金牛因诗歌被人们关注，但他自认小说写得比诗歌好，"更有况味，更有视野，也更有冲击力"。如今他也在考虑将之前写的小说在适当的时候拿出来发表，因为"新作不一定就比以前写得好"。

原载《羊城晚报》2014 年 12 月 14 日

我是范雨素

范雨素

1

我的生命是一本不忍卒读的书，命运把我装订得极为拙劣。

我是湖北襄阳人，十二岁那年在老家开始做乡村民办小学的老师。如果我不离开老家，一直做下去，就会转成正式教师。

我不能忍受在乡下坐井观天的枯燥日子，来到了北京。我要看看大世界。那年我二十岁。

来北京以后，过得不顺畅。主要因为我懒散，手脚不利索，笨。别人花半个小时干完的活，我花三个小时也干不完。手太笨了，比一般的人都笨。上饭馆做服务员，我端着盘子上菜，愣会摔一跤，把盘子打碎。挣点钱只是能让自己饿不死。

我在北京蹉跎了两年，觉得自己是一个看不到理想火苗的人，便和一个东北人结婚，草草地把自己嫁了。

结婚短短五六年，生了两个女儿。孩子父亲的生意，越来越做不好，每天酗酒打人。我实在受不了家暴，便决定带着两个孩子回老家襄阳求助。那个男人没有找我们。后来听说他从满洲里去了俄罗斯，现在大概醉倒在莫斯科街头了。

我回到了老家，告诉母亲，以后我要独自带着两个女儿生活了。

2

童年，我和小姐姐俩人脚对脚躺床上看小说。眼睛看累了，就说会儿闲话。我问姐姐：我们看了数不清的名人传记，你最服的名人是哪个？小姐姐说：书上写的名人都看不见摸不着，我都不服气，我最服的人是我们的小哥哥。

我听了，心里不以为然。是呀，书上的名人是看不见摸不着，但我们生活中能看得见摸得着的人，我最服气的是我的母亲。小哥哥无非就是个神童罢了。

我的母亲，叫张先芝，生于1936年7月20日。她在十四岁那年，因能说会道，善帮人解决矛盾，被民主选举为妇女主任。从1950年开始干，干了四十年，比萨达姆、卡扎菲这些政坛硬汉子的在位时间都长。不过，这不是我服气母亲的原因。

母亲只有几岁的时候，伪爷（外祖父）把她许配给房子连房子的邻居，就是我的父亲，以后母亲就能帮衬我的舅舅了。我的父亲年轻时是个俊秀飘逸的人，可父母亲的关系一点儿也不好，他们天天吵架。

从我记事起，我对父亲的印象，就是一个大树的影子，看得见，但没有用。父亲不说话，身体不好，也干不了体力活。屋里五个娃子，全靠母亲一个人支撑。

我的母亲是生在万恶旧社会的农村妇女，没有上过一天学。但我们兄妹五人的名字都是母亲取的。母亲给大哥哥起名范云，小哥哥起名范飞，希望两个儿子能成人中龙凤，腾云驾雾。母亲给我们三姐妹的名字起得随意多了。大姐姐叫范桂人，意思是在桂花开的时候成人形的。小姐姐是在开梅花的时候生的，应该起名叫梅人，但梅人，谐音"霉人"，不吉利。妈妈就给她起名范梅花。我是最小的娃子，在菊花开时生的，妈妈给我取名叫范菊人。十二岁那年，我看了当年最流行的言情小说《烟雨濛濛》，是琼瑶阿姨写的，便自作主张，改了名字，管自己叫范雨素。

大哥哥从小就有学习自主性，但没有上学的天赋。每天夜里，舍不得睡觉地学习，考了一年，没考上大学，复读了一年，还是没考上。大哥哥生气了，说不通过高考"跳农门"了。大哥哥要当个文学家"跳农门"。我们家是很穷的人家，两个姐姐的身体都有残疾，长年累月看病，家里穷得叮当响。可是因为大哥哥要当文学家，当文学家是要投资的。大哥哥把家里的稻谷麦子换成钱，把钱再换成文学刊物、经典名著。没有了粮食，我们全家都吃红薯。幸运的是，妈妈的五个娃子没有一个是饿死鬼托生的，也没有一个娃子抗议吃得太差。

大哥哥又读又写了好几年，没有当成文学家，身上倒添了很浓的文人气息，不修边幅，张口之乎者也。像这样的人，在村里被叫作"喝文的人"，像鲁迅先生笔下的孔乙己一样，是被人鄙视的。

但是，大哥哥和孔乙己有不一样的地方，大哥哥有我们英勇的母亲。因为母亲，没有人对大哥哥投来鄙视的目光。

母亲口才很好，张嘴说话就有利口覆家邦的架势。她长期当媒人，在我们襄阳被人喊作"红叶"。母亲当红叶不收一分钱，纯粹是做好事，用现在的词语叫志愿者。20世纪80年代初的农村，家家都有好几个娃子，男大当婚，女大当嫁。像母亲这样的人，是最受欢迎的人才。

大哥哥没当成文学家，没跳出农门，这不是要紧的事。但大哥哥需要结婚，这是大事。像大哥哥这种类型的人，在村里被人叫作"文疯子"，说不上媳妇。可是我们有厉害的妈妈，她向来能把黑说成白，能把大哥哥的缺点说成优点。凭着母亲的凛凛威风，我们这穷得叮当响的人家，给大哥哥找了一个如春天的洋槐花一般朴实的妻子。

结了婚的大哥哥依然迂腐。他对母亲说，村官虽小，也是贪官污吏的一部分，他让母亲别当村官了，丢人现眼。那时候，我虽然年龄小，也觉得大哥哥逗，哪里有每餐啃两个红薯的贪官污吏？

但是，母亲什么也不说，辞掉了她做了四十年的村官。

大姐姐生下来五个月时，发高烧，得了脑膜炎。当时交通不方便，母亲让跑得快的舅舅抱着大姐姐往四十里外的襄阳市中心医院跑。住上了院，也没治好大姐姐的病。大姐姐不发烧了，却成智障了。

据母亲说，是打针时药下得太重了，大姐姐药物中毒了。

大姐姐傻了，可母亲从不放弃。母亲相信自己能改变这个事实，她相信西医，相信中医，相信神医，不放弃每一个渺茫的机会。经常有人来家里报信，说哪个地方，有个人成仙了，可灵了。母亲便让父亲领着大姐姐讨神符，求神水喝。讨回来的神符烧成灰，就着神水，喝到大姐姐的肚子里。一次次希望，一次次失望。母亲从来没放弃过。

小姐姐的小儿麻痹症，一直治到十二岁，腿开了刀，才慢慢好转。

母亲生了五个娃子，没有一个省心。

3

曾经的我很膨胀。

我是母亲年近四十岁时生的唯一健康的小女儿。我的童年，母亲忙得从来不管我。我在六七岁时，学会了自己看小说。这也不是值得夸耀的事，我的小姐姐和大表姐都能看一本本砖头厚的书。童年唯一让我感到自豪的事，就是我八岁时看懂了一本竖版繁体字的《西游记》，没有一个人发现过，也没有一个人表扬过我。我为自己自豪。

我那个年龄，很容易骄傲。我的成绩一直是班上最好的。我上课时，从来没听过课，脑子里把看过的小说自编自导一遍。一本叫《梅腊月》的小说，在我脑子里导演过一千遍。

我上小学的年代，文学刊物刊登得最多的是知青文学，里面全是教人逃火车票，偷老乡青菜，摘老乡果子，打农户看门的狗，炖狗肉吃的伎俩。

看这些小说，我感到一餐啃两个红薯的生活是多么幸福呀。不用偷，不用抢，也没有人打我，还有两个红薯吃，还能看闲书。少年的我，据此得出了一个道理：一个人如果感受不到生活的满足和幸福，那就是小说看得太少了。

我不光看知青文学，还看《鲁滨孙漂流记》《神秘岛》《孤星血泪》《雾都孤儿》《在人间》《雷锋叔叔的故事》《欧阳海之歌》《金光大道》。通过看小说，我对中国地理、世界地理、中国历史、世界历史了如指掌。只要报一个地名出来，我就知道在世界上哪个大洲。说一条河流出来，我就能知道它流向地球上的哪一个大洋。

我十二岁了，我膨胀得要炸裂了。我在屋里有空白的纸上，都写上了"赤脚走天涯"。在十二岁那年的暑假，我不辞而别，南下去看大世界了。

选择南下，是因为我在 1982 年的一本杂志上，看见一个故事。北京有一个善人，专门收养流浪儿。她在冬天收养了一个流浪儿，那个孩子冬天睡在水泥管道里，把腿冻坏，截肢了。我对这个故事印象深刻，知道如果去北京流浪，会把腿冻没了。

我按照知青小说教我的七十二道伎俩，逃票去了海南岛。那里一年四季，鲜花盛开。马路上有木瓜树、椰子树。躺在树下面，可以吃木瓜，喝椰汁。我吃水果吃腻了，就上垃圾桶里找吃的。小说里的主人公都是这样生活的。头发很短，脏兮兮没洗脸的我，看着像一个没人理睬的流浪男孩。人贩子辨认不出我的性别，也没盯上我。

可这种日子会过腻的。没有学校读书，没有小说看，也没有母亲。我在海南岛上浪荡了三个月，决定打道回府。我一路逃票，回到了家乡，回到了母亲身旁。

一回到家，只有母亲还用慈祥的眼神爱着我，父亲和大哥对我恨之入骨，说我丢了他们的脸。村里，年长的族兄找到了母亲，说我丢了整个范家的脸面，让母亲把我打一顿，赶出去。

这时候，十二岁的我清醒过来。在我们襄阳农村，儿娃子（男孩）离家出走几天，再回来，是稀松平常的事。而一个娘娃子（女孩）只要离家出走，就相当于古典小说中的私奔罪。在我们村里，从来没有女孩这么做，我离家出走，成了德有伤、贻亲羞的人。

我没脸见人，也没脸上学了。最关键的是，我也没勇气流浪了。怎么活下去？活下去是硬道理。

母亲并没有抛弃我。这个时候，我的神童小哥哥已读完大专，成了智商、情商双高的人才，当了官。母亲支使神童哥哥为十二岁的我谋了一份民办老师的工作，让我在一个偏远的小学教书，安顿了我。

荏苒岁月颓。转眼间，母亲的孩子们全成了成年人了。母亲为我的大姐姐求医问药了二十年，还是没治好大姐姐的病。大姐姐在二十岁那一年，发了一次高烧，医治无效，死了。

小姐姐长大后，成了乡下中学教语文的老师。在学校教书时，小姐姐的才子男朋友去上海另觅前程了。脑子里有一万首古诗词内存的小姐姐恨恨地说：一字不识的人才有诗意。小姐姐找了一个没上过一天学的男文盲，草草地打发了自己。

大哥哥还在村里种地，锄头、镢头、铁锨把大哥哥要当文学家的理想打碎了。大哥哥现在只种地了，过着苦巴巴的日子，再也不搔首问天，感叹命运多舛。

少年得志的小哥哥，在四十岁那年，迷上了赌博。可能因为官场运气太好，小哥哥在赌场上只有一个字：输。输钱的小哥哥借了高利贷。很快，他还不起债了，每天都在腾、挪、躲、闪着追债人，官也被撤了。

世态炎凉，小哥哥没有朋友了，没有亲戚了。小哥哥在深夜里，在汉江二桥上一遍遍徘徊。

这时候，母亲站了出来，她一遍遍劝慰小哥哥。母亲说四十岁的儿子，是个好娃子。这不是小哥哥的错，是小哥哥当官的朋友把小哥哥教坏了。

母亲说，对不起小哥哥，那时没有让年幼的小哥哥复读一年。如果复读了，考上了大城市里的大学，到大城市当官，大城市的官员素质高，不会教坏小哥哥，小哥哥就成不了赌鬼了。母亲说，人不死，债不烂，没什么好怕的，好好地活下去。有母亲的爱，小哥哥坚强地活着。

4

我离开对我家暴、酗酒的男人，带着两个女儿回到襄阳，母亲没有异样，只是沉着地说，不怕。但大哥哥马上像躲瘟疫一样，让我赶紧走，别给他添麻烦了。

按照襄阳农村的传统，成年的女儿是泼出去的水，母亲没有帮助我的权力。母亲是政治强者，但她不敢和中国五千年的三纲五常对抗。爱我的母亲对我说，我的大娃子不上学了，不要紧，母亲每天会求告老天爷，祈求老天爷给她一条生路。

这个时候，我已明白，我没有家了。我们农村穷苦人家，糊口尚属不易，亲情当然淡薄。我并不怨恨大哥哥，但我已明白，我是生我养我的村庄的过客，我的两个孩子更是无根的水中漂萍。这个世界上只有母亲爱着我们了。

我带着两个孩子来到北京，做了育儿嫂，看护别人的孩子，每星期休假一天。大女儿在东五环外的皮村，在出租屋里看护小妹妹。

我运气真好，我做育儿嫂的人家是上了胡润富豪排行榜的土豪。男雇主的夫人生的两个孩子已是成年人了，我是给男雇主的如夫人看护婴儿的。

男雇主的如夫人生了一儿一女，大儿子在国际学校上学前班，小女儿是刚满三个月的小婴儿。男雇主给大儿子雇了一个少林武校毕业的武术教练，在自己家盖的写字楼里辟出了一块三百平方米的场地，装上了梅花桩、沙袋、单双杠……给庶子一个人使用。除了学武，又找了一个中国人民大学毕业的学霸做家庭教师，包吃住，负责接送孩子，指导孩子写作业，领着孩子去习武，还教六岁的孩子编程序。

我只负责照顾三个月的小女婴。小婴儿睡觉不踏实，经常半夜三更醒来。我跟着起来给孩子喂奶粉，哄她入睡。这时，我就想起我在皮村的两个女儿。晚上，没有妈妈陪着睡觉，她俩会做噩梦吗？会哭吗？想着想着，潸然泪下。还好是半夜三更，没人看见。

女雇主比男雇主小二十五岁。有时我半夜起来哄小婴儿，会碰到女雇主化好了精致的妆容，坐在沙发上等她的老公回来。女雇主的身材比模特曼妙，脸比影星漂亮。可她仍像宫斗剧里的娘娘一样，刻意地奉承男雇主，不要尊严，伏地求食。可能是她的前生已受够了苦，不作无用的奋斗。

每每这时，我就会恍惚，不知道自己是活在大唐盛世，还是大清帝国，还是社会主义新中国。可我没有特异功能，我也没有穿越过呀！

大女儿交了两个同龄的不上学的朋友。一个叫丁建平，一个叫李京妮。丁建平来自甘肃天水，丁建平不上学是因为妈妈抛弃了爸爸，爸爸生气。爸爸还说，公立学校不让农民工的孩子上，上学只能到打工学校上，这样的学校一学期换好几个老师，教学质量差。反正上了也未必能成器，就省点钱不上。

李京妮不上学，是因为她的爸爸在老家有老婆孩子，可还去骗李京妮的妈妈，生了李京妮。李京妮的妈妈发现受骗后，被气走了，也不要李京妮了。爸爸是个善良的人，没有抛弃李京妮。可爸爸说，李京妮是个连户口也没有的"黑"孩子，城里的打工学校，都是没办学资格的"黑"学校，娃子们在里面上学，没有教育部的学籍，回老家也不能上高中考大学。李京妮是"黑"人，没必要再上这"黑"学籍的学校，来个双料"黑"。

我心想，这倒霉催的教育部，谁定的这摧残农民工娃子的政策呢？报纸上说，教育部这样做，是为了不让下面的学校虚报人数，冒领孩子的义务教育拨款。可教育部为什么不管理吏治，非要折磨农民工的娃子？

有母亲在求告老天爷，我的两个孩子健康快乐地生长。三个大孩子一起看护一个小孩子，很轻松，孩子们每天都好得很。三个孩子每天对着小女儿唱"我们的祖国是花园，花园里花朵真鲜艳"，唱得眉飞色舞，玩得欢天喜地。

5

我所居住的北京皮村是一个很有趣的村子。中国人都知道，京郊农民户户都是千万富翁，他们的房产老值钱了。土豪炫富都是炫车炫表，炫皮包，炫衣食。这些炫法，我们皮村都不屑。我们皮村群众炫的是狗，比谁家养的狗多。我在皮村认识的工友郭福来是河北吴桥人，在皮村做建筑工，住在工棚里。皮村的一位村民，每天领着一支由十二只狗组成的狗军队，去工棚巡视，羞辱住在工棚里的农民工。郭福来冷冷地写了一篇《工棚记狗》，发表在《北京文学》，表达农民工的心声。

我的房东是皮村的前村委书记，相当于皮村下野的总统。房东是政治家，不屑养狗部队，只养了两条狗。一只苏格兰牧羊犬，一只藏獒。房东告诉我，苏格兰牧羊犬是世界上最聪明的狗，藏獒是世界上最勇猛的狗。最聪明的狗和最勇猛的狗组成联盟，它们天下无敌。我的孩子，住在皮村下野总统的府邸，享受着天下无敌手的安保，我和孩子都感到生活很幸福。

大女儿学会了看小说后，我陆陆续续去潘家园、众旧货市场、废品收购站给大女儿买了一千多斤书。为啥买了这么多呢？有两个原因，一是论斤买很便宜，二是这些进过废品收购站的书太新了，很多都没有拆下塑封。一本书从来没有人看过，跟一个人从没有好好活过一样，看着让人心疼。

我原来没写过文章，如今，我有时间就用纸笔写长篇小说，写我认识的人的前世今生。我上学少，没自信，写这个是为满足自己。长篇的名字，我想好了，叫《久别重逢》。它的故事不是想象出来的，都是真实的。艺术源于生活，当下的生活都是荒诞的。小说中的每一个人都可以考证。对这篇自娱的长篇小说，我总是想写得更好。

皮村"工友之家"文学小组开课，我听了一年。那一年有空听，是因为要看管小女儿，我在和皮村相邻的尹各庄村找了份在打工学校教书的工作。打工学校工资低，是个人就要，一个月给一千六百元。后来，小女儿大点儿了，可以独立上学，独立回家，独立买食物，我就没再教书了，去做育儿嫂，一个月有六千多元，每个星期只回来看一次小女儿，没再去"工友之家"了。

我一直觉得自己是个麻木、懦弱的人。我一直看报纸，不求甚解地闲看。如果把这几十年的新闻连起来看，你会发现，在没有农民工进城打工之前，就是约 1990 年之前，中国农村妇女的自杀率居世界第一。一哭二闹三上吊嘛。自从可以打工后，报纸上说，农民女人不自杀了。可是又出现了一个奇葩词语："无妈村"。农村女人不自杀了，都逃跑了。我在 2000 年看过一篇"野鸳鸯最易一拍两散"的报道，讲的是异地联姻的农民工婚姻太脆弱了，逃跑的女人也是这种异地联姻的女人。

在北京的城中村里，这样没妈的农民工的孩子也很多。可能是人以群分，物以类聚的缘故，我的大女儿交的两个朋友，都是这样的孩子。他们的命运基本上也是最惨的。

我的大女儿跟着电视里的字幕学认字，会看报纸看小说了。后来，大女儿在不需要照顾小妹妹后，在十四岁那年，从做苦工开始，边受苦边学会了多项手艺。她今年二十岁，已成了年薪九万的白领。相比之下，同龄的丁建平、李京妮，因为没有亲人为他们求告老天爷，他们都变成了世界工厂的螺丝钉，流水线上的兵马俑，过着提线木偶一样的生活。

凡是养过猫狗的人都知道，猫狗是怎么护崽的。同理，人是哺乳动物。抛弃孩子的女人都是捧着滴血的心在活。

6

我在多年的打工生活里，发现自己不能相信别人了，和谁交往都是点头之交，有时甚至害怕和人打招呼。我对照心理学书籍给自己治病，得的叫"社交恐惧症"，也叫"文明恐惧症"，一旦恶化，就成"抑郁症"了。只有爱心才能治疗。我想到母亲对我的爱，这个世界上永远只有母亲爱着我，我每天都使劲这样想，我的心理疾病没有恶化。

今年，母亲打电话告诉我，我们生产队征收土地，建郑万高铁的火车停靠站。我和女儿还有大哥哥一家子户口都在村里，有土地。村里征地，一亩地只给两万二千块，不公平。队长贴出告示，每家要派个维权代表，上政府告状，争取自己的利益。大哥哥也出门打工去了，我们家的代表只能让母亲来当。

母亲告诉我，她跟着维权队伍，去了镇政府、县政府、市政府。走到哪里，都被维稳的年轻娃子们推推搡搡。维权队伍里，队长六十岁，是队伍里年龄最小的，被维稳的年轻娃子们打断了四根肋骨。母亲八十一岁了，维稳的年轻人是有良心的，没有推她，只是拽着胳膊把母亲拉开了，母亲的胳膊被拽脱臼了。

一亩地，两万二就全部买断。人均地本来就很少，少数不会打工的人，怎么活下去？没有当权者愿意想这些，没有人愿意想灵魂。神州大地的每个旮旯旯旮都是这样，都认命了。

一想到在正月的寒风里，八十一岁的老母亲还在为她不成器的儿女争取利益，为儿女奔走，我只能在这里，写下这篇文字，表达我的愧疚。我还能做些什么呢？

我能为母亲做些什么？母亲是一个善良的人。童年，我们村里的一大半人都找碴欺负我家屋子后那些因修丹江口水库搬到我们村的钧州移民。钧州最出名的人叫陈世美，被包青天铡了。钧州城现在也沉到了水底。我的母亲，作为这个村子里的强者，金字塔尖上的人，经常出面阻止别人对移民的欺侮。在我成年后，我来到大城市求生，成为社会底层的弱者。作为农村强者的女儿，经常受到城里人的白眼和欺侮。这时，我想：是不是人遇到比自己弱的人就欺负，能取得生理上的快感？这或许是基因复制，从那时起，我有了一个念头，我碰到每一个和我一样的弱者，就向他们传递爱和尊严。

活着总要做点什么吧？我是无能的人，我是如此的穷苦，我又能做点什么呢！

我在北京的街头，拥抱每一个身体有残疾的流浪者，拥抱每一个精神有问题的病患者。我用拥抱传递母亲的爱，回报母亲的爱。

我的大女儿告诉我，她上班的文化公司，每天发一瓶汇源果汁。大女儿没有喝饮料的习惯，每天下班后，她双手捧着饮料，送给在公司门口垃圾桶里拾废品的流浪奶奶。

在中国文学史、学术史乃至出版史上，1930 年代中期，由上海良友图书印刷公司编选出版的《中国新文学大系》是一座公认的纪念碑。该文集出自编辑赵家璧的创意，借用日本出版界的"大系"编撰体例，将五四新文化运动以来新文学的第一个十年（1917 至 1927 年）中最优秀的文学作品，以西方文学的体裁分类法——四分法——编辑到一起。该书成为中国最早的大型现代文学选集，为后人研究新文学发展提供了珍贵的史料。更重要的是，作为中国新文学最初的整体亮相，《中国新文学大系》通过对经典作品的认定，确立了"文学"的标准，奠定了中国新文学史写作的体例、原则与基本框架。

《深圳新文学大系》的编撰构思，自然不无《中国新文学大系》的启发，但是，在八十年之后编撰这样一部以"深圳"为名的"新文学大系"，却无意于复制前者的成功经验，它定位于"以深圳文学讲中国故事"——通过浓缩改革开放以来整个中国城市化进程中的深圳故事，再现当代中国近四十年来发生的巨大而复杂的历史变化以及与之相伴生的情感与心理变化。具体而言，就是通过对近四十年来深圳的各类文本的纂集，不仅要记录这个城市的现实变化与精神脉动，而且要显示流灌于其中的当代中国的激情和梦想。

深圳并不是一座普通的中国城市。作为中国改革开放的试验田，深圳故事是中国当代社会和文化变革的寓言，是"中国故事"中最具华彩的乐章。坊间曾有一个说法，形象地说明了深圳之于"中国故事"的意义："要知道中国的历史，五千年看山西，三千年看陕西，一千年看北京，一百年看上海，四十年看深圳。"一百年前，呱呱坠地的白话文学记录了古老中国在步入现代之门时的躁动、困窘与渴望，这份记录如今已经成为我们辨识历史、探寻未来的一个基本参照。从某种意义上说，深圳四十年来的"新文学"也同样可以被看作是中国步入一个新的时间门槛的记录。

中国近四十年来的现代化、城市化实践见证了众多城市的崛起和发展，如同《看不见的城市》（卡尔维诺）中马可·波罗将世界上所有的城市都视为自己的故乡威尼斯的影子，对于《深圳新文学大系》的编撰者和评论者而言，从1980年代中期开始，所有的中国城市都是深圳的影子。

深圳作家邓一光曾指出，深圳文学的重要特点是其表现的强烈的"漂泊感"和"悬浮性"。它表现为异乡生活的内心焦虑、现代化生活的挤压、身份确认的恐慌、文化的盲目与盲从，等等。很显然，邓一光总结的这种情感体验并非仅仅属于深圳，它同时是正在经历人类历史上最为壮阔的城市化进程中所有中国人的情感结构与集体无意识。换言之，我们记录的深圳，不仅仅是一个地理概念，一个空间概念，同时还是一个时间范畴，一个历史范畴。正是在这一意义上，这部全新的"大系"虽以"深圳"为名，讲述的却是正在发生的"中国故事"。

新的中国故事需要一种新的讲述方法。诞生于1930年代的《中国新文学大系》及其确立的"中国现当代文学史"写作模式，通常采用文学体裁分类法，即以"小说""诗歌""戏剧""散文"四种文类作为基本的结构方式。近年这种分类方式受到了越来越强烈的质疑，除了因为这种分类法完全照搬历史不长的现代西方文学制度外，更重要的是这种纯文学分类方法常常遮蔽了文学实践所蕴含的更为丰厚的文化政治内涵。《深圳新文学大系》将近年学界的理论反思转化为具体的文学史实践，打破"纯文学"的体裁限制，采用主题学的分类原则，选取"新城市文学""打工文学""底层文学""非虚构写作""网络文学""青春写作""新移民文学""诗歌人间"等虽然创生于深圳，但其意义远不局限于深圳的文学—文化政治范畴，展开知识考古与思想辨析。每一主题单独成卷，由相关作品、评论以及选编者撰写的导言组成。

我们希望兼具"文学史"与"作品选"双重功能的《深圳新文学大系》不仅在"问题与方法"层面为"中国当代文学史"的写作提供启示，同时，还能为"中国故事"的讲述提供新的视野与动力。

《深圳新文学大系》编委会

敬 启

为纪念中国改革开放及深圳经济特区建立 40 周年的伟大成就，在深圳市宣传文化事业发展专项基金的支持下，本社致力于"以深圳文学讲中国故事"，先后组织、编撰和出版了包括《深圳新文学大系》在内的反映深圳—中国改革开放成就的系列书籍。本书即为此系列中的一本。

在本书的编撰及出版过程中，我们联系到大部分选文的作者，他们同意将作品列入《深圳新文学大系》出版。但由于作者面广，仍有部分作者和译者未能取得联系。请作者和译者看到本书后与我社联系，我们将尽快奉寄样书和稿酬。

此外，在《深圳新文学大系》的编辑过程中，在尽可能客观记录和呈现深圳文学筚路蓝缕的足迹的同时，我们按照相关出版政策以及现代出版规范的要求，对选文中的个别文字进行了技术处理，敬请作者、译者谅解。

诚致谢意！

联系人：张梅
电话：0755-83460012
E-mail：3034419623@qq.com

海天出版社